雪色边城

下册

高子民 著

远方出版社

第三十八章　官商联手，直取河西

1

太阳冒出龙山山坳的时候，还有一层薄薄的雾没有散去，这时的太阳就显得格外红、格外大。

龙大章在朱丽雅的陪同下，写了一宿的《龙城首届麻神艺术节配合方案》。初升的太阳照在消瘦的脸上和红红的眼上，他们吃了早餐，把几大案件的案卷移交给周至祥后，便向龙城市会议中心走去。

龙城市会议中心一片熙攘，由各部门参加的旅游招商动员会正在这里举行。副市长赵连起的讲话慷慨激昂："今天，市府组织召开龙城市的引进外资研讨会的目的，就是要利用当地资源，千方百计地引进外来投资，增加我市的财政收入；利用当地的传说和自然保护区增加旅游业收入。刚才，契丹博物馆馆长于伟绩提出，利用麻将起源传说主办麻神艺术节，我认为这个提议就很好嘛，因为我们有悠久的麻神传说和鸡血麻神。龙城市要进一步改革开放，就不要封闭保守，搞得鸡飞狗跳。还有人提出'繁荣娼盛'，对这个说法嘛，我不敢苟同。黄赌毒，我最痛恨的就是黄和毒。自然，创立麻神艺术节要规范治理，搞成产业，不要搞成赌场……"

于伟绩在下面听得津津有味，听到表扬后面露喜色。姜美祺一边记录，一边向刚进门的龙大章望着。一名电视台记者撅着屁股对镜头，镜头扫过参加会议的领导、龙大章、于伟绩、龙小晴等人……

中午，赵连起信心满满地回到家里，端坐在椅子上想着下一步的工作。

赵夫人边往桌子上端着饭菜边叨念："直帆他们两口子又有些日子没回来了，也不知忙啥呢？"赵连起愤愤地说："忙啥？忙着跑官，忙着打麻将。我听说还以我的名义干涉了好几个我分管的部门。"赵夫人不以为然地说："求上进倒是好事，可是打麻将这事儿不对。"

赵连起接着说："市委、市政府对我委以重任，没时间管他，你得常说着他点儿。求上进这点随我，贪玩儿这点随他那几个舅舅。"

赵夫人不满地说："好处都不随娘家人，那打麻将还不是你倡导的？"赵连起说："我搞麻神艺术节是在搞文化产业，不是赌博，有些人就是认识不上去，包括市里的一些领导……不和你说了，说了你也不懂。"赵夫人说："我听说，小汤那儿不大支持直帆，你有时间找他谈谈？"

赵连起摆手道："这事儿我劝你打住，不光我不能找，你也不要打着我的旗号找。他年轻轻的无尺寸之功就当上了副科长，我像他这么大的时候，是提着命干出来的。"赵夫人说："要是尽往后看，社会还进步吗？"赵连起不再吱声，坐在了餐桌旁默默地吃着饭。他在夫人这里，永远是输家，据说这叫"爱"。

市里的动员会在龙城市青丝茶艺楼玲珑茶室里很快有了反响和解读。赵直帆已经从母亲赵夫人那里得到了市委、市政府的重大决策，他和钱如意商议的主题是借助市里的重大举措，整合发展。喝茶、窃窃私语后，二人达成共识——利用李明鑫，扼制金疤痢。

正说着，李明鑫进来了，他拱手道："赵公子、钱老板不计前嫌，还能请我喝茶，我在这里给你们赔罪。"

赵直帆说："那是二位给我面子，前几天的小误会，当老弟的有责任给你们化解。坐下来，牌品知人品，茶艺如心意，牌友也是朋友，怎么能因为玩儿的事影响友谊呢，都不能当那小气人。"

钱如意附和道："那是那是，几年较量，赵科总赢，就是高人啊！"他转脸向李明鑫说，"你说你个秃子，卑鄙之人必做可耻之事，你说你跟海平较什么劲呢？"

李明鑫再次拱手："钱老板，那天我对海平多有得罪，一会儿，茶钱我付，表示歉意。"赵直帆说："这个不必，都是哥们儿，一会儿还让老钱买单，他肉厚，不宰他宰谁？各位，我要和秃哥单独说几句话。"说完，拉着李明鑫向另一个餐室走去。

李明鑫环顾了一下，悄声问："老弟，那个瓶子还算满意不？"赵直帆大咧咧地说："满意是满意，可是不收啊！哎，那瓶子哪来的？"李明鑫神秘地说："这瓶子可不能小瞧，听说是大辽国的物件呢！十八年前，凤城有一个叫'东北新干线'的组织，这是那个组织黑老大的东西，我可是花了大价钱买来的。"

赵直帆点了点头说："嗯，汤局找人鉴定了，很地道。他在动员我捐献给龙城博物馆。"李明鑫脱口骂道："这老汤怕是有病。老弟，河西建化工厂的事儿，你一定要在你们局长那儿给我活动好了。听那个日本人说，化工厂利润那是相当高。你不用出资，我给你百分之十的干股。"赵直帆拍了一下他的肩膀："秃哥，我知道你仗义，你想着老弟，老弟也透露给你一个值大价钱的信息，市里要开发河西新城了。"

李明鑫惊讶得像发现了新大陆："真的？消息可靠吗？我可听说的是北扩。"赵直帆悄声说："从我老爷子那儿偷听到的，千万不要告诉别人。"李明鑫说："也不告诉钱胖子吗？"赵直帆说："这正是我要和你商量的。你自己多大胃口不知道吗？我想让你俩联合作战，才能实现对河西土地的控制。自然，要有我的股份。"

二人回到餐室，又和钱如意密谋了一番，同盟圈地的方案形成了。

下午一上班，市规划局主要人员参加的秘密会议证实了赵直帆的消息。

汤局长一脸严肃地说："下面，由我传达一下市委、市政府今天上午常委会有关会议精神。我市决定在伏龙区城郊镇河西村用五年时间建设新城区。我们要做的是两个月内，把河西村村落及龙山寺、公主坟一带全部纳入规划区。市常委会要求知情人员严守秘密，以防突击建设和投机买卖，引起新的不安定局面。"他庄重地看了看赵直帆和孙科长说，"这事儿就你知、我知、他知，能保密吗？"

赵直帆头点得快要磕到了桌子上了。副科长孙绍辉却站起来严肃地问："汤局长，龙山的文物保护区怎么办？"汤局长说："市委、市政府已充分考虑，可能会擦一下边儿，我们必须把那儿绕过去或采取其他保护措施。对了，你们规划科要尽快拿出规划蓝图。"孙绍辉仍然不识时务地说："过去，我们也拿过城市西移北扩的方案，可是遭到了一些老干部的抵制。"汤局长一摆手说："北扩要变通一下嘛，变则通嘛！当今的城市已经不堪重负，建设新城是早晚的事。西移是我市发展的百年大计，不要再议了。"话说到此，参会人员纷纷表示积极拿出方案、不会提前泄密，只有孙绍辉意犹未尽地坐在那里。

宏运公司总经理室里，在钱如意和吴寄瑶正在调笑时，好消息已传进了钱如意的手机："噢，真的？你说的好事儿真来了……那可是个钱母子呢，对……是个太大的商机了……好，我一定要抓紧、抓住、抓好，明天我就搞钱去办……你放心，我能忘了你吗？老规矩……我这人你还不放心吗？我和谁也不说……远近我知道，就是我爹我也不告诉他。好，晚上茶楼见，我到那等你，具体听您指示。"

放下电话，钱如意得意得手舞足蹈地唱道："河西啊河西，我可爱的家乡。"于海平进来听见钱如意那"跑山调"，惊问："钱总，又有什么坏消息啊？"钱如意脸一变："就你这狗嘴，就不知说点儿好的？"说完，他得意地笑道："海平，你说人要是走了字儿，想不发财都难。"他神秘地说："来大活儿啦！"说完，拿起地图，用笔一画说："河西这一片儿，马上给我拿地。"

于海平不解地问："就这儿穷乡僻壤，兔子不拉屎的地方？"钱如意不屑地看了他一眼，没有说话。这个对贫困老家没有一点儿贡献的地产大亨，正在盘算着怎样鲸吞河西那一片广袤的土地呢，哪有时间和他解释。

吴寄瑶在旁边已经听得明白了，可她心里有着简单的苦处：河西就是有个金山，凭她没有任何资本，也只是看着。

2

第二天，周六。龙山半山腰的晨雾使这座连绵起伏的山林更加有了神秘感。龙大章、姜美祺、赵直帆、龙小晴等二十多名高中男女同学正在向山顶奋力攀登着。

龙小晴紧随龙大章攀登到了山顶，她站在一块石头上，举着一小旗，喘着粗气："各位老同学，今天龙城市第一导游为各位免费讲解。来点掌声啊——"

赵直帆叉着腰，喘着粗气说："又向三流歌星学的吧，没等演呢，先要掌声。"

龙小晴兴奋地发挥着她的导游才能："这座在塞外大地上横亘一百余里的山叫龙山。这里山势陡峭，峰峦峙立，春夏之季，野卉芬芳，郁郁葱葱，蝉鸣蝶舞，瀑布飞溅；一到秋季，山色俊俏，野菊竞放，点点金黄，红叶片片；一到冬季……忘词啦！"

同学们一片哄笑声。吴寄瑶调侃地说："真是龙城第一名导，导到关键时刻卖关子，等着给赏钱咋地？"

在同学们的嬉闹声中，刚刚卸任的龙大章可没那么轻松，他向山下望去，那里是河西村，最西边那家就是他的家。十年前，一家人吃着莜麦芋子和苦力布拉与城里吃大米白面的比耐力，他和小晴没有占过下风。现在，工作一忙，一年也回不了几次家，有时离家近在咫尺，也只能望着山下袅袅炊烟寄托乡愁。

一群同学在冰石河的大石头上坐了下来，说着说着就说到了"投资大师"郝子强。一男同学说："那家伙现在和谁也不联系。有人说他在深圳当了大老板了，有人说他还在给人打工。哎，姜美祺，你应该知道吧？"姜美祺说："你就知道和别人没联系？这事儿得问龙小晴。"龙小晴脸一红，喃喃地说："挺好的……"

赵直帆接过话茬："这通问，还不明白吗？为啥小晴揍死（就是）不结婚，这是傻女等痴男呢！"开出租的男同学不屑地一笑："还大老板呢，白天扛着家什、板子给人家装潢，晚上在寄瑶那麻将屋里混……"

一名胸大脑小的女同学扳过小晴肩膀："大妹子，他说的都是真的？你也忒傻了，就你这条件，找啥样的找不着啊？二十七八了当'剩女'，你三十之前是'剩斗士'，四十之前是'斗战剩佛'，五十之前'齐天大剩'……怎么，哭啦？"见龙小晴的眼泪吧嗒吧嗒地滴在草地上，吴寄瑶站出来打抱不平："欠嘴，给说哭了吧？谁像你俩，事业无成，孩子一帮的。"

山林里，同学们分散到树林里采蘑菇和野花，又充满了欢声笑语。龙小晴独自坐在石头上向远处迷惘地望着，她起身想招呼同学们去刘老师的农家院，却发现龙大章不知何时没了踪影。

此时的龙大章和郝子强就坐在另一片山林的一块石头上。郝子强告诉龙大章："刘尔贵刚才跟我联系了，号码显示是广东，也没说在哪儿，他要我照顾点儿刘老师。不过我似乎听见有海啸的声音，一会儿我把号码发给你。猴子嘛，爆炸那夜他一直和我们打麻将到半夜十一点多。不过，他最近好像常到龙山寺去……"

二人又嘀咕了半天，龙大章起身向山林深处走去。

郝子强倚着行囊，他能听见不远处山腰上同学们的嬉闹声。他起身向同学们望着，举起手想向龙小晴挥手打招呼，可是他又放了下来。他想喊一嗓子，可是他看了看自己那身像民工一样的衣服，又坐在了石头上，他的眼前又一次闪现出自己当年南下的身影——

八年前，在中南大地的土路上，阳光照着郝子强的破衣裳。他坐在一个相对光滑的石板上，摸摸口袋，掏出十几元钱，无望地看了看前方，前方是骄阳似火下的青纱帐。他走到一个小镇的陆陆顺饭馆里，小店老板让服务员给他一碗面条，他赶紧给人家作揖。小老板抢过饭碗说："你这个混蛋，我给你一碗面条，你给我作揖，你父母这二十来年给了你多少面条，你作过揖吗？还不赶紧滚回去！"

　　郝子强站起来向山下望去，依稀可见山下的炊烟，他转身向龙城方向走去。此时的郝子强很矛盾，他想见他的父母，想见龙小晴，想见他的同学们。可是，他不想以这种面目去见他们。

　　龙大章走到密林深处，找到了黑老三他们去过的观火台那处旧窝棚，这是郝子强无意中听刘尔贵提起的。那里已经被人刻意清理了痕迹，他只在一片树丛后找到了一块光滑的石头，用脚趄开松软的土，发现三个烟头。他把烟头装进了随身携带的塑料袋里。这时，远远地传来姜美祺的喊声："同学们，集合啦，去看刘老师。"

　　龙山珍真野菜馆院内，充满了二十多名同学的欢声笑语，他们把半车的礼品抬进了屋，小屋充满了笑声和问候。一阵问寒问暖，聚餐也就开始了。珍真野菜馆栅栏内铺上了大塑料薄膜，二十多人席地而坐。刘老师今天特别高兴，她笑容满面地招呼着，宴会开始了。

　　龙城的酒宴要有一个人开场的，龙大章是这次活动的倡议者，他站起来说："同学们，我们能有今天，可以说得益于刘老师教导有方。可是，我，还有郝子强等人却使刘老师丢掉了她热爱了二十多年的教育事业，我今天要郑重地给刘老师敬一杯水，并自罚一大杯酒，以表达我们的感激之情和忏悔之心。"

　　同学起哄："不行，罚三杯！"姜美祺说："我们一起敬，我们一起受罚！"

　　龙大章给刘老师满了一杯白开水，刘老师却破天荒地倒掉，给自己满了一大杯酒，一饮而尽。她眼含泪花地举着空杯说："要是我儿子刘尔贵像你们一样多好啊！"说完，她的眼泪滴在了酒杯里。龙大章平静地说："刘老师，这些天刘尔贵就一点儿音信也没有吗？"

　　刘老师默默地摇了摇头。龙大章从包里拿出个厚厚的信封，递到刘老师手里："刘老师，没什么，你要好好养病。这是同学们集体心意。你要多休息，我们常来看你。我有点儿急事，先走了。有关建度假村的事儿，你和小晴、美祺、直帆他们唠唠，先拿出一个规划设想，资金方面，我们再去想办法。"刘

863

老师一愣，没有接那笔钱："度假村？我这个地儿要盘出去了，有两拨人都相中了……"

龙大章诚恳地说："刘老师，这个度假村不能卖。"刘老师迟疑地说："大章，我有话和你说。"

刘老师把龙大章拉到了卧室里，指着墙上挂着的刘尔贵小时候和母亲在海边的一张照片，内疚地说："大章，对不起。我当老师时教育你们不要说假话，可是那天我和你说了假话。刘尔贵有天晚上回来过，说是要挖药材，拿走了两把铁锹。过两天就听说公主坟那儿砸死了人，我想可能和尔贵有关……"

龙大章说："这个我们都知道了。刘老师，我恳求您，一旦有刘尔贵的消息，及时告诉我。"刘老师说："我明白……这个不肖子。大章，你一定要救他，不能让他走上绝路。搞旅游度假村的事儿，原本就是为了给刘尔贵创办个事业，可是现在怕是没用了……"龙大章安慰道："刘老师，您不要多想，要保重身体，保住度假村。"

说完，龙大章出门上车，匆匆地向山下开去。刘老师倚在门口向龙大章的车望去，一行泪流了下来。

龙大章边开车边从倒车镜看着一头白发的刘老师。放出刘尔贵，是为了收集证据并钓出他背后的人。可是，刘尔贵跑了。他深深地自责，执法人员如果不能抛开私情，法律就会柔弱无力。

刘老师送走龙大章，回到珍真野菜馆，看见她的学生们在快乐地野餐，便也坐下来。说实话，过去当老师时，她看不惯这种说话声、划拳声响成一片的场景，今天却看着格外亲切。

赵直帆端了一杯酒过来："刘老师，你身体不好，经营这个店太吃力了，不行我帮你卖了吧，一定能卖个好价钱。"刘老师说："不行啊，我没了工作，尔贵也没了工作，我家就靠承包的这一片山林生活呢。以前有个大老板要出高价收购，我都没同意。"赵直帆莫名其妙地问："噢？刚才不是说要卖呢吗？是谁要收购？"

刘老师说："他说他是帝豪会馆的人。"赵直帆说："是这样，那不能卖给他们，他们不是做正经生意的主。刘老师，你啥时想卖了，跟我说。"

姜美祺提醒道："直帆，我们来是帮助刘老师想办法办成度假村的，不是来帮她卖房卖地的。"赵直帆说："这个，你不懂。我们下山吧。"吴寄瑶说："好啊，小晴，正好我们去看看你那新买的小屋。"

短暂的聚会结束了，同学们收拾完"残局"，上车、挥手、道别。刘老师眼含热泪，一直站到看不见车子了才回。

3

龙小晴和姜美祺、吴寄瑶她们回到龙城时，太阳已经偏西。她们爬上了六楼，龙小晴打开门，吓了一跳："不对啊，开错门了吧？"吴寄瑶说："怎么不对，你的房号我都记住了。"龙小晴说："谁给我装潢了？"姜美祺说："不会是龙王三太子下凡了吧？"

几个人正愣愣地站在门口，惊讶对望时，就见郝子强一身民工打扮，满脸像刮了大白，双手捧着钥匙，正呆呆地看着龙小晴。

龙小晴惊讶地问："子强，是你？你怎么在我这儿？"郝子强低头道："小晴，没经过你同意，我拿了你的装潢图、偷配了钥匙。房子我装完了，我得走了……"龙小晴问："又要走了？你要干什么去？"郝子强把图纸放在地上嘀咕："走天涯。"龙小晴问："为什么？"郝子强嗫嚅地说："我配不上你。我不想让同学们说三道四，我不想让你难堪，我不想以现在这面目见我一起长大的同学……"龙小晴气愤地说："你不就是注重你的面子吗？你回来这么长时间了，谁也不见，自我封闭，你是一个男人，你要勇敢地面对失败！"

郝子强把钥匙递过来说："我……"龙小晴把钥匙推了回去，坚定说："谁说也没用，房子是我们俩的。"郝子强眼睛直了："你……"龙小晴一头扑到了郝子强怀里，两人抱在了一起，流着幸福的眼泪，全然不顾还有两个人在门外。

吴寄瑶实在看不下去了："哎，哎，还有客人呢！真看不下去了，我们走了。"说完，拉着姜美祺走了。

龙小晴这才收住像初秋的阳光一样灿烂的笑容，在新交工的房子里来回参观着。她高兴地摸摸这儿，摸摸那儿，问："哪儿来的装潢钱？"郝子强满脸高兴地说："小晴，我赢的。"一听这个，龙小晴靠在门口，冷着脸问："跟谁玩的？赢多少啊？"

郝子强嘟囔道："时猴子他们……"龙小晴的脸阴冷如凉水："子强，你太不懂我了。你从南方炒股回来，就一头扎进了棋牌室。先以一个麻将讲师的身份糊弄麻友，再到自己亲自操刀上阵，干点儿实业不行吗？我们不是官二代、富二代，让你的儿子当个富二代、官二代什么的，不是很好吗？"郝子强辩解说："我不也在快速致富吗？"

龙小晴指着郝子强的脑门儿："你这叫不务正业。再这样下去，我没耐心等你了！"说完，转身拿包走了。

望着龙小晴远去的背影，郝子强呆立了半天，忍不住又来到了方格棋牌室。

时猴子见到郝子强，两眼放光："子强，以为你赢点儿钱不敢来了呢？送钱来了？"郝子强大大咧咧地说："谁买单还不一定呢。"李明鑫眼一嘛哒："你俩扯这些没用的干啥？光说不练假把式，有尿牌场上呲。"

麻将机一转，几个人动起了输赢。不一会儿，时猴子输得汗流了下来，手也哆嗦了。郝子强说："猴哥，不行就卷帘子、拿回头吧，今天是盲人掉井——越捞越深啊！"时猴子不服道："哼！我今天就和你好好赌一把，你要还是男人，咱来点儿大的？"郝子强问："大的？多大？"时猴子咬牙切齿地说："十万一底。"郝子强揶揄道："猴哥，先给你的钱包几个耳光，让它肿起来再说吧。你敢亮底吗？"

时猴子没想到这个穷兄弟底气这么足，便说："门缝里看人——把人瞧扁了。"他得意地掏出一张银行卡，往桌上一摔说："寄瑶，找个POS机来。"吴寄瑶拿过一个POS机，时猴子边刷边说："郝弟，你可看好了，这里正好有十万元，赢了归你。"他眼睛一斜问："不过，你要是输了，你拿什么给我呢？"

郝子强低下了头，他刚才也是在较劲，可话到这份儿上，便咬牙道："我郝子强要是输给你……没钱用老家房子顶账。"时猴子转身对于海平和李明鑫说："二位可是听见了，做一见证？我二人之间的输赢按一百倍计算，我也不怕他赖账。"

　　方格棋牌室的气氛顿时紧张起来，吴寄瑶的棋牌室说白了就是小打小闹的娱乐场所，没见过这大的赌局，众人都来看这次超级豪赌。几圈下来，先是时猴子不断地输给郝子强钱，三圈过后，除于海平、李明鑫偶有小和，时猴子和的全是大牌。郝子强本已欠了近七万元，又把一白板打出，时猴子把牌一推："兄弟，一炮点在了十三幺上，掏钱结局吧！"

　　一算账，应给四万八千元，时猴子大方地说："加上先欠的，应是十一万六，零头全抹，你给我打十万元欠条。郝兄弟，一个村住着，我容你三天。三天还不上钱，你父母就得搬家！"

　　郝子强手颤抖着在欠据上签了字。这个结局出乎郝子强的意外，经过多轮较量，时猴子那两下子他已了如指掌。可是，刚才时猴子似有神助，要啥牌来啥牌，他是得到什么人的真传了吗？在他百思不得其解时，时猴子已经唱着歌走了。

　　时猴子得胜的消息很快传到了张半仙耳朵里，他坐在桌前悠闲地喝着茶，并无喜色。

　　金疤瘌也笑眯眯地来讨好："大哥，果不出你所料，那个穷小子上套了，时猴子把他老家的房子赢到手了。"张半仙一脸沉思地说："我们在套他，他就不会套弄我们吗？不管他是不是龙大章派出的眼线，我们都要挤压他，直至成为我们的人。"金疤瘌拱手道："大哥是海纳百川啊，什么样的人都想收入麾下。"

　　张半仙撩了他一眼："我这一套是从《水浒传》里的宋江那儿学来的，不管啥人，逼上梁山，为我所用。"金疤瘌神秘地说："大哥，听我们的人说，钱如意和李明鑫又联手了，在河西购买土地，他们是不是听到了什么风声？"张半仙一惊，若有所思："可能吧。如果是这样，我们就被动了。"

　　郝子强回到龙小晴的新家，他环顾了一下装好的小屋，神情沮丧、无精打采地靠在沙发上，拿出一张发黄的《准考证》发着呆——

　　小时候，他背小晴过河，在树林里拉手唱歌，给她摘野花……八年前，赵直帆、姜美祺、龙小晴、吴寄瑶四名同学在高考考场上答卷，郝子强的座位空着……在一间狭窄潮湿的仓库里，郝子强在一只昏暗的电灯泡下沉思，在一页皱巴巴的稿纸上写着信："父亲、母亲，容儿子不孝，离家出走。为了让我上学，你们借遍了亲朋好友。听说你们要卖房子供我念书，可千万别做那傻事，房子是你们半世辛苦挣来的窝，要是没了，我们可连家都没有了……"

手机响了，郝子强接起电话："爸……你要卖房子？你说房证，是在我这儿……不行啊……不能卖……等我回去再说吧。"他放下电话，从背包里找出一本房产证，擦了一下上面的尘土，眼前浮现出麻场上的情景，他耷拉着脑袋向楼下走去。现在，郝子强顾不上想这么多了，他本来是想帮大章弄清时猴子和刘尔贵底细的，却把自己栽了进去。

4

城郊乡河西村老龙头家，正值午饭时间，龙大章的父母正在做着莜麦面条。

老龙头把茄子土豆丁卤盛在碗里说："小晴最爱吃茄丁莜面了。"大章妈说："老头子，大章和小晴又好长时间没回来了，买房子的事儿怎么办啊？"老龙头扒拉一口面条说："没了地图，我拿啥给他在城里买房子？现在看只有卖我们住的这房子了。"

大章妈问："卖房子，有人买吗？"老龙头说："有人，这些日子，钱如意的人到处转悠着买地，说要搞什么综合开发。"大章妈失望地说："我们这房子能值几个子儿啊？"老龙头说："凑鸡毛攒掸子呗！听说给的价钱还可以，到时再借点儿，给大章娶媳妇得花钱，不然让人家瞧不起。他也是二十七八的人了，前院和大章同岁的小二子，孩子都三岁了。"大章妈喃喃地说："大章工作三四年了，还两手空空、一无所有。我听人说大章原来有个女朋友，就是前些日子骗走咱鸡血石的凤凰姑娘，嫁给当官的有钱人家了。"老龙头没有吱声，放下碗筷，"当当"地磕着烟袋，满脸愁容地嘬起旱烟。

一阵敲门声响了起来，老龙头便去开门，见一个黑汉子立在门前，便问：

"噢，你是？"黑汉子说："大叔，我叫吴寄山，是宏大建筑公司的，听说你家要卖房子，我特意来看看。"老龙头问："不是钱如意要买房子吗，怎么成了什么公司？"吴寄山说："宏大公司和钱如意是一回事。大叔，为啥要卖房子呢？"老龙头说："给孩子娶媳妇呗！"

大章妈从屋里出来说："我们不卖房子，你走吧。"老龙头不解地问："我们不卖房子，拿什么娶媳妇？"大章妈向外推吴寄山："去！去！去！哪凉快哪儿待着去！"吴寄山问："到底谁说了算呀？"大章妈说："我说了算！"说着，把吴寄山推了出去。

郝子强蔫头耷脑地向家里走，半路正碰见在追赶吴寄山的老龙头，便问："龙叔，忙啥去？"老龙头说："上村部，听说钱如意的人要买旧房子呢。"郝子强说："龙叔，你要卖房子啊？不能卖吧，卖了住哪去？"老龙头说："不行就到城里捡破烂去，那年不是出了个破烂王成万元户了吗？你们这一代不能像我们那一代，当父母的啥也给不了。你父母也急着卖房子呢，可是没找到房产证。"郝子强焦急地说："唉，怎么都打上房子的主意了呢？"说完，郝子强失魂落魄地向家跑去。

河西村村委会院子里，今天格外热闹。

于海平和几个人正在就卖房子的事儿讨价还价："老哥啊，就你这破房子，能住人吗？我们钱总说了，看你们是老邻旧居的分上，在原来八万元的基础上再加三万元，这样的买主你哪找去？你要是不同意，我可看别人家的了。"那村民说："金窝银窝，不如我的狗窝，房子我不卖。"于海平开导他："你再想想，过了这个村儿可就没这个店了，你不卖，我得回去了。"

老龙头一下拦住于海平："别介，稍等，商量商量我的房子。"于海平说："噢，龙叔啊！你的，原来说的价，看在小晴的面上，再给你加五万，这可够意思了吧！"大章妈气喘吁吁地过来说："老头子，要不等大章回来再定？"老龙头跺下脚说："等他回来他肯定不同意。好，就卖了吧。"

于海平看他们一眼，拿出早已打印好的一纸合同，老龙头不顾大章妈阻拦，手哆嗦着在协议书上签了字。

就在老龙头签字的时候，吴寄瑶来到契丹王府博物馆告诉龙小晴："你老家那儿要建新城了，和别人可别说啊。"龙小晴好奇地问："建新城怎么了？"吴寄瑶神秘地说："买地呗！以后那地价得和火箭一样。怎么，于海平没和你说？"

一听于海平的名字，龙小晴立马来了气："那个缺德的律师，派人把我爸扔在了荒郊野外，他已经没脸来见我了。"吴寄瑶又问："小晴，他那么没脸没皮的人没再给你展开爱情攻势啊？"龙小晴说："他多次要请我吃饭、喝茶，我都没理他。听说他和我那小学同学孟显姿交往着呢，不是个地道人。"

吴寄瑶说："嗯，于大律就是个心机男。你买房他给你省了不少钱，让你欠他人情，最后，无以报答，只能以身相许了。不过，你可以在月光下认识你的情人，但一定要在阳光下认识你的终身伴侣，别让他把你蒙了。"龙小晴笑笑说："我又不想跟他，我也不想了解他。"吴寄瑶说："唉！过去，我对男人一知半解，做了人家的妻子；现在，我对男人了如指掌，只好独身一辈子了。"

龙小晴听着她话中有话，便问："你是不是有什么话要和我说？听着怪吓人的。"吴寄瑶是想和小晴说郝子强的事，可看到小晴一脸天真的样子，又打住了："说正经事儿吧，你那儿可有闲钱？"龙小晴说："还闲钱呢，贷款还得还呢。"吴寄瑶说："我跟你说，把刚买的房子卖了。"龙小晴一愣："卖了？我可是好不容易买的这小房子，子强刚给我装潢完。"

吴寄瑶吞吞吐吐地说："子强……你还真准备跟他一辈子啊？"龙小晴反问："怎么？你前两天不是还说他好呢吗？是不是有事瞒着我？"吴寄瑶本不想说，但在小晴的眼神儿下，什么也不想瞒了："前两天是前两天，什么都在变，神马都是浮云。"龙小晴说："你能不能不这么云山雾罩地说话？"吴寄瑶说："你那黑马在方格棋牌室一局就输给了时猴子十万元呢。别傻了，倒房买地，南方大城市已有人成功了。房子不是用来住的，是用来倒腾的。"

龙小晴傻傻地站在那里，半天才说出话来："你说的都是真的吗？"吴寄瑶说："你和你那黑马一样犟，抱个屎橛子给个麻花不换，我说的你还不信吗？"龙小晴喃喃地说："不管子强啥样，人和房子我都不抛，倒买倒卖那活儿我可干不了。"吴寄瑶说："我跟你说，人就等着一棵歪脖子树吊死啊？你一生找个好主，一年倒儿处房子，比干什么都强。鞏！"

吴寄瑶见龙小晴发傻得一根筋，知道说不动她，就一步三摇地走了。这回轮到龙小晴傻眼了，她傻眼的不仅是"房子不是用来住的"，还有"郝子强一炮点出十万元"。

5

龙大章在周至祥的督促下，硬着头皮把《辽域地志》被盗案等材料进行了移交，这预示着刚有点眉目的侦破又没了下文。带着满腹的遗憾，他急忙去找朱丽雅，把《辽域地志》被盗案的复制视频等资料交给了她。

朱丽雅仍在为他打抱不平："大章，这对你太不公平了，我要去找赵局长。"龙大章劝阻道："一想到自我任职以来大案频发、多起未破，对我处分已经很轻了。丽雅，你要心里不平，就帮我破了这几个疑难案件。"朱丽雅为难地说："可是，你现在已经不是队长了、已经不办案了。"龙大章说："可我还是一名刑警，我有责任找回刘尔贵，有责任找回鸡血麻神和藏宝图，有责任打掉'东北新干线'。"朱丽雅问："刘尔贵能去哪呢？"龙大章说："他给别人打过电话，显示是广东的号码，我查过，那只是一个虚拟的号码。"此时，刘尔贵小时候与母亲在海边的照片在龙大章脑海中一闪，他坚定地说："他就是跑到天涯海角，我也要把他抓回来。不过，目前还要先从龙山墓穴爆炸案开始。"朱丽雅无奈地说："周至祥已束手无策。"

龙大章把从龙山带回的塑料袋拿出来说："丽雅，这是我在案发现场的密林里找到的烟头，可能是挖宝人在作案前踩点儿留下的。在龙城吸这个牌子烟的人很少，一是它价钱很贵；二是它有一种怪味，一般人享受不了。你是爆炸案专案组的，这个或许对你有用。"朱丽雅接过塑料袋，闻了一下，皱起了眉头："好吧……"

正说着，周至祥进来了，他看了看朱丽雅手中的袋子说："丽雅，我们的'震慑2号行动'开始了。大章，你这个宣传干事要先行一步哟！"

周至祥并没有等待龙大章的回音，他昂首来到伏龙区刑警大队院里，看着各色警车一字排开，便坐在头车副驾驶的位置，脸上露出得意的笑。李明乔问："周支队，这次宣传什么路线？"周至祥用手画了一个圈儿："主要街道，一个来回。"

朱丽雅拉着鲁运上了另一辆车，愤愤不平地说："刑警大队来了个宣传队长。"鲁运调侃道："我就服周大队，行伍出身，可主要功夫在写汇报材料上。看吧，年终材料又会出现'出动宣传车多少多少辆，避免犯罪多少多少起'。"朱丽雅说："大师兄，搞完宣传，我们该干什么还要干什么，不能误了破案。"

宣传依旧是老套路，警车在方格棋牌室不远处停下。郝子强刚说个"和"字，周至祥率领的警察们已经冲了进来，麻友们就一个个地蹲在了地上。外面警灯闪烁的车里，鲁运调笑道："养猪的出身，养肥一批，杀一批，这就是周至祥模式，龙城有好戏看了。"

被罚了款的郝子强垂头丧气地从公安分局里出来，独自在大街上走着。尽管夜色明亮，郝子强竟一时不知何去何从。

路灯下，响起一串车铃声，龙小晴骑着电动自行车从后边上来了。她把自行车往郝子强身边一横："好小子，你长出息了！"郝子强吓了一跳，说："也不给个动静，公安局这个圈龙圈虎的地方也没你吓人。"龙小晴一撇嘴："既然这样，你怎么出来了呢？"郝子强说："赶上这个周支队好说话，只罚款，不拘留，大赦麻友。"

龙小晴气得拳头雨点般捶在郝子强身上："打死你个没出息的东西！你是不是欠下十万元赌债？"郝子强一愣，马上像做错了事的孩子，低下了头嘟囔："小晴，我错了……"龙小晴手却未停："你还知道错啊？十万元你想拿什么还？"郝子强嘟囔道："哪里跌倒，哪里爬起来。"龙小晴痛心地说："赌博是个泥潭，你越爬陷得可能越深啊！你是不能自拔了?走，找你爸妈说理去！"说着，扯住郝子强不放。郝子强求饶道："小晴，你要给我时间……给我时间啊！"

龙大章心里憋屈，便从刑警大队出来散心。远远地看见两个人在撕扯，他快步走过去，一看，竟是郝子强和龙小晴，便问："子强，什么情况？"郝子强小声说："我欠下了时猴子十万元赌债。"龙大章一惊："十万元？你想怎么还？"郝子强说："跑路，我还想到外面发展，赚钱还他。"

龙大章语重心长地说，"子强，每个人都以为到了外面一猫腰就能捡到金子，你出去好多年了，捡到金子了吗？你要为小晴负责。"看到郝子强低头不语，他又说，"子强，外面的世界很精彩，外面的世界也很无奈。和小晴回去吧，你要是真有发展，她会通情达理的。"

龙小晴心事重重地问："哥，那十万赌债怎么办？"龙大章说："按法律规定，赌债可以不还。"郝子强一听，脸色转晴，他把龙大章拉到一边，悄悄地说："大章，我发现时猴子带的卡持卡人叫吴名，十万元是半月前一次性打入的。"龙大章点了点头："你说的情况很重要，但是你不要这样卧底了，会把自己搭进去的。"说完，又安慰了一脸疑惑的龙小晴几句，走了。

龙小晴跟着郝子强默默地走上了龙城大桥，她小声问："子强，你神神秘秘地在搞什么？"郝子强惭愧地说："没什么，本想帮大章，却连自己也保全不了。"龙小晴说："鬼鬼祟祟的，你得给我说清楚。"郝子强说："一个一败涂地的小男人，有说话的余地吗？"龙小晴说："子强，你虽然失败了，可是没有人瞧不起你。并不是每个人都得当英雄。收手吧，赌场不是我们能玩得了的，放手吧，不要自己再打败自己。"

郝子强望着远方说："不，小晴，我的目标还没有实现，我要哪里跌倒哪里爬起来，我要给你一个像样的婚礼。"龙小晴问："你想让一块石头绊倒八次吗？告诉你，我什么都不要，我只要两人在一起快乐地生活。"郝子强说："有钱的人是好人，有膘的马是好马，没钱能快乐吗？"龙小晴痛苦地说："你把钱看得太重了。"郝子强说："钱不是万能的，可没钱是万万不能的……"

"啪！"龙小晴一个巴掌打在郝子强的脸上："你太让我失望了！你走南闯北这么多年，别的没学来，学成财迷了！"郝子强捂着被打的脸，眼泪下来了："小晴，你打我，我不怪你。我是男人啊，一个男人不能养家糊口，我还算个什么男人啊？"

龙小晴用失望的眼神儿向龙城市区望着，桥下，只有星星点点的灯火，她气愤地向灯火阑珊的龙城博物馆方向跑去……

6

一缕晨光从窗户斜射进来，照在龙城博物馆大会议室主席台上方的横幅上，横幅上写着"中国龙城市麻将文化研讨会"，在横幅下的主席台就座的有龙城市政府副市长赵连起、中国北方文化研究的著名专家，台下坐的是来自全国几大院校的学者和专家。

赵连起扫视了一下会场，开门见山地说："中国龙城市麻将文化研讨会现在开会，我代表中国龙城麻将文化研讨会主办方——龙城市政府对专家、学者们的到来表示感谢！请大家自由发言，各抒己见，充分研讨，达成共识。"

于伟绩率先发言："各位领导、同仁，我是中国契丹学专家、龙城契丹博物馆馆长于伟绩。通过多方的考察与考证，我认为麻将起源于龙城市的说法没有问题。龙城搞麻神艺术节符合历史渊源和当地民俗习惯，此举必能引起全国性的轰动，对提升龙城市的知名度和文化品位有很大的帮助，能使旅游业得到长足的发展……"

陈立言打断了于伟绩的话："我不同意于馆长的观点。我是中国契丹学专家、龙城晚报副总编辑、龙山大学特聘考古学教授陈立言。对上述发言，我有不同看法。理由是，麻将起源于中国，这一点没有疑问。但是，究竟起源于何时何地，尚有多种说法……"

赵连起不满地斜了陈立言一眼，起身向厕所走去。

于伟绩也走出了会议室，以示不满。他在走廊碰上了迟到的龙小晴，气呼呼地说："小晴，你跟我来！"龙小晴以为自己迟到的事儿要挨训，吓得没敢吱声。于伟绩到了办公室，狠狠地关上门说："一个好端端的研讨会让你和陈立言搞砸了。小晴，近千万人口的龙城市就找不到几个有点儿文化的人了吗？"

龙小晴解释说："于馆长，我本来是找敖拉教授，可她出去旅游没回来……涉及契丹文化，就自作主张地找陈立言副总编了。"于伟绩没好气地说："没他，龙城的天是不是得塌下来啊？"

看到郝子强现状，又挨了训的龙小晴回到自己办公室，眼泪流了出来，她拿起了电话打出去："直帆，有件事儿得请你帮个忙……"赵直帆说："小晴，你说，我能帮的一定帮。"龙小晴说："帮郝子强安排个工作吧，我不想让他今天干东、明天干西的了。"赵直帆说："子强啊，没学过音乐吧？时而不靠谱，时而不着调。小晴，我跟你说，就那样的'大师'，你得离开他了……"龙小晴愣愣地拿着话筒听着，赵直帆接着道："小晴，你就非得守那一棵歪脖子树吊死吗……你听着呢吗？你可以穿着契丹的服装，可不能有封建妇女的思想。我单位有个条件不错的……"龙小晴默默地按了电话，看着远方的龙山发起了呆。

走在龙山山路上的郝子强放下自行车，无精打采地在写有"再生洞"的石头旁坐了下来。他向北望了望龙山寺，向西南看了看茂密的原始次生林，回望山下，一辆越野车正向自己驶来，便骑上自行车，发着狠地向山上冲去。

龙大章的越野车已停在他面前，摇下车窗问："子强，匆匆忙忙干啥去？"郝子强迟疑地说："大章，你们的事儿我没办好，还让小晴误解了。"说着，从包里掏出一叠钱说："交给我父母。"龙大章问："这是什么？钱，为什么不自己送回去？"

郝子强小声说："我输了房子，没脸见我父母了。"龙大章问："子强，你多长时间没回家了？我听说你爸妈想你想得快疯了，天天上车站看你啊！"郝子强说："所以，我无法面对父母那目光……"

龙大章下了车："子强，我们都一样，欠父母的太多了，我想我们的父母会原谅我们的。"郝子强喃喃地说："小晴也离我远去了……"龙大章难过地说："子强，你现在太让人理解不了了，你要振作起来，卧底不是你的工作，你放弃麻将，不要放弃对爱情的追求。如果你自己放弃了，谁也帮不了你。看完父母，回去找小晴说清楚，龙山寺的事儿，你就不要掺和了。"

郝子强固执地说："不！我一定要像你一样，成功地完成一次任务。"

龙大章说服不了倔强的郝子强，便向龙山寺而来。龙山寺及附近发生了几起案子，让他对这个神秘的地方产生了兴趣。这次他约见姜长庚，是想和恩师好好谈谈。

找到师傅后，二人来到龙山山坡上，坐在白天晒热的山石上，眼前是灯火阑珊的龙城，身后是青葱含黛的龙山。

龙大章问："师傅，你在龙山寺还住得惯吗？"姜长庚说："还好，大半辈子难得如此清静。"龙大章问："师傅，你真的很清静吗？佛寺也不会就是一方净土，诸如上次盗洞的事儿。"

姜长庚望着寺院的屋顶说："是啊，近些日子整个河西都不平静了。"龙大章说："师傅，我有一种预感，有些人是冲着龙山寺的什么东西来的，或是冲着您来的，我们都很担心。"姜长庚沉思了一下说："大章，你提醒得有理，我会注意的。"

龙大章说："师傅，过去在你执掌刑警大队的时候，我有时会想，师傅怎么那么瞻前顾后呢？现在轮到自己了，我还不如师傅处理得那么顺风顺水。"姜长庚说："大章，你还年轻，你还有思路，这就是最大的资本。不要气馁，这或许是磨炼你的最好时候。一个刑警，光有勇还不行，还得有韧和智。刘尔贵或时猴子，他们或许都是破解一些案子的钥匙。"龙大章点了点头："刘尔贵的行踪我们已经掌握一些。可是，时猴子听说常到龙山寺去，劳驾师傅注意一下。"

远处的一棵树后，一个望远镜正望向他们，最终定在龙大章和姜长庚身上。

姜长庚说："这才是你找我的目的？"龙大章点了点头问："师傅，你啥时下山啊？"姜长庚说："等你拿下'东北新干线'之后。"

龙大章和师傅又谈了很久，可师傅终究没有说明自己和鸡血麻神有什么瓜葛。龙大章感觉师傅确实变了，变得优柔寡断了。

看到姜长庚和龙大章告别的身影，张半仙放下望远镜，从树后出来了。他看了看一直陪在身边的金疤癞说："金总，你倒是很悠闲啊！"金疤癞吓了一跳，问："大哥，我又有什么不对吗？"张半仙说："疤瘌，公安在追查时猴子的行踪，钱胖子和李秃子在大力发展，你却宅在家里做着鸡鸣狗盗之事。"金疤瘌"扑通"跪在地上："大哥，疤瘌愚钝，请您明示！"

张半仙向向西一指："钱如意在河西收购了大量的土地和房产，而你的人连个小小的农家院也拿不下。"金疤瘌不解地问："大哥，河西这片贫瘠的土地真有那么重要吗？"张半仙又向东一指："从他们的举动上看，河西要开发新城了。到那时，河西就是龙城的中心，那里会寸土寸金。"金疤瘌说："那我们也赶紧动手吧？"张半仙说："不，我们怎能跟在钱如意那样的人屁股后呢？疤瘌，有两件事抓紧办一下。一是，化工厂的进程要快一些……"

金疤瘌赶紧说："大哥，化工厂是李明鑫和你那兄弟合伙的，快要投产了。李秃子是我们的敌人，你兄弟与你又不合，我们为什么要帮他们？"张半仙说："疤瘌，这个你不懂，化工厂名义上是他们的，我只不过借他们的手用用而已，他们产品的销售在我们手里掌控着，他只是替我们承担风险而已。至于合不合的，国家、民族的利益永远比个人的恩怨重要。"金疤瘌一头雾水："不懂……那第二件事呢？"

张半仙与金疤瘌耳语了半天，金疤瘌连连点头，一个新的计划又开始了。

第三十九章　争权夺利，风起云涌

1

市郊外河西村，整齐的农舍，袅袅的炊烟，人欢狗叫的沸腾。这是城市边缘的乡村，很多人都期待着拆迁发家。太阳升起来了，龙大章的父母互相搀扶着走出门外，一副大病未愈的样子，满脸写着忧郁，他们深情地望着自己的院子、房子和树木发呆。龙大章的话又在他们耳畔响起："听说你们要卖房子，可千万别做那傻事，房子是你们半世辛苦挣来的窝，要是没了，我们可连家都没有了……"

大章妈摸摸大门，忧伤地说："大章那天走后还没回来呢。再不回来，这大门指不定姓啥了呢，听说他工作太忙了。"老龙头把门狠劲儿地关上，气愤地说："也不知他天天都在干什么？工作，工作，就知道工作，听说连队长都让人给撸了……"

这时，电话声打断了他的牢骚，他接起电话："噢……小晴啊……你说房子？……已经卖了……建新城……晚了。"他放下电话，这回轮到他看着房子发呆了。大章妈惊问："小晴也不让卖房子？"老龙头没有吱声，他头发花白凌乱，显得很苍老了许多，手扶在大门上，才没有摔倒。

　　有人哭，也有人笑。宏运建筑公司的钱如意这两天很开心。此时，他正在办公室哈着腰打电话："赵科啊，向您汇报一下，收了民房二十三处……"赵直帆的声音传来："谁让你收民房了？小农意识。你怎么咋转也逃不出你的河西思维呢？你得搞点儿大动作，你们那有个要经营不下去的砖场，还有预制板厂、塑钢厂、度假村什么的……"

　　钱如意说："我知道，可是我们从银行和个人那儿都借遍了，就连高利贷都借了。我和金疤痢置换那个煤矿，曾转包给李明鑫经营。盗采煤炭事发后，一大堆的员工安排不了工作，都跟我闹呢……"赵直帆说："别磨叽了，动动你的猪脑子，用用你的狗腿子，有事晚上到茶楼跟我说。"钱如意答应一声："嗯，那个啥……挂了？"他放下电话，瞅瞅立在身边的于海平："还愣着干什么？用宏运奇石城转换龙城煤矿是你的主意吧？上亿元打水漂了。现在用钱的时候，你的主意呢？我们在外挺头竖脑是个房地产大亨，关键时刻，摸摸衣兜里能掏出一分钱吗？还傻老婆等汉子啊？找小额贷款公司，求亲告友借钱去，卖儿卖血搞钱去，就是卖了肾，也要把那几个厂子拿下！"于海平没敢辩解，低头上旁边的屋开始打电话。

　　老钱望着窗外，由喜到烦，这时不明就里的吴寄瑶进来了："老钱，安排个人？"钱如意瞅瞅她："寄瑶，此时能不能不添乱啊？"

　　跟着一起进来的小金子向钱如意瞟了一眼，娇声说："吴姐，钱总为难就算了嘛，我们走——"吴寄瑶暧昧地瞟了钱如意一眼："钱老板，你就不能看看人儿再做决定吗？"钱如意抬眼看了看小金子，顿时眼睛一亮，他仰在转椅上，色色地看着小金子问："你是小金子？就去年在售楼处那个农村小姑娘？"小金子说："钱老板就是贵人多忘事的啦！"钱如意说："真是女大十八变，越变越好看啊！不是刚从韩国整容回来吧？"小金子娇媚地说："钱老板，我们这些小人物哪有钱整容啊？"

　　于海平因为小金子跟武玉鹏去凤城的事，开除了小金子，所以他赶紧打断小金子的话："钱总，收购工作出了新问题，几个厂子同时涨了两倍的价。"钱如意一惊："嗯？两倍？是不是你们这帮二子走了风声了？"于海平说："钱总，跟那几个厂子谈，可都是按你的意思来的，价都杀出屎来了，原价后也就是评估价的四分之一，我们已经谈得差不多了，谁知半路杀出个金疤痫来，和我们竞价。"

钱如意恨恨地说："那就压着金疤痫一个点，必须成交。记住，该安排的安排，关键是事儿要快办、办好。"于海平又说："钱总，还有一处李秃子和一个日本人新建的化工厂，说是日本人的投资没到位，李明鑫准备卖了它。"钱如意说："收着啊！"

于海平为难地说："这样收购，价款是个天文数字啊！要是一旦不开发，我们借银行的钱、亲朋好友的钱，还有高利可就还不起了，那我们可要进监狱的。"钱如意挺身坐了坐，说："慌什么，裤兜里摸大腿——那是十拿九稳的事儿，要坚持下来，不行就向社会集点儿资，度过黎明，之后就是阳光明媚的好天气。"钱如意和于海平说着话，眼睛瞟着小金子："好好干，别扯淡，一群没大出息的家伙。"于海平提醒道："社会集资，那可是犯法的……"

钱如意不耐烦地说："要不说嘛，书念多了就犯傻呢？还是那句话，有法儿想法儿，没法儿去死。你就不会动用一下李秃子吗？对了，还有刘国珍那小饭店，听说金疤痫要伸手，不能让他成了，他若收购成功，就是砸在我们心中的一颗钉子，影响我们整体开发，你和寄瑶快去办吧。"

于海平答应一声"是"，和吴寄瑶出去了。钱如意看了一眼站在旁边的小金子，手搭在了小金子的手上。小金子假装往外抽手，可就是抽不动。这时，吴寄瑶又回来了，钱如意的手马上抽了出去。吴寄瑶揶揄道："钱老板，追风的手啊！"

钱如意吓得马上站起来，把吴寄瑶叫到里屋，悄悄地说："寄瑶，小金子我留下了。不过，你可不能多想，赵公子要当科长，会有一番激烈竞争；王行长那儿要借贷，也要'血雨腥风'。我想，小金子有大用途……"

2

市规划局局长室内，汤局长坐在办公室里拿着一张图纸用放大镜看着，不时皱起眉头。他操起电话："直帆，来我办公室。"赵直帆进屋了，轻声问：

"汤局，你找我？"

汤局长直视他半天，示意赵直帆关上门，语重心长地说："直帆啊，你想当规划科长的事儿你妈和我打招呼了。可是，你工作时间短，规划科科长这个位子你坐着有些吃力吧？规划科的孙绍辉副科长、政治部的杨主任他们都比你有工作经验。"

赵直帆讨好地说："汤叔，我可是你看着长大的。"汤局长说："孙绍辉是你师兄吧？那可是响当当的业务尖子。杨主任也是城建系统的老资格了。你就是当上了这个科长，对你以后开展工作也是个挑战啊！"赵直帆信心满满地说："汤叔，这个我知道。可是，要是他们上去，您老的工作就不好开展了。我在规划局依靠着你老人家呢。你将来一旦提升了，你在这儿也算后继有人嘛！"

汤局长脸一沉说："直帆，党的事业不是家天下。这事儿，我劝你不要找这儿找那儿的了，退出，对你有好处。还有，那个瓶子再不拿回去，我可要交纪委了。"赵直帆小声说："汤叔，你……"汤局长仍然脸不开晴："直帆，做事儿低调点儿，不少人反映你的问题呢！有时间多反省一下自己，回去把你签的这文件再看一下。"

赵直帆委屈地说："我明白。"他很不高兴地退了出去，向隔壁的孙副科长的办公室望了一眼，又向斜对门的张主任办公室望了一眼，恨恨地回到了自己的办公室，把汤局长退给他的文件摔在桌子上。

副科长孙绍辉正在看图纸，政治部杨主任走了进来，面色神秘地说："我说孙副科长，你可真是个业务苗子，就知道看书看图看场地，你就不会看看风水？"孙绍辉头也没抬："你别说，念研究生时还真学了点儿风水学。"杨主任说："好风凭借力，送你上云端。"他小声地说，"规划科科长的座椅三个月没人坐了，凭业务、凭能力，这个空位可应该是你的。"

孙绍辉抬起头，说："这个嘛，要是凭资历、讲人缘，这个位子应该是你的。我这个人，党叫干甚就干甚。"杨主任突然小声地把嘴凑近孙绍辉的耳朵："你不知道吧，那屋那赵痞子听说下了血本，到处奔波呢。那小子靠于伟绩给办的假文凭闹到这个肥缺儿还不满足。你说他任嘛不懂，吃喝嫖赌倒是占全，要上去还不把龙城搞成麻城啊？"孙绍辉认真地说："老兄，这位子的事儿对我来说就是任人宰割，组织上就真的不调查研究？"

杨主任把嘴凑过来，大蒜味直冲孙绍辉的鼻子："我想，你要是上不去，别人也不能上去，让那小子摘桃子，我们心不甘……"

说到这儿时，赵直帆进来了："哟，二位正好都在，说得欢啊！"杨主任马上满脸堆笑："我们都是闲扯。直帆，你们说正事儿。"说完，他似笑非笑地出去了。

赵直帆看了出去的杨主任一眼，悄声对孙绍辉说："师兄，今晚我请客，祝贺你获得省级城市规划设计一等奖，一定得赏光啊！"他不管孙绍辉是不是同意，已经抽身回到了自己办公室。

他把门关严，电话打了出去："寄瑶，晚上请你给我陪下我最重要的哥们儿一起吃个饭，你可不能推三阻四啊！"吴寄瑶的声音传过来："推？可别开我玩笑了，这一年多你没少帮我，我怎能不去呢？"赵直帆叮嘱道："你还要带上小金子。"吴寄瑶说："你相中了？我可告诉你，她可是一见面就往上贴的，就像那哥俩好的胶水。你可小心她抠你的钱，要你的人，抖搂不掉啊！再说，也对不起美祺啊！"赵直帆说："别那么多说道了，我需要小金子，你别想多啊，让她好好地陪我哥们儿。"吴寄瑶说："这个呀？早说啊，你定地儿吧。"

小金子在宏运公司某售楼处刚接到吴寄瑶赴宴电话，正准备出去，龙大章和朱丽雅进来了。小金子惊讶地说："龙警官？朱大姐？"龙大章说："是我们，找到你可真不容易啊！"小金子说："回到龙城后，怕武玉鹏找我麻烦，就到通城躲了一阵子。听说武玉鹏死了，才敢回来。"

龙大章说："我们找你就是想了解一下武玉鹏的情况，你能如实告诉我们吗？"小金子羞涩地说："那自然，在凤城，你救过我。可是，武玉鹏这个人我还真不了解，就是在一些吃饭场合见到了。"龙大章问："他常和谁交往？"

小金子仔细回忆着："有一次，我听见他和一个叫什么二棍的在嘀咕什么……还有，他跟叫猴子的也应该熟悉，他跟我说二棍他们仨是什么'河西三杰'呢……对了，有次我们去帝豪会馆，他好像和那里的金老板很熟……"正说着，小金子的电话响了，她接起电话："吴姐，别催了……帝豪会馆……我这就到……"

龙大章和朱丽雅从小金子那里再也问不出别的来，可"帝豪会馆"几个字引起了龙大章的注意。

3

帝豪会馆的霓虹灯闪烁着这里的华贵，在这个龙城数一数二的大酒店里，消费者都是有钱人或是被动"有钱"请客的人。但赵直帆不属于这两类，却是这里的常客。

一张方桌旁，赵直帆、孙绍辉、吴寄瑶、小金子的酒杯碰在了一起，发出清脆的响声。酒至半酣，几个人都有了醉意，酒瓶子摆了半桌子。

赵直帆搂着孙绍辉的肩膀，亲切地说："寄瑶、小金子，孙师兄就是我亲哥，你们要好好陪他喝两杯。"孙绍辉醉醺醺地说："那是……我们俩……同门师兄弟……现在又在同一单位……"

吴寄瑶站了起来，满眼春色："孙哥，我再敬你一杯啊？"孙绍辉一言不发，吴寄瑶走到他身旁，继续劝酒："你要是张不开嘴，我就迈不开腿。"孙绍辉两眼发直、腿发软，他盯着吴寄瑶说："好……好……"话未说完，一饮而尽。

小金子满眼含情，她倒了两个满壶的酒，妖声道："孙哥，来，咱哥俩壶（用壶）喝一个？"孙绍辉歪斜着站起来，嘟囔道："好……好……胡喝……胡吃海喝……"

二人一饮而尽，孙绍辉满眼醉意："小……小金子，听说你……唱曲儿……唱得好？"小金子妖媚地说："客官，小女子我是卖身不卖艺——"孙绍辉听了哈哈大笑："逗……你可真逗……"

赵直帆给吴寄瑶使眼色："寄瑶，我有事要单独和你说。"吴寄瑶会意道："好。"

二人走出餐室，站在酒店大厅的窗前向下望去，外面是熙熙攘攘的人流、车流。他们发现龙大章和朱丽雅从楼下走过。赵直帆笑道："天下熙熙，皆为利来；天下攘攘，皆为利往。只有我那傻大章同学，还在为理想奔波……"

吴寄瑶说："可别酸了，就咱俩这文化水平，半斤对八两。我知道你要干什么，我可是已经帮你了，只是难为了小金子。小金子的钱你可不能少，她太需要钱了……"

赵直帆回头向楼道望着说："小金子……"这时，他们看见孙科长搂着小金子的腰，二人蹒跚地向楼上客房走去。赵直帆露出得意的笑容，吴寄瑶心疼地望着小金子，没有说话。

过了一会儿，赵直帆走出帝豪会馆，掏出电话打了出去："大章……我想让你帮个忙……帝豪会馆有人嫖娼……你能不能亲自出马……归派出所？要是用派出所，我还给你打电话干啥？"他很不满意地把电话按了，与吴寄瑶上了车。

车在吴寄瑶家楼下停了下来。赵直帆说："寄瑶，谢谢你！"吴寄瑶看了看赵直帆一眼："你们男人，比我想象卑鄙得多。我突然觉得很对不起小金子，她可是拿我当亲姐对待的。"赵直帆大咧咧地说："别自责了，就是没你，小金子也早下水了。这一点，你比我更清楚。"吴寄瑶内疚地说："我不知我做的是什么事儿。"

赵直帆拿两叠钱给吴寄瑶说："这个，给小金子；那个，给你的。"吴寄瑶问："这算什么钱呢？坐台费？皮条费？"赵直帆说："老同学，帮人帮到底，帮忙找个人，冒充公安人员去取个证。"吴寄瑶问："为什么要害孙绍辉？我看他是个好人。"赵直帆讥笑道："世上无所谓好人坏人，他要坏了我们的事儿，就是坏人。"吴寄瑶不解地问："我们的事儿？"赵直帆说："他要是当了科长，老钱就要倒霉，我只是为了我们共同的利益，只有出此下策，有些人踢他两脚和给他个甜枣一样。"

吴寄瑶似懂非懂地摇了摇头："冒充公安的人我找不到。"说完，她只拿了一叠钱下车了。赵直帆把吴寄瑶扔在座位上的钱揣起来，得意地向帝豪会馆望去……

帝豪会馆客房里，孙绍辉和小金子睡在床上。孙绍辉已醉得不成样子，打着呼噜说着梦话。小金子熟睡着，手搭在他背上。孙绍辉一翻身，手碰落了茶杯。小金子惊醒了，焦急地推着孙绍辉："快醒醒，快醒醒啊！我们好像中了'仙人跳'了……"孙绍辉"哼"了一声，又翻身睡去……

客房走廊上，一名服务员拿着房卡，领着两名"警察"向孙科长的客房悄悄地走来。客房门打开了，灯亮的一刹那，小金子披着衣服坐了起来惊恐地问："我们可是什么也没做……"

孙绍辉赤裸着上身，还在酣睡。镁光灯闪了几下，记录下了这里的一切。

这样暗室亏心的事儿也在帝豪会馆的办公室内上演，金疤瘌点燃一支烟，悠闲地抽着。他打开暗室，拿出半副麻将来，贪婪地欣赏着。

黑衣人在门外的声音传来："报告金总，公安来人检查。"金疤瘌手一哆嗦，让烟烫了一下。他赶紧锁好暗室，向门口走去。打开门，龙大章和朱丽雅站在门口："金总，打扰了。接到举报，说你私藏违禁物品，让我们例行检查一下吧？"

金疤瘌满脸笑容："噢，检查啊，本会馆配合随时随地的任何形式的检查。"龙大章说："我们也是例行公事。"他眼睛盯着金疤瘌的烟说，金总，烟要烧到手了，小心啊。金疤瘌赶紧把烟捻灭说："多谢提醒！多谢提醒！"

龙大章和朱丽雅在屋子里象征性地转了一圈，什么也没发现。朱丽雅说："我们查过档案，金总历来是守法经营。大章，我们走吧？"龙大章说："好吧，多有打扰，再见！"

二人走出帝豪会馆，金疤瘌那圆圆的脸、小金子的话和那股难闻的烟味在龙大章脑海中萦绕。他感觉金疤瘌抽的就是在龙山爆炸现场附近找到的那个牌子的烟。朱丽雅认为，他或许只是偶尔去那里野游。

在事实未弄清前，龙大章不想执于一念，他欣赏着龙城的夜景，思量着忘情夜总会那闪烁的霓虹。朱丽雅说："大章，你又在想心事儿呢。"龙大章说："丽雅，刚才小金子说的话提醒了我。我们调查的那个赫顺，二十年前把产业转给了金贵，去了凤城。而武玉鹏又和这个金贵有联系，金贵抽的烟又在龙山出现，会是那么巧合吗？"朱丽雅说："可是，鲁师兄调查过他那么长时间，没有发现他有什么违法之处啊。"龙大章说："了解一个人不是靠几个月就能实现的。还是师傅说得对，和黑社会打交道，不能急功近利，是个慢功夫。"朱丽雅望着远方："这真是一条看不见的战线，我都有些发蒙了。"

4

清晨的龙山寺外树林里，秋风瑟瑟。张半仙的手比画得比风还快："追风手，无中有；心中想，马上来——"他和时猴子蒙着眼睛在演练麻将偷牌技巧。几个回合下来，时猴子还是露出了马脚了，这在行话中叫"失手"，要"剁手"的。

时猴子扯下蒙眼布，扑通跪在地上："师傅，我甘拜下风。"张半仙扯下蒙眼布，脸露微笑："不，以你现在的身手，对付像郝子强那样的菜鸟已经富富有余了。"时猴子头磕得"当当"响："师傅，我时猴子活了半辈子，才知道'人外有人、天外有天'这句话的含义。过去，什么'龙城通''龙城第一偷'，只是浪得虚名。"

张半仙扶起他说："猴子，你我都是烧香信佛的人。可是，你只有烧对了香，敬对了佛，才能万事随心。"时猴子说："师傅，我这辈子跟定你了。"张半仙走近时猴子，附在耳边说着什么。直到现在，时猴子才明白，"师傅"为什么要教他绝技，原来有一项大的任务在等待着他。

时猴子领了任务下山，回到租住屋，发现金疤痫已等在那里。金疤痫打开精密的设备，调亮阴暗的光线，一张龙山寺现场图和各殿详图展现在时猴子面前。

金疤痫指着地图，俨然一名资深的工程师："猴子，带X标志的是电源开关位置，带O标志的是监控所在位置……"时猴子不解地问："嗯？一个寺院，监控为什么这么密集？"金疤痫说："因为上次发生了案子，新安的。"他盯着时猴子的手："现在，各种锁的开启都没问题了吧？"

时猴子迟疑地说："没问题。大哥，我们的目标是什么？"金疤痫低下头小声说："藏经阁二楼有个辽代观音像，那里可能藏着鸡血麻神。"时猴子一惊："鸡血麻神在那儿？"金疤痫一摆手："嚷嚷什么！等我的命令，今晚行动！"

秋风中的龙山寺居士宿舍，夜雨缠绵。听风听雨听虫鸣，这是居士们的夜生活。姜长庚和张半仙不同，他们的围棋正酣。张半仙长一子而逃，姜长庚贴一子而围。

张半仙立一子意味深长地说："姜先生这是穷追不舍啊！"姜长庚自信地说："毛主席教导我们说：'宜将胜勇追穷寇，不可沽名学霸王。'"张半仙说："真正的兵法是穷寇莫追。"他在旁边落一子，得意地说："姜老弟，这样追下去，你的'后方'就保不住了。你为了围我一个子，动用三个子的力量，何苦呢？"

姜长庚说："黑白之术，如正邪较量，牺牲难免。"张半仙半眯着眼睛将一子飞入姜长庚后方："看我这招，叫作'明修栈道，暗度陈仓'。"说完，讪笑地看着姜长庚。姜长庚斟酌再三，也落入对方阵营一子："我给你来个釜底抽薪。"张半仙哈哈大笑："等你抽薪，锅都烧煳了。"

龙山寺藏经阁，儿道锁被轻松地打开了，一个蒙面的黑影借着微弱的灯光向二楼走去。他仔细地观察着屋内的一切，走向了那尊辽观音。他打开观音的后背，拿出一个袋子，打开袋子，鸡血麻神在黑夜的月光中反射出微微的红光。那个黑影把袋子装在自带的挎包里，合上观音的后背，下楼，锁好门，抽身而去。

远远地听见张半仙说："姜居士，你输了，就此洗洗睡吧。"

伴着龙山寺的晨钟，张半仙的小车像欢快的小马，从龙山寺冲出来，直奔山下而去。在他的眼前，龙山笼罩在一片金光中，幻化成一座金山，发出耀眼的光芒……"嘭"，车撞在拐弯处的岩石上。

张半仙吃了一惊，下车一看，车子前保险杠已经撞得面目全非。听得轻咳一声，往旁边一看，发现姜长庚正坐在"再生洞"前面的石头上望着自己："张居士，心有点儿急啊！"张半仙尴尬地应付了几句，试了试车还能开，便狼狈地向山下开去。

回到家里，他接过金疤痢呈上来的鸡血麻神，只扫了一眼，差点儿背过气去。他狠狠地把这副假鸡血麻将摔在地上，吓得金疤瘌一哆嗦："大哥……"张半仙恶狠狠地说："这就是你让那废物给我找回的鸡血麻神？打了半辈子麻将，连树脂也不认识吗？"金疤瘌颤抖着说："大哥，他可都是按你说的找到的……"张半仙咬牙切齿地说："姜长庚，跟我斗兵法，我让你生不如死！"说完，他抓起一条金鱼扔在地上，那条金鱼在地上痛苦地扭动着……

5

窗外明丽的阳光没有暖化周至祥的阴郁，这源于龙大章没有重视他的宣传活动，还有抵触情绪。

伏龙区刑警大队会议室内，刑警们坐得整齐而严肃。周至祥正装而进，他面无表情地扫视了一下会场说："各位，这是我履职一周以来第一次给大家开会。开宗明义，宣布一项人员分工方面的调整。决定，将龙大章调出几大重案组，专门从事宣传工作。为什么这样呢？因为咱们大队又好几个周没上稿了，宣传的事儿不能掉以轻心。大章同志，近日我队的大动作可有报道见诸报刊啊？"

龙大章站起来说："报告周队，还没有。"周至祥说："我要听你解释。"龙大章说："我是学刑侦的，宣传这活儿我外行，最好还是另选他人。"周至祥笑道："学刑侦高才生，风城立过大功。不过，人不能躺在功劳簿上。姜局长比你功大不？一样，这社会，上与下都是正常的，要想得开。"龙大章说："周队，我想得很开。正因为想得开，我才知道一个人民需要的刑警应该务实，不能靠虚报向上爬。"

周至祥气得脸色铁青，他声音有些颤抖："你……是在说我？"

龙大章没有吱声，迈着坚定的步伐向外走去。朱丽雅和鲁运也向外走去，李明乔等好几个刑警也跟了出来。周至祥气愤地看着他们的背影，把一塑料夹子狠狠地摔在桌上："扰乱会场，你们等着处分吧！"

夕阳落山后，龙城市区在薄雾中流光溢彩，到处是闲逛的人们。龙大章走上龙城大桥，望着眼前的龙城黄昏，过去的一幕幕在他眼前浮现出来——鸡血麻神被盗、端掉制假窝点、凤城卧底、美祺婚礼、姜长庚做居士、龙山寺盗洞、武玉鹏死亡、龙山墓穴爆炸……这些好像与龙大章都没有关系了，他的心像电脑的一键复原一样，将杂事清零。

朱丽雅不知何时出现在他背后，轻声问："大章，你又在想什么？"龙大章反问道："丽雅，假如你是'东北新干线'的核心，下一步你会做什么？"朱丽雅说："找到那一半《辽域地志》，找到宝藏。"

龙大章点了点头："有道理。前几天发生的墓穴爆炸案是有人把假的《辽域地志》当成了真的，失败后，他们会寻找另一半《辽域地志》。我们如果先找到另一半《辽域地志》，就能阻止他们的计划。"

朱丽雅问："怎么能找到呢？"龙大章望着远方说："我想，那一半在刘尔贵手里。"朱丽雅问："为什么这么说呢？"龙大章说："据说有一半《辽域地志》最初属于敖拉家族，放在一本叫《木叶山》的古书里。当年破'四旧'时，书险些被当时的'造反派'烧掉。于伟绩爱书如命，救下了那本书，放在博物馆里，后来就不知去向。而管理古籍的人是刘尔贵，他最方便得到它。"朱丽雅问："就凭这个？"

龙大章说："自然还不是。昨天郝子强接到刘尔贵电话，郝子强劝他回来自首。刘尔贵说，公安不可怕，是怕那伙人找到他。可是，他没说那伙人是谁。"

朱丽雅问："能确定刘尔贵的位置吗？"龙大章说："手机号显示是广东，可我们测定的位置是海南。他还和郝子强说他要回来一趟，这或许是个机会。"朱丽雅说："是啊，市里要搞麻神艺术节了，我们一定要在麻神节前找到刘尔贵，迅速破案。"龙大章说："这正是我最着急的。"

两个年轻人在这个迷人的夜晚，早已把周至祥所说的"处分"忘到了脑后，他们心里只有破案。龙大章把眼睛盯住了河西，破案找到刘尔贵是关键，可是刘老师却没有透露刘尔贵一点儿行踪。

龙大章望着黑黢黢的龙山说："我们要把注意力放在河西，放在那些对河西感兴趣的人身上。"

对河西最感兴趣的是钱如意，他的收购大业在火热地进行。

这晚，他一边盘算着还有哪块儿地要圈，一边想着无边的风流。他来到吴寄瑶的住处，二人共进着晚餐，图谋着河西。他用一根大葱蘸着大酱吃了一口，又喝了一口张裕红葡萄酒，心中便春潮涌动。

吴寄瑶看了看他的吃相，嘲讽道："土包子玩意儿，啥吃法啊？"钱如意说："不管精吃傻吃，脑袋瓜子得够转儿。人这一辈子，跟对了人、看对了事儿最重要。比如说你个小崽子，跟着我就吃香的喝辣的吧。"一听此话，吴寄瑶指着钱如意的鼻子骂道："跟对人？看你那小男人样吧。你就是那铁公鸡——一毛不拔。不，你连铁公鸡都不如，你是糖公鸡，不仅不拔，还得往回粘点儿。"

钱如意颇感意外："小崽儿，又哪儿不顺了？"吴寄瑶指着他的脑门儿说："你从肚脐眼儿尽泥、脚后跟尽皴拉把到现在的油光水滑，不知坑了多少人呢！你看你给我买的小房子，产权证还写你的名；你送我一个萧太后用过的碗，鉴定后才知道是跳大神儿用的；我发现你现在又在打小金子的主意，你当我看不出来啊？"钱如意听后，一脸憨相地笑了笑："小祖奶奶，知足吧。我现在是攻坚时期，等我跑马圈完了新区土地，钱算个什么玩意儿啊？"

吴寄瑶转身去拿餐巾纸，但没停止骂："缺德玩意儿，就知道哄我这样的傻女人，你打麻将一把一把地输没看你皱一下眉。"钱如意吃了口大葱说："女人啊女人，你的名字是女人。没有投入能有产出吗？我不输点儿，赵公子能乐呵吗？他不乐呵，我的事业能顺吗？别闹了，我们睡觉吧。大葱这玩意儿——你不懂。"吴寄瑶说："我告诉你，像你这样的人，下辈子可能投胎成公猪。你觉得大葱好使，明天我去市场给你批发一车。可是，小金子是个可怜的孩子，你要打她主意，我让你下辈子公猪都做不成！"

钱如意见今天没啥好果子吃，便赶紧岔开话题："小崽儿，我跟你说，市里要搞麻神艺术节了。"吴寄瑶不以为然："搞不搞的跟我有什么关系？"钱如意说："怎么没关系？这是一个放开赌博的信号。到时我把茶艺楼扩建成集黄赌毒于一体的大型娱乐场所，你去给我管理。让你哥找几个人给我看场子，你就等着数钱吧。"

闻听此话，吴寄瑶脸色稍解，钱如意顺势搂过，就伸出了咸猪手。这时，电话铃响了，钱如意不情愿地接起电话："赵科啊，您说，您说……没问题，我马上就到。"他一边按下手机键，一边穿外套，并向吴寄瑶色色地看了一眼："小崽儿，等我回来收拾你。"吴寄瑶瞪了他一眼，撇嘴道："赵公子叫你比你亲爹叫你还好使。你走了，我也去我的棋牌室看看。"

钱如意走到楼下，坐在驾驶室里发动了汽车，电话又响了："于大律……化工厂谈好的价钱又不干了？收购要加紧进行，你们要明白，市里建新区的意思一旦明朗，你就买不成了。"于海平的声音："只要肯出大价钱，就是把联合国总部买下来也不成问题，只是这钱……"钱如意眼一瞪，吼道："就知道说混的，肯出大价钱，我还用你们这帮废物点心干啥？"于海平的声音："该拜的佛都拜了，该想的辙都想了。"钱如意说："我还是那句话，有法儿想法儿，没法儿去死！不是让你向社会集资了吗？找李明鑫去，和他合作。你们这些白吃饱，就知道伸手要钱，一点儿也不知道为我分忧。"于海平的声音："那是违法的。"钱如意说："你是当律师的，就不能从法律的边缘绕过去吗？就两个月的时间，那儿的地价就会哇哇地涨，你就是砸锅卖铁卖房子、卖儿卖女卖老婆，也要确保收购快速完成，一些受穷不等天亮的东西！"

电话那边的于海平还要说什么，电话里已传来忙音。他看了看身边的吴寄山，合上了手机说："走吧，找李明鑫去吧。"吴寄山问："哪儿找去？"于海平说："方格棋牌室，听说李秃子最近又给你妹妹盯上了……"吴寄山说："放的无烟儿屁！"

于海平没得说错，李明鑫还真在方格棋牌室里和几个麻友鏖战。一把自摸，他边收钱边问："好长时间没见刘尔贵了，这小子哪去了呢？"吴寄瑶正好进来，说："嗯，他不来我这儿还清静些。时猴子今天也没来？"时猴子正进门："谁说我呢？"吴寄瑶这才发现时猴子就跟在她身后，便问："我说猴哥，你是不是得了什么真传了，这些日子总赢啊！"

"那是，我天天拜佛求经，麻神罩着我呢！"他得意地转着圈看，走到于海平身边说："嗯，'五'的意识已经形成。"又走到另一个女麻友那儿说："高，是个胆大心细的女人！"又走到郝子强那儿直皱眉头："这叫'十三浪'，牌虽大，却难成。"他走到李明鑫那儿，刚要看，李明鑫"啪"一下把牌扣上了，说："光腚推碾子——一圈儿一圈儿地丢人呢？表扬你几句，不知自己姓啥了吧？"

时猴子吓得赶紧说："我错了，李哥！我是麻子照镜子——个人观点。"李明鑫说："乌鸦嘴，要有那能耐你上来试试，咱来点儿大的，就知道耍嘴皮子，你说你算什么东西？"时猴子假装害怕地说："大的？那我可不干。"

李明鑫两眼一瞪，把一叠钱一拍："不干行吗？有能耐你拿去。"吴寄瑶给他使眼色说："猴哥，上吧，谁怕谁呀？我亲自给你们侍奉局儿。"

时猴子的欲擒故纵得逞了。李明鑫自恃牌艺高，却不知生手怕熟手，熟手怕千手，千手怕剁手。半个小时下来，李明鑫已输了近万元，正赶上于海平来找他谈集资的事儿，便面带不服地离场而去。时猴子赢得口袋鼓鼓，乐呵地给吴寄瑶扔下五百元钱，出门奔家而去。他走进一个胡同，看四下无人，便扯开尖细的嗓子唱起来："我得意地笑，又得意地笑，求得一生乐逍遥……"

黑暗中，一个人挡在了胡同口。时猴子一惊："金老板？"金疤癞笑眯眯地问："猴子，这回又赢多少啊？"时猴子把钱往包里掖了掖，说："有五千多元吧。"金疤癞说："走了二棍，来了郝子强；走了郝子强，来了李秃子。"他突然脸一变低声说："你发财发得挺顺当啊，可你交给我的货是假的！"

一把刀子架在了时猴子的脖子上，时猴子吓得直哆嗦："金……哥，那……也不能怨我啊，取回来我可是动也没动，在山上就交给你了。"金疤癞说："量你也不敢动，将功赎罪吧。"时猴子问："怎么赎？"金疤癞说："刘尔贵跑了，可跑了和尚跑不了庙，你知道该怎么办……"

6

夜晚的月亮让刘尔贵家楼下的树荫变得扑朔迷离。树荫下小区的长椅上，龙大章和朱丽雅穿着便装静静地对坐着，像一对恋人。

龙大章悄声说："丽雅，你回去吧，不早了。"朱丽雅低声问："你确定刘尔贵会回来吗？"龙大章说："说实话，不能确定。我只是感觉，刘尔贵手里有半张《辽域地志》，他在逃亡时，不一定会随身携带。他在外立住脚跟后，可能会回来取那张图。想得到那半张图的人也会从刘尔贵这儿下手。"

朱丽雅点头道："嗯，有道理。可是，你一个搞宣传的刑警就这么蹲守，不公平啊。"龙大章说："放走刘尔贵，本身就是我的失误，我要为自己的错误买单。"朱丽雅坚定地说："我们AA制承担责任。"龙大章说："你就犯不上了。"朱丽雅用挑逗的眼神儿说："你不说过吗，我是你永远的战友。"她往龙大章身上一靠，"这样，便于你长期蹲守……"

月色龙山，秋虫合鸣。在刘老师的珍真野菜馆外，鲁运和李明乔也在潜伏着。夜色里没有发现刘尔贵的一点儿踪迹，只见稀稀拉拉的几个客人在吹骰子，直到小店打烊关灯，一切变得静悄悄的。

鲁运和李明乔对视了一下，拿出电话。

龙大章的手机屏亮了，他小声地接电话："可有情况？……那就撤了吧，注意，不要惊动刘老师。"他放下电话，抬头望去，刘尔贵家的灯一直黑着。突然，他们发现一个黑影上了楼，不一会儿，屋里闪出微弱的灯光。龙大章悄悄地对朱丽雅说："猎物出现了。"

刘尔贵家，时猴子东翻翻、西翻翻，在找什么东西。突然，门"砰"的一声被踹开了，龙大章和朱丽雅站在时猴子面前，时猴子惊恐地看着龙大章。

楼下树影里，刘尔贵看见龙大章和朱丽雅带着时猴子出来，他悄悄地隐没在树林里……

时猴子被带到刑警大队审讯室，他满不在乎地望着鲁运，仿佛被抓的是鲁运。朱丽雅严肃地盯着时猴子问："时子厚，知道为什么抓你吗？"时猴子大咧咧地说："知道，不就是耍几把钱吗？"朱丽雅厉声说："不对，还有，混是混不过关的！"时猴子眨巴着眼说："朱警官，要不您给提个醒？"朱丽雅说："自己做什么事儿不知道吗？"时猴子说："我没做什么事儿啊！"

朱丽雅提醒道："说说你这几天晚上十点半到凌晨四点都在干什么。"时猴子掰着指头说："前晚、昨晚十点半和李秃子、于海平他们打麻将。到十一点散的场，就回去睡觉。后来就做梦，梦里跑啊跑啊……"朱丽雅问："在哪睡的觉？我们在你的租住屋没有发现你回去。"

时猴子低头小声嘟囔："我……去刘尔贵那了。"朱丽雅问："去他那儿干什么？"时猴子轻浮地说："就他媳妇在家……你说能干什么呢？"朱丽雅羞得一捂脸，恨恨地说："人渣！"

她跑出去了，鲁运接着审："你是怎么进的人家门？"时猴子掏出一把钥匙："他媳妇给我的……这可不犯法吧？"

龙大章在刑警大队办公室里对比着几份视频资料，朱丽雅和鲁运、李明乔进。朱丽雅说："大章，重点嫌疑人时子厚已经盘问过了。他出现在刘尔贵家，说是去找刘尔贵媳妇，他确实有刘尔贵家钥匙，还主动承认和刘尔贵媳妇有一腿。"龙大章沉思道："主动承认？避重就轻？技术调查和外围调查情况怎样？"

朱丽雅说："从调取的刘尔贵所在小区视频资料看，博物馆案发那夜，时猴子确系十点四十进的小区，上了楼，再也没出来。"鲁运说："博物馆案发夜，那名流浪汉已经找到，年近七十，得过小儿麻痹症，没有作案的条件。那名半夜经过的女人没有找到。"

龙大章指着几份不同的视频说："这些视频资料我已经仔细研究过了，问题就在这个女人身上。你们想想，一个年轻女人，谁会大半夜的在那里走动？"朱丽雅说："博物馆方面还反映一个情况，说案发前博物馆有闹鬼现象。"龙大章指着视频资料说："这个鬼就是这个女人，她夜里多次到博物馆踩点儿。看，这是以前的视频资料，说明她打这个地图的主意已经有些日子了。"朱丽雅问："这个鬼会是谁呢？"

三个人轮番仔细地看着视频，均没有发现什么不正常。朱丽雅打了个哈欠，伸了下懒腰说："大章，下半夜了，休息吧。"龙大章突然眼睛一亮，兴奋地说："丽雅，问题就在这儿。"他指着视频说："你看，晚十时四十分，时猴子回到了租住屋。后来，小区里熄了灯，本来效果不好的视频变得更加不清晰。这时，你看这个位置，是不是一个女人样的身影走过去了？"朱丽雅仔细看了看说："嗯，像。"龙大章接着说："你再看这个女人样的身影，从运行轨迹上，是不是从时猴子进去的那个小区单元里走出来的？只是她故意绕开摄像头。这就说明，时猴子有可能化装成那个女人出来作案。"朱丽雅恍然大悟："有道理。"龙大章说："明天你要再审时猴子。"

时猴子的龌龊行为无意间帮助刘尔贵完成了调虎离山。就在龙大章、朱丽雅撤退后，刘尔贵顺利地回到了家里。他从阳台的夹缝处取出一个文件袋，打开来看了一眼，把《辽域地志》往怀里一揣，迅速离去。

他来到龙山上珍真野菜馆，仔细听了听，没有一点儿动静，他把一叠钱从窗户塞了进去，跪地磕了三个头，向山下的黑暗中走去。

一缕晨曦漫过龙山，叽喳的鸟鸣吵醒了刘老师。她揉了揉眼睛，突然发现一个信封放在窗台上。她起来打开信封，一叠钱出现在眼前，一张纸掉在地上。她捡起那张纸，纸上写着："妈，今天是你的生日，不孝儿刘尔贵怕是不能尽孝了。给你留下一万元，我还得走，不能让他们找到我，你要保重身体！"

刘老师看完，跑出门外，向远望去，远处是茫茫林海……她翘首望着就见两个黑点由远及近，是张半仙和金疤癞。

张半仙把一张地图的复印件铺在石板上，向刘老师的菜馆眺望。金疤癞说："大哥，这里的地形和这张图不相符啊。"张半仙说："要是相符不就找到了吗。凭着半张复印图，找起来太难了。刘尔贵那张图就找不到了吗？"

金疤癞嘬着牙花子说："昨晚时猴子潜入他家里，正在找，让龙大章给捉了个现行。"张半仙一惊："神兵天降？不会把你供出来吧？"金疤癞说："不会，他会说是去找刘尔贵媳妇的。"

张半仙松了口气，继而沉思道："这说明什么呢？龙大章已经注意时猴子？刘尔贵回来了？"金疤癞说："大哥，我会让手下人注意的。"张半仙点了点头，看着图，想着《契丹野史编注》中的句子："木叶山在永州东部，从中京和永州到辽上京有三条路可走：一是走潢水石桥，路过咸熙馆，雨季、开河期间须走这条路；二是经木叶山至上京，在枯水期、封水期过西拉沐沦河直到上京；三是从永州至上京在枯水期和河道封冻时经今花都什农场过西拉沐沦河直到上京。"

张半仙自语道："这说明，木叶山就在龙山一带……"金疤瘌讨好道："大哥，我们没准儿就站在契丹宝藏的脑瓜顶上呢。"张半仙看了金疤瘌一眼，笑了："你的幽默让人感到肤浅，就像时猴子那三脚猫的功夫一样。我们得下山了，不然会引起人注意的。"

刑警大队对时猴子的审讯并不顺利，他一口咬定他那晚没出去过。

见朱丽雅愁眉不展，龙大章开导说："在没有其他有力证据的情况下，他是不会主动承认的。我现在在想，即使时猴子承认了那晚作案未遂，也不一定能找到真正得到宝图那个人。"鲁运问："你认为时猴子和那人不是一伙的？"龙大章说："那人或许只是利用时猴子演了一出调虎离山、黄雀在后的戏罢了。从作案的娴熟程度来看，作案人应该经过专业的训练，据我们掌握的情况看，龙城还没有如此高手。"

朱丽雅问："流窜作案？"龙大章摇头道："可能性很小。有些技术是可以练的，只要他有基本功和良好的心理素质，我们看着很难的事儿，可能就像在麻将桌上偷牌一样简单。所以，要注意在各棋牌室的'常胜将军'们，他们有作案的条件和动机；还要注意那些在龙山游荡的寻宝人，他们有偷地图的强烈愿望……"

三人正说着，周至祥进来了，他不无讥讽地说："这打完了败仗来武功了，卸了磨来了劲了。"他突然脸一沉说，"时猴子谁抓的，谁把他放了？是不是要跨界领导啊？不务正业！"

周至祥的火气明着是冲鲁运的，实际上显然是冲龙大章去的。说完，他甩袖出去了。龙大章和朱丽雅、鲁运面面相觑，谁也没有言语。

7

吴寄瑶约了小金子去逛夜市，这是她们这些农村女孩子的购物首选。

望着小金子看见新衣服艳羡的眼神儿，吴寄瑶把一叠钱塞到小金子手里，亲切地说："妹子，秋天来了，买身换季的衣服。"小金子似乎明白了这是什么钱，推脱道："吴姐，我可是把你当亲姐对待的。我后来觉得咱们那样对孙副科长不大对劲啊！他像个好人。"吴寄瑶说："妹子，我也知道他是一个好人，可是他阻了我同学的前进路，对我们来说就是坏人。你不是最羡慕别人傍上谁谁谁了吗？今天轮到你自己了，你高兴吗？"

小金子叹口气说："吴姐，孙副科长也没什么钱啊！"吴寄瑶拉着小金子的手说："傻妹妹，找个好人总比找个混蛋强吧？"小金子说："他是有家的人了。"吴寄瑶说："别天真了，没家的人谁会和我们这样的人好呢？小金子，老钱现在正在把茶艺楼改建、扩建成大型娱乐中心，许诺让我去管理，到时……"小金子兴奋地说："大姐，我去给你当头牌……"

这时，吴寄瑶的电话响了："直帆……吃饭……好，我们在一起呢，这就领她去。"她放下电话道："小金子，赵公子请你吃饭呢。如果他能上位，我们的好日子都会到来的。可是，姐我告诉你，别以为傍上谁就是好事，是负担。更不要想当什么头牌的事儿，不是正道。"

同样的夜晚，不同的心境。与赵直帆的答谢晚宴气氛不同的是，杨主任和孙绍辉正在喝着闷酒。

杨主任剔着牙、咧着嘴："人心不足蛇吞象。这小子靠着他爹的势力，年纪轻轻的就当上了规划科副科长，多肥的差事啊，还不满足，还想当科长。"

孙绍辉苦闷地啜了一口酒，说："人家成分好，是资本家，咱们是贫雇农。"杨主任盯着孙绍辉问："咱们就得眼瞅着人家吃肉，连汤也喝不着？"孙绍辉有苦难言，低沉地放下酒杯说："我是认了。"

杨主任极神秘地说："孙科，有人背后给你造谣说你在大辽绿都……那个啥……你是知识分子，可别着了赵公子的道啊！我跟你说，那小子，就河西桦木林那样的风景区他都敢背着汤局长批给日本人建化工厂，还美其名曰'招商引资'……你听着呢吗？"

孙绍辉脸红了，汗出来了："我得走了，喝多了。"他踉踉跄跄地走出了门外。杨主任望着他的背影，呸道："孬种！学知识都学傻了。"

浓浓的夜色掩盖了所有的丑态，赵直帆的前程是一个利益集团的前程，必须有一团光环去照亮。可是，清晨的阳光并没有如期而至，龙城的天空有一层似雾非雾的东西，让政府广场早练的人们就要散去。墙上的一张纸给他们打了兴奋剂，人们纷纷驻足围来。

墙上的时钟指向六时三十分，姜美祺在厨房里做着早点。赵直帆仍在甜美的梦乡，一阵电话铃搅了他的清梦，他不耐烦地接起电话："谁，噢……什么？小字报？……好，我去看看。"他以从未有过的速度下地、穿衣、系鞋、开门。姜美祺从厨房探出头来问："这么早干啥去？"赵直帆边开门边说："在组织部门要来考核干部时，有人整事儿呢。"姜美祺又问："整啥事儿啊？""咣"的一声关门声代替了赵直帆的回答。姜美祺疑惑地看了看，把早点放在桌子上。

市政府门前，一群早练的人们围着门前墙垛，墙垛贴出一张大字报。一个四十多岁穿运动服的人念出声来："规划局里有巨贪，吃喝嫖赌要升官。勾结奸商和地痞，龙城人民遭了殃。要问他是哪一个，规划副科赵直帆……"

还没等念完，就见一人挤到前边去揭那纸，揭不动就用随身带的刀子硬是把字弄得一片模糊。赵直帆惊讶地问："师兄，怎么是你呢？"孙绍辉气愤地说："都是些卑鄙的小人！"赵直帆和孙绍辉对视半天，再无一言。孙绍辉转身走了，赵直帆狐疑地看着他……

赵直帆刮完九处小字报，没顾上吃早饭就来到了市规划局大会议室，横幅上的"市组织部民主推荐干部大会"显示着今天会议的主题。杨主任对他神秘地一笑，向前面的空位指了指。

汤局长环视一下台下，进行了开场白："今天，市委组织部前来我局组织民主推荐规划科科长事宜，希望大家要从讲政治的角度，与组织保持一致，不信谣言，不传播谣言，使民意测评工作得以顺利进行。自然，我们会后要更加充分地听取群众意见，坚持民主集中制原则，让能者上、庸者下，廉者用、贪者怕。目前报名竞职共有三名同志，他们分别是党办主任杨少功、规划科副科长孙绍辉和赵直帆，请三位依次发表竞职演说，并由大家投信任票。"

杨主任慢条斯理地走上台说："各位领导、同事们，对不起，我现在觉得难以胜任规划科长这一职位，我临时决定退出竞职。"台下一片哗然。

开始投民意测评票，赵直帆在测评表上飞快地写上了"赵直帆"三个字，特意给其他二人看了看。杨主任在测评表上飞快地写上了"杨少功"三个字，马上把测评表合了起来。孙绍辉在测评表上慢慢地写上了"孙绍辉"三个字，给赵直帆看了看……

孙绍辉回到办公室，拿起图纸刚要看，杨主任进来了。他逡巡了半天说："任凭风浪起，稳坐钓鱼台啊！"孙绍辉不无讥讽地回道："有的人不是未战就降了吗？我相信组织，相信民主。"

杨主任眼含讥讽地说："绍辉啊，天真的小男孩儿！民主是程序，集中是实体，你的事儿已经有人给你造得满城风雨了，考核组也接到匿名信了。"孙绍辉气愤地说："卑鄙小人！"

赵直帆进来了，他得意地看了一圈儿，说："二位，什么事儿唠得这么欢啊？"杨主任说："正唠着，看抓谁大头下馆子呢。"赵直帆大方地说："这点儿小事儿还用两个高级知识分子这么密谋论证啊，我请。但是，说好了啊，可不能白吃，下午组织部要是找杨哥和孙哥谈话，得给我美言几句啊！"

杨主任点头哈腰地拍着胸脯说："那是，那是。不过，我去不了，领导有事找我。"孙绍辉抬眼看了看赵直帆说："我也有事儿，去不了。"赵直帆把脸凑过来，意味深长地说："敌强我弱，此路不通，只有转弯了。你说呢，孙师兄？"

月色像赵直帆和孙绍辉的眼睛一样朦胧。

赵直帆望着眼前一大排空啤酒瓶子醉醺醺地说："孙师兄，我请你，你能来……是给我面子。"孙绍辉说："我来是想看你究竟有多少花花肠子。"赵直帆说："师兄，我们是纯天然的关系，不要那么不友好嘛！"孙绍辉说："我是你师兄，我来……有些话……有责任得提醒你。"赵直帆说："咱俩虽说都是同一学校毕业的，可是你是走前门进去的，我是从后门进去的；你是早去的，我是晚去的。咱们本可以成为哥们儿，可是，你离我越来越远了。"孙绍辉直视着赵直帆问："知道为什么吗？"赵直帆说："知道，嫉妒。"

孙绍辉今天没有喝多，他认真地说："错！人以群分，物以类聚。深水层的鱼和浅水层的鱼看似是在一个世界，可他们离得很远。就那个大漠绿洲是你批准建成住宅群的吧？风景区建化工厂是你偷着批的吧？河西建新城的事儿是你透漏给个别地产商的吧？你那叫吃祖宗饭，造子孙孽！"

赵直帆听得恼羞成怒："那……只是仁者见仁、智者见智，就是有不同意见也用不着贴我的小字报啊？"孙绍辉站起来说："贴你的小字报那是小人之举，我孙绍辉干不出这事儿！"赵直帆冷笑道："师兄，可别装了，我赵直帆除了学习差点儿，别的还行。咱俩谁一撅屁股，对方就知道往哪飞。咱局写打油诗还有比你内行的？别装了，咱局戴老年耳机子的、夏天穿棉裤的，都说是你写的。"

孙绍辉气得指着赵直帆的鼻子说："别人这么说我不在意，要是你这么说，我只能说你除了小字报上说的，还有一条，就是混蛋！"赵直帆说："师兄，没外人。你敢说你不想当这个规划科长？"孙绍辉说："我是想当，可是我不会用行贿、美人计、贴小字报等卑劣手段去实现！"

"啪！"一个杯子摔在地上，孙绍辉转身跟跟跄跄地扶着墙走了。赵直帆直着眼儿看着那一桌子的菜和一拉溜啤酒瓶子，"咣当"一声趴在饭桌上……

姜美祺找到赵直帆时已近半夜。她架着赵直帆跟跟跄跄地走出饭店问："怎么喝成这个样子了，你那狐朋狗友怎么也不管你了呢？"赵直帆醉醺醺地坐在了地上嘟囔："管我？有些人……想喝酒还没人儿请呢……当官就是好，我又要提官儿了……"姜美祺问："提官儿？提什么官儿？"

赵直帆得意地说："没听人说吗？什么……叫知书达礼？光知道书本知识是不够的，还要学会送礼。什么……叫度日如年？我的日子非常幸福，天天像过年……我老爸说我笨，我一点儿都不笨……你看这成语用的……"

姜美祺焦急地去拉赵直帆起来，可是拉不动他。赵直帆仍然坐在地上说起来没完："什么叫杯水车薪？我每天在办公室喝一杯水，月底能拿到买一辆汽车的钱儿……龙大章……行吗？就知道傻跑……官儿还越做越小……时常背个处分，跟我较劲……还嫩点儿……"姜美祺气得去拽赵直帆，可是拽不动。

正急得没办法，龙大章开车过来了。二人把赵直帆架到了车上，姜美祺扶着赵直帆刚一落座，赵直帆便已鼾声大作。

龙大章看了看醉得不成样子的赵直帆，默默地开着车，龙城的夜景在车窗外一闪而过。姜美祺问："大章，你这晚准备上哪儿？"龙大章说："我想去看看师傅。我听说，又有人潜入了龙山寺。"

姜美祺吃了一惊，问："贼心不改，他们想得到什么呢？"龙大章说："现在还不清楚。不过，我想他们或许是奔师傅去的，你也要小心些。"姜美祺说："你这样一说，我对我爸还真担心了。"

龙大章说："恶势力一时不除，我们都没有安全感。美祺，我要去一趟凤城，你自己一定要小心些。"姜美祺问："凤城？去凤城干什么？"龙大章说："旅游。我现在有时间旅游了。"姜美祺一撇嘴："我才不信呢，你是去办案。"龙大章无可奈何地说："我被免职了，不办案子了。"

姜美祺心疼地说："我知道你现在的处境有多难受，找时间我和赵副市长说说。"龙大章一摆手说："千万别说，这样很好。"姜美祺说："你要真去旅游，现在敖拉姨和小艺应在凤城，和她们联系一下吧？"

龙大章摇了摇头，有些事儿是不能让她们知道的，尤其是敖拉倚，她的嫌疑一直在龙大章心里没有解除。现在，周至祥执掌刑警大队工作，很多事他已经插不上手了。除了刘尔贵，他还在想敖拉倚去凤城做什么。

第四十章　雾漫林中，重温友情

1

凤城夜景，灯光璀璨，晚风宜人。走在这样的风景里，敖拉倚并没有多少幸福感。

住在天涯宾馆的白小艺望着窗外匆匆而归的敖拉倚，心想："敖拉倚单独出去做什么呢？她的姜爸此刻在做什么呢？还有……"正想着，敖拉倚已走到她身后问："小艺，你在想什么？"白小艺说："敖拉姨，我们出来十多天了，我都想家了。"敖拉倚说："我看你是想人了。一会儿就演出了，备唱歌曲准备好了吗？"白小艺站在窗前，拉开了架势唱道："我送你离开，天涯之外，你是否还在？琴声何来，生死难猜，用一生，去等待……"

敖拉倚赶紧制止："小艺，你太不着调了，应该这样……"她唱完《千里之外》的曲子说："这里是歌舞之乡，我们到这儿来演出，要演出我们塞外歌手的水平，让凤城人民看看我们塞北人的风采。"白小艺说："敖拉姨，要像你这样唱，用八个棒小伙堵着门也堵不住。现在时兴'邪唱'。没见好多'歌星'吗，就是突破老腔老调，尽管五音不全，唱一首也几十万呢。"

当晚，敖拉倚没有拗过白小艺，在凤城演出现场，白小艺在台上"邪唱"的《千里之外》赢得台下掌声雷动。在经久不息的掌声掩护下，敖拉倚向大黑猫走去。他们神秘地说着什么，大黑猫接过敖拉倚的一个小包，离座而去。敖拉倚起身向卫生间走去，在休息室突然发现刘尔贵正在那里吸着烟。他们对视了一眼，刘尔贵神色慌张，匆匆离去……

《千里之外》的曲子同时也在龙城大街上响着。张半仙望着窗外，秋风呜呜地吹着片片落叶，也吹冷了他的心绪。他低声说："疤癞，刘尔贵在千里之外活得很肃静啊，我们的人就没有找到他吗？"金疤癞低下头："没有。"张半仙说："要让他们用心地找，只有找到他，才能找到那一半藏宝图，我们再择机取回鸡血麻神，大功就告成了。有些事儿是不是还得我亲自出马啊？"金疤癞赶紧说："大哥，你苦心经营这么多年，不能轻易亲自冲锋陷阵。"

张半仙回过头来说："没办法啊！现在姜长庚退隐，龙大章下野，正是大展宏图的好机会，将来一旦有变，事情就难缠了。"金疤癞说："白小艺正在凤城演出，我已让人盯上了她，再逼老姜一下？"

"啪"一个大嘴巴扇在金疤癞的脸上，张半仙阴沉地说："你敢背着我下指令了？我跟你说过多少回，小艺的主意不能打！"他继续说："不要顾头不顾腚，王彪等人就是前车之鉴，马上撤回你的命令！"金疤癞马上给大黑猫打电话。

张半仙缓和地说："我们要等待，我有足够的耐心。"金疤癞委屈地说："我们再等下去，就会让钱如意、李明鑫之流甩在后边了。"张半仙说："我知道，现在钱如意突然转战河西，跑马圈地，筹划赌场，他们是有大动作啊。据我初步研究和踏查，契丹宝藏就在河西，河西绝不能落在钱如意等人手中。有时间和李秃子掺和一下，搞清他们的底细，分而治之。"

金疤癞说："李明鑫能告诉咱们吗？"张半仙说："他也不甘心给钱如意当先锋，启动我们的第二套方案吧。"

从"引火计划"到分化拉拢，张半仙的主旨只有一点——龙山只属于"东北新干线"。受命执行软政策的金疤癞拉下老脸请到了李明鑫，两个各揣心腹事的男人坐在了茶室，那场景就逊色了不少。

金疤瘌殷勤地给李明鑫倒了一杯茶说："李老弟，我们过去是兄弟，将来还是兄弟，我敬你一杯！"

李明鑫没有接茶，他打开一瓶茅台酒，倒了一杯说："金哥，你请我，我感到意外，因为我们是对手，你曾经要灭了我。"金疤瘌笑了："都是没影的事儿，别听人瞎传。这世上没有永恒的朋友，只有永恒的利益。我们以前是有些利益之争，后来想想，不值得，希望我们尽释前嫌，第二次握手。"

他把手伸过来，李明鑫却把手缩了回去："哈哈哈——晚了，弟兄我混迹龙城，背靠大树好乘凉，怎能找棵芦苇避雨呢？"金疤瘌笑了："大树？谁是大树？"李明鑫大嘴一咧："钱老板，钱如意啊！"金疤瘌讥讽地看了李明鑫一眼，平静地吃口菜："李老弟，知道什么叫大树吗？"李明鑫说："能赚钱，能平事儿，能依靠，就是人们常说的能人啊！"

金疤瘌微笑着和李明鑫碰了一杯酒："我近日没事，上了一次网。按现代的标准看，何谓能人？吃一辈子没买过单的，喝一辈子没伤过肝的，嫖一辈子没现过眼的，赌一辈子没输过钱的，骗一辈子没人拆穿的，恶一辈子没人敢管的，贪一辈子没人报案的，闲一辈子照样升官。不知你那钱老板具备哪几款？"

李明鑫已有醉意，不满地问："这标准你能达到？"金疤瘌说："实话说，你我都达不到，可是人外有人，天外有天啊！"他把脸凑过去说："老弟，我说句不太中听的话：你，我，还有那钱如意，都是狗肚子盛不了四两油的主。"李明鑫说："照你这标准，龙城没能人。"金疤瘌说："就你们联合圈地那点儿小勾当，能人看得清清楚楚，但不稀罕去做。"李明鑫又一咧嘴："看这牛吹的。小勾当？新城一建，囤那么多地是小勾当？哈哈，金兄，你可真能耐。"说完，拍拍袖子，鄙夷地起身走了。

金疤瘌被晾在了那儿，有几分钟没回过神儿来。这时如果求他心里的阴影面积，应该是百分之八十。他轻蔑地看着李明鑫远去的背影，恨恨地拿起电话向外走去。

2

清晨的阳光格外明丽，可是一丝雾气从远处袭来，河西村便笼罩在雾中。

村委会的门前聚集了早起的人们，他们沉浸在喜悦气氛之中。老龙头和一群村民蹲在墙根儿晒着眯目糊、谈论着卖了房子、厂子能得多少钱、日子怎么怎么好过。这时，时猴子坐着一辆出租车风风火火地驶过来，在一个陈年的牛粪堆前下了车。

老龙头脸一沉说："猴子，你又回村干什么？"时猴子赶紧赔笑："龙叔，你们是不是在议论卖院子、卖厂子的事儿啊？"老龙头得意地说："是啊！你又没房子可卖，问这个干什么？"时猴子一脸恳切："龙叔，你们上当了，市里要在我们这儿建新城了。"

村委会主任听到此言脸上一惊："早就风言风语地有人说，这次是真的？"时猴子说："那还假了？你们卖的几个厂子吃亏了，村民卖了房子也吃亏了！"

村书记慌忙地问身边的村主任："过完户了吗？"村主任低声说："不是说了吗，刚办完嘛！"村书记瞪了他一眼："你小子倒卖集体财产倒是挺麻利的。"他沮丧地说："看来，咱们是让人家给涮了。"

正在一群人由高潮转入低谷地发愣时，时猴子振臂一呼："父老乡亲们，涮我村的人，门儿也没有！乡亲们，咱们上访去，不能就这么便宜了钱如意那龟孙！"

村主任此时也义愤填膺地说："钱如意啊钱如意，就知道在老窝讨便宜。上访去！"

村民们跟着喊："上访去！上访去！"老龙头听着人们的喊声和议论，昏昏沉沉、歪歪斜斜地向家走去。

没想到村民们的情绪这么快就被调动起来了，这一消息让张半仙的心理平衡了不少。可是，被李明鑫窝回的金疤痫却还不解气，他一脸杀气用在了围棋上，一路追杀，寸土不让。

张半仙看了看这位得力干将，平静地说："疤瘌，你这一手看似力度很大，实则太弱了。（执一黑子）这位置相当于河西，我要是在这儿一断，你这一局是不是前功尽弃了？"

金疤瘌不解地问："大哥，为什么你的眼睛总盯着河西呢？"

张半仙从容地下了一个黑子，说："我仔细研究了龙城的地形图，龙城的风脉在河西。通俗点儿跟你说吧，整个龙城呈一元宝形，而河西之地就是这元宝的心儿。从古书记载和《辽域地志》来看，我们要寻找的龙山宝藏很可能在河西一带。要是钱如意在河西做成了大棋，就像在我们的心脏砸上了几根钉子，你说难受不？"

金疤瘌下了一个白子，说："那是够难受的，我心脏下个支架还难受呢，何况钉子呢？"张半仙说："所以，还要闹，不惜血本地闹，闹到山神土地不宁静，叫他和尚不得睡、尼姑不得安。"金疤瘌说："猴子不是已经在闹了吗？"

张半仙说："力度不够。钱李联军不是也盯上珍真野菜馆了吗？加点儿佐料，实现双杀！"说完，"啪"一个黑子落地，金疤瘌愣了半天，只好拱手认输。

第二天，河西村委会门前群众越聚越多。姜美祺等新闻记者前来追踪采访，势头越发不可收。记者们在河西村委会门前记录着河西村农民的言行，时猴子和村主任站在上访的人群前做着"战前动员"。

姜美祺边采访边劝解着："老乡们，你们反映的问题我昨天已写成文章发表，会引起市里重视的。从大局出发，建新区也是件好事嘛……"

时猴子打断她的话："姜主任，我们农村有句土话，叫'站着说话不腰疼'。我们的土地没了，我们的房子没了，将来我们上你家吃饭去？"

姜美祺不理会时猴子的挖苦："乡亲们，建新区会从根本上改变我们的生活环境，增加就业岗位，可以通过打工增加收入，何乐而不为呢？"

时猴子说："打工，打工，老武家的武玉鹏打工，人都死了，宏运公司就给了一千块钱……"姜美祺毫不相让："武玉鹏不是盗墓出的事儿吗，怎么就成了打工死的了呢？"时猴子一时语塞，村主任赶紧接过去："不说这个了，单说那钱如意，过去就是侵吞集体财产起的家，如今与某些官员勾结，从村民手里买了大量房产地产。这个事儿不解决，我们不答应！"

村民们跟着起哄："不答应，上访去，静坐去！"

时猴子把像齐头铲子的小手一挥："走！"姜美祺阻止道："你们有事儿可以通过正当渠道解决啊！"时猴子说："解决？等我们走完程序，大楼盖起来了。"他再次向村民挥手："走，上访去！"

一些村民跟着动起来了。时猴子"呼"地展开写有"拒占耕地，保护家园"的大横幅，那横幅像一面旗帜一样引导着人们前进……

到了市政府门口，时猴子带领的村民呼啦啦地拉着白色的条幅堵住了大门。周至祥带领民警们前来维持秩序，他高喊着："理性！理性！"可是，没有人听他的。

赵连起站在市政府办公室窗前，向闹嚷嚷的上访者望着。他回坐到椅子上，看着上访材料皱起了眉头。工作人员送来一叠报纸，他翻开《龙城晚报》，一篇文章吸引了他。他摘下老花镜，仔细看着，大黑体的《政府刚思占地西移，奸商早已囤积居奇——谁来保障村民的利益？》的标题格外显眼儿。再一看，下面是小黑体的"本报记者姜美祺"。他摘下老花镜又戴上，念道："据悉，宏运集团在市委、市政府公布建设新城区前已购得工厂十处、农家院二十八处，这说明宏运公司的掌门人或有超前的智慧，或有提前得到消息的可能。……已规划为风景区的桦木沟旁，建起了化工厂……"

他再也读不下去了，把报纸摔在桌上："这个巧取豪夺的钱胖子！"说完，拿起电话拨了出去："直帆，你忙啥呢？……不忙？你中午回家，我有话问你！"他把话筒重重地按在话机上，沉思起来……

赵连起是带着气回家的，一家四口坐在餐桌前吃饭，气氛很沉闷。

姜美祺放下了碗筷，坐到沙发上摆弄手机。赵夫人回过头问："美祺怎么吃那么点儿，吃好了吗？你们这活儿东跑西颠也够累的，多吃点儿。"姜美祺笑了笑说："妈，我吃好了。"赵夫人看了看阴着脸的赵连起和赵直帆，放下碗筷说："美祺，要叫妈说，当记者的有些事儿也要躲着点儿。要不，受累不说，有时还会惹麻烦的。"

赵直帆狠狠地吃了口菜说："天天写那万言不值一杯水的文章，我看辞职算了！"姜美祺生气地说："你……"

赵连起向赵直帆摆摆手，赵直帆赌着气说："爸，你叫我回来，肯定有所指教，你老人家就说吧，不然，吃个饭也吃不消停。"赵连起放下碗筷问："在河西建新城的事儿是你透露给钱如意的？"赵直帆说："我没有！"赵连起说："你没有？为什么我们领导班子刚研究还没下决定的事儿村民都知道了？我告诉你，和钱如意之流少些来往，我二十年前就和他打过交道，当时就有人告他靠侵占公家财产起的家，不是地道人。"

赵直帆放下碗筷说："老爸，不是我要交他，是他愣往我身上靠，我也不能推他们个嘴啃泥不是？人家经营多年，有发展眼光。"赵连起说："就他那智商，能有超前智慧？还有，桦木沟建化工厂可是你批的？"赵直帆先是愣了一下，继而地说："那不是为了响应你老人家招商引资的号召嘛！"

赵连起脸一沉："让你招商引资，不是让你污染环境。有些事儿别过分。就这事儿，向组织写份书面检讨，请求处分！"赵夫人愣了一下，她从未见过老赵在家这么严肃，便说："老赵，你这是要大义灭亲啊？不是刚要上位扶正吗？"赵连起将茶杯一摔，生气地说："那些上访的群众，你去给我解释？市委让我拿出紧急预案呢！"说完，他饭也没吃完，拿起公文包气呼呼地向楼下走去。

短暂的尴尬，赵直帆也向楼下走去。在楼梯口，他瞪了跟在身后的姜美祺一眼："这回你高兴了？你就挑事儿吧！"说完，关了电梯门，独自下了楼。

赵直帆上车后一脚油门，车蹿了出去。站在楼梯间窗户前的姜美祺怔怔地看着远去的轿车，满眼失望。

3

群众上访的事闹得钱如意和李明鑫很心烦，他们到各家安抚并没有动摇群众的决心，所以便心情沉重地约赵直帆和吴寄瑶到珍真野菜馆商量对策。几人坐在餐桌前，鸡一嘴鸭一嘴地没商量出个头绪。虽然一盘笨鸡、一盘兔肉和几碟小菜陆续上来了，但没了往日的气氛。

钱如意打开了酒，赵直帆指着钱、李二人的脑门儿说："还有闲心喝酒？没等拉屎呢，先把狗请下了，做啥事儿不知低调，买几个破农家院，看你们嚷嚷的。村民连续聚众上访，媒体跟踪报道，市委非常恼火，你们说咋收场吧？"

钱如意不以为然地说："这都是市场行为，市委能管这小事儿？"赵直帆说："小事儿？市委调查组刚跟我谈过话，相关责任人孙绍辉要受处分。你们向社会集资了吧，那叫非法集资，整不好会进局子的！"

听到此话，李明鑫惊得一块鸡骨头卡在了嗓子里："喔——喔——"半天才吐出来。他红头涨脸地说："那可麻烦了，集资可是以我公司名义进行的。老钱，这事儿你可得整明白，不行咱就早点儿吐出来。"

钱如意吃了口山鸡肉，说："到嘴的肉吐出来，想都别想。"赵直帆说："你还有闲心吃？老李说得有道理，吐出来以平民愤，你们让我省点心行不行啊？别像李秃子，一块鸡骨头卡在嗓子里，到时想吐都吐不出来。"

正说着，就听外面有人喊："有人中毒了！有人中毒了！"

吴寄瑶急忙走出去，就见临近餐室几个人个个口吐白沫，倒在地上。刘老师进屋一看，吓得脸色煞白，慌忙拨打急救电话。

处警电话很快也打到了伏龙区公安刑警大队，朱丽雅报告给周至祥后，又来到宿舍告诉了正在看书的龙大章："你老师的珍真野菜馆发生多人食物中毒案件，中毒原因不明。"龙大章吃了一惊："食物中毒？刘老师不知多着急呢？"朱丽雅说："真是个多事之秋，鸡血麻神案市局又催了，周支队长也是急得像热锅上的蚂蚁。"

龙大章放下书本说："市里要搞麻神艺术节了，赵副市长对鸡血麻神案必然催得急。"朱丽雅羡慕地说："你现在无案了，为什么看不出轻松来呢？"龙大章眉头不展地说："丽雅，我们都有责任为国家的财产负责，尽快使鸡血麻神回到它应该在的地方，才是我们要做的。"

朱丽雅摇头道："大海捞针啊！"龙大章说："我有一种预感，鸡血麻神离我们很近。种种迹象表明，前些日子发生的两起盗洞案和《辽域地志》被盗案或与鸡血麻神被盗有关，要注意几方面的人。"朱丽雅问："哪几方面？"

龙大章说："一是我们一直关注的三大公司，二是时猴子和刘尔贵，三是师傅和敖拉倚。""师傅和敖拉倚？"朱丽雅不解地问。龙大章没有解释，他说："我想再去趟凤城，寻找刘尔贵……"

话没说完，龙大章的电话响了，他接起来说："噢？小艺，你……回来了……找我有事？……唠唠……没时间啊，办案子呢……"他没等白小艺说完就按了电话，说："丽雅，帮我借阅一下有关案卷？"朱丽雅难受地看着龙大章说："好吧，我再犯一次错误。"

跟着朱丽雅，像做贼一样，龙大章从档案室抱出一堆案卷，坐在办公室认真翻阅起来。朱丽雅把一些视频资料也拿了过来。龙大章正在看着刘尔贵的案卷，一抬头，发现白小艺在门口扮着鬼脸儿，他惊讶地问："小艺，在凤城玩得怎么样啊？"

白小艺站在门口，调皮地问："龙哥哥，朱姐姐，你们就不想让我进来吗？"龙大章说："你想进就进来吧。"朱丽雅向白小艺点了点头，打声招呼走了出去。白小艺进来随手拿过案卷看，自语道："刘尔贵……"龙大章赶紧把案卷拿回去说："小艺，这个你不能看，保密。"白小艺得意地说："保什么密啊！刘尔贵，我知道他在哪儿。"

龙大章惊讶地问："真的？"白小艺倒背着手，像个领导一样来回走着说："那还有假。"她把脸凑过来，神气地问："你想知道？"龙大章说："那是自然。"白小艺说："答应我两个条件，我才能告诉你。"龙大章说："哪两个条件？快说吧，这孩子，急死人……"

白小艺神气地说："第一，纠正一下，我不是孩子，马上找个好点儿的馆子给我接风洗尘。第二嘛，借我十二套警服，我们演出用。"龙大章说："白大小姐，请吃饭没问题，这十二套警服要都借给你，我们刑警大队可就不够穿了。再说，那也违反纪律啊。"白小艺说："你的纪律在我这儿不好使。你要是不答应，我找别人去！"龙大章一咬牙说："好，好，我答应你。"

龙大章和白小艺在朱丽雅的注视下走出了刑警大队。他们来到一处夜餐厅，对坐在一个方桌旁，要了两个小菜，白小艺也不谦让，拿起筷子就吃。龙大章无心吃喝，便问："小艺，这是几天没吃饭了？要开学了吧？"白小艺放下筷子，手托着下巴看着龙大章问："九月十五号开学，你去送我不？"龙大章说："明天啊，没时间啊！出去这一趟怎么样啊？"

白小艺说："好极了，我这次出去除了欣赏南国风光、海滨风景，还体验到了思念的味道。（唱）你的脚步流浪到天涯，我的思念随你到远方……"

龙大章说："小艺是长大了，我们说正事吧？"白小艺问："什么正事？"龙大章说："你要的警服你朱姐姐会给你想办法的，说说刘尔贵吧？"

白小艺又吃了口菜，前天在凤城演出时碰见刘尔贵的情景出现在她眼前。

敖拉倚和白小艺走出天涯宾馆，就见一个人从一个胡同里出来，和敖拉倚与白小艺正走个对面。那人看了她俩一眼，扭脸就走。敖拉倚突然问："刘尔贵，你怎么在这儿？"刘尔贵头也没回地说："大姨，你认错人了。"等她们疑惑地向刘尔贵望去时，就见他快速消失在胡同里……

龙大章问："就这些？之后又见过他吗？"白小艺说："就这些，以后没见过。"龙大章扔下二百元钱，急忙起身向外走去："小艺，你先吃着。"白小艺"啪"地把筷子一摔，看着两个菜生起气来。

敖拉倚向外望了望浓浓的夜色，焦急地看了看手表，自语道："这孩子，刚回来就出去……"话未说完，响起敲门声。她从猫眼看了一下，打开了门，发现白小艺不太高兴地站在门口，便问："小艺，你怎么不高兴？"白小艺噘着嘴说："没什么……夜场演出的事儿……"敖拉倚说："小艺，我劝你以后还是少出入那些破烂演艺场，那里弥漫着一股糜烂之风，对一个女孩子来说，太危险。"

小艺没有吱声，进屋坐在沙发上看电视，电视里播着蹦极的画面。她就问："敖拉姨，你说对一个女孩子来说，什么事风险最大？"敖拉倚答："婚姻。"白小艺说："错，我一直认为是蹦极，看见那么多女孩子玩蹦极，我的心脏都快跳出来了。"

敖拉倚转脸望着她说："登山、滑翔、蹦极、极限运动……这些冒险行为大不了一死，但感情的折磨却能让人生不如死。我劝你，不要陷入感情旋涡。"

白小艺一惊："敖拉姨说我呢？还是你又感伤了？"敖拉倚没有吱声，她站起身，直直地看着窗外，仿佛要从外面的落叶中看到答案。白小艺低沉地走向卧室，默默地立在窗前，自语道："婚姻，恋爱，还真是……"

4

伏龙区公安刑警大队队长室，周至祥一屁股坐在椅子上，脸比外面的天还阴。

龙大章敲门进来，向他汇报刘尔贵的情况。听完汇报，他冷冷地说："黑灯瞎火，你来找我，说来说去，就是个捕风捉影，让我抽调有限的警力长途奔袭、大海捞针，不划算吧？"龙大章说："周支队，可以派我去嘛，我们的宣传任务超额完成了。"

周至祥看也不看他，说："不行。"龙大章说："我想请几天假或休年假。"周至祥脸一沉说："这几天整个大队又维稳又破案的，忙得裤裆拖拉地儿，你请假？"龙大章说："那也没我事儿，我就是个搞宣传的。"周至祥说："河西村群众集体上访，怕闹出群体性事件。你要时刻准备着，把带头闹事儿的抓起几个来。"

龙大章说："周支队，村民不是闹事儿，他们有合理的诉求，不能简单地一抓了之。"周至祥一摆手，不耐烦地说："合不合理的，不是我们说了算！"

两人越说声越高，越说越没焦点，龙大章气愤地摔门而出。淡淡的月光下，他发现朱丽雅就站在树荫下。朱丽雅把龙大章拉到一边，悄悄地问他："大章，一会儿，鲁运要上凤城相亲，你不去送站？"龙大章一听，顿时脸色由阴转晴，赶紧向伏龙区公安宿舍跑去。

夜风已冷。鲁运一身便装，推着行李箱向外走，龙大章跟在后边叮嘱道："大师兄，从白小艺所反映的情况看，刘尔贵一定在凤城。你到凤城后，见你的女同学之余，一定要和当地公安机关联系，最好能把刘尔贵带回来。"鲁运一本正经地说："相个亲也不让人消停。行，师弟，我一定尽一个刑警的本色。"龙大章笑道："大师兄，凯旋时我给你接风。"

送走鲁运，龙大章打了一个电话。他来到龙城大桥时，伴着音乐流淌的灯光瞬间熄灭了。

他站在路灯下，发现姜美祺正站在桥上向他张望。见他走上来，幽怨地说："大章，你又迟到了。"龙大章说："对不起，美祺，我要学习你的诚实守信。"姜美祺说："不守信的人就会不守情。我拼尽全力却急转直下，我刻骨铭心却草草结局，我飞蛾扑火却灰飞烟灭……"

龙大章幽幽地说："听起来，我们的生活充满了悲伤，于是，失望、沮丧、困惑、挣扎……对一切都不信任和抗拒。其实，如果我们心里有阳光，一切都没那么糟糕……"

姜美祺打断他的话："说吧，叫我来干什么？"龙大章说："明天河西村的群众还会到市政府上访，为了避免过激行为引起警民冲突，劳你一定要劝阻群众。"姜美祺问："为什么你不去劝阻？"龙大章揶揄道："我知道，他们宁可听一个小报记者的，也不听一个人民警察的。"姜美祺说："你虽然用词很损，但是我接下这个任务。不过，相关案件你也得给我一个答案。"龙大章说："那我先谢谢你了！所有的案件都会有一个答案，只是答案却未必都如最初所愿。放心，等待，一切都是最好的安排。"

就在龙大章和姜美祺商议怎样做好村民的劝阻工作、避免抓人时，金疤瘌也在给时猴子安排明天的上访工作。自从听了张半仙的"河西藏宝论"后，金疤瘌的工作更起劲儿了，他要利用时猴子等人把李明鑫的傲慢给打回去，以解他心头之恨。

住在豪华住所的张半仙却很平静。他从不虚度光阴，这会儿正半倚在躺椅上读着书。"喜怒哀乐皆不发谓之厚，发而无顾忌，谓之黑。厚也者，天下之大本也；黑也者，天下之达道也。致厚黑，天地畏焉，鬼神惧焉……"

金疤瘌安排完工作回来了。他对年逾花甲还坚持读书的张半仙佩服不已："大哥，又在读什么书呢？"张半仙放下书本说："这是李宗吾的《厚黑学》中的要义。疤瘌，河西的事儿都安排好了？"金疤瘌说："村民已经发动起来了，明天要堵住市政府大门，不准进出。珍真野菜馆的事也进展顺利，中毒事件后，刘老师已经不抱什么希望了，转兑有望。"

张半仙坐直了身子说："嗯，干得不错。对于钱胖子和李秃子这样的人，不使点儿厚黑手段就会被他们黑了。让猴子给上访的准备点儿好吃的、好喝的，越乱越好。还有，我已得到可靠消息，刘尔贵还在凤城，叫黑猫一定找到他。"

金疤瘌听到"刘尔贵"三个字，眼前便出现了《辽域地志》，便说："大哥，要不我亲自走一趟？"张半仙披衣窗前，打开窗子，秋风吹得他打了一个寒战，他低沉地说："秋风越来越凉了，还是先准备过冬吧……"

5

晨光洒满博大的龙山和炊烟袅袅的河西村，几声鸡叫沸腾了这个城市边缘山野乡村。一些勘测队员在忙，有的调线，有的在钻探，这说明河西建新城已到了实质操作阶段。

时猴子早将这一情况报告给了村主任，所以城郊乡河西村村委会门前，村民们早已聚在一起，闹哄哄地炸翻了天。

人越聚越多，时猴子脸上的笑容越来越灿烂，因为他是靠上访人数领奖赏的。他像猴子一样蹿到牛粪堆上，举起右手，押着脖子喊："乡亲们哪，我时猴子过去不是人，做过很多对不起乡亲们的事儿。今天，我要替你们出头，我们反对建新城区！我们反对占耕地开发！我们要保护原始森林！我们要大规模去上访！不然，我们的家园就没了，我们的老婆孩子就跑了……"

时猴子的宣传动员口号是"师傅"张半仙传授过来的，后一句是自己加的。这叫一谐一谐、雅俗共赏。

一村民举手响应："走，上访去！"又一村民举手响应："谁不去谁是孙子！"村主任伸出大拇指："猴子，这多年，你总算干件人事儿。"

时猴子得意地说："我时猴子虽然被你们赶了出去，可是我还热爱我的家乡、心系我的家乡。今天，我们要堵了政府的门、砸了勘探人员的盆，去的人，中午饭我管了！"

姜美祺试图阻止上访的人，可是没有人听她的。

一群人拉起横幅，沿街叫起乡亲们，人越来越多，呼啦啦、起哄般的奔龙山的山路上走去。时猴子走在一群人的前头，昂着头，像一只准备斗架的公鸡。这支队伍像一条蜿蜒在山路上的长蛇，见到勘探人员的临时落脚点，便推帐篷、砸锅台地闹上一通，直把整个龙山弄得乌烟瘴气。

姜长庚坐在山门外的台阶上埋头看书，张半仙站在旁边瞄了他一眼，引颈向山下望去，山下是成群结队上访的群众排成的长龙和被点着的帐篷。

张半仙俯下身来说："姜居士，你可真有耐性，后半辈子就准备在这儿砍柴做饭守青灯了？"姜长庚仰头看看他，说："怎么，张居士，你等得不耐烦了？这种生活挺好的啊，无俗人之扰耳，无世俗之苦恼。"张半仙问："你真想出家？"

姜长庚合上书，慢悠悠地说："走出滚滚红尘不是挺好吗？只是有我们这样的人在，佛门可是难得清净喽！"张半仙说："清净？有人的地方就清净不了，新城区建设的号角将打破这里的宁静。你看，看那些上访的村民，他们面朝黄土背朝天的生活要结束了，可是他们不干了。"姜长庚顺着张半仙的手向山下望去，山下是排着大队、打着横幅的上访村民，正向市区开去。

没去上访的是龙大章的父母，他们蹒跚在上龙山的路上，山脚下是上访村民排起的长龙。老龙头拎着蘑菇筐，蹚过荆棘丛，细心地寻找着每一种珍奇的蘑菇，手脚被划破了几个口子，他吸吮着手上的血。跟在他身后的大章妈说："他爹，咱们不跟着去上访，村里人会不会对咱有意见啊？"老龙头说："咱们咋去上访？卖房合同都签了，建不建新区和咱有啥关系？"

二人相扶着坐在一个树墩上喘着粗气，擦着额头上的汗。大章妈说："唉！大章不让卖房子，可是你把房子卖了。搬家的日子马上到了，大章要是回来，我们让他上哪找我们呢？要不咱们毁了合同，不卖了？"老龙头说："那多不合适啊！人家定金都给了，乡里乡亲的，毁约让人家瞧不起。"大章妈叹口气说："人穷志短，马瘦毛长……"

转眼间，河西村上访的队伍就开到了市政府门前，村民们把市政府的大门堵得严严实实，时猴子带着几个"敢死队员"要往里冲。保安阻止了他们，一群人就在那儿跟保安嚷嚷。几辆警车鸣着警笛冲过来，周至祥带着大批警员向群众围过来。

时猴子振臂一呼："我们要见市长！"村主任跟着嚷："见不着，就不走！"上访人群跟着喊："我们要见市长！""见不着，就不走！"

周至祥挤到上访群众面前："老乡们，我是市公安局治安支队副支队长兼伏龙区公安局刑警大队队长。不是不让你们见市长，市领导正在开会研究你们的问题。谁敢闹事，我们公安可不是吃素的！"

一群人闹哄哄地喊："我们不管，我们要见市长！"

姜美祺一边往前挤一边喊："乡亲们，有理说理，不要堵门。我们《龙城晚报》永远支持你们的合理请求。可是，非法堵门行为，我们也不赞同。大家给我点儿时间，让开通道，我去见市领导，给你们个圆满的答复，好不好啊？"

几个村民嘴里说着"好"，主动让开了一条通道。姜美祺刚挤过去，就被时猴子挡住了，他跳到台阶上："老乡们，不能听她妖言惑众，不堵门解决不了问题！我们不仅要堵门，还不准他们离开这里半步。"

时猴子的话音刚落，"呼啦"，人们又像潮水一样涌来，把大门、楼门和后门堵得严严实实，局势很难控制。

周至祥擦了把汗，拿起对讲机喊道："龙大章请注意，听我命令，准备拿人！"

时猴子听后一蹦老高："哪个敢拿人？敢拿人我们就把政府砸了！"

群众跟着喊："砸了！砸了！"便有人把地砖抠出来，准备动手。

正在这时，龙大章从政府大楼里跑出来，拿过周至祥手里的话筒喊道："乡亲们，都肃静，赵副市长来了！他给大家解决问题来了！"众人顺着龙大章手指的方向望去，就见赵连起从政府楼门里走出来。

赵连起环视了一下台阶下的群众，拿过话筒，慷慨激昂地说："乡亲们，我是副市长赵连起，你们的请求由我负责处理。有人借建新城之机，非法购买大量土地，搞了很多非法建筑，侵犯了你们的合法权益，破坏了生态环境。对此，我们要按相关法律法规严办。同时，我要告诉你们，龙城尚无建设新城计划！"

他的后一句话无疑是在平静的河水里投下了一枚石子，群众立时议论纷纷。姜美祺走上前："请问赵副市长，真的不建新城了吗？"赵连起点了点头："我已经说得很清楚了，你们不要相信谣言，不要借机闹事……"

时猴子喊："我们等待政府严惩奸商，若三天没结果，我们还来！"赵连起威严地点了点头。时猴子一声"撤"，一群人收起标语，稀稀拉拉地向来时的路走去。

姜美祺兴奋地对龙大章说："大章，上访的问题解决了，我们去给刘老师送规划图吧？"

龙山山道上，上访回来的人们像打了胜仗的部队，嬉闹着向山上走去。到了再生洞的石头边，时猴子往石头上一蹿："乡亲们，领钱啦！领钱啦！"涣散的人们马上围了过来。时猴子满面春风地说："乡亲们，今天去市政府上访的，每人误餐费一百元，我时猴子说话算话！以后，我还要为乡亲们出头，请给我机会！"

他的话，赢得了一片掌声，只有村主任皱了一下眉头。群众围过来，时猴子拿出一沓新票，刚要发，村主任一把抢过去说："发钱的事儿，我来。这些怎么够呢？还有前几次的。"群众一片欢呼，眼睛盯着时猴子。时猴子先前还像得胜的将军，这会儿一涉及钱，底气就泄了不少。他手颤抖着又拿出两沓钱，说："乡亲们，让我'出血'可以，不过我还有两个要求；一是允许我回到河西村；二是给我个改过自新的机会，我会带领大家致富、保护我们的合法权益！"

村主任脸一沉："你小子这是想当村主任啊？"村会计说："谁给我们带来利益，我们选谁当村主任！"

群众附和着喊："谁给的钱多选谁！"

6

秋日上午的阳光透过金黄树叶斜射下来，金色的光芒晃得人眼花缭乱。刘老师披散着满头的白发，正在打扫着珍真野菜馆的院子。不远的山林里，一个长焦望远镜从树杈里探出来，向下扫视着。半山腰是领钱后欢呼的上访村民，沉浸在丰收的喜悦中。

龙大章、赵直帆等人乘两辆车从上访回村的村民身边驰过，村民的兴奋直透车内。姜美祺按下车窗向农民打招呼："乡亲们，你们的事儿我还会关注的！"村民们喊："谢谢姜记者！"赵直帆嘴一撇："职业病！"龙大章、龙小晴、吴寄瑶没有吱声，赵直帆今天因为"不建新城"心情不好，他狠狠地踩了一脚油门儿，车像箭一样向山上冲去。姜美祺瞪了他一眼，没有说话。

龙山上，那个长焦望远镜从树杈里探出来，还在向下扫视着。镜头快速切换到了珍真野菜馆的院子里，看见院子里的人群，那架望远镜像触了电一样"嗖"地撤了回去。

几个人把设计图纸铺在院内的方桌上，让刘老师看。龙大章说："在这个山清水秀的地方建一个旅游度假村，一定能火起来，因为这里离市区十多公里，是最佳的城市周边游景点。"

刘老师看着规划设计图摇了摇头："好是好，可是那得多少资金啊？"龙小晴说："刘老师，资金的事儿可以再想办法，今天先看看规划有哪些不合理的地方，好回去修改。"正说着，服务员惊慌地跑上来说："刘姨，又有几个人中毒了！"刘老师扔下图纸向店里跑去。

龙大章超过刘老师，第一个跑进屋里。珍真野菜馆的一个餐室内，几个人趴在桌子上口吐白沫，厨师和服务员看着干着急。龙大章对刘老师说："快，用直帆的车把他们送医院。"

中毒者被架了出来，赵直帆却不开车门。他很不情愿地说："刘老师，不行就别撑着了。"刘老师面有难色，欲言又止。龙大章没办法，只好把那中毒者抬到了开出租的男同学车上。

　　看着远去的出租车，龙大章问："怎么会这样？"刘老师无奈地说："昨晚就有几个人这样了，医生检查疑似蘑菇中毒。"赵直帆赶紧说："是啊，昨晚我们吃饭，寄瑶我俩没等吃呢，老钱只啃了块鸡骨头，也在医院接受检查呢。"刘老师说："以前也是吃的这蘑菇啊，从没出现这种情况啊！"

　　龙大章见问不出什么，便拨打手机："丽雅，都谁在？你到龙城医院去查一下在珍真野菜馆中毒的事儿，看是不是普通的食物中毒。抽空问一下鲁师兄那边的情况。"

　　望着眼前在秋风中飘摇的菜馆儿，刘老师把龙大章叫到一边："大章，我知道你们要帮我，可是我老了，怕干不起这么大的事业了。刘尔贵又跑了，我怕是让你白费心了……"

　　龙大章安慰道："刘老师，刘尔贵要是回来，你一定劝说他到公安局说明情况，争取个立功的机会，不能一条道跑到黑。"

　　刘老师想说什么，嘴动了半天什么也没说。她的耳畔响起刘尔贵的声音："妈，今天是你的生日，不孝儿刘尔贵怕是不能尽孝了。给你留下一万元，我还得走，不能让他们找到我，你要保重身体！"想到这儿，她默默地点了下头，洒泪回过头去。

　　姜美祺拿着那卷图纸，郑重地走到刘老师面前说："刘老师，别难过了。我再当您一次课代表，请批阅高三六班七十八名同学的作业！"刘老师接过图纸，慢慢地打开来，图尽处是几捆大钞。她激动得眼泪纵横："同学们，图纸我留下，钱你们拿回去……我不是一个好老师。"吴寄瑶说："刘老师，怎么说得这么沉重呢？收下，陪我们去野餐。"

　　刘老师在吴寄瑶和龙小晴的推拽下向山上走去。她坐在石头上看着她的学生们玩得高兴，脸上也现出了久违的笑容。此情此景，让她想起了当班主任的日子，每一名学生都是她的"燕子"，承载着她太多的快乐与希望。可是，"燕子"一只只飞走了，只有这几只还能飞回来看她。

　　她忘了自己的生活境遇和儿子刘尔贵，向吴寄瑶和龙小晴招手："快来，那里一定有一个蘑菇圈儿。"几个人按刘老师手指的方向走去，果然有一个大大的蘑菇圈儿。姜美祺一边快乐地捡着蘑菇，一边向龙大章招手："大章，看这是啥花呀？"赵直帆看着姜美祺开心撒野的样子，很不耐烦地喊："别撒野了，野餐了。"

同学们聚集到一起，七手八脚地支起了帐篷，摆上了食品。赵直帆"啪啪"地打开几罐啤酒说："来，一人先来一罐啤酒，美祺例外啊。"吴寄瑶举起啤酒问："凭什么？"赵直帆说："她呀，肩负着制造革命下一代的使命呢。"姜美祺说："我也不例外。"她自己拿过一罐，"啪"地打开向众人示意，赵直帆瞪了一眼她也不看。

龙大章带头敬了刘老师一杯酒，环顾左右说："遥知兄弟登高处，遍插茱萸少一人。我班七十八名同学，离得近的郝子强没在，还有一个漂亮的女生邱思雨也不知哪去了。"吴寄瑶调笑道："你主要是想邱思雨吧？也是呢，邱思雨怎么不理你了呢？"姜美祺递给龙大章一个鸡腿接茬说："龙大章，你是吃着盆儿、望着碗儿、把着锅，男人太让人不可思议了。"

刘老师说："邱思雨呀，听说出国了。"赵直帆把啤酒一蹾："出什么国啊？我在凤城见过她，开了家烧烤店。她是二婚嫁给了那个叫小山银次郎的日本人，国门连一天也没踏出过。"

龙大章一愣："小山银次郎？"赵直帆说："嗯，日本古董商。"吴寄瑶问："那个日本人应该有很多钱吧？"赵直帆说："钱是有的，可是那老家伙吃喝嫖赌，老不正经，邱思雨嫁给他是倒霉了。"

姜美祺用奇怪的眼神儿看着赵直帆，赵直帆便低下了头。刘老师叹口气说："唉！人各有志。人的命天注定，胡思乱想没有用。"

酒过半酣，菜已上齐。龙大章放下啤酒，站了起来，伸了个懒腰，他看见山上好像有个人影晃动了一下，便悄悄地向那边走过去。可是到了那边，并没有见到人，地上被踩倒的草告诉他，这里有人长时间停留过。这里的人是奔着刘老师的菜馆去的，还是奔刘尔贵去的呢？

他放眼向山下望去，能清楚地看见刘老师家的院子，远远听到几名同学的欢声笑语。他回到野餐地点时，同学们已经喝得微醉。

龙小晴举起酒杯，笑容可掬："来，我们再喝一杯！喝醉的感觉就是好！"吴寄瑶说："对，不醉不归！"二人一扬脖喝了一大杯啤酒。龙大章惊讶地望着她俩。赵直帆歪斜地站起来："大章中途开小差，罚酒三大杯！"众人喊："罚！"

龙大章倒了一满杯酒说："好，我认罚。可是，刘老师、直帆、小晴和寄瑶不能再喝了。"吴寄瑶醉醺醺地说："不行……龙大章，不要瞧不起人，老钱的茶楼扩建成娱乐中心了，让我全权负责，将来我那儿要是打个法律擦边球什么的，你得给我兜着……我先敬你一杯！"

吴寄瑶说完，一口干了一大杯酒，险些"现场直播"。龙小晴扶着她歪歪斜斜地向树林里走去，在一棵千年古树下，她们发现了一个好玩的小鸟窝，就呆呆地看起小鸟来。

姜美祺来找她们，看她们那如醉如痴的样子，就笑了……

龙小晴"嘘"了一声。姜美祺发现了小鸟，三人便一起来观察小鸟筑巢。龙大章和赵直帆也好奇地过来了。吴寄瑶醉醺醺地感慨道："看啊！看，我多像两只筑巢的鸟啊！不，小鸟是两只，而我呢？它们是在筑巢，我在筑梦。它们的梦圆了，不知我的巢在哪里……"说完，躺在姜美祺的大腿上泪眼蒙眬。

龙大章说："她醉了，你们扶她回去吧。"

晚霞映红了龙山下的珍真野菜馆，也映红了同学们的脸庞。其他同学已经走出了很远，只有龙大章等五名同学流连忘返。他们恋恋不舍地走出来，刘老师面容憔悴、蹒跚地倚在门框上挥手送别。

龙大章转回身说："刘老师，我把度假村的图纸留给你，确定之后就张罗施工。"刘老师感激地说："大章，太感谢你们了，给尔贵留的产业有希望了，我一定要把度假村建起来。"龙大章说："刘老师，我们过几天再来。"

刘老师向她的学生们挥着手，泪又下来了，秋风飘起了她的白发……

赵直帆开车过来说："快，都上车吧！"龙大章望着刘老师的背影沉重地说："同学们，看到刘老师头发花白还在奋斗，我感到我们都忘本了。我们今天谁也不坐车，就走回去，找找当学生时艰苦奋斗的感觉，有问题吗？"姜美祺第一个响应："好，就这么走。"赵直帆瞪她一眼说："我虽然喝了酒，可脑袋没那么发热。"

终究没有人上车，几个人在前边走着，赵直帆开车跟着。

　　龙山寺笼罩在绿树丛中，夕阳照在龙山寺的屋顶上，形成了一道金顶。龙大章等几名同学在龙山寺门前拉着长长的斜影，就像灰色的欲念一样，与阳光搏斗，此消彼长。

　　听见龙山上传来了龙大章他们的嬉闹声，大章的父母好奇地向山那边望去。大章妈直起腰兴奋地说："老头子，快听，像有我们的大章呢。"老龙头听了听，说："是你想儿子想糊涂了，要是我儿子的声音，就是比这远二里地我也能听得出来。"大章妈说："吹，不是你拖后腿的时候了。"老龙头说："我想明白了，大章是在务正事儿，他不让我们失望，我们也不能拖他后腿。"大章妈欣慰地说："你总算想明白了。"

　　夕阳下，龙大章的父母挎着两个筐慢慢地走着，仿佛暮归的老牛。龙大章远远地看见了父母的身影，望着他们在夕阳下形成的剪影，眼泪流了下来……

　　姜美祺提议说："我们唱首歌吧！"龙大章响应道："好，就唱美祺作词的《一路》吧。"夕阳下，歌声响起，透着青春的活力："一路早，一路转，一路长线连短线。一路紧，一路慢，一路花海笑相伴。一路忙，一路闲，一路风雨在呼唤。一路想，一路看，一路荣辱已清淡。一路霞，一路散，一路前景归画苑。一路尘，一路汗，一路星光更灿烂……"

　　他们醉笑着，残缺不全地唱着，蹒跚而归……

第四十一章　夜色深沉，寒意来袭

1

月色当空，龙城尽现眼底，同学们立在高坡上，欣赏着这个属于自己的城市。流光溢彩的城市夜景，休闲娱乐的城市人群，忙忙碌碌的街头小贩，组成了一幅和谐的城市生活图。

在万家灯火中，龙城休闲娱乐城的大楼和霓虹灯在这个城市中格外显眼。吴寄瑶用手一指："同学们，龙城第一美楼就是我们的休闲娱乐城了，你们去消费，一概五折！"

此时，龙大章的电话响了，电话里传来朱丽雅的声音："大章，中毒的事情查明了，是一种化学药品中毒，症状像毒蘑中毒。中毒发作快、去得快，少量摄入没啥大碍……你回来了吗？……今天是我的生日呀，我等你吃饭。"

龙城休闲娱乐城的一个餐室里，朱丽雅准备了几个菜、两杯红酒，静静地坐在小桌旁边。手机里播放着歌曲："今夜无人的角落，寂寞让我如此美丽。黑夜的星辰也灿烂得有一些的玄虚……"她的眼里充满着无限的希望。

夜幕下，龙大章和他的同学们醉醺醺地走到了龙城休闲娱乐城门前。一路上像牛车一样运动，早把赵直帆憋得够呛，他把车放到路边，下车后说："同学们，一路尽听你们糟蹋歌曲了，我也糟蹋一首，给你们唱首歌吧。"他清了清嗓子，一首歌便带着醉意流进了夜色中，"尽管这夜色朦胧，也知道何去何从……"

赵直帆的歌刚开个头，就像突然断了电的音响一样被噎了回去。几个一色黑衣服的小伙子摆弄着白晃晃的匕首在斜着眼看他，他就打了个寒战。

钱如意之子钱无迪是这伙人的头儿，他向赵直帆跟前晃来，吊儿郎当地问："大哥，这是何去何从啊？"赵直帆结巴了："你们……要……"钱无迪痞里痞气地说："哥几个、姐几个，没少喝了啊！"他转身对吴寄瑶说："这位大姨，跟我们走吧？听说你喜欢当小三儿，你看你找的男人那熊样，快破产了，还穷嘚瑟什么呀？"

吴寄瑶吓得连连后退，不知该和这小子说什么。龙大章走上前来喝道："怎么？想闹事儿？"钱无迪把刀优雅地转了一个圈儿："就闹事儿，怎么的？"

"唰！"几把尖刀一齐举过了头，又一齐对准了五位同学。赵直帆吓得赶紧躲在姜美祺身后，拉着姜美祺的手直哆嗦。

龙大章直视着他们说："把刀子放下！"吴寄瑶醉醺醺地才回过神儿来，手指着他们："好玩，今天要玩猫捉老鼠的游戏了。龙警官，这几个小混子就交给你了，我们喝酒去。"几个小痞子一听，愣了一下，异口同声地说："警察！"说完，撒腿就跑。龙大章大喝一声："站住！"飞步上前，一把抓住了钱无迪，说："走，跟我上局里去！"

龙大章一个电话，打断了朱丽雅的生日梦。她从龙城休闲娱乐城走出来，二人把钱无迪带回了伏龙区公安刑警大队。

白亮的灯光照清了钱无迪抹着油彩的脸，他的脸看上去有些扭曲。朱丽雅严肃地问："姓名、年龄、职业、住址。"钱无迪歪着脖子，痞里痞气地答："钱无迪，十六岁，学生，住宏运公司家属楼小区一号别墅。我大爹，钱如意；我大姐……"朱丽雅制止了他："谁问你大姐了？跑的那几个人呢？"钱无迪答："我同学。"

龙大章进来了，看了看钱无迪说："你们的行为是拦路抢劫，明白吗？"钱无迪激动得想站起来，被刑警按下："我们什么也没抢啊！我就是想教训教训那个叫吴什么瑶的，想拿她练练手。"龙大章走到他跟前问："为什么要教训她？谁叫你们来的？"

钱无迪理直气壮地说："她从我妈那抢走了我爸，听说还要霸占着我家的娱乐城。"龙大章说："那是大人之间的事儿，你瞎参与是违法犯罪的。"钱无迪满不在乎地说："不就是钱吗？你们想罚多少，说个数，我让我爹三分钟送来，他不敢拖到三分半……"

朱丽雅走过来，耐心地说："钱无迪，钱不能解决所有问题，你的行为已涉嫌犯罪。主动点儿，给自己个立功赎罪的机会。"钱无迪这才显出害怕的样子，嘟囔道："这么严重啊？你们不会让我去坐牢吧？"朱丽雅说："坐牢的年龄也够了。说吧，还做过什么坏事！"

钱无迪终于放下痞气说："警官，我争取立功行不？"朱丽雅点了点头："那样最好。"钱无迪眨巴着小眼睛说："有一次，我们在饭店给小兄弟过生日，从饭店里出来，就见饭店外角落里有两个人正在说话。我们想整治他们一下，就悄悄走过去。这时，听见一个人说：'猴，这个图要是真的，咱们就发了。'那个被叫作'猴'的人说："龙山寺那边昨晚刚出事，公安正盯着那儿呢，我可不去。'那个人扯着'猴'的衣领说："这就由不得你了，走！''猴'说：'哥，我求你了，还是找二棍吧，那小子胆儿大。'"

龙大章问："'猴'？你能认得那人吗？"钱无迪说："没看清。"

问完钱无迪，朱丽雅生日之兴一扫而光："这生日过的，让个小混子搅了局。"龙大章说："你的生日没白过，钱无迪的话证实我们的猜测是正确的，刘尔贵跟武玉鹏挖的龙山寺。"朱丽雅问："刘尔贵已经跑了，为什么有人要对珍真野菜馆投毒呢？"龙大章说："现在，河西'热'了，很多人尽管目的不同，可都在打着这块宝地的主意。"朱丽雅问："为什么呢？"

龙大章站起来，走到题板前，写上了武玉鹏和刘尔贵，然后说："这要从他们去龙山寺和公主墓的目的说起。（画了一箭头）钱无迪的说法给我们透露两个信息：一是他们手里有一张《辽域地志》，他们是奔宝去的；二是有个叫'猴'的人知道这张图。现在，宏运公司、天创公司都对这个野菜馆感兴趣，前者是为了圈地，后者是为了什么呢？"

朱丽雅反问："你意思是奔宝去的？"龙大章说："我想，他们或许有两个目的：一是让刘老师的店受到干扰，逼迫刘尔贵出现；二是很多人都在做着占领龙山、一夜暴富的梦。"

2

就在钱无迪被龙大章带走不久，宏运公司的钱如意和平原公司的李明鑫等人已齐聚龙城休闲娱乐城，对赵副市长所说的"龙城无建新城计划"之说进行了充分的讨论。最后钱如意认为，那是糊弄山民的搪塞之语，市里已经派人规划、勘探，建新城是铁板钉钉的事，还能秃噜了？得此结论，皆大欢喜，唯于海平似有话说。

吴寄瑶因钱如意把娱乐城交给她管理，心存感激，端起酒杯率先祝贺："各位，今天我要敬我们钱总一杯酒，还是钱总有魄力，以现有收购的情况，咱们可以说用一亿八千万的资金完成了八个多亿资产的收购项目，我们为有这样的好领导而干……"可话还没说完，中午的酒底儿已涌上来，就要往上吐。钱如意一个眼神儿，服务员扶吴寄瑶出去了。

钱如意假装谦虚地说："要敬得敬李老弟。过去咱们有点儿过节，可是不打不成交。钱这玩意儿不是一个人赚的，首次配合，祝圆满成功！"

李明鑫大咧咧地说："别介，我李明鑫是粗人，为朋友敢两肋插刀，我现在最恨的是自己只有一把——我要是还有一把刀，我就把那把刀插在金疤痢身上。"

钱如意说："好钢不在多少，贵在用于刀刃上，咱这叫四两拨千斤。"他捏了一下身边小金子的脸，暧昧地说："小金子，你说是不是呀？"

小金子轻轻打了钱如意的手一下："讨厌，让我吴姐看着不扒了你的皮！"钱如意笑道："小金子，你吴姐还没醒酒呢，让服务员给她上点儿醋。"于海平看了小金子一眼，讨好地用女人声说，"钱总，你讨厌。说你讨人喜欢、百看不厌呢！"小金子妩媚地往钱如意身边靠了靠说："溜须派，溜须快，一天不溜须就不自在。"

　　天空的星星依稀可见，路人已经稀少。钱如意、李明鑫、于海平和小金子喝得醉醺醺地从龙城休闲娱乐城里出来时，夜已过半。

　　李明鑫醉眼蒙眬地说："小时候，念了四年半书，就学会半句诗：'家家扶得醉人归。'你说古人也和咱们没啥两样……好喝两盅……"小金子一边躲着他的酒气和口气一边说："你敢笑话古人？我们生活得还不如古人乐呵呢！"钱如意乘机抓住小金子的手说："小金子，你不乐呵吗？"

　　小金子一脸让人怜爱的样子："老大，要是让你吃上顿没下顿，想上学、念不起，你能快乐吗？"钱如意想了想说："小金子，乖孩子，不要羡慕别人，听话……房子会有的，车子会有的……什么都是浮云。念书不也就为了生活得好吗？"

　　李明鑫凑过来说："钱兄，咱们找个烧烤店儿再喝点儿？"于海平忙给李明鑫使眼色，拉他走："李总，要起风了，不能再喝了。"李明鑫还要往上凑，于海平拉着他就走。他满嘴酒气地嘟囔："于大律，你们刚才说的话是真的吗？"

　　于海平说："你是问今天赵副市长说'龙城尚无建设新城计划'呀？要我看，不像你们想的那样。他是代表市委、市政府说的，能和你开玩笑？"李明鑫一愣，酒醒了一半儿："你小子刚才为什么不说？老钱购置的地产不是砸到手了吗？我借给他的钱他拿什么还啊？"于海平也不知怎样回答他的问题，便不再吱声。

　　心悬半截的二人回头望去，就见钱如意正拉着小金子的手，小金子已顺势靠在钱如意身上。一盏路灯照在小金子那双被酒精烧得通红的眼睛上，在路灯的照耀下显得很美。

　　钱如意的另一处住房门开了，钱如意和小金子相拥着进了屋，朦胧的灯光照着他们暧昧的脸。钱如意色眯眯地说："你个小崽子，我以前怎么没注意你呢？"小金子色色地说："你个老色鬼，看身边的女人都看花眼了。"钱如意猛地把小金子抱起来，就要动手。小金子说："钱老头儿，别闪了你那老腰。"钱如意把小金子扔到了床上，急急地解着领带。

这时，电话响了。钱如意不耐烦地接电话："噢？什么？又惹事了……花钱超生这个败家子，尽给我惹事儿，让他先在那儿清醒清醒吧！"他放下电话，快速地脱掉衣服，扑向小金子……

心神不宁的李明鑫和于海平相扶着，歪歪斜斜地向方格棋牌室走来。

李明鑫面带不服地说："钱如意，要人样没人样，要人性没人性，就是那方面有能耐，又搭上小金子了。"于海平说："猪往前拱，鸡往后刨，人各有志，人各有好，管他呢！"李明鑫愤愤地说："我看他就是那公猪托生的……"

话没说完，就和一个人撞了个满怀，李明鑫的钱包就进了时猴子怀里。李明鑫正没处撒气，便骂道："你找死啊？"时猴子没敢答言，一溜烟儿地跑没影了。

李明鑫和于海平进屋后，大咧咧地坐在牌桌旁，服务员赶紧上了一壶茶。李明鑫一拍桌子："什么破茶，纯树叶子！今天爷们儿和你们来点儿大的，爷们啥都差，就是不差钱儿，换金骏眉。"他一边说着，一边去掏自己的钱包。突然，他的手僵在了那里，最后只掏出一把卫生纸来。旁边的人便大笑起来……

3

夜色已深，一场秋雨即将不合时宜地到来，天空已混沌，凉气已袭来。

金疤癞给时猴子分配了新的任务和"活动经费"后，来到那处豪华住所复命。一进门，他发现张半仙正站在窗前望着绵绵的秋雨发呆。听见他进来，也没有转过身来。金疤癞凑到跟前，小心地说："大哥，市政府已经表态，可钱胖子和李秃子却在弹冠相庆。"

张半仙望着茫茫的夜雨说："见利而不见害，见食而不见钩，放开让他扩张吧。一场秋雨一场寒，一场寒来一场瘦，钱胖子该减肥了。"金疤癞赶紧附和道："那是，和大哥比，他们都是小菜，还要充大。"张半仙转过身来问："珍真野菜馆那儿怎么样了？"

　　金疤瘌心虚地说："眼看到手了，不知为啥二棍的妈又变卦了。大哥，为什么要盯住那儿不放呢？"张半仙说："我让你们盯着那里，有两个目的：一是一旦刘尔贵回来，给我秘密拿下，逼他交出藏宝图。二是，我又仔细研究了那半张图，根据图上所画，有几个地方要重点考虑，其中珍真野菜馆山坡上的那棵千年古树附近，与图上描述最为相似，所以我们势在必得。"金疤瘌沉思了半天说："是这样……可是，刘尔贵的母亲就是不转让啊！"·

　　张半仙阴沉地说："她撑不了多久。"金疤瘌说："最麻烦的是公安调查投毒的事儿了。"张半仙听后一惊："这样啊……收手吧。"

　　金疤瘌说："嗯。大哥，还有一事，龙城休闲娱乐城开业后，对我们的经营有很大影响。我已派人去看了，那里的棋乐馆已开业，听说还要建什么康乐馆和逍遥馆，到时就黄赌毒俱全了。我们要不要提醒公安修理他一下？"

　　张半仙拍了一下他的肩膀："等开齐了再说吧，现在等于挠痒痒，杀猪要等养肥了再杀。《辽域地志》的事儿还得认真，我怀疑刘尔贵手里的藏宝图或许就在他家里。我让你办的事怎么样了？"金疤瘌说："大哥，他已经打入'敌人'内部了。"张半仙说："那个小人，我怕他贪恋美色，误了正业。世上总有那么一部分人，自以为聪明。"说完，眼光掠过金疤瘌的脸，吓了金疤瘌一激灵。

　　雨夜的刘尔贵家响起敲门声。刘尔贵前妻从猫眼向外望了望，打开了门。她看见时猴子像落汤鸡一样站在门口，便娇声娇气地小声说："你个死鬼，可真会找时候，这冷天也不知带把伞。"

　　时猴子悄悄地进了屋，把刚偷的李明鑫的钱包交给刘尔贵前妻。这个女人打开看了看，满意地笑了。时猴子猛地把她抱起来，就要动手。刘尔贵前妻向孩子房间指了指，示意时猴子不要出声。二人向大卧室走去，把大卧室门轻轻地关上了。此时的时猴子早已把金疤瘌交代的任务忘到了九霄云外，对他来说，鱼水相谐比金山银山重要。

　　墙上的时钟敲了十二下，电话铃声骤然响起，没人接。刘尔贵的儿子从小卧室出来，迷迷糊糊地起来接起电话。刘尔贵的声音传过来："儿子，叫你妈接电话！"儿子说："妈妈和一个大爷在卧室里呢，怕是睡着了。"刘尔贵气愤的声音传来："你去你妈妈卧室，就说我回来了！"

儿子使劲儿敲着门喊："妈妈，爸爸回来了。"门猛地打开了，时猴子光着身子、拿着衣服从卧室里跑出来，直奔楼下。儿子喊："大爷，外面下着雨呢！你不怕冷吗？"时猴子头也没回，向楼下跑去。儿子在楼上看着时猴子消失在雨夜里。

刘尔贵的前妻接起电话："你到底在哪呢？"刘尔贵斥责的声音："你个烂女人，算是没救了。"刘尔贵前妻哭道："我能有什么办法，家里又没钱了，孩子得交入托费……你在哪呢？"刘尔贵的声音："你别问我在哪了，我暂时回不去，我打电话是想告诉你，小棚砖缝里还有一个小鼻烟壶，你去找时猴子，把它卖了，给我妈送点儿钱去……"

电话挂了，儿子不解地瞅着他妈，刘尔贵前妻沮丧地进了卧室。她坐在床头，瞅着窗外的雨丝，眼泪成串儿地掉了下来。她在回想，自己为什么走到这步呢？她想也没想明白。眼泪流进了嘴角，比秋雨还凉，比海水还咸。

刘尔贵家楼下很快聚集了几个黑衣人。他们瞪大了眼睛盯着楼梯口和刘尔贵家的窗户，却没发现刘尔贵的影子。

一夜的秋雨，龙城市区地上到处是积水。雨洗的天空一片瓦蓝，一场秋雨一场寒在龙城更加明显。

钱如意缩着脖子开车离开看守所的大门时，秋阳照着他老婆那不男不女、扭曲而夸张的脸上："真是龙生龙、凤生凤，老鼠的儿子会打洞，兔子没尾巴——随窝。爹就忙着嫖，儿就忙着抢……"钱如意不耐烦地打断她的话："别唠叨了，儿子生下来就算大功告成了，你也不知道教育……这要是成年，就得判刑了。"

钱无迪无心听他俩互相埋怨，喊了一嗓子："你俩天天这个吵，再吵我开车门跳下去！"这一声很管用，车里没了声息，默默地向市中心开去。

4

凤城的早晨比龙城晚两小时，匆匆的脚步、拎着大包小包的游人却比龙城多得多。

鲁运汗流浃背、匆匆地走在大街上，望着眼前的天涯宾馆，再看看川流不息的人群，满眼迷茫。他已经在这里蹲守几天了，连刘尔贵的影子也没见着。相亲对象认为他或是有病，或是不诚心，已经不和他对话了。他焦虑地自语："师弟啊师弟，茫茫人海，我在这儿也住不了几天，到哪儿去找刘尔贵呢？"抱怨归抱怨，龙大章的话始终在他耳边响着："他的临时落脚点可能就在天涯宾馆一带，你最好在那儿蹲守几天。"

太阳渐高，照在一顶破草帽上。刘尔贵从天涯宾馆东胡同出来，垂头丧气地看着天上的太阳，他的脸色和太阳一样焦灼。在胡同口，鲁运和刘尔贵打了个照面，二人都愣愣地对视着。突然，刘尔贵不顾车流、人流，穿过红灯，向马路那边跑去。

鲁运大喝一声："你给我站住！"紧跟了过去。跑到了商业区，眼看就要追上刘尔贵，突然，刘尔贵把一包东西扔了过来，鲁运一闪，那东西擦着耳朵而过。再看时，刘尔贵已跑没影了。鲁运打开小包一看，里面是两块通红的假鸡血石。

鲁运失手的消息很快传到了刑警大队龙大章那里："刘尔贵扔下两块假鸡血石跑了。"龙大章告诉鲁运："从刘尔贵扔下的两块假鸡血石看，假鸡血石在凤城已经发出火红的光。师兄，你找不到刘尔贵，就查一下凤城假鸡血石情况吧。"

和鲁运通完电话，龙大章反复地看着博物馆和刘尔贵家小区的摄像资料，朱丽雅进迈着轻盈的脚步进来了。龙大章突然说："丽雅，你给我走两步？"朱丽雅问："干什么呀？"龙大章说："让你走你就正常地走。"朱丽雅一边走一边问："大章，你怎么反复看这些录像资料啊？"

龙大章指着录像，放成慢镜头说："丽雅，你仔细看，这是博物馆丢失

《辽域地志》那晚在博物馆北边的录像，你看这个'女人'，走道的姿势一点儿也不像女人。你刚才的走路姿势我仔细观察了，女人走路有点儿向两边甩胯，你再看这个'女人'，是身子向两边晃。"

朱丽雅不解地问："这能说明什么呢？"龙大章解释道："这说明这是有人刻意打扮成女人，以扰乱我们的侦察视线。"说着，他打开刘尔贵小区的录像说："你再看，这个人穿的是时猴子的衣服，可走路姿势一点儿也不像时猴子。"朱丽雅问："他为什么这样做呢？"

龙大章说："为时猴子没有作案时间制造证据。"朱丽雅又问："你刚才说谁刻意打扮成女人？"龙大章拿出博物馆的录像和李明乔录回的时猴子在方格棋牌室的录像说："丽雅，从今天起，我们就注意时猴子走路的姿势。"

结合钱无迪提到的"猴"一样的人，龙大章把时猴子列为嫌疑人。可是，在周至祥执掌的伏龙区刑警大队，他现在还没有办案权，只有通过朱丽雅进行秘密侦查。

5

宏运建筑公司里，钱如意正在装模作样地看着规划蓝图。这个只有小学文化的土包子能做到的是绝对不会把图拿倒了。

于海平和吴寄瑶风风火火地进来了。钱如意放下图，抬起头说："于大律，你要抓紧办完资产交接手续，不能再起什么变故了。"于海平说："钱总，按你的吩咐，已经办完，只是……"他欲言又止，吴寄瑶接过话茬："钱总，我那房子的产权转移是不是也得办办了？"

钱如意往后仰了仰，皮笑肉不笑地说："咋啦？寄瑶着急了？自己人，你那儿不忙，好好地打理龙城休闲娱乐城吧！"于海平说："只是……只是……"钱如意往前挺了挺身子："海平，你吭哧瘪肚地到底想说什么？"

于海平说："时猴子领着村民还在盯着咱们买地的事儿。赵副市长当众说要三天内严肃处理、无建新城计划。时猴子是花了血本儿，利用这次上访，要整倒咱们。他还大拉选票，准备当村主任呢。他要是当了村主任，我们的根据地都没了。"

钱如意不以为然地说："这些我也听说了。不过，以我的经验，政府越是辟谣的事儿越会铁板钉钉。至于他想干倒我的事儿，更不当吃棵小辣葱。想当年，那么多人上访要干倒我老钱，不都是白忙活吗？大风大浪都过去了，小河沟里能翻船？"

于海平说："越是这种小人物越能做大事儿。"钱如意嘴一撇："一个三只手，能做啥大事儿？他想当村主任，他能有几个糟子儿啊？能干过原主任吗？"于海平说："他的背后或许有人撑着。对这种下三烂也不能掉以轻心。"

听到这话，钱如意感觉这事儿得重视了："这样啊？一会儿安排个局儿会会他。"于海平问："他能来吗？"钱如意说："那是个吃软怕硬的主，让李秃子叫他。"

龙城休闲娱乐城一套间内，钱如意和时猴子、于海平醉醺醺地坐在麻将桌旁，无所事事地等着。眼前是分好的牌张，旁边是一根根烟屁股。

钱如意点燃一支烟，慢条斯理地说："李总输得眼睛发绿了，他上卫生间怎么不出来了呢？"时猴子小声说："这叫打蒙打傻，打掉裤衩。"于海平说："猴子，君子成人之美。钱总你们在一个村住着，李总也是咱哥们儿，买地的事儿能放一马是一马吧，又没买你家的。"

时猴子刚想分辩，李明鑫反穿着一条通红的内裤出来了。看他那一身行头，牌场上所有的人都笑了。时猴子便没敢接于海平的茬儿，猛地吸烟，还不将烟屁股熄灭，烟雾呛得吴寄瑶直咳嗽。时猴子知道，今天是个"鸿门宴"，不早点儿散了，整不好要挨揍。所以，他今天的鬼八卦一点儿也没敢使。

吴寄瑶把烟往旁边扇了下，接上了于海平的话题："猴哥，于律师说的事你倒是给个痛快话啊！"时猴子嗑着牙花子说："妹子，不是我不给痛快话，我是泼出去的水，难以收回了。"李明鑫两眼一瞪："说来说去就是不给面子、死磕到底呗？"时猴子吓得一缩脖，拱手说："几位老哥，听我劝，退地保平安吧。"

李明鑫"啪"地拍桌子刚要发作，时猴子的电话响了。时猴子赶紧就坡下驴，把赢来的钱往麻将桌上一推说："各位，真对不起，亲戚托办个事儿，忘了。"他边接电话边往外溜："噢？噢……好，我这去拿……得找个行家看看。"

时猴子趁机溜了。娱乐城套间内，一时很静。李明鑫拍着桌子骂道："这个尖嘴猴腮的小人，看我不撕了他！"钱如意沉思地问："什么人在后边支持他呢？我们可能真得想退身步了……"说完，他向于海平一努嘴，于海平出去了。

龙城休闲娱乐城外的树影里，龙大章和朱丽雅手持摄像机，向这里扫描着。时猴子打着电话出来不久，于海平急急地跑出了棋牌室，他在街口追上了时猴子，二人的身影拖得很长。龙大章一摆手，朱丽雅向时猴子他们跟去。

于海平边走边和时猴子套着近乎，外带着威胁："咱们两家可是世交，你小子就不留退身步了？"时猴子却故意打岔："于大律，我们不谈这事儿。还是说说麻将吧，因为麻将如人生。"于海平笑了："一个小偷念起麻将经了。那就说说你的麻将经。"

时猴子见脱离了危险，胆子大起来："人算不如天算。李秃子，他想反穿内衣、水洗霉运、座上开花，我偏让他平地坐书（输）、两手空空，盲人掉井，越捞越深。"

于海平问："哥们儿，这么斗下去，你小子敢保证自己是绝对赢家？"

时猴子得意地说："技术，运气，哥们儿我最近就是走红运。于大律，离开老钱，跟我混吧。"于海平听后，差点儿笑差声："跟你个三只手混？你能不能不开玩笑？"

二人正说着，就见龙城说书场灯火明亮。远远传来说书声："收场前，再给大家来几句《人生运气歌》：人生在世有运气，这是实践证明的。到底什么是运气，我要一一来分析。他说运气是心气，你说运气是财气。他说运气是心计，我说运气是技艺。人生潮起潮又落，只谈运气无意义。人人都想捡金砖，十之八九不努力。坐享其成多惬意，金屋藏娇好甜蜜。谁知风云多变幻，行恶多无好运气……"

　　于海平和时猴子听完了《人生运气歌》，终于没达成什么共识，只好在街口分开了。

　　龙大章和朱丽雅装作像情侣一样继续跟踪着。这时，时猴子打了个电话，在刘尔贵家楼下停了下来，向上张望着。

　　一会儿，刘尔贵前妻从楼上走了下来问："猴哥，你可来了，咋不上楼了呢？"时猴子心有余悸地说："昨晚让雨淋坏了，没想到二棍的儿子也是个撒谎精。"刘尔贵前妻一脸羞涩："死样吧，不上拉倒。"她把手里的东西递给时猴子说："这是刘尔贵托你卖的东西。"

　　时猴子把那件东西拿过来，打开包装看了看，满意地点了点头。刘尔贵前妻扭身向楼上走去。时猴子揉了揉昨夜因"谎报军情"被金疤癞踢肿的肩，悻悻地向小区外走去。

　　走过一条小巷，黑暗中，时猴子摔了个嘴啃泥，刘尔贵前妻给他的东西掉了在了地上。他起身寻找那东西，就见钱无迪脸上涂着油彩、醉醺醺地看着他傻笑。他愣了半天，吓得"妈呀"一声撒腿而去。

　　钱无迪得意地捡起那件东西正看着，一双皮鞋在钱无迪的眼皮下停了下来。朱丽雅威严地站在了钱无迪的身边。龙大章再去看时猴子时，已了无踪迹。

　　逃过了龙大章跟踪的时猴子却没有逃过另一个人的算计。他刚拐进回家的胡同，就见一个自称是李明鑫哥们儿的壮汉横在了面前，不由分说，对着他就是一阵暴揍。时猴子还没看清那人的脸，那壮汉已经扬长而去。

　　就在时猴子躺在地上"哎哟——"的时候，龙大章来到了他跟前。他刚想对时猴子问话，电话响了，里面传来白小艺的声音："快来街心公园救我！"龙大章惊讶地问："小艺……"已经没了声音。他赶紧打电话，电话里传来："您拨打的电话无法接通……"

　　龙大章犹豫之时，时猴子已没了踪迹。他急忙向街上的出租车招手，可是一辆辆出租车里都坐着人，没有一辆能停下来。他快步向街心公园方向跑去……

姜美祺在书房里打着文稿，白小艺穿着白色的睡衣悄悄地站在阳台上向下看着。

龙大章气喘吁吁地跑到街心公园。他在树丛中左顾右盼地寻找着什么，一脸焦急的样子。这让白小艺在阳台上笑出了声。

姜美祺吓了一跳，赶紧往阳台上跑，问："小艺，你傻笑什么？"白小艺的手向楼下公园一指："姐，你快看，楼下有个疯子。"姜美祺顺着手批向下望去，见龙大章在快捷而仔细地搜寻着什么。她疑惑地问："小艺，你在搞什么名堂？"

白小艺面色通红，兴奋地说："测试过关，大章哥哥还真是个值得信赖的人。龙大章是我的了！"说完，兴奋地向卧室跑去。

姜美祺听到此话，惊得嘴半天没合上。这时，她的电话响了，便赶紧接起："噢……大章，她在家睡觉呢，和你开玩笑你也信……对不起啊！"她放下电话，朝卧室喊："小妮子，起来，太不像话了！"

6

这两天，除了钱如意和李明鑫，还有一个人心里很憋屈，这就是赵直帆。他得来了可靠消息，新城确实停建了，预期的收入就打了水漂。他最烦的还不是这些，他的婚姻考验期还没到，美祺时常回娘家，这对他来说有婚姻之名，没有婚姻之分。

他越想越憋屈，便乘着夜色，委屈地独自一人来到龙城街心公园散心，也好看看美祺在做什么。

龙大章打完电话从街心公园走出去，正好和赵直帆撞了个满怀："直帆，是你？"赵直帆酸酸地说："这么晚了还在人家楼下溜啥呢？"龙大章说："随意走走。"赵直帆疑惑地说："随意走走？太随意了吧。走，我们随意喝一杯啤酒去？"龙大章为难地说："有点儿晚了吧。"

赵直帆说："明天的太阳没升起，就是今天。"他不由分说，拉着龙大章进了一家小餐馆。二人对坐着，这对无话不说的同学竟一时找不到话题，沉闷地喝着酒。

桌上的一提啤酒已快干尽，四个菜却晾在那里，凉得像赵直帆的脸。龙大章说："直帆，我们有好长时间没坐下来交流了，好像我们可说的越来越少了。"赵直帆拿起酒杯碰了一下："是啊，坐在一起也不知道说什么了。大章，我现在羡慕你这单身贵族了。"龙大章说："有人说，婚姻是座围城，外面的人想进来，里面的人想出来；有人说，婚姻是一座建筑，以爱情为原料的婚姻是一幢漂亮的别墅，以金钱为原料的婚姻是一间纸房子，经不起风吹雨打……"

没等龙大章说完，赵直帆便有点儿发急："你是在说我？"龙大章端起一杯酒说："直帆，你和美祺俩没有根本的矛盾，作为关系最好的老同学，一些事我还是劝你，悬崖勒马。官场上看似很诱人，其实也有很大的风险。"

赵直帆端起一大杯酒一饮而尽："当官当官，你以为只为吃穿？在很小的时候，父亲就让我读四大名著。《红楼梦》里有个贾政，他后来当了官，想'真正'，结果，下属炒了他的鱿鱼。为啥？把谁放在这个位置上，想不腐败就会成孤家寡人。"

龙大章像不认识越直帆一样，他放下酒杯，恳切地说："直帆，要是换我，我宁愿当一个清正的孤家寡人。"赵直帆讥笑道："哈哈，你现在确实成了孤家寡人了，队长的位子不是让人抢去了吗？当你到那个位置的时候，你就明白了。"龙大章说："真的到了那位置也不要心存侥幸、忘乎所以，要小心秋后算账。自身不干净，早晚会被清算的。"

赵直帆醉眼蒙眬地说："也不能那么快下结论。如今的富一代，有几成是靠真本事富起来的？都是在赌。你想不腐败，你就是另类，谁还会前呼后拥地跟着你？"

龙大章一脸严肃地说："直帆，你喜欢打麻将，可人生毕竟不是赌博，更何况用自己的生命和自由以及用家人的名誉和眼泪做赌注呢？"赵直帆倒上一大杯酒，往桌上一蹾说："言重了。酒逢知己，话不投机，喝酒！"

赵直帆把酒杯碰过来，龙大章一闪，放在桌子上，失望地看着赵直帆。

龙大章回到伏龙区公安刑警大队，朱丽雅把满脸油彩的钱无迪带了过来。

钱无迪用祈求的眼光看着龙大章："该说的我都说了，怎么又抓我啊？"龙大章走到他跟前说："放了你？我可以再放你一次，不过你得帮我们办件事儿。"钱无迪说："只要你放了我，就是让我管你叫爹都行。"

龙大章与钱无迪耳语了几句之后，示意朱丽雅放了他。朱丽雅推了钱无迪一把："这回玩够了吗？走吧，没待够吗？"钱无迪撒着欢儿地跑出了刑警大队。

7

夜雨打在龙山寺居士住所的窗棂上，像是这个季节的宣言。

昏暗的灯光下，姜长庚和文住持的一盘围棋正在收官，张半仙打着雨伞进来了。姜长庚打着招呼："哟，张居士修佛风雨无阻啊！"

张半仙抖落伞上的雨水，掏出两盒茶叶说："有约不来过夜半，闲敲棋子落灯花。姜居士，知道你喜欢金骏眉。"他扔给姜长庚一盒金骏眉，又递给文住持一盒老树肉桂说，"知道文住持喜欢老树肉桂。"

姜长庚接住茶，仔细看了看说："清心排浊备有茶，古道新艺朴无华。一杯一盏皆可品，一卷一舒待晚霞。"张半仙说："姜施主清修这两个月文采大长啊！"姜长庚说："再过两天我就办病休了，也学点儿风花雪月。"张半仙话里有话地说："那得有那个命，否则会很痛苦的。"

文住持收起棋子，拿起茶说："没想到二位谈兴这么浓，老衲先行告辞了。"姜长庚说："文住持，身在佛门，你也会常想凡尘中的痛苦吗？"文住持说："身在佛门，都是有血有肉之人，人性不泯，才是大道，难道二位不念苍生的痛苦吗？"

姜长庚看了张半仙一眼说："我在想，像这样的雨夜，究竟有多少罪恶发生。"文住持说："因为有太多的罪过，我们才倡导一心向善。"张半仙摇着羽扇："哈哈，文住持念念不忘苍生，让人敬佩。不过，我有一事不明白，想请教一下。"文住持微点下头："你说吧。"

张半仙说："我是个没爹没妈的苦孩子出身。回想起来，童年时几乎每个村庄前都有一条小河，虽然吃不饱穿不暖，却能快乐地在河里高兴地玩耍。你说，我现在生活好了，为什么我再也没有童年的快乐了？"

文住持问："你是什么时候感到不快乐的？"张半仙痛苦地说："十七年前，自从我那可爱的小莲莲丢了之后，我就再也没有快乐的感觉了。"文住持双手合十："天下本无忧，庸人自扰之。一些事，放下了，也就轻松了。"张半仙面带讥讽地站起来，伸伸腰："文住持，有句俗话叫作'站着说话不腰疼'，劝别人容易，红尘之中，有几个能放下儿女情长、真金白银、权贵地位呢？"文住持说："没有什么放不下的。"

他拿出一个银子做的杯子说："这个杯子好吧？拿住了，别放下，五分钟之后归你。"张半仙不解地拿了过去，文住持放上一点儿茶叶后开始用暖瓶往杯里倒水，直到倒满。

茶叶在杯子里开始伸展，时间过了三分多钟，张半仙终于被烫得把杯放在了桌上。文住持问："怎么放下了？拿住啊，再有一分钟就归你了。"张半仙说："太烫了。"文住持说："痛了，不想放下也得放下——解脱或麻木。"说完，文住持看了看手机上的时间，向外走去。

送走文住持，姜长庚淡淡地说："张居士，看来佛教解决不了你的问题。你的问题我还可以从一个普通人的角度理解，人的痛苦来自欲望，当物质与精神满足不了日益膨胀的欲望时，人自然就痛苦了。"

张半仙望着窗外："我不同意你的观点，如果人没有欲望，社会还会进步吗？"

二人终未统一观点，讨论不欢而散。姜长庚把张半仙送他的茶叶收起来，从另一个茶盒里捏出一点儿茶叶，冲上水，坐在床上喝起来。

8

又一场秋雨过后，龙城的天空出现了少有的蓝色。市规划局小会议室里，汤局长的脸色也晴朗了不少。他郑重地宣布："根据市委、市政府会议精神，市里决定无限期放弃新城区建设，各部门所做规划不再有时间表，村民上访所反映的问题各相关部门要严肃处理……"

赵直帆虽早已从赵夫人那儿得到消息，但还是忍不住站起来问："为什么啊？那……那新城就不建了？"汤局长摆手示意他坐下来，说："听说主要有三个原因：一是老城棚户区未改造完，开发新区未得到上级批准；二是有农民告状征占了耕地和森林，上级要调查一下；三是我市自筹资金有些困难。"

散了会，赵直帆边走边嘟囔："出尔反尔，政令多变……"孙绍辉嘲讽地看了赵直帆一眼说："师弟，我看市里的决策缓建新城，还是比有些人的想法靠谱的。"赵直帆没理他这位师兄，踌躇地掏出了电话。

得到准确消息的钱如意两眼无神地望着车窗外："祸不单行，儿子不省心，新城又缓建，这不是要我的命吗？"于海平开导道："一念一天堂，一念一地狱。钱总，先顾孩子吧。"钱如意气顶脑门儿："不，先顾河西村的事儿，去河西。"

城郊乡河西村村委会门前，钱如意拖着肥胖的身体爬上了粪堆儿。村民们都围了过来，想看看这个土生土长的大老板葫芦里卖的什么药。

钱如意故作镇静地拱手道："各位父老乡亲，我钱如意对不住大家了。前些日子，我的工作人员于海平打着我的名号，从你们手里低价买了些房产和工厂，影响了我在乡亲们心中的形象。今天，我代表宏运建筑公司给大家退回房产，让你们老有所养，不失家园。"

时猴子头上包着纱布，一瘸一拐地挤上粪堆儿说："钱老板，你想怎么着就怎么着？合同都签了，给钱得了。再说，现在说啥也晚了，给的钱都花了，你要毁约可以，钱可是不能退给你。"

钱如意一副孙子样："猴子，咱再商量商量……"时猴子得意地笑道："可别玩你那花花肠子了，谁不知道啊，市里不占这里的地了，你买的房产、工厂赔本儿了。"钱如意用手绢不停地擦鼻子、擦汗："乡里乡亲的，你们要是不帮我，我可就没命了。"

时猴子一副大义凛然的样子："帮你？我为了全体村民的利益，你和李秃子却派人对我下黑手。滚！再在这儿耍花枪，小心老子废了你！"时猴子的话激起了村民们的正义感，村民们喊着："废了他！废了他！""时猴子，好样的！"

钱如意吓得赶紧下了粪堆往车上走。老龙头跑过来说："别介，我同意退合同。"

村民们不解地看着老龙头，钱如意感激地看着老龙头。老龙头把合同要回来，把两份合同当众撕了。钱如意满眼感激地看了老龙头一眼，上车走了。

一路无语的钱如意和于海平还没到公司门口，就见公司门口堵上了一群讨债的人。于海平焦急地说："钱总，公司暂时不能回了。"钱如意说："去休闲娱乐城。"

到了龙城休闲娱乐城，就见又一群讨债的人要往里冲。吴寄山和吴寄瑶带着人挡在门口，场面很乱。看到此景，于海平的车只好向城外开去。

到了龙山，钱如意俯瞰生他养他的龙山山水，此刻却默默无语。他来回地走动着，想了一百种方案，想把断裂的资金链接上，可是都被跟在身后的于海平否决了。

他不耐烦地吼道："你能不能别总跟着我啊？现在咱们欠外边多少钱？"于海平说："十多个亿的本金，利息也有一亿九千多万元了。如果这些资产不能在短期盘活，我们公司支撑不了多久。"钱如意手一摆说："你还愣着干什么，张罗钱去吧，先把社会集资款那窟窿堵上，稳住债主，别的以后再说吧。"于海平说："该借的早都借过了，一时半会儿去哪借那么多钱去？"

正急着，钱如意的电话响了，里面传来李明鑫焦急的声音："我说老钱，你可真是老牛筋，快想辙吧，要出大事儿啦！"钱如意不耐烦地说："这不想着呢吗？咱们都想想办法，能还多少是多少吧。银行那儿，不会送点儿礼吗？"他气恼地按了电话，盯着于海平。于海平说："我这就去安排，可是，王行长那儿不认这个啊！"钱如意说："不认这个，还不认别的吗？还是那句话，有法儿想法儿，没法儿去死！"

于海平想了半天，战战兢兢地说："除非小金子……"钱如意一听非常恼怒："你当务之急是别把影响闹大，事情一旦嚷嚷得全龙城都知道，我们拿什么支付借款？你这时还在说小金子！"于海平吓得赶紧溜了。

　　新城停建的消息很快被龙城晚报社获悉，这样的新闻从来都是头版头条。

　　姜美祺正在构思着后续报道，响起了敲门声。她打开门，就见赵直帆气恼地站在门口，手里拿着一张报纸："这是你的杰作？"姜美祺一看，报上写着："《政策调头及时，投机遭当头棒喝》，作者：姜美祺。"

　　赵直帆说："你们新闻媒体应该让更多人能正确地认识新区开发的时空和机会。"姜美祺说："是为了宣传新区，还是为某些人巧取豪夺吹喇叭呀？"赵直帆说："你这样写，知道谁倒霉吗？"

　　姜美祺坚定地说："知道，那是巧取豪夺者应有的下场。在外国，要想富起来要靠几代人的积累；在我市，有些人一夜暴富，多是钻了政策的空子，巧了公家的便宜，夺了群众的利益。我们要为市委、市政府的明智之举叫好。"

　　赵直帆冷笑道："假如你的舆论利剑伤了自己人呢？"姜美祺说："我照样不赚那黑心的钱。"赵直帆无奈地说："你呀，我算是说不了你了。"他一看电脑，气立马又升了一级："还要搞后续报道呀！"姜美祺说："嗯哪。"赵直帆气得火冒三丈："你这是抱个屎橛子给个麻花不换——犟种！"说完，气愤地走了出去。

　　姜美祺很不理解赵直帆为什么这么生气，如果赵直帆说出这次利益将损失多少，估计当即会把姜美祺震得晕过去。

　　但张半仙和金疤痢知道这次市委、市政府决策的轻重缓急。在龙城大桥下的测字摊上，金疤痢正在绘声绘色地汇报着近期的工作，包括以李明鑫的名义把时猴子揍了一顿、帮助时猴子当村主任以及制止钱如意违约等"战绩"。

　　张半仙听得直点头，他赞赏地说："这笔账时猴子会记在钱如意和李明鑫身上，为了成全这个'村民英雄'顺利地当上村主任，为了让他'革命'更彻底，也只能让他受点儿皮肉之苦了。你们做得对。"

　　金疤痢听到张半仙的表扬，心里并没有高兴起来。以他多年来对张半仙的了解，受到责骂时心里才踏实，受到表扬就说明对自己已经疏远了。为什么呢？那半副鸡血麻神，张半仙一直在怀疑他，他恨自己当时的一念之差。

　　望着蹒跚走远的金疤痢，张半仙心里荡起了波澜。这个沐浴了近七十年风雨的测字老头经历过太多的背叛，他坚信金疤痢也不例外。只是，攘内必先安外，他要先把钱如意和李明鑫这两个黑恶的钉子拔掉，才会心明眼亮地进驻河西，找到他日思夜想的契丹宝藏，完成上一辈未完成的事业。

第四十二章　质疑麻神，表演跳楼

1

初秋的河西村在薄雾的笼罩下，庄稼已经泛黄。囤积的土地像一大块没煮熟的骨头，卡在了钱如意和李明鑫的喉咙上。在他们像热锅上的蚂蚁一样难受时，并没有迎来什么转机，各方的压力像绳子一样勒住了他们的脖子。市政府的政策就像龙城的天气一样，并没给他们带来预想的晴朗。

对于目前的效果，除了河西村民，最满意的还是张半仙。他站在阳台上，把测字得来的钱扔进储蓄罐，满意地看着天空的晨雾。

金疤瘌走过来，讨好地说："大哥，钱、李现已被债务追得焦头烂额，怕是挺不了几天了。"张半仙意味深长地说："人都是自己打倒自己的。以前，我们那么和他抗衡，没奈何了他，这回他的贪婪打倒了他。"金疤瘌说："是啊，贪婪！"

张半仙转过身来问："钱胖子不是向社会集了不少资吗？"金疤瘌说："是不少，都是以平原公司名义借的。"张半仙说："告诉时猴子，边闹边举报边给有关部门施压，别给他们喘息的机会。让他们像大象一样，用自己的身体把自己压垮，让他起于河西，败于河西。"

金疤瘌说："大哥，时猴子正闹着呢，为此我们也花了不少钱。那个小偷

947

本身就是个见利忘义的小人，在利用这次机会为自己争村主任创造条件呢。"张半仙说："他真能当上村委会主任？"金疤瘌说："现在的一些事奇了怪了，听说每户发上五百元，就能在河西村当上村主任。"

张半仙沉思了一下说："帮他，未来我们开发河西，强龙不压地头蛇，用得着他。钱胖子守着个没有煤的龙山煤矿和两个多亿的外债，外加非法集资、偷税漏税，挺不了多少时候了。敌退我进，在他吐出地产时，我们低价吃下。无论如何，也要把珍真野菜馆拿下。"

金疤瘌说："大哥，我们的人三天两头找碴儿，二棍他妈挺不了几天。"

张半仙攥了一下拳头说："嗯，宜将胜勇追穷寇……我得去出测字摊儿了。"金疤瘌不解地问："大哥，你什么也不缺，为什么去赚那仨瓜俩枣呢？"张半仙笑了："我岂是为那十块八块的？掌握着别人的命运，是我最高兴的事儿。"

龙城大桥下，张半仙"测字"的黄牙子旗又随着秋风飘扬起来。地摊刚刚铺开，钱如意就坐着车过来了。他看见那迎风招展的小黄旗，就像见到了出路。他示意让司机停了下来，几个人下车来了张半仙身边。

钱如意大咧咧地坐在小板凳上，问："张半仙儿，测字准吗？"张半仙看了看钱如意，认真地说："不准不要钱。"钱如意轻蔑地笑了："你这一套我见得多了。自古至今，风、马、燕、雀、瓷、金、评、皮、彩、挂是江湖十大骗术，你这算命先生属于哪一种骗术啊？"

张半仙见来者不善，毫无惧色："看来先生也是明事理之人，遇着明白人就好说话。当今社会骗术何止千种，算命骗钱在古代十大骗术中被称为'金'，而我测字实为游戏不为钱，不能算骗。"

其实，测字也是算命的一种，但在钱如意这样肚子里没几滴墨水的人听来似有道理，便说："那这样吧，我们几个人每人测一个字，测得准就给你双倍的钱，测不准就砸了你的卦摊儿，行不？"

张半仙半眯着眼睛说："好，请各说一个字。"

钱如意示意于海平先说，于海平就把小包往怀里一揣，想了想，说："我说个字——'送'。"张半仙用笔在黄表纸上写了个"送"字，口中念念有词：

"送，你是要'走''关'系平事儿。可是，你刚才这个字随意而出，无口无心，有送无收，所求不成啊！"于海平听后，觉得算得太准了，那个铁板一块的王行长不光不收钱，连小金子那一套他也不吃，还险些报了警。

吴寄瑶一步三摇地走上前说："我听你这老头儿说话云山雾罩的，我很来气，就测个'气'字吧。"张半仙轻捻胡须，微微一笑："气，加三点水为'汽'，可造福别人；少一横为'乞'，靠别人吃饭啊！"吴寄瑶一听，脸色微红："那按你说法，怎样不靠别人呢？"张半仙沉思一下说："只有'气'下加一'分'，才能有好的氛围。你这人，得争口气离开别人，才有好的未来。"吴寄瑶默默地思索着张半仙的话，向钱如意望去。

钱如意想了半天，心里也没几个字，便在手心里写了"富"字："老先生，你测下这字如何啊？"张半仙看了半天，故作惊讶状："先生，你测的是'富'字，你一'口'吞下一大块田，怎能不'富'呢？等着发大财吧！"钱如意听后，伸出大拇指："果然是高手！海平，给他一千块钱。"

于海平非常不满意地、迟疑地拿出五十元钱，没好气地扔给了张半仙，向车上走去。

钱如意的车加入了城市的车流，今天几个人变得都很深沉。

吴寄瑶坐在车内，眼睛无神地向外望着匆匆而过的人群，探询地问："老钱，你说他测的字准吗？"钱如意大嘴一撇："准个屁啊！"吴寄瑶喃喃地说："我觉得挺准的。哎，你觉得不准，怎么让给他那么多钱呢？"钱如意说："求个顺利呗！"

于海平把车开到了宏运公司附近，观察着动静。可喜的是，今天讨债的没来，门前静悄悄的。正感到意外，钱如意的电话响了，他使劲按下接收键："寄山，赔钱也得卖……能卖多少卖多少……那也卖不了？你们是死人啊？有法儿想法儿……天要绝我啊！"

没人敢问电话内容。钱如意拖着肥胖的身体下了车，就见一辆警车开了进来，几名警察跳下车向他走来。

朱丽雅走到钱如意面前问："请问你是钱如意？"钱如意答："是啊！各位有什么事吗？"鲁运说："自己犯啥事儿不知道吗？我们是配合经侦大队行

动，让你去公安局配合一下调查。"

钱如意当时心里一紧，可他仍然很镇静："我可是说明了，你们局长是我同学，我要是去了，他还得管我饭。你跟他说，我就不去叨扰他老人家啦。"朱丽雅严肃地说："那可不是你想不去就不去、想出来就出来的。你集资买地、偷税漏税的事儿犯了。走吧！"钱如意像泥像一样木了一下，随即笑了。

钱如意和李明鑫这对老朋友在刑警大队见面了。钱如意嘲弄地说："人生无处不相逢啊！"李明鑫沮丧地说："钱总，都这个时候了，你还有闲心背诗啊！"钱如意说："我的于大律告诉我了，集资的事儿跟我不沾边儿。偷税的事儿，补上后再交罚款就毛事儿没有，你说我愁个啥？"

正说着，李明乔喊："钱如意，进来！"钱如意就进了办案工作区。鲁运坐在椅子上盯着钱如意正待开言，李明乔进来和鲁运耳语了几句，鲁运就出去了。

审讯室外，于海平正等着。见鲁运出来，站起来说："鲁警官，你们是因为买地产的事儿拘留钱如意的吧？那可跟他一点儿关系也没有。第一，他没搞过集资，也没让人搞过集资；第二，宏运公司的法人也不是他，你们抓了他不是白抓吗？"鲁运说："你说这些有证据吗？"于海平说："有啊！你们看，我把公司营业执照等证据带来了。"他掏出营业执照和一些材料，展开，上写着："宏运建筑有限责任公司，企业法定代表人：冯焰。"

于海平解释说："法定代表人是他夫人冯焰。你们要是抓错了人还得放，费事。再说了，还涉及国家赔偿。"鲁运迟疑了一下说："我们得审查后才能决定。"

2

龙城市区的傍晚，休闲的人们已让秋风撵回了家。

龙大章立在龙城大桥的桥上，他的心像这阵阵秋风一样发凉。自周至祥兼职伏龙区刑警大队大队长以来，他已完全被排斥在几大案件之外。几大黑恶势力走马灯似的表演，他看在心里，却无能为力。以他一个小警察的实力，只能望洋兴叹。他想起了鸡血麻神被盗后那个"围着石头转"的纸条，想起发生在河西的几宗案件，决定把所有的线索从头捋一遍，从原点出发，独立侦查。

朱丽雅知道他的痛处，利用休息日陪着他走访，这次又出现在了他身后。望着桥下的车水马龙，她低沉地说："大章，这一天的走访收获不大啊！为什么要查假鸡血石呢？大事我们还查不过来呢。"

龙大章解释说："丽雅，我查阅了去年假鸡血石案，对有关证人，如吴寄山的调查还不充分。另外，从我们今天走访掌握的情况和鲁师兄从凤城摸到的情况看，我们虽然查处了南方人造假案，但龙城的鸡血石造假从未停止过。刚才那个村民反映，吴寄山前两年就曾卖出过一车山上的白石头，这个情况很重要。"

朱丽雅说："我也知道重要，可我们实在忙不过来了。大章，我都饿了，今晚你请我？"龙大章说："好吧，去龙城休闲娱乐城。"

龙城休闲娱乐城里有几个人很郁闷。赵直帆、吴寄瑶和于海平坐在餐桌旁，已没有了以前的谈兴。赵直帆问："接老钱的车去多长时间了，该回来了吧？"吴寄瑶说："已经回来了，估计人正往楼上走呢。"

正说着，钱如意进了屋，赵直帆站起来握手："老钱，都怪我，消息不及时，让你受了惊吓。风云变幻得太快了……"钱如意一摆手说："兄弟，没什么，是福不是祸，是祸躲不过，我还得感谢你给我找的人呢。"赵直帆说："你小子也够狠的了，让你夫人替你进监狱？"钱如意看了看于海平说："于大律，你的'好主意'要陷我于不仁啊！"

于海平说："唉，钱总，我们也是迫不得已啊！你说，钱总要是进去了，这么大一个公司就完了，和赵科的友谊也就完了。这不是自私，这是顾全大局。再说，夫人进去也待不了几天，集资走的是平原公司的账，偷税破点儿财就能平。"

赵直帆说："看，于律师这嘴，就是装进棺材的死人，听他一席话，也得'扑棱'一下从棺材里钻出来。李明鑫可是让你给坑了。老李那人别看粗俗，可是仗义，你要帮他，能轻判就轻判。"

钱如意拍着胸脯说："这个你放心，只要是钱能办了的事儿，就不叫事儿，他还是有些资产的。"说完，他把赵直帆拉到一边悄悄地说，"赵科，这个时候，你得帮我，王行长你熟悉，钱、色全不收啊！"

赵直帆为难地说："那大个窟窿，你想让银行给你堵，这嘴……我张不开啊！"钱如意说："那计划给你的别墅可就泡汤了。"赵直帆说："老钱，你说这个晚了，我昨天已经办了产权证了。"

闻听此言，钱如意明白了，原以为李明鑫黑，这个主儿比他黑多了。在这场利益大比拼中，他老钱是输得个精光。

龙城休闲娱乐城的客流并没有受寒流影响。在这个欠发达的地方，消费从未落后过一线城市。吴寄瑶站在门口迎送着客人，见龙大章和朱丽雅进来，便打着招呼道："老同学，稀客。钱无迪的事儿不是了了吗？"龙大章说："寄瑶，了是了了，可你得告诉老钱要加强对孩子的教育。"吴寄瑶说："那是，那是。"她一边说一边盯着朱丽雅看。朱丽雅说："我们来不是找他，是找吴寄山了解点儿情况。"吴寄瑶一惊："找他？他又怎么了？"龙大章说："说了，了解点儿情况。"吴寄瑶松了一口气："他今天没在这边，在河西村处理买地的事呢。"

龙大章和朱丽雅没顾上吃饭，来到了河西村村委会门前，就见一群村民嚷嚷着："我们不退合同""现在说不建新城了，你们想退了；要是建新城，我们毁约行不？"

吴寄山被村民围在核心，急得满头是汗，却脱不了身。

龙大章挤过人群，一句话替他解了围："吴寄山，我们有情况向你了解，你和我们去局里一趟。"群众见是公安办案，主动让出一条道。吴寄山从人群里挤出来，点头哈腰地问："二位警官找我？"龙大章说："吴寄山，我们出去上车谈。"

来到车上，龙大章盯着吴寄山说："去年的假鸡血石案你没和我们说实话啊。"吴寄山一惊："我不知你说的什么意思。"龙大章说："你再仔细想想自从那个南方人租你房子后都谁去过他那儿？"吴寄山说："宏运奇石城那个小李子，他不是已经在监狱了吗？"朱丽雅说："还有一个人去过你那里，你仔细想想。"

吴寄山仔细回忆着："噢，我想起来了。有次我去看那南方人在做什么生意，在门口碰见一个满脸络腮胡子的人。他看见我，把脸扭向一边并把帽子压了压。"

龙大章问："以后你见过这个人吗？这个人啥特点？"吴寄山说："当时也没看太清，那个人的特点就是'圆'。另外，他似乎叼着一种有怪味的烟。"龙大章问："去年为什么不说？"

吴寄山答："我不敢说呀。鸡血麻神案发时，我和武玉鹏说过这事儿，他告诉我不要乱说，说那是黑社会的人，会杀我全家的。"

龙大章又问："我还听人说你雇人捡过那种造假的白石头。你把石头卖给了谁？"

吴寄山想了想说："有这码子事儿。好几年前，龙城有家人做花墙装饰，承包人让我送过三车那样的石头。"龙大章问："承包人是谁？石头送到了哪儿？再没送过吗？"吴寄山摇了摇头说："承包人是外地的。石头送到了街心公园附近的一个居民区，承包人派人接的货，只送了一车。"

从吴寄山那儿再也问不出有用的东西。在回去的路上，龙大章眼前闪过那个制假的南方人的话"就是圆"和文住持画的那张图。再回想起吴寄山和钱无迪说的话，一个"猴"一样的人和一个"球"一样的人总在龙大章脑海里浮现。

回到伏龙区刑警大队时已是月上柳梢头了。朱丽雅精心设计的浪漫晚宴总是被紧张的侦查冲淡在秋风中。

龙大章和朱丽雅一边吃盒饭，一边看录像资料，寻找着哪怕是一丝的线索。这时，鲁运进来了，他把一叠案卷往桌上一扔说："好啊，好啊，好事儿都让师弟干了，却让我去抓那钱胖子。"龙大章看了一眼卷宗问："经侦大队那边配合得怎么样？"

鲁运气愤地说："不怎么样。经侦的人连谁是法定代表人都没搞清就让我去抓人，费力不讨好啊。还是化装成情侣去侦查好玩儿。"龙大章问："说正经的，钱如意抓了吗？"鲁运无可奈何地说："抓了又放了。"朱丽雅说："你们玩呢？"鲁运说："没办法，眼看着钱胖子有问题，就是奈何不了他。"龙大章说："师兄，钱如意的事儿一定要配合经侦办好。此外，鸡血麻神案也不能松懈。"鲁运说："武玉鹏一死，刘尔贵一跑，就成了死案了，怎么查？"

龙大章指着电脑屏里的图像说："大师兄，我觉得鸡血麻神案和《辽域地志》被盗案有着不可分割的联系，一破全解。你看，这是《辽域地志》丢失那晚的外围录像。嫌疑人虽然关闭了博物馆的电源，却在外围留下了踪影。这是那夜在大街上游走的'女鬼'，这是打完麻将回到刘尔贵家的'时猴子'，这是昨晚我们跟踪的时猴子，仔细注意走姿，你会发现，那个'女鬼'走路多么像时猴子，都是两头晃。而这个回家的'时猴子'，走路却是一蹿一蹿的，是另一个人。"

鲁运惊讶地说："还别说，你这一提醒还真是那么回事儿。"龙大章又打开另一帧图像："你再看，这是另一个路口摄像头录下的资料。也就是说，在方格棋牌室通往刘尔贵家有一段没有摄像头的胡同。胡同北的路口有一个摄像头，拍下了两个人的影像，一个是酷似穿着时猴子衣服的那个人，另一个不认识。从时间上看，他俩极有可能在这个胡同等待时猴子，并换下时猴子的衣服。时猴子去作案，那个人冒充时猴子回了家。"

朱丽雅说："这样来看，这个胖子策划了那起盗窃案？"龙大章未置可否："来，我们把相关人员从头捋一遍。"他在题板上写下了几个名字：武玉鹏、刘尔贵、时猴子、不知名胖子和鸡血麻神。他接着分析："以鸡血麻神和《辽域地志》为中心，武玉鹏是盗窃者，刘尔贵是盗寺案同伙，时猴子是盗图者，还有就是这个不知名又看不清的胖子，也就是吴寄山看见的那个'球'一样的人。"

朱丽雅问："这个胖子是不是就是他们的老板，或者说是'东北新干线'的核心人物呢？"鲁运说："那是肯定的。"

龙大章说："不像，幕后还有个神秘人，才是他们的老板。从我们摸排到的情况看，跟武玉鹏有牵连的是刘尔贵、时猴子，这三个人自称为'河西三杰'，人称'河西三害'，而跟时猴子关系密切的人就是我们要找的人。目前，我已经不是这几个专案组的人，师兄你还是周队的得力干将，破案的事儿就拜托你了。

鲁运油滑地说："师弟，拜托给我可以，我发扬风格，加班费不用开了，总得管顿饭吧？"

几个人笑闹着来到一个露天烧烤摊儿。桌上架着烤箱，边上放着三瓶啤酒，服务生喊着"羊肉串十五串，来啦——"

朱丽雅拿起一串烤肉，吃了一口，烫得吐了出来。鲁运笑道："人生若只如初见，何事秋风悲画扇。"龙大章笑道："大师兄吃着吃着来诗了，真是能文能武啊！"朱丽雅说："人身弱智如初贱，大师兄怎么那么弱智那么贱呢？啥时候求小凤背花扇啊？"

鲁运一听嘴一撇说："曲高和寡。'人生若只如初见'这是清代著名词人纳兰性德的句子，意思是说，与意中人相处，如果后来产生了怨恨、埋怨，没有了刚刚相识的美好、淡然，那么一切还是停留在初次见面的时候为好。我刚认识师妹的时候，简直奉为女神，刚才一看那吃相，简直就是一女汉子。"

朱丽雅一看鲁运那认真劲儿，"扑哧"一口啤酒喷在了鲁运的羊肉串上："本姑娘知道，我是故意气你呢，你也当真……"话还没说完，就见龙大章向鲁运一努嘴："没吃的命，该干活了。"

此时，就见不远处的灯影处时猴子掏出手机，一边走一边打。龙大章放下肉串儿悄悄地跟在时猴子身后。朱丽雅扔给摊主一百元钱，然后跟在龙大章身后。鲁运慌忙拿起没吃完的肉串，撸下钎子，跟在朱丽雅身后。

植物园里，金疤癞悠闲地坐在木椅子上，似在欣赏秋夜的风光。几片黄色的树叶落在他肥胖的脑袋上，他也不在意。

时猴子轻轻地走过来说："大哥，货我带来了。"金疤癞接过时猴子递上来的鼻烟壶，仔细地看了看："嗯，还不错。放这儿吧，明天等我回话。"时猴子说："好，金哥，我走了。"金疤癞说："猴子，以后少来找我吧，有事我会通知你的。"

看见金疤癞和时猴子都走了，龙大章和朱丽雅、鲁运分头跟了过去。可是，什么异常也没有发现。

他们把时猴子和金疤癞纳入视线，连续几天，分头秘密侦查，利用郝子强与刘尔贵联系。可是，他们嫌疑似乎又都解除了。

龙大章拿着时猴子和金疤癞的照片在翻来覆去地看着，正在苦于没有进展时，朱丽雅进来了："大章，时猴子的行踪已经初步掌握，近日他去的最多的地方是河西村，帮助群众对土地维权。其他时间，活动场所主要在方格棋牌室，还没发现有什么违法犯罪举动。今天，他去了一趟龙山寺烧香，没和任何人接触。""龙山寺"三个字让龙大章很感兴趣，他告诉朱丽雅，时猴子是个很油滑的人，要紧盯不放。

这时，鲁运进来说："师弟，协助经侦办理的宏运公司和平原公司的非法集资案已经侦查终结了，我准备向他们交差了。"龙大章说："师兄，涉及宏运公司和平原公司的所有材料，给我复印一份呗，我想看看这个宏运公司水究竟有多深。"鲁运为难地说："你让丽雅违完纪，又让我违纪。我得去找领导签字批转了。"

龙大章叮嘱道："师兄，为了保护债权人的利益，你要提醒受害群众申请查封宏运和平原两公司的财产。"鲁运说："可不是吗，你要不说，我都忘了。"龙大章问："大师兄，金贵呢？"鲁运说："那就是一打法律和政策擦边儿球的商人，没有什么特别发现。"

朱丽雅说："大章，我们的侦查思路一旦有偏差，可就白忙活了。"

龙大章说："鸡血麻神被盗，《辽域地志》丢失，龙山寺进贼，公主墓被挖，钱如意伙同李明鑫购买河西之地，有人要收购珍真野菜馆，这么多人突然对河西感兴趣，你们说为什么？"

朱丽雅说："河西一定有他们想要的东西。"龙大章拿出一个名单说："对，这些人都和河西有着千丝万缕的联系，我们要时时注意他们的动向。"

夕阳照在龙城大桥下，张半仙正准备收拾测字摊儿，远远地见金疤癞正向这边走来，便放慢了收拾的节奏，用余光瞟着金疤癞。

突然，他发现有一个人跟在金疤癞身后，那是鲁运。他便赶紧收拾卦摊儿，准备走人。金疤癞走过来说："张先生，今天收摊早？"张半仙说："没看要起风吗？"金疤癞仰头看了看天，说："没有啊，晴空万里，秋高气爽。"

张半仙瞪了他一眼："世上风云多变幻，眼睛也要往后看。早做准备，免得没伞的孩子拼命地躲雨。"

金疤瘌往后看了看，又向左右看了看，发现没人，便说："大哥，请明示。"张半仙小声地说："你被人盯上了，好自为之吧。别像钱如意那样，顾头不顾腚，到时收不了场。"说完，头也不回地走了。金疤瘌茫然四顾，周围一个人也没有，他狐疑地向胡同走去。

鲁运从树荫后走出来，捡起了金疤瘌扔在地上的烟头，扭头走了。

天色暗下来了，秋风使时猴子打了个寒战。他从方格棋牌室出来，接了一个电话，电话里传来："你什么都不要说，听着，这些日子不要再去龙山寺，做个守法公民，让那些债权人再逼老钱一把。往那个没路灯的胡同里走，别回头。"

时猴子听从指令，向黑胡同走去。龙大章悄悄地跟在时猴子身后，他看看这个小偷又要干什么。

胡同里，一个黑洞洞的枪口对着龙大章。

"啪！"一个白色的东西打在龙大章身上，他捡起一看，是一团白纸。他打开，纸上写着："危险，后撤！"

龙大章迟疑了一下，转身四望。再看时，时猴子已经不见了。

一个石子打在黑老三的后背上，他惊疑地收起带消音器的长枪，向黑暗中遁去。

龙大章快速离开了那个胡同，来到灯光明亮的大街上。他再次看那纸条，字迹似乎有些熟悉——师傅？

师傅在前面的树荫下等他，龙大章快速地向姜长庚跑去。说实话，师傅出现在这里，让龙大章心生疑问，便问道："师傅，你怎么在这里？"姜长庚说："我回来看看小艺。"龙大章又问："师傅，这个纸条是你写的吗？"姜长庚点了点头："是的。大章，在你拼命向前冲的时候，也要防止背后的黑枪。"

龙大章感激地看着姜长庚："谢谢师傅提醒，有人要算计我，说明我们的侦查思路是正确的。"姜长庚点了点头："越是这样，越要隐秘行事。以你现在的处境，最好不要轻举妄动。"龙大章难过地说："师傅，我知道，一个没有办案权的警察和一个普通公民一样。我们多么希望你回来主持工作啊！"

姜长庚眉头紧锁地说："那不可能了，我今天已经办了病退了。以后的公安岁月属于你们年轻人了。你要留心龙城三大集团的动向，但切不可打草惊蛇。"龙大章刚想说什么，姜长庚说："我还要给小艺买点儿东西，你们好自为之吧。"说完，姜长庚向敖拉倚家方向而去。

3

晨光照进敖拉倚家的书房里，斑驳得像她的心境。

白小艺站在书房和窗户前，向街心公园望着，那里有白小艺的男同学——那个娘娘腔正在树下傻站着。白小艺满脸的不高兴，两眼也没了往日的天真。

敖拉倚来到小艺的身后，悄声问："小艺，你这么小，怎么想起来找男朋友了？"白小艺说："我小吗？都快十九了，我班同学还有十四就处男朋友的呢。"敖拉倚说："你姜爸或许是对的。从我的经验上看，处得越早越成不了。"白小艺说："书上也是这么说的，说男人结婚前是一副嘴脸，结婚后又是一副嘴脸。"敖拉倚说："那倒不一定吧？"

白小艺不再向楼下看她的娘娘腔男同学，她拉着敖拉倚回到书房说："敖拉姨，你写过回文诗，没写过回文句吧？"敖拉倚说："这个还真没听说过，文学里有回文句一说吗？"白小艺拿出一张纸条说："你读这个。"

敖拉倚看着那张纸读道："结婚前，男人说，太好了！我盼望的日子终于来临了！女人说，我可以反悔吗？男人说，不，你甚至想都别想！女人说，你爱我吗？男人说，当然！女人说，你会背叛我吗？男人说，不会，你怎么会有这种想法？女人说，你可以吻我一下吗？男人说，当然，决不能只有一下！女人说，你有可能打我吗？男人说，永远不可能。女人说，我能相信你吗？"

白小艺说："结婚后……敖拉姨，你再倒着读一遍试试。"敖拉倚倒着读道："女人说，我能相信你吗？男人说，永远不可能……嗯，有道理，哪来的？"白小艺说："网上说的。婚姻真的那么可怕吗？"

敖拉倚惭愧地说："这事儿得问你大姐，你敖拉姨没有过真正的婚姻，就是想找个男人打两下都不可能了……"白小艺突然冒出一句："但是，大章哥不会是那样的人……"敖拉倚听后吃了一惊，她拍拍小艺的肩膀说："小艺，我也送你一句网络语：不是你的菜，不要揭锅盖。"说完，向客厅走去。

白小艺看着敖拉倚的背影，心里平添了一丝惆怅。她这几天给龙大章打电话，却一直没有人接。在情窦初开的迷茫期，她想和敖拉倚探讨婚恋问题，却发现敖拉倚比自己更迷茫。

面对青春迷茫的还有小金子，可是她自己不觉得迷茫。在龙城休闲娱乐城，她和钱如意惬意地吃着早点，她觉得这是生活的色彩。

钱如意摸着小金子的手，关切地问："小金子，在咱们公司，当领班还好吗？"小金子头也没抬地说："不好，我想当总经理。"钱如意放开小金子的手说："小金子，你胃口不小啊！开玩笑呢吧？"

小金子低沉地说："坏老头儿，我没开玩笑。在我记忆中，我家从来没富裕过。再说，不想当将军的士兵不是好士兵。"

钱如意感慨道："唉！这年头，人是变了。赵副市长忙着愚民同乐、为民储害。赵公子忙着白收起家、勤捞致富。贾校长忙着择油录取……"小金子继续说道："看到你们这些人，我认为，我当个总经理绰绰有余。"钱如意往前探了探身子，色色地说："哎，小金子，我看你啊，当个'攻官小姐'最合适，那个王行长水泼不进，荤素不吃，你就一点儿办法没有吗？"

小金子使劲儿推了钱如意一把骂道："都不是好人！钱总，你现在落庙了，想起打我的主意了，让我去给你'冲锋献身'，没门儿！"钱如意说："那你这个总经理可是当不上了。"小金子说："我要是献了身，就更当不上了。你们这样的人，我见得多了！躺着时说话一个样，站起来说话又一个样。"

钱如意见小金子脸色不悦，便色眯眯地说："当真了不是？小金子，跟你开玩笑呢，我怎么能舍得你呢？"他捏了一下小金子的脸，小金子把他的手打开了，严肃地说："你说，姐我首次这么优雅地转身，怎么就碰上了你这个二子呢？能救你的，还得是赵公子。"说完，气恼地向外走去。

一向对他敬若神明的小金子也敢称他为"二"了，这让钱如意很上火。他来到龙城休闲娱乐城二期工程工地，看到的是一片破败的场景。他曾经多次对外宣称宏运公司只是暂时困难，但他心里明白，渡过这次难关难了。他随手拿起一身破工作服披在身上，懒洋洋地进了施工区。

一个年轻的技术员看也没看钱如意，一边看图纸一边告诉工人："不能听钱胖子瞎指挥，告诉你们多少回了，要按图纸和国标施工，就是不听！"

钱如意拍拍小伙子肩膀说："小伙子，新来的吧？看你的眼镜有瓶底厚，是研究生吧？任嘛不懂，都像你这样死抠图纸，按国标施工，我还不得赔掉卵子？"技术员这才看清是钱如意，吓得像做错事的孩子，连说："老大说得是，说得对……"

于海平从后面走过来，凑上前来，小声地说："钱总，我找你半天了，手机也不开。"钱如意冷冷地问："又什么事啊？"于海平焦急地说："公司买的那几个厂子还是卖不出去，现在是第二次流拍了，这样外债还是还不上啊！还有，几个关系不错的公司都翻了脸，讨债的又把大门堵上了。还有……"

钱如意叹口气，摆摆手："虱子多了不咬，外债多了不愁，硬挺吧。想当年……回公司。"于海平拉住钱如意说："钱总，公司不能回了，那些债主还不撕了你？"钱如意听闻，一屁股坐在地上喃喃地说："想当年……想当年我也稀松……"

在于海平的劝阻下，钱如意没有回公司。他找了一个小酒馆，独自坐在餐室，自斟自饮，想着自己从龙城的地产老大混到这步田地的原因，想着当今社会的物是人非，眼前便闪过无数双贪婪的眼睛，直至定格在小金子的眼睛上。那是一双孩子的眼睛，本该纯洁无瑕，却有了一丝混沌。他醉眼蒙眬地打起了电话："小金子……你来。"

过了好一会儿，小金子来了，一脸不情愿："钱总，你叫我来，究竟啥事儿？我吴姐都不愿给假了。"钱如意手一挥："她不愿意有什么用，店是我开的。"说完，醉醺醺地拿起酒杯要和小金子碰，小金子躲开了。钱如意说："你个小崽子，陪我喝两盅。"

小金子拿起酒杯，微抿了一下说："钱总，你自己享受吧，姐我不陪你啦。"她拿起包要走。钱如意斜着眼睛说："目光短浅的女人，别以为傍大款是一种容易掌握的艺术，豁出脸皮的女人多了，可傍上大款的或把自己卖个好价钱的是凤毛麟角，大部分还是做了三陪小姐……"小金子白了钱如意一眼说："钱老板，我陪你可以，不过先给姐真金白银地拿来。"

钱如意拿一把钞票塞在小金子手里，小金子倒满酒和钱如意把一大杯白酒一扬脖灌了下去，眼泪就流了出来。她重重地把杯子往桌子上一摔，高脚杯就成了两段。钱如意把小金子往怀里一揽说："一步踏错终生错，落难的凤凰不如鸡……"

窗外的秋风刮起来，又有无数的黄叶落地。

4

新的一天并没有给钱如意带来新的希望，他拖着肥胖的身躯爬上了楼顶。几朵浮云从城市的上空飘过，很多人向宏运公司涌来。宏运公司办公楼下，讨债的人闹哄哄地围得水泄不通，警察拉起了警戒线，消防官兵铺起了气垫子。

吴寄瑶向这边走来，离得很远就听见有人在喊："有人要跳楼了，有人要跳楼了，快来看啊！"楼下闹哄哄的声音泛起，看热闹人群不时地起着哄："跳、跳、跳。"

一名讨债者大声喊："老钱，你跳下来，欠我的债我就不要了！"另一名讨债者说："就是表演跳楼秀，要跳早跳了，非等聚那么多人干啥？"一名老者喊："老钱，不能跳啊！欠我的钱我可以缓些日子！"

吴寄瑶快步跑到楼下，向楼顶一看，傻了，喊道："老钱啊，你可不能走这条道啊，快下来！"小金子冷冷地向上看着，撇着嘴，没有吱声。钱如意向下看了看，喊道："寄瑶啊，危难之时见人心啊！没你啥事儿，躲远点儿，别崩身上血！"

这时，钱夫人风风火火地跑了过来，身上那肥肉随着身体颤动。她没理会在楼顶的钱如意，却像小旋风一样冲到了吴寄瑶跟前，一把抓住正在喊的吴寄瑶的衣领，另一只手就一巴掌抽过来，打在吴寄瑶的脸上："都怪你这狐狸精，把我们老钱给妨破产了。你们不是合伙排挤我吗？这回遭报应了吧！"

吴寄瑶被打一愣，半天回过神儿来，骂道："你个不男不女的老猪婆、穷命鬼，还来骂我？"随即一把挠过去，钱夫人的脸就出了五道红印子，直往外渗血。

两个女人就在楼下撕扯起来，直撕得衣不遮体。小金子站在旁边冷冷地看着，既不拉架，又不帮谁。

张半仙肩上搭着测字的黄牙子旗远远地站在人群后看着热闹，见金疤痢凑了过来，便举步离开了。二人一前一后来到了测字摊儿上。

见跟前没人，金疤痢便悄声说："大哥，这回看热闹了吧？李秃子、钱胖子，我们费了很大的事儿没奈何他们，一个进监狱了，一个要跳楼了。"

张半仙说："看什么热闹，我是想看他唱的哪出。他们的结局没什么奇怪的，很多事物都是自己把自己打倒的，很多集体来自内部分化。恐龙、大象，倒下去就不好起来。可是，钱如意是不会自己跳楼的，他那种人，好死不如赖活着。"

金疤痢讨好地附和着："那是。"张半仙前后左右望了一下说："疤痢，你已经被龙大章盯上了，以后不要来找我了，有事我会去找你的。那天老三没下得了手，是有人在暗中帮助龙大章，叫老三再寻找机会。否则，你们都得坏在那个年轻人的手里。"

张半仙还想和金疤痢说什么，看见来了两个测字的人，便装模作样地在黄表纸上写起了卦词："明日河西今河东，不下血本事不成。安分守己成家计，长江以南好避风。"

就在钱如意嚷嚷着要跳楼的时候，市规划局小会议室的秘密会议也在进行着。

汤局长说："各位，你们也都知道，前些日子因为河西建新城的事儿，搞得市委、市政府很被动。现在，我们面临的几大障碍都已解决，经上级批准，市委常委会决定，河西建设新区及改造棚户区计划马上启动。这是一个关系龙城市发展大计的项目，市里要求我们在三个月内拿出规划方案，在五年内建成一个全新的现代化新龙城。"

听到这话，赵直帆激动地心都要跳出来了。他还要仔细听汤局长给他带来多少福音，手机却振动得吱吱叫。汤局长示意让他接一下，赵直帆便拿着手机到会议室外。

赵直帆接起手机，吃了一惊："什么？市公安局……就想见我？噢……行……我马上到。"他回到汤局长身边，耳语了一番就急匆匆地跑了出去。

跳楼这种消息比发福利传播得还要快。方格棋牌室的人也听到了消息，就向外跑去，嘴里喊着："快去看啊，有人要跳楼了！""老板跳楼可是百年不遇啊！"

屋里就剩下两个人。看着于海平坐在那儿若无其事的样子，时猴子赶紧凑了过来问："兄弟，不出去看热闹啊？"于海平说："只有你这样的坏人才忍心看别人跳楼。"时猴子说："你不是不忍看，你是根本不相信老板跳楼。说实话，我也不信。"

时猴子听到钱如意要跳楼的消息，打心眼儿里高兴，虽然他知道是假的，但他可以找金疤瘌领赏钱了。他盖上一张二万，对于海平说："哥给你变个戏法呗？你说，我现在手里的是啥牌？"

于海平板着脸说："二万呗。"时猴子松开手，里面是一张二饼。他得意地说："你猜？你猜来猜去也猜不明白。就是让你看着，你都猜不准，对整个牌局更两眼一抹黑了。"于海平说："奇怪啊，明明是二万嘛！真是神了。"

时猴子说："别看你们看不明白我的牌，牌局会向怎样的方向发展，我是一清二楚。"于海平问："怎么能知道局势？"时猴子说："一看河里牌，二看打牌次序，三看打牌姿势，四听打牌者语气……"于海平打断他说："故弄玄虚，你那么能猜，你说钱老板到底会不会跳楼啊？"时猴子肯定地说："那还用说吗，绝对不会跳。"于海平说："你小子得到真传了？这些日子神一道鬼一道的呢。"时猴子说："兄弟，跟哥混吧，老钱倒了。"

宏运公司楼下，几个警察在给钱如意老婆和吴寄瑶拉架，可怎么也拉不开。两个女人见赵直帆来了，就都像见到娘家人一样跑过去。

钱如意老婆抖了抖扯烂的裙子说："哎呀呀，赵科长你可来了，你得给我评评理……"吴寄瑶抖着被扯掉的袖子说："直帆，你别听她胡说……"

赵直帆没理两个女人，对李局长说："李局长，让我上去劝劝他。"李局长狐疑地点点头。赵直帆就从六楼的检修口爬了上去。

楼顶上，钱如意回过头来，像久困绝境的人看到了救星，他正为下不来台而着急呢。

赵直帆看着他的熊样，招了招手说："老钱，你先过来，我和你说句话你再跳。"

钱如意迟疑地走了过来，赵直帆上前就是两脚踢在钱如意的屁股上。钱如意就跪在赵直帆的脚下说："赵公子，你打死我吧，反正我是一屁股两眼子饥荒，财产又被公安查封了。看咱俩哥们一场，我就把老婆孩子交给你了。"说完，又假装往楼边跑。

赵直帆一把抱住他，附耳小声地说："你个二子，你发财了，新城区马上开建了，你的资产过十个亿啦，你去死吧！"

钱如意眼睛瞪得像牛一样说："我都要死的人了，你还拿我开涮，你还有没有良心啊？今天，我要抱着你一起跳楼！"

赵直帆拿出一份市委、市政府文件的复印件在钱如意眼前晃。

钱如意一把抢过那张纸，仔细看着。突然，他在楼顶上蹦了起来，他眼望苍天，喊道："万岁！"可是，他脚下一滑，一个鹞子翻身从楼顶上摔了下去。

一切都无声了，一切都静止了，只剩钱如意自由落体的姿势……

5

赵直帆从外面回来时，规划局的会议已经散了，正碰见参加会议的人向外走。汤局长示意赵直帆留下来，赵直帆便坐在了汤局长的对面。

屋内的空气静止了两分钟，汤局长严肃地说："直帆，我把你留下，是有话和你说。我们是老关系了，我不想你出任何事情。最近，不少人在议论你，你没听到吗？"

赵直帆解释道："俗话说：'明枪易躲，暗箭难防。'背后算计我的小人肯定会说我坏话。汤局，你要分析着听啊！”

汤局长看了看赵直帆说：“直帆，这跟君子小人根本就扯不到一起去。滨河小区的规划是你让改的？河西的化工厂是你欺瞒作弊批的？以前河西建新城是你透露给钱如意的？”

赵直帆不以为然地说：“是啊，怎么了？”

汤局长说：“还怎么了，滨河小区前楼和后楼搭个板子就能过去。在旅游区边上建个化工厂，破坏了生态旅游环境。你的信息险些引发群体事件，有人差点儿跳楼。我们搞城建的既要懂科学，又要讲公平，要为居民的健康和舒适负责，不要就为个别开发商负责。”

说完，汤局长走了。赵直帆皱着眉头在沉思着，此时的他把背后议论他的人定位为“小人”。他恨恨地想，小人不可得罪，同样小人也不可饶恕，对待这种人要稳准狠，可以装作什么也没发生，天下太平，万事大吉，然后来个明修栈道、暗度陈仓，以毒攻毒……

想到这儿，他回到办公室，拿起电话，小声地说：“兄弟，孙科的事儿按我说的办吧。”他放下电话，得意地唱道：“骑马坐轿修来的福，推车担担命该然……”

过了一会儿，一阵吵闹声从对面的办公室传来。杨主任的声音：“你说我发给汤局的，有什么证据？”孙绍辉的声音：“实名举报，敢做不敢当？”

赵直帆好像没有听见门外的吵闹声，专心地看着规划图。杨主任愁眉苦脸地推门进来了，满脸委屈地说：“谁那么缺德，以我的名义把孙绍辉在宾馆开房的照片发到了汤局手机上。”赵直帆假装不解地问：“有这事儿？”杨主任一边向外走一边说：“聪明总被聪明误。”赵直帆看着杨主任的背影，轻蔑地唱道：“骏马驮着痴呆汉，美妇常伴拙夫眠……”

一场“跳楼秀”草草收场，人们陆续回到了方格棋牌室。吴寄瑶头发散乱、浑身是土地进了屋，于海平、时猴子就像什么事也没发生一样在摆弄麻将。

换完衣服的吴寄瑶出来把麻将给推倒了，她气愤地说：“我们这小店儿摆不下你这大财神，看你多牛啊，你们老板都跳楼了，你还在这儿玩得挺乐呵啊！"

于海平吓了一跳："跳楼？不是说好的吓唬一下那些要账的就得吗？"时猴子阴阳怪气地接了茬："跳楼啊？谁跳楼钱如意也不会跳楼的，他只能骗你这无知少女和那些警察。"于海平说："就是，真是看三国掉眼泪——替古人担着忧。"吴寄瑶说："于大律，你设计的剧情不科学，老钱现在在医院检查呢，你要不要去看看？"于海平这才信钱如意真的有事儿了："真跳了？那我得去看看。"说完，急忙向外跑去。

时猴子却稳稳地坐在那儿。吴寄瑶瞪了他一眼，进里间梳头去了。

龙大章从公安分局往外走，正碰见民警押着钱如意进来了。钱如意脖子歪着，脸上缠着纱布，痛苦地咧着嘴。

龙大章问："哟，这不是钱总吗？又咋啦？"钱如意不好意思地低下了头。一位民警说："表演。"龙大章疑惑地问："表演也能进局子啊？表演啥？"民警诙谐地说："跳楼秀。要不是气垫子厚实，他早没命了。"钱如意歪着脖子，揉着肚子，向楼里走去……

钱如意回到宏运建筑公司的时候，于海平已经等在那里。阳光照在钱如意脸上的纱布上，他仰在转椅上，刚转动一下脑袋，便疼得龇牙咧嘴。

于海平站在他对面，眼睛随着钱如意的动作而动，想笑又不敢笑，便问："钱总，那几个厂子还卖不卖啊？"钱如意歪着脖子、瞪着眼睛说："还卖什么卖？就你给我出的馊主意，跳什么楼啊？哎哟，我这脖子……我这脖子……"于海平说："当时不是为了吓退债主嘛。钱总，住院去吧。"

钱如意直起身子说："你就出不出来好主意吗？丢人不说，还要被拘留。"于海平说："钱总福大造化大，不会有牢狱之灾的。"钱如意说："算你会说话。走，叫上吴寄瑶，我们去大桥下。"

二人向外走去，正碰上吴寄瑶和小金子向里走。钱如意说："寄瑶，今天的事对不起啊！"吴寄瑶说："只要钱总没事儿就好。"钱如意说："市里要搞麻神艺术节了，我们正好利用休闲娱乐城大赚一笔。麻将培训班都办起来了吗？"吴寄瑶说："都办起来了，只是别让你那丑婆娘来捣乱。"钱如意说："她要再敢来闹事儿，我就把她设计到监狱去。"

钱如意看了一眼小金子，不无讽刺地对小金子说："小金子，你还知道来啊？还记得我说过的话吗？做人要有长劲儿。正好，你也跟我们走一趟吧？"

龙山大桥下，张半仙身着长袍，留着八字胡端坐在那里摆摊儿测字，旁边已围了几个人。

钱如意的车"吱"的一声停了下来，几个人大摇大摆地从车上下来，全部戴着墨镜。钱如意一副老大的做派，于海平一副打手的样子，打扮得娇艳的吴寄瑶、小金子像一对女痞子。刚才来测字的人一看这架势，早已四散而去。

张半仙惊恐而不安地看着他们。钱如意向于海平一摆手，于海平上前架住张半仙的胳膊。

于海平冷冷地说："上次给我们测字的是你吧？"张半仙一边挣脱，一边喃喃地说："这是干什么呀……干什么呀，我就是为了混碗饭吃，怎么了？"

钱如意上前拍拍张半仙的肩膀说："张先生，咱们有缘啊！上次借你吉言，我买了一大片'田'，我发了！我想好好请请你，让你进一步指点一下迷津。我们走吧？"

张半仙舒缓地喘了一口气，惴惴地说："请我？我没空啊！"钱如意一摆手示意，吴寄瑶和于海平扶着张半仙上了车。

钱如意得意地坐在车里，透过车窗，外面大街上"迎接龙城首届麻神艺术节"的条幅铺天盖地映入眼帘，他知道这又是他的一次商机。他得意地问："张先生，你说这麻神到底是什么？说来说去不就是个赌吗？我这次赌对了，以后还能不能赌对，你老人家给指教指教？"

张半仙谦虚地说："本人只会测字，别的不要问我。"

钱如意看了看旁边的条幅，随口说道："那我还让你给我测字，就测个'麻'字吧。"

张半仙思忖了半天说："'麻'，广木也。龙城市的官场'麻'，龙城市的民间'将（犁）'，怕不是什么好征兆吧？先生怕是要蹲几天小号啊！"

钱如意说："虽说你前边说得云山雾罩，后边我懂。为迎接首届麻神艺术节，我们办了个培训班，您去给指导下如何？"

去探钱如意的老底，正是张半仙所愿，他看了看两边的人说："我就是不想去，我也下不了车啊。"

一行人来到龙城休闲娱乐城。大厅里，黑压压坐满了人，正在听郝子强讲着麻将课："麻神艺术节给我们带来了机会，今天讲一下理牌战略。有局望大，无局求快；牌势不济，守为上策；似有似无，斟酌行张……"

郝子强的理论似乎触到了张半仙某种痛处，这种理论是他三十年前总结的，也是他一贯的搓麻策略，让郝子强演绎得头头是道。他看中了郝子强，只有这个年轻人才能传承他的理论。可是，一看到麻将，他又想起了十七年前因搓麻痛失爱女莲莲的事儿，心便直翻个儿。

张半仙在这种环境下再也待不下去了，便谦卑地站了起来说："钱总，我对麻将没什么兴趣，我想告辞了。"钱如意说："张先生，你还没给我指点呢。"张半仙说："钱老板，承蒙你看得起我，你测的是'麻'字，我送你四句诗吧。"说完，在黄表纸上写下四句诗："广为房舍林为皮，安身立命才相宜。大厦将倾人离散，起于河东败河西。"

钱如意看后讥讽道："张先生，我虽是粗人，可是我也看出来了，你是说我要败？可是，这回你测反了。我老钱经过了无数风浪，从未倒下。在河西的土地瞬间增值了四倍，我发了。"

张半仙冷冷地说道："但愿如此吧！"说完，他向外疾走，脚步竟如年轻人。走出很远，耳畔还响着郝子强的讲课声："窗外，秋风欲起。在这个收获的季节，通过实战，我们胜败谈笑间。麻友们，要稳坐楼台，要知进知止，要逆水摸鱼，要目光长远……"

张半仙从龙城休闲娱乐城出来，他边走边打电话，重回到黄牙子旗下，眯缝着眼看着这个他生活了几十年的城市。

金疤瘌很快就来了，问："大哥，你不是说暂时不要见面吗？"张半仙说："事情紧急。河西要建龙城新城了，钱如意购置了大量的土地，将一夜暴富。宏运一旦占领了河西，我们的'东北新干线'计划就得熄火。"金疤瘌问：

"那怎么办？"

张半仙阴沉地说："让猴子接着闹。铁如意他们从河西的农民手中购买了大量的宅基地和承包地以及其他非农用地，这些土地是国家明令禁止买卖的。钱如意不是要表演'跳楼秀'吗？那就让他再真跳一次！"

金疤瘌说："大哥，钱胖子那有于海平律师给他出谋划策，一定能规避法律的。"张半仙说："他们是在打擦边球，要让他打到空地去。"金疤瘌说："我们要不要对他的龙城娱乐城下手？"张半仙说："不可，火候未到。"

他们看见鲁运一闪而过，金疤瘌说："张先生，再给我测个字呗？"张半仙说："不能再测了，再测就不灵了，按上次的卦词行事。"

6

分头秘密行动的龙大章、朱丽雅和鲁运回到了刑警大队办公室，避开所有人，召开了一个小型的情况通报会。一个题板上写着武玉鹏、刘尔贵、时猴子、金疤瘌等人的名字。

龙大章说："二位，说说你们掌握的情况。"

朱丽雅说："这两天，时猴子对河西农民土地被钱如意收购的事儿十分上心，有人说他是为竞选下届村主任做准备，有人说他是为过去的小偷小摸行为赎罪。不过，时猴子除了打点儿小麻将，比以前更加规矩，无异常行为。"

鲁运说："金疤瘌在用心地经营他管理的两家娱乐机构和宏运奇石城，很少外出，也很少跟人交往。经营上很正统，没有违法活动，只在昨晚和时猴子见过一面。"

龙大章说："这说明他们听到了风声，有所收敛。"他指着武玉鹏、刘尔贵、时猴子的名字说："这三个人都和帝豪会馆的金疤瘌有着联系，金疤瘌的形象又恰好和南方人及吴寄山陈述的长相一样……

鲁运说："那就抓紧收网吧，免得节外生枝。"龙大章说："不可，师傅教导我们要谨慎行事。"朱丽雅惊喜地问："你见到师傅了？"

龙大章点了点头："我们目前的侦查方向是正确的，但要让他们充分表演、充分暴露，才能直捣核心。现在，要继续秘密监控金疤瘌和时猴子，要外松内紧，直到他们露出来狐狸尾巴。"

　　夜幕降临了，龙大章和鲁运在树影里，盯着龙小晴家东侧的金疤瘌家。五楼东侧的窗户始终没有一丝亮光，只有五楼西侧窗帘上映出龙小晴和姜美祺的倩影。

　　鲁运问："师弟，不会是我们弄错了吧？"龙大章说："不会，他的新家就在这儿。"鲁运调侃道："师弟，西侧屋里一个是你妹妹，一个是你同学。我们要不要上她家蹲守，你顺便会会女同学？"

　　龙大章说："师兄，正经点儿。我现在知道你们为什么抓不住刘尔贵了，心思用歪了。"鲁运说："这个死胖子，一天没回家了，能去哪呢？"龙大章说："狡兔三窟，他或许还有别的家，或许他已闻到什么气味了，故意躲起来了。"鲁运说："也是个老狐狸了。"

　　二人猫在树影里，低声说着闲话。这时，龙大章的电话响了，他看了看号码，没有接。鲁运问："师弟，为什么不接电话，是怕我发现你的隐私吗？"龙大章说："师兄，你总是忘记我们是干什么来了。"

　　一会儿，电话又响了起来。龙大章正要按免接键，突然发现姜美祺向他走来。他吃了一惊，姜美祺大声问："大章，在这儿干什么？为什么不接我的电话？"龙大章抬头看了看五楼那漆黑的窗口说："找人。"姜美祺恍然大悟："我明白了，你们是在蹲守。我也和你们一起蹲守，搞个现场新闻？"龙大章说："那怎么行呢？你找我有事吗？"姜美祺说："听小晴说，刘老师病了，我们要去看看她，问你去不去。"龙大章说："我去，啥时去？"

　　鲁运在旁边插话道："二位，你们能不能去那边，我自己继续看着。"

7

　　龙城市区晚秋的阳光仍然明媚，龙城条筒万形的建筑上留下金色的阳光，旁边的龙城博物馆却显得低矮阴暗。

　　龙小晴把《龙山珍真山庄》图纸小心地圈起来，看着手机上的时间。这时，来电话了："美祺……好……我这拿图纸就出去。"她装好图纸，换上衣服，走到外面，发现姜美祺和龙大章已经等在门外。

　　车轮飞旋，心思急迫。车子很快在珍真野菜馆门前停了下来。三人下车，心生悲凉。才几天，这里已是一副破败的景象，几辆勾机伸着大爪子，顿时几间瓦房就倒了下去，地上一团白烟直冲云天。

　　姜美祺下车环视了一下说："大章，这里好像歇业了。"龙大章简直不相信眼前的景象，他大声喊："刘老师！刘老师！"

　　一个穿工作服的壮汉终于从屋子里出来了，没好气地说："喊什么喊，你找原来的店主吧？她呀，卧床在家呢，店盘给别人了。"龙大章问："刘老师病得厉害吗？店盘给谁了？"那壮汉说："我们给天创公司干活，别的就不知道了。"龙小晴问："我们是她的学生，她家在哪儿？"那壮汉走到车前，指着山那边的一片民房说："前进村东，有三间破瓦房，可能那就是她家。"龙大章三人跳上车，车子向村里驶去。

　　车子七扭八拐的，终于在城郊乡河西村前进村民组刘老师家的院外停了下来。三间破瓦的屋内，刘老师一脸病态地躺在炕上，身边没有一个人。龙大章三人进来，用手揩了一下炕沿儿上的土，坐了下来。

　　刘老师挣扎着要坐起来，但是已经没劲了。她喃喃地说："大章，谢谢……你来看我。以我现在的状况……怕是活不了几天了。"姜美祺扶着刘老师，让她躺下，说："刘老师，你千万别胡思乱想，我们把修改后的龙山度假村设计图带来了。资金方面，有个老板已经同意和你合作。"刘老师叹口气说："晚了，你们上次走了以后，店里又发生了几次打架事件，还有几次半夜来砸窗户砸门的，店员都跑光了……昨天只好盘给别人了……"

　　龙大章气愤地说："刘老师，你怎么不报警或是给我打电话啊？"刘老师低声说："已经够麻烦你的了。"龙大章问："刘老师，店卖给谁了？"刘老师说："说是天创公司……"龙大章心痛地说："刘老师，这事儿怨我啊，我没有及时查出投毒的人，致使你的店开不下去。"

　　刘老师虚弱地说："大章，没那个事儿我也干不下去了，我……自己知道得了啥病，医生都告诉我了，肝癌晚期……再加上脑出血加心梗……糖尿病，没法治了……就是几天的事儿……"

龙小晴听得眼圈儿发红："刘老师，你可要想开啊。"刘老师苦笑道："我……能想开……死是一种无奈的解脱……"

姜美祺轻声问："刘老师，刘尔贵也没打个电话来吗？"刘老师迟疑了一下，用失望的眼神儿望着龙大章："他啊……是国家的……大章，你过来……"

龙大章走近了刘老师，认真听着。刘老师说："我知道你们在找刘尔贵……他也想回来，他不敢……他在凤城市我的一个亲戚家……"说着塞给大章一张纸说，"这是地址，你们去找吧，就说我想他……大章，你要挽救他……"

刘老师无力地歪在床上了，喘着粗气。姜美祺关切地说："刘老师，我们送你去医院吧。"刘老师说："不……医院已经不愿收了……"

三人把刘老师平放在床上，又安慰了几句，含泪走出了屋子。

龙大章的车急急地向山下驶去。车内，龙大章眉头紧锁，姜美祺和龙小晴无精打采地看着龙山珍真山庄的图纸。姜美祺气愤地说："这叫巧取豪夺！"龙小晴失望地说："我们费心做的龙山珍真山庄图纸怕是用不上了。"龙大章说："卖了吧。"姜美祺说："也好，卖了它，可用来给刘老师治病。"

第四十三章　警匪寻人，红颜失宠

1

秋阳从树上照下来，照在半张地图上。张半仙把地图铺开，一边看一边向山下眺望着。山下是隐约可见的龙山寺，南边是公主墓，西边是依稀可见的河西村的炊烟，跟前是曾经的刘老师的珍真野菜馆。

看见龙大章的车从珍真野菜馆上边驶下来，张半仙赶紧收拾起地图，上车向山上开去。来到龙山寺山门前，发现金疤瘌正坐在石凳上等他。他一个眼神儿，和金疤瘌来到了龙山寺外树林里。

张半仙面带不悦地问："这么急找我有什么事？"金疤瘌低声说："大哥，有两件事等你定夺。一是凤城发现了刘尔贵的行踪……"张半仙一喜，问："找到刘尔贵了？很好。"

金疤瘌说："只是发现了踪迹。那小子从来没和我们一条心，要不要做了他？"张半仙叹了口气说："这就是败势的征兆啊！知道为什么凤城王彪等人全军覆没，而你还好好地活着呢？"金疤瘌说："因为大哥的要求就是我的追求，大哥的脾气就是我的福气，大哥的鼓励就是我的动力，大哥的想法就是我的做法……我从无二心。"

张半仙摆手道："打住，兄弟，我告诉你，越急于表白就越会有问题，你敢保证你没有做过对不起我的事儿？"金疤癞心里一惊，脸上却镇静："大哥，你信不过我？"张半仙眯着眼问："让黑老三对付龙大章是你背着我下的命令？"金疤癞说："是啊，不是你提醒我说他在调查我吗？"张半仙大喝一声："混账！"

金疤癞吓得一哆嗦跪了下来："大哥，龙大章就是我们的克星，他在跟踪时猴子，我们早晚会败在他手里，不如除了他免去后患。"张半仙平静下来："疤癞，你说的我都明白，可是你那样做是在向龙城的警方宣战，我们必死无疑。我们在一起二十多年了吧？为了'东北新干线'，我们不离不弃到现在，这是最后的时刻了，我们的目的是早日找回鸡血麻神和《辽域地志》，挖出宝藏，离开这个是非之城，不是为了和谁斗。"金疤癞说："大哥，你不是说发现姜长庚放鸡血麻神的地方了吗？把姜长庚或他女儿绑了，逼他就范不就得了吗？"

张半仙说："不行，没到山穷水尽的地步，就要想柳暗花明的办法。"金疤癞说："好吧，我听大哥的。还有，珍真野菜馆推倒后建不建？"张半仙说："建，但是要过了风头，虚张声势地建。"

金疤癞到底也没听明白建还是不建，一头雾水地下山了。这个老滑头，在红尘中行走了五十多年，与形形色色的人打过交道，像张半仙这样说了半小时话却不知他到底啥意思的人有的是。

张半仙回到龙山寺，发现姜长庚坐在门前的台阶上摇着扇子哼着黄梅戏《女驸马》："我也曾赴过琼林宴，我也曾打马御街前，人人夸我潘安貌，原来纱帽罩哇罩婵娟啊……"张半仙停下来，好奇地看着姜长庚说："姜居士，你心情不错？"

姜长庚说："老婆愁了哭，汉子愁了唱。我现在想明白了，愁也是一天，乐也是一天，何必苦苦算计、自讨烦恼呢？张居士，你说是吧？"张半仙说："道理倒是对……可我怎么就快乐不起来呢？"姜长庚问："为什么？"

张半仙长叹一声说："唉！十五岁之前，我虽是贫苦的，可我是快乐的；十五岁之后，我虽是富足的，可快乐这辈子再也与我无缘了……"

974

二人感叹着不同的人生，回到了龙山寺居士宿舍。姜长庚打开张半仙给的茶，泡在茶杯里。张半仙说："姜老弟，我给你的金骏眉还喝得惯吗？"姜长庚说："真是太好了，从没喝过这么好的茶。"张半仙掏出象棋摆上，说："喝茶下棋，也是人生大趣。以前，我尽和你玩围棋了，从今天开始，我要和你玩象棋。"姜长庚问："为什么？"张半仙意味深长地说："象棋举步知深浅，围棋牵制见高低。我不想牵制你了，要和你真刀实枪地干。"姜长庚笑道："您老的性子还是那么急啊。"

二人逗着闷子，棋局开始。姜长庚拱一兵："我巧布疑阵。"张半仙飞一象："我预设圈套。"姜长庚一炮打过："我摧枯拉朽。"张半仙的车长驱直入："我瞒天过海。"姜长庚过河一马："我暗度陈仓。"张半仙走一卒："我丢卒保车。"姜长庚起一士："我张网以待。"张半仙再横一车："我让你水漫前沿。"姜长庚直车杀马："我叫你后院起火……"

十几步走下来，张半仙看看棋已没救，便说："下山去吧，象棋没意思。"说完，出门钻进汽车里，向山门外开去。

张半仙回到龙城那处豪华住所时，龙城已笼罩在一片黑暗之中。

昏暗的灯光下，金疤瘌正在屋里寻找着什么，突然听见阳台有响声。他愣了一下，向阳台望去，一个黑乎乎的人影站在那里。

金疤瘌吓得头皮发麻，战战兢兢地问："谁？"张半仙背对着他，阴冷地问："疤瘌，你在找什么？"金疤瘌松了一口气："大哥呀，吓……我一跳，不是说不回来了吗？你是怎么进屋的？我……我在找茶叶。"

面对金疤瘌的一连串问话，张半仙冷冷地说："你没说实话，你在找这个？"他掏出那半张图说："半张假图，你倒是挺上心。"金疤瘌说："大哥，你说对了，我想找到地图，再帮大哥找到宝藏，免得大哥亲自操劳。你意思是说这半张图确实是假的？"

张半仙似笑非说地说："疤瘌学会说话了。我今天去对过地形了，很多地方都对不上。疤瘌，刘尔贵的事我决定了，让大黑猫逼出藏宝图，然后清理门户。"金疤瘌说："好，我这就让大黑猫办了他。"张半仙转过身来说："不行，他们办事我不放心，你亲自去，马上去。把那半张图拿回来，交给我。"

金疤瘌听闻此话，不知是福是祸，便问："为什么要我亲自动手？大黑猫他们对付一个刘尔贵太容易了。"

张半仙坐在沙发上，慢条斯理地说："看过《西游记》吗？大黑猫好比是孙悟空，你好比是唐僧。唐僧比孙悟空多了什么东西呢？那就是信念。没有信念的人是做不成什么事的。凤城一战，只有我们俩生存下来，我们靠的就是信念……"

金疤瘌似懂非懂地答应一声"是"，转身要走。张半仙又说："不急，兄弟，我再问你一次，我的小莲莲丢了快二十年了，你就真的一点儿线索也没找到吗？"金疤瘌欲言又止："我正在寻访……"

2

敖拉倚坐在书房里，耐心地指导白小艺练琴。可小艺总是心不在焉，手在琴上，眼在那个心形的挂件上，总是出错。

白小艺生气地把琴键一划拉说："敖拉姨，你说我这首《雨一直下》怎么就是练不好呢？"敖拉倚平静地说："因为你心不静。"白小艺说："我心挺静的啊，这都两耳不闻窗外事，一心只想弹好琴了。"

敖拉倚站起来望着窗外说："不静，我知道你在想龙大章。"白小艺吃惊而羞涩地说："敖拉姨……不能乱说啊。"敖拉倚说："我是过来人，我知道你这样的女孩子现在的心。别像我，心一旦伤了，无药可医。"说完，她站了起来，随手拿起了《汪国真诗集》，呆呆地望着飘落的黄叶出神儿。

白小艺停止练琴。她看敖拉倚在阳台上，便悄悄向屋里走去。她拿起电话迟疑地拨着，电话里响起了《陪你一起看草原》的音乐声……

这首曲子响在龙城至凤城的火车上。金疤瘌拎着旅行包，戴着假发和墨镜，坐在龙城开往凤城的火车边座上，陶醉在这首曲子中。他摘下墨镜，向车厢内望去，看到了龙大章正在侧着脸看手机，任凭手机响个不停，就是不接。一会儿，龙大章和朱丽雅向自己走来，他赶紧戴上墨镜，把脸别了过去。

龙大章走过来站在金疤瘌面前，一边往行李架上放拉杆箱一边问："这位先生，是你的旅行包吗？我给你挪挪？"金疤瘌说："好的，多谢！"这时，龙大章的电话又响了，他看了看号码，还是没有接。

金疤瘌提醒道："小哥们儿，你的电话在响。"龙大章笑了笑说："是……骚扰电话。"说着，按了拒接键。金疤瘌看了看龙大章，用帽子遮着脸，斜在了下铺上。

龙大章和朱丽雅向上铺爬去，他们对视了一下，有点儿不好意思。这让他们想起一年前一起到凤城市去执行特殊任务时同居一室的情景。不同的是，那时他们心怀忐忑，现在是信心满满。一本杂志掉在了地上，龙大章向下望去，发现下铺金疤瘌的铺空空如也。一张照片和戴了假发的金疤瘌交替闪动着，他恍然大悟："金疤瘌？"

在火车即将要关门的一刹那，金疤瘌戴着墨镜从车门口挤了下去，匆匆向站台外走去，很快消失在人流中。龙大章和朱丽雅在卧铺和硬座车厢巡视着，没有发现他们要找的人。

灯光下，敖拉倚一边翻资料，一边伏案写着《木叶山，你在哪里？》。被窝里，白小艺眉头紧锁，在用手机发着短信。

火车上，龙大章的手机短信铃响了，他打开手机看时，上写着："再不接我的电话，我就把你手机打爆！——小艺。"龙大章赶紧回短信："我在执行任务，不能接电话。"朱丽雅敏感地看着龙大章，欲言又止。龙大章说："想说啥就说吧，我们没时间和金疤瘌周旋了。"

朱丽雅迟疑地问："又是白小艺？"龙大章点了点头："这孩子就是能闹。"朱丽雅说："她已经不是孩子了。多情总被无情恼，女人就是一根筋。大章，你在想什么？"

龙大章思忖一下说："我在想，金疤瘌此行的目的地是哪儿？凤城，一定是凤城。"

3

凤城火车站，龙大章和朱丽雅拉着行李箱走了出来。月光照亮整个凤城，男人们穿着长裤、女人穿着休闲衫走在灯火灿烂的城市。这是他们第三次踏入这个美丽的城市，又多了一分亲切感。

朱丽雅问："大章，我们要不要和李副局长打声招呼？"龙大章说："先请求辖区公安部门配合，找到刘尔贵后，再和李副局长打招呼，我们有更重要的事请他帮忙。"朱丽雅说："大黑猫的事儿？"龙大章说："嗯，找到大黑猫，我们才能轻松地抓到龙城的幕后黑手，就能彻底摧毁'东北新干线'了。"

夜幕降临，凤城市的一个居民区里纳凉的人很多。龙大章和朱丽雅穿着便衣走到一栋楼下，向二楼望去，发现二楼的灯一直亮着。

龙大章小声地跟凤城的警察说："刘老师的亲戚就住这栋楼的二楼东侧，我们上去吧。"几个人悄悄地向楼内走去，朱丽雅前去敲门，龙大章跟在后面，警察们躲在楼下。

刘尔贵在屋内从猫眼儿向外望着，问："谁呀？"朱丽雅说："我，查水表。"刘尔贵疑惑地望着，朱丽雅的头像与穿警服的头像交叉闪动着。他平静地说："等着啊，我穿上衣服。"说完，他打开前阳台窗，向外一跳，消失在夜色中……

龙大章用铁丝打开了门锁，和朱丽雅冲了进去，屋里一个人也没有，只有窗户开着。向下望去，发现刘尔贵正在过马路。二人也从窗户跳了出去。

躲过大道上的车，刘尔贵拼命地向一个黑暗的胡同跑去。龙大章和朱丽雅绕过楼区，向这边追来。可是，他们错过了胡同口，向前追去，让刘尔贵跑了。

黑胡同里，刘尔贵拼命地跑着，终于他再也跑不动了，蹲在地上大口大口地喘着粗气。一双黑亮的皮鞋停在他眼皮底下，他吃了一惊地站起来问："你们？"

金疤痫戴着黑色的礼帽从黑暗里走出来，他摘下墨镜，看着地上的刘尔贵不说话。刘尔贵也怔怔地看着他。金疤痫冷笑一声，悄声说："兄弟，到凤城也不打声招呼，我告诉过你，这儿有咱们的弟兄，能照顾你。"

刘尔贵假装如释重负地站了起来说："是金大哥啊，吓死我了。"金疤痫一字一板地说："没时间废话，把真的《辽域地志》交给我吧。"刘尔贵看了看两边站着的凶神恶煞一样的黑衣人，说："我交……我交。"他掏出一个小包，双手颤抖地要交给金疤痫。

金疤痫一把抢过小包，打开层层包装，一幅古老的羊皮地图呈现在他眼前。他用手机仔细照了照说："这回像真的。可是，兄弟，我有一句话要提醒你，还记得入会时的誓言是怎么说的吗？为了这个承诺，你今天得去那边报到去了（向地下指了指）。你不要恨我，是老大的意思。"

刘尔贵惊得瘫在了地上，惊问："老大？你不是老大？"金疤痫手一摆说："谁是老大？对你来说，知道了也没用。弟兄们，人交给你们了，动手麻利点儿！"

两个黑衣人亮出了手中的砍刀，突然龙大章出现在胡同口，他大喊一声："住手！警察！"几个黑衣人愣了一下，撒腿就跑。龙大章和朱丽雅追了过去。胡同口，一辆车开了过来，大灯晃得龙大章他们睁不开眼，几个黑衣人和金疤痫在胡同口消失了。

龙大章回头问："刘尔贵呢？"胡同里一片漆黑和寂静……

龙大章和朱丽来到凤城市公安局时，已是夜色阑珊。二人迈着沉重的脚步向凤城市公安局大楼走去，心里带着一丝惭愧。

李文勇和龙大章、朱丽雅的手热情地握在了一起："小龙、素梅，这是他们第三次来凤城，这次来肯定有重要的任务。"龙大章不好意思地说："去年的小龙已经不能行雨，素梅也没有开花，我们没有完成任务，让嫌疑人跑了。"李文勇说："需要我们配合的，不要客气，我们会全力堵截。"

龙大章说："怕是来不及了。不过，我们还有一个更重要的任务，需要贵局协查。就是我前些日子跟你通话时说的大黑猫。"

李文勇说："我们还没有找到他的踪迹，只发现他的小弟在凤城倒卖假鸡血石，而这些假鸡血石均出自龙城。"

龙大章说："近半年来，他曾在龙城制售过毒品，在滨海售卖过毒品和枪支，种种迹象表明，他可能又潜回到了凤城。这是个关键人物，一定要找到他。"

李文勇问："你说他可能是'东北新干线'的核心？"龙大章说："那倒不是，可是他对二十年前赫顺的死更清楚一些，找到了他，就能知道谁是龙城的黑老大，就能更多更好地掌握'东北新干线'的动向。"说着，他拿出一些资料："这些，或许对你们查找大黑猫有帮助。"

从凤城市公安局出来，龙大章和朱丽雅无心欣赏这里美丽的夜色。他们无精打采地走在凤城市的大街上，眼前是凤城宾馆那璀璨的灯火。

朱丽雅拖着疲倦的脚步说："大章，我们就住这儿吧。"

这时，龙大章的电话响了，他赶紧接起来："美祺……刘老师……那么严重？好，我这就去赶飞机。"他放下电话，焦急地说："丽雅，我们得赶紧回去。"朱丽雅问："什么事这么急啊？"龙大章说："美祺打电话来说，刘老师要不行了，要见我。"

朱丽雅问："刘尔贵不找了？"龙大章说："她就刘尔贵那么一个亲人，刘尔贵现在如惊弓之鸟，一会儿半会儿也找不到，我得回去见她最后一面，不能让刘老师太失落了。"朱丽雅通情达理地说："好吧，我们这就去机场。"

凤城飞往龙城的班机上，龙大章和朱丽雅坐在机舱里，看着机舱外一闪即逝的凤城灯火，眉头紧锁。他们来也匆匆，去也匆匆，就这么无功而返了。

朱丽雅遗憾地说："我们总是慢一拍。"龙大章说："我们的对手在暗处，他们来找刘尔贵，不仅是为了要他的命，还像是要一件重要的东西，会是什么东西呢？"朱丽雅说："《辽域地志》？"龙大章点了点头。

机舱外茫茫的夜空在无边地扩展，正如此时二人的心情——一片茫然……

因没抓到刘尔贵而失望的还有张半仙。他接到金疤痢的电话后情绪坏到了极点："又让他跑了？……大黑猫和你一样，都是废物……图又没到手？……赶紧回来吧。"他放下手机，拿出那半张《辽域地志》聚精会神地看着，看着看着，眼前出现了一种奇妙的幻觉——

龙山变成了金山，发出耀眼的金光。戴着金缕王冠的张半仙回到了日本，在富士山前，他随意扔下一块金子，他的亲兄妹们便像狗一样匍匐在他的脚下……

一架飞越市民广场上空的飞机的轰鸣声打破了张半仙脑海中的幻影，定睛看时，眼前是万家灯火的龙城夜景，一切那么辉煌，一切又都不属于他。

4

迎着朝阳，龙大章和朱丽雅风尘仆仆地走进刑警大队办公楼，这时刑警们刚刚上班。

鲁运焦急地走过来说：“师弟师妹，你们可回来了，周至祥找你们好几次了，你的电话也不接。怎么样啊？”龙大章叹了口气：“唉，刘尔贵是找到了，可又让他跑了。”

正说着，周至祥黑着脸走了进来：“大章，你可真难找啊。”龙大章问：“周队，您找我有急事？”周至祥一脸严肃：“大章，你现在虽然不办案了，可也要遵守刑警大队的纪律，不要无组织、无纪律地拉着我们的女警员到处乱跑，影响多不好啊！”朱丽雅赶紧说：“周队，不是他拉着我乱跑，是我拉着他……”

龙大章回手一个敬礼：“报告周支队，我没有乱跑，我在协助你们办案，也为写出好的报道。”周至祥脸一沉：“办案？谁让你私下办案的？张口办案、闭口办案的，办了多大个案子啊？”龙大章低头小声说：“目前还没有眉目。”

周至祥依然一本正经地说：“为迎接首届麻神艺术节，市委指示公安机关一定要在麻神艺术节开幕前，把一年前被盗的鸡血麻神找回来。我知道你在查什么，如果你掌握了有关鸡血麻神案的证据，马上交给专案组，不得私自办案！”

龙大章说：“报告周队，我现在尚无证据可交。”

周至祥眉头一皱：“没线索就别像没头的苍蝇一样瞎跑啦，写报道去吧。"

　　龙大章没有去写那些官榜报道。他风尘仆仆地赶到刘老师家的时候，发现刘老师躺在床上，头发苍白凌乱，面如死灰，两眼无神，几名远房亲戚陪着她。他心疼地看着刘老师，说："才两天，怎么到了这般光景啊？"

　　刘老师挣扎着想说话，可是干张嘴，半天才发出声来："刘尔贵……刘尔贵……刘……尔……贵……"

　　龙大章俯下身来："刘老师，我没有找到他……挽救不了他。"

　　刘老师似乎听明白了，她手哆嗦着摸索出一个布包说："一定要找到……他，把这个……交给他……救……他……"

　　龙大章接过布包，痛苦地点着头。

　　刘老师很费力地说完最后一个字，继而露出一丝苦笑，脖子一歪，离开了人世。亲戚们一片叫喊和哭声。

　　龙大章默默地走出屋子，他拿起电话："静园公墓管理处……我要一处好些的公墓……我这就去交钱……"

　　凤城开往乡下的班车上，刘尔贵满脸是泥地斜靠在座椅上。他无心欣赏车外的田园风光，便用帽子遮住半拉脸靠在车窗边半梦半醒着。他梦见自己小的时候在无边的花海中尽情地玩耍，被羊胡子草滑倒，母亲把他抱起来，用脚踩着草给他出气……他长大了，母亲挥手向他告别，说要去一个很远的地方。他拉住母亲的手，信誓旦旦地说："你陪我小，我陪你老。"可母亲却像仙人一样飘向了天际，他拼命拉也拉不住……

　　一个坑颠醒了刘尔贵的梦。车子停了下来，刘尔贵疑惑地揉了揉眼角的泪痕，跟着一帮农民工下了车。他坐在满是尘土的路边，向东北方向望着，脑海里浮现出昔日的情景。

　　刘老师一脸内疚的声音："尔贵，你不是我亲生的，妈对不起你啊，我把你捡回来，让你在同学面前抬不起头来，还没把你教育好……你回来吧……不能越陷越深啊……我没有几天了，我想看到你在我身边……"

　　刘尔贵痞里痞气地吼道："我不争气？你说我咋生在你这样的人家呢，小时候武玉鹏就骂我野种。我要是摊上个当市长的妈或是有个当市长的干爹也行啊，我能闹到这地步吗？"

一民工走过来说："二棍，想什么呢，我们走吧，离砖场还挺远呢。"刘尔贵向东北方向磕了三个响头，跟着那民工向小路走去。

刘尔贵的情况很快传到了张半仙那里。他踱着方步，接着电话："黑猫……他自己跑到你开的砖场去了……好啊，踏破铁鞋无觅处……搜过了，他没有带着什么图……不对吧……不要动他，也不要让他走了。"

放下电话，张半仙苦苦地思索着，《辽域地志》不在刘尔贵身上，说明金疤癞已经取回来了。想到前两天金疤癞私自在他房间找东西的事情以及金疤癞的种种疑点，张半仙意识到，金疤癞要单干了，已经没有利用价值了，他需要重新布局这一场与黑白两道斗争的策略了。

5

就在张半仙面临着众叛亲离的窘境时，钱如意却春风得意。在他的又一处房子里，电动的窗帘徐徐关闭，装潢得像自然风光一样的墙壁生机盎然，夜色笼罩下的大卧室温馨而暧昧。

钱如意穿上丝绸睡衣，像迪拜绅士般的靠在床上。手提电脑架在面前，电脑里正放着电影《让子弹飞》。他喜欢这样的故事，剧中那个冒牌县长怕是巧取豪夺的骨灰级人物了，让葛优演绎得活灵活现。

见小金子从洗澡间里挽着湿湿的头发出来了，钱如意便和她搭讪："小金子，头发又长长了。我说过，头发可以长，见识别太短。过来，陪爷看电影。"

小金子慌慌张张、神色凝重地说："老钱，不好了，这个月没来……我可能是怀孕了。"钱如意头也不回地看着电影，然后淡淡一笑："我早结扎了。"小金子愣了一下，厉声道："你以为我和您开玩笑呢？"

钱如意茶水洒了一电脑，抬起头看了她一眼："你跟我玩真的呢？"小金子恼怒地说："老钱，要不要做个DNA啊？"钱如意眼睛瞪得大大的："真的？咱商量……商量……"小金子走过来把电脑里的电影关了："你还想先让子弹飞一会儿啊？你说吧，我是生还是不生？"钱如意这回认真了："妈呀，动真格的了？"

小金子怀孕的消息把钱如意打蒙了，可怕的是小金子坚持生下来，更可怕的是怕钱夫人知道这件事。所以，他尽可能地哄着小金子开心。

他搂着小金子的胳膊从影都里走出来，小金子兴奋地说："在电影院里看就是比在电脑上看来劲吧。"钱如意此时无心谈论电影，他忧心忡忡地说："那是，金子，明天就去医院做了……"话没说完，就见吴寄瑶与龙小晴从影都门前走过来。

龙小晴向前一指："看，那不是你们钱种（总）吗？"吴寄瑶愣了一下，看见钱如意和小金子手挽手走着，她快步走上前，站在了钱如意面前，乜斜着眼盯了钱如意一会儿，说："钱种——准确地说你应该叫情种。好浪漫啊！"

钱如意先是吓了一跳，继而恼羞成怒："寄瑶？你敢跟踪我？"吴寄瑶轻蔑地说："你配让我跟踪吗？你这个穷得只剩下钱的人渣！"钱如意气得脸红脖子粗地吼道："你……你敢骂我？给你个龙城休闲娱乐城总经理的职位不知姓啥了吧？明天我就开了你！明天你给我从我房子搬出去！"

吴寄瑶愤怒地喊道："你个王八蛋！"钱如意用手点点她，说："敢坏我心境，坏我好事，就得付出代价。"吴寄瑶转身手指小金子说："小金子，你脸皮也够厚的。"

小金子妩媚地一笑，反唇相讥："姐，还不是跟你学的啊？我们都一样，别想不明白啊。"吴寄瑶气呼呼地说："小金子，我拿你当妹妹对待，可你……你也别太得意，我的今天就是你的明天。"小金子说："吴姐，我们的身份是一样的，都是赝品。不过，我不会像你那么傻的，把交易当感情玩……老钱，走啊？！"

吴寄瑶看着钱如意和小金子的背影哭了。

龙小晴说："寄瑶，值得吗？我们回去吧。"吴寄瑶恨恨地说："我恨的是，应该我把他当狗屎一样扔掉，而不是他把我像感冒的鼻涕一样甩了！"

夜色朦胧，灯火朦胧。夜风中，路上行人渐稀。龙小晴扶着醉得不成样子的吴寄瑶出了酒店，踩着树下的黄叶向家走去。

吴寄瑶已经醉得东倒西歪，但嘴里还在不停地说着酒话："小晴……谢谢你陪我……喝酒……"龙小晴扶住她靠在树上，说："回去吧。寄瑶，你为什么拿钱如意那样的人当回事儿呢？"吴寄瑶蹲在地上，痛苦地说："应该是我把他……当感冒的鼻涕甩了，没想到啊……整反了。小晴，我们再找地儿喝一会儿……"

龙小晴想拖着她走，可是拖不动，便焦急地说："这个时候了，都不营业了，上哪喝去？"

吴寄瑶脱掉外衣，就从外衣口袋里掉出一个小瓶来说："这不是酒吗？喝——"她打开要喝，被龙小晴一把抢过去："寄瑶，这是洗手液。"

正在撕扯之时，一辆车开过来，灯光晃得她们睁不开眼睛。

吴寄瑶被于海平和龙小晴架回家后，她仍在醉醺醺地嚷嚷着："上酒……我要吃酒……"龙小晴把她放在床上，一边给她倒水一边说："谢谢你，于律师，帮我把她弄回来。"

于海平立在一旁，表情暧昧地说："没什么，都关系不错的。"

吴寄瑶突然坐了起来，喊："你们送我走！我不在这个家了，明天钱胖子就把我赶出去了……我不用他赶……我要自己走……"她下地要走，龙小晴赶紧拦住她，把她按到了床上。龙小晴只好留下来陪她了。

这一夜，注定睡不踏实的还有小金子。她推了推睡得死猪一样的钱如意，起身去了卫生间。回来时，桌上一个小皮包吸引了她，她轻轻地拉开来。钱如意翻了一个身，小金子悄悄停了下来，钱如意又睡了过去。小金子打开皮包，拿出一个微型针孔摄像机，看了看，塞进了自己的小手包里，又躺在了床上。

钱如意翻身打开灯，起来喝水。小金子抱住钱如意的胳膊说："钱总，我人都给你了，你该怎么报答我啊？"钱如意捏了一下小金子的脸说："房子，明天吴寄瑶那房子就归你了。"小金子嘴一噘："我才懒得要那狗剩呢，我要新的。"钱如意说："小傻瓜，现在房子哇哇地涨价，就那房价已经是原来的三倍了。"

　　小金子撒娇道："不行，我就要新的，而且马上给我办房证。我可不像吴寄瑶那傻大姐，让人白玩儿了一年，啥也没得到。"钱如意色色地说："你个小贼淫。"两个人又缠在了一起……

　　钱如意和小金子正躺在床上打情骂俏，突然听见有开锁的声音。小金子吓得不知所措，钱如意小声地说："快，到床下躲一会儿。"

　　小金子抓起自己的衣服钻到了床底下，钱如意起身去开门。

　　不男不女的钱夫人一进门，就用凶神恶煞般的眼睛四处巡视着："人呢？"钱如意问："什么人啊？"钱夫人："刚才我还听见你们说话呢。"

　　床下的小金子吓得一哆嗦，差点儿就钻出来"认罪"。要是换一般人，早招了，可钱如意毕竟是情场老手，他镇定自若地打开手机里的电影说："你要找的人在这里呢。"钱夫人又问："没事儿怎么插门了啊？"

　　钱如意说："最近发生了几起入室盗窃案，不得不防啊！"钱夫人讪笑着说："最难防的是家贼，诸如吴寄瑶那淫贱。我出去这几天，你没闲着吧？"钱如意说："看你说的，我都多大岁数了。你怎么提前回来了？"

　　钱夫人扔下皮包抱怨道："真没劲，旅游就是从自己活腻的地方到别人活腻的地方，纯属吃饱了撑的，花钱找罪受……老钱，我可告诉你，再敢寻花问柳，我骟了你！"说完，钱夫人往床上一坐，那床便像要被压塌一样忽悠了一下。

　　床底下的小金子在黑暗中想出去，可又不敢，便大气儿也不敢喘。突然，她在床底下边沿处摸到一个东西，她小心地把它抠下来，发现是一个U盘。小金子脸上露出好奇的表情，把U盘塞进乳罩里……

6

　　晨光驱散最后一抹雾气，从龙城的标志性建筑——条筒万上斜射下来，照在吴寄瑶凌乱的头发上。她拎着大包小包地从家里失落地走出来，像一个没有卖出东西的货郎。龙小晴劝她半天，她就是不听，陪她吃完早餐便上班去了。

　　梦醒时分，酒醒时分。吴寄瑶的酒已经醒了，头脑却还有些懵懵懂懂。她在大街上漫无边际地走着，走走停停，就走到了龙城大桥下。

张半仙坐在测字者的小板凳上，怔怔地看着她。吴寄瑶在张半仙身边停了下来，想起了前些天测字的情景。

吴寄瑶说："我听你说话云山雾罩的，就来气，我就测个'气'字吧。"张半仙轻捻胡须，微微一笑说："气，加三点水为'汽'，可造福别人；少一横心为'乞'，靠别人吃饭；只有'气'下加一'分'，才能有好的氛围。你得争口气，离开别人，才有好的未来。"

想到这儿，吴寄瑶苦笑了一下，认真地写了个"变"字，递到张半仙手里。张半仙轻捻胡须，一脸严肃："变，亦又也。出尿窝，入屎窝，万变不离其宗也。人啊，穷则思变，算你有百万家财，就这么算来算去而不去努力，天上能掉下馅饼来吗？"

吴寄瑶失神地看了看张半仙："想必先生有什么高招呗？"张半仙向左右看了看，轻声说："请跟我来。"

吴寄瑶疑惑地跟着张半仙来到龙城帝豪会馆外。阳光透过帝豪会馆的绿树，照在张半仙和吴寄瑶的脸上。张半仙在绿色长廊的石墩上坐了下来，吴寄瑶的心里像明灭的阳光一样变幻着，他不知这个干瘦的老头葫芦里卖的什么药。

张半仙盯着吴寄瑶看了半天，问："就这么让人甩了？"吴寄瑶揶揄地说："和你有一毛钱的关系吗？"张半仙眯缝着眼说："我只是在想，人得知恩图报，知仇也得报。我知道你的处境，到我那儿帮我吧？"

吴寄瑶笑了："让我跟你学测字？"张半仙连忙摆手："不，我有个场子需要像你这样的人才管理。"吴寄瑶更加疑惑了："我是人才？你……能有场子？我们可是萍水相逢。"张半仙平和地说："我能预知人间福祸，怎么就不会有场子呢？"吴寄瑶说："你的场子，不知干些什么勾当，姐我可是正派人，不会跟你同流合污的。"

张半仙向跟前指了指，那里是帝豪会馆的主楼的几个金色大字："看那儿——在这个铜臭胜过脸皮的时代，女人的正派、男人的忠诚，正被引诱和被筹码击穿。跟我干吧，不会亏待你的。"

　　吴寄瑶迟疑了一下，终没有经住帝豪会馆那几个金色的大字的诱惑，跟着张半仙向里面走去。此时，吴寄瑶仍逃脱不了人穷志短的魔咒，在败走麦城的时候，机遇从天而降，究竟是福是祸，她来不及考虑了……

　　吴寄瑶离开宏运建筑公司，对钱如意这个喜新厌旧的人来说，并没放在心头。有钱的日子一顺百顺，甩掉个吴寄瑶就像甩掉一条变旧的棉裤。他仰在转椅上，眯缝着眼，打着哈欠，一脸疲惫不堪的样子。

　　于海平已经在他旁边站了半天了。他向前伸了伸脖子，试探着说："钱总，有句话不知当讲不当讲……"

　　钱如意半睨着眼说："既然知道不当讲，就别讲。我知道你是为了吴寄瑶的事儿，我腻了，你也别开口了。"

　　于海平说："钱总，我并不是为吴寄瑶打抱不平。我们的处境刚刚好转，很多矛盾正待解决，正是用人之际。最最重要的是，吴寄瑶知悉公司好多秘密，要是落入'敌人'之手……"

　　钱如意挺了挺肚子坐了起来，摆了摆手："海平，说来说去，还是为吴寄瑶说话。我没负她，她要走人，我有啥法儿？像她那样的，在整个龙城我能找出上万个来。"于海平刚要再说什么，钱如意大手一挥："别磨叽了，把世纪花园一号楼那套房子给小金子开发票吧。"

　　于海平迟疑了一下说："这……嗯。"他勉强答应一声，心里很不是滋味。他给吴寄瑶说话，并非全是公心，而是从吴寄瑶的事儿上，他看到了钱如意的为人和自己的分量及下场。

　　走到门口，碰见小金子正在斜着眼瞪他。他们互看了一眼，谁也没吱声。钱如意直了直身子说："小金子，一会儿你就可以去办房证了。办完证，找时间，上医院……"

　　小金子坐在钱如意对面的小转椅上，把肚子挺了挺说："钱总，你说我在娱乐城当个领班，名不正言不顺的……"钱如意看了看小金子的肚子说："别硬挺了，一个多月，能怎的？你个小崽子，是恶。把吴寄瑶的职位给你如何？"小金子站起来一拉脸："职位可以，但是你想让我当吴寄瑶第二，门儿也没有！我告诉你，以后你敢寻花问柳，我就敢红杏出墙；你敢死，我就敢埋！"

　　钱如意一摆手："算了，小姑奶奶，你到底想怎么着？"小金子向钱如意的套间走去，回头小声而得意地说："我想到办公室工作。我累了，想休息会儿。"钱如意向办公室的套间一指，小金子就进去了。

　　小金子躺在钱如意的床上，伸手扯过钱如意的皮包，把针孔摄像机放了回去。刚想倒头在床上躺下，看见窗外吴寄瑶带着两个人雄赳赳、气昂昂地进了院子。

　　来到主任办公室，两名黑衣人往箱子里装办公用品，吴寄瑶坐在椅子上沮丧地看着这里熟悉的一切。小金子不再休息，她光鲜靓丽地把在门框上，瞪着一双大眼睛向里看。吴寄瑶看见小金子，也立马示威般精神起来。她想不明白，这个自己一直对着不错的小姑娘为什么敢公开跟她开撕，还底气那么足。

　　小金子终于说话了："哟，吴姐，用帮忙不？"吴寄瑶冷着脸说："不用了，你这比老刘还愍（忙）的红人儿我可用不起。"小金子笑嘻嘻地说："不管咋说，咱也是姐们儿一场。"

　　吴寄瑶说："小金子，放心你吴姐吧，落不了井。可是，咱们是姐们儿，我可要提醒你，我的今天别成了你的明天。"

　　小金子撇下嘴："多谢吴姐！你提醒过啦，我成不了吴寄瑶第二。"

　　吴寄瑶收拾完东西带人出去了。小金子静静地看着她的背影发呆，突然，她把桌子上的文件往地上一划拉，扯着嗓子喊："都给我换了！"

　　吴寄瑶把自己的物品带回了方格棋牌室，摆了一桌子。她看着这些东西就生气。于海平进来了，扫了一眼满桌子的物品说："寄瑶，你的事儿……我实在帮不了你了。"吴寄瑶说："我还是得谢谢你的关心。不过，去了姑家有姨家，我吴寄瑶就像猫一样，有九条命，现在挺好。"

　　于海平说："听说你当了主管了，还开这小棋牌室啊？"

　　吴寄瑶边抹桌子边说："我的人生像浮萍，谁知道下一步会不会又是一个跟头呢？我得给我妈治病，我得养活自己，大钱小钱都得赚。于大律啊，怎么不去娱乐城啊？"于海平说："照顾老妹生意呗，给我留个桌，时猴子又上寺里进香了，一会儿来。"吴寄瑶说："这就对了嘛，别拿狗肉愣往猪身上贴。听娱乐城的服务员说，你打麻将时是赵公子的吉祥物呢？你说你，怎么老输呢？"

　　一提这个，于海平就心疼："那不是……为了工作，我有求人家嘛，让着他呢。对别人，我可是不客气咧。"吴寄瑶问："你得到麻神儿的真传了？"于海平说："学呗。书上说，麻将要'五多'：多打，打出牌感；多看，偷师学艺；多问，兼听则明；多想，取长补短；多试，试知优劣……"

　　吴寄瑶说："可别酸了，倒牙！快叫猴子他们来吧，不然我可不给你留桌了。你知道我们是小本生意，一个店也抵不住对面一个牌室的收入。"

　　于海平说："我知道，我会照顾你生意的。假如你要报复老钱，我也一定和你站在一起。"吴寄瑶不知于海平说这话何意，便说："谢谢！我现在还没这个打算。"

　　其实，吴寄瑶说的是心里话，她对一个人爱不起来，也恨不起来。但于海平不信这个。

7

　　今天上龙山的香客特别多，时猴子便是这香客中的一员。他悠闲地向山上走去。远远的还有一男一女两个"香客"——龙大章和朱丽雅跟在后面。

　　张半仙的汽车从山道上超了龙大章和朱丽雅，到时猴子身边的时候并没有停下来，只从车窗里扔出一个纸团儿。张半仙对时猴子向后一指，又向下一指，车子扬长而去。

　　时猴子假装系鞋带，捡起了那个纸团儿，上面写道："甩掉尾巴，有空拜访下赵公子。"时猴子把纸团儿撕碎扔在地上，向龙山寺走去。

　　龙大章和朱丽雅走过来，捡起地上的纸片儿，然后钻进一片杂树茂密的原始次生林里，在一块石板上小心地把纸片对在了一起，但纸条已残缺，他们看不明白内容。

　　十月的龙山里，太阳依然灼人。石桌上摆着茶，姜长庚一身不僧不俗的装束，一手拿扇，一手拿书，他透过树缝里射下的阳光，向天空望去。阳光刺得他睁不开眼睛，他坐下来，坐在树荫下埋头看起书来。

张半仙风尘仆仆地进了山门，坐在姜长庚不远处的石墩上说："姜居士，你这几天天天这么埋头看书，苗头不对啊！"

姜长庚看了看张半仙，不解地说："有什么不对的？古人说，人生有'三立'——立德、立功、立言。首先要立德，德不在，其他越强对社会危害越大；其次是立功，男子汉来到世上要有所作为、有所建树；另外是做学问……"

张半仙打断他的话："姜居士，按你的意思，我什么都不立，那就是白活了呗？"姜长庚喝了口茶说："术业有专攻，人各有一好。"张半仙不无揶揄地说："人到这般光景，读书还来得及吗？"

姜长庚坚定地说："与人为善，不分早晚。朝闻道，夕死可矣。"说完，合上书转身向山门走去。

张半仙望着姜长庚的背影，心里明白了，想从这个铁硬汉子手里和平地得到鸡血麻神是不现实的。

龙大章和朱丽雅像其他上香的人一样，站在龙山寺的山门前。今天的香客特别多，小小的龙山寺已经承载不了那么多人的愿望。

龙大章望着大殿的金顶说："这个龙山寺究竟藏有多少秘密，能引来这么多人？这个时猴子时常上山来就是为了烧香吗？"

朱丽雅说："目前还没发现他和什么人联系，也没有发现金疤癞和这里有什么联系。"龙大章说："这或许是表面的平静。"

姜长庚走到龙大章和朱丽雅身后说："二位施主，有心拜佛，却无行动啊。"龙大章和朱丽雅同声惊喜地说："师傅？"姜长庚说："此处当叫我姜居士。二位，我正有一事请教。"他在手心里写下了"金蝉脱壳"四个字问："这个成语是什么意思？"

龙大章和朱丽雅会心一笑，并未解释。龙大章也在手心写下"欲擒故纵"四个字说："姜居士，这一成语什么意思？"三人寒暄了几句，各自归去。

回到刑警大队，龙大章在金疤癞的名字下写了一个"跑"字。

朱丽雅问："你认为金疤瘌要跑吗？"龙大章说："师傅刚才让我们解释'金蝉脱壳'，就是提醒我们金疤瘌要跑路了。但是，他不会轻易舍弃拥有的一切，跑之前一定会有些动作，正是我们取证的好机会。"朱丽雅说："这些，大师兄都按你说的布置了。"

这时，龙大章的电话响了，里面传来鲁运的声音："师弟，我们在跟踪金疤瘌时，意外地查获一辆藏有鸡血石的越野车。据司机讲，是别人雇他去凤城，他根本不知道拉啥。找他运货的人没有露面，说是在中途上车。"龙大章沉思了一下说："让他接着运货。"鲁运说："好。"龙大章说："他说没说装货的库房在哪儿？"鲁运答："说了，在东郊。"龙大章说："让别人继续跟踪，你回来一下。"

放下电话，龙大章说："看来，自去年假鸡血石案侦破后，鸡血石造假就从来没停止过，我确实只为一方势力清了场。"朱丽雅说："会是什么人在造假呢？我看天创公司的嫌疑最大，因为他们接手了宏运奇石城。我们为什么不把金疤瘌抓起来呢？"

龙大章说："师傅的意思很明确，既要放长线，又不让嫌疑人跑掉。我们如果收网过急，只能捞些小鱼虾。"

正说着，鲁运进来了，他把两块假鸡血石递给龙大章。龙大章拿起来仔细看着说："从种种迹象分析，我市有一个做假已久、鲜为人知的假鸡血石造假窝点。"朱丽雅说："去年经过我们的打击和有关部门的抽查，假鸡血石已从我市基本绝迹了。"

龙大章说："这正是犯罪分子的高明之处，他们利用外地人不识别真假鸡血石的现实，让一大批假鸡血石流入了外地。我们去年的打击，只是为这一伙犯罪分子清了场。"

鲁运说："制假窝点就这么隐蔽吗？"龙大章说："或许，就在我们的眼皮子底下，是我们灯下黑。"朱丽雅说："会是谁呢？"龙大章说："我想，师兄是跟踪金疤瘌时意外查获的那辆车，或许与金疤瘌有关。我们先从东郊的库房查起吧。"

说完，龙大章和朱丽雅又踏上了走访的征程。在车上，龙大章沉思着，几个人的形象在他眼前不断闪烁——金疤瘌，大黑猫，敖拉倚，神秘人……眼前闪出鸡血麻神那纯正的红色和《辽域地志》的神秘藏宝地点。

龙大章和朱丽雅好不容易找到了东郊库房的主人。房主老人仔细地回忆着当时的情景：几年前，一个满脸胡子、自称为老李的人订了我的仓库，租金也没讲价，还一次性交了五年的租金。我问他叫什么名字啊，签个合同不。他说：'就叫我老李吧。签什么合同啊，我这人没那么多穷事儿。'

龙大章拿出十几张照片问："你看这里有租你库房的人吗？"老人仔细分辨着，最后把金疤瘌的照片挑了出来："这个有点儿像。"朱丽雅问："最近见过这个人吗？"老人说："我有时晚上闲逛时来这儿看看，从那之后从来没见过租房子的人，只见到过一个看库房的，听他说是河西村的，姓龙。"龙大章又问："那这个仓库用来做什么你也不知道？"老人说："问过，他说是工艺品。"

走访完库房主人，龙大章把朱丽雅送到食堂，自己驱车直奔河西村。

太阳就要落山了。山道上走着采榛子的村民，皆满载而归。龙大章的父母也蹒跚地走在人群中，他们的筐里装着满满的榛子，头上闪着榛子大的汗珠。

龙大章把头探出车窗外喊："爸！妈！"

老龙头和大章妈转过头来，异口同声地说："大章，是你啊！"龙大章下车把筐接过来，放在车上："你们身体不好就别上山采榛子。"大章妈说："大章，你怎么知道我们在这儿？"龙大章说："妈，我知道你们闲不住。"老龙头说："你找我们一定有事儿，要不你才不回来呢。"龙大章问："爸，你一年前是不是在东郊看过仓库？"老龙头想了想，疑惑地说："我大半辈子到处打更，看过的仓库无数，咋了？"

龙大章说："爸，说说一年前东郊那个放工艺品的仓库，谁找的你？"老龙头想了想："那人好像叫老李，长得又胖又圆，像个球一样，一脸胡子，详细的我也说不出来。"龙大章问："还能找到雇你那人吗？"

老龙头思忖着："那人挺怪的，我只见过一次，不怎么说话，也不知道他在哪住。"龙大章说："爸，你说说详细情况。"老龙头说："去年，鸡血麻神丢失后，于馆长就把我辞了。我从一个招工传单上看到有个看仓库的活，和我看的那个放茶叶的库房不远。我想，一个羊也是赶着，两个羊也是放着，就去了。那人当时给了我半年的工钱，听他的电话接货送货。不到半年，他又来电话说，仓库不租了，就把我辞退了。"

龙大章问："你还记得当时他的电话号码吗？"老龙头说："记得，但后来就打不通了。"龙大章拿出金疤癞的照片问："你看是这个人吗？"老龙头说："像，只是那人一脸络腮胡子。"

见再也问不出什么情况，龙大章把父母送到家里，拿出几百元钱交给母亲，内疚地开车走了。

8

金秋是龙城最好的季节，可是有些人感受不到它。

自从张半仙启用了吴寄瑶，金疤癞已经感到人生的秋天没几天了。他现在很少去帝豪，那处豪华住所也不能去了，就连见上张半仙一面都得等通知。

这一天，他正蜷缩在一处住宅里顾影自怜时，张半仙开门进来了。张半仙说要陪他解解闷儿，陪他下会儿棋。可金疤癞心里明白，张半仙是无事不登三宝殿，这是到拉完磨杀驴的时候了，可张半仙暂时还不能把他怎样，他还有价值。

二人坐在餐桌旁下着围棋，气氛大不如从前，有些冷淡。金疤癞下了一个黑子说："大哥，听弟兄们说运石头的车比计划晚到了两小时。"张半仙问："为什么晚两小时？"金疤癞说："司机吞吞吐吐地说车坏了。问哪儿坏了，他也没说明白。"张半仙一惊："那不能接货，让那边的人试探一下再做打算。"

一盘棋完事儿，金疤癞又输了。张半仙一边收子一边说："疤癞，知道为什么又输了吗？"金疤癞摇了摇头。张半仙说："因为我能把死掉的子用上，而你把活着的子走死了。"金疤癞说："大哥，你想说什么就直说吧，你知道我是直性人。"

张半仙拿出半张《辽域地志》，一字一顿地说："那我就说刘尔贵的事儿吧。你说公安也没抓住他，那半张《辽域地志》也没见到？"金疤瘌怕啥来啥，他低头不敢看张半仙，嘟囔道："是……我从火车上下来，转乘飞机，比龙大章早到了一天。好不容易找到他，正准备半夜处理他，没想到龙大章也找到了他的住处，惊动了那小子。图……可能被公安收了吧。"

张半仙直视着金疤瘌的眼睛，说："死不觉醒，那就随他去吧。"金疤瘌面对这种阴冷的气氛和一语双关的话，赶紧转移话题："大哥，钱如意和赵直帆购置大量农业用地的事儿……"张半仙冷冷地说："疤瘌，你已经泥菩萨过河——自身难保了，该歇歇了。还有几宗事办完了，你到凤城大黑猫那儿避一下风头？"

金疤瘌试探地问："大哥，这几个摊子怎么办？"张半仙说："你知道，我已选好了人。"金疤瘌说："我知道，吴寄瑶和时猴子。可是，那个女人除了睡觉，能干什么？那个小偷除了偷点儿钱物，还能翻了天？"

张半仙说："疤瘌，我知道你心里不服。俗话说：'卤水点豆腐，一物降一物。'不管是官员还是经理，平时飞扬跋扈，独断专行，然而，他们会怕小三儿、怕小偷。我们这两样'武器'都全了，还怕什么呀？吴寄瑶在钱如意那儿干一年多了，不信她不知道钱如意的软肋。时猴子就像《水浒传》中的时迁，能把金枪手徐宁引上梁山。"

金疤瘌见大势已去，只好附和道："大哥这样一说我的心就敞亮了，我可以放心地走了。"

张半仙一摆手："不。把他们扶上马，推到第一线，你要送一程。只要掏到了钱如意的底，狠狠敲他一笔，再给龙大章送份厚礼。至于你嘛，那时再往幕后躲一下。"

金疤瘌心想：这就是"把死子用活"的原理吗？这个狡猾的小老头手里还有几张牌没出，他不想在自己面前露底。

送走张半仙，金疤瘌也自嘲般的向外走。街上没人我怕谁，街上有人谁怕我？他从张半仙最近对自己的态度和眼神儿中，发现自己的时代已经过去了。给张半仙当了大半辈子管家，成了围棋的弃子，就要被打发到他乡受死去了。

他满怀失落地来到了另一处住宅，打开一个暗室，望着里面的金银珠宝发呆。他用颤抖的手捧起一捧珠宝，激动得泪流满面，过去的一切在他眼前不断闪现。他习惯了被张半仙呼来唤去的生活，突然离开张半仙，还真不知后半生怎样生存，凭张半仙的性格，不会放过他的。

想到这儿，他突然心里"咯噔"了一下。怎样挽回败局及解除性命之忧呢？思来想去，他决定和张半仙再深谈一次，充分表达"愿牵马坠镫，效犬马之劳"等意愿。那个心狠手辣的小老头或许给他留条命。

夜色降临了，他像一条丧家之犬溜回帝豪会馆，他相信张半仙此时一定在那个秘密会客室里。

可是，张半仙没有正眼看他一眼，只把眼睛定在半张《辽域地志》上，用放大镜仔细看着。金疤瘌实在憋不住了："大哥，这张图比我还重要吗？"

张半仙看也不看金疤瘌："在我很小的时候，就听说过鸡血麻神和藏宝图的传说，我想不是空穴来风，那是麻神在召唤。千年过去了，因为这张图，上苍收了多少冤魂？可是，有些人到死也不能回答人重要还是图重要。疤瘌，你说呢？"

金疤瘌说："大哥，你在我心目中永远是最重要的。"张半仙说："可是，你背着我与大黑猫做假鸡血石生意，背着我下达过给白小艺下毒的命令，背着我打鸡血麻神和《辽域地志》的主意……疤瘌，你背着我到底做过多少对不起我的事情？"金疤瘌"扑通"一下跪在地上："大哥，你冤枉我了！"

张半仙斜睨了他一眼说："出去吧，等我的指令。"

金疤瘌灰溜溜地走了。张半仙来到帝豪会馆总经理室，他把吴寄瑶请到了大转椅上，自己在旁边的沙发上坐了下来问："寄瑶，坐在这个位置上感觉怎么样啊？"

吴寄瑶不知就里："挺好，只是来得有些突然，不知要坐多久。"张半仙问："知道这个地方是谁投资的吗？"吴寄瑶说："金贵？"

张半仙说："不。它的投资人叫赫顺。可是，赫顺这个人在二十年前就死了，资产转给了我。你坐的这把椅子可不是好坐的，稍一不慎，脑袋就没了。"

吴寄瑶吓得从椅子上站了起来："这么可怕？我不坐。"张半仙笑道：

"坐吧，坐吧，只要你忠心听话，也没那么可怕。知道为什么让你来坐吗？"吴寄瑶摇头说："不知道。"

张半仙说："我们要向地产界发展，可现在龙城新区的大片土地掌握在钱如意的手里。他通过巧取豪夺，低价收购了大量民营企业和农民土地，而这些是违法的。你在宏运公司干了一年多，对宏运做出过贡献，可是钱如意说甩就把你甩了，你就这么心甘情愿、心理平衡吗？"

吴寄瑶说："你就说要我做什么吧。"张半仙说："举报钱如意，打垮钱如意！"

张半仙的一番话让吴寄瑶明白了，她只是张半仙的一杆枪。虽然她也恨钱如意，可她有她自己的打算。张半仙意思明了，吴寄瑶反而不那么害怕了。

看着未置可否的吴寄瑶，张半仙用手向大厅一指："你的时代到来了，走出去吧。"

大厅里，员工们一拉溜地站得笔直，吴寄瑶盛装走了进来。

她站在这个黑压压的队伍前面，一摆手，大厅里静了下来。她高声地说道："员工们，介绍一下我自己。叫我吴寄瑶，以后这里大大小小的事务就归我管啦！"

员工们在下面叽叽喳喳地议论着："金总哪去了？""好突然啊！"吴寄瑶厉声道："怎么，有什么问题吗？"员工齐声答："吴总好！没有问题！"紧接着是一片整齐洪亮的掌声。

第四十四章　大章放线，美祺难过

1

秋雾已经散去，晨光再锁龙城。敖拉倚望着街上的人流和车流发呆。她返回书房，到处翻找着什么，可是什么也没有找到。她把那本《木叶山，你在哪里？》翻了翻，扔在了一边，向一楼小祠堂走去。

她跪在父母的像前，面色如水："父母大人在上，不孝女敖拉倚至今不仅没有找到鸡血麻神，还把半张《辽域地志》也丢了。"三个响头磕下去，香火闪烁处，她仿佛又听见了父亲敖拉维国的声音："我们的祖先在藏宝前，设了金、木、水、火、土，即流金、滚木、银水、伏火和动土五处疑冢，也相应地绘制了五对假藏宝图。若得假图，寻到疑冢，必然丧命！"

敖拉倚想到这儿，感叹道："先祖遗存，你离我是近是远？愿天神给我点儿灵光、父母给个暗示，哪怕托个梦也好啊！"

又一个头磕下去后，敖拉倚起身上楼，走进书房。她翻了翻《龙城晚报》，里面有姜美祺的一篇报道《盗墓贼遭遇伏火墓》。看着看着，她笑了，笑得有点儿瘆人。

来到龙山爆炸的墓穴前，敖拉倚点燃一炷香，头深深地磕了下去："逝去的朋友啊，我要真诚地给你们磕三个头。要不是你们盗了我的藏宝图，那么，倒在这里的就是我。我踏遍了千山万水，也没有找到祖先的藏宝地。我做过昧心事儿，也攒不够赚回鸡血麻神的钱。我好不容易研究出点儿眉目，却让你们占了先……"一通奇特的悼念后，她神色黯淡地站起来，扑落掉身上的尘土，拿起了手机。

　　姜长庚接完电话，心事重重地走出龙山寺山门，远远地看见张半仙正站在对面的一座山峰上向四周瞭望。他迟疑了一下，向这个干瘦的小老头走去。看见姜长庚走过来，张半仙赶紧把一张图揣进怀里，拿起芭蕉扇摇着。

　　姜长庚远远地打着招呼："张居士，很有雅兴啊！"张半仙似笑非笑地说："姜居士，你终于忍不住下山了。"姜长庚低沉地说："是啊，想清静也难。"张半仙说："龙山寺的生活这么清苦，你能坚守这份心已不错了。"姜长庚说："我并没觉得苦。小时候，读过《三味书屋》。布衣暖，菜根香，读书苦。现在看来，人永远生活在三味书屋里就好了。最痛苦的是我们长大了，有了太多的欲望。"

　　张半仙望着山下的锡伯河水，幽幽地说："姜居士，你太理想化了。逝去的不会再重来，就像山下的锡伯河水，无情地流去了我们的大好年华。所以，不要与命运抗争，该放手的就得放手，顺其自然。"

　　姜长庚望着河里的小船说："道理人人都懂，可人在迷途总不知返，苦海无边，也不上岸。"二人你来我往，又说些关乎痛痒的话，各自扭头而去。

　　山下便是姜长庚和敖拉倚此次相约的龙山公园月牙湖。二人在小船上自由地飘荡，无人划船，无人定向。两个人都张了张嘴，可是谁也没发出声来。

　　最后，还是姜长庚打破了沉寂："小倚，你约的我，你先说。"敖拉倚说："还是你先说吧。"姜长庚说："小倚，那就我先说。我说了你可别生气啊！"

　　听到此话，敖拉倚瞅着姜长庚："好像很严肃，你说吧。"姜长庚问："你真不会恼吧？"敖拉倚笑道："不会。"姜长庚表情严肃地问："我们交往了这么多年，我一直有一个疑问：你在背地里做着什么？"

敖拉倚平静地说："有时上班，有时教琴，有时旅游，有时喝点儿淡酒。"

姜长庚说："可是，据我观察，这么多年你在业余时间就教了白小艺一个不给学费的学生。（直视着她）你在做一宗不敢让别人知道的生意。"

敖拉倚惊讶地问："你发现了什么？"

姜长庚说："我在厨房的窗口看了你近三十年，我现在虽然还不能确定，以我半辈子刑警生涯的经验看，你做的是一宗犯罪生意。我想知道你为了什么？"

敖拉倚低沉地说："鸡血麻神。我赚钱就是为了买回鸡血麻神。我今天就是想求你帮我完成我此生剩下的唯一心愿。"

姜长庚惊疑地说："你跟我说的就是这个？它对你就重要到要超越人格、自由、事业和生活吗？"

敖拉倚激动地说："我没有生活，我是在活着。一个叫奥尔加·希尔的外国人说，我们生活在一个尴尬的时代。我们休闲多了，乐趣却少了；食品种类多了，营养却少了；双薪家庭增多了，离婚率却激升了；居室的装修华丽了，家庭却残缺破损了。我怀恋我先祖的契丹时代，我宁愿过着建阳地的生活。"

姜长庚悲哀地说："小倚，我求你了，收手吧，要翻船啦！"

敖拉倚声音高了八度："让我收手可以，把鸡血麻神给我！"

姜长庚坚定地说："那不可能。"

敖拉倚恶狠狠地吼道："你给我滚！"

姜长庚"滚"回居士住所的时候，好好的天竟下起了雨夹雪。让他感到意外的是，再过半个多月才是霜降呢！专家说今年的秋天是个暖秋，怎么就下雪了呢？

晚风带雨雪敲打着龙山寺居士宿舍的窗棂，姜长庚满脸乌云地沏了一杯茶。张半仙说："这怕是今年最后一场秋雨了。"姜长庚说："每个雨夜都会发生一些故事，就像我们刚来时的那个雨夜。"张半仙说："是啊，因为有了故事，这个世界才会精彩。可人们最怕的是'事故'。"这话，在姜长庚听来，带着满满的威胁，可他没有理会，仍坚定地望着窗外。

2

龙大章冒着雨夹雪回到了刑警大队。一天的走访让他有了新的发现，一干人等已进入他的视线，可他还没有权力和能力动手，他要做一个沉得住气的猎人。他翻阅开有关敖拉倚家的照片，照片上的月季花正在盛开，可他总觉得这花有点儿过于鲜艳。

朱丽雅进来了，她悄声问："大章，靠我们几个已经监视不过来相关人员了，要不要动他们？"龙大章摇了摇头："还不到揭锅的时候，否则全是夹生饭。让他们充分表演吧，我们要的是证据。"

暮云沉沉，路灯已亮，雨夹雪后的龙城还未开晴。

在那处豪华住所，金疤痢小心翼翼地在屋内翻找着什么。张半仙对他的态度，加快了他另起炉灶的步伐。

可是，殊不知一个摄像头记录着这里的一切。他跟老奸巨猾的张半仙玩空手道，还嫩得很。金疤痢刚走，张半仙便从暗室里闪了出来。他打开电脑，看着视频，视频里金疤痢在屋里小心翻找的场景一清二楚。

张半仙遥控器一按，一面壁橱自动移开，他走过去，打开里面的大保险柜，拿出那半张《辽域地志》，又放了进去。他回到写字台前，把一支毛笔一撅两断。

一阵凌乱的琴声飘出窗外，那是敖拉倚漫不经心地弹奏《雨一直下》。突然，她猛地合上琴盖，把琴谱扔出很远，表情失望地走向卧室。她拿起一本诗集，翻着翻着，又失望地扔出很远。她又拿起那本《木叶山，你在哪里？》的手稿，惘怅地看起来。

楼下汽车的三声短笛打断了敖拉倚的惘怅。她向楼下望了望，走到楼下密室，搬出最后两件假鸡血石，表情凝重地看了看。

阳台上那盆盛开的月季在风雨中摇曳着，一阵强风袭来，那盆花竟被吹得向地下落去。一辆小型厢货驶过来，司机刚下车，那落地的月季就砸在他脚边，吓了他一跳。

敖拉倚家对面的饭店，龙大章和朱丽雅抖掉雨伞上的水，坐在一个靠窗的位置上，望着窗外的一切。

朱丽雅不解地问："大章，为什么选择这里呢？"龙大章没有吱声，他目不转睛地向对面敖拉倚家望着那辆厢式货车。菜上来了，龙大章放下碗筷，起身向外走。他往吧台扔下一百元钱，出门进了一辆黑色的车里。朱丽雅怔了一下，也跟进了车里。

黑色越野车里的两双眼睛警惕地盯着对面。厢式货车的人忙上忙下，装了几个箱子。车灯突然亮了一下，照向黑色越野车，龙大章和朱丽雅赶紧低头。敖拉倚走到楼下，收起了摔残的月季花。厢式货车启动了。

龙大章启动越野车，说："通知师兄在前面跟踪，看他们把货运到哪去。"朱丽雅会意地打着电话："大师兄，跟踪一辆白色小厢货，车号……"

凄冷的秋雨又来了。黑色越野车悄悄地跟着面包车，速度越来越快。一道白影从雨刷的空隙闪过，透过车窗，龙大章看到雨雪中跑着一个穿白色风衣的人。

龙大章把车靠过去，停在那个人身边。他从车窗里探出头来，惊讶地喊出了声："美祺？怎么是你？"

姜美祺转过脸来，惊愕地说："大章？"龙大章说："快上车！"朱丽雅打开车门，姜美祺上了车。龙大章再往前看，发现那辆小面包车已没了踪影。

远处，一个人奔过来，车灯照亮了这个人的脸——赵直帆。他喊着："美祺，你在哪？你在哪？"一声声喇叭声盖过了他的喊声……

回到公安局宿舍，姜美祺换下湿凉的衣服，躺在朱丽雅的床上，浑身打着哆嗦。龙大章给她倒了一碗热水，劝她喝："为什么？"

姜美祺一声不响地看着墙壁。朱丽雅看看姜美祺，又看看龙大章，向办公室走去。

龙大章摸摸姜美祺的额头说："太热了，把药喝了吧。直帆呢？"姜美祺喃喃地说："他完了……"龙大章焦急地问："咋了？病了？"姜美祺失神地说："比病还可怕。"龙大章："等你退烧，我送你回家吧？"

姜美祺呆呆地说："家？书上说，家是风雨相依的两人世界。可是，我的家在哪里呢？赵直帆那儿？那只是他的豪宅，我的金色笼子……我……一无所有……"

龙大章痛苦地看着姜美祺说："你休息一下，我……不问了，让直帆来接你吧。"

姜美祺"呼"地坐起来："你要是告诉他我在这儿，我就走！"

龙大章望着眼前这个曾经的初恋，不知道她的生活发生了什么，竟一时不知说什么好，便悄悄退了出去。

他走出朱丽雅的宿舍，发现朱丽雅正在走廊徘徊。二人回到刑警大队办公室时，鲁运正在等他们："师弟、师妹，我们跟踪到了终点，终于查明了。"朱丽雅问："假鸡血石？"鲁运摇头道："都是乐器。"朱丽雅不大相信："乐器？"鲁运说："敖拉倚为一个学校定制的乐器。"

这一结果出乎龙大章的预料，他回忆了一下当时的场景说："我想是我下车去接姜美祺时惊动了他们或是他们已经发觉我们的行踪了。"朱丽雅说："如果是这样，再抓他们的把柄就难了。"

龙大章拿起敖拉倚家装车时的照片，自责地说："看来，我只能去搞宣传了。"鲁运说："师弟，还是搞宣传稿轻松啊，我们像没头的苍蝇一样侦查，刘尔贵跑了，武玉鹏'走'了，很多秘密也就'死'了，又白忙活了一个月。"龙大章说："师兄不必气馁，这些人行走的痕迹没有'死'，查他的痕迹啊！"

鲁运问："哪儿查去？"龙大章说："二位，我们从头捋一下线索。"

龙大章拿出一张纸，在上面分别写上"东北新干线、鸡血麻神案、《辽域地志》被盗案、龙山墓穴爆炸案"和"金疤瘌、武玉鹏、刘尔贵、猴、鸡血石造假者"，然后指着说："我们现在用连线的方式推论一下。武玉鹏盗窃了鸡血麻神，刘尔贵有半张《辽域地志》，一个叫'猴子'的人参与盗窃了另一半《辽域地志》，上述案件都有证据指向同一个人，那就是金疤瘌。同时，他或许还是假鸡血石的销售者。"

朱丽雅点了点头问："这样，是否可以证明，金疤瘌就是'东北新干线'的核心人物？"龙大章说："不大可能。因为据我调查，金疤瘌名下并无任何产业，他无力支撑这一庞大组织的运营。而且他目前的地位已经被吴寄瑶取代，逃亡是他的唯一出路。"

鲁运说："我们把他抓起来不得了吗？"龙大章说："我们不抓他，是为了钓到他背后的大鱼。钱无迪听见武玉鹏管那人叫'猴'，这个'猴'或许就是时猴子。"鲁运说："龙城上千万人口，姓侯、外号叫'猴'或长得像猴的人不下几千，怎么能说就是时猴子呢？"龙大章说："我也只是猜测。"

晨光照在伏龙区公安局宿舍的窗棂上，也唤醒了两个女人凌乱的梦。姜美祺和朱丽雅一颠一倒地躺在床上各想着心事。这算同床异梦吗？

姜美祺睁开眼睛，避开阳光，看着屋顶问："丽雅，你爱大章吗？"

朱丽雅说："爱。可是你知道，我们之间总有一道无形的墙挡着。"

姜美祺说："要爱就大胆地爱吧，没有爱就不要结婚……不过，你可要抓紧啊，别怪我回头和你竞争。"

朱丽雅惊讶地问："你还能竞争？我不怕竞争。"

两个女人对望着，似乎已读懂对方，可是又感觉对对方一无所知。

公安男宿舍里，龙大章疲倦地从床上起来接电话："噢，直帆……是在我这儿……不是我要她在这儿……朱丽雅陪着她呢……我昨晚想告诉你了，可是美祺说啥也不让啊……你们两个人怎么搞的……她情绪不大对劲儿啊……她说不想见你，要不等她情绪稳定一下……你也不用着急，我让丽雅再劝劝她。"

龙大章放下电话，向朱丽雅宿舍走来。在走廊正碰见朱丽雅出来，她说："你的美祺走了。可是，她把一个文件袋落在了这里，你交给她吧。另外，市里要召开龙城市首届麻神文化节听证会，赵副市长指名要周副支队长和你代表公安参加。"龙大章接过文件夹，捏了捏说："好吧。告诉师兄，继续监视金贵。"

朱丽雅没有吱声，她脑海中是姜美祺的样子和她说的话，这让自己对爱情观变得很矛盾。望着朱丽雅惆怅远去的背影，龙大章的表情也很复杂，面对深爱着自己的两个人，他无法取舍。

去会场的路上，他拨打着电话："美祺，你在哪儿？你把一个文件袋落在了丽雅那里，要不要我顺路给你送去？"姜美祺的声音："我在首届麻神文化节听证会采访，那个文件袋就是给你的，你打开看一下吧。"

龙大章打开文件袋，发现里面有三份文件：一份是《龙城休闲娱乐城持股协议书》，约定赵直帆持有百分之十的股份。一份是记者手记《龙城的"麻疯""麻"了谁》，写的是休闲娱乐城的各种赌博实录。还有一份是《婚姻考验期君子协定》复印件，姜美祺和赵直帆约定半年不同房、不干涉、不诋毁等。

此时，龙大章明白了，姜美祺和赵直帆的矛盾与这三份文件有关。龙大章虽然深爱着姜美祺，可姜美祺的天平向他倾斜却令他很为难。

3

龙大章走进市政府椭圆形会议室，发现桌前已经坐满了人，他就在后边挨着姜美祺坐了下来。姜美祺已经一改昨晚的颓势，和龙大章点了下头，认真地记着笔记。

赵连起的主持词很简短："龙城市首届麻神文化节听证会今天在这里举行。请参加听证会的市文体局、旅游局、公安局的代表以及社会上、麻坛上有影响的专家、学者踊跃发言。"

陈立言率先站起来发言："我是龙城晚报社副总编辑陈立言。麻将传说源于我市，但据我考证，麻将最早来自宫廷，有砍竹说和梁山说多种。确定麻将源于我地或某将军创造有失科学的态度，搞麻神节有些牵强。"

他的言论引发了一片小声的议论，赵连起皱了一下眉头。陈立言的话还没完："麻将这玩意儿和象棋、围棋不同，主要靠运气，归到体育项目中也有些牵强……"文体局一副局长接过他的话说："陈主任说得有理，麻将这玩意儿比不出个啥来，气旺了胡打也能和。"一社会麻友站起来表示不服："怎么能说麻将就靠运气呢？麻将主要还是靠技术，技术好，和牌多……"另一麻友马上表示了不同观点："我看麻将主要靠毅力，用文化一点儿的词叫'不信春风唤不回'，一百担谷子咋也能套住个家雀……"

赵连起实在听不下去了，他皱一下眉头，"当当"地敲着桌子，激动地说："请大家注意，今天不是麻将技术研讨会。公安局代表周至祥……没来？龙大章，你从法律角度说说。"

龙大章站起来说："对于我市设立麻神艺术节，我是赞成的。但是，搞麻神艺术节并不是号召全民参与打麻将，对于趁搞麻神艺术节而大兴打麻将之风或赌博之风，公安要坚决打击。"

赵连起站起来说："好，各位发言均有可取之处。我决定，由我牵头，市文体局、旅游局、公安局抽调专人，在三日内成立龙城市麻神文化节组委会。散会！"

陈立言、于伟绩等人意犹未尽，但绝大多数人兴高采烈。他们边向外边走边议论："今天这会开得痛快。""麻将要走上大雅之堂了。"

姜美祺紧跟着龙大章走出会议室，在拐角处问："大章，文件袋的材料你都看了吗？"龙大章说："溜了一遍。"姜美祺问："你有什么想法。"

龙大章说："龙城休闲娱乐城涉赌的问题公安不会坐视不管的，我会提醒区局采取行动。有关直帆的事，你还是要和他好好谈谈，毕竟吃干股涉嫌违法犯罪的行为。我去办案了，美祺，你要乐观地生活。"

姜美祺说："还有最重要的一点，你不要回避。"

龙大章知道，美祺所说的"最重要的一点"是指她和直帆的婚姻协定，那个协定至少透露出三个信息：一是她和直帆的婚姻有其名暂时还无其实；二是她和直帆的婚姻到了危机的边缘；三是她心里还有龙大章。想到这里，龙大章说："婚姻家庭，我不好说什么，还是要多一些理解与沟通……"

姜美祺看着龙大章说了几句轻描淡写的话远去了，她惆怅地向报社走去。回到龙城晚报社，姜美祺整理着自己凌乱的心绪，想着麻神艺术节，她越发无精打采。

在走廊上，正好碰见副总编陈立言走过来，陈立言告诉她："美祺，你那篇《龙城的'麻疯''麻'了谁》被枪毙了。"姜美祺气愤地问："为什么？"陈立言说："那得问你自家人去了。"

听到这儿，姜美祺已经明白了，这是自己的公公的主意，便气愤地说：

"有的媒体记者不写实话下岗，我们说句实话下课，这公平吗？"陈立言无奈地说："美祺，市里审查未通过，我也没办法。"

姜美祺回到办公室，她关上门想静一静，抬眼看见书橱里有一本《中国老新闻》，便抽了出来。书的封面有一句话："昨天的新闻正成为今天的历史。"书里有一特制的书签飘落到地上，她捡起来，眼前浮现出那个青春的岁月。

那是八年前的王府中学门口，大红的高考榜上列出考取的学生。龙大章满脸笑容地向她走来，高兴地说："恭喜你，考上中国传媒大学了。"姜美祺热情地说："谢谢！可是，因为我，你还要艰苦奋斗一年。"龙大章说："祸福无常，也许明年我也能考入你们学校呢。"姜美祺说："唉，白瞎了你这个人了，今年你也能考入我们学校。"龙大章把一套书递上来说："别感叹了，送你这套书，刚从书店选的，我喜欢封面上的一句话：'昨天的新闻正成为今天的历史。'这对你的专业有帮助。"姜美祺打开书，发现了一枚特制的书签，她深情地问："你自己制作的？"龙大章的"嗯"字还没出口，一只手把那书签抢了过去。赵直帆笑嘻嘻地问："你俩鬼鬼祟祟干啥呢？"二人愣了一下。再看是赵直帆时，发现他手里拿根绳子正在看着他俩傻笑。姜美祺问："赵直帆，拿绳子干啥去？"赵直帆说："我，名落孙山，无颜见江东父老，准备自裁去。"姜美祺说："呸，就你？一肚子花花肠子，你能舍得这个五彩缤纷的世界？"赵直帆笑道："我是舍不得你们，我只是要吓唬吓唬我那官儿迷老子。"

想到这时，电话响了："嗯？……我不回去……我那稿子被赵副市长给枪毙了，你满意了吧？"她"啪"地放下电话，打开电脑，把那篇《龙城的"麻疯""麻"了谁》稿子传给了《南国休闲》。

赵直帆打电话本想告诉姜美祺一个好消息，可是，被"冷"了回来。他漫不经心地从杨主任手里接过钥匙，向办公室走。

杨主任笑嘻嘻地说："恭喜赵科长平安地过公示期，顺利荣升。"赵直帆似笑非笑地说："杨主任客气了，还得益弟兄们美言呢。调办公室的事儿，杨主任费心了，我还有事要出去。"杨主任说："那是我应该做的，早安排好了。"

正说着，很多员工都进来了，帮赵直帆收拾东西。杨主任挥下手说："大家来得正好，我宣布，从今以后，赵科长归我管。晚上他请大家吃饭，谁要是不去，就是不给面子。"

赵直帆此时心有点儿烦，便说："哎，我说请客了吗？你这叫什么？先斩后奏？不对，应该是越俎代庖……也不对，这叫欺人太甚。"一女职员说："杨主任就是会安排事儿，我们今天就是有天大的事儿也去。"赵直帆认真地说："今天不行，我要去见一个外国专家。改天吧，你们可劲地扎我。"

孙绍辉过来了，揶揄地说："赵科长，计生委给个指标——生（升）啦！这位子怎么得来的，能不能给大伙介绍一下经验啊？"众人大笑，赵直帆尴尬地笑了笑，向外走去。孙绍辉看着赵直帆的背影，轻蔑地"呸"了一口。

赵直帆扶正，最高兴的是赵夫人。听到这个消息时，她正在看电视。赵连起阴着脸开门进屋，赵夫人赶紧站起来接过文件包："老赵，今天回来得早。"赵连起坐在沙发上说："今天上午就一个会。其实，二十分钟就能完事儿，可是有些人总是找不着调，拿着棒槌当针了。"赵夫人一边倒水一边说："你让人家讨论，人家能不说吗？"赵连起边脱外衣边说："那样讨论下去一年也没结果，有些人恨不得上升到个性解放上来了。"

赵夫人说："不能那么官僚，直帆这小子让你说得都不敢回家了。"听到此话，赵连起把端起的茶杯蹾到茶几上："不回来更好，省得惹我老人家生气。"赵夫人说："有时间咱俩去看看他们？"

赵连起端起茶杯，不悦地说："要去你去，反正我不去。现在都成啥事儿了，没大没小、没老没少的，倒过来了。"

赵夫人说："和谐社会嘛，首先要有个和谐家庭，这不是你常教导我们的吗？最近，市里要开发河西，估计忙着搞规划呢。"

赵连起又把茶杯放下："他会搞规划？我听人说，在内，他忙着争科长；在外，他和一个日本人打得火热。你得说说他。"

4

敖拉倚斜靠在阳台的躺椅上，眼睛微闭地回想着往事。她盘点了自己的前半生，父母含泪而去，恋人不近不离，鸡血麻神不知去向……总结起来，自己简直是一无所有。她站起身，默默地向楼下望着，看见白小艺蹦蹦跳跳地跑过来，脸上便充满了令人艳羡的神色。

白小艺上楼，搂住了敖拉倚的脖子说："敖拉姨，你又在构思情诗呢？"敖拉倚仰起脸苦笑道："小艺，我这把年纪写什么情诗啊？爱情属于年轻人。"白小艺说："书上说，爱情不分年龄。"敖拉倚说："怎么不分年龄？你是在为你追求龙大章找理论基础吧？"白小艺见说到了她的心坎上，不再隐晦："敖拉姨，你认为龙大章不好吗？"

敖拉倚沉思了半晌，说："不是他好不好的问题，而是你谈情说爱太早了。你想，等你到结婚年龄，龙大章都老了。"白小艺说："不至于吧。"敖拉倚说："我感觉我的青春就在昨天，可是我确实老了。不服老行吗？我最近总感到心悸气短、精神恍惚，感觉什么都是浮云。"

白小艺说："敖拉姨，你可别吓唬我，等明年我和大章带你和姜爸一起出游。"敖拉倚说："别张口闭口大章、大章的。你参加《麻神之光》歌舞剧的事儿准备咋样了？"白小艺说："有专业老师教，没问题。敖拉姨，你今天不舒服，我不去排练了，在家陪你。"

敖拉倚问："小艺，你知道我为什么心里不舒服吗？孩子，人不能失去天真，也不能有歪念头，一有，就会走错路的。我是怕你掉进感情的旋涡爬不出来。"

白小艺调皮地笑道："为我心难受啊？我谨遵师教，认真排练，不想大章。"敖拉倚不放心地说："小艺，我陪着你去排练。"白小艺说："太好了！"她拉着敖拉倚的手，蹦跳地向楼下走去。

契丹王府博物馆院内，排练人员站成两排，笔直地听于伟绩训话："从今天起，为迎接我市首届麻神艺术节，我们要排练一场大型歌舞剧《麻神之光》。《麻神之光》由我市著名艺术家胡周编导，由我公司龙小晴主任组织排练，一定要在半个月内拿下这场大型演出。小晴，你来说说要求。"

龙小晴从容地走上前说："这是一出史诗类的歌舞剧，它演绎了从麻将出世到麻神开启契丹宝藏的全过程。它有着动人心魄的旋律和舞蹈，扣人心弦的故事情节，人员众多，场面宏大，难度可想而知……"

白小艺静静地听着，她的男同学不时地看白小艺一眼，白小艺故意转过脸去。敖拉倚也在认真听着，她一转脸，发现龙大章和朱丽雅站在身后。

龙大章向敖拉倚点了下头说："敖拉教授，您对大型歌舞剧感兴趣？"

敖拉倚说："我对一切美好的东西都感兴趣。不像你们，只对邪恶的东西感兴趣。前天晚上，收获颇丰吧？"

龙大章说："很遗憾，敖拉教授，我们一旦有所收获，就会有人颗粒不收。"

敖拉倚尴尬地笑了笑，没有回答。

离开契丹博物馆，铿锵的契丹音乐越来越淡。龙城的天气又缓过来了，秋阳照在龙大章和朱丽雅那疲惫而慵懒的身上。人与人之间的关系绝大多数会落入俗套，只有他们还这样如沐春风地走着。

望着敖拉倚家的小楼，朱丽雅问："敖拉倚是清白的还是在挑战我们？"

龙大章说："她是在故弄玄虚。我感觉，敖拉倚家就是假鸡血石的制假窝点，其规模和技术程度远远超过一年前我们破获的南方人制作假鸡血石案。去年她引导我们打假，是借我们之手清场。"朱丽雅说："可是，我们并没有从她家周围发现任何蛛丝马迹啊！"

龙大章说："这就是她的高明之处，很多痕迹或许已从下水道冲走了，我们去那边看看。"朱丽雅问："你怀疑金疤癞给她销售？"龙大章说："这种可能性很大。"朱丽雅问："要不要把敖拉倚抓起来？"龙大章说："现在还不是时候，我们还没有弄清她的销售网络，也没有弄清她和'东北新干线'是否有瓜葛。我们要做的是一网打尽，不留后患。"

朱丽雅又问："你竟然认为敖拉倚会和鸡血麻神案有牵连？"

龙大章说："她或许知道一点儿线索……"话没说完，龙大章的眼睛被蒙上了。

白小艺悄悄地出现在他们身后。龙大章转过身来说："小艺，别闹，有事儿吗？"白小艺调皮地说："我排练完，看你们在我家这儿悠荡了，顺路检查一下你们的工作……我有话和你说。"

不由龙大章分说，白小艺扯着龙大章向远处的商场跑去。朱丽雅疑惑地看看他们，独自走了。

白小艺拽着龙大章，气喘吁吁地在龙城商场手表专柜前停了下来，说："大章哥哥，你只能在一千八至两千元范围内选，多了，我出不起钱；少了，我瞧不上眼儿。"白小艺的举动让龙大章一脸懵圈，他疑惑地问："你硬拉着我说有事儿，就为这个？"白小艺昂起头说："噢，咋了？你从凤城市回来，给我买了礼物。我上凤城，什么也没给你买。来而不往非礼也，你想让我非礼啊？"

龙大章说："我……我那不是出远门儿了吗？再说……"白小艺说："再说什么？你出远门给所有的女孩子都送缅甸翡翠挂件啊？"龙大章愣了一下，他想起把原本给姜美祺的礼物在一气之下失望地送给了不谙世事的白小艺，没想到白小艺却认真起来，这让龙大章感到这个场不好收了。

他转身向楼下走去，白小艺气呼呼地追了过来："跑什么啊？男人戴块表，那是身份的象征。"龙大章没有吱声，继续急急地往楼下走，白小艺就跑过来揽住了龙大章的胳膊。

姜美祺、吴寄瑶和龙小晴正在商场闲逛，他们看见龙大章和白小艺的背影，三人的眼睛瞪得比牛眼还大。姜美祺喊了一声："大章，我找你有事谈！"

龙大章这才摆脱了白小艺的爱情攻势。二人来到龙城曼丽酒吧，一曲萨克斯曲《雨一直下》在屋内回响。龙大章和姜美祺对坐着，两杯咖啡谁也没喝。

姜美祺不无揶揄地说："龙大公子这是桃花满天飞啊！小心，冬季马上就到来了。"龙大章不顾美祺话里带刺儿："美祺，为什么总选这个地方？"姜美祺反问："为什么不能选这个地方？"

龙大章环顾了一下这里的环境说："美祺，不说这个了。你找我，正好，我也想和你好好谈谈呢。"

姜美祺眼神迷离地说："我知道你要和我谈赵直帆，你还要劝我顾全大局、有家庭观念。可是，我过去知道他很不求上进，没想到他还很浑。"

龙大章说："我不想评价他的为人。可是，他是男人，你得给他面子。你一意孤行，大吵大闹，夜不归宿，让他这个男人的脸往哪搁、工作咋干？"

姜美祺说："我为什么大吵大闹？他，一个男人，赚钱要靠自己的努力，不是什么钱都要赚的。他，不仅和龙城的钱如意、李明鑫、金疤瘌等人来往过密，最近又和那个日本人，也就是邱思雨的丈夫在交往，做一些非法勾当，这和当年日本侵略中国时的汉奸有什么区别？他的脸是自己不要的。"

龙大章说："两口子的事儿得商量着来，不能来硬的。两口子不是此消彼长，而是双双消耗。"

姜美祺叹了口气说："是啊，现在的我们如钻烂絮，苦不堪言。"

龙大章说："没那么严重吧。回去吧，你俩有时间好好谈谈……"

话没说完，白小艺进来了："怎么谈起来没完了呢？大姐，我都等急了。"龙大章站了起来说："小艺，你们谈，我还有任务，得走了。"说完，快步走出门外。

白小艺看着龙大章的背影，狠狠地跺了一下脚。她嘟着脸与姜美祺回到了姜长庚家，姜美祺放下包说："小崽子，以后不要监视我，我不会犯错误的。"白小艺说："谁监视你了？"姜美祺问："那你是在干什么？"白小艺说："我不告诉你。"

姜美祺盯着她的眼睛说："不告诉我？不告诉我我也知道你那点儿鬼八卦。小艺，你姜爸'出家'，再也没人给我们做饭了，也没人管你了，山中无老虎，猴子成大王了？"

白小艺说："我不用人管，我已经长大了，明天还是去学校去吃饭。"

姜美祺今天已看出了小艺的异常，可她不知该怎样和她谈，便没有接白小艺的话茬儿。她走进书房，坐在电脑前打开电脑，打起了文稿："麻将起源于……"

白小艺穿着睡衣站在门口，姜美祺回过头来问："小艺，咋不睡？"白小艺过来搂住姜美祺的脖子，发嗲："大姐，我睡不着。你能不能不总写文章啊？"姜美祺回头看着白小艺说："姐不写文章吃什么呀？"白小艺说："不是有赵姐夫养着你吗？"

这话触到了美祺的痛点，她严肃地说："小艺，记住，女人不能靠男人养活着。"白小艺说："是，姐，我想和你说点儿事儿……"姜美祺转过身来说："说吧，我可以一会儿再写，听听小艺说什么。"可是，白小艺转身往回走，脸红红地说："不说了，没法说……"

姜美祺看着白小艺的神态和今天在商场的情况，感觉到白小艺长大了，再也不是过去天真活泼的小女孩儿了，走到了感情的岔路口，自己这个当姐的能帮妹妹解脱出来吗？她自己还不知和赵直帆怎么将爱情进行到底呢。

遭遇感情危机的赵直帆事业和赌运却顺风顺水，此刻他正在龙城休闲娱乐城参观钱如意的新式赌具。于海平给几个人发了些筹码，几名参赌人员正在下注。赵直帆在一个转盘前停了下来，也下了几注。

钱如意得意地讲述道："我想乘首届麻神艺术节的东风，做大做强我们的休闲娱乐业。"这话赵直帆爱听，因为他有10%的干股，便说："事业不错，可你不该放走寄瑶。"

赵直帆的话戳到了钱如意痛处，他已后悔那天言辞激烈把吴寄瑶气走。更重要的是，这个小金子可没吴寄瑶那么善良。想到这儿，他便央求赵直帆把吴寄瑶请回来。

转盘的指针在赵直帆押的筹码前停了下来，在一片喝彩声中，赵直帆拿着赢来的钱乐滋滋地出去了。老钱哄得他开心，老钱的事儿自然得重视，他便打电话叫吴寄瑶过来。几个人来到餐室，餐具、菜肴早已摆好，众人围桌而坐，吴寄瑶也到了。

钱如意端起酒杯说："兄弟姐妹们，我钱如意是粗人，要扩大休闲娱乐城还得靠你们的支持。尤其是寄瑶妹妹，那天我简单粗暴，现在郑重给你赔礼道歉！"他一个躬鞠了下去，诚恳地说，"回来吧，这里离不开你。"

吴寄瑶嘲讽地说："钱总，前些日子我给你冲锋陷阵，打开了良好局面，在你这儿什么也没有得到。我知道，你需要一个为你挡枪眼的人。可是，我有新的工作了，这儿的事儿，你找小金子吧！"

赵直帆摆摆手打和："寄瑶，怎么这么冲动呢？以前，是老钱的错，我已经批评他了。杀人不过头点地，我也劝你再回来。"吴寄瑶问："泼出去的水还能收回来吗？赵公子，回来的事儿将来再议。"赵直帆见话说到这分上了，也不便再说什么。酒喝得很沉闷。赵直帆中途接了赵夫人电话，便提早起身去父母家。

赵直帆微醉而回，见赵连起坐在沙发上正直视着自己，心里便有些发毛。

赵夫人说："直帆，我往你家打了五遍电话也没人接，你和美祺是不是有什么不愉快啊？"赵直帆情绪低落地说："噢，打电话就为这个？"

赵连起喝了一口茶说："也不全是。一个成功的男人，家庭和事业应该双丰收，我打听了，你这两方面还都很差。"赵直帆说："老爸，我和美祺没事儿，谁家勺子还不碰锅沿儿？"

赵夫人放下茶杯说："直帆，你的勺子碰锅沿儿碰得太重了，美祺三天没回家了吧？"赵直帆不耐烦地说："小题大做。"赵连起说："直帆，你现在也是在官场上混的人了，没事儿多看书，少打几圈麻将。"

赵直帆说："看书能管什么用啊？就说那《三国演义》吧，自小你就让我看，能学到什么呀？研究三国的人都在那儿穷瑟瑟地'惯看秋月春风'呢。杜甫是不是险些被冻死？曹雪芹是不是险些被饿死？"

赵连起说："看看你这世界观。书里坏的东西你学了不少呢？曹操'宁可我负天下人，不可天下人负我'的厚黑学精华你学到了，刘备'好汉不吃眼前亏，见势不妙，掉头就跑'的社会学你学到了，魏延的牢骚满腹、一脑袋反骨你也学到了，就是没学到常山赵子龙……"

赵直帆打断赵连起的话："我明白了，这又是老汤给你下的药？这一天天的，烦死了，烦死了！老汤这个开会啊，开完会还单独找我，交换什么意见。你们说，我和他有个屁可交换的啊？"

赵夫人和蔼地说："你烦？你爸开了大半辈子会了，一天开好几个也不烦。"赵直帆说："我爸这辈子就是为了开会生的。"赵夫人说："直帆，不要讨厌开会，开会有开会的学问。大会不一定重要，会上发表的意见不要太当真。可是，会后汤局长跟你交换的意见一定要认真……"

赵连起听得实在不耐烦了，说道："你这都教他一些什么呀！"赵夫人说："教的什么？想当年，要不是我教你，你一个顺奎沟捡豆包的农家子能当上副市长、公安局局长吗？"赵连起生气地说："越说越离谱了。直帆，你得常回家看看，明辨一下是非。"

赵直帆说："我倒是想常回来，可是，怕上课，怕开批斗会，心这还悬着呢。"赵连起说："想不让人说，就得自我约束……"他看了看赵夫人的眼神儿，后半句没等说，赵夫人就接过了话头："别说他了，大儿子，去把美祺接回去吧。"

一场感情纠纷和工作大计在东拉西扯和赵夫人的掩护下不了了之，赵直帆口中叨念着"身在福中不知福，吃饱了撑的"向外走去。

5

雨夹雪后的龙城早晨，空气格外清爽。在去往龙山的山道上，敖拉倚的心情却没有这天气通透。

白小艺边踢脚边的石子儿边问："敖拉姨，怎么突然想上龙山寺了？"敖拉倚说："小艺，你也上大学了，我自己在家闷得慌。你在学校待了一周，学校伙食还好吧？"白小艺说："咋说呢，过去吧，感觉我姜爸做的东西不好，可和学校的比，姜爸简直就相当于御膳房的师傅。"

敖拉倚无限伤感地说："一切都在变，就像这个城市、这座山，有一天会变得让我们认不出来。小艺，如果有一天，我离开了这个令我伤心的城市，你会想我吗？"

白小艺撒着娇说："敖拉姨不能离开，那样我会伤心的，我会想死你的。"

敖拉倚嘴角上挂出一丝微笑，不再吱声。二人默默地向山上走。

龙山寺在一片红黄绿的掩映中更加神秘，悠长的钟声和短促的鸟鸣彼此应和，这座千年的寺院便有了灵动。

姜长庚吃完了早饭，挎个筐往外走。文住持打着招呼："姜居士，这早干啥去？"姜长庚说："去山林里采榛子。你们不知道吧，我可是采榛子的好手。后山的大榛子最成熟、最好吃，我今天就采它一大筐，让你们好好尝尝。”

文住持望着姜长庚若有所思，似有话说，可终究没说。姜长庚正要出去，却接到了白小艺的电话，便坐在山门外的石凳上等候。

龙城到龙山寺的山道上，走着成群结队的香客和采山货的人们。敖拉倚和白小艺夹杂在这些人中间，就显得不伦不类。快进山门时，敖拉倚和白小艺看见了翘首以待的姜长庚，白小艺跑过去，喊："姜爸！"敖拉倚怔怔地看着她，眼里仍有火花。

他们一起来到龙山寺，坐在院内的木凳上品评着这座契丹建筑。姜长庚用探询的眼光看着敖拉倚，他想她来到这里一定有话要和他说。

敖拉倚开口了："长庚，我想明白了，我也想上山做一名居士。"姜长庚吓了一跳："冬天要来了，你要来挨冻吗？做一名居士，得耐得住寂寞，守得住清贫，小倚，何苦呢？"白小艺显然也颇感意外："敖拉姨，你不是说上山来看我姜爸吗？怎么说起这个了？"敖拉倚摸着白小艺的头说："孩子，你敖拉姨和你不一样，我已看破红尘。"姜长庚淡淡地说："这事儿以后再说吧。"敖拉倚很坚定地说："不，这是我这辈子最后一次征询你的意见，你不让我上龙山寺，我就出走了。"姜长庚说："小倚，何苦呢？我很快就要下山了，你却要上山？"此时，一片沉默。

白小艺打破了沉寂："姜爸，我这次来也想要和你说个事儿，你必须得同意。"姜长庚说："小艺，你说吧。"白小艺说："我要嫁给龙大章。"姜长庚很吃惊："你说什么？他同意了？"白小艺羞涩地说："我还没和他说呢。"姜长庚深情而坚决地说："孩子，你还小啊，你要是征求我的意见，那我不同意！"白小艺像木头一样看姜长庚半天，突然向山下跑去。敖拉倚喊着"小艺、小艺"，赶紧追了出去。姜长庚却木然站在那里。

敖拉倚拉着小艺的手从龙山上走下来，望着巍巍的龙山，她不知道目标在哪里，不知道终点在何方，她只想这样一步一步走下去，走到筋疲力尽，走出这生她养她的龙山。

龙山的林中雾蒙蒙的，有些阴冷，烧香采摘的人们早早向家走去。

敖拉倚回到家里，开始收拾东西。白小艺打着哈欠、揉着眼睛惊愕地问："敖拉姨，你真要出家啊？"敖拉倚眼睛直直地说："我在这儿住够了，这个金色的笼子毁了我的青春……"

白小艺问："那……上哪出家？"敖拉倚喃喃地说："在江河，在沙滩，在草地……寻找爱的真谛……"白小艺问："敖拉姨，有没有一本书，能找到爱情的真谛？"

敖拉倚说："我也是在找这本书，可是，找了大半辈子了，也没有找到。我想，恋爱婚姻，每一个人都是在摸着石头过河，我们女人不会拐弯儿，大部分会掉到河里。"

白小艺说："我不怕掉到河里。"

敖拉倚说："小艺，麻神艺术节要召开了，《麻神之光》的脚本简直太好了，我们都做个麻神吧。小艺，你看我像麻神吗？"说着，摆了两个姿势。

白小艺惊讶地问："麻神是什么？"敖拉倚又随地转了几个圈儿，眼睛直勾勾地看着窗外，然后以一个奇怪的造型木然立在那里。白小艺顺着敖拉倚的眼光望去，龙大章和姜美祺走在龙城大街上，街上到处都是"龙城首届麻神节"的标语。

二人从龙山寺回来后，语无伦次的对话让白小艺感到更加迷茫，她身不由己地向外走去。

大街上，龙大章和姜美祺踏着残叶走着，脚下是叶子的"唰唰"声。

龙大章已不知对姜美祺说什么，可对爱情失望的姜美祺还沉浸在坏情绪中："婚姻就像打一场麻将，我的一生算是输光了。"龙大章吃惊地问："有那么严重？"

姜美祺站在树下，一字一板地说："赵直帆整天在权与钱中游游荡荡，在吃与喝中玩玩乐乐，在索与拿中忙忙碌碌，在是与非中糊糊涂涂……你说严重不？"

龙大章点了点头说："你要试图改变他。"姜美祺说："我改变他？他不把我改变了，我就烧高香了。"

白小艺突然从后面钻在了他们中间："你们要改变谁啊？"龙大章说："小艺啊，你开导一下你大姐，我正好单位有事，得走了。"白小艺嘴一噘："我来你就走……我有那么讨厌吗？"

龙大章没有回答，转身向单位走去。白小艺一跺脚，生气地问："他怎么躲着我呀？"姜美祺盯着白小艺的眼睛说："你对他真有想法？"白小艺赌气地说："有想法，不行吗？"说完，转身向龙大章追去。

姜美祺惊愕地看着白小艺的背影，也跟了过去。

这里的一幕，被从龙城娱乐城里走出来的赵直帆和吴寄瑶看得一清二楚。不怕事儿小的吴寄瑶说："哎，那不是美祺他们吗？"钱如意岔开话题说："寄瑶，回来的事儿考虑得怎么样了？"吴寄瑶说："老钱，这些日子我的心很乱，过些日子我会考虑的。龙城的麻神大赛要开始了，我想掺和着玩一把。"

赵直帆望着远去的龙大章和姜美祺，心不在焉地说："寄瑶，你要是参加麻神大赛，凭你现在的手艺和心劲儿，没戏。"

吴寄瑶说："没戏我也参加，我就想看看我和别人比差什么。"赵直帆说："差什么？脑子。你要真这么坚决，有两个人可以教教你。"吴寄瑶问："谁呀？"

赵直帆说："自称麻师的于大律。还有一个，超级神偷时猴子。"吴寄瑶摇头道："于大律啊，理论'哇哇'地，输钱'哗哗'地。"赵直帆说："你和于大律学理论，和时猴子学'手艺'啊，不就都齐了吗？"

6

龙大章回到刑警大队，拿起那本《〈辽域地志〉的传说》，一边翻阅一边等朱丽雅和鲁运。二人终于风尘仆仆、一脸淡然地回来了。

龙大章问："二位可又有新发现？"朱丽雅摇了摇头："时猴子一直在河西，忙着参加村主任竞选。他给每户发200元贿选费，竟然当上了村主任，正在夸官庆贺呢。"龙大章又问："师兄，金疤癞那儿呢？"

鲁运说："有时躲在家里，有时上街买点儿菜，有时还打打太极拳，没有跟任何人接触，倒像个退休的老人。我说师弟，都抓来算了，有必要和他们这么费手续吗？"

龙大章说："我知道你们着急了。其实，我比你们还着急。我不是队长了，没有了破案权力，好在还有你们这样跟着我奉献的战友。"

鲁运说："调子起高了，说正事儿，我想你已经心中有数了。"龙大章说："我想，'东北新干线'就像一个洋葱，而时猴子、金疤痢只是洋葱的一层皮，在没弄清他们的主子之前，在没弄明白他们想干什么之前，我们只有用百倍的耐心去等待。金疤痢这种反常举动，说明他在等一样东西，一旦到手，他就会跑路。继续放线，看他想干什么。"朱丽雅和鲁运点头出去了。

龙大章站在窗前，望着外面，脑海里几个影像翻来覆去地变幻着——鸡血麻神那红色的光、金疤痢那似笑非笑的圆脸、《辽域地志》那上面那难懂的文字、敖拉倚那冷若冰霜的语言、时猴子那变化无常的笑容、姜美祺那无可奈何的表情、朱丽雅那真诚火热的举动、白小艺那天真无邪的表现……

他起身向外走去，远处是龙城休闲娱乐城绿豆色的招牌，近处是龙城大桥。他最近脑子很乱，压力很大，鸡血麻神案的难题还没有解开，新的案情又在困扰着他。他知道自己不能乱，要慢慢地接近目标。

龙城大桥下，张半仙收拾测字摊儿时，瞥见时猴子向他走来，便放慢了收拾速度。他环顾了一下四周，发现龙大章站在桥上，便匆匆地卷起了黄牙子旗。

时猴子走过来说："张大师，给我测个字呗！"张半仙说："对不起，收摊了，旗子一收，再测也不准了，回去休息吧。"

白小艺从桥下跑上去，悄悄地站在了龙大章身后，捂住了龙大章的眼睛。龙大章扒开白小艺的小手，转过头，小声地说："小艺，我有任务，你快回去吧。"白小艺热辣辣地看着龙大章说："不！"

龙大章严肃地说："小艺，听话，快回去，别误了我的正事儿。"白小艺说："大章哥，我这辈子就跟定你了，怎么着吧？"龙大章脸一沉："白小艺，再胡闹我永远不理你了！"白小艺一跺脚："你……哼！"她捂着脸跑走了。龙大章再看桥下时，已没了时猴子的踪迹。

夜幕降临了，金疤瘌也终于出洞了。他顺着墙根儿向一个黑胡同走去，一边走一边左顾右盼地张望着。一只猫叫了一声，从他面前跑过，他吓得一哆嗦。阴暗处，一个黑洞洞的枪口随着金疤瘌在移动。枪口后面，是黑老三那阴森森的眼睛。

鲁运悄悄地跟在金疤瘌身后，灵巧得像一只猫。这时，周至祥来电话了："鲁运，我大队要配合市治安支队行动，赶紧回来。"鲁运小声地说："周队，我这执行任务呢！"电话里传来周至祥的吼叫声："什么任务？谁给你分配的任务？无组织、无纪律，你要另立中央啊？"他放下电话，发现金疤瘌已没了踪影。阴暗处，黑老三把枪折叠起来，装入包内，也消失在黑暗中。

龙城休闲娱乐城，几辆警车呼啸而至。周至祥带着民警跳下车，对民警喊："快，外围组，控制住所有出入口，不允许任何人出入；一组控制一楼；二组控制二楼；三组控制三楼。"听到命令，朱丽雅、鲁运、李明乔等人带着民警们按要求迅速向楼内冲去。

朱丽雅来到一楼，对保安和要出去的客人命令道："所有人，不许走，就地蹲下！"

二楼，鲁运对玩转盘的人命令道："都不许动，蹲下，双手抱头！"人群一片混乱，筹码乱飞，民警们很快控制了局面。

三楼，李明乔对打麻将的人们喊："都不许动，抱头，原地坐好！"时猴子、郝子强、吴寄瑶等人纷纷抱头，像被点了穴一样定在椅子上。

周至祥雄赳赳地走上二楼，发现龙大章从卫生间走出来，厉声问："你怎么在这里？回去写个情况说明。"这时，于海平凑过来说："周支队，这可是响应赵副市长要召开'首届麻神艺术节'开的，我们只是为参加麻神大赛练练兵。"周至祥微微一笑："这个娱乐城你负责？"于海平点了点头说："就算是吧。不过，我只是临时负责。"周至祥脸一沉，对警员说："把他铐起来！"于海平吃了一惊："咋也得让我打个电话吧？"周至祥说："不行！"转身对警员们说："收缴赌资，全部没收。"

周至祥又向三楼走去，就见赵直帆坐在麻将桌前。看见他，周至祥两眼发出一丝亮光。他走到赵直帆跟前喊："你，跟我来。"赵直帆跟着周至祥向偏门走去。到了楼下，周至祥一改刚才的威严，悄声说："你走吧，我们今晚谁也没见过谁。"

张半仙手持望远镜站在阳台上，看到大批的警车涌向龙城休闲娱乐城，他阴郁地笑了。他得意自己又用公安的手收拾了钱如意一把。

黑老三无精打采地进来，跪在地上说："大哥，对不起，我没办了金疤痢，你处罚我吧！"张半仙一惊："我什么时候让你办了他了？我是让你绑了他。"黑老三说："大哥，是我听错了。"张半仙说："暂时不能动他，种种迹象表明，刘尔贵的半张图在他手里，那半副鸡血麻神也应在他手里。这样吧，你让他到五号地见我，注意看后面有没有尾巴。"

黑老三领命而去。张半仙庆幸黑老三没有杀了金疤痢，他相信金疤痢暂时还没有资本脱离他，这个跟随他几十年的小人还没独立打过"市场"。

过了一个时辰，他们在五号地的一处楼房内见面了。张半仙依然像往常那样坐在沙发上喝茶，阴郁地问："疤痢，你跟我有三十多年了吧？"金疤痢说："三十五年了。"张半仙说："我对你不薄吧？"金疤痢说："没得说，亲如兄弟。"

张半仙站了起来，拍拍他的肩膀说："刘尔贵的半张《辽域地志》和那半副鸡血麻神在你手里？"金疤痢扑通一下跪在地上："大哥，你可冤枉我了，你给我天大个胆儿，我也不敢背着大哥行事啊！"张半仙盯了金疤痢半天说："那就好，我信你。"

金疤痢知道张半仙说的"信"一定是不信，便战战兢兢地说："大哥，你是不是准备送我回老家了？"张半仙笑了："你想多了，我们是兄弟。可是，外面的风声你也嗅到了。公安在盯着你，避避风头对你不是坏事。"金疤痢松了口气："大哥想得周全。我什么时候可以动身？"

张半仙说："虽然现在公安还没有动你，但你的机会不多了。市里的麻神艺术节要开了，有些事儿得办办，然后撤退。"

　　两人还没撕破脸，离心离德已是必然。金疤痫不知道张半仙要他办什么事，但有一点他很清楚，只要那一半鸡血麻神和半张藏宝图还在他手上，他就是安全的。

第四十五章　麻节升温，情感日冷

1

经过了一场霜冻，龙城的天气又好了起来。忽冷忽热的天气，让人们在这几天把一年四季的衣服都穿了个遍。与此相适应的，麻神艺术节也在升温。

为了廓清迷雾，副市长赵连起主导下的麻神艺术节筹备工作进行了高调的渲染。市政府的大会议室里，有关这一话题的讨论也在热烈地进行。

赵连起在主持时说："麻神是什么？我们要认真讨论……"龙大章看了看"龙城市首届麻神文化节动员大会"的横幅，又看了看神采奕奕的赵连起和一脸认真的姜美祺，也在想：麻神是什么呢？难道就是自己这样拼命破案的精神吗？

姜美祺接了个电话，起身向外走去，背后传来赵连起慷慨激昂的声音："龙城市麻神艺术节是一个盛大的节日，它的确立必将对龙城市有着深远的影响。要求各相关单位、全市人民从讲政治的高度，认真参与龙城市首届麻神文化节，积极参加麻将比赛项目，确保首届麻神艺术节圆满成功。"

姜美祺接完电话，风风火火地走进陈立言办公室，把一篇文稿往陈立言桌上一摔："陈总编，这篇《麻将起源于我市吗？》可是我查阅了大量资料，同时又认真采访了龙城大学历史学院副院长张教授后写出来的，凭什么不能刊发啊？"

陈立言面有难色："美祺，你这稿子写得是不错，就是时候不对啊！你说市里正在搞麻神艺术节，你却说麻将起源在哪儿尚无定论……这合适吗？我们得讲政治，政治家办报，你懂吗？"

姜美祺说："陈总编，我们是新闻人，我要忠实的是史实。你要不发，我可发给国家级报刊了。"陈立言说："史实就真实吗？通行的几种说法也难圆其说。比如，'梁山好汉一百单八将说'，宋江一心想被招安，而麻将讲'和'，从时间上不对；'江苏太仓皇家粮仓护粮牌说'，以牌记粮、记枪、记赏，有些牵强；'郑和下西洋说'，以牌记录舰队编制、淡水桶的数量、四季风向，按这种说法，'白板'怎么解释？另外，还有'宁波陈氏说'和'砍竹说'等，都有些解释不通的地方嘛！"

姜美祺辩解说："可是说麻将起源于我市也没有充分的证据啊！"陈立言说："找证据那是史学家的事儿，他们可以搞学术上的争鸣，因为与政治无关。我们不能有异样的声音。这是赵副市长一再强调的。"姜美祺说："赵副市长直接审稿子啊？我写的稿子我文责自负。"

陈立言说："这个你可能负不了责任。这样吧，你要是能让赵副市长在上面签个可发的字，我就给你发。"

正说着，姜美祺的电话响了，她赶紧接电话："直帆……好吧……我正要和赵副市长理论一番呢。"陈立言说的只是场面话，姜美祺却当了真。

赵副市长家，赵夫人忙着做菜。已有几个半成品的时候，赵连起开门回来了。他看了看桌上的菜说："哎，做这么多好菜，有贵客来啊？"赵夫人笑吟吟地说："一会儿你儿子儿媳来。听说他俩关系紧张，我叫他们回来暖和一下。"

赵连起皱发下眉头："这小子，和媳妇关系还是处不好。"赵夫人说："他要是回来可不能说浑的。"赵连起脱下外衣边往墙上挂边说："知道了，现在他是爹。都是让你惯的。"

赵夫人说："老赵，自己的孩子，也不是不知道他啥性格，直帆脸子急、心眼儿小，不要惹毛了他。还记得上高中时吃螃蟹的事儿吗？"

一提这茬儿，赵连起愣了一下，八年前的一幕浮现在眼前。

那年，赵连起一家人在极地海鲜城吃螃蟹。赵夫人扒个螃蟹腿递给赵直帆说："直帆，你也老大不小的了，别尽让我们操心，我已经和贾校长说了，你明天就去复读，学费一万五也给免了，明年要是能进二本，奖你一台车。就冲这个，你也得好好学了吧？"赵直帆把螃蟹腿扔在桌上说："老妈，吃个饭也非得讲两句，讲话有瘾啊？学学学、钱钱钱的……人家郝子强能考名牌都没考，离家出走了。"赵夫人说："真的？谁家傻孩子啊？"赵直帆说："人家是自己闯世界去了。你们不要再逼我，我不给你们玩儿了。"赵连起看了赵夫人一眼，说："看到了吗，让你惯成啥样了？中国话听不懂，外语还不及格，他倒成了爹了……"赵直帆"啪"地把筷子一摔，向外走去。

赵夫人往桌子上边摆碗筷边陈述："那天，他找了根绳子要去上吊。我知道你们俩老僵牙——不对齿，回来你有话好好说，没事儿别训他。他也老大不小的人了，在他媳妇面前给他留点儿面子。"

赵连起一脸无奈："好，看美祺的面子，我这次饶过他。"

正说着，赵直帆和姜美祺进屋了。姜美祺打着招呼："爸，妈，忙坏了吧？"赵连起说："都是你妈做的，我可是甩手自在王。"

姜美祺去厨房帮婆婆做菜、端菜。赵直帆搓着手，得意地用手捏了块肉说："谁说没有免费的午餐，吃爹吃妈永远免费。老爸，喝点儿酒吧？"

赵连起高兴地说："喝，怎么能不喝呢？从小你就老爸老爸地叫，都让你把我叫老了。哎，想起个事儿来，听说你和那个日本人打得火热？"赵直帆瞅了姜美祺一眼，说："这都听谁说的？"

赵夫人正在擦手，赶紧上来给赵连起使眼色。赵连起说："噢——没有……那就好。我还听说你在娱乐城吃干股……"赵直帆脸一变说："回来吃个饭，像审贼似的。"赵夫人又给赵连起使眼色，赵连起想说什么终究没有说。

姜美祺端上一个菜，掏出一份稿子说："爸，我有个小事儿想请你帮忙。"赵连起问："嗯，啥事儿啊？"姜美祺："为了配合我市首届麻神艺术节，我写了篇《麻将起源于我市》的文章，没想到我们那死性的陈副总编说，涉及麻神方面的文章必须得由您这个总指挥签字才能刊发。"说着，把纸稿递了过来。赵连起看了看标题，抽出钢笔，随手签上："可发。赵连起。"

签完后，赵连起说："告诉你们总编，这些事不用我签字，自己把握就行了。但有一条，必须是积极的、正面的。你们知道，我主办的这个麻神艺术节，也是顶着上下很大压力的。"

赵直帆说："老爸，这是餐桌，不是会议桌。"赵连起说："是啊，我忘了。来，美祺，你也喝一杯，咱们可是两个多月没在一起吃饭了。"几盏装有半杯红酒的高脚杯碰到了一起，气氛很融洽。

心情很好的姜美祺吃过午饭，匆匆地走进办公室，打开电脑，在"麻将起源于我市"后面加了一个大大的问号，然后走进副总编室。

陈立言疑惑地用放大镜看着赵连起的签字，问："赵副市长真的就给你签了？"姜美祺反问："你怀疑这白纸黑字？"陈立言把稿件差不多贴在了鼻子上，审视了半天说："嗯，这还真是赵副市长的字。"他兴高采烈地站了起来说："俗话说：'阎王好见，小鬼难缠。'大领导就是开明啊！发发发！"

姜美祺从陈立言那儿走出来，抿嘴偷笑着……

2

散仙一样的龙大章正和朱丽雅、鲁运秘密调查金疤痢，突然接到市局的通知，让他马上来见赵局长。他心怀忐忑地来到赵连起办公室，喊"报告"进门，却惊讶地发现姜长庚也在。

赵连起两眼盯了他一分钟，说："这段时间干得怎么样啊？"龙大章说："报告赵局，挺好的。"赵连起一脸严肃："自我感觉良好啊！"他看了一眼姜长庚正在翻阅的一叠材料说："这都是反映你情况的材料：不服从领导、擅自行动，搞小团体，个人英雄主义，出入涉赌场所，生活作风还不太地道……"

龙大章刚想辩解，赵连起摆了摆手说："经过我们的纪委调查，你的这些表现隐藏着一个不可告人的秘密。你瞒不了我们。"龙大章镇静地说："请赵局长明示。"赵连起说："你在秘密调查'东北新干线'，可有进展？"龙大章说："目前只对一些案件、一些人有了些线索，还离他们的核心很远。"

赵连起说："想当年，我选择姜长庚接替了我，他没有让我失望。姜长庚选择了你接替他，你会让他失望吗？"

龙大章打了个立正："报告首长，我不会让你们失望，也不会让龙城人民失望。现在，龙城的黑恶势力已经非常猖獗了，我不明白，市里为什么不重拳出击、打黑除恶，反而高调地设立麻神节，宣传鸡血麻神的传说？"

姜长庚淡然一笑，说："大章，刚才赵局和我正在议论这个问题。市里这一举措，正是为了让鸡血麻神早日现身，让那些做着发不义之财大梦的人早日从暗处出来。"

赵连起补充说："是啊，只有这样，他们才会着急拿到《辽域地志》和鸡血麻神去寻宝，才能让他们充分暴露出来。我们需要一张很大的网，而不是你的小打小闹。"

龙大章恍然大悟："是这样啊……赵局，那我官复原职的事……"

赵连起一摆手："这个不急，没有职位，一个合格的警察也能知道自己的责任。现在还不到启用你的时候，你的处分要靠你自己立功去解决。在市局的大网拉开之前，不要轻举妄动，坏了收网大计。"

龙大章说："赵局、师傅，我明白了，在吹起全面进攻的冲锋号之前，我要做好一名侦察兵。"

赵连起欣慰地点了点头，又严肃地说："另外，你要处理好与姜美祺、朱丽雅和白小艺的关系，不要东挂西连，不要让人说三道四。"

龙大章说："我会处理好的。"

赵连起说："陪我去趟龙山河西的桦树沟。到了那儿，或将对你们有所启发，也会更加知道自己的责任。"

龙山河西的桦树沟，一阵礼炮惊起了树上的小鸟，一片彩色的烟像祥云一样挂在天边。"龙城新科化工厂开业庆典"的横幅在两棵高大的白桦间格外鲜艳夺目。彩虹门下，那个日本"专家"正在用不太流利的汉语讲着话："新科化工厂的投产，必将对龙城的经济与社会发展带来前所未有的影响……"

一片呐喊声从彩虹门外的密林里传来。不一会儿，时猴子带着村民、喊着口号冲出来。

"我们不要什么化工厂，我们要绿水蓝天！""破坏环境者，滚出龙山去！"村民越聚越多，像潮水般向化工厂涌来。几名保安拉起警戒线，和村民对峙着，一场冲突一触即发……

赵连起的车在化工厂喧闹的人群前停了下来。汤局长和赵直帆的车紧随其后。赵连起健步走上台阶，拿过日本"专家"的话筒，大声说："乡亲们、化工厂的全体员工，今天，我代表龙城市政府在这里开一个现场会。经市委、市政府研究决定，龙城新科化工厂不得投产营业，等候市里相关部门的进一步处理意见。涉及化工厂的一系列审批过程，我们将严肃追究相关人员的责任。今后，凡涉及群众根本利益的大事，我们都要充分听取群众意见。诸如举办龙城首届麻神艺术节，我们也要展开大讨论，讨论后投民意测评票，如果多数群众认为政府的决策错误，我愿承担领导责任，并向全体市民道歉。"

龙大章和姜长庚站在人群后，互相点了下头。日本"专家"看了看赵直帆，赵直帆不好意思地低下了头。

一场冲突化解了。姜长庚拉着龙大章走出化工厂，走向山坡，走向"再生洞"。他似有很多话要对龙大章说，可是他只是默默地坐在石头上，看着山下从化工厂返回的村民。

龙大章打破沉默："师傅，你有话就说吧。"姜长庚说："据专业人士说，这家化工厂，名为生产食品清洁剂，实为生产一种新型毒品。"龙大章吃了一惊："我听说，这个化工厂是赵直帆在招商引资时招来的中日合资企业，社会上传说，赵直帆有股份。"

姜长庚听到这个明显吃了一惊："直帆？"龙大章说："也许是人们没事瞎议论吧。"姜长庚说："但愿不是真的。但是，对这个日本'专家'一定要注意。"龙大章说："我们调查过他，除了偶有违纪，并没有发现犯罪活动。"姜长庚问："大章，周至祥没少难为你吧？"

龙大章淡然一笑："无官一身轻，他把我从专案组踢出来，也就出了气了。"姜长庚望着山下的锡伯河水说："青山遮不住，毕竟东流去。这也是对你的考验啊！"龙大章说："师傅，我现在搞宣传工作，更能静下心来想想我过去没办利索的几个案子。"

姜长庚说："这也是赵局和我的思路。到了关键时期了，我现在人虽在山上，但心里也惦记着城里的亲人，比如说你敖拉姨、美祺、小艺和直帆，如果他们有什么问题，你要及时制止或告诉我。"

龙大章诚恳地说："师傅，我现在仍很迷茫，'东北新干线'还是要靠你的帮助才能彻底摧毁，可你为什么不下山呢？"

姜长庚指了指林间的车辙说："双轮驱动，两轮并行，我们的战车才会行得远。"

3

姜美祺接了一个电话后，急匆匆地去了陈立言办公室。

陈立言一脸哭丧相："美祺，这回你可把我坑苦了，你那篇写麻将起源的文章惹事儿了。"姜美祺问："惹什么事儿了？"陈立言说："我们的报社被点名批评了。"

姜美祺问："为什么？"陈立言说："建新城的事儿引发河西村民的大规模上访、静坐，刚做好群众工作，化工厂污染又引起了村民上访。市里高调宣传首届麻神艺术节和契丹宝藏，你却写文章质疑，搞得市政府很被动。"姜美祺说："市政府就应该多听听群众的意见嘛！"

陈立言说："什么也别说了，等着挨处分吧。"姜美祺一本正经地说："立言总编，稿子是我写的，要处分就处分我。再说，那稿子是赵副市长亲自签字的，要处分得处分他。"陈立言说："亲自签字，这个话我敢去和他对质吗？谁嘴大知道吗？等到处分到你那儿我还能有好吗？赶快想办法吧。"姜美祺说："写出去的稿子泼出去的水，咋也不能发个声明说我错了吧？"陈立言说："我有个办法，你得帮我。"

姜美祺问："什么办法？"陈立言说："请求你公爹赵副市长别再追究此事。我们在后续报道上加大点儿力度，也许能挽回局面。"姜美祺说："好，我去找赵副市长……"

　　这时，姜美祺的电话响了，电话里传来赵直帆焦急的声音："美祺，你动了我的钱了吗？你现在越来越不像话了，连爸爸也敢骗？连我也敢偷？"姜美祺愣了一下，她想起在收拾厨房时，发现一个文件包，里面全是百元的人民币，她像被什么烫了一下，把那个文件袋塞到了一个古瓷瓶里。可是，她确实没动那笔钱。

　　刚接完赵直帆的电话，赵夫人的电话又来了："妈……好吧，我正好要给我爸当面道歉呢，我这就回。"

　　姜美祺来到赵连起家的时候，发现赵连起坐在沙发上喝着茶，赵直帆坐在椅子上阴沉着脸。赵夫人也没有了以前热情，淡淡地问："美祺，累了吧？"姜美祺说："妈，不累。"

　　赵连起低沉地说："美祺，叫你们回来，是你妈听到了一些传言，说你们分居了，是真的吗？"姜美祺说："爸，不是传言，是真的。"赵连起说："你妈想知道，为什么？"

　　姜美祺看了赵直帆一眼说："贪污受贿，干涉自由。"

　　赵连起一听，眉头拧成了一个疙瘩："直帆，我说过你多少次了，就是不听！"他刚想站起来发作，看见赵夫人的眼色，又缓和下来，"美祺，你也要容他有个改正的过程。让他把钱物交到纪检委，行不？"

　　赵夫人接过话茬说："老赵，那不是害人害己吗？美祺，你和直帆是两口子，你的性格，眼不揉沙也不行。直帆的事儿不说，就说这次关于麻将起源的报道，可不能随意去写了。"

　　姜美祺说："妈，我只是说了真话。"

　　赵直帆站起来说："你的真话有时太让人难以下咽了。市里有些人本来就不同意搞什么麻神艺术节，你这是在拆自己家人的台！"

　　姜美祺说："我做不到像你那样，要么一言不发，要么谎话连篇，让我做一个说假话的人比杀了我还难受。"

　　赵直帆回过头来，冷冷地说："干不了就辞职吧，我养得起你。"

　　姜美祺拎起包边向外走边说："赵直帆，我知道你有钱，可那是正道来的吗？我让你养着我，那我还是姜美祺吗？"

赵直帆说："你心中就有你自己，太自私了！"

姜美祺回过头来说："我自私？像你这样为了自己不惜侵害大众利益的人才是自私！"

赵直帆对赵连起和赵夫人说："看到了吗？看到了吗？啥事儿不是全怨我吧？一点儿情理不懂，跟这样的人有什么好谈的，吃饱了撑的！"

"乓"的一声，门关上了，赵直帆的脚步声向楼下越走越急。

一场有关赵直帆是不是受贿的话题被赵夫人成功地引到了姜美祺的文章上。这时，尴尬的反而成了姜美祺。她歉意地说："爸、妈，对不起，我可能是太理想化了……"

赵连起倒还通情达理："美祺，你没有错。监督违法犯罪，联系群众说真话，这就是一个新闻工作者应该做的。"

姜美祺说："爸，谢谢你能理解我。建新城的事儿，通过我们积极地宣传，群众由反对到支持。河西风景区建化工厂的事儿，我们政府审批错了就要纠正。麻神艺术节的事儿，为什么不能在我们报纸上展开个大讨论，倾听群众的呼声呢？"

赵连起说："好主意，我们党和政府再也不能做群众不理解的工作了。"他看了一眼赵夫人说："直帆受贿的事儿，你要督促他主动找纪检委。"

赵夫人听着二人的话，看着门口，脸阴阴地说："就是他想把钱交给纪检委，拿什么交啊？钱让小偷偷走了。"

这种结果让赵连起夫妇也不不知怎么办才好了，他们本想把两个年轻人叫回来调和一下，没想到两个倔驴谁也没有让步，还暴露出很多棘手的问题。

在外喝得酩酊大醉的赵直帆披星戴月、醉醺醺地回到家里时，灯光透过窗帘缝照在姜美祺那空荡荡的床上。他走过去，坐在床上，扫视着眼前的一切，他看了看表，皱了皱眉头，拿起了电话："美祺，回来吧……"

姜美祺说："直帆，你要想让我回，我有一个条件，你把收人家的钱交到纪委。"赵直帆说："你疯了？钱丢了，你叫我拿什么交？"姜美祺说："我没疯，是你收钱收疯了。"

赵直帆气愤地把电话摔在地上，他随手拿起床边那个古瓷瓶。突然，他眼睛一亮，那个盛钱的文件袋出现在他的眼里，钱没丢。他快速地掏出来，像欣赏艺术品一样看着。

此时，姜美祺正坐在家里的电脑前，听着网络版的《贪腐铭》："官不在大，能贪则名。学不在深，能吹则灵。斯是豪宅，却少温情。出入奔驰车，穿梭歌舞厅；官员傍大款，收礼徇私情，眼中老头票孔方兄。喜甜音之悦耳，爱吹拍而忘形。上班品茗茶，下班筑'长城'。群众曰：世道何清？"

4

清晨最早的一缕阳光照进那处在龙城最高的豪华住所，屋子亮了起来。张半仙历来比别人睡得晚、起得早，可是他受不了太强的阳光。他打开电脑，饶有兴致地浏览着网页。

金疤癞戴着假发和墨镜进来了。龙大章对他放松了跟踪，他又活跃起来："大哥，你交代的事儿办妥了，一切尽在你的掌控中。"

张半仙指着电脑屏说道："疤癞，来看这段：'目前中国有效的反腐除了官方六大监督机构，还有民间的手段，如夫妻反目、家中被盗、意外事故、情人举报、网民诅咒……'"

金疤癞附和着："还真有道理。大哥，时猴子得手了。"他躬身把一张银行卡递上说："这是时猴子的部分收获，可能是赵直帆受贿的证据，只是我们打不开它。"

张半仙回过头来，拿着卡掂了掂："这个公子哥，他以为这个世界总是阳光明媚呢。有人能打开它，我们可以用它要挟这个赵公子一把了。我们要进入地产核心，他一直没帮过我们，这回，得让他心甘情愿地为我们做点儿事了。疤癞，你干得不错，这还是拿下姜长庚的一个大筹码。"

金疤癞问："大哥，你说谁能打开这张卡？"张半仙说："你看，持卡人这栏有名字啊，WJY。"

"一夜残梦身上酸，醒时日上已三竿。"这是赵直帆的诗。他睁开惺忪的双眼，伸了伸懒腰，还在想着昨天虚惊一场的事情。昨天他回来，发现屋子被翻得乱七八糟，就吃了一惊，发现装钱的文件袋没了，急忙寻找，没想到被美祺扔在了花瓶里。可是，他又一想：贼不走空，家里丢了什么呢？

他打开抽屉，去找一个东西，可是找哪也没有。梦醒时分，头脑格外清醒，他记得五个月前，在大辽绿都酒店，吴寄瑶把一张卡放到他的手里，悄声告诉他："这是老钱的一点儿心意，里面有五十万元，你先用着，我的名，密码是我的生日。"他假意推让了一下，还是把卡装进衣兜里。回来后，他把那张张放在了抽屉的一个本里。接着，他又想起一件事，那个日本"专家"塞给他一张卡说："赵公子，你也知道我从里面刚出来，化工厂的事儿让你老爸给叫停了，能不能拿这二十万元给通融一下？"

想到这儿，赵直帆的脑子一下子大了。他翻看着抽屉、旮旯、本本，什么也没有找到。他气愤地骂了一句："都是小人！"然后，他拿起电话："美祺，你现在越来越不像话了，敢翻我东西了！你给我拿哪去了？交回来！"

电话传来姜美祺声音："直帆，你说什么呢？你的东西我啥时动过？怎么了？你又冤枉我……"赵直帆放下电话，坐在沙发上发呆。

采访吴寄瑶打工故事的姜美祺放下电话，坐在沙发上也发起了呆。

吴寄瑶不解地问："美祺，好好在发什么呆呢？直帆又冤枉你啥了？"姜美祺说："寄瑶，我俩可是要好的同学，你一定要帮我劝诫着点儿直帆，他的职位是个高危职位。"吴寄瑶笑道："为这个啊。他的职位多少人望得脖子酸也得不到呢，男人的事儿少管吧。"

姜美祺心神不宁地说："我要回家看看。"说完，向外走去。吴寄瑶送到门口，回来关上门，心想，美祺可真是身在福中不知福。正想着，电话响了："哥……你跟老钱闹翻了可以，可是你不能去凤城啊，人生地不熟的……都到了？唉……真是的，也不提前说一声。"

自从被钱如意甩掉后，吴寄瑶心里就憋了一口气，听到吴寄山也被老钱开了后，心中的怨恨噌噌地往上升。她没好气地把自己的工作日记往书橱里塞，书橱的东西已经挤不下，只好往外拿。一个东西掉在了地上，她捡起来一看，是一本钱如意送礼的记录本儿："二〇一二年五月一日，送赵直帆卡（五十万元，吴寄瑶名、生日）；二〇一二年六月十一日……"她看了看，得意地把那个本藏了起来。

姜美祺回到家里的时候，赵直帆正坐在地上看着那些空空的抽屉发呆。看见美祺回来了，他眼睛透出一种渴望的光。姜美祺说："那么看着我干什么？真不是我动的，你不相信我？"

赵直帆说："不是我不信任你。我们结婚时是有君子协定的，'互不干涉自由'是主要条款，可是你总像监察局一样监督着我。"

姜美祺说："丢了东西报案吧。"她拿电话要拨，赵直帆噌地从地上起来，按住姜美祺的手说："你疯了？"姜美祺说："不报案，他能给你送回来啊？再说，究竟丢啥了？"

赵直帆叹了口气："跟你说了也没用。我们不仅不能报案，警察要是问起来，还不能说是我们丢的东西，你明白吗？"

姜美祺站起来要往外走："你爱咋办咋办吧，我还回自己家去。"赵直帆伸手一拦："美祺，你能不能不闹了？两口子闹来闹去的有好果子吃吗？摊事儿了……"姜美祺停了下来，坐在沙发上说："直帆，不闹可以，那我们好好谈谈，行吧？"

赵直帆和姜美祺对坐在方桌两边，气氛有些沉闷。赵直帆说："美祺，你不说我先说。我们之间究竟有什么过不去的坎儿呢？从今往后，我一定按你要求的去做，你说向东我不向西，你说打狗我不去撵鸡。可是，你也得悠着点儿啊，不能帮忙也不能添乱吧？"

姜美祺说："我们搞新闻的都不敢说句真话，还有人敢说真话吗？"赵直帆说："你倒是一吐为快了，可是你写的《石破天惊》和《麻将起源》，一个惹恼了亲爹，一个惹怒了公爹。"

听到此话，姜美祺沉默了，她写的被赵直帆戏称为"万言不值一杯水"的文章真的有那么大的危害吗？以前的事情在她的脑海中闪过：姜长庚很生气地说："美祺，你刚参加工作，光凭朴素的热情怎么行呢？写一篇《石破天惊》

就够添乱的了，还要跟踪报道，你知道不知道鸡血麻神的案子是我负责的？这个案子破不了。"赵连起说："以后可不能随意去写了，得讲点儿政治，不能有错误的导向。"

姜美祺自语道："难道是我错了？不对呀，我们要谈的是你的问题，怎么说起我来了？跑题了。直帆，作为夫妻，你要和我说实话，咱家到底丢了啥？"赵直帆说："卡，抽屉里的两张卡。"姜美祺问："卡里有多少钱啊？谁的名啊？"

赵直帆说："美祺，能不能不问啊？郑板桥有句名言：'难得糊涂。'"姜美祺站起来说："要是丢了属于我们的东西，一个家庭主妇，我有权问。若不是属于我们的东西，是谁的要还给谁。"赵直帆说："我跟你谈话真是太费劲了。你说你，吃着香的，喝着辣的，哪那么多事儿呢？"

姜美祺也站起来说："我为什么问？你以为我心疼丢的东西吗？我是怕丢了你这个人！"赵直帆呼地站起来说："小题大做！"说完，啪地摔门而去。

姜美祺愣愣地站着，她慢慢地把屋内的一切扫视一遍。属于她的只有那张结婚君子协定。她的眼泪流了出来，轻轻地带上门，走出了这个衣食无忧的"家"。她走过"龙城首届麻神艺术节大家谈"的横幅，走过敖拉倚家的二层小楼，就见敖拉倚一袭白衣地站在阳台上，朗诵自己的诗作："为了一片无法停留的树叶，我忽略了整个夏天。在秋风中我拾起零落的梦，仿佛还能听见那远到虚无的誓言……"

5

一场霜雪后的红叶一片残红。暖了几天，又有人穿上了半袖衫。

龙城大桥下，张半仙总是一袭长袍。他刚把测字摊摆好，坐在黄牙子旗下，就看见赵直帆无精打采地走来。

赵直帆迟疑地坐在小板凳上说："老先生，给我测个字吧。"张半仙说："好啊，请写一个字。"赵直帆写了个"卡"字交给了张半仙。

张半仙看了看，慢条斯理地说："卡，上一半，下一半，上不去，下不来，先生怕是有两头为难之事了。"

赵直帆点了点头，问："老先生能看出在什么方面吗？"张半仙一字一板地说："既在钱上，又在情上。"赵直帆暗自佩服："先生，有破解的办法吗？"

张半仙故作高深地说："两利相权取其重，两害相权取其轻。犹如弓弦，不能硬拉，不能较劲，否则，弦断弓藏、兔死狗烹、人财两空啊！"赵直帆问："意思是我只有委曲求全了呗？"张半仙点了点头，说："顺应了也就消灾了。可问题是钱与情于你来讲还不是大灾祸，大灾祸是处理不好有牢狱之灾啊！"

听到此处，赵直帆打了寒战："那怎么办？"张半仙说："到时会有人教你。"

赵直帆半信半疑地扔下一百元钱，郁郁地向姜长庚家走去。

他硬着头皮敲开了门，见姜美祺坐在饭桌前，并不搭理他，默默地对着眼前的饭菜发呆。赵直帆搭讪道："美祺，今天做这么多好菜啊？"姜美祺说："直帆，我们在一起四个多月了，我还没给你做过一次像样的饭菜呢，我怕是等不到六个月的考验期了。"赵直帆讨好地笑了笑："美祺，是我太冲动了，你原谅我吧。我赵公子这半辈子给谁认过错？不行，我给你跪下？"

姜美祺冷静地说："我无福享受，我们还是先分开吧。"赵直帆刚拿起筷子的手哆嗦了一下。这时，手机短信来了："我想找你谈谈，不然，我把你那卡交到检察院。"赵直帆赶紧回短信："你是谁？要干什么？"短信回道："晚上街心公园湖边凉亭上见。"

赵直帆眉头紧锁，姜美祺心生疑虑："谁的短信啊？"赵直帆故作轻松地说："噢，单位同事，问去不去游泳。"姜美祺疑惑地看着他，明显不信。赵直帆吃了一口菜，惆怅地喝了一大口酒，皱着眉头想："会是谁呢？"

金疤瘌得意地看了看短信，他放下电话，从暗室里拿出那半副鸡血麻神，像饿了一样欣赏着，那麻神幻化成无数的金银财宝。那是他的后半生，"穷"得只剩下这些硬通货了。

秋风吹了一下窗帘，窗帘下露出半只脚来。金疤瘌吓得赶紧把半副鸡血麻神收了起来，塞到床下。

门锁响动处，张半仙踱了进来。窗帘拉开处，黑老三闪了出来。他们环视屋内，步步紧逼，金疤瘌惊得下巴都要掉下来了。

张半仙环视一下屋内，笑道："狡兔三窟啊！疤瘌，这么多年我是在给你打工啊！"金疤瘌哆哆嗦嗦地说："大哥……你这样说折煞我了。金疤瘌我……历来唯大哥马首是瞻，不敢……藏半点儿私心啊！"张半仙脸一沉："是吗？"回头对黑老三说道："搜！"

黑老三从床底下拿出那半副麻神来，抖在二人面前，将金疤瘌一脚踹到地上。

张半仙冷冷地说："疤瘌，你不说鸡血麻神被武玉鹏拿走了吗？还有啥话可说？"

金疤瘌不停地磕头，都磕出了血："大哥，我错了，我不应该私藏麻神，你饶了我吧！饶了我吧！饶了我吧！"

张半仙蹲下身子，手抠着金疤瘌的下巴说："你跟了我三十五年，不了解我吗？凡有二心，必死无疑。没想到啊，你是最大的贪官和珅。说，还有多少事瞒着我吧？"

金疤瘌头又磕下去："再也没有了。大哥，念在这多年鞍前马后的分上，饶了我！"

张半仙站起来，背着手说："饶你，可以。但是，你要给我找回那半副鸡血麻神和那半张《辽域地志》。你不是已经从赵公子那儿下手了吗？"

金疤瘌战战兢兢地说："短信发出去了，只是不知他来不来。"张半仙说："他会来的。根据我的经验，这些公子哥别看平时张牙舞爪、不可一世，遇见个风高浪急，肯定就地儿趴下。"金疤瘌说："大哥，还有什么指示吗？"

张半仙拿出一个小东西说："这是一个针孔摄像机，你要把与赵公子交往的事都录下来。你的时间不多了，市里要举办麻神艺术节了，你要在麻神节开幕之前完成我们的事业。"

金疤瘌颤抖地接过摄像机说："好……"

张半仙和黑老三悄然走了。金疤痫摸摸自己前额的血迹和尚在的脑袋，绝望地坐在了地上。他后悔没有抽身去外地，现在想走也来不及了，况且他有太多的东西割舍不下，只能癞皮狗一样地继续给张半仙发挥余热了。

6

龙城市街心公园，各色的树叶又落了一层。老龙头一手拿笤帚，一手拿撮子，穿梭在夜晚信步的人群中，把人们扔的垃圾收起来。这时，他发现一个似曾相识的身影——金疤痫向街心公园走去，老龙头便悄悄地跟了上去。

赵直帆独自站在湖边的凉亭上，忧心忡忡地向四周观望着，像是一个等待恋人出现的大男孩。金疤痫远远地观察着周围的环境，并不时地向赵直帆漫不经心地瞄上一眼。赵直帆等啊等，等到花谢树叶飞，他烦躁地甩了一下袖子要走，金疤痫向他走来。

姜美祺站在树荫里，远远地向赵直帆这边望着，照相机对准了这两个人。老龙头躲在广告牌子后，掏出电话，小声地说："大章啊，我看见租仓库那个人了……在街心公园。"

残叶飘过金疤痫和赵直帆坐的长椅，远处的灯光照着二人忽明忽暗的扭曲的脸和不断张合的嘴。二人似在很不愉快地争论着什么。

金疤痫拍拍赵直帆的肩悄声说："兄弟，反贪局不会相信你说的这些话，他们会从这张卡入手，撬开你这张稚嫩的嘴，直到你把吞进的全吐出来。这些年，你打着你老爸的旗号，收了多少好处，自己心里没数吗？"

赵直帆气愤而低声地问："我第一次遇见像他们这么不要脸的人，他们到底想干什么，明说吧。"

金疤痫笑眯眯地说："我们也是有过交往的朋友，对方的宗旨是合作、双赢，你要帮他办三件事：一是利用你老爸的影响，帮他在河西把那个叫漠南金地的地方批下来建商业中心。二是有时间去见见你的老岳父姜长庚，他拿了人家一件东西，该还了。三是督促政府收购巴彦花旅游区，管事儿的是你爸的下属，他急等用钱。这些事，都不会让你白帮忙的。"

赵直帆无奈地说："漠南金地已规划成公共休闲娱乐区，这个我也没办法。我岳父拿了你们什么东西？我可以去说。那个旅游区的事儿，我可以马上帮他办，我也不知道能不能办成。"

金疤瘌说："即使办不成，也要放出政府收购的风。照我说的做，否则，后果很严重。"赵直帆说："你在威胁我、敲诈我？卑鄙！"金疤瘌说："不是我，是他们。话也不要说得那么难听，他们想交你这个朋友，不采取这个办法，你能在这美好的时光来见我吗？"

赵直帆说："不要逼我，下三烂！"金疤瘌说："赵公子，对你，他们是讲礼数的。对你夫人姜美祺，可就不一定了。好自为之吧，你我在同一条战船上。"说完，金疤瘌消失在树影里。

龙大章匆匆地跑过来，只见赵直帆独自站在长椅上木然地向树木深处望着。直到赵直帆转过身来，才发现龙大章和姜美祺正在盯着他看。他愣了一下，很不友好地问：你们在合伙跟踪我？

姜美祺刚要说话，赵直帆扭身就走。龙大章拦住他说："直帆，我有话问你。"赵直帆心烦气躁："大章，你可是执法人员，知道公民有人身自由吗？面对你的问题，我可以保持沉默。"龙大章说："我只问你一个问题，刚才和你说话的人是谁？"赵直帆答："不认识。"龙大章又问："他去了哪儿？"赵直帆不耐烦地说："你这是第二个问题了。"

龙大章郑重地说："直帆，你要知道，那个人是我们要找的一个犯罪嫌疑人，你有责任告诉我。"赵直帆脸一沉："这说着说着还严肃起来了。四个字——无可奉告。"

姜美祺在旁边说："直帆，你要是知道一定要告诉大章，不能包庇犯罪。"赵直帆一龇牙："看看，俩人一个调子，你俩能唱和弦了。你俩唱吧，我走了！"说完，向公园外走去。

龙大章和姜美祺对视着，焦急地望着赵直帆穿过一片没有路灯的胡同，越走越远……

姜美祺回家的时候，发现赵直帆喝了酒，正在心不在焉地换着电视频道。见美祺瞅他，他关了电视说："美祺，我想明早去龙山寺看看爸爸。"姜美祺觉得奇怪，便问："怎么突然想看他呢？"赵直帆说："人都有双重父母……"

姜美祺问："良心发现？"赵直帆说："别把人想那么坏。"姜美祺说："你想让我爸劝劝我？你知道我的性格，不是别人一劝就能解决的。直帆，你告诉我，刚才在街心公园约见你的到底是什么人？"赵直帆说："我说过了，不认识。以后不要跟踪我！"姜美祺说："因为你总跟我撒谎。"

赵直帆歪歪斜斜地向卧室走去，他往床上一仰，思绪万千。客厅里，他的手机亮了，姜美祺拿起手机，想送过去，无意间看见了手机短信："赵公子，你既然同意了，就快去找你岳父吧，他们等不及了。"正要仔细看，赵直帆气恼地抢过手机说："聪明女人不碰男人三样东西——手机、钱包、信件。你懂不？"

姜美祺说："我是想问你找我爸究竟干什么？"赵直帆说："他们说有件东西存在你爸那儿，让我帮忙要回来……"姜美祺疑惑地自语："存的东西？"她的脑海中立刻响起龙大章的话："师傅或许还知道鸡血麻神的其他秘密……"她惊愕地看着醉倒的赵直帆，联想到以前有人对自己和白小艺下手，她有一种新的不祥的预感涌上心头。

秋天的落叶在朝阳的照射下泛着橙色的光，一辆黑色的奔驰车行驶在龙城到龙山寺的金光大道上。赵直帆和姜美祺没有心思欣赏这美丽的秋叶，各自想着心事儿。

麻神艺术节的宣传标语扑面而来，姜美祺感叹道："麻神节的气氛越来越浓了。"赵直帆说："麻神，麻神，要把人整疯啊。美祺，想想到寺里跟爸爸怎么说吧。"

姜美祺说："我现在是一头雾水，连他们要什么都不知道，能怎么说？"赵直帆说："他说爸爸知道他们要什么。不管人家要什么，给了就是了，免得招来横祸。"姜美祺说："你这就不坚持原则和法度了，要是犯法的东西也给他吗？"

赵直帆说："命和东西啥重要啊？"姜美祺说："生命诚可贵，爱情价更高。若为自由故，二者皆可抛。"赵直帆说："念诗呢？人不能永远生活在诗里，危难之中念诗好使吗？"

车内气氛顿时凝重起来，赵直帆和姜美祺再也没有说话。

窗外的落叶唰唰退去，与龙山寺的落叶随风相连。

姜长庚手执扫帚听完赵直帆的话，神色凝重地问："直帆，他没说让我交什么东西？"赵直帆说："爸，他说你知道。"姜长庚紧锁眉头说："他们终于等不及了。叫我交东西的人到底是谁呢？"赵直帆说："我也不认识，他说他只是传个话。"姜长庚恨恨地说："这些黑社会的残渣！"

赵直帆劝导道："爸，你既然知道他们是黑社会的，就别惹他们了。"姜长庚说："直帆，你告诉他，直接向我来要。否则，在麻神艺术节上，我就要把东西献给国家了。"赵直帆说："爸，别把他们逼急了啊，狗急会跳墙的，我怕他们对美祺不利。"

这话触动了姜长庚，他说："他们已经逼我好多次了，我倒要看看他们究竟是谁。你和美祺小心些，我要和他们斗到底！"赵直帆问："爸，就不能和平处理吗？"姜长庚反问："跟坏人能讲和平吗？"

下山后，赵直帆没有说服了姜长庚，便把一肚子的气撒在了姜美祺身上："你爸爸太不给面子了。"姜美祺说："别你爸爸的、你爸爸的，人都有双重父母。爸爸这样做肯定有他的道理。"赵直帆说："什么道理？这叫钻头不顾腚！他要不是这性格，你妈能……"

姜美祺"啪"地向前一拍："不许你说我爸坏话！不管怎样，我爸是英雄，没有他这样的孤胆英雄，我们能生活在和平与幸福中吗？"

赵直帆显然吓了一跳："好啦，好啦，出了事我可不管。"

姜美祺缓和了口气问："你和我说实话，给你发短信那人是谁？他们到底让你和爸爸要什么？"赵直帆说："不问不行吗？我不是说不认识了吗？"姜美祺说："他要是再威胁你，找大章抓他。"赵直帆说："少给我提什么大章，我见他就心烦。"姜美祺生气地说："你让我下车！"

车子"吱"的一声停了下来，姜美祺气呼呼地跳下车去。赵直帆一踩油门，奔驰车绝尘而去，姜美祺傻傻地站在帝豪会馆的路边，望着帝豪会馆那闪烁的霓虹灯发呆。心情郁闷的姜美祺不知为何要在这儿下车，一时竟找不到倾诉对象，便木然地坐在了外面的椅子上。

吴寄瑶来上班时发现了姜美祺。听完她的诉说，寄瑶也只能劝道："别生气了，常言说得好：'客客气气是朋友，卿卿我我是情人，吵吵闹闹是夫妻。'别身在福中不知福了。"

姜美祺一听她这样说就来气："唉！看来，你是真的不懂。"吴寄瑶劝慰道："看你们痛苦的样子，我都不好受。直帆那儿我骂他，你也消消气儿。"

赵直帆回到家里，看了看空空的四壁，坐在桌前，打开一瓶红酒，自斟自饮。这时，他的电话响了，他踌躇地接起："金哥……事儿没办成啊！"金疤瘌说："既然一无所获，别怪他们不讲情面了。"赵直帆说："大哥，你跟他们说说，再给我些时间……"金疤瘌说："给你时间？我自己都没时间了。再给你三天时间，见不到鸡血麻神，等着给你好看吧！"赵直帆说："大哥，你说的巴彦花假村的事儿我可是给你办了，你也不能一点儿不讲情面吧……"电话里没有了任何声音，赵直帆气愤地说："挂了？这个死疤瘌！"

放下电话，赵直帆心里更加难受。他知道，让那些坏人盯上，就像恶鬼附体，想抖落掉，难啊！

7

一片清辉洒在伏龙区公安局宿舍的楼上。

龙大章在宿舍里踱着步，他拿出那枚像纽扣一样的东西用聚光灯照了照，事业的烦恼又涌上了心头。盗墓案刚有了眉目，武玉鹏死了；龙山寺案有了进展，刘尔贵一逃再逃；"东北新干线"还在秘密活动，鸡血麻神、《辽域地志》归期渺茫……想起赵连起和姜长庚的话，他的心慢慢平和下来。

所有的线还要重新捋一遍，不能冒进，不能疏漏。往昔的一些场景浮现在眼前：契丹博物馆开业前，镇馆之宝鸡血麻神被盗……市委指示公安机关一定要在麻神艺术节开幕前，把鸡血麻神找回来……画师在根据南方人的描述画着画像……

朱丽雅拎着盒饭进来了："又在犯愁案子呢吧？师傅当时作为刑警大队

长、分管副局长，做了那么大的努力都一点儿线索没抓着，咱们想破获尘封一年之久的死案，难啊！"

龙大章打开盒饭说："丽雅，通过我爸和姜美祺的描述，金疤癞就是接触赵直帆的那个重要犯罪嫌疑人。让鲁师兄继续监控他的行踪，鸡血麻神案就会咸鱼翻身。"

朱丽雅为难地说："鲁师兄因为私下办案都挨批评了，现在行动受限，周副支队长已经明令不准我俩跟着你'办私案'了。"

龙大章说："我们只能用业余时间去办。"说着打开饭盒，边吃饭边说着案子的事儿。

朱丽雅把桌子上的一本书拿起来翻阅着："《契丹宝藏的传说》，有意思，千古传说，却能要了当代人的命。"龙大章说："我们的老一代人，祖祖辈辈总是幻想有朝一日能得到契丹宝藏，也好改变下一代的生活，可总是代代失望，包括金疤癞等人。"

正说着，鲁运进来说："师弟，在金疤癞那儿有大进展。刚才金疤癞与凤城一个人联系，说他明天要去那边住些日子。"龙大章问："凤城？他联系的人是谁呢？"鲁运说："现在还不清楚。"

三人正在冥思苦想、做着推测，在保安引领下，一个穿得破烂、浑身尽泥的人进了宿舍。龙大章惊讶地说："吴寄山！听寄瑶说你去凤城打工了。"

吴寄山焦急地说："大章弟，快帮我，我们在凤城乡下一个私人砖厂打工，不给工钱还不让我们走。现在，只有我偷偷地跑出来了，我带去的那八个人脱不了身啊！"

龙大章说："那你找当地劳动监察部门啊。"吴寄山说："我们在偏僻的山里，哪找去？再说谁敢找啊？听说老板是当地一霸，抓住了往死里打呢。比我们早去的一个龙城人，好像叫什么二棍，在龙城也立过棍呢，到那儿一天就收拾得和面条一样了。"

听到此话，龙大章一惊："你说叫什么棍？"吴寄山说："我也没闹明白，好像叫什么刘二棍。那小子一看也不是什么好鸟，我们也没搭理他。"龙大章问："你们还有多少人困在那儿？"吴寄山说："我带去的八个人，还有别处的人全在凤城卖苦力呢。大章，一定要救我们的人。"龙大章沉思道："凤城，刘二棍……丽雅，马上和凤城方面联系。"

过了一会儿，朱丽雅回来报告："大章，凤城公安局来电话，后半夜他们要统一行动，解救民工。"龙大章说："朱丽雅，还得辛苦一趟，赶紧把刘尔贵的照片及资料给凤城市公安局传过去，叫他们一定把刘尔贵直接扣留。"

8

夜幕下的凤城市偏远乡下一个砖厂宿舍内，刘尔贵穿得破破烂烂，疲惫地和衣躺在床上。他嘴里叼着半截烟，看着破旧的屋顶想着刘老师的话："尔贵，我不知道你究竟犯了多大的事儿，你还是投案吧，跑了初一跑不了十五。你从小就不听妈的话，这次希望你最后能听一次。妈最近感觉身体很不好，活不了几天了。假如你回来看不着我，就在我坟头上浇一瓶杂粮酒……"

外边喊："二棍，你还睡起来没完了，三班该接班了，你以为这是你家啊？"刘尔贵狠狠地把烟屁股扔在地上，又捡了起来，吹吹土，放到烟盒里。

他边开灯走边自语道："喝酒大老散，抽烟自己卷，在看守所也没这么难混。"他起身蹒跚地随着工友向工地走去。在途中，他突然感到肚子拧着劲儿地疼，便请示工长去旁边树林里解手。

蹲在地上的刘尔贵借着微弱的月光往前看，突然他眼睛一亮，发现后侧的围墙新出了个缺口。他一边蹲坑，一边用眼睛贼溜溜地看着周围环境，想着对策。远处，工长在喊他，他马上答应着："这就完事儿，这就完事儿……"

砖厂厂长室内，大黑猫盘腿大坐地坐在炕上，喝着五粮液，吸着中华烟。工长来向他报告："猫爷，龙城那几个穷小子吵嚷着要工钱呢，咋办？"大黑猫一口菜一口酒地没停："老规矩，拖着。我说大犟拉头，我让你找的姐子呢？"被叫作大犟拉头的工长说："已经在路上了，一会儿就陪猫爷喝酒。"

正说着，门口一阵吵闹声。大黑猫正要让大犟拉头去看，保安队长进来了："猫爷，有两个人说要找你，非进来不可，挡也挡不住。"大黑猫问："什么架子？"保安队长说："就一干瘦老头儿，还有一个傻大黑粗的汉子。"大黑猫眼一瞪："你们都是死人啊？给我往死里揍啊！"

话音未落，张半仙身着一件破旧的风衣、一副落魄的样子出现在他面前，后面是黑老三，再后面跟着几个保安。

张半仙说："猫爷，你活得很滋润啊！"大黑猫一惊，赶紧下炕："大哥，什么时候到的？你总是神龙见首不见尾，也不给兄弟们迎接你的机会。"张半仙说："大哥都这身脚了，还迎接什么啊？"

大黑猫向大犟拉头和保安队长一瞪眼："你们还不退下，这是我大哥！"众人识趣儿地退了下去。大黑猫"咣当"一下跪在地上，磕了一个响头。

张半仙轻声问："黑猫，这两个月发展得怎么样啊？"大黑猫答道："大哥呀，凤城一败，多亏大哥不弃，在龙城也没做出啥贡献。现在开这个砖厂，兄弟也只是凑合着活着。"张半仙说："不在于活多好，而在于活多久。你能挺过来，就是好样的。"

大黑猫说："刘大侃死后，我一心想把你老人家创立的事业发展下去。可是，很多同行都中了公安的枪，凤城缉毒缉枪的形势一天比一天紧，我就只能在这个小砖厂混食度日了。我辜负了大哥对我的栽培，我没脸见大哥……"

张半仙说："黑猫，别说了，实践考验真诚，过去的事不怨你。我这次来，有一个想法，在这低潮时期，我想收缩战线，让你回到我身边去。"

大黑猫一听这个，心中打鼓，他心知这山高皇帝远的日子结束了，便说："让我回龙城，不是让我去送死吗？"

张半仙说："不，你去滨海代替老三，让老三到龙城帮我打理。"

大黑猫忐忑地问："那……疤瘌呢？"张半仙说："办事不力，包藏私心，通过此行，我已确定那一半《辽域地志》在他手里，他居然要私吞，只好歇菜了。"大黑猫："大哥，你说的那'二棍'正在我们手里，抓起他来一问，不就明白了吗？"

张半仙说："不用了，我已弄明白了。"

听到这话，大黑猫心里一惊，老大的人无处不在啊。他更加小心地把张半仙往屋里让，准备来个一醉方休。

这时，张半仙的腰带亮了一下，他看了一眼，吃惊地说："黑猫，此地不可留，马上跟我走。"不明就里的大黑猫通知了几个心腹后，打开保险柜，拿出细软，跟着张半仙匆匆而去，消失在夜色中。

9

天已经快亮了，伏龙区公安局刑警宿舍仍然亮着灯。龙大章看着案卷等待消息，可是只能听到北风吹落树叶的声音。

朱丽雅终于进来了说："大章，你去睡会儿，我自己等就行。"这时，她的手机响了。朱丽雅迫不及待地接起来："凤城公安……你好，我是龙大章……民工已解救？谢谢……刘尔贵已提前逃离，不知去向？……有意外收获？得到了大黑猫的行踪，正在全力缉拿……好，多谢……辛苦……"

龙大章问："又跑了？"朱丽雅点了点头："是啊，刘尔贵和大黑猫都跑了。"龙大章问："请求凤城捉拿刘尔贵都谁知道？"

朱丽雅想了想说："鲁运知道。另外，我正联系时，周副支队进过屋……"

龙大章陷入思索中，他的耳畔响起了在凤城时和刘大侃说过的一句话："枪战的游戏告诉我们，阻止我们前进的往往不是前方的敌人，而是背后的黑枪……"

龙城要天亮的时候，凤城还在一片夜色中。刘尔贵趁着张半仙、黑老三与保安们争执时偷偷地从围墙那个缺口跑出去的。因为人生地不熟，他也辨不清方向，就在大雾中拼命向前。一直到天亮，他才搭上一辆农用车，向村子走去。

此时的刘尔贵决定回到龙城，看一看自己的母亲——那个含辛茹苦把他这个"野种"带大的人，然后再谋出路。他就在人生的岔路口一错再错地迷茫着……

同样忐忑地在社会上行走的还有吴寄瑶。张半仙把帝豪交给她后，两天不见踪影了。忙碌了大半夜的她不敢怠慢，她知道给人打工就要尽心尽力，所以很早就来到办公室看这些日子的报单和安排下一步工作。

正忙着，张半仙悄悄地进来了。吴寄瑶一愣："张先生，你不是说得出门十几天吗？"张半仙说："我现在才真正地做到了'朝辞白帝彩云间，千里江陵一日还'。寄瑶，在这儿还随心吗？"吴寄瑶说："挺好，我现在才明白什么叫当家做主。"

张半仙满意地点了点头："寄瑶，你到我这儿可是许诺帮我的。"吴寄瑶感到奇怪地问："大哥，我工作不尽心吗？"张半仙拿出一张卡说："那倒不是。寄瑶，这张卡你不能不认识吧？"

吴寄瑶看了一下，吃了一惊："哪来的？"张半仙说："寄瑶，据我们推测，这张卡是钱如意对赵直帆行贿用的，上面有个'WJY'三个字母，我想你应该知道这张卡的底细。"吴寄瑶迟疑地说："这个，我还真不知道。"

张半仙说："寄瑶，你还在为钱胖子打掩护？你加入了我们这个团队，你就是这里的主人。我们要发展，就要打倒我们的竞争对手。我们的对手是谁呢？钱如意和李明鑫。我相信你有能力打倒他们。"

吴寄瑶说："老大，我出来打工就为了养家糊口，别的一概外行啊。"张半仙说："慢慢就会适应的。"听了这话，吴寄瑶的心又不平静了，难道搞经营就必须打败竞争对手，必须使点儿坏招吗？

从帝豪会馆出来，张半仙约上大黑猫直奔金疤瘌住所而去。张半仙凭着超强的开锁能力，几分钟就打开了三道暗锁，直惊得金疤瘌没穿衣服就从床上滚到了地上。

张半仙背对着金疤瘌，大黑猫站在金疤瘌身后，空气都凝固了。张半仙说："疤瘌，我现在很孤独，你呢？"金疤瘌说："大哥，你我都独身一人，同病相怜，兔死狐悲……"张半仙说："疤瘌，刘尔贵落在我们手里了，你知道他对《辽域地志》是怎么说的吗？"

金疤瘌惊得直结巴："他……怎么说的？"张半仙说："他说图在你那儿。"金疤瘌激动得脸红脖子粗："这条疯狗，怎么乱咬人呢？我要和他当面对质!"张半仙说："疤癞，冲动什么？"金疤癞以攻为守："我没法不冲动！大哥，我跟你南征北战，冒着掉脑袋的危险做事，有过二心吗？大哥，你说让我今日死，我不敢明日亡。"

张半仙冷笑了一声："疤癞，我佩服你的表演能力。可是，你我每人拿着半张图，什么事也办不成。只要合作，我们的好日子在后头呢。宝图、麻神全部到手，就控制了龙山的契丹宝藏，不久的将来，龙山就是我们的，你何必固执呢？"

这话听得金疤癞眼前一亮："是吗？我希望能看到那一天。"大黑猫开导他说："只有我们同心协力，才能看到那一天。否则，我们连李明鑫和钱如意都斗不过，何谈和龙大章斗？很快刘尔贵就会落入警方手里，他会把你供出来。听大哥的话，把图交出来吧。"

金疤癞眼睛叽里咕噜地转着，他想，此时如果交出图，只能死得快些。所以，他只好撒谎说："图在一个小弟手里，容我明天要回来。"

张半仙也没有更好的办法对付这个死猪不怕开水烫的滚刀肉，只好应允。出来后，大黑猫问："大哥，为什么不杀了他？"张半仙说："他还有用，很多秘密在他那肥胖的脑袋里。"

出了金疤癞的家门，大黑猫打了一个寒战，他知道，他和金疤癞、黑老三、吴寄瑶等人，不过是张半仙和其他势力抗衡的几枚棋子，随时会被拿下棋盘。

第四十六章　金蝉脱壳，枪摆乌龙

1

　　好消息随着一缕艳阳的升起像薄雾一样消逝了。刘尔贵不知去向，大黑猫跑了。金疤瘌与那个日本"专家"通了阵无关紧要的话，说是去凤城，可是在去凤城的火车和飞机上并没有发现他的踪影。金疤瘌会不会去找那个日本"专家"呢？

　　龙大章决定到龙山那个化工厂一探究竟。他和朱丽雅、鲁运身着便衣坐在龙山桦木沟的山坡上，看着前面正冒出一股彩色的烟的化工厂。龙大章望着眼前的烟雾，似有所悟："烟幕弹？金疤瘌已知道我们监控了他的手机，故意放风说去凤城，是想把我们的注意力引向凤城。"

　　朱丽雅说："从凤城反馈的情况看，有道理。"龙大章说："这说明，他在龙城还有割舍不了的东西。既然他和我们玩明修栈道，暗度陈仓的把戏，我们就和他演一幕欲擒故纵，顺手牵羊的好戏。"

　　鲁运和朱丽雅不解地问："牵哪只羊？"

　　龙大章拿起三块黑石子，摆了一个龙门阵："目前，我们掌握了有可能涉黑的龙城三大势力。地产商钱如意，这个人除了生活作风上有些问题，我们还没掌握他犯罪的任何证据。煤炭商李明鑫，虽然这一集团有过犯罪历史，可是直接责任人大裤裆跑了，非法集资问题因及时还款，也已淡化。娱乐界老大金疤瘌，这些天淡出了我们的视线，他又在和这个化工厂有联系，说明什么？"

朱丽雅说："这个化工厂不是已经被赵副市长叫停了吗，怎么还在生产？"龙大章说："他们依仗某些当权者的保护和有政府批文为理由，拒绝停产。"朱丽雅说："这些人已经形成了一股黑恶势力，不动大的干戈难以铲除。"

龙大章点头道："是啊，群众反映的化工厂污染问题还不是表面那么简单，有人怀疑它在生产违禁品。"

朱丽雅问："你怀疑金疤瘌是这些违禁品的销售者？"龙大章点了点头："鲁师兄，说说你查出的情况。"

鲁运拿出一沓资料说："这个化工厂，工商登记的是中日合资企业，大股东便是日本人小山银次郎，二股东为李明鑫，现在又冒出个金疤瘌，这事情复杂了。"

龙大章说："小山银次郎一直以文物专家的身份在龙城和凤城一带活动，其真实身份和目的还不明确。李明鑫因非法集资的事儿在看守所，这里也就是应个名。而金疤瘌可能掌控着他们的销售网络。所以，对即将出来的李明鑫，要跟；对在这几个集团外围游走的时猴子，要钓；对已经躲起来的大裤裆，要松；对如惊弓之鸟的金疤瘌，要抓。"

鲁运挠了挠头："这个棋局有点儿大。"

龙大章说："是啊，我们只有张大了网，才能捕到大鱼。劳请二位，分头监视，我们的行动只局限在我们范围内。师傅教导我们说，不能保证我们队伍的每一个成员都是纯洁的。"

2

阳光照着伏龙区看守所的高墙、电网、岗楼。大铁门轰的一声打开了，看守民警说道："李明鑫、于海平，出去吧！"

李明鑫条件反射般答了一声："到！"于海平懒洋洋地嘟囔了一声：

"到！"二人战战兢兢地跟着看守往外走。看守民警说："虽然办了取保候审，你们出去后不得出远门，随时听候传唤候审。"李明鑫答："报告政府，请你放心，我李秃子啥人儿你还不知道吗。"于海平说："明白，我也是懂法的人。"

看守所门外，阳光刺得李明鑫和于海平睁不开眼，早有小金子等几个人迎上来，李明鑫和于海平就被人前呼后拥地请到了车上。车内，李明鑫回头向看守所的大门望着，一脸的迷茫。

小金子说："李总、于大律，受苦了。你们想吃什么？钱总让好好地给你们接风呢。"李明鑫问："小金子，怎么是你来接我呢？吴寄瑶呢？"小金子说："怎么，我不够格啊？你吴妹另谋高就了。"

李明鑫颇感意外，但眼下喂饱肚子要紧："钱如意是把我豁出去了！上龙城休闲娱乐城吧，三根肠子闲了两根半了，是得好好撮一顿了。"

车子飞驰而去，转眼间就到了龙城休闲娱乐城。李明鑫、于海平和小金子一行向楼上走去，就见吴寄瑶站在三楼笑呵呵地看着他们说："二位受苦了。"李明鑫说："知道受苦也不去探探监。"吴寄瑶说："探监的事儿轮不到我啊。二位，在那儿吃得怎么样啊？"

于海平说："怎么说呢？现在看来，地沟油油条、苏丹红咸蛋、三聚氰胺奶还真是美味。不过，我的苦可都是替你吃的，因为涉赌是你当总经理时的事儿，我没把你供出来，够意思吧？"

吴寄瑶说："于律师，话可不能那么说。"她斜了一眼小金子："占了那个窝，就得下那个蛋。"小金子冷冷地回道："寄瑶姐，你怎么来了？我记得你的东西都拿走了。"吴寄瑶挑衅般眼神儿："我要见你那见人爱人的钱总。"

李明鑫早把看守所的事儿忘了，色眯眯地开着玩笑："钱总呢，昨晚是不是累着了，没睡好？"吴寄瑶说："遇见了狐狸精，谁能睡好呢？"小金子说："寄瑶，你不是要闹事儿吧？"

吴寄瑶笑道："看把你吓的，怕连累你吧？我不会闹事儿的，我是来和钱总谈合作的。我去找他了，跟你嗑牙帮没用。"说完，扭着屁股向外走去。

钱如意穿着笔挺的西装，昂首向龙城休闲娱乐城走来。公司财务科长跑过来打招呼："董事长好！"钱如意问："出售塑钢厂的事儿谈得怎么样了？"财务科长答："他们肯出九千万元，咱们的底还没露。"钱如意边走边问："收购时多少钱啊？"财务科长说："一千四百五十万元。"钱如意推门进了大厅："撑着，不上亿免谈。记住，这事儿不能让李秃子参与。他出多少钱，便连本带利给他了事儿。"说完，正要上楼，就见吴寄瑶正笑眯眯地看着他。

吴寄瑶一闪身，优雅地走了进来，淡淡地一笑："钱总，威风啊！"钱如意问："寄瑶，你终于想通了，回来了？"吴寄瑶摇了摇头："不！你欠我的，啥时还啊？"

钱如意一听此话，丈二和尚摸不着头脑。他在大厅的沙发上往后一仰，乜斜着眼问："欠你的？你不是发高烧了吧？寄瑶，我对你也够意思了，这一年多，我帮你还少吗？"

吴寄瑶走到他跟前，平静地说："你帮我？那是我自己用劳动和身体换来的。你给我买个房子，又要回去，现在房子一年涨了四倍的价，你那房子整赚了四倍的钱，你做什么买卖有这么大的利润啊？"

钱如意环顾了一下左右，发现好几个员工在往这边看，脸就涨得茄子一样："那是……"吴寄瑶步步紧逼："我现在知道你最后悔的是什么。你后悔当年咋没多找几个我这样的傻妞呢？要是找了，白玩不说，还发了大财呢！"钱如意说："真是越说越不像话了。"

吴寄瑶一拍茶几："钱如意，我告诉你，欠我哥的工钱一分不能少！"钱如意如释重负地叹了一口气："这个啊，没问题。"吴寄瑶悄声说："没那么简单，我的青春损失费你掂量着给。"

钱如意直了直身子，站了起来："寄瑶，你到底要干什么？"吴寄瑶笑眯眯地小声说："这里不是谈话的地方，我们找个地儿？"钱如意疑惑地说："我要是不去呢？"吴寄瑶说："我是先小人、后君子，不去后果自负。"钱如意问："上哪？"吴寄瑶说："河西，你老家那儿，你老祖宗的发祥地、你的发迹地。"

一辆大奔停在龙山脚下，钱如意和吴寄瑶对坐在车里，气氛很紧张。

钱如意烦躁地问："你说吧，到底要怎样？"吴寄瑶摆弄着手机说："钱总，你着急了？以前你和我耗到大半夜怎么不着急呢？"钱如意说："以前不是年轻吗？"

吴寄瑶嘲讽道："去年你年轻？就是说你去年年三十儿晚上还年轻呢，一听说今年初一，立马就老掉牙了？"钱如意说："寄瑶，你就别损我了，看在我们曾经……"吴寄瑶低沉地说："看在我们曾经无耻一年多的分上，我就说了。前边是你和金疤癞置换的龙山煤矿，现在已经没有多少资源了，我想和你合伙经营，你得答应我。"

钱如意透过车窗向远处望去，前面那个半死不活的龙山煤矿正是他的心病，便说："你和我合伙？用什么？用你的身体？我对合伙没兴趣。"

吴寄瑶直视了钱如意半分钟："老钱，你有个小本本，有回喝多了，掉在我那儿了，你对那个肯定有兴趣。"

钱如意皱着眉头想了想说："本本？噢……那都是瞎写的。"

吴寄瑶说："你说要是我把它交给反贪局，他们会相信你说的吗？另外，钱总，你这一年多违法犯罪的事儿都忘了吗？要不我帮你从头捋捋？钱老板，我们回去吧，好好地喝上一杯酒，你或许会镇静很多。"

回到龙城休闲娱乐城那个餐室，菜已经上来半天了。李明鑫和于海平望着一桌子的饭菜眼睛放光，嘴里流着口水。可是他们不敢吃，因为通报的消息总在说："钱总到楼下了。"就这么等了一个多小时。

李明鑫实在忍不住了："再催催！不行我可就动筷了。"小金子说："催过无数遍了，这会儿真到楼下了。"

正说着，钱如意进来了，他拱手道："二位，辛苦！我那边有个重要项目要谈。小金子，好好招待啊！"说完，出去了。

这让李明鑫很恼火："看这架子摆的，吃！"一筷子搂了半盘子鱼香肉丝。

钱如意来到另一餐室，四个菜已经摆好。吴寄瑶一摆手，服务员出去了。钱如意站起来又坐下去的，显得很不安。

吴寄瑶摆手道："钱先生坐，何至于此？"钱如意说："你这是敲诈！"

吴寄瑶说："可你那是行贿，我们要不要一起到监狱里讨论这个问题啊？"

钱如意一脸灰色，摆摆手说："寄瑶，别说了，你要多少？"

吴寄瑶说："我就要你前些日子为了逃债转到我账户上的那五百万元，算我投资龙山煤矿，你还是大股东。"

钱如意说："那钱可是从李秃子那儿借来的。"吴寄瑶说："这我不管，在我账上，我就用了。"钱如意说："我可以答应和你合伙投资找到新的矿脉，从此我们两清了。"

吴寄瑶脸如冷水："清？你欠我的感情债能清吗？至于小金子嘛，我大度些，不管。她还小，你要是再骗她，我还和你没完。"

钱如意说："寄瑶，得饶人处且饶人吧，我现在资金很紧张，明天就要给河西的百姓发征地款了，还有时猴子带头闹着购买地产的合同无效，我这正头大呢。"

吴寄瑶做了一个嘲讽的动作，腰一扭走了。

钱如意自己又喝了一大杯红酒，向李明鑫的餐室走去。

吴寄瑶回到帝豪会馆时，手下人已经把她的办公室擦得铮亮。她得意地坐在转椅上，欣赏着办公室的摆设。最主要的是她对今天的成果很满意。今天，她去"拿"老钱，一是为自己和哥出口气，二是受到张半仙的启发，她发现张半仙对龙山煤矿感兴趣。置身在这两大集团中，吴寄瑶的纯真和善良正在泯灭。

在她想着下一点的行动时，响起了敲门声。服务生在门外说："吴总，你找的风水先生到了。"吴寄瑶说："我没找什么风水先生啊。"

张半仙开门站在门口，笑眯眯地说："吴总真是贵人多忘事啊！"吴寄瑶一摆手，服务生下去了。张半仙进屋问："这办公室还合意不？"

吴寄瑶说："我在几年前就想，什么时候能到帝豪做一名员工，没想到坐到了总经理的位子上，我还有什么不满意的呢？"张半仙说："这屋里都是金疤癞的摆设，你要是不喜欢，可以全部换掉，他的时代结束了。"

吴寄瑶说："张先生，我有三个问题百思不解。"张半仙说："你说。"

吴寄瑶问："第一，你有这么大的产业，为什么自己不经营？"张半仙答："我不喜欢出头露面、迎来送往。"吴寄瑶再问："第二个问题，你有这么大的产业，为什么还要摆个测字摊儿赚小钱呢？"张半仙答："我喜欢窥测别人的命运。"吴寄瑶又问："第三个问题，钱如意有好多产业，为什么让我介入那个半死不活的龙山煤矿？"张半仙答："这个问题我暂时不能回答你，到时候你就知道了。"

张半仙从吴寄瑶的表情上看到，他制衡钱如意的又一"药方"奏效了。

3

从龙山下来，龙大章和朱丽雅、鲁运疲惫地走向单位。三个年轻人都感到了办案的压力，也感到了战斗的乐趣，虽疲惫但谈兴不减。为什么龙城的事难办？就是有一伙手眼通天的黑恶势力主导着，连兼任市公安局局长的赵副市长都拿他们没奈何，何况几个年轻的小民警？但是，他们有一个信念，要向师傅学习，只要在这个岗位上，就和他们斗到底。

三人正在议论着，龙大章的电话响了，他赶紧接起来："赵局……好……我跑步到你那儿去。"

龙大章怀着忐忑的心情来到赵连起的办公室，发现赵副市长正在看有关龙城黑社会活动方面的文件，其中有一份《龙大章近期工作和表现的汇报》，便说："赵局，龙大章前来听您吩咐！"

赵连起审视着眼前这个年轻人，突然说："大章，你最近撒下一个好大的网啊！"龙大章一惊："赵局掌握我的动向？"赵连起说："你要记住，你不是一个人在战斗。可是，就凭你们几个，能拉得起那么大的网吗？"

龙大章说："我正准备向组织申请增援。"赵连起说："基于你停职了近两个月的表现和目前黑恶势力猖獗的实际情况，我和你们李局长、你师傅进行了多次商量。局里决定，周至祥调任首届麻神艺术节安保部总指挥，你继续负责伏龙区刑警大队工作，并任'东北新干线'专案组副组长。你有什么想法？"龙大章"啪"地立正敬礼："服从安排，不辱使命！"

赵连起问："知道你的使命是什么吗？"

龙大章说："知道！扫除黑恶，找回鸡血麻神和《辽域地志》，彻底打掉'东北新干线'，还龙城人民一份安宁！"

赵连起赞赏地说："好，我们要利用麻神艺术节，引蛇出洞，拉开一张前所未有的大网，把龙城的浊气全部扫尽！"

从赵连起办公室出来，龙大章顿感信心百倍。原来，组织从未把自己忘记或边缘化，党和群众的眼睛是雪亮的。他怎能辜负一片期望呢？

官复原职，名正言顺，龙大章主导下的几大案件又重新摆到了桌面上。

近两天的秘密侦查，金疤癞终于又进入了视野——他鬼鬼祟祟地在帝豪会馆后面的树林中出现过，而时猴子最近也成了这里的常客。

今晚的帝豪会馆大厅里，演艺专场闪着令人眼花缭乱的灯光，白小艺和她的沙湖组合在台上表演着歌伴舞。吴寄瑶巡视大厅，发现时猴子一个人坐在小桌旁边喝着酒，便过去打了一声招呼。

龙大章与朱丽雅化装成一对热恋的男女，坐在阴暗的角落里，向台上望着。朱丽雅小声地说："凤城公安来电话说，大黑猫从凤城脱网后或已潜回龙城。"龙大章说："好，本想搂刘尔贵这根草，没想吓着了无数只山猫野兔。"朱丽雅说："大师兄蹲守了这么多天，金疤癞也没来啊。"龙大章说："金疤癞是个视财如命的主，他在帝豪经营了这么多年，这里一定有他割舍不了的东西，他被突然解聘，在跑路前一定会回来取属于他的东西。"

正说着，朱丽雅突然眼睛一亮，她发现金疤癞戴着假发套和墨镜走了进来。龙大章给朱丽雅使了个眼色，二人悄悄地跟了上去。白小艺正在台上谢幕，向台下看了一眼，看见了龙大章和朱丽雅。

会馆内，金疤癞快步向楼走廊尽头走去，不时地回头看上一眼。龙大章和朱丽雅赶紧跟了上去。白小艺从演出后台跑出来，一把抓住了龙大章，喊："龙大章，我让你躲着我！"

这一声，把金疤癞吓得一愣。想跑，前面已无出口，后面三个人堵在走廊。他便快速进了办公室，反锁上了门。龙大章和朱丽雅紧跟过去，可是进不了门。龙大章和朱丽雅倒退三步，一起飞脚向门踹去。

门开了，龙大章和朱丽雅仔细搜索着，里面空无一人。龙大章敲了敲墙壁，里面发出空声，便说："有暗道。通知鲁运，在外面拦截。"

白小艺惊愕地看着龙大章和朱丽雅，一时不知所措。

会馆外，鲁运和李明乔警惕而仔细地搜索着。在院子的拐角处，他们和龙大章、朱丽雅碰了面儿。朱丽雅无奈地问："让金疤癞溜了？"龙大章说："他不会跑出多远的，通知技术组查找他的动向。这个城市一定还有让他心动的东西，我们回他办公室看看。"

龙大章、朱丽雅和鲁运返回到金疤癞的办公室，发现吴寄瑶正坐在那里。见他们回来，她双手叉腰站在门口说："大章，这里是娱乐场所，你们这么闹腾，我们还怎么做生意？"龙大章说："寄瑶，金贵涉嫌犯罪，我们有权搜查他的办公室。"

吴寄瑶说："金疤癞已经离职一个多月了，现在这是我的办公室。"朱丽雅说："可是，金贵是从这里逃跑的，我们有权搜查。"吴寄瑶问："有搜查证吗？"朱丽雅说："我们马上就去办。"吴寄瑶拉着脸，摸着被踹坏的锁，往门口一横："那就等办好了再来搜查吧。"

龙大章说："好吧，丽雅，把住门口，不许任何人进去。师兄去办搜查证，回头搜查。"

这时，白小艺怯怯地走了过来，低声说："大章哥，我有话跟你说。"龙大章在朱丽雅狐疑的眼神儿中跟着白小艺出去了。

二人走到树荫下，龙大章说："小艺，这个时候不能胡闹，我们在抓坏人。"白小艺说："我知道我错了。我还知道你们要抓的坏人在哪儿。"龙大章问："你知道？"白小艺点了点头："你们要抓的人叫金贵，他在贡格尔大草原有个叫什么花的度假村，我们去年去那里演出过，后天还要去。听朋友说，那个度假村要转兑了。"

龙大章听到这个消息很高兴："小艺，你提供的情报很有价值。假如金贵去了那里或我们去了那里，你一定不能坏了我们的事儿。"白小艺点了点头，将功补过似的露出了笑容："放心吧。你要不放心，我们拉钩……"

她钩住了龙大章的手，还要说什么，朱丽雅出来了，看着钩在一起的手说："龙大队，搜查令取来了，是拉手啊还是搜查啊？"龙大章说："你和师兄仔细搜查，我回去安排布控。"

龙大章回到伏龙区刑警大队，仔细地看着龙城地图，指挥着布控。各方面的报告马上传了过来，各处布控点没有发现金贵。

过了一会儿，鲁运的电话也打了过来："师弟，搜查了金疤瘌办公室，没有发现可疑物品，下一步怎么办？"龙大章看了看时间，说："睡觉。"

到手的人就这么溜了，龙大章望着顶棚苦苦地思索着，案件的线索逐渐清晰起来：金疤瘌定做了假鸡血麻神，从刘尔贵手里取得了《辽域地志》，从敖拉倚那里进了大量假鸡血石……可有些事他想不通：金疤瘌约见赵直帆想干什么呢？他回办公室找什么呢？他想起了白小艺说过的话，那个叫什么花的草原度假村，那里山高皇帝远，金疤瘌或许会去那里。

这一夜，受命"继续严密布控"的李明乔和几名荷枪实弹的民警守在西出口，对每一辆车进行认真检查。几百辆车过去了，没有发现有价值的线索。

一辆黑色奔驰车开了过来，一名民警举着停车牌示意检查，一名民警用手电照着车内。

赵直帆落下车窗问："又出什么案子了？"李明乔说："噢，是赵哥啊，这晚干什么去？"赵直帆说："这不是天冷了吗，给我岳父，你们的姜副局长送棉被去。"

李明乔打开后车门，摸了下被子："嗯，这棉被还够厚。赵哥，走吧。"民警一放行，赵直帆挥手加油而去。

在一个僻静处，奔驰车停了下来。赵直帆打开后备厢，金疤瘌像球一样滚了出来……

4

阳光透过窗帘缝儿照在办公桌上，龙大章揉揉眼睛，打开窗帘向外望去，外面已是车水马龙。他掏出手机拨打电话："明乔，怎么样？……那就都撤了吧。"他走出办公楼，向契丹王府博物馆走去。

博物馆前，闹哄哄的有上百人。龙小晴带着一群姑娘小伙儿正在演练歌舞剧《麻神之光》。

音乐一停，龙小晴给大家讲解着："再给大家重复一遍，麻将出自中国的皇宫，我们扮演的角色是皇宫中的绣女，你们这仪表哪像什么绣女，像一群偷地雷的妇女。"

一阵哄笑，没人再听她讲解。白小艺和她的几个同学嘻嘻哈哈、挤眉弄眼地闹。这时，看见于伟绩走过来，他们赶紧规矩地站到队伍里。

于伟绩走到台前，审视着大伙，然后大声喊道："后边的小伙子们，要挺胸，抬头。一个个的娘娘腔，不经过三辈子出不了一个贵族，真是的。休息一会儿，好好练！"说完，扬长而去。

龙小晴正准备重新组织练习，发现龙大章在后面对她招手，便走了过去问："哥，是找我吗？"龙大章说："小晴，你是搞旅游的，龙城市哪家旅游区是市里人承包的？"龙小晴想了想说："共有三家吧。"

龙大章问："能说说都什么人承包的吗？"龙小晴："大漠瀚海是李海玉，草原风情是黄海洋，只有那实力最强的巴彦花假日草原度假村的老板我从未见过，我们明天在那里搞一个活动。"听到"巴彦花"三个字，龙大章兴奋地说："巴彦花假日草原……对了，就是它了！"

离开了博物馆，龙大章在想着金疤癞如果逃出了龙城，会去哪儿。这时，他的电话响了："师傅，怎么有空给我打电话？"姜长庚兴奋的声音："大章，听说金疤癞的狐狸尾巴露出来了？"龙大章说："嗯，可是，昨晚让他溜了。"姜长庚的声音："大章，我想他可能藏身巴彦花假日草原度假村。我们前些年曾参加过那里的开业典礼，听说这个度假村的实际控制人就是金疤癞。"龙大章说："我们明天就去那里。"姜长庚突然声音低了下来："大章，我给你打电话还有件事儿。昨晚，直帆上我这儿来了，情绪很不对头。我感觉他或许受到了什么威胁，你们是同学，抽时间好好和他谈谈。"

是啊，是得找直帆谈谈了。可是，当龙大章的电话打过去后，竟被拒接了。

赵直帆按了电话，和姜美祺的晚餐在默默中进行。

姜美祺看着赵直帆心不在焉的神态，说："直帆，你这些日子心情不好，昨晚那么晚了还要给爸爸去送棉被，我很感激你。可是，如果有什么为难之事，你也要说出来，我们共同承担。"

赵直帆说："你能理解我真不容易。我为难的就是要爸爸把东西还给人家。昨晚和爸爸一说，他很强硬。你说你怎么承担吧？"

姜美祺问："如果我们是正义的，怕他威胁吗？"赵直帆说："一说这个，就整得和最后的晚餐似的，一脸义正词严。你意思是说我不正义呗？跟你没法沟通。"

赵直帆放下饭碗，向门外走去。他现在缓解压力的地方主要有两个：一个是酒场，另一个是赌局。他的两只脚不自觉地就把他带到了方格棋牌室，因为今晚这里兼备了这两项功能。

一个麻将桌上铺上了台布，众人围成了一圈儿，吴寄瑶兴奋地举起了酒杯说："敬大家两杯酒，一杯感谢各位对我的支持，一杯祝贺我们入围进入决赛，干杯！"时猴子跟着喊："干杯！"于海平也喊："干杯！"

两杯白酒落肚，由微醺到酣畅，吴寄瑶的话就更多起来："想我寄瑶当年，麻将正如我的人生一样彷徨，有三四条出路时，我把人生这副牌来回颠倒看好几次，不知怎样行张。生人熟人好人坏人也分不清，一门心思想赚大钱。所以，时常抱怨抓不到一张好牌，呆头呆脑地等待，十次处事九次糟。现在，经明师指引，一战成名，我要感谢我生命中的贵人赵公子，还要感谢我的两个麻将老师！"

她给赵直帆和于海平、时猴子各敬一杯白酒。赵直帆惆怅地一饮而尽，便到了酩酊阶段。于海平略有矜持地喝了一半儿。时猴子两眼色色地看着吴寄瑶。

今天，赵直帆心情不爽，所以醉得很快。他又自斟了一大杯酒，就要喝下去，被吴寄瑶拦下。既然人生这杯酒难以下咽，那就放下酒杯，他独自走出了棋牌室，身后传来了于海平讲的"麻将经"："八断九不见，必定成对刻。跟牌打两边，防止吃中间。先跑被吃的，后跑被碰的。舍牌已近半，守住同一线。敌人火力强，后退去设防……"

这些司空见惯的"麻将经"在赵直帆听来，竟如"做人经"一样晦涩难懂。他第一次品到酒是苦的。

　　棋牌室对面的树荫里，李明乔监视着棋牌室里的一举一动。龙大章走过来，悄声问："明乔，怎么样？"李明乔说："都庆贺着呢。"龙大章吩咐道："我明天要出去，对时猴子的监视不能放松，但是万不可惊动他。"

　　赵直帆从龙大章的面前走过去，在大街上漫无目标地遛着。龙大章悄悄地跟在他后边，他也看不见。这种物我两忘的境界，是他喝多后的第一感觉，他喜欢这种感觉。

　　龙大章快步走到他前边问："直帆，遛弯啊？"赵直帆似乎被吓了一跳："大章，是你？为什么总遇见你呢？"龙大章说："直帆，我们找地儿坐一坐？"

　　来到就近的烧烤摊上，啤酒上桌，几个烤串也糊了，二人都没有动筷。

　　龙大章问："直帆，怎么心情不好？"赵直帆说："一言难尽啊……"龙大章说："直帆，你有什么心事儿就说出来吧，别憋着，我们是最好的同学。"

　　赵直帆乜斜着眼看着大章说："每个人都有自己的秘密、快乐与忧伤，都得自己扛。家庭矛盾，社会压力，跟你说，你能解决吗？"

　　龙大章说："为什么我们读书的时候很快乐？那是因为简单，心里没有太多的事儿；事儿一多，想快乐也快乐不起来了。快乐和收入、地位等无关……"

　　赵直帆打断他的话："大章，你想问我什么就问吧，我不喜欢绕来绕去。向你坦诚一回，你问我什么我都告诉你。"

　　龙大章说："我还想知道那晚约见你的人是谁？"赵直帆眼光黯淡下来："金疤瘌。我只能告诉你这个，其他的我一无所知。困了，我们散了吧……"

　　赵直帆起身，跟跟跄跄地向夜色中走去。他路过龙城说书场，里面传来说书声："偶有小和眼发亮，放炮悔恨痛难当。谁知自此不开和，一炮点在豪七上。世上没有后悔药，有的只是劝人方……"

5

晨光初照，天清影斜。匆匆的脚步，忙碌的人群。龙大章、朱丽雅、鲁运各穿一身休闲装踏上了去草原的长途客车。

朱丽雅看了看笑得合不拢嘴的鲁运说："大师兄，今天咋这么高兴啊？"

鲁运说："我凤城的女同学到草原来旅游了，师弟就让我去草原度假村，我能不高兴吗？这就叫人性化管理。"

龙大章说："不过，会同学可不能误了正事儿。"鲁运说："放心吧。师弟官复原职了，多亏我以前溜须快。丽雅，你说呢？"朱丽雅说："市侩哲学。"

车子正要启动，姜美祺和白小艺先后跑上车。龙大章问："美祺，你也去旅游啊？"姜美祺说："我哪有时间旅游，今晚有一个神秘的藏传佛教密宗乐舞仪式将在巴彦花草原度假村举行，我去采访。你们去干什么？"龙大章说："旅游，经霜的秋叶更红。"白小艺噘着嘴插话说："大章哥，怎么不问我干什么去呢？"龙大章说："我知道，你是去演出。"

客车在广阔的大草原上行驶着，窗外是美丽而辽阔的草原风光——白桦林、红皮云杉一晃而过。车内响起了《陪你一起看草原》："因为我们今生有缘，让我有个心愿。等到草原最美的季节，陪你一起看草原……"

朱丽雅听着歌说："大师兄，现在也不是草原最美的季节啊。"鲁运说："对于我来说，这就是草原最美的季节。我那女同学说了，看过了草原的青春，还没有看到草原的成熟，她是特意选这个季节来的。"朱丽雅说："闹了半天，大师兄的喜好是根据女同学的喜好而来的。"

龙大章倚着后背，眯起了眼睛。姜美祺看了看龙大章，又看了看朱丽雅，想说什么却没有说。鲁运跑到了前排一名女游客跟前，兴奋地和她唠着草原红叶。窗外不时有成队的鸿雁飞过，引起人们一阵惊叹。

两个小时后，客车在巴彦花草原度假村停了下来。鲁运第一个跳下车，伸了一下懒腰。龙小晴手执小旗，领着一个旅游团走过来。鲁运兴奋地向一个女游客跑去。龙小晴发现了龙大章等人，便向他招手。

龙大章说："小晴，我正找你呢。我们四个游着也没劲，正好可以跟着你混了。只是，导游费没有。"龙小晴说："好，你就跟着我们凤城团走吧。没看见你们那位已经迫不及待了吗？"

白小艺说："各位哥姐，我去准备演出了。再见！"她抛出一个飞吻，向屋内跑去。

龙小晴给他们四人每人发了一顶米色的帽子，便开始讲解："凤城的朋友，你们好！我们现在来到了多姿多彩的贡格尔草原，正好赶上当地传统的马奶节。"

朱丽雅问："什么叫马奶节啊？"龙小晴说："马奶节是蒙古族传统节日，以喝马奶酒为主要内容，通常在农历八月下旬举行，今年因暖秋而稍晚了一些。它是蒙古族的丰收节。这一天，我们将享用到蒙古族传统美食——烤全羊，还能品尝到珍存到现在的特殊食品。这一天，我们将看到塞外深秋的天然牧场，还能听到酣畅的草原牧歌和苍凉的草原长调……"

人们走进蒙古包，桌子上摆着蒙古族特色饮食。人们自由围坐下来，鲁运赶紧坐在了凤城女同学身边。被龙小晴称之为"特殊食品"的烤羊蛋上来了，鲁运给凤城女同学夹了一个，女同学幸福地吃起来。

鲁运抿嘴笑问："好吃吗？"女同学说："嗯，好吃。"

朱丽雅问："这是啥啊？"鲁运坏笑道："我也不知道，你问服务员吧。"正赶上服务员小姑娘来上菜，朱丽雅问："服务员，这是啥？"服务员没有回答，下去了。鲁运又拿了一个羊蛋给了凤城女同学，女同学感激地看着鲁运。姜美祺附耳悄声对朱丽雅说："羊蛋。"朱丽雅就捶鲁运，鲁运和龙大章、姜美祺就笑。

这时，凤城女同学神秘地对鲁运说："你们的鸡血石好买不？"鲁运说："现在不太好买了，因为早就停止开采了。"女同学说："我想要嘛……"

白桦林和红叶装扮的草原色彩更加丰富，整个贡格尔草原因为节日而沸腾。游客们争相与红叶合照，与牛马羊合影。

一名蒙古族汉子牵了一匹枣红马过来，鲁运一边扶凤城女同学上马，一边教她摆姿势。

龙大章在远处喊："鲁大侠！鲁大侠！"鲁运答应一声过来了。龙大章说："打扰你的艳遇了，真把自己当游客了吧？"鲁运不好意思地说："瞄着呢，金疤瘌没有踪影啊，是不是我们分析得有误啊？"龙大章："不会的，从金疤瘌办公室发现的一些资料看，这个旅游区就是金疤瘌的私产，虽然上边写的法人不是金疤瘌。现在风声紧了，他想变现溜掉。"

朱丽雅走过来说："我去了他们办公室，问了几个人，都没有发现他的踪影。"

姜美祺走过来，向远处一指说："三位，我知道你们来干什么。看见那座寺院了吗？今晚那里要举行一个神秘的藏传佛教密宗乐舞仪式，按照习惯和我了解的情况，你们要找的人一定会在祭祀仪式上出现，因为祭祀仪式后这里将签约易主。"

龙大章恍然大悟："有道理，天不黑，老鼠不会出洞。晚上大家一定要保持清醒，悄悄地把人带走，不要惊动游客。"

鲁运说："放心吧，跑不了他。"说完，又向凤城那名女同学跑去。朱丽雅模仿那名女游客调笑道："我想要嘛……没出息！"说完，就和姜美祺哈哈笑起来。

夜晚，草原上的善同寺，香火烧热了冷空气。灯火闪烁的广场，豪饮的游客围成了一个圈，吃着手把肉，喝着酒，跳着舞。突然间，烟花腾空，草原的夜色变得五彩斑斓。白小艺领头的蒙古族歌舞劲爆、靓丽、拉风，一出场就赢得阵阵掌声。

龙大章、朱丽雅、鲁运分布在不同的方位，和游客们喝着酒。姜美祺拿出相机，摆好了姿势在拍照。鲁运坐在凤城那名女同学身旁，脚边是两个酒瓶子。他又倒了一杯马奶酒，和那女同学碰了一下杯："喝——不喝马奶酒，千里草原算白走……白……走……"一仰脖，一口干。

随着歌舞退场，灯光暗了下来，响起一阵神秘的锣鼓。

聚光灯下，龙小晴出场了："各位游客，最具本地特色和神秘色彩、近乎失传的藏传佛教密宗乐舞现在开始表演。它独特的表演形式、狰狞的面具造型和恐怖的音乐等都将带给你原始的、神秘的感觉。她是一位具有伏恶之势、护善之功的草原女神，看，她来了——"

一位身呈红宝石色、披骷髅、饰璎珞的女神在神秘音乐和灯光中神舞上场。她左手向上托举盛血的骷髅，做欲饮之状；右手执月牙形利刃，形象威猛；双足踏鬼蜮，置于莲花台……

姜美祺的闪光灯不停地闪着，龙大章警惕地环视着，朱丽雅恐惧地看着台上，鲁运醉眼蒙眬地看着凤城女同学……

白小艺悄悄地绕过来，附在龙大章的耳朵上说："他来了。"

鲁运和那名凤城女游客在放开地喝着酒。女神退场，短暂的宁静后，台下一片欢呼。又一阵火树银花的烟花照亮了整个寺院，通红的篝火照红了鲁运和那名女同学发热的脸。

龙小晴继续主持着："远方的朋友们，神秘的女神将把我们带进一个火树银花、篝火燃烧、激情热舞的不眠之夜，神秘的度假村投资人也将和我们一起共度良宵。朋友们，让我们抛开往日的沉重，追随着女神的舞姿，自由地跳起来、舞起来、乐起来，今晚的草原将属于你们——"

男女游客们一片欢呼，围着篝火尽情地跳起了安代舞。鲁运和那名凤城女同学手拉手加入了转圈跳舞的队伍。朱丽雅两眼盯着站在灯影里的人群，龙大章两眼盯着热舞的人们。金疤癞在鲁运的身后，被推了一把，加入了舞圈儿，手与那名凤城女子拉在了一起。

龙大章发现了金疤癞，向鲁运打着手势。鲁运喝得醉醺醺的，投入地跳着舞，根本不看龙大章的手势。龙大章向金疤癞这边舞过来。朱丽雅也发现了金疤癞，也向这边舞过来。姜美祺的闪光灯向龙大章闪着。鲁运醉醺醺地舞着，险些磕倒，被金疤癞扶了一下。鲁运这时认出了金疤癞，露出吃惊的表情。金疤癞似乎也认出了闪光灯下的鲁运，俩人大眼儿瞪小眼儿地看着。鲁运惊问："你？金贵……"

金疤癞愣了一下，转身就跑。鲁运抛下女同学，撒腿去追，二人转眼跑出了寺院外。鲁运的酒劲儿上来了，看着追不上了，他踉踉跄跄地掏出手枪，

"啪"的一声，枪走火了，打在自己脚上。鲁运"哎哟"一声倒在了地上。金疤痢消失在夜色中，只有寺院的篝火烧得更旺……

巴彦花苏木卫生院里，医生忙碌着，谁也没说话。龙大章、姜美祺、朱丽雅和那名凤城女同学焦急地等在门外，不知所措地来回地走动着。

一名医生拿着片子出来了。龙大章焦急地迎上去问："医生，怎么样？"朱丽雅、姜美祺和那名凤城女同学也走过来。医生说："大概是脚趾间穿了个洞，伤没伤骨头。我们也诊断不好，我们这里缺医少药的、仪器也没准，还是转龙城市医院进一步诊治吧。"

一辆老式救护车开进了院子，鲁运被抬到救护车上。他躺在救护车里，看着凤城那名女同学，脸上挂着痛苦的笑容。女同学俯下身来，关切地看着鲁运。鲁运微醉着、苦笑着，对女同学："对不起……打偏了。"

听到此话，朱丽雅差点儿笑出声来，她调侃道："不，大师兄，你打得很准，正中两趾中间，将来就叫'鲁十环'吧。"

龙大章瞪了他们一眼："没心没肺，这个时候了还开玩笑。"凤城女同学说："鲁运，要不我给你陪床吧？"鲁运说："要不你别陪床了。"见姜美祺在给自己拍照，鲁运摆手说："姜主任，这个事儿就不要报道了，丢不起那人。"

救护车闪着灯行驶在草原路上。夜幕笼罩下的贡格尔草原飘飘洒洒地下起了小雪。那辆救护车在夜色中疾驰，龙大章和姜美祺、朱丽雅坐在鲁运身旁，谁也没有说话。

一辆黑色的越野车跟在救护车后面，金疤痢紧张地开着车。车外，夜色中变幻的景物和刮起的蓬草，有时像狼，有时像牛，金疤痢不敢停下来，惊恐地超过救护车向前开去。

天快亮了。鲁运躺在龙城医院的病床上，他的女同学在给他削着苹果。

龙大章进来，高兴地说："师兄，医生说你的伤没啥大碍，但是得在医院住几天了。"

随后进来的朱丽雅调侃道："大师兄，你这枪法堪称神了，稍偏一点儿，你不光当不成警察，连结婚也免了。"

鲁运不好意思地说："托我同学的福。"凤城女同学说："鲁运，你没大事儿，我就跟着旅游团回凤城了。"鲁运不无遗憾地说："真是太对不起了，本想陪你好好看草原呢，没想到还给你找了麻烦。"

龙大章说："等你好了加倍补上吧。"鲁运失落地说："怕是没有机会了……"

6

寻找金疤癞的还有住在那处豪华住所的张半仙。知道金疤癞完全暴露在阳光下之后，他就一直派人在寻找这个蠢胖子。

接到大黑猫的电话后，张半仙气得像一头狂野的狮子，一脚踢在茶几上，他"哎哟"一声，痛苦地捂着脚。他放下手机，打开一瓶洋酒，倒了半杯，一仰脖喝了下去。半醉的张半仙从抽屉里拿出一张照片看着，那是一个周岁孩子稚气的脸……

他再次拨通电话："黑猫，让你的人继续寻找金疤癞，他已经完全暴露了，他坏了我的'毒网计划'，你知道该怎么做。另外，文住持后天去南方讲经，你们要在后天晚上直取藏经阁，我已把那里的三道锁全毁坏了，就是把那儿翻个底朝天，也要把鸡血麻神找出来！"

他放下电话，又倒了半杯酒。这时，茶几上放着的吴寄瑶的照片映入了他的眼帘，他拿起来仔细地看着，拿起了电话。

张半仙喝下了半瓶闷酒，吴寄瑶才进来："张先生，这么晚了你叫我……"张半仙醉眼蒙眬地说："寄瑶，场子管理得不错啊，我要奖赏你。"吴寄瑶说："我也是刚刚进入角色，还有待提高。"张半仙说："寄瑶，知道为啥用你吗？"

吴寄瑶想了想说："张先生好像提醒过，只是和老钱他们斗不能急。"

张半仙赞许地说："寄瑶，你做得对。我还有一家娱乐场所，想全部交给你管理。"吴寄瑶惊喜地说："我？"张半仙点了点头："寄瑶，你了解我吗？"

吴寄瑶摇了摇头："说实话，我真不了解你。一个有着几亿元资产的大老板，上街摆地摊儿。一个这么有钱的人，没有妻室儿女。一个想要什么有什么的人，却没有一丝幸福的笑容。"

张半仙叹了一口气说："我是一个孤独者，一个可耻的孤独者，我一无所有。来，寄瑶，陪我喝酒。"

吴寄瑶看了看张半仙那猩红的眼，有点儿怕，没有坐："张先生，你要是有这雅兴，我叫几个妹子来陪你喝？"张半仙说："不行，今天我烦，就让你陪我。"吴寄瑶说："张先生，我今天也心烦，不能陪你。"

张半仙跟跄地站起来说："金疤瘌黑我的钱……你给我装淑女……这事儿……由不得你！"他走过来撕扯吴寄瑶，吴寄瑶奋力地反抗着。

撕扯中，吴寄瑶的一个翡翠挂坠掉在了地上，发出一声清脆的响声，摔得粉碎。张半仙惊呆了，他看着那个挂坠，手僵在那里。吴寄瑶惊呆了，她愤怒地看着张半仙。

张半仙突然说："瑶瑶，你是瑶瑶！我是你舅舅的把兄弟啊！你的名字还是我起的呢。这个挂坠是我第一次上凤城时给你买的……"说着，他陷入回忆之中。

六十年前，在一个低矮的农家土房前，三个孩子疯玩着。小时候的赫顺（张半仙）和赫老二在抢一块玉米饼，把妹妹撞倒在地上。赫顺（张半仙）的养母从土屋里出来，给赫顺一大块饼子说："赫顺，别和弟弟（赫老二）妹妹（赫兰）抢了，这个给你。"赫老二一个大嘴巴抽在赫顺的脸上，两人打在了一起，赫兰吓得扔下饼子就哭……

五十年前，一身武士打扮的赫顺在看着养母发给他的一封发黄的信："赫顺，我从没拿你当侵略者的后代对待，你如果还回来，一定要把你的弟弟、妹妹带出贫困的山村，让他们过上好日子……"

二十五年前，碾盘沟吴寄瑶家。赫顺望着两岁的瑶瑶（吴寄瑶），把一个挂件挂在她脖子上，对吴寄瑶的母亲说："妹妹，这孩子就叫瑶瑶吧……"

吴寄瑶咬着牙说："你……你就是我妈说的那个浑蛋舅舅的把兄弟？我没有舅舅，哪来舅舅的把兄弟？"说完，她痛苦而羞愧地捂着脸跑了出去。

张半仙蹲下来，把地上挂坠的碎片捡起来，对在一起……

几朵雪花，飘在吴寄瑶那郁郁不乐的脸上，便化成了几滴泪。此刻她似乎清醒了不少，眼前闪着无数的金光和声音。

干瘦的张半仙说："只有'气'下加一'分'才能有好的氛围。你这人得争口气，离开别人，才有好的未来……"吴寄瑶母亲说："不要认你那两个舅舅，他们是狼……"她的那个翡翠挂坠掉在了地上，发出一声响亮的响声，摔得粉碎……

她突然打了一个寒战，眼前一黑，倒了下去。

一双大手扶住了她。当她再次醒来时，发现自己正躺在一张陌生的床上。于海平正端着一碗热汤，准备喂她。

吴寄瑶问："我怎么在这儿？"于海平说："你刚才晕倒了。"吴寄瑶环顾了一下四周问："你那孟仙子呢？"于海平说："回娘家了。"吴寄瑶惺忪着眼睛看着天花板，喃喃地说："于大律，你说像我这样的人在社会上是不是可有可无啊？"

于海平把汤放在床头柜上："怎么能这么说呢？有多少人望着你，望得脖子酸呢。"吴寄瑶说："都这般光景了，你还跟我开玩笑。"于海平说："别太悲观了，把汤就热喝了吧。我们生活在金钱社会，谁也没办法主宰自己的命运。"

吴寄瑶还是很不解地问道："这么晚了，你怎么还在帝豪？"于海平说："我刚好在那儿送客人出来。"吴寄瑶喝口汤说："为什么你对我这么好呢？"

于海平站起来说："咋说呢，算是同病相怜，也算是贪恋美色吧。"

吴寄瑶说："你知道我们是没有结果的。"于海平问："为什么？"吴寄瑶说："因为我们彼此并不欣赏，我们之间只有同情。"

于海平说："我明白了。你好好休息吧，我去那屋了。"

吴寄瑶说："不，海平，你送我回去。"说完，她黯淡地向门外走去，于海平跟着下了楼。

坐在车里的吴寄瑶望着于海平的侧影，想了很多。她知道，当初于海平给她安排工作时，是对她有想法的。可是，她嫌于海平心太花、胆太小。一系列的生活经历，让她的心硬起来，她决定要离开别人，另起炉灶。但是，她要完成资本积累……

　　吴寄瑶回到帝豪会馆办公室时，已经快半夜了，两名保安已沉沉睡去。她轻轻地打开门，忽觉屋内有动静。她警觉地打开灯，仔细查看了一番，并没有发现异常，便和衣而卧，不久就睡着了。

　　一个暗道门打开了，一个黑影鬼鬼祟祟地进了办公室。他熟练地摘下墙上的相框，打开，从中取出一张图，看了看。窗外路灯的灯光照着金疤痫那丑陋的脸。吴寄瑶说了一句梦话"都不是好人"，吓了他一跳，他迅速地把图揣进了怀里，从那个暗道出去了。

　　于海平送完吴寄瑶，心里久久不能平静。他静坐在帝豪外的长椅上，想着自己的情感历程：相中了吴寄瑶，却被钱如意插了腿；追求龙小晴，人家却没看上他；"白捡"了孟显姿，自己又瞧不上。想到这儿，他就觉得有些窝囊。

　　抽了三支烟，他向自己家走去。一上楼，就见一个黑衣人压低了帽檐儿在他家门口。于海平开门刚想进屋，黑衣人用刀子顶住他的腰部。

　　于海平战战兢兢地问："你……你要干什么？"黑衣人说："我们进屋里说去。"说完，一下子把于海平推进了屋里。于海平惊恐地问："抢……劫啊？"黑衣人说："不，有半张图，是我们花大价钱买的，让你老爹给鉴定下，是不是真的《辽域地志》。"于海平松了一口气："噢，就这事儿啊，值得这么动武吗？"

　　黑衣人说："事情急，没办法。明晚十点前把图和鉴定结论给我送到植物园。要是这事有什么差错，会有人要你和你家人的脑袋的。要是鉴定好了，找到宝藏有你一份儿。"他把地图塞到于海平手里，接着说，"里面有我联系电话，不要动歪心思。"

　　这时，响起了开门声，黑衣人惊恐地亮出了刀子。于海平向床下一指，那人藏到了床底下。于海平赶紧拿起地图，准备要出去。

　　孟显姿进屋，看着于海平的奇怪表情问："怎么这副表情？是不是金屋藏娇了？"

于海平赶紧解释："开什么玩笑。你怎么回来了？"孟显姿仔细扫视了一下屋里，说："家里大姑和大姨都来了，没地儿住。"于海平说："正好，显姿，和我去见我爹，别人托我找我爹鉴定一张古画，我忘了，人家明早等着用呢。"

孟显姿疑惑地看了看表问："这晚了，能去打扰他老人家吗？"于海平说："没办法，受人之托，忠人之事，走吧。"

于海平不由分说，拉着孟显姿出了门，他才松了一口气。

钻进床底下的黑衣人听见没了动静，从床底下爬出来，出门消失在夜色中……

7

折腾了一宿，于海平回来时天已经亮了。他溜了一眼床下，倒头睡去。孟显姿躺在床上却翻来覆去地睡不着，想着自己这样不明不白、不清不楚地和于海平睡在一起，便有些烦躁。她睡不着，只好玩着手机打发时光。

阳光透过窗帘缝照在于海平熟睡的脸上，他突然发出一阵笑声。这笑声吓了孟显姿一跳。她看见于海平从梦中笑醒了，便问："做啥好梦了，乐成这样？"于海平说："显姿，这一宿，我尽做好梦。我梦见麻神大赛中我得了轿车，还梦见了契丹宝藏金光闪闪……"

孟显姿撇了下嘴："怕是梦见哪个没长眼的大姑娘给你送上门来了吧？春梦秋屁，吃饱了撑的，起来做饭去！"

于海平委屈地说："其实，我还梦见你，梦见你穿上了婚纱……"

孟显姿一脸惊喜："真的？那我今天给你做早饭去。"于海平起来眯着眼，倚在沙发上补充了一句："可是，新郎是隔壁的老王。"孟显姿停住了脚步，笑眯眯地说："海平，我忘了去厨房的路了。"

于海平得意地说："不用怀疑，顺着红地毯的方向就能轻易地走到厨房。"孟显姿回头又看了他一眼，挑逗地说："你要是娶了我，是不是特幸福啊？"海平摸摸脑袋，摇了摇头："你不讲理，不干活，还老折腾人，我怎么幸福啊？”

孟显姿折了回来说："这就是你的幸福啊！我不讲理，才能反衬出你的宽容大度；我不干活，培养出你多才多艺；我折腾你，是让你的生活丰富多彩……幸福是靠自我感受的。"她两眼一瞪，"还真想让我做饭去？蹬着鼻子上脸了？"于海平起身向厨房走去："这才是呢，多说那几句干啥？"

于海平淘米洗菜，孟显姿抱着膀子站在旁边看着。这时，响起了敲门声。孟显姿开门道："于叔，你怎么这早就来了？快进来吧。"

于伟绩进门撒目了一圈儿说："显姿，你们这是住一起了？"于海平围着围裙、拎着勺子出来说："爸爸，少见多怪，来也不告诉一声，我好多做几个菜。"于伟绩说："心还不小。"

于海平问："爸爸，那图研究完了？你打个电话我去取不得了吗？这远还跑一趟。"

于伟绩瞅了孟显姿一眼，回头说："我们屋里说去。"

进了凌乱的卧室，于伟绩盯着于海平看，看得于海平有些发毛："爸爸，啥事儿这么严肃？"于伟绩从袖子里抽出那张地图，小声说："我昨晚一宿没敢睡。臭小子，我问你，这半张假图到底是哪来的？"

于海平说："那人说是花大价钱买的呀。"于伟绩说："他没说实话，这半张图原在刘尔贵手里，公安正在到处抓刘尔贵，你和这些人沾上边儿，会有大麻烦的！"于海平不以为然："半张假图，至于吗？"

于伟绩眼睛瞪得溜圆儿："假图？这是地地道道的《辽域地志》，和老龙头家发现的正好是一对。"于海平吃了一惊："那你为什么说那图是假的？我们为什么还要还给他？"于伟绩说："我是不想让你为了它送了命！"

于海平问："那么严重？"于伟绩严肃地说："把图给人家送回去吧，就说是假的，以后离这些人远点儿，没什么好果子吃。"于海平显然也认识到了问题的严重性："可是我也没办法啊？"于伟绩说："不行就报警吧？"于海平说："报警？我刚出来……又说不清了？"

这爷俩踌躇了半天，两人都是没主见的人，终没有任何动作。于伟绩忧心忡忡地回家了，于海平也如约去还了图。

但于伟绩给出的答案并没有令金疤痢信服。听完黑衣人的汇报，他沉思了半晌。阳光照在他扭曲的脸上，也照在那张老羊皮地图上。

他虽然看不懂地图，可对张半仙的话深信不疑。既然张半仙那么重视这张图，这张图肯定是真的。想到这儿，他对黑衣人说："带人把于伟绩'请'到那处空房子，再做决断。"黑衣人不解地问："不是已经问清真假了吗？大白天的就绑他？"金疤痢说："他没和我们说真话。"黑衣人说："大哥要是认为图是真的，我们按图去挖不就得了吗？"

金疤痢怒道："他若不来，你能看懂图啊？即使手里拿着真图，我们也找不到宝藏。"黑衣人胆怯地说："大哥，他不会报警吧？"金疤痢说："我了解他家人，胆小如鼠，不会报警的。"

黑衣人很快就找到了于伟绩的家，以物业人员的名义敲门进了屋。一把小刀抵在于伟绩腰上，于伟绩知道躲不过了，便乖乖地配合了黑衣人。他要求带上放大镜、纸和笔，又提了一些合理要求，跟着黑衣人下了楼。在他踏上一辆早已停留在小区门口的无牌汽车时，他把一团纸扔在了地上。一名保安正要提醒，那辆车已扬长而去。

第四十七章　穷途寻宝，末路狂奔

1

从医院看过鲁运的龙大章回到刑警大队，他坐在办公桌前，把各街路的探头视频又全部看了一遍。突然，他眼睛一亮，一个疑似金疤瘌的人昨夜在帝豪会馆附近出现过。

金疤瘌会去那里干什么呢？一定去取一件重要的东西。正想着，朱丽雅送来一张纸。龙大章展开来，那是一张复印的老地图，上面的文字不是汉语。翻过来，地图复印件背后写着一个"于"字和"SOS"。

龙大章看到这张纸大惊，便问："纸哪来的？"朱丽雅说："一个保安在吉祥家园小区门口捡到后，交到了派出所，派出所转交过来的。"龙大章看了看地图，再看了看"于"字和"SOS"，拿起电话："小晴……我想见一下你们的于馆长……今天没上班？你说下他的电话……"他用铅笔记完电话，马上拨了过去。电话里响起："您拨打的电话已关机……"

朱丽雅问："这张图什么意思啊？"龙大章说："我在想，这半张图或许和盗卖国家文物有关。地图在吉祥家园小区捡到，于伟绩就住在那里。上面又有'于'字和'SOS'符号，我们必须马上和于伟绩的家人联系上，于伟绩或许有危险。走，跟我去找于家人。"

于海平收拾完屋子，向孟显姿告别。他向另一个卧室望去，发现被褥叠得整整齐齐，孟显姿不知何时已经没了踪影。正要出门，响起了敲门声。于海平开门，发现龙大章和朱丽雅站在门外。

二人进了门，龙大章拿出那半张地图的复印件问："见过这半张图吗？"于海平一惊，马上恢复了镇静："没……见过。"朱丽雅把地图翻过来问："你认识这上面的字吗？知道这个符号什么意思吗？"于海平一看，心里打鼓。

龙大章问："今天见过你爸爸吗？"于海平更加不自然地说："这是我爸爸的字，他写这个'于'字很特别。他早晨从我家走的，怎么了？"朱丽雅说："你爸爸今天出去后没回家里，也没在单位，手机也不通。"

于海平此时才惊慌地问："是吗？"龙大章说："你爸怕是有危险了，他扔下这张纸就是给我们提供的线索，你要是知道什么情况必须告诉我们。"于海平站了起来，痛苦地说："是我害了我爸爸呀！"

一个破旧的出租楼内，光线很暗。于伟绩把眼镜摘了又戴上，戴上又摘下，把放大镜从图上来回地移动着。金疤瘌眼睛就随着他的手在移动，脸部表情也在明暗地变化着。

于伟绩拿开放大镜说："根据我的经验，这真不是什么《辽域地志》。市面上的赝品有的是，弄不好会有生命危险的。"

金疤瘌听后，哈哈大笑："于馆长，你蒙谁呢？我找专家看过了，这是真的。"

于伟绩说："那就让你找的专家看不得了吗，为什么非得找我呢？"

金疤瘌说："我们的专家不认识契丹文，只好找你这个契丹通了。"

于伟绩冷笑道："连契丹文都读不懂，却能鉴定出《辽域地志》是真的，笑话。"

金疤瘌说："于馆长，丑话可是说在前头，你说是假的，你得给我解读明白了，要是说不清、道不明或是看走眼了，你和你的家人可就没了。"

于伟绩吓了一哆嗦，他硬着头皮指着地图讲解："好吧。看见了吗？这图上好像是标注了契丹藏宝的地理环境，这首诗也像是表明了藏宝的具体位置。

但是，根据这个去找，或是什么也找不到，或是找到死亡陷阱。因为我听说契丹人在藏宝之前已设计了金、木、水、火、土五个假穴等着寻宝人去送死，就像前些日子的伏火穴一样……"

金疤痢听得心惊肉跳，继而烦躁不已，强烈的财富占有欲让他疯狂，他突然把一把枪顶在于伟绩的脑袋上："于馆长，就是刀山火海，我也要去闯一闯。说来说去，你就是在拖延时间。找不到宝藏，我让你去见阎王！"于伟绩吓得脸煞白："别……别……我再看看……"于伟绩这一举动，让金疤痢更加相信这张图是真的了。他恶狠狠地说："别跟我玩心眼了，做学问你行，看人心你不行。"

于伟绩说："如果这张图是真的，还要三个条件：一要找到另一半图；二要和时令及阳光照射的投影来确定地点；三要找到龙山寺的原始修建图。我们必须得找到龙山寺的原始修建图，这样才能确定宝藏的准确位置。"

金疤痢点了点头："听着有些道理，专家就是专家。不过，你说的三个条件我一件也做不到，你只能凭着这张图，给我找到宝藏。"

于伟绩面露难色："龙山寺已几经修缮，凭着这半张图你让我找到宝藏，我做不到啊！"

金疤痢两眼一瞪："我要是万事俱备，还用你这无用的'东风'干啥？"

于伟绩知道，秀才遇上兵，有理说不清。碰上金疤痢这样任嘛不懂的主，只能走一步说一步了。他希望儿子或公安能及时来救他，他能做的就是拖延时间。想到这儿，便说："金总，我想知道你这张图的来历和你找到宝藏想怎么处理。"

金疤痢说："这张图是我祖传下来的，我找到宝藏自然是要交给国家的。"于伟绩说："那就等到你们拿到国家批准发掘的批文再来找我吧。"金疤痢说："于大头，这个就由不得你了！"他一摆手，两个黑衣人的刀架在了于伟绩的脖子上。金疤痢阴阴地说："你已经掌握了我们的秘密，你要想见到重孙子，就在一天内帮我们找到藏宝的地点。否则，你懂的……除了你，还有你的家人。"

于伟绩和金疤痢周旋着，于海平和公安周旋着。于海平发动了亲戚朋友，该找的地方都找了，一点儿踪迹也没有。于海平垂头丧气地回到家里，走到阳台上，对着这个熟悉的城市的建筑发呆。

孟显姿静静地走到他身后说："海平，你爸的失踪既然与藏宝图有关，帮他们找到宝藏没准儿会分些财物呢。"

于海平气愤地吼道："妇人之见！找到宝藏之日，就是老爷子升天之时。"孟显姿吓了一跳："这么严重，那你为什么不和警察说实话呢？"

2

寻找金疤瘌的，除了警方和张半仙，还有敖拉倚。她已经三天没睡着觉了，还在昏昏沉沉地写着《木叶山，你在哪里》的下部。直到一阵冷风把日历吹得直翻页，她才看了看日历，向小祠堂走去。

敖拉倚家小祠堂里，一炷香闪着火花，一盘时鲜水果摆在像前。敖拉倚虔诚地跪了下去，磕了三个响头，口中念念有词："父母大人在上，不孝女敖拉倚没有完成你们托付的事业，鸡血麻神时远时近。家奴之后金贵收了我五十万元定金，却人去楼空。《辽域地志》或已落入他的手中。我该怎么办呀？我该……"没等说完，她渐觉眼前一黑，倒了下去，撞倒了香炉，便什么也不知道了……

白小艺穿着演出服回来了，"当当"地敲着门喊："敖拉姨，你在吗？"喊了半天，一点儿动静也没有，她翻了半天包才找到钥匙。开门进屋，到楼上，没人。到厨房，发现饭已做好，菜放在案板上，但没有一个人。

小祠堂的门虚掩着，小艺想进去时，耳畔响起敖拉倚的话："小艺，在这个家你哪都可以进，就是不能进小祠堂。"她犹豫了一下，还是进去了，眼前的画像和气氛让小艺打了个寒战。她镇定下来，才发现敖拉倚倒在地上。她慌忙跑过去扶起敖拉倚，喊："敖拉姨，你怎么了？怎么了？"

敖拉倚慢慢地睁开眼睛，有气无力地说："小艺……你回来了……我这是怎么了……"白小艺说："敖拉姨，你晕倒了，我扶你上楼上。"敖拉倚挣扎着坐了起来，她惊奇地发现撞倒的香炉底下是一个石匣子。她眼睛一亮，拿出那个匣子，打开蜡封，一本契丹文字的《〈辽域地志〉解密》呈现在她面前。

白小艺问："敖拉姨，这是什么？"敖拉倚说："一本指引人死亡的书……"她眼睛无神地望着那本书，吓得白小艺没敢再问。

二人默默地坐在餐厅吃饭。敖拉倚问："小艺，这次去草原演出有什么新鲜事儿啊？"白小艺说："新鲜事儿可多了。"敖拉倚说："说说。"白小艺说："我们去的那个度假村是那个叫金贵的人开的，也叫金疤瘌，龙大章和鲁警官去抓他，你说怎么的？"敖拉倚问："怎么的？"白小艺笑道："鲁警官愣是给了自己一枪，让金疤瘌跑了。"敖拉倚听到此话，一脸失望，惊问："金疤瘌跑了？"

这时，响起敲门声。白小艺去开门，发现龙大章和朱丽雅站在门口。她羞答答地说："大章哥，你来了……"龙大章进门对敖拉倚说："敖拉教授，您是契丹专家，有件事需要你帮忙。"敖拉倚冷冷地说："怕是帮不了你什么。"

龙大章拿出于伟绩复印的那张图，晃了一下说："于伟绩失踪了，或是因为这张图。"敖拉倚闻听，赶紧把那张图拿了过去，认真研究着。半晌才问道："要我干什么？"龙大章说："假如有人拿这张图去挖宝，他会选择哪里？"

敖拉倚仔细看着这半张图，心里直翻个儿，心想，没想到这半张图在于伟绩手里。在龙大章询问的目光中，敖拉倚说："从表面上看，指示的是龙山寺后的老虎崖，但那里一定挖不出宝藏来。"

龙大章问："为什么？"敖拉倚说："跟你一句两句也说不清楚，我只想知道这张图从哪里来、原件在哪儿。"朱丽雅说："敖拉教授，我们正在调查，还不能给你什么结论。"

龙大章和朱丽雅从敖拉倚家出来，白小艺眼巴巴地送出很远才恋恋不舍地回去了。

走过街口，朱丽雅调侃道："这孩子是上了心了，有些人罪过啊！"龙大章说："我有什么办法，她就这么单纯。"

朱丽雅说："这不正是你们男人希望的吗？"

龙大章说："丽雅，说正事吧。你马上派人日夜注意龙山寺后的老虎崖，一有风吹草动，我们立马行动。"

二人走到伏龙区刑警大队门口，就见鲁运一瘸一拐地过来了。龙大章问："大师兄，你怎么这么快就出院了？"鲁运说："我提前出院了，没捉拿住金疤痢，我住不安稳啊！"朱丽雅说："草原一行，出师未捷，跑了贼人，伤了大将。大师兄，你这是怕找你的头功啊！"

龙大章说："金疤痢现在是孤注一掷了，他潜回龙城，可能绑了于伟绩，想找到宝藏后走人。"朱丽雅问："他现在会藏在哪呢？"龙大章说："我看了所有的卡口视频，没有发现他的影踪。他在龙城经营了这么多年，会有很多藏身之处的。不过，他跑不了，他已是瓮中之鳖了。"

这时，李明乔过来说："龙大队，周副支队召开全市各警队负责人会议，传达上级会议精神，布置任务，要你和朱姐马上去参加。"

龙大章和朱丽雅来到市局会议室时，各警队的负责人已整齐地坐在会议桌前。

周至祥扫了一眼与会人员，开始讲话："各位，目前，全市人民都在为首届麻神艺术节的召开积极准备着，市局已任命我为麻神艺术节安保方面总指挥。赵副市长要我们抓紧侦破鸡血麻神被盗案，为我市首届麻神艺术节创造一个良好的环境。可是，有些人总以为自己了不起，有案不报、擅自行动、三个瘦子抓不住一个胖子，丢了人民警察的人……"

龙大章赶紧低下了头，他发现手机亮了一下，一条短信呈现在他眼前："晚上东郊要有一场火拼。"发信人是一个陌生号码。他把手机短信给朱丽雅看了看说："他们要行动了。"

龙大章和朱丽雅走出市局会议室时，太阳即将西下。二人边走边讨论着手机短信内容。朱丽雅说："大章，各处观察点均没有发现异常，不可能有械斗吧？"龙大章沉思道："那发短信的目的是什么呢？"

朱丽雅说："一条短信让你这么费神，可能就是个恶作剧吧。"龙大章说："不像。我们要分析发短信人的动机，他说东郊……不对，结合于伟绩失踪一事，我想他们的目标在龙山，这叫调虎离山。"朱丽雅说："他们的调虎离山无疑像通风报信，他给我们来调虎离山，我们就给他来个将计就计，让他聪明反被聪明误。"

龙大章点了点头说："嗯，让我们的人马上吃饭，然后准备秘密行动。"

3

龙城深秋的夜晚人少车稀，只有那五彩的霓虹无聊地闪烁着。在这丰富多彩的夜色中，在彩灯的旋转中，在烟雾的笼罩下，龙城市的夜演绎着一幕幕不为人知的故事。

方格棋牌室里，李明鑫等人正在打麻将，一个秃头正在给时猴子上款。龙城休闲娱乐城门口，小金子不断地迎来送往，嘴里不断地喊着"欢迎下次光临"。张半仙从里面走出来，笑着说："小朋友，干得不错嘛！"

于海平在家里的客厅里来回走动着，像热锅上的蚂蚁。孟显姿催促道："来回走有什么用？你倒是想法儿啊！"

敖拉倚休息了几个小时，踉跄地走进书房，把那本《〈辽域地志〉解密》拿了出来，如饥似渴地读着。见到这本书，她的精神状态也好了不少，自言自语道："我由衷地佩服我的先人，藏个宝还要看日月星辰的光影……"

骏黑的夜色笼罩着龙城市。东郊轰隆隆的几声爆炸声惊醒了树上的宿鸟和休闲的人们，人们纷纷探出头去，看着警车呼啸而过。

金疤痢听到爆炸声笑了，他笑自己也能使计了。他坐在龙城去龙山寺的越野车里，车子避开了大路，颠簸而行，他的心也在不安地跳动着。

于伟绩坐在后排座上，想着脱身之计。一边一个黑衣人，操着闪亮的刀子，这让他有些失望，算计着如果今晚老命休矣，会不会让陈立言之流耻笑，不算丰厚的家产归谁，家里那么多古书有谁会接着读……

金疤痢回头笑道："委屈你老人家了，我们尽快找到宝藏，你就解脱了。"

于伟绩低沉地说："只有半张假图，我们无法准确地找到藏宝地点。而且，这样去找很危险，别中了流金、滚木、银水、伏火和动土的疑冢。"

金疤瘌说："你说的话我不信。"于伟绩解释说："这是有正式记载的，契丹后期制作了《辽域地志》，也相应地绘制了五对假藏宝图。若得假图，寻到疑冢，必然丧命。"金疤瘌说："我现在就认这半张图是真的，你说什么也没用。就根据这半张图推测，找到了宝藏一人一半儿，怎么样啊？"

于伟绩此时只想能不能保全性命，从未奢望那一半儿不义之财。他说："我不要。你们不怕公安抓你们吗？"

金疤瘌笑道："不怕，他们都在为龙城的麻神艺术节忙活呢，顾不过来我们，不信你往山下看——公安局成排的宣传车在街面上高调地宣传呢！"

于伟绩说："自古以来，没有白死的冤魂；现在，没有破不了的案子。"

金疤瘌讥笑道："老于，你在指望像周至祥这样的公安救你吗？他除了高调地放空炮，就是背地里数黑钱，在他由衷地佩服自己驾驭世事能力的时候，我们明目张胆地作案，这是对他们绝妙的讽刺。"

今晚的天空没有月亮，星星也藏在了云中。一行人押着于伟绩磕磕绊绊地来到龙山寺后边的狮子崖下。于伟绩指认位置后，几个黑衣人挥锹挖地，金疤瘌押着于伟绩坐在石头上看着。寂静的夜晚、偏僻的山脚，从未有过如此大的动静。

一个黑衣人边挖边悄声说："大哥，越挖越挖不动了，不像有活土。"

金疤瘌恶狠狠地看了于伟绩一眼："他们要是在你说的地方找不到宝藏，（指了指）这个坑就是你的墓穴。"

于伟绩哆嗦了一下，说："我再看看……"他拿起地图，用手电照着说："再往左、往左……三十米。"

金疤瘌向黑衣人命令道："再往左三十米，挖。"

于伟绩此时还想靠三寸不烂之舌打动金疤瘌，便乘势展开了思想教育："金总，你也是有身份的人，干这个？"

金疤瘌沮丧地苦笑道："有身份？我的身份不是纯金的，是镀金的，我只有找到了龙山宝藏，我才会重新金光闪闪。"

黑衣人在旁边低声说："大哥，向左三十米是岩石。"

金疤瘌的刀子"噌"地架在于伟绩的脖子上："你今天是抱着为国一死的决心了？"

于伟绩吓得汗流满面："金总……不是……只是我也弄不太准……我要是准确无误地知道宝藏在哪儿，我自己不也会挖……挖吗？"

龙山山林里，远处不时传来几声鸟叫，使山野更显得幽静。龙大章带领着朱丽雅、鲁运、李明乔等刑警静静地向老虎崖下的山口行进着。可是，一点儿动静也听不见。龙大章看了看手机，小声说："已接近午夜了，不对吧？"

几个人正踌躇时，龙大章的手机接到姜长庚的一条短信："向西两千米，狮子崖。"

龙大章恍然大悟，一挥手，悄悄地向狮子崖上摸来。在接近狮子崖时，李明乔踩落了一块山石，发出很大的响声，惊起一片飞鸟。

望风的黑衣人喊了一声："谁？"没有人回答他。他转过身去，就见龙大章向他飞奔而来，他大喊一声："有人来了！"便被龙大章放倒在地。

山上挖土的黑衣人和金疤瘌听见声音，顾不过于伟绩，便四散奔逃。

龙大章带人冲上山来，那些人早已逃得无影无踪。龙大章望着黑黢黢的茫茫原始次生林，只好把那个望风的黑衣人带进车里讯问。

朱丽雅找到了躲在树丛中哆嗦的于伟绩，拿到了《辽域地志》。于伟绩激动得热泪纵横："大章，太感谢你们了，不然我的命可就没了。"

龙大章问："于馆长，能说说他们为什么绑架你吗？"

于伟绩悔恨地说："都怪我，这半张《辽域地志》原来在刘尔贵手里，我没和公安说明。前些日子又丢了你爸捐献的那半张图，才酿成今天的大祸。陈立言瞧不起我……对啊！"这时，李明乔跑来回报告："报告龙大队，金疤瘌等人四散逃脱到了森林内，我们没有追上他们。"

龙大章说："知道了，通知山下各回城侦查点堵截。"说完，他又拨打了一个电话："美祺，我们破获了一起大案，你能不能联系一下电视台，让他们滚动播出一下？……好，我等你们，在龙山寺后的狮子崖。"

朱丽雅不解地问："龙大队也重视宣传了？"一阵山风吹过，算是龙大章的回答。

4

这一晚，睡不着觉的还有几个人。

张半仙边看电视边等手下人寻找金疤瘌的消息。他正要关电视，突然蹦出一条新闻："现在，本台插播一条最新消息。我市伏龙区公安刑警大队破获一起盗挖文物案和绑架案，以金贵为首的犯罪嫌疑人五人，现已抓获一人。他们盗取《辽域地志》后，趁夜潜入龙山狮子崖下，欲盗挖契丹宝藏，遭遇伏龙区刑警大队……"

这条消息险些把张半仙气得砸了电视。他咬牙切齿地骂着："这个愚蠢的小人，这个可耻的背叛者……"骂了一通儿，他庆幸金疤瘌没落到龙大章手里，否则，自己得连夜出逃了。

白小艺因为龙大章对她爱答不理、拉黑她的手机号而烦恼，在百无聊赖地按着电视遥控器，张半仙看到的那则新闻也同样吸引了她。她赶紧去叫刚要睡着的敖拉倚："敖拉姨，看，我大章哥找到《辽域地志》了！"

敖拉倚连鞋也没顾上穿，赶紧过来看电视——被绑架人质于伟绩被解救，《辽域地志》被缴获，金贵等人逃脱。指挥此次行动的刑警大队长龙大章号召全体市民勇于举报金贵的行踪，收缴的宝图暂存龙城契丹博物馆，待失主认领，移交工作在明天举办的龙城市麻神艺术研讨会上完成……

霜降即将临近，龙城的夜比以前更长了。这对敖拉倚是个折磨，昨夜的电视新闻总在她耳边萦绕。她就这么一边写着明天研讨会上的发言稿，一边和觉神斗争了一宿。

清晨的第一缕阳光照在她家阳台上，迎着初升的太阳，敖拉倚随手拿起自己的一本书稿凝视着，那是一部《我梦中的契丹森林》诗歌集。突然，她做了一个奇怪的动作，点着了自己的书稿。

白小艺打着哈欠走过来，惊疑地问："敖拉老师，一大早在干什么？"

敖拉倚阴沉地说："葬书。林黛玉葬花，我葬书。"

白小艺问："为什么呀？"敖拉倚说："书不值钱了……小艺，你昨晚好像有事儿要问我？"白小艺问："敖拉姨，你说，我去艺术学院主修通俗音乐还是高雅音乐呢？"

敖拉倚想了想说："唉！现在耍手腕的人越来越多，耍手艺的人越来越少；出书的人越来越多，读书的人越来越少……你说该学什么呢？"

白小艺说："敖拉姨，我明白了，世人都俗不可耐的时候，高雅的东西不吃香了。可是，我最想学的还是表演，做个影视歌三栖明星，哪怕是三流的，或是拍三级片什么的都行。拍几部片子，这辈子也就啥都有了。"

敖拉倚叹了口气说："现在的孩子现实得这么可怕。"白小艺说："不过，我还要征询一下大章哥的意见。他为什么拉黑我的电话号呢？"敖拉倚说："那是故意躲着你呢。小艺，找个爱你的人吧，别浪费时间了。"

白小艺气哼哼地说："躲？我让他无处藏身。"说完，蹦跳着出去了。敖拉倚用艳羡的眼神儿望着她的背影，拿起了用一宿时间写的龙城市麻神艺术研讨会发言稿。

5

龙城契丹博物馆会议室里熙熙攘攘。墙上的电子显示屏上，"龙城市麻神艺术研讨会"的标题昭示着今天的主题。赵连起、敖拉倚、张半仙、龙大章等人在不同位置就座。

主持人于小晴从容地走到台上："各位领导、各位来宾，有关龙城首届麻神艺术节的全民大讨论已经进行好长时间。今天，龙城晚报社等新闻媒体会同龙城大学等文化单位召开一个别开生面的学术沙龙，主题是'龙城要不要麻神艺术节'。有请今天的正方代表——考古学教授于伟绩和反方代表——著名的历史学教授陈立言登台对擂！"

于伟绩和陈立言从主席台两侧走到台上，向观众敬礼，掌声响起。

于伟绩率先发言："各位，先亮明正方观点，我们支持我市设立一年一度的麻神艺术节。从竞技角度来说，麻将是一种益智类体育项目；从优生学角度来说，麻将符合物竞天择、适者生存的原则。麻将起源于龙城，龙城埋藏着契丹宝藏，无论从塞外旅游业的发展角度还是开发角度，都有必要让世界知道龙城……"

赵连起坐在主席台下听着，带头鼓掌，很多听众跟着鼓掌，气氛很热烈。

于伟绩亮明观点后，陈立言发言："各位，我不同意于馆长这么隐晦、委婉的发言。在二十世纪初，胡适总结了中国四大害——八股、鸦片、小脚、麻将，并痛骂麻将'消磨人的时间、滋长赌徒贪心的心理'……"

姜美祺在认真记录着。赵连起不安地看着手表，他皱了皱眉头，站起来向卫生间走去。于小晴明白，赵副市长不爱听的时候，一般会上厕所。

赵连起回来的时候，敖拉倚的发言进入尾声，辩论就此结束。从观众的掌声分贝情况看，正方略占上风。这一结果令赵连起很满意。他健步走上主讲台，预示着研讨会已经进入了下一个环节。

赵连起的声音历来很洪亮："各位，龙城市设立麻神艺术节得到了全体爱心市民的关注，也得到了专家的论证。契丹宝藏引起了很多不法之徒的垂涎，就在昨天，我们的正方主讲人于伟绩先生还遭到了以金贵为首的犯罪集团的绑架。我们有责任保护好契丹宝藏。下面，由破获本案的伏龙区刑警大队大队长龙大章讲述破案经过并移交《辽域地志》。"

龙大章健步走向主讲台，简述了查获《辽域地志》的过程。张半仙和敖拉倚都伸着脖子认真听着……可是，张半仙越听越心烦，他从会场出来，望着外面铺天盖地的麻神节宣传单，想着自己的心事。他痛恨金疤痢这个无耻小人，背着他占了自己的财富、拿了自己的图。

这时，电话响了，他赶紧走出会议室。来到院外，他环顾一下周围，打电话回了过去："黑猫，一点儿线索也没有吗？不能让公安先找到他。接着找吧，找不着他，你们也别回来！"

他揣起电话，气愤地向家走去。麻神节要到了，金疤痢的鲁莽行为无疑破坏了他的成功进程。不过今天的会透露出两个消息：一是契丹宝藏已经得到官方认可，而这一宝藏已经有一多半儿在自己手里；二是刘尔贵那半张《辽域地志》又回到了龙城契丹博物馆，于伟绩能守住它吗？

6

吃过晚饭，龙大章正要去办公室加班，龙小晴来电话告诉他："郝子强回来了，我在龙城休闲娱乐城安排喝茶，约了几个要好的同学，好好开导一下子强那榆木脑袋。"龙大章也正找郝子强有事商量，便很快地答应了。

龙城休闲娱乐城的灯红酒绿已成了过往，这里经过上次周至祥的"重拳打击"后已重在茶艺，显得很幽静。龙大章到来时，龙小晴在玲珑茶室门口等他。优雅的环境里回荡着古筝曲《月满西楼》。郝子强和赵直帆正在张罗着点这点那，茶桌已经上来了好多啤酒。

龙小晴一见啤酒，就说："这么好的环境，不喝茶喝啤酒啊？"赵直帆说："龙城有句俗语：'请客不上酒，不如去喂狗。'"

龙大章喝了一口茶说："以我多年的刑警经验发现，龙城人有两大偏好——打麻将与喝大酒。"郝子强接着说："嗯，我喜欢打麻将，直帆喜欢喝大酒，要是我俩出去，足以代表龙城人了。"

赵直帆说："麻将从中国古代宫廷走向了当代民间，在龙城市得到了长足发展，到了'麻'风大盛阶段，这就说明这玩意儿魅力无穷。"

龙大章说："龙城不可'麻'在桌上，不可'麻'在官场，不可'麻'在社会，不能让'麻痹'的人'羁'下去，必须从我们这一代做起……"

龙小晴说："还是我哥说得对，子强的人生就栽在'麻'和'羁'上。你们一定要帮他解脱。"

龙大章点了下头说："小晴，你放心，这事儿交给我，我要和子强单独谈谈。"说着，拉着郝子强进了另一茶室。关严门后，大章问："子强，你出去这多天就没找到刘尔贵吗？"郝子强低声说："找到了。可是，他不敢回来，他怕蹲监狱。"龙大章说："躲了初一，躲不了十五啊！"郝子强说："我也跟他说了。他还有个顾虑，怕金疤癞杀了他。"龙大章说："金疤癞已经成了亡命之徒了，哪顾得上杀他啊？"郝子强说："这些情况他不知道。"龙大章说："你想法儿告诉他。"郝子强点了点头。龙大章压低声音说："子强，我现在需要你做另一件事，这事儿连小晴也不要告诉……"

他正与郝子强耳语着，龙小晴推门进来问："你们在嘀咕什么？"龙大章说："我们在商量怎样戒了麻将和开装潢公司的事儿。"

三人回到了茶室，发现姜美祺和白小艺也来了。

赵直帆这时已经喝下两罐啤酒，见三人进屋，调侃道："我们这几个要好的同学，小晴学京剧雨过天晴地皮干，大章办案断章取义无头尾，只有郝子强才是我的酒友和麻友。"

龙小晴说："京剧阳春白雪，麻将老少通吃，你俩就是同学中的坏人。"

一向反对麻将的姜美祺说："京剧日渐消沉，麻将风生水起，为什么？这和人的信仰有关，信仰危机让更多的人坐在麻将桌旁。"

龙大章说："说穿了，还是和人的本性有关。秦始皇筑长城，用高高的围墙隔绝外界，却又贪婪地算计着外界的一切。个别官员立足本位，却又无休止地瞄着更好的位置。老百姓修院墙，以防别人觊觎自己，却又好奇地探究着他人的动向。麻将这玩意儿能诠释人间的一切，在真真假假、虚真假实中有人慷慨奉献、成就他人，有人虚与委蛇、掏空他人……"

赵直帆听了两人的言论，有些不快："二位，说着说着，就来了愤青味了，你们的麻神研讨会开到茶馆里来了？"

白小艺本是奔着龙大章来的，人们早已忽略了她，她噘着嘴说："早知你们是开麻将研讨会，我就不来了。"

赵直帆说："小艺说得有理，我们的小艺可是阳光女孩，不能学他们那酸劲儿。小艺，你起个头，说点儿你感兴趣的话题？"

白小艺说："不能说点儿歌星、影星、笑星什么的吗？不过和你们说了也白说，说了也不懂。我去演出了。"说完，赌气走了。

不谈酒和麻将，龙城人好像少了共同话题。赵直帆、龙大章和郝子强喝酒，姜美祺和龙小晴喝茶，他们一边等着吴寄瑶，一边唠着过去的事儿，却也轻松快活。

等了半天吴寄瑶仍未到场，龙大章端起酒杯说："各位同学，还有个事儿，子强彻底回归了，他要办个传统家具装潢公司，想听听大家的意见。"

赵直帆放下酒杯说："开公司？有资金吗？有场地吗？子强，我早就想说你了，老大不小了，现实点儿吧！多少人想当老板啊，老板就是那么好当的吗？露多大脸，现多大眼……"

姜美祺给赵直帆使眼色，赵直帆才止住。郝子强看了看赵直帆，尴尬地没吱声。

龙大章看了看表，起身打破这尴尬的局面："不早了，各位回去吧。子强，办公司的事，我支持你，明天就动员父母把给我买房的钱借给你。"

龙大章走出龙城休闲娱乐城，路过方格棋牌室，望着天上稀稀拉拉的寒星，心中五味杂陈。他和"东北新干线"的较量是一个麻将局，师傅姜长庚甘愿做了一名点炮手，郝子强也成了麻将局中的一方，很难想象这些参与者不被残酷的现实误伤……

7

秋夜的龙山寺外，落叶沙沙作响。几名黑衣人悄悄地潜伏在龙山寺外，向寺院里鬼鬼祟祟地望着。偶有几声难听的鸟叫，周围黑黢黢的，有些吓人。

龙山寺居士住所，有几声暮鼓传来，姜长庚倚在枕头上看着书，时而掩卷思考。昨晚，他帮助龙大章找到了金疤痢的行踪，可惜让他跑了。他守着半副鸡血麻神，要钓出"东北新干线"的核心，这就是自己选择的"舍不了孩子套不住狼"的危险策略。

龙山寺藏经阁，萧瑟的秋风带来凄凉的鸟鸣。几名黑衣人用铁丝一钩，就打开了锁。他们看了看，听了听，周围一片寂静。几个人闪进了藏经阁，在楼上乱蹿乱翻着，把能放东西的地方找了个遍，可是什么也没找到。

当两个黑衣人在屋里头碰在一起的时候，都吃了一惊。大黑猫："你长点儿眼神儿。"黑衣人说："猫爷，没有找到啊！"大黑猫低声说："辽观音，辽观音，你不会再仔细搜搜吗？"

一个东西破碎的声音从外面传来，姜长庚吃了一惊。他一骨碌从床上坐了起来，仔细听着，藏经阁传来轻微的脚步声。他爬起来，摸了根棍子，小心翼翼地向门外走去。

藏经阁外，姜长庚仔细听着。借着微弱的灯光，他看到了被打开的锁。里面传来人走动的声音，他大喝一声："谁？给我滚出来！"

几名黑衣人从屋里冲出来，姜长庚举起了棍子喝道："都给我站住！我就知道你们会来的，我在这儿已经等你们几个月了。"大黑猫嘿嘿一笑："老姜，你想重现昔日的风采，怕是没那能力了。"

二人对峙着，大裤裆悄悄地从后面走过来，一棍子打在姜长庚的头上。姜长庚回头连人也没看清，便软软地倒了下去……

这边的动静惊动了僧舍，有人喊："抓贼啊！抓贼啊！"

大黑猫愣了一下，一挥手，几名黑衣人瞬间跑得无影无踪……

8

龙城医院外科病房，清晨的阳光照在姜美祺和赵直帆那疲倦的脸上。姜美祺睁开眼，站起来拉开了窗帘，阳光立即布满整个屋子。赵直帆也醒了，看了看躺在病床上的姜长庚，欲言又止。

姜长庚在病床上吃力地坐了起来，摸了摸扎着绷带的头，说："直帆，辛苦了。"赵直帆说："爸，辛苦不辛苦不重要，重要的是我们有必要顶着这个风险吗？"

姜美祺正要说话，龙大章拎着水果进来了，问："师傅，伤得重不重？"

姜长庚示意他坐下，说："伤得不重，我当兵时就练过挨打这一项。"他活动活动脖子说，"就是头还有些晕。"他想坐起来，可是很费力。

姜美祺说："爸，医生告诉先别动。以后这些事你可别管了，多危险啊！"赵直帆说："就是，能放手的事儿就得放手，硬撑……"

姜长庚看了赵直帆一眼说："以后就是想管，怕是也没机会了……"

龙大章说："直帆、美祺，你们能不能回避一下，我和师傅单独谈谈？"姜美祺说："正好，我得去单位交稿子了。"赵直帆看了龙大章一眼，疑惑地和姜美祺出去了。

　　姜长庚躺在病床上，详细地介绍了昨晚发生的情况。龙大章听完后问："师傅，这些人是金疤癞的人吗？"姜长庚说："无法确定。"龙大章说："师傅，我觉得这事儿跟我们要查的人有关，你能详细跟我说说二十七年前'东北新干线'的情况儿吗？"姜长庚皱起了眉头说："那些事都过去了，说起来都是伤疤和眼泪……"龙大章说："师傅，我发现有些事并没有过去，他们还在龙城兴风作浪。"他拿出大黑猫的照片问："这个人，认识吗？"姜长庚看了一眼说："昨晚就是他带人去的。"

　　龙大章说："他叫大黑猫，可能是'东北新干线'的核心成员。他不是金疤癞的人，他有自己的'大哥'，这说明'东北新干线'还在我们眼皮底下兴风作浪。"

　　姜长庚问："怎么能断定他不是金疤癞的人？"龙大章说："金疤癞现在已经是穷途末路，他和大黑猫一样，可能是'东北新干线'的老马仔，但绝不是首脑，他们的背后，一定另有高人。"姜长庚说："有道理。"

　　龙大章说："师傅，有什么为难的事儿你一定告诉我们，除恶务尽啊！你不觉得两次龙山寺案都是冲你去的吗？你要相信组织。"

　　姜长庚想了想说："非常奇怪，打我闷棍的人似乎是大裤裆……"龙大章一惊："大裤裆？他应该是李明鑫的人啊……这就复杂了。"姜长庚说："我也想不明白……我头疼……"

　　这时，敖拉倚拎着水果进来了。

　　龙大章看了看闭上眼睛的姜长庚，一步三回头地离开了。他独自走在龙城大街上，身边是映入眼帘的麻神大赛宣传品，他无心欣赏五彩多姿的秋色。大裤裆和大黑猫同时出现，说明了什么？"东北新干线"的势力比最初预料的要大得多。可是，他脑海里还没有一个明晰的想法和判断。师傅和敖拉倚在这里究竟充当一个什么样的角色呢？

　　姜长庚在敖拉倚的搀扶下走到窗前，从二十楼向下望去，就见到了龙大章的背影。姜长庚很矛盾，大章知道他信任、尊敬的师傅就是鸡血麻神的保管者吗？他知道师傅在用自己的方式在和鸡血麻神盗窃案的幕后黑手做着斗争吗？在情与法的交织中，姜长庚已被煎熬得没了主意，因为他要面对的是至少三个人——敖拉倚、姜美祺、白小艺，他想让她们幸福快乐地生活，不想让任何一个人受伤。

9

走在去龙城晚报社路上的姜美祺并没有姜长庚所期望的那样幸福快乐。想到父亲无缘无故地挨了一闷棍，再想到自己和赵直帆的名义夫妻关系，又想到白小艺的青春迷茫，心里就有些乱。她来到报社副总编办公室时，陈立言正在看稿件。

姜美祺身心俱疲地递上稿子，坐在沙发上说："陈总，你们昨天的辩论太精彩了。"

陈立言一边看着稿子，一边发着牢骚："多谢夸奖！精彩有什么用，你公爹不是还倒向于伟绩那边吗？"

姜美祺一想这嗑不能再唠下去了，便问："陈总，这稿子还不错吧？"陈立言说："写得不错，可是稿子不能发。"姜美祺问："为什么？"

陈立言说："市政府有市政府的考虑，你想让我下台吗？"

姜美祺说："我们崇尚言论自由、百家争鸣。我们争论，不是为了否定麻将、渲染麻将的危害，而是为了让人适可而止，不可娱乐至死。我们更想揭示麻将透视出的社会层面的东西，引起社会更深刻的思考。"

陈立言说："美祺，我不想和你辩论什么。麻将经也是做事经，更是社会人事经。吃一堑，长一智，精思细品精彩人生，或有五味俱全的感觉，或有更多的失落，或有更多感悟，点点滴滴也是收成。这些，我们还是要多从正面去挖掘。"

姜美祺说："讨论也不行吗？"陈立言说："当前，麻神大赛进行时，要暖风频吹，没见我昨天是咋败给老于头的吗？赞美不算吹牛，谁都有王婆卖瓜的时候。在哈哈世界中，你倒是心直口快了，我还得给赵副市长磕头去。我今天郑重告诉你：麻神精神讨论，注意正面引导。"姜美祺把稿子抢回来说："陈总，我去找赵副市长。"

赵连起虽是军人出身，可他爱看书。他看书有两个习惯，一是不到书房看书，只在客厅看书；二是哪怕饭菜煳了，他照样看书，不受外界干扰。

今天，他是第十遍看《红楼梦》。姜美祺拿着《麻神大赛会带给我们什么》的稿件进来了。姜长庚放下书，打了一声招呼："美祺回来了。"

姜美祺说："爸爸，我是来找你签字的。"说着递上稿子。

赵连起拿过稿子看了一遍说："美祺，这稿子能上吗？"姜美祺反问："为什么不能上？"赵连起指着稿子说："你看你这儿：'当麻将的主要作用从益智变成了赌博时，"缺心眼儿"的真诚人永远玩不了。因为真诚的人不搞小动作、不玩花花肠子，真诚的人不懂移花接木、暗度陈仓、釜底抽薪、无中生有、借刀杀人、趁火打劫……'"

姜美祺问："爸，不对吗？"赵连起说："美祺，不是对不对的问题，新闻单位除了播报新闻，还有宣传任务，我们要坚持正确的舆论导向。"姜美祺说："我们的导向没问题啊。"

赵连起说："你再看这儿：'在毛主席开创的红色中国，麻将曾经销声匿迹过。近几十年，国人将这一文娱活动重整旗鼓传后生，现已蔓延至全国上下的各个角落，老少上阵，妇孺皆通。有人在拿金钱赌未来，有人在拿青春赌明天。'美祺啊，我认为，小赌怡情，大赌伤钱，还是要往麻神节的意义上引导。"

姜美祺说："爸爸，一个以赌为乐、以赌为业的城市会怎样发展？人人参赌后会带来哪些社会问题？龙城市永远成不了澳门。"

赵连起面对执着的儿媳，再也解释不清了，他无法把这次大张旗鼓地搞麻神节的真正意图和美祺讲清楚，只好妥协："美祺，我可以破例给你签一回字。"他在稿件上签上了"可发。赵连起"，心里却有了另一个打算。

天上有几朵淡淡的云，阳光透过薄云照在龙城晚报社楼顶的"笔尖儿"上。龙城晚报社大会议室，电子屏上"龙城晚报社环节干部竞职大会"宣示着会议主题。

姜美祺踌躇满志地走上台，向社领导及记者、编辑们鞠躬微笑，看起来是那么得体。她略停顿了一下，开始了她的演讲："尊敬的领导、亲爱的同仁们，我今天要竞争的职位是龙城晚报社采访中心主任。这次，我能勇敢地站在这竞聘的讲台上有两个原因：一是责任，二是希望。众所周知，报业正在经受着市场经济及信息浪潮的双重考验，一支笔、一张纸、一种思维、一个模式的办报思想被五彩缤纷的社会形态、五花八门的传媒手段冲击得七零八落……"

雷鸣般的掌声响了起来，姜美祺向台下微笑着敬礼，陈立言等领导赞赏地点了点头。

回到家时，姜美祺仍沉浸在兴奋之中。她坐在餐桌边，一口气喝了一杯啤酒，高兴地说："直帆，我这次竞职演说得了最高分，我想，我要提职了。"

赵直帆心不在焉地在地上来回走着，仿佛没听见姜美祺说话。姜美祺大声喊道："我要提职了！"赵直帆吓了一跳："哎呀，我说你先别说你提职的破事儿行不行啊。看到了吗？看到了吗？一闷棍险些打个半身不遂。美祺，你就劝劝爸爸，别让他那么一意孤行了好不好啊？把他们要的东西交出来吧。否则，咱们都会有生命危险的。"

姜美祺问："你让他交什么？"赵直帆说："我想应该是鸡血麻神，不然，他们不会那么上心的。"姜美祺惊诧地站起来："鸡血麻神会在爸爸手上？"

赵直帆说："我想他们要的就是这个，不然会这么上劲儿吗？要是交给他们，我们或许还能得点儿好处。"

姜美祺脸沉下来："你就认好处。鸡血麻神是国家的，交也得交给国家。"

赵直帆把啤酒一推，险些洒了："那没的谈了，出了事儿，我可不管！"说完，摔门走了。

姜美祺失望地看着那扇门，气呼呼地又喝了一杯啤酒……

龙城晚报社一楼公示栏里出了新内容，一群人挤在一楼看公示结果。姜美祺挤过去看，她扫遍了公示名单，上面没有自己的名字。

陈立言走过来说："美祺，你跟我来。"

他们进了办公室，陈立言说："美祺，你竞争采访中心主任的事儿凉了。"姜美祺问："为什么？"陈立言半吐半咽地说："听说是你家人跟社长打了招呼，有个办公室主任的缺儿，比当采访中心主任强。"姜美祺说："可我是学新闻的，不是学行政管理的。"陈立言说："外行领导内行嘛，这是特色。"

姜美祺从办公室出来，气呼呼地按着电话号码，却没有接通。她失神地走出龙城晚报社，漫无目的地走着，不知不觉就走到了龙城大桥上。想着那个无忧无虑的学生时代，一首她和龙大章共同创作的歌《这个年代》在心底流淌开来：

踏着散乱的节拍
挤上人生的舞台
白云绿草间悠悠地释放
表演这没有童真的古怪
抹去那黑纸白字的单调
开始那青涩炫彩的恋爱
夜色中的灯红酒绿挥霍着谁的梦
谁在用风云月色寄托相思和未来

揣着火热的情怀
踏过沟坎儿险碍
你在风口浪尖笑傲得失
我担当激情澎湃的一代
潇洒穿越那世间的尘嚣
不再狂浪那卑微的狭隘
把理想的丝线连起所有的足迹
用美丽的青春呼唤快乐的期待

> 这个年代
> 幸福多多压力重重无暇可爱
> 这个年代
> 物质足足精神苦苦兴衰成败
> 这个年代
> 悄悄老去精神不泯不辱豪迈

这是临近毕业的前一个月他和龙大章的一次倾情合作，是由她起草、龙大章修改的一首歌，一首没来得及谱曲对唱的一首歌。此时，她要把这首歌唱给龙大章听，她相信龙大章此时一定在大桥上，因为每到困惑无解的时候，他总站在第五十二个桥栏旁。

是的，龙大章就在那里，在桥上眺望远方。她快步向他走去，走上桥头，可她迟疑了一下，最终下桥而去。那首压在心里的歌终于没有唱出口，此生怕是唱不出口了……

第四十八章　鱼翔浅底，沉渣浮起

1

鸡鸣犬吠沸腾了清晨的河西村。如果没有龙城，河西村就是一个偏僻的穷山沟。因为临近城市，这里有点儿能耐的人早已飞进了城里，这里便显得更加寂静和破败。

龙大章的父母背着口袋准备出去时，郝子强进院了，一脸的疲惫。老龙头吃惊地问："子强，你怎么来了？"大章妈也高兴地问："是呢，见到小晴了吗？"郝子强说："叔、婶，小晴一次次原谅我，我要是不干出点儿名堂来，怎么去见她呢？"

大章妈关切地问："子强，这次回来还走不？"

郝子强说："叔、婶，我听父母说，您家老祖宗是修缮契丹王府的木工，家传一套榫卯不用钉子的绝技？"

老龙头一听这个，自豪地说："那是！我家为什么姓龙？那是汉代皇帝赐的姓。我家上三十代人都是皇家御用木匠。比如修建说契丹王府，没用过一根钉子。唉！只是传到我这一代怕要失传了，我浑身是病，大章又成了公家的人。"

郝子强说："叔，我想把这门技术发扬光大。"

老龙头愣了一下说："子强啊，先祖有遗训，传男不传女……何况……可惜啊，到我这儿，这技术怕是真要失传了。"说着急急地向外走。

郝子强问："叔、婶，你们要出去呀？"大章妈说："蒸了一锅豆包，给大章和小晴送去，顺便看看他们。你要不要一起去呀？"

老龙头白了大章妈一眼："就你事儿多！"

郝子强尴尬地站在那里，愣了一下，扭头向自己家走去。到家后，他把放在家里的行囊又收拾起来，给父母留了个纸条，大踏步向外走去。

在龙山山道上，郝子强走得满头大汗。他把包扔在地上，斜倚在"再生洞"的石头上，打开了他在南方买的袖珍收音机。里面是一个他最爱听的女主持人田甜的声音："下面，我给大家讲个人生故事，希望对走在迷惘中的人们能有所启发。雨后，一只蜘蛛艰难地向墙上支离破碎的网上爬去。由于墙壁有水，它一次次地向上爬，又一次次地掉下来。第一个人看到后叹了一口气，说：'我的一生不正如这只蜘蛛吗？忙忙碌碌而无所得。'于是，他日渐消沉。第二个人看到后想：'这只蜘蛛真愚蠢，为什么不从旁边干燥的地方绕一下再爬上去呢……"

郝子强关掉收音机，站了起来，自语道："我是第几个人呢？"

正念叨着，他发现时猴子嘴里唱着"骑着摩托我带着羊，村村我都有丈母娘"上山来了。他看见郝子强，把摩托一停，问："子强，你回来了，一起去龙山寺吧？"郝子强说："不了，我还要去契丹博物馆学无钉榫卯技术去呢。"时猴子说："什么事能比发财重要啊？"郝子强说："别逗了，哪有发财的活儿，猴哥早把我忘了。"

时猴子下了摩托车，低声说："忘是没忘，只怕你小子不敢干。"郝子强说："我郝子强七下江南，九死一生，也是淋过风雨的人，有什么不敢干的？"时猴子神秘地说："契丹博物馆有件宝，你敢把它拿来吗？"

郝子强眼睛瞪得大大的，惊讶地说："偷啊？！偷来又不能当饭吃。"时猴子讥讽道："兄弟，自己摸摸下边，没那个玩意儿就别逞强了。"郝子强脸涨得通红："别瞧人不起，看给多少钱了。"

时猴子说："不是哥我瞧不起你，给你多少钱也白费。"

郝子强骂了一句："狗眼看人低。"说完，向山下走去。时猴子轻蔑地一撇嘴，望着郝子强的背影凝视。

可是，郝子强始终没有回头，他朝着太阳升起的地方而去，整个人化成了一个剪影。收音机里响起："我的未来不是梦，我的心跟着希望在动，希望在动……"

时猴子来到龙山寺山后的密林里，张半仙正打着太极拳等他。时猴子把为什么来晚的情况和张半仙一说，张半仙眼睛一亮："你刚说的这个人，龙小晴的男朋友，可以考虑。"时猴子接着说："师傅，这个人一直在南方发展，干一出、败一出，至今不名一文，快穷掉底了。现在，他想钱都想疯了。我跟他半开玩笑地说时，他倒很认真。"

张半仙想了想说："我想，这样一根筋的人，只要答应了，一定会办到。就怕他连博物馆的门都进不去。"

时猴子说："他的女朋友龙小晴在那儿当管理员，有得天独厚的条件。他正要去那儿学无钉榫卯技术，只要钱到位，进门问题不大。"

张半仙沉思道："无钉榫卯技术，博物馆用的就是这种技术，好像开启宝藏也要用到这种技术。猴子，这个人可用。"

2

中午，龙小晴哼着《最炫民族风》回到新家。开门进屋，看见桌上放着一封信。她拿起来看，郝子强的声音在耳畔响起："小晴，感谢你还能容忍我。我又出去了，不过不会再去搞什么投资咨询。我知道你对我好，可是我什么也给不了你。我想让你过上富裕的生活，可是我越想得到钱，钱却离我越远。这多年我看似在奋斗，实际上是在虚幻中苦渡难关。我想好了，我要把装潢学好，想去契丹王府实地看一下，把榫卯技术在不用胶的情况下用到现代环保家具中，在龙城开一家小型公司……"

响起敲门声，龙小晴开门，发现父亲背着一口袋豆包、母亲拎半筐韭菜站在门口。龙小晴问："爸，妈？你们怎么来了？"大章妈笑道："小晴，你们也没时间回去，我和你爸顺路过来看看你们。子强没来吧？"龙小晴说："妈，快进来，子强要学技术去了。"

老龙头把口袋放在餐桌上说："子强这小子也够你操心的了，不行……有合适的就找了吧，别等他了。"

龙小晴说："爸，说什么呢？郝子强是有些偏激，可是他也是在为我奋斗，奋斗就有成有败，这个时候离开他，他会自暴自弃的，这辈子就完了。"

大章妈说："小晴，可苦了你了……子强刚才上咱家去了，说要你爸教他木工什么技术，你爸没答应他。"

龙小晴说："有这事儿？榫卯技术吧？爸，我们是一家人，你为什么不教他呢？"

老龙头说："他不是靠谱的人。小晴，你就铁了心跟他了？"龙小晴默默地点了点头。大章妈心疼地看着龙小晴，把一口袋豆包放在桌子上说："叫大章来吃饭吧。"

此时的龙大章正在刑警大队和朱丽雅在查看着各卡口的视频，结果还是没发现金疤瘌的行踪。朱丽雅关了视频说："他已是惊弓之鸟了，不会再轻易现身了。"龙大章拿起那本《〈辽域地志〉的传说》翻了翻说："只要有钱财的诱惑，他一定还会奔钱而来。传说表达了劳动人民对美好生活的向往，金贵之流却把它当成了追求美好生活的动力，把它当成了攫取财富的捷径。"朱丽雅问："所以，你断定他会为了财富再次铤而走险？"龙大章点了点头："他在逃亡中两次受挫，一无所有，他舍不了大半世的富贵，一定会回来取东西的。"

这时，电话响了。

龙小晴给龙大章打完电话，又给郝子强打电话，可他的手机关机。她想说服父亲，可老龙头阴沉着脸择着韭菜，不理龙小晴。龙小晴说："爸、妈，你们急三火四地来我这儿，送豆包、送韭菜是假，闹了半天，还是为处朋友这事儿来逼我啊？"

老龙头把韭菜一扔说："小晴，你也是读了十几年书的人，'男大当婚、女大当嫁'的道理还是懂吧。郝子强，他一个大老爷们儿出去也有几年了，就一分钱也没赚着？"

龙小晴表情复杂地嘟囔："赚是赚了……不是又赔了嘛……"老龙头说："也就是说，听个钱响就没影了呗！"龙小晴撒娇地说："爸，他这个时候更需要我们帮助。"

大章妈语重心长地说："小晴，不是我们不帮他，是他太不拿你当回事儿了。你也老大不小的了，当父母的谁不希望找个条件好的啊？你们处了这么多年，我们干涉过吗？可他呢，要学历没学历，要钱没钱，要地位没地位，拿啥结婚啊？"

龙小晴说："妈，你不陪送我不怪你，可是你不能说子强的不是……"老龙头说："终身大事是小事儿吗？小晴，你就听爸一句吧，你张姨介绍的人不错。"龙小晴说："不就是许诺给你在城里买栋楼吗？你把我卖了得了！"说完，气呼呼地要往外走。

老龙头往门口一堵："站住，反了你了！你要是不答应，就别出这个门儿！"

龙小晴着急地说："爸，我突然想起个事儿来。你没教子强榫卯技术，他有可能自己去契丹王府研究无胶技术。如果这样，他会摊上事儿的。"

老龙头让开门口说："死丫头，鬼迷心窍，受穷不等天亮的东西，你好好想想吧。"

正如小晴所料，契丹博物馆大厅里没什么游客。房梁上，郝子强在认真地研究着屋脊连接处的结构，并不时在本子上记着。突然，一个落满灰尘的包引起了他的注意。他小心地爬过去，把那个包解下来，打开一看，里面有一本用契丹文字写成的书。他看了看，摇了摇头，把那本书包好，又绑到了房梁上。

保安正要锁门，对讲机响了。他接起对讲机，里面传来于伟绩的声音："注意梁上君子。"保安走过去定睛一看，郝子强满身灰尘地从房梁上爬了下来。保安大喊："有贼啊！有贼啊！"

消息很快传到了伏龙区刑警大队。龙大章换下警服要走时，鲁运带来了"博物馆报案称，抓获一名梁上君子"的消息，几个人只得奔博物馆而去。

　　饺子已经包完，菜也炒出了四个。老龙头坐在餐桌前看着手表对大章妈说："都一点多了，怎么都不回来了呢？"大章妈说："打小晴的手机啊。"

　　正说着，老龙头的手机响了，他连忙接起："小晴……是吗……为啥啊……"他放下电话，沉痛地说："他娘，子强出事了，让公安局带走了。"大章妈吃了一惊，问："为啥？"老龙头说："说是潜入契丹王府，图谋不轨。"大章妈焦急地说："那快找人吧，找找大章吧……这个不让人省心的主儿……"老龙头拖着沉重的脚步回到了屋里，拨打电话。手机里传来"你拨打的电话暂时无法接通"的声音。

　　伏龙区刑警大队，戴着手铐的郝子强在龙大章面前低下了头。

　　龙大章看着笔录问："你说的都是真的吗？小晴知道不知道你在馆里？"郝子强说："小晴不知道我在馆里，我是跟着其他游客进去的。"龙大章问："为什么不和于馆长请示一下呢？你把事儿闹大了！"郝子强说："是我考虑简单了。我想如果和于馆长请示，于馆长不一定同意……没想到于馆长在监控里发现了我的踪影……"

　　龙小晴从门口跑进来喊："哥，是我让子强上房梁上的，你要拘就拘我吧。"郝子强焦急地说："小晴，你不要往自己身上揽事儿了，会受处分的。"龙小晴说："我不怕。"龙大章说："这下复杂了，你们的事儿不归我管。（向外喊）鲁师兄，你接着审，我回家吃饺子去了。"龙小晴说："我要接子强回家吃饺子去。"龙大章转身对龙小晴说："他的午餐怕是要在这里吃了。你要实事求是，不要干扰办案。把自己搭进去，不划算！"

　　龙大章表情凝重地来到了龙小晴家，见过父母，汇报了郝子强和龙小晴的情况，并极力说服父亲把无胶榫卯技术传给郝子强。可老龙头就是不答应。

　　三人怀着忐忑的心情吃过了午饭，龙小晴才回来。龙大章问："小晴，子强非法进入王府博物馆的事怎么处理了？"龙小晴说："鲁运他们调取了博物馆的录像资料，发现子强确实是在研究房梁结构，没有盗窃行为。处罚是要处罚了，可子强的立功行为却没有考虑。"

　　龙大章问："什么立功行为？"龙小晴说："我听于馆长说，子强在房梁上发现了用契丹文记录的有关鸡血麻神和契丹宝藏的事儿，对研究契丹文化有着空前的意义，报纸和电视台马上要报道这一重大发现。"龙大章说："这么说，契丹宝藏是真的？"

龙小晴说："于馆长说是真的，正在报告给上级，请求合理发掘呢。但是，因为找不到藏宝图和钥匙，发掘没有时间表。"

龙大章说："噢，是这样。小晴，我问你一个问题，你必须深刻思考后再回答。"

龙小晴问："什么问题，这么严肃？"龙大章说："必须严肃。我问你，郝子强就那么值得你爱吗？"龙小晴："哥，子强他做事执着、上进心强，现在就是走了弯路。他一旦步入正轨，我相信他能做出成就来的。他是一个潜伏着的、被主力打压的黑马股，一旦爆发，会昂扬向上……"

龙大章打断她的话："一说起子强，你这词儿也来了。可是，我还要问你，子强如果再次跌倒，你还会扶他起来吗？"

龙小晴坚定地点了点头。龙大章说："我明白了。子强一出来，爸爸就教他无胶榫卯技术。"龙小晴高兴地说："爸爸真是太好了！"

老龙头一脸无奈："我啥时答应教他了？你们这叫道德绑架！"

3

方格棋牌室是个好地方，它既是休闲地儿，又是消息集散地。

时猴子和吴寄瑶有一搭无一搭地坐在麻将桌边闲聊着麻将技巧，于海平风风火火地进来说："听说了吗，郝子强潜入博物馆，被公安抓走了。"吴寄瑶问："真的？不是造谣吧？"于海平说："造什么谣，我老爸亲口和我说的。"时猴子问："偷了什么？我看，前些日子博物馆的盗窃案没准儿就是他干的。"

于海平说："说是去学什么无钉榫卯技术，怕是冲着契丹宝藏去的。"时猴子说："就连郝子强那样的人都敢去博物馆作大案去了，欠我的那五万元我看是没戏了。"吴寄瑶说："落井下石，郝子强是能作大案的人吗？我看那个案子就是你作的。"时猴子吓了一跳："这事儿可不能开玩笑啊！"

一阵无厘头的狂议，于海平接了个电话，发布最新消息："事情已经查清了，不是盗窃。郝子强还在房梁上发现了契丹宝藏的秘密，立了大功了呢，电视都播了。"时猴子说："这剧情转得快。"

众人议论得没啥说的了，就会进入下一个话题。吴寄瑶说："不说他了，市里要举办首届麻神艺术节了，比赛都有啥项目？"于海平说："项目全着呢，穷和、夹和、推倒和、血战到底……我就准备参加血战到底了。"时猴子说："要讲血战到底，咱哥们那是……"吴寄瑶说："过五关斩六将，是吧？当你讲自己过五关斩六将的时候，就不想想麦城离你们很近吗？就麻将这破玩意儿，夏天穿棉裤的都会。整个狗，前边放块肉，它也知道'啪啪'地出牌。"

几个人闲侃着，时猴子却在打着自己的算盘："郝子强看着弱，却也是做大案的主儿，还我的那五万元赌债有希望了。"想到这儿，他借故一溜烟儿地跑到了张半仙那儿，报告了听到的情况，一个新方案马上形成了。

吴寄瑶接到电话来到帝豪会馆的时候，发现张半仙正站在窗前，看着外面大街上"龙城首届麻神艺术节，龙城人的又一节日"的条幅，眼里现出迷茫的表情。

吴寄瑶冷冷地问："张先生，你怎么来了？"张半仙说："寄瑶，那天我酒乱心迷，做了对不起你的事儿，我不配做你舅舅的把兄弟，你还记恨我吗？"吴寄瑶说："张先生，那件事就当没发生过，我也只是你的员工，你随时可以打发我。"张半仙说："寄瑶，安心工作吧。我的一生都在赌，或许哪一天把自己也赌进去，我的资产就算对你们的报答吧。"吴寄瑶并没有把他的话当真，便说："你爱赌，何不去凑凑麻神大赛的热闹呢？"

张半仙回过身来，坐在麻将桌前边摆弄着麻将边说："要是换二十年前，我是一定要去参加的，而且一定能赢回一台汽车的。可是，自从我那可爱的小莲莲丢失后，我赌的不再是麻将，而是命。"

吴寄瑶惊讶地问："你有女儿？"张半仙停顿了半天喃喃地说："寄瑶，你那么喜欢麻将，它能给你带来什么？"吴寄瑶顺手将起一把牌，低沉地说："麻将告诉了我两大生存原则——不求大，只求和；牌不好，跟着跑。麻将还告诉我三大处世战术——盯下家、观对家、跟上家……"

张半仙摆摆手道："都是些皮毛。真正的人生赢家，牌面一览在心，牌张得心应手，牌局输赢自如。"他说着，把散乱的几张牌翻过来，成了清一色一条龙。

这一表演直把吴寄瑶惊得眼睛差点儿掉出来："张先生，你比猴子厉害多了……我可不是骂你啊！"

张半仙笑道："我知道，他不过是些小把戏而已，你要感兴趣，有时间我教你。寄瑶，我听说博物馆找到了有关契丹宝藏的古籍，你不是有个同学在那儿吗，侧面帮打听一下？"

吴寄瑶一愣："张先生为什么对它感兴趣？"张半仙说："我主要是对辽史感兴趣。契丹这个神秘的民族，为什么消失得没有一丝痕迹？"吴寄瑶说："可是，我对这些没兴趣。"

张半仙听到吴寄瑶这样说话，尴尬得竟一时不知说什么好了。

4

阳光照在龙城博物馆的琉璃瓦上，发出金黄色的光。博物馆门前，龙小晴领着白小艺等人排练着《麻神之光》。铿锵的契丹古乐响彻整个大街，使这里更多了一些神秘氛围。

周至祥和龙大章、鲁运向馆长室走来。于伟绩看见他们，马上笑脸相迎："周支队，噢，周总指挥。龙大队，鲁警官，我们的安保措施都已就绪，艺术节活动有序进行，还有什么指示？"周至祥胸一挺说："于馆长，市局确定麻神艺术节期间契丹博物馆方面的安保由伏龙区刑警大队负责，我们要认真检查一下你们的安保情况。"

几个人围着各馆转了一圈儿，周至祥满意地点点头："于馆长，郝子强私上房梁的事儿，有些细节鲁警官要再核实一下。"于伟绩说："我们积极配合。"鲁运问："于馆长，据郝子强说，他在房梁上曾经发现一本古书？"于伟绩回答："是的，他被我们保安控制住时就说了，而且我们找到了那本书。"

周至祥眼睛一转："是一本什么书？我们想取个证。"于伟绩说："周总指挥，你们可以拍照，但书不能带走。"周至祥问："为什么？"

于伟绩说："这本书属于国家一级文物，有关契丹宝藏……具体内容我们正组织专家翻译，不便透露，希望周队能谅解。另外，我已向赵副市长汇报，麻神艺术节时准备和《辽域地志》一并展出。"

周至祥说："好吧，就依你说的办。"

于伟绩把那本古书拿出来，周至祥认真地拍了下来。拍完后说："于馆长，书的名字总得告诉我们吧，因为我们得写证据目录。"于伟绩说："我告诉你们可以，但是得保密。它叫《〈辽域地志〉解密》。"

周至祥说："噢，这一年多，龙山寺附近又发生了多起针对古文物的盗挖案，可能和《辽域地志》的传说有关。我想请于馆长，你这个契丹学专家发表一篇文章，以正视听，免得龙山被挖得千疮百孔。"

于伟绩说："好吧，我马上完成。"

几个人临走之前，龙大章把于馆长叫到一边，悄悄地说："于馆长，有个私事我得求你。郝子强已经认定没有盗窃行为，他确实是在研究无钉榫卯技术，请您给他办一张特别研究员证，让他随时出入博物馆，便于研究。作为对馆里的回报，想让他写一本介绍博物馆建筑方面的书。"

于伟绩看了一眼不远处的周至祥说："这个……这个得请示周总指挥吧？"周至祥在旁边说："甭这个那个的，出了事情让大章担着不得了吗？"于伟绩说："好吧，这就办。"

郝子强从龙城看守所里出来的时候，发现龙小晴正在门口等他，眼里便含了一丝泪花。

龙小晴说："子强，我们来接你。"郝子强说："在看守所这几天，让你担心了。"龙小晴嗔怪地叮嘱："子强，以后再也不要做这样的傻事了。"

这时，时猴子骑着摩托过来了："子强，我来接你了。"郝子强说："猴哥，你怎么来了？"时猴子说："我是你们村主任，接你不是很正常吗？"郝子强说："又不是啥光彩事儿，值当你这大主任来接啊。"时猴子说："大男人，太磨叽。想吃啥，我请你。"

　　郝子强回头望了望看守所的铁门说："这几天，我想了很多……"龙小晴说："别乱想了，告诉你个好消息，你完成了无钉无胶现代家具制作的专利设计申请，准确地说是我家祖传的无胶卯榫技术申报实用新型专利被受理了！"

　　郝子强不解地问："我申请？我没申请啊！"龙小晴说："子强，是我以你的名义申请的。"郝子强感激地看着龙小晴："可是，我还没学会呢。"龙小晴说："有我爸呢，你怕啥？"说着，她掏出特别研究员证晃了晃："这是于馆长发给你的，以后可以随时出入博物馆，不用做'梁上君子'了。"郝子强说："小晴，太感谢你了！我现在想明白了，我的这种奋斗，有时是在牺牲自己，伤害了亲人，可是晚了……"

　　龙小晴眼含泪花地说："成功对你来说是晚点儿，但做人还不晚。"郝子强为她擦去泪花说："我对不起你，也对不起我的父母。小晴，我现在总算找到自己的位置了。我生在龙山，长在龙山，我要为龙山的繁荣发展做我应该做的事。我要利用龙山的花梨木和无钉无胶技术，制作出一流的家具……"

　　时猴子被晾了半天，拍拍他的肩膀说："子强，你能成事儿的，我相信你。走吧，小晴跟我们一起吃饭去吧。"

　　龙小晴没好气地说："你们去吧，我吃不起你的饭！"

　　时猴子拉着郝子强走了。龙小晴望着他俩的背影，气得跺了一下脚："怎么就不和好人交往呢？"

5

　　郝子强吃完饭，便和龙小晴一同来到一处出租屋，找老龙头拜师。

　　老龙头躺在出租屋内的床上，额头上放着一块热毛巾，大章妈正在给老龙头熬姜汤。郝子强问："龙叔，你病了？"老龙头咳嗽着说："大半辈子，睡炕睡习惯了，这一睡床还就感冒了。"

　　大章妈给他往杯里加水："人老经不起秋风凉了，刚在这儿找了个搞卫生的活儿，才干两天就感冒了，没福的人啊！"

　　郝子强说："龙叔，我送你上医院吧。"老龙头说："还是熬点儿姜汤喝吧，医院太贵了，住院光押金就五千元呢。"大章妈说："现在是'姜(将)你军'时代，姜也不便宜。"老龙头说："前院那个谁……不是说刘尔贵媳妇顶仙儿了吗？让她看看，比咱上私人大夫那儿去看还便宜。"

龙小晴听到此处，眼泪就落了下来。郝子强摸了摸兜，摸出几张百元大钞和一些零钱，急急向外走去。

他来到方格棋牌室，吴寄瑶正和时猴子、于海平在闲聊。吴寄瑶看见他，就问："子强，你出来了？"郝子强点了点头。时猴子说："寄瑶，别哪壶不开提哪壶了。子强来了，人手也够了，圆上吧。"郝子强低声对时猴子说："我没带钱。"

时猴子暧昧地看了看吴寄瑶说："我说吴大妹子，借给你同学点儿钱。"吴寄瑶摇头道："子强不是能赌的料儿，算了吧，让别人上。"于海平说："寄瑶，你的意思就你能赌？你把大拇指伸出来。"

吴寄瑶不解伸出了大拇指，时猴子趁机抓住吴寄瑶的手："要我看，寄瑶还真是能赌的料，看，这大拇指多弯啊！"一边说，一边顺势在吴寄瑶的手心扣了几下。吴寄瑶抽回手，照着时猴子的手就是一巴掌："你们几个木瓜，不要趁机占老娘便宜。猴子，你小子悠然自得、暗自得意，就是个轻浮之人。子强神色不安、心情激动，就一菜鸟。于大律，犹豫不决、烦躁不安，难成大事。以后，你们几个少在我面前装大。"

时猴子不怀好意地讥笑道："只有那老钱，不露声色捉摸不透，才是个老司机呗！"说完这话，时猴子的脑袋上就重重地挨了一巴掌。

郝子强听见二人在那儿打情骂俏，生气地说："不借便罢，哪有这样寒碜人的？"说完，甩袖而去。

时猴子追出方格棋牌室，一直到外面树荫下，语重心长地说："兄弟，如今这年月，有钱的人是好人，有膘的马是好马。五尺男儿，如何让妇人看轻了呢？取富贵的事儿为什么不做？"

郝子强把一烟屁股甩在地上，咬牙道："猴哥，你说的博物馆的事儿我想明白了。不过，咱得先小人、后君子，钱先到位。"

时猴子一喜，低声说："只要货路正，钱不是问题，货到付款。"郝子强说：“不见兔子不撒鹰，款到付货。绝对正宗的《辽域地志》和《〈辽域地志〉解密》，宝图一百万元，解密十万元，一口价。事成后，给你二十万元。”时猴子不动声色地说：“狮子大开口啊！”

郝子强说：“急等钱用，爱做不做。”时猴子说：“这样吧，我们二人联合，钱各分一半儿如何？”郝子强勉强点了点头。

时猴子辞别了郝子强，便找一个旮旯儿打通了电话：“师傅……人穷志短，马瘦毛长，那个事儿他同意了……只是要先给钱、后做事……图百书十……先给他一半儿……好……他不敢耍我们，放心吧。”

他喜滋滋地放下电话，再次拨通郝子强电话：“老弟，事儿妥了，先付一半儿……两件都要……今晚付款……规矩你也懂……别弄得鸡飞狗跳……把卡号发给我，不过，你欠我那五万元连本带利我可扣下了。”

时猴子很庆幸打两个电话就有不菲的收益，他返回棋牌室的时候，发现李明鑫已经和于海平、吴寄瑶坐到了牌桌前，便搭讪道：“李总，好些日子没来了，我都想死你了。”李明鑫很不友好地说：“你是想我包里的钱了吧？”时猴子说：“可不是吗，我的钱包还真瘦了。”吴寄瑶说：“瘦了还不好办吗？你抽你钱包两个耳光子，它立马就会胖起来。”时猴子说：“我时猴子靠手艺吃饭，咱们圆上？”

几个人坐在桌前，于海平边打色子边说：“天上牛在飞，地上屎成堆，小心别吹到自己嘴里去。”

一场鏖战开始了。几圈儿下来，于海平吆五喝六地赢着钱，时猴子则渐渐输得不再言语。因为今天李明鑫在场，他没敢使“绝招”。他接了一个短信后，一边掏钱一边推牌：“今天没戏了，不玩了。”说完，拔腿而去。

方格棋牌室的树影里，鲁运在暗处盯着方格棋牌室进出的人，发现时猴子匆匆而出，便悄悄地跟在了后边。

时猴子警觉地向后看着，路过龙城说书场，里面传来说书声：“人生要有好运气，心态技艺不分离。骑马坐轿修来福，要想发财抓机遇。齐家治国平天下，德才兼备人赞誉。起伏胜败平常事，好人自有好运气……”

6

中国银行契丹街储蓄所里，来办业务的人很多。郝子强戴着鸭舌帽来到自动取款机前，他小心地插卡查询，卡上余额显示有五万元。他警惕地回头看了看，把卡装进衣兜，向龙小晴家走去。

龙小晴正在做早饭，见子强到来，打了一声招呼。郝子强发现她的一串钥匙放在茶几上，便从包里拿出橡皮泥，把钥匙印下来，小心地装入一个盒子里，借故走了出去。他找到时猴子，一会儿的工夫，两把钥匙便做了出来。

吃过午饭，郝子强向龙城契丹博物馆走去。到单位后，员工们都在用指纹签到，郝子强发现其中一名员工用指纹膜替另一名员工签了到，他便尾随着那名员工。那名员工把用过的指纹膜放在办公桌抽屉里，便匆匆地去接待一个小学生的参观团。郝子强悄悄地溜进办公室，把那个管理员的指纹膜偷了出来。

他来到龙城契丹博物馆，在一号展厅前出示了特别研究员证。工作人员示意他存包后，他拿着笔和本进入了一号展厅。展厅外，龙城第一小学的师生们正在搞社会参观活动，再加上游人很多，场面很乱，管理员们在帮助维持秩序。

郝子强是第一个进入展厅的，他看左右无人，又看了看摄像头，快速地用配的钥匙和指纹膜打开了两道锁，从衣内兜里掏出假《辽域地志》和一本古籍《〈辽域地志〉解密》，把馆内的《辽域地志》和《〈辽域地志〉解密》塞进衣服的内兜里。

郝子强爬上房梁，继续进行着卯榫技术研究。此时，他不用再偷偷摸摸的了，把各种结构统统看了一遍，不时地记录着数据。

中午闭馆了。在博物馆出口，工作人员认真地检查着游人的随身携带物品，一群小学生走了出去。郝子强想跟着小学生们走出去，被管理员挡住了。他们认真搜查了郝子强，除了本和笔，什么也没发现。

从容走出博物馆的郝子强向小学生队伍追去。在拐角处，他拦下一名小学生说："小同学，我刚才有件东西放错书包了，我想拿回去。"那名小学生一脸惊愕地拉开书包拉链儿，一个文件袋显现出来。郝子强拿过文件袋,向胡同走去。

来到龙小晴家，郝子强从衣服兜里把《辽域地志》和《〈辽域地志〉解密》拿了出来，悄悄地向外走去。

夜幕降临了，张半仙照例坐在电视机前，看着当地新闻。这时，有一条新闻看得他血脉贲张："下面播发本台刚刚采访到的消息，龙城契丹博物馆又发生了一起离奇的盗窃案，馆内寄存的《辽域地志》和古籍《〈辽域地志〉解密》一夜之间变成了赝品。警方怀疑，嫌疑人可能是先盗取一名管理员的指纹，又盗取了另一名管理员的钥匙，以管理员的身份打开了藏有上述文物的保险箱，然后实施了盗窃。现在，两名管理员和博物馆馆长已被控制，接受调查。据悉，这个博物馆已经三次被盗。令人不可思议的是，这个号称安保万无一失的博物馆，竟然说不清丢失文物何时被盗。直到今天要下班时，馆长例行检查时才发现馆藏文物略有异样，仔细鉴别后方知真品已被替换。警方在进一步勘察中发现，该馆室外监控完整清晰，室内监控均为伪劣产品，竟如聋子的耳朵一般，只是个摆设……"

张半仙看到此处，满意地拿出电话："猴子，他拿到货了，和他交易。"时猴子说："他已和我联系，确认有货。只是他要求收到全款才能发货。"张半仙沉思一下说："可以。你马上到龙城浴池一六八号更衣箱内取卡交给他，以防夜长梦多。"

夜色中，郝子强再次来到中国银行契丹街储蓄所自动取款机前。他慢慢插划卡后输入了密码，看到卡里多了五十万元。走出银行不远，电话响了，他慢慢地接起电话，电话里传来时猴子的声音："子强，两笔款都到位了，这回该发货了吧？"

在外面的树荫下，郝子强把《辽域地志》和《〈辽域地志〉解密》交给了时猴子。时猴子与郝子强什么也没说，互点了下头，分道而去。

帝豪会馆的霓虹灯照着人们暧昧的脸，也照着时猴子那猥琐的脸。鲁运看见时猴子进去了，他也悄悄地跟了进去。他看见时猴子进了一间办公室，正要跟过去，一名服务生挡住了他："先生，这里是办公区，营业区在前边。"鲁运说："我想找洗手间。"服务生用手一指："向后，右转。"鲁运转过去，看服务生走了，又转了回来。没想到，服务生看他鬼鬼祟祟的，不像好人，转身盯着他说："不要图谋不轨，再不走，我可要报警了。"鲁运只好向大厅走去。

时猴子走进吴寄瑶办公室的时候，吴寄瑶正在填写工作日志，见了时猴子明显一惊："猴哥，这么晚来干啥？"时猴子说："交你麻将技巧呗！"吴寄瑶问："真的？"

时猴子点了点头，在麻将桌旁边表演了几个作弊技巧，直看得吴寄瑶连连称奇。趁着吴寄瑶给她倒水的空，他把《辽域地志》和《〈辽域地志〉解密》放在了她身后的壁橱里。

吴寄瑶边给他倒水边说："我明白为什么你总赢了，你以前可是没教我这些。"时猴子说："猫教老虎，总得留一手上树的本领。不过，哥这就手把手教你。"

他抓住吴寄瑶的手不放，脸上多了三分暧昧的表情。吴寄瑶把手从时猴子手里抽出来问："你说，能像'鬼手'一样想什么来什么吗？"时猴子色眯眯地盯着吴寄瑶的脸，洗牌、掷骰、分牌，速度之快让吴寄瑶眼花缭乱："我可以让东风天和，你信不？"吴寄瑶说："我不信。"时猴子快速地分完牌，说："你把东风推开看。"

吴寄瑶把东风的牌一推，真的是天和，惊叹道："太神奇了！"时猴子说："不过，这个出多张老千的办法你学不会。麻将这东西，生手怕熟手，熟手怕千手，千手怕失手，失手就剁手，正规比赛时你来这个不行。"吴寄瑶问："有简单的吗？"

时猴子得意地说："有啊。比如瞒天过海法，还有鱼目混珠法、读上抽下法、左右逢源法……多了，一招够你练半年的。"

吴寄瑶问："我有一事不明白，你这么厉害，为什么不自己去参赛啊？"时猴子色色地抓住了吴寄瑶的手说："你说我啊？我是龙城有名的神偷，我要去了，会让人剁了手的……"

这时，时猴子就听见后面有些轻微的异响，他放下吴寄瑶的手，赶紧走了出去。

走过帝豪会馆前的一片树林，时猴子一抬头，发现张半仙正用阴冷的眼光看着他，用低沉的、直叫时猴子身上发冷的声音说："猴子，我教你的技术就是让你糊弄女人的吗？"

时猴子吓得赶忙低下了头："师傅，我错了。不是你教我这样转移视线的吗？"

张半仙："啥事都不要过分，你已经动了贼心了。货已验过，是正品。博物馆那个拙劣的窃贼早晚会败露的，灭了他，钱就是你的。"

时猴子又打了一个寒战。他这个蟊贼，让他偷点儿东西还行，要是杀人，他还真不敢。可师傅的话就是圣旨，便赶紧点头。

张半仙压低声音说："还有，金疤瘌背着我做了很多坏事，你要帮我找到他！"接着，他伸出一只巴掌，"赏钱不会少于这个数。"

时猴子说："师傅放心，金疤瘌逃不出你的手心。"

张半仙消失在阴影里，时猴子眨巴着眼睛看了半天，竟不知向何方迈步。

7

穿过漠南长廊，便是棋盘广场。龙大章盯着一盘残棋已经看了半个多小时了。这局险棋已经走了一大半儿，它的险在把于伟绩、姜长庚、郝子强甚至龙小晴和自己都当成了棋子，来自社会的压力和危险可想而知。

他站起来，凝望漠南长廊的夜色，心里就多了几分牵挂。远处好像有一曲琵琶曲《琵琶吟》传了出来，他就那么静静地听着。这时，他仿佛觉得长廊那边有个人影向他走来，凭着直觉，他知道那是谁。

"美祺，是你吗？"随着他的问话，姜美祺已默默地站在他身后，仿佛也被琵琶曲打动了。龙大章问："美祺，你这晚还出来溜达啊？"

姜美祺犹豫地说："大章……我要升任采访中心主任了。"龙大章说："这是值得祝贺的事儿，你为什么这么忧伤呢？"姜美祺说："我是顶着家庭破裂的压力当上的，我喜欢记者这一职业。"龙大章说："我支持一个干正义事业的人。"姜美祺说："我的事业要是像你的事业一样轰轰烈烈就好了。大章，《辽域地志》和《〈辽域地志〉解密》被盗案就没有任何进展吗？"

龙大章迟疑地说："没有，我们还在查。"姜美祺吞吞吐吐地说："假如……"龙大章说："美祺，你想说什么就说吧，你要相信我。"姜美祺说："假如……爸爸……赵直帆……"

这时，龙大章的电话响了，电话里传来朱丽雅的声音："大章，我们都查了，账是在一个网吧转的，账户是一个郊区农民的，他自己也不清楚啥时有这张卡。转入的卡也不是时猴子的名字。时猴子把那个卡交给了郝子强，暂时还没支取。"龙大章说："我知道了，让明乔跟踪郝子强，一刻也不要放松。"

刚放下电话，铃声又起，龙大章接通电话，手机中传来鲁运的声音："师弟，时猴子只去过吴寄瑶办公室，没见其他人进去。他现在已经回家了。"龙大章说："我知道了，换人跟踪。"

龙大章放下电话，发现姜美祺已经走了。他知道，姜美祺那么爽快的性格变得吞吞吐吐，一定是遇见了她特别为难的事儿。这个事儿或与姜长庚和赵直帆有关，他决定找时间要和他们谈谈。

晚秋的阳光照在龙城医院的院子里，树上飘下几片黄叶，地上一片金黄。一名清洁工正在清扫院子。龙大章和姜长庚走在医院的林荫道上，一片黄叶落在了他的身上。

姜长庚拿起那片黄叶，感叹地说："霜降来，秋天要走了！"龙大章说："是啊，师傅。"姜长庚问："大章，你今天来，不仅是为了看我吧？"

龙大章说："是的，师傅，你当了居士，已属觉悟之人了，我是来和你探讨学问的。"姜长庚一愣："跟我探讨？你要问什么就说吧。"龙大章说："我那天到你房间，看见你自书了一幅字'上善若水、厚德载物'，不知何意？"

姜长庚在木椅上坐了下来："多做好事、善事，日积月累就像滴水汇成江河湖海而升华为高尚的品德，这样才会受到人们的拥戴，恪守道德准则的人就会与时俱进，健康发展。很多人都在墙上挂上了这几个字，却很少有人做到。"

龙大章说："想必师傅做到了。"姜长庚苦笑了一下："我已经老了，想做也晚了、难了……"龙大章说："师傅，不晚。明末顾炎武有诗：'苍龙日暮还行雨，老树春深更着花。'他认为，有一日未死之身，则有一日未闻之道。"

姜长庚说："大章，你想说什么就直说，我是行伍出身。"龙大章停顿了一下说："师傅，我要问的是鸡血麻神。"姜长庚说："这个……你问错人了。我要是能找到鸡血麻神，能辞职吗？"

龙大章盯着姜长庚的眼睛说："师傅，从美祺的角度，我需要你的帮助；从一个公安人员的职责角度，我们都有义务和犯罪斗争到底。"

姜长庚说："大章，你不要问我我无能为力的事情，好吗？"龙大章说："师傅，我可是以一个晚辈的身份求你，这是最后的机会。冬天要来了，到那时连黄叶也没有了。"姜长庚说："我知道。"说完，他犹豫地站起来走了。

龙大章说："师傅，你决定不给我机会了？"姜长庚回过头来："大章，你的机会有的是，只怕我自己机会越来越少了。"听到此话，龙大章沉默了。姜长庚在对敌时是那么顽强，而对友又这么固执，是为了什么呢？

电话声打断了他的思路："小艺啊……参加你的即兴表演？……这个我是外行啊……你大姐也去？……不去不行？我上班呢……对，是周日……好吧，我去——"他对姜长庚喊："师傅，小艺有个表演，请我们一起去捧场。"

听到喊声，姜长庚才停住了脚步。

龙山大学艺术学院演艺厅只装潢了一半，郝子强等人正在向屋里搬着板子等装潢用品。墙上挂着"龙山大学艺术学院大学生与社会人士即兴表演现场"的横幅，台下是翘首以待的白小艺。

主持人穿着滑稽的服装上场："这里是龙山大学艺术学院大学生与社会人士即兴表演现场。这一组要以哈佛大学图书馆墙上的二十条训言进行即兴表演，有请龙城晚报社记者姜美祺、伏龙区公安局警官龙大章和我们的同学白小艺即兴演出！"

龙大章坐在椅子上假睡，白小艺走上前去，推龙大章："这位同学，此刻打盹，你将做梦；而此刻学习，你将圆梦。醒醒吧？"龙大章打着哈欠、伸着懒腰："我荒废的今日，正是昨日殒身之人祈求的明日……"

郝子强停止了干活，走过来认真地看着；姜长庚严肃地向台上看着，若有所思。

姜美祺走过来，指着龙大章："你——觉得为时已晚的时候，恰恰是最早的时候。"白小艺揪住龙大章耳朵："听到了吗？勿将今日之事拖到明日！"

老师、学生笑，郝子强笑，唯有姜长庚没有笑。

姜美祺说："就是嘛，学习时的苦痛是暂时的，未学到的痛苦是终生的。"她做痛苦状，龙大章也做痛苦状："看到你俩，我想起了妈妈。她从小就教导我，学习这件事，不是缺乏时间，而是缺乏努力。可是，我总做不到。"白小艺说："可惜啊，我们都不是你妈妈，有妈的孩子是多么幸福啊！幸福或许不排名次，但成功必排名次。你排第几？说！"她的手指重重地戳在龙大章脑门儿上。姜美祺心疼地制止："小艺，别责问他了。学习并不是人生的全部，他既然连人生的一部分——学习也无法征服，还能做什么呢？"

突然，顶棚上装潢用的角钢脱落而下，直向姜美祺砸来。台下的姜长庚慌了，郝子强吓傻了。台上的龙大章飞扑过去，角钢擦着他的后背而过，台下一片惊呼声……

站在龙山大学校园的树下，龙大章和郝子强还在讨论着刚才那惊魂一刻："从上面断裂的钢丝看，有人早就做了手脚，或是针对美祺的，或是针对你的，你已经完成使命，要小心了。"郝子强说："我现在觉得对不起小晴了，她还在被控制调查，她应该已经怀疑我了。"

龙大章说："到水落石出那一天，她会理解的。时猴子那儿没有进展吗？"郝子强说："他并没有和金疤癞或其他人联系，只去见过吴寄瑶。他跟我说钱都是他出的，图也是他想倒卖。"龙大章叮嘱说："再和他交往要小心了，他们已经露出杀机……"

白小艺远远地喊："大章哥，你哪去了？"龙大章又叮嘱了郝子强几句，去找姜美祺和白小艺，却不见姜长庚的身影。

龙大章问："师傅呢？"姜美祺说："他又回龙山寺了。"白小艺说："大姐、龙哥哥，看我们的校园怎么样啊？"

姜美祺感慨地说："看到了这个校园，就想起了我的大学生活，可过去的生活再也回不去了……"

白小艺突然惊讶地说："大章哥，你的脑门儿被砸出血了！"姜美祺说："什么砸出血，这是你那一指禅戳的。"白小艺心疼地说："快去医院吧，治好后有个大学生辩论会，你还得来。"

龙大章摸摸脑门子上被白小艺戳破的地方说："不敢，我怕你把我脑门儿戳漏了。不过，今天发生的事儿也给我们提个醒，坏人无处不在。美祺，尤其是小艺，要千万注意安全。"

8

一处表面破旧、内部奢华的住所里，书房里的灯光格外明亮。自从金疤癞背叛了他，张半仙已经不在那处豪华住所住了。

张半仙坐在写字台前，他把两张半张的《辽域地志》对在一起，惊喜地发现竟然如一张图。这时，响起敲门声，张半仙敏捷地藏起图，打开门。

大黑猫慌慌张张地进来报告："大哥，他们设计的机关没有砸中郝子强，却险些砸中姜美祺，是龙大章救了她。"

张半仙沉思了一下说："没想到会起到另一种效果。我们不一定靠杀人取胜。黑猫，你跟我几年了？"大黑猫说："大哥，二十多年了。"张半仙说："金疤癞已经暴露了，和死人没什么区别，现在就靠你了。我们被公安当老鼠一样耍了二十多年。姜长庚在和我们耗时间、比耐力，龙大章围追堵截得我们喘不过气来，我们就一点儿办法也没有吗？"

大黑猫说："大哥，全凭你吩咐！"张半仙说："麻神和宝图，只差老姜那一半了。"他咬牙切齿地说："我们得反击了，不给他来点儿真格的，他不知'东北新干线'的厉害！"

　　夜色下的龙山大学校园外，总有一些出租车等在那里接送学生，白小艺便是打车的常客。晚上，她又接到了一个演出邀请，便带着乐器走出校园。一招手，一辆轿车"吱"地停在了她身边。

　　大黑猫装扮成的司机微笑着问："小姑娘，到哪儿去，我送你，保证比出租车便宜。"

　　白小艺问："我要去帝豪会馆演出，多少钱？"大黑猫说："去那儿？正好，我顺路，随意赏。"白小艺上了车，车一溜烟儿而去。

　　轿车飞驰，树影闪退。车内，白小艺望着路边的景色想着心事，不时露出一丝娇笑。突然，她发现方向不对，便说："师傅，方向不对吧，我们已经离开龙城了。"

　　大黑猫头也没回："我是为了避开红灯和交警，好好坐着吧——"

　　霜降后，天冷了。夜晚的龙山寺居士住所已经没有几个人居住了，这里便显得很冷清。

　　姜长庚和张半仙百无聊赖地下着象棋，桌上的两杯茶水已经凉了。张半仙一炮打过去说："姜老弟，我先用炮轰你。"姜长庚喝了一口凉茶说："张居士，你不要老将了？"

　　张半仙看了看，不好意思地把炮又缩了回来："可不是吗，我的炮打不起来。姜老弟，我送你的茶还好吗？"

　　姜长庚说："好是好，只是要喝没了。另外，你的茶治好了我的失眠症。"

　　张半仙说："不会吧，我想是你的脑袋让棍子打蒙了。明天，我再给你拿一盒来。天冷了，我要下山了，不知你还能坚持多久。"

　　姜长庚看了看外面漆黑的夜，未做回答。棋局很快结束了，张半仙开车走了。

　　夜风吹着风沙，便发出"呜呜"的响声。姜长庚拿起一本书正要看，电话响了，里面传来白小艺的声音："姜爸……救我……我被绑架了……"姜长庚一惊，从床上起来："小艺，你在哪儿……谁把你绑架了？……金贵？……不知道位置？……问他想要什么？……我知道？……你让金疤痢接电话……"

电话里传来大黑猫阴沉的声音："姜长庚，你给我放聪明点儿，两小时内你把我们的东西给我交回来，不许报警，否则，就等着收尸吧！"

姜长庚说："金总，你千万别冲动啊！你说的事儿我答应你。你说下交换方式……准备好货等通知？……好，我一个人……等着……"

夜晚的北山废弃木工厂，阴森可怕。白小艺的眼睛和嘴被蒙着，被绑在一根柱子上，两个黑衣人在看着她。

大黑猫说："你们两个好好看着她，我去去就来。"

另一间屋里，张半仙在向白小艺望着。在他的眼前闪现出妻子雅安的形象——雅安坐在钢琴前，弹奏着一曲《梦中的婚礼》，年轻的张半仙侧立在她一旁说："安子，将来如果我们有姑娘，我一定要把她培养成像你一样的艺术家。"雅安忧郁地说："要是有个儿子，我可不想让他像你一样天天打打杀杀……"

大黑猫打断了张半仙的思路："大哥，你来了？"张半仙问："交易时间、地点都设计好了吗？"大黑猫说："初步定在半夜一时，龙山寺后的狮子崖下。"张半仙点了下头："嗯，可以，进退都方便些，去几个身手好的。"

二人在屋里密谋时，两个黑衣人看见灯光下的白小艺，起了邪念，开始动手动脚。黑衣人轻浮地说："小姑娘，一掐一嘟噜水啊！"另一个说："让哥掐掐？"说着，动起手来。白小艺一声叫，惊动了屋里人。

张半仙在暗处看了一眼，向大黑猫一努嘴。从暗处走出两个彪形大汉，把两个黑衣人一拎，扔到了不远处的电梯井里。两声惨叫后，工厂里又恢复了宁静……

龙山寺后狮子崖下，秋风吹得砂粒横飞。姜长庚迎风而立，像铁塔一样站在狮子崖下，他不时焦急地看着表，周围一片漆黑、一阵风吼。他看了看表，已经到了两点，仍然没有动静。他拨打电话，提示"对方的电话已关机"。

就在他要离开时，寂静的山林中突然传出几声猫头鹰的叫声。一个黑衣人探头探脑地向他走来："东西带来了吗？"姜长庚抖抖包裹说："我要见人。"

黑衣人发出一声鸟叫，两名彪形大汉把白小艺押了过来。

姜长庚把包裹向两个大汉扔去。在两个大汉接包裹的时候，姜长庚飞起连环脚，将两名大汉踹倒，拉起白小艺就跑。

这时，周围响起"不许动，你们被包围了"的声音。龙大章带领朱丽雅、鲁运围了上来，那个黑衣人和两名大汉束手就擒。

高高的狮子崖上，大黑猫和几个黑衣人闻风而逃……

第四十九章　大网撒开，各思进退

1

龙大章和朱丽雅连夜对两个黑衣人进行审讯，可是并没有实质性进展。他们只知道大黑猫让拿白小艺跟姜长庚交换一件东西，但交换什么东西，他们也一无所知。

姜长庚对这次交换也说得很含糊，问到关键处，他说现在还不到公开的时候。白小艺被蒙上眼睛，都分不清东南西北，更说不明白被绑在何处。

龙大章想，师傅甘愿做他计划的一枚棋子是为了让犯罪尽快显露出来。他这样做，有着很大的风险，一是自身安全，二是法律风险。可是，他说服不了师傅，只好顺其自然。正在这样想着，朱丽雅焦急地问："线索又断了，大黑猫会和金疤瘌在一起吗？"龙大章说："大黑猫打着金疤瘌的旗号，说明金疤瘌已经被这个团伙彻底抛弃了。他们在得到《辽域地志》后，又急于想得到鸡血麻神，'东北新干线'要和我们决一死战了。"

朱丽雅问："下一步怎么办？"龙大章说："很多线索都得从头捋。经过我们调查，金疤瘌执掌两家娱乐场所——帝豪会馆和忘情夜总会，还有用龙山煤矿置换来的宏运奇石城，以及天创房地产公司。二十年前，赫顺把两家娱乐场所转让给一个叫张百年的人。张百年将户口迁至凤城后死于车祸。可是，转让后的公司一直聘请金贵管理，它的实际控制人从不露面。金贵'跑路'之后，吴寄瑶接手了这几个地方的管理，可是实际所有人仍然沉于水下，这双幕后无形的手，仍托着这几家产业……"朱丽雅问："这说明什么问题？"

龙大章说："我有两个大胆的设想：一是赫顺没有死，他或许就是'东北新干线'的缔造者；二是张百年就是赫顺，他的企业转让是在玩一套左手转右手的把戏。"

朱丽雅说："可是，我们去凤城查过他，确实死于车祸啊。"

龙大章说："只有抓到金疤瘌或大黑猫才会揭开谜底。"这时，电话响了，他接了起来："师兄……你们一定要有耐性，金疤瘌舍不了多年攒下的老本儿，他现在一无所有，如丧家之犬，能跑哪去？他一定会回这个家的。守着！"

夜晚的小区，灯光下飘着红叶。鲁运和李明乔已经在龙小晴家对面的楼内守了三天了。客厅里，桶装方便面和矿泉水瓶扔得到处都是。二人躲在窗帘后面轮番注视着对面金疤瘌的住宅，可是一无所获。

李明乔焦急地说："鲁哥，这都好几天了，瞎子点灯白费蜡啊！"鲁运摸摸受伤的脚，咬牙切齿地说："金疤瘌，就是跑到天边儿我也要把他亲手抓回来！"李明乔说："鲁哥，脚还疼吗？"

二人闲聊着，但没有忘记紧盯着对面。突然，李明乔眼睛瞪得大大的，向对面一指："快看，那个人像金疤瘌！"鲁运趿拉着鞋跑过来向楼下望去，就见龙小晴家楼下，一个满脸胡须的胖子左顾右盼地接近了住宅楼。他激动地说："什么像啊，就是他。"他拿起电话，兴奋地报告："龙队，目标出现在楼下。"龙大章的声音传过来："准备抓捕！我们马上前去增援。"鲁运放下电话，带着李明乔向楼下冲去。

小区里，两名保安跑过来，喊着："抓住他！抓住他！"

金疤瘌一惊，转身向小区外跑去，那姿势，简直是一个足球在滚动。

两个保安越过金疤瘌，向时猴子追去。小偷出身的时猴子虽然当了村主任，可多年养成的偷瘾还没戒掉。他只得给自己定个规矩，能不偷尽可能不偷，忍不住时能偷个手机时只偷棵白菜。此时，他手里有几根葱。

鲁运和李明乔跑到楼下时，只见到了金疤瘌的背影，便奋力向外追去。金疤瘌一出小区的门，恰好有一辆出租车开过来，他一招手，车还没停稳，便打开车门蹿了上去，出租车一溜烟地冲上了大街。

鲁运和李明乔快速上了停在门边的越野车，边追边打电话："龙队，金贵上了一辆出租车逃跑，请设卡拦截！"龙大章的声音："请报出出租车车号、路线，你们跟着他的出租车，悄悄截停，别误伤了群众！"

车灯为这个城市划出了一条条五线谱，一辆辆各式小车是五线谱中的音符。那辆出租车穿梭在车流中，李明乔的黑色越野车紧咬在后面。鲁运不断地催促"超过去"，李明乔几次想超过前车，因为车太多都没有成功。鲁运焦急地向前望着说："盯死它！"他用电话通报着："车牌号68972……正往大辽绿都方向跑去。"后车几经风险，前车左冲右突，李明乔的车始终没有接近那辆出租车。

龙城的另一条街道上，龙大章驾驶着警车鸣笛疾驰。朱丽雅打着电话："师兄，一定要咬住，这次不能让他跑了……大辽绿都方向，好……什么，又奔帝豪了？"龙大章的车子一个急调头，从一条巷子里穿了过去。朱丽雅说："师兄……他又往忘情夜总会方向？……好，我们这就往那儿赶。"车子又一个急转弯，几乎把朱丽雅的手机甩掉。

忘情夜总会停车场灯火阑珊。赵直帆哼着小曲从夜总会里出来，刚打开黑色奔驰车的车门，一个人抱住了他的大腿："赵公子救我！"赵直帆吓了一跳，问："金老板，怎么这么狼狈。"金疤瘌说："有人追杀我，让我到你车后备厢躲躲……抓住我，对你也不利。"赵直帆迟疑了一下，打开后备厢，金疤瘌钻了进去。

鲁运和龙大章的车先后"吱"的一声停在赵直帆身旁。鲁运问："看见有人往这边跑吗？"赵直帆倚着车门，托着下巴，没有吱声。鲁运说："问你话呢。"赵直帆说："你问我就得答啊，你谁啊？"

龙大章走过来说："直帆，是你？我们在执行任务，有个嫌疑人往这边跑了。"他拿出照片说："就这个人。"

赵直帆看着照片，愣了一下，自己与金疤瘌交集匆匆闪过：金疤瘌把一个信封递给赵直帆说："这个，成与不成，都是你的劳务费……"金疤瘌说："要是能帮我们顺利地拿回那件国宝，卖多少有你一半儿，否则……"金疤瘌拍拍赵直帆的肩说："兄弟，反贪局不会相信你说的话的，好自为之吧，你我在同一条战船上……"

龙大章在等着回话，赵直帆脑子很乱。他看着照片，用手一指说："这个……大概……好像是往那边跑了。"鲁运说："我们看得真切，就是往这儿跑了。"

赵直帆说："那你们就和这儿的土地爷要人吧。大章，我正好找你呢，我们进去说？"龙大章疑惑地说："师兄，你们到那边去看看。"

朱丽雅在附近巡视着。赵直帆不由分说，把龙大章扯到了忘情夜总会。要了一个餐室，赵直帆让服务员安排了两个菜。二人站在餐室的窗前，向外望着铺天盖地的宣传标语，一时竟无话可说。

赵直帆吸了一口烟问："大章，会打麻将吗？"龙大章说："现在龙城七岁顽童都会。"赵直帆说："会玩不难，难的是玩好。一个麻将高手，除了自己和牌，还要给对手留条出路。"

龙大章说："作为一名竞技高手，明知不可为的牌局，必须毅然决定下车，不要心存侥幸，死到临头还硬拼，那只能当炮灰。"

赵直帆说："打麻将，目标就是奔和，若事事见难就下车，我们还玩它做什么？"

菜上来了，龙大章无心落座，便说："叫我进来做什么？"赵直帆指着一盘河蟹说："为了平安、和谐。"龙大章问："为了让谁和谐？有话就直说。"

赵直帆站了起来："你知道，我和美祺结婚了，可是关系并不融洽，你就没想想为什么吗？"龙大章说："夫妻关系，要靠两人共同创造和谐，外人无由评论。"赵直帆说："可你的阴影已经影响了我们婚姻的阳光。"

龙大章说："直帆，我的话已经说得很明白了，爱要自己经营。如果你找我就为了和我说这个，我们到此为止。可是，我觉得你还有重要的事对我说。"

赵直帆坐下来说："我就直说了。听说你最近在查鸡血麻神案？算了吧。"龙大章说："算了吧，什么话？我是一个人民警察，让这件国宝完璧归赵是我的职责。"赵直帆说："你的动静闹大了，已经影响了龙城的和谐和你自己及家人的安全。"

龙大章转过身去："如果我和少数人和谐了，就会有一大部分人感到不和谐。"赵直帆说："你的师傅也曾一门心思办案，可是他到如今得到了什么？"龙大章说："他得到了群众的信任和爱戴。社会需要我师傅那样的孤胆英雄。"

赵直帆醉意蒙眬地拿起一个河蟹腿说："你不是崇尚哈佛的名言吗？哈佛大学有个说法，叫作'狗一样地学，绅士一样地玩'。你这辈子只能做到前者。后者，你玩得起吗？"

龙大章说："玩得起玩不起的，干了这一行，都得玩儿。"他不想再与赵直帆东拉西扯地进行毫无意义的对话了，金疤瘌现在还不知所踪，他哪有心思喝酒？他放下酒杯，向外走去。

赵直帆自己将一大杯酒一口干掉，歪歪斜斜地从忘情夜总会里出来，醉醺醺地开车而去。车画着"S"线，窗外传来龙城说书场的说书声："龙城麻将考智力，七分运气三分艺。运气概率差无几，出水才见两脚泥……"

回到小区，出了车库门，赵直帆醉眼朦胧地向楼上望了望。楼上没有灯光，他叹了口气，一股酒气涌上来，他扶着树吐了起来……

2

清晨的龙城大街上，早已是熙熙攘攘上班的人流和车流。姜美祺的红色小车从车流中分离出来，向楼下车库开来。

下车后，她边接电话边向车库走去："小晴，给你从乡下买的白家熏笨鸡在我家车库呢……我这就给你取来送去，你等会儿，我上班顺路。"

她放下电话，打开车库的门时，顿时惊呆了。她发现金疤瘌坐在车库边上的物品架上，嘴里啃着半个烧鸡，眼睛惊愕地看着自己。她倒退了一步惊问：

"你是谁？为啥在我家车库里？"金疤瘌眼珠子一转说："我……我，我是直帆的表叔。他昨晚喝多了，把我锁在了车库里。"

这时，一些场景在姜美祺的脑海中闪了出来：金疤瘌和赵直帆在街心公园的石桌旁说话；草原度假村，鲁运奋力向金疤瘌追去……

姜美祺厉声问道："你到底是谁，我可要报警了！"她掏出电话要打，金疤瘌像球一样弹了起来，按住了姜美祺的手："大侄女，不要打电话，我有话要对直帆讲。"姜美祺停了手，向楼上喊："赵直帆，你给我下来！"

赵直帆听到喊声，衣衫不整地从楼上跑下来，看见这场面也吃了一惊。他这才想起，自己昨晚喝得太多，竟把金疤瘌还在他后备厢的事儿忘了。他喝道："你怎么还没走？"金疤瘌给赵直帆使眼色："表侄，表侄，你都把我忘了。我在车里睡着了，你又把车库一锁，我出不去啊！"

姜美祺盯着赵直帆问："直帆，他是谁？"赵直帆说："表叔……"姜美祺疑惑地瞪了赵直帆一眼："表叔？别太过分了！"她没好气地把剩下的那只烧鸡放到车上，开车走了。

望着远去的小红车，赵直帆狠狠地瞪了金疤瘌一眼："怎么，你还给我赖上了？"金疤瘌说："迫不得已啊，我要是进去了，对你不是也不好嘛。"

赵直帆说："金疤瘌，我已经救过你两次了，俗话说'有再一再二的，没有再三再四的'，你咋也不能像那条冻僵的蛇吧？还等我养你老啊？赶紧滚吧！"

金疤瘌说："好，我这就走。"赵直帆轻蔑地看着金疤瘌远去。这时，他的电话响了："报案？……你疯了？美祺，你不闹了行不行啊？"他狠狠地按了电话，打开车门上了车，一脚油门儿，直奔单位而去。

到了单位，他从车上下来，阴沉着脸向办公室走。两个新来的年轻姑娘走在赵直帆前面，边走边说着闲话。一个说："听张主任说咱们赵科又和夫人冷战呢？"另一个问："不会离婚吧？"一个说："怎么不会？书上说，两人一冷战就快了。"另一个说："你盼着快了？完事儿你好盯上去，你不最希望嫁豪门吗？"一个说："别瞎说，让人听着……"二人回头看见跟在后边的赵直帆，吓得撒腿就跑。

赵直帆来到办公室，气呼呼地坐在椅子上打电话："小张，叫那几个新参加工作的都到我办公室来。"

一会儿，几个年轻人进了赵直帆的屋，那两个姑娘不敢抬头看赵直帆。赵直帆站起来指着他们的鼻子说："你说你们，一个个的还大学、研究生学历呢，眼里没领导，手里没活计。看着局长亲自打水你们就不知道接过来，整天张家长李家短的，不知道脑瓜子寻思什么呢？哪头炕凉哪头炕热也不知道。你们要跟对了人，别看错了事儿！"

几个新来的员工站得笔直，听着赵直帆没头没脑地训话，一个个也不敢吱声。

赵直帆撒完气之后，心里略显平衡些。他静心地坐在办公桌前，想着龙大章和姜美祺的话，仔细回忆着自己这几年可能涉及的违法犯罪之处，梳理哪些会留下证据。结果，越想越乱，乱到已经分不清哪些是对、哪些是错了。有过错就要付出代价，这一点他很明白。

怎样摆脱金疤痢这样的小人纠缠呢？他想到了一个人，这个人就是在帝豪会馆就职的同学吴寄瑶。他觉得，只有她能证明自己的"清白"，能把自己从金疤痢或是其他人的是非中解脱出来。

此时的吴寄瑶也在矛盾之中。通过几次变故，她看清了钱如意、李明鑫，尤其是张半仙等人的为人，她知道跟着这些人混，会真像张半仙所说的"从尿窝混到屎窝"。可是，她又抛弃不了眼前的优厚条件。更重要的是，她目前还没能力另起炉灶。

思虑中，她接到了赵直帆的电话。听明意思后，吴寄瑶答应若东窗事发时为他做证，证明那五十万元是她托他买房的钱。最让吴寄瑶动心的是，她挂失追回此款后，赵直帆会分给她三成。

两人自觉得密谋得很圆满，却不知隔墙有耳。

张半仙不知何时手拿一个文件袋立在了吴寄瑶身后说："寄瑶，你这是……"此话一出，吓了吴寄瑶一跳："张先生，你什么时候进来的？"张半仙说："我已听了多时。"

吴寄瑶惴惴地说："张先生，我准备辞职了，你这里的水太深了，我没有安全感。"张半仙把粘好的挂坠放在桌子上说："外甥女，还在生我的气啊？"吴寄瑶说："你配做人舅舅的把兄弟吗？"

张半仙说："寄瑶，其实，我就是你舅舅，看在你妈我们兄妹的分上，你再帮我些时日。自然，我不会让你白帮的。"

吴寄瑶又是一愣："我舅舅？我妈有你这样的哥哥，我替我妈感到悲哀。"

张半仙说："寄瑶，过去金疤瘌利用我这几家企业，背着我没少做坏事。现在我老了，不想拼搏下去了，想把这几家企业打包卖了。价款嘛……有你一成。"

最后一句话让吴寄瑶比突然冒出个"舅舅"来还惊喜："有我一成？"张半仙说："怎么，嫌少？一成也是上千万元呢。不行就一成半吧。"

吴寄瑶今天不知是交了什么运，想钱来了赵直帆的许诺；想娘家人，舅舅就来了。她突然对自己的贪婪不好意思起来："我不是那个意思。旺业转兑，你到底要干什么？"

张半仙说："我想请你把龙城像钱如意、李明鑫等有实力的企业家请过来，再找几个托儿，尽快转让我名下的四家实业。天要变了，以后这活不好干了。"

吴寄瑶问："这么多的资产，一时能转让出去吗？"张半仙很有信心地说："能。资本逐利而动，钱如意、李明鑫早就想把这几个企业吞了，一定会很感兴趣的。"吴寄瑶问："什么时候办？"张半仙说："就现在吧，转让的资料都给你备齐了。"

张半仙说完，放下资料出去了。

吴寄瑶看了看眼前粘好的挂坠，愣了半天，把它扔在了垃圾筒里。她拿起计算器，算了一阵儿，把自己收拾好的用品又摆在办公室里，拿起手机开始打电话。本已准备辞职的吴寄瑶算完自己那一成半的收益，眼前浮现出成捆的钞票。金钱的诱惑终于战胜了尚存的人性。

3

碾盘沟至龙城的山道上，在红黄为主色调的林间，一辆越野车在曲折前行。车内，龙大章和朱丽雅在欣赏着车窗外的景色。初冬的龙山，素淡而不萧瑟，宁静而不失生机。

朱丽雅很兴奋："龙山上冬天来得晚了，经霜的树叶远远看去，五彩斑斓，像一幅淡淡的水墨画。可是，近处一看，也不过如此。"

龙大章说："人世间很多事情也只能远观而不可近玩也。谁能想到，一个虚无缥缈的人，能有那么大的产业。"

朱丽雅嗔怪道："三句话不离本行。这么好的景致，让一个张百年给破坏了。大章，村民们说簸箕沟从来就没有一个叫张百年的人，身份证怎么就办出来了呢？"

龙大章说："刚开始办身份证的时候，管理混乱，托人办个身份证并不是很难的事儿。"

朱丽雅说："如果这个张百年就是赫老大，你同学吴寄瑶的母亲赫兰应该认识，她为什么说从未见过这个人呢？"

龙大章说："她或是真的不认识，或是年龄大了看不出来，或是她有顾虑。"

朱丽雅问："你的网撒出去好几天了，为什么没有鱼汛？"

龙大章说："钓鱼最大的技巧就是知道鱼在哪儿和有足够的耐心，我们的目标已经有了，还愁打不到鱼吗？"

朱丽雅问："鱼在哪儿？"龙大章说："鱼也在避着风头，等着机会。等我们把那个叫张百年的人研究明白，就找到了答案。"

帝豪会馆的大型包间里，钱如意、李明鑫和几个像大款一样的人坐在沙发上品着茶。他们不知吴寄瑶叫他们来葫芦里究竟卖的什么药。几经探询，得知吴寄瑶要代卖几处产业，惊得这些男人们有的眼睛瞪得像灯泡，有的头摇得像拨浪鼓。

钱如意问："寄瑶，你的意思是转让两家娱乐场所、一家石头城、一家地产公司的事儿你都能做主？"吴寄瑶点了点头。李明鑫说："大妹子，别逗了，想当年金贵也说企业是他的，可他充其量就是个店小二。"吴寄瑶说："店小二怎么了？店小二能当半个家。"装扮成外地大款的黑老三问："那半个家谁当呢？"

张半仙夹着公文包，西装革履地进来了。李明鑫看了看左右，问："那老头儿，你找谁啊？"张半仙微笑着点了下头说："你是李老板？这位是钱老板？寄瑶是我的亲外甥女。"李明鑫看了吴寄瑶一眼问："是吗？"

吴寄瑶未置可否，李明鑫围着张半仙转了一圈儿，哈哈大笑："我想起来了，你是测字的张半仙儿。缺钱哪？缺心眼儿啊？看寄瑶混好了，跑这儿来认外甥姑娘来了！"

张半仙把文明棍往地上轻轻地一戳，笑道："李明鑫，我不光是寄瑶的舅舅，还是这帝豪会馆的主人。"

在一片惊讶的目光中，吴寄瑶站起来，把一些房产权证等一摆，微笑着说："我介绍一下，张老板张百年，刚才我说的产业的主人。"

钱如意站起来，疑惑地问："张老板？你太像一个人了——大桥下的测字先生。"张半仙说："不是像，那就是鄙人。"李明鑫伸出大拇指："张老板，高人啊！"张半仙说："我算什么高人？就是有那爱好。"

李明鑫赶紧凑上来说："听寄瑶说，金疤瘌在你这儿就是个店小二？"张半仙气愤地说："金疤瘌跟我没有任何关系，我高薪聘请他管理这些实业，可他给我管理得并不好，还背着我做了很多坏事，我早已把他辞退了。"

钱如意试探着问："张老板叫我们来做什么？是声讨金疤瘌，还是真要卖产业啊？"

张半仙看了看旁边的麻将桌，笑道："叫你们来打麻将。我知道你们喜欢打麻将，今天我陪你们打四圈儿，怎样啊？"

钱如意看着这个干瘦的怪老头，心里好笑："哎，我记得你说过，从不玩麻将。"

张半仙说："今天我破例，高手上来。"

几个人都认为自己是高手，争相往前坐。最后，没有挤过钱如意、李明鑫和黑老三。四个人在麻将桌旁坐了下来，心里都打着自己的小九九。吴寄瑶和其他几个人站在旁边倒茶观战，看这场不同寻常的大赌以什么结果收场。

三个志不同、道不合、各揣心腹事的人坐在了同一麻将桌上，他们都不知所谓的张老板肚子里卖的什么药。尤其是李明鑫，这么多年才知道，金疤痢只是个影子，这里的老板竟然是一个在大桥下靠测字为生的一个他从不正眼看的老头儿。

但是，麻将从不以貌取人。两圈儿下来，张半仙面前一堆钱，钱如意、李明鑫一脑门子汗，只有黑老三神态自若。

张半仙把牌一推说："弟兄们，第三圈儿结束了，我又自摸清一色了。说实话，我已有十八年不摸麻将了。今天，你们就认了吧。俗话说：'盲人掉井——越捞越深。'"说着，他把赢来的钱快速地扔给三人。

李明鑫假装豪爽："张老板，犯不上，愿赌服输……"他一边说，一边把张半仙给的钱装了起来。黑老三说："赢者为王，输不起我不会坐这儿的，鄙人不差钱儿。"说着，把张半仙给的钱又推了回去。钱如意把张半仙给的钱递给了吴寄瑶，问："张老板，对麻将这么精通？"

张半仙慢条斯理地说："算不上精通。可是，我从麻将中悟出一个道理。"他的手轻轻一过，东、南、西、北风四张牌便在手里："假如我是东风，敌方是西风，钱总是南风，李总是北风，我的目标是挫败敌方，怎么办？"

李明鑫抢答道："偷牌？"张半仙笑了："雕虫小技。在这场游戏中，我们四风各居一方，都想胜出。为了利益，低手会孤军奋战，最后是四面楚歌；高手会依靠自己、团结别人、牵制敌手、动静相宜。"

钱如意听得直点头："张大哥，我明白了，咱们仨打伙牌？"张半仙说："准确地说，是互通有无。这样，才能诱使敌方落入咱们精心部署的圈套，以便达到战略上的主动和战术上的机动……"

一群人伸长脖子听张半仙讲麻将经，张半仙却话锋一转："下面，我说一下今天的正事。现在寄瑶管理的两家娱乐场所系我把兄弟赫顺投资，后来转兑给我。我又发展了一处奇石城及天创地产公司。我对这些公司的经营一向外行且毫无兴趣。现在，我到龙山寺做居士了，想把上述资产卖出去，用所得资金重建龙山寺的大雄宝殿和东配房，做些善事。而且，我们所做的善事，要以购买者的名义进行。"

黑老三站起来问："张先生把这么好的场子卖了，买者有利还有名，那你图什么呢？"

张半仙说："为什么卖了呢？往高雅点儿说，我要超然物外，已视钱财如粪土。"

钱如意说："张先生，这就是你说的'团结敌人'？为什么选中我们几位？"

张半仙说："我觉得，在龙城，能干一番大事业的也只有你们各位了。"

李明鑫急不可待地说："我对娱乐业很感兴趣，只是这价钱如何？"

张半仙说："对待明人，我不说暗话，价钱的问题，我已决意皈依佛门，无意斤斤计较，我只求尽快解决。具体事宜，你们和寄瑶谈吧，她的话就是我的话。"说完，出去了。

人们的眼光从张半仙转到吴寄瑶身上，目光中充满期待。吴寄瑶从容地说："各位，张老板有交代，一口价，不会多要你们的。帝豪九千万元，忘情六千两百万元，奇石城及天创公司共九千万元。"

黑老三猛地站起来激动地说："各位，不用讨论了，我打包，全要了。"

李明鑫眼睛瞪得大大的，说："你是哪根葱？帝豪和忘情我早就订下了。你又不是龙城人，跟着掺和什么？"

钱如意说："既然这样，石头城及天创公司给兄弟我留着。"

黑老三把钱如意扒拉到后边，毫不相让："那不行！是我先说的。"几个假大款嘴里嚷嚷着"谁占也不行""竞拍"……

吴寄瑶站在椅子上喊道："各位老板，不要争、不要抢，亲是亲，财是财，空口无凭，谁想要，先交三分之一的定金，谁的款先到位归谁，张先生做事反对拖泥带水。"她一边把资料发给了钱如意和李明鑫等人一边说，"这是几处资产的资料，你们回去好好论证一下。三天回音，不回视为放弃。"

这些人拿着资料欢天喜地地散去。

钱如意、李明鑫等人前脚刚走，龙大章和朱丽雅就进了帝豪会馆的门。吴寄瑶微笑着迎了上来："大章，你们又来干什么？"

龙大章问："寄瑶，今天为什么这么高兴啊？我们来想看一看金疤瘌住过的地方和询问你们老板的一些情况，不会影响你们经营的。"吴寄瑶说："金疤瘌住过的地方可以随意看。我们老板不在国内，我对他也是一无所知。"

吴寄瑶把龙大章和朱丽雅让进了刚才张半仙几人打麻将的屋子后便出去了。

龙大章闻着屋内的烟味，站在麻将桌前。他拿起东南西北风摆弄着："丽雅，假如钱如意、李明鑫，还有我们，钱、李是这场赌局浮出水面的南风和北风，我们是东风，那么潜藏的西风是谁？"

朱丽雅说："不管西风是谁，东风一定压倒西风。"龙大章说："那只是过去的一句口号。千万别以为主动权在我们手里，我们要面对的是不确定的多家，他们在暗处，我们在明处。"

龙大章认真地搜索着屋内的角角落落，从麻将桌下方抠出一个电子接收器认真看着。朱丽雅问："大章，那是什么？"龙大章说："麻将作弊器。作弊玩家只要轻轻一按，机器就会自动给他码特好的牌。"

朱丽雅说："大章，搜查了半天，就搜出个这玩意儿啊。"龙大章扫视着屋子说："既然金疤瘌潜回这个屋子，这里就一定有他想要的东西，但绝不是麻将作弊器。"

墙上挂着名画《蒙娜丽莎》，那眼神似乎在向龙大章嘲笑着。龙大章走过去，轻轻把画摘下来，仔细看着说："我明白了，你看在照片的后面，有胶带纸粘过的痕迹。粘的什么东西呢？"朱丽雅走过来看了看说："不会是《辽域地志》吧？"龙大章摇了摇头说："只能说有这种可能，也有可能是一些有关'东北新干线'的重要资料。"朱丽雅说："嗯，等我们抓到金疤瘌就一切都明白了。"

从帝豪会馆出来，二人回到车上。龙大章说："我们的网撒得很大，现在到逐步收紧的时候了。在密切关注重点经济实体的动向的同时，要收捕一些脱网之鱼。"朱丽雅问："怎么收？"

龙大章说："——理清。对李明鑫这样的死硬分子，一旦发现犯罪行为，要先发制人，铁腕打击；对钱如意这样的人要充分调查，发现问题后，要后发制人，因为他能串起很多人和事；对金疤瘌背后的人，只有出其不意，才能一网打尽。"

朱丽雅说："可是，对他们犯罪的证据我们掌握得还不多。"龙大章说："像剥洋葱一样，一层层剥去他们的外皮，时猴子、刘尔贵、金疤瘌这层外皮一脱，是红心儿还是白心儿，一目了然。"

4

褪去了最后一抹晚霞，龙城被夜色笼罩起来。赵直帆和姜美祺的心却没有这里的美景这般祥和，他们缓缓地走在大街上，就像走在出殡回来的路上。

姜美祺低沉地说："直帆，我可以跟你回家去，你能和我说几句实话吗？"赵直帆说："你又要让我说什么啊？"姜美祺说："你和那个胖子之间有什么扯不清的关系？"

赵直帆没好气地说："怎么那么多事儿呢？一个女人，只要明白一点，即眼前这个男人是爱你的，就够了！"

姜美祺说："你要是爱一个女人，就要让她有安全感。别以为我不知道，那个人名叫金疤瘌，用短信威逼你向爸爸要东西的是他。你明知道大章正在抓他，却让他躲在车库里。"

赵直帆辩解说："我没有让他躲在车库里，是我喝多了忘了。"姜美祺说："自作聪明。"赵直帆说："来劲了，是吧？我能来接你回去，就已经放下了姿态。我赵公子长这么大给谁说过小话，就是我亲爹，我给他赔过不是吗？你还精神了……"

姜美祺心痛地说："我是在救你！"赵直帆说："你是医生啊？用不着！"姜美祺气得扭头向来路走去。

赵直帆没有接回姜美祺，他赌着气又找了一家小店独饮了半瓶酒。当他微醉着开门进屋时，猛一抬头，发现赵连起和赵夫人正瞪着眼睛看着自己。他嬉皮笑脸地问："老爸、老妈，这么晚光顾寒舍，有何贵干啊？"赵夫人脸阴着问："直帆，又和美祺闹别扭了？"赵直帆说："是，她对我干涉她竞职采访中心主任一职很不满……"

赵连起腾地站起来说："直帆，美祺的工作你要多支持，不能帮也不能拆台，你可倒好，打着我的旗号干涉人家单位。而且，你在单位成了有名的赵公子，请问你是哪门子的公子？"

赵直帆脸红脖子粗地说："这么严肃干啥？"

赵连起放缓了语气："直帆，那我就说点儿不严肃的话题。你不是喜欢打麻将吗？可是，任何死心瞎眼的人是打不了麻将的，麻将很大程度上是比心理、比智慧、比耐力。"

赵直帆讨好般地说："没想到老爸对麻将有这么多悟性。"赵连起接着说："搓麻与为人处世有很多相似之处。你卡着平级，盯着上级，压着下级，不累吗？想不失时机地胜出，就得自己做一手好牌，练就一身好本领……"赵直帆说："老爸，您的教导我早已烂熟于心了。"

赵夫人语重心长地说："直帆，你是家里唯一的希望啊！从小我们希望你成为同龄人中的佼佼者，可是，你的所作所为让我们很担心。"

赵连起接着说："麻将讲'控'术，是指控制自己的情绪，控制自己的私欲，而不是控制别人的想法和前程。你现在不仅敢背着组织私批土地、走私文物、暗拿干股、贪污受贿，还发展到帮助犯罪嫌疑人逃脱的地步。"

赵直帆气急败坏地说："又听老汤和美祺一面之词。你既然这么说，就拿我大义灭亲去吧，没准儿能换个省长当当呢。"

"啪！"一记响亮的耳光抽在赵直帆脸上，赵直帆愣了一下。说实话，他这是第一次挨父亲打，他气愤地看着赵连起。

赵夫人赶紧站在中间，痛心地说："老赵，你怎么这么冲动？有话好好说嘛，他还是个孩子。直帆，你送给汤局长的明代青花瓷瓶，人家送回来了，这不是好兆头，做事要小心了！收手吧。"

赵直帆一甩袖子："不用你们管！"说完，向门外跑去。

赵连起望着赵直帆的背影，痛苦地摇了摇头。

赵直帆跑到龙城大桥下，他的酒意在夜风吹拂下清醒不少。他看见姜美祺倚在龙城大桥的桥栏上，任晚风吹起头发。此时，赵直帆的所有怨恨都集中在这个跟他同屋异梦的女人身上，是她阻止了他发财，是她向自己的父母告了密，说不定她还会告诉龙大章他私藏嫌犯……想到这儿，他毅然向忘情夜总会走去。

姜美祺向大桥下的赵直帆望着，直到他的身影隐没在灯红酒绿中。大桥下的河滩上，有几只吱呀乱叫的水鸟还未归巢。她掏出纸和笔，速写了一幅图画，并题名为"我多想化作一只自由的小鸟"。

一件风衣披在她的身上，她回头一惊："大章？"龙大章说："你的身体在颤抖，气色也不好。"姜美祺苦笑了一下说："大概是写文章累的吧。"龙大章说："以我一个刑警的眼光看，你心里有事儿。你和直帆怎么样了？"

姜美祺低沉地说："用你的话说，我要说不好，你能让我好吗？"龙大章说："你已经结婚了，和我不一样了。"姜美祺说："我现在是媳妇了，在你们男人眼里，自然不一样了。"她把风衣塞到龙大章手里，向桥下走去。

那张图画飘落在地上。龙大章捡起来读道："我多想化作一只自由的小鸟。"他向桥下看去，只有茫茫的夜色，没有一只鸟……

龙城的早晨，天清气爽；龙城的天空，有鸟飞过。

敖拉倚站在阳台上，呆呆地向天空飞过的鸟望去。龙城是候鸟的驿站，这个季节，从来不乏各色的鸟。在她的眼前，一只笼中鸟和飞翔的鸟交叉闪现着。她回到屋子里，把一个金色的鸟笼子拿出来，放飞着那只小鸟。那只小鸟飞到了外面挂着的横条幅上，在"热烈庆祝龙城市首届麻神艺术节"的"麻"字上拉了一摊屎，又自动地飞回到了笼子里。

敖拉倚叹了口气，向阳台走去，她发现姜美祺正在前面的路口徘徊，后面跟着的是赵直帆。她的心里就对美祺多了一分担心和怜爱，这是一个没有管自己叫过妈的"女儿"。

赵直帆终没勇气或愿望走到姜美祺面前，他郁郁寡欢地拐进了植物园。一抬头，发现汤局长正站在一棵侧柏旁看着自己。他懒洋洋地打了个招呼："汤局，你来锻炼啊？"

汤局长说："直帆，在这儿，你可以叫我汤叔。我哪有时间锻炼啊，就是溜达。我每周六周日都要来呼吸一下新鲜空气的。哎，直帆，昨晚挨批了吧？"

赵直帆冷冷地说："是……这不正是汤局你追求的结果吗？"

汤局长说："直帆，你这是对我有意见了。不动声色，巧设迷障，假痴不癫，大巧若拙……你把麻将那一套用在生活上了吧？瓶子我没交给纪检委，希望你自己交。"

赵直帆说："汤局，我一直以高手自居，可听汤叔一席话，就感到后背发凉呢！你还是我的汤叔吗？"

汤局长说："直帆，过去我是你爸的兄弟加下属，现在你是我的下属加侄子，这是一种缘分啊。你现在不是普通员工了，一定要比普通员工站得高、看得远。别拿别人当智力障碍者，他们看得都比你清楚。"

赵直帆问："汤叔，我有那么不堪吗？"

汤局长说："直帆，你喜欢打麻将，我就和你讲麻将。麻将怎么打？稳健，不要喜形于色、得意忘形。诚实，互相尊重，以诚待人。这和为官一样，不要去牵制上司，克扣下属。戒贪，牌场上贪大求赢的有几个是最后的赢家？"

赵直帆喃喃地说："汤叔，我……"汤局长问："直帆，你能听进我的话吗？"赵直帆说："汤叔，我听懂了。"

汤局长严肃地说："直帆，党的十八大就要召开了，中国社会从此会进入一个全新的阶段，不要抱着过去的工作、生活态度去处事。你要是真听懂了，事业上要一心为公，家庭上要善待家人。主动去找组织承认错误，主动找美祺请求原谅，这是我和你老爸的共同意愿。"

汤局长走了，留下赵直帆愣愣地坐在那里。说实话，汤局长说的话他只听懂了一半。他硬着头皮向姜长庚家走去。

姜美祺买了早餐回来，平静地坐在沙发上。白小艺从卧室里走出来，坐在姜美祺的身边，头垂在姜美祺腿上，像个慵懒的小猫。

姜美祺问："小艺，这几天休息得怎样，不再做噩梦了吧。"白小艺点了点头，扳着姜美祺的手央求道："大姐，明天我们要在麻神精神演绎会前演出呢，我不能再在家休息了，你给大章哥打个电话帮我排练吧。"姜美祺问："为啥自己不打？"白小艺说："他不接我电话。"姜美祺问："为啥非得找龙大章啊？"白小艺说："他不是配合得默契嘛……"

"当当"的敲门声打断了姐俩的对话。白小艺打开门，发现赵直帆蓬头耷脑地拎着很多水果站在门口，便说："赵姐夫。"

赵直帆进了屋说："美祺、小艺……我……来看你们。"姜美祺脸沉着说："直帆，我们先分开些日子，冷静地想一想，看能不能再一起走下去。"赵直帆尴尬地嘟囔："美祺，我……错了……"

白小艺拉住赵直帆的胳膊给姜美祺使眼色："知错能改就是好人。正好，你和大姐陪我练戏。"赵直帆说："小艺，我来是想请你大姐回家去的。"白小艺说："回去？回去也得帮我排练一下。"赵直帆说："好吧。说，我是什么角色？"白小艺说："狼。"

赵直帆问："怎么尽让我演坏蛋啊？"白小艺说："你，不用化装啊，天然一个大坏蛋。"她把纸稿递给赵直帆并向姜美祺使眼色。姜美祺不是好眼地瞪了赵直帆一眼，勉强地接过纸稿。

白小艺说："开始吧，你们别板着脸啊！不要心里不平衡，我们都是狼，题目是"麻神精神与狼性"。画钩的赵姐夫读，画圈儿的大姐读。我先开始了。"她展开手势和运足表情："勇敢、沉着、机敏，这是狼的世界。"

赵直帆平淡地念道："在这个世界里，没有对，没有错，只有胜出。"

姜美祺无精打采地说："狼的精神实质是战斗，在战斗中从容，赢不得意忘形，败不灰心丧气……"

白小艺抢过纸稿，跺着脚："你们演僵尸呢？这语气不对。同样是狼，有恶狼，有善狼，得表现出来。看你们心不在焉的样子，照大章哥差远了！"

5

没有如愿拿到鸡血麻神的张半仙和大黑猫在龙城动物园会面了，他们要密谋下一步的计划。因为张半仙知道，龙大章给他们的时间不多了。

看着笼子里不断转圈儿的狼，大黑猫恨恨地说：“金疤瘌简直太狼了，大哥待他不薄，他却私藏了《辽域地志》，致使行动拖延至今。”

张半仙说：“不，说他狼是侮辱了狼，狼是懂得感恩的，狼是懂得协同作战的。没他，我们就拿不回鸡血麻神吗？”

大黑猫为难地说：“大哥，我多次失手，兄弟无能！”

张半仙亲切地拍了拍他的肩说：“黑猫，我知道，不怨你，老姜这个对手太硬了。你知道，我最信任的还是你。凤城一败，你和老三是没怎么上过龙城棋盘的棋子，好钢可要用在刀刃上了。”

大黑猫说：“大哥，有事你就吩咐。”张半仙说：“金疤瘌想自立门户，凭他的智商，蹦跶不了几天了。只是，他绝不能落在公安手里。”大黑猫说：“我明白，金疤瘌知道的事儿太多了。”

张半仙点了点头：“他已经让龙大章盯上了，穷途末路，我们不用找他。他是一个视财富比生命还重要的人，一定会回他的住处取财物的。”大黑猫问：“他会到哪儿去取呢？”张半仙说：“他利用我的财富购置了很多房屋，但重点是金河骏景小区。”

金河骏景小区两面环水，夜晚的霓虹照在水面上，使这里的夜景非常美丽。一品香饺子馆的灯刚一亮起，就有两个神秘的客人走了进来。时猴子缩头缩脑地东张西望，后面跟着一个穿着土气、浑身是泥、帽子压得很低的大胡子。

他们一进包间门，就把门关得严严的，饭店服务员过了很久才敲门问：“二位，点点儿什么？”时猴子说：“两盘水饺，两个炒菜，一瓶二锅头。”

服务员下去，时猴子压低声音说：“金哥，听说公安正抓你，你怎么不跑啊？"金疤瘌把破帽子一摘："往哪儿跑？我还有两件事儿没办完：一是我要找到龙山藏宝，二是我住的地方有我多年攒的钱和财宝。我现在回家去取太显眼了，兄弟你得帮我这个忙。"时猴子焦急地说："金哥，你还是跑吧！你说你这时找我……"

金疤瘌眼一瞪："跑？围得铁桶一般，你让我跑？你是看我现在落难了。你金哥我是经过世面的人，会东山再起的。"

时猴子说："我去你那儿拿东西，就不怕把我也搭上吗？"金疤瘌说："兄弟，公安要抓的是我，对你不会注意的。你一会儿去，不要开灯，这是钥匙。钱财，给你一成。"

金疤瘌说着，把一串钥匙交到了时猴子的手里。时猴子迟疑了一下，还是推了回去："金哥，你还是另请高明吧。"金疤瘌眼带凶光，把外衣一敞，露出炸药："猴子，你想与我结伴西行吗？"时猴子当时吓得把钥匙又拿了过去。金疤瘌拍拍他的肩说："这就对了，金河骏景二十三号楼一单元一五一室……"

郝子强把被留置审查的龙小晴接回了金河骏景二十三号楼一单元一五二室，那是他们精心打造的小窝。

龙小晴稀里糊涂地被关押审查了五天，一脸委屈。郝子强看到她消瘦的脸庞，心疼而神秘地说："小晴，我告诉你一件事，你不要恨我。"龙小晴问："什么事，这么神秘？"郝子强悄声说："对不起，你的灾难是我给你造成的。"

接着，郝子强就把自己怎样窃取《辽域地志》和《〈辽域地志〉解密》的前因后果说了一遍，直听得龙小晴目瞪口呆。她一拳锤在郝子强背上："你不说我也怀疑你了。你协助公安破案，为什么不告诉我一声？你把我的觉悟想得也太低了。"

郝子强说："我这半生总算做了一件对社会有益的事儿，想起来过去那些日子……"话没说完，来电话了，"嗯？……什么？自杀了？……怕是参加不了他的葬礼了，替我买个花圈吧。"他放下电话，眼泪流了出来。

龙小晴惊讶地问："谁自杀了？"郝子强哽咽地说："我过去的投资合伙人……"龙小晴问："因为股票？"

郝子强惭愧地说："不，因为传销。炒股失败后，他做了传销……我想明白了，你说得对，我过去太偏激了。我想，人生就是一场战争，战败后输的不仅是金钱，还有精神。每一个人都做过一夜暴富的梦，可醒来是两手空空。没你和大章劝着，跳楼的可能就是我。"

龙小晴说："子强，你能想明白了就好，你能做点儿正事儿，我受审查也不冤。"郝子强感激地流下了泪："小晴，我欠你的太多了。"说着，他就把龙小晴揽在怀里。龙小晴指指还未挂上的窗帘，像鱼一样滑了出去。

郝子强去挂窗帘，却发现缺少工具，便说："小晴，到对面借把钳子。"龙小晴说："对面好像一直没人住呢，我去试试。"她出去敲对户的门问："有人吗？有人吗？没有人应。"她返回后问："子强，木工厂筹备咋样了？"郝子强答："万事俱备，还差钱儿和工厂。"

龙小晴说："这就是啥都差啊！"郝子强惭愧地点了点头："在资金没到位前，我决定从小事做起，办个学生放学后的接应班。"他拿出一套中小学课本看着，龙小晴过来翻看着课本说："现在的小学课本比咱们念书时难了，子强，你还能辅导了吗？"

郝子强说："没问题，现买现卖也来得及。"

这时，听见了对面开锁的声音。郝子强说："对门有人回来了，我们去借钳子吧？"二人开门，看见一个人影进了对门，郝子强便去敲门。可是，里面一点儿动静也没有了。

龙小晴小声地摆摆手："小偷？"郝子强回到屋里，拨通了龙大章的电话。

此时的龙大章和鲁运等人正埋伏在龙小晴家楼下的树丛中，眼睛盯着楼上，并没有发现楼上的动静。手机一响，他小声地接电话："是吗？……好，我知道了。"他放下手机对鲁运说："猎物已经到位，准备拿人。"

不一会儿，一个男人拎着一个箱子从楼里走出来，左顾右盼着。时猴子在远处的树丛里向这边张望着，准备出来接货。那个人走到树丛跟前时，鲁运一个饿虎扑食，把那个人扑倒在地，箱子被甩出老远。这一切，把近处的时猴子和远处的金疤痢都吓了一跳。二人悄悄地撒腿就跑，像兔子一样消失在夜色中。

回到伏龙区公安刑警大队，那个被扑倒的男人垂头丧气地坐在审讯室的椅子上。屋里没人说话，静得地上掉一根针也能听见。

鲁运严肃地说："说吧。"那男人很不满地反问："你让我说什么呀？"鲁运把那人拿的箱子往他面前一扔："夜入民宅，非奸即盗。报上姓名、民族、年龄、住址、职业。"那男人笑了："闹了半天，你们怀疑我是贼啊，可是冤枉我了！我是帮一个摔倒的人拿东西，学雷锋、做好事呢。"鲁运问："你说帮谁？在哪？详细说！"

那男人沉思着，刚才的一幕闪现在面前。

晚上，他出去溜达，看见一个人在小区那边摔倒了。打扮成老人的时猴子倒在地上直喘粗气："来……快来人……"那男人跑过来问："怎么了……这是怎么了？"时猴子手哆嗦着拿出一串钥匙说："快……老病犯了……去23号楼一单元五楼东侧151室……开门取我的药箱来……救我……药箱在书房的铁皮柜子里……"那男人拿起钥匙飞快地向金疤痢家跑去……

鲁运打开那个药箱，里面的金条、首饰等晃得人们眼都花了。他揶揄道："这就是你拿的药？糊弄智障呢？"那男人惊得嘴张得大大的，半天合不上："我……我说的可都是真的，不信你问……当时还真没人在跟前。"

正在这个男人百口难辩、急得要犯心脏病时，龙大章进来说："张先生，我们误会你了。小区的监控证明你是清白的，我代表刑警大队给你道歉！"

那男人擦了把汗，气呼呼地走了。龙大章对一脸蒙圈的鲁运说："他说的都是真的，小区一个保安也看到了整个过程。可是，那个假装得病的人不像金疤痢，他会是谁呢？"

龙大章安排的蹲守又失败了，对手的狡猾和自己的简单让他很无奈。自任代理刑警大队长以来，有诸多的案子没有尘埃落定，看似撒了一个很大的网，可是未网住一条鱼，哪怕一条小鱼。

他正在自责地翻阅案卷时，接到了郝子强的电话："刘尔贵潜回龙城了……"

6

于海平和孟显姿的同居生活还在平淡地进行着。自从于伟绩被绑架、被审查，"勺子碰锅沿"的问题就更多了。这不，于海平在忙里忙外地布置碗筷，孟显姿却一心一意地在追剧。

于海平摘下围裙，没好气地喊："仙子，吃饭了。"孟显姿懒洋洋地坐在桌边说："老于，让你送礼给我调工作的事儿怎么还不去办？"于海平说："那赵公子最近忙着闹家庭纠纷呢，哪有时间管你这闲事儿？"

孟显姿说："我的事儿就是闲事儿？条件那么好的家庭打架玩儿，真是吃饱了撑的。"于海平不满地说："各家都有难念的经，你最近不也是迷上麻将经了吗？"孟显姿眼一瞪："不行吗？许你放火，不许我点灯啊？"于海平把碗一蹾说："行，行！奸懒馋滑赌，你想占全了……"

"当当"的敲门声打断了他们的小吵。孟显姿去开门，发现一个戴着鸭舌帽遮着半拉脸的人站在门口。孟显姿吃了一惊："你是谁？"戴鸭舌帽的刘尔贵没有吱声，从门缝里挤了进来。他摘下鸭舌帽，坐在沙发上摆弄着一把雪亮的刀子，阴沉着脸不说话。

于海平一看也吓一跳，哆嗦着问："二棍？你不是跑了吗？来我家干什么？"刘尔贵阴沉着脸说："在楼下就听你们吵吵。我就直说吧，借钱。兄弟我在外实在混不下去了，险些被公安抓了活的。看在咱们过去多年交情的分上，借我点儿钱吧。"

孟显姿知道他们认识，就来了精神："我们哪有钱啊？他一个私企闲散……"

刘尔贵把刀子摆弄了一下，瞪了孟显姿一眼："他没有你有，我知道你家是这里有名的富户。可是，我不和你借。于大律，前几个月准备给赵公子送礼的钱不是还没送吗？"

孟显姿拿出手机，要报警。刘尔贵把刀子画了个圈儿："大妹子，不要声张，我现在是光脚的，你们是穿鞋的，我不会白要你们的。"

于海平示意孟显姿放下电话，说："赶紧去找钱吧。"孟显姿惊慌地去给刘尔贵找钱。

刘尔贵站在阳台上，向大街上望去，发现大街上钱如意和小金子正向这个小区走来。

二人走进小区，走到榕树下，小金子往钱如意对面一站说："老钱，医院……我不去。"钱如意惊讶地问："为什么？不是说得好好的吗？"小金子说："我想把孩子生下来。"钱如意的脸一下子变了："你疯了？要是让我夫人知道了，能有好吗？"

小金子把一个石子踢出老远，得意地说："我就是想让她知道，你那牲口霸道的小舅子会跟你打，你那肥婆会跟你闹。然后呢，你再娶我。"

钱如意明显吓了一跳："噢？小金子，让我娶你，还让我活不？"小金子脸一沉："老钱，你以为我是在和你开玩笑吗？"钱如意扭头阴着脸说："小金子，你人小鬼大，真敢和我玩阴的？"小金子说："看你这熊样，你就是死了，我也把孩子生下来。"钱如意软了下来，央求道："别啊，商量商量。"

小金子歪着脖子说："咋商量？一口价，盘过来的张半仙的两家产业给我一处，本姑娘立马走人。"

钱如意眼睛瞪得比牛眼还大："你和我来真的呢？人小胃口大啊！你不看看你那小胳膊小腿小肚皮儿地能不能吃下这么大的产业。"

小金子拿出一个小U盘，在钱如意面前晃了晃："东西不在大小，金刚钻儿能钻透瓷器。这个小吧，能再现人间罪恶。知道哪来的吗？你老婆的床底下。"

钱如意突然面如死灰，他对这个小U盘再熟悉不过了，那是那不男不女的婆娘控制他的撒手锏。可是，钱如意此时只好软货硬卖："你这是在敲诈！"

小金子笑道："我敲诈？你的钱是怎么来的？侵吞集体财产，杀害发妻，哄骗百姓，勾结官员……还让我再说下去吗？"

钱如意惊恐地捂住了小金子的嘴："小姑奶奶，你饶了我吧！"小金子不再说什么，揣起那个小U盘，向前跑去。钱如意像智力障碍者一样张着嘴想不明白：这小东西怎么底气这么足呢？谁给她撑腰？

小金子边跑边想着张半仙的话："你的人生只有这一次机会了……"

正想着，就和戴着鸭舌帽匆匆走出小区的刘尔贵撞了个满怀。小金子险些被撞倒，钱如意赶紧跑过去扶住小金子，对着刘尔贵的背影吼道："着急忙慌地等着上黄泉路啊？"

小金子捂着肚子问："老钱，你刚才是在说我吗？"钱如意满脸涨红地说："小……小崽儿，我怎么敢说你呢？你到底想怎么着啊？"小金子一脸认真地说："老钱，一个女人不谈感情不谈钱的，我和你玩呢？我得有房子，我得有车子，我得有票子，我得有孩子，我得有产业……你名下那么多产业，对我来说是天文数字，对你来说是九牛一毛。再说，一条人命究竟值多少钱呢？"

钱如意为难地说："小金子，我现在收购的钱还没着落呢。"小金子蛮横地说："这我不管。"说完，瞪了钱如意一眼，打了个响指，向小区里走去。钱如意望着小金子的背影，心想："那天咋不把你撞死呢？"然后开车向公司走去。

钱如意来到宏运公司总经理办公室，坐在转椅上，心烦意乱地一边擦汗，一边想着怎样对付小金子。可是，汗越擦越多，就是想不出一个办法。

李明鑫大摇大摆地进屋了，钱如意站起来说："哟，是李老板来了，请坐。"李明鑫大咧咧地往沙发上一斜说："什么老板啊，现在就那门前蹬三轮儿的都叫老板了。"

钱如意问："李老弟，有事儿？"李明鑫拍拍真皮沙发说："钱总，我这个人直性子，我可就说了。"钱如意说："你说你说。"

李明鑫说："你说我李明鑫在社会上也是有头有脸的人，怎么就进监狱待了二十多天呢？钱总，说白了，还不是为了你吗？可是，我出来好些天了，你也顾不过我来。咱们共同出钱投资地产，出事儿了，算我的；赢利了，全你的，你说这公平吗？"

钱如意说："老弟，没什么不公平的，我借你的钱，给你利息。我跟砖头瓦块打交道，你倒你的煤，'倒煤'这词儿听着不怎么样，可倒煤的有几个倒霉的？知足吧！"

李明鑫说："钱总够黑的。这样吧，为了我在看守所吃了二十天苞米切糕，欠我的连本带利马上还我，再借我一千万元，如何？"

钱如意一听，心想："今天这是没做好梦呀。都说桃花运后是背运，现在看来还真是啊。"他干脆耍起了痞子："借你的钱不是都还你了吗？"

李明鑫说："钱总这是要打赖啊！五百万元，利息可以先欠着，本金必须给我，我现在是用钱的时候。"

钱如意说："兄弟，谁都有为难着窄的时候，既是哥们儿，五百万元可以给你，再借你二百万元，不要利息。不过，你得帮我办件事儿。"

李明鑫问："我帮你？我得看多大个事儿。"

钱如意眼珠子一转，低声地说："我这儿不是有个小金子嘛，是个人小鬼大、难缠的主儿。你不管想什么法儿，让她别再缠着我就行。只要她不缠我了，别的事儿都好说。"

李明鑫一听就这小个事，当即一拍大腿："就这个，我内行！"可是，李明鑫这个粗人，他把小金子想得太简单了。钱如意跟小金子睡了这么多天，就连小金子住哪儿都不知道。论这套路，小金子不比他差。

此时，小金子穿过于海平的小区，打车到了一个出租屋内。她打开电脑，插上U盘，打开一个视频资料，电脑屏幕里闪着钱如意给人送礼的画面……小金子又打开一个音频文件，里面传来钱如意和钱夫人的对话声。

钱如意的声音："你现在已经是我媳妇了，就把那些资料毁掉吧。否则，喝凉水、花赃钱，早晚是病。"钱夫人的声音："毁了？你这个花心的男人能让我放心吗？现在，手榴弹的弦儿在我手中，我得防止我比我的前任死得更惨。"钱如意的声音："媳妇，我给你跪下了。"钱夫人的声音："你就是管我叫娘也没用。你跪下？你在向张总的姑娘求婚时，你也是跪下的，她不还是被你毒死了吗？你上任时信誓旦旦地说保证国有资产保值增值，最后不还是成了你自己的财产了吗？那些账可是在我手里……"

小金子听到这里，复制了一份，把U盘小心地拔下来，阴冷地笑了。粉色小U盘仿佛变成了金色，她拿起胶带，把它贴在了床底，美滋滋地向张半仙的测字摊儿走去。此时，她需要张半仙给指点一二。

7

刘尔贵坐在龙山半山坡的石头上，眼睛直勾勾地看着珍真野菜馆的牌子被推土机拱倒。他的眼前出现了母亲刘国珍的身影。

刘国珍一脸殷切："尔贵，你就给妈争口气，考个大学吧……尔贵，只要你有个好工作，妈可以吃一辈子咸菜……尔贵，妈怕是来日无多了，你回来看看我吧……"刘尔贵粗暴地吼道："谁是你儿子？知道别人咋说我吗？我是野种！野种！"刘国珍眼睛瞪得大大的，流下混浊的眼泪……

一声车笛打断了他的回忆，刘尔贵气愤地把一块石头向远处抛去。这时，一辆越野车停在山腰。李明鑫和小金子前后下了车，向山顶爬去。刘尔贵觉得好奇，便悄悄地跟了上去。

走到龙山山顶上，二人已汗流浃背。他们在一块岩石边停了下来。小金子气喘吁吁地问："李哥，你说把石头城卖了，在这地方建度假村，能行吗？"

李明鑫擦了一把汗说："怎么不行？看到了吗？在这里，龙城风光，尽收眼底。这要是建成了，有钱人正愁没处消遣去呢！到时，钱哇哇地来。"小金子说："连个路也没有……"李明鑫说："这你就外行了，路是人走出来的，市政府要发展旅游业，正要修这条路呢。"

小金子找块石头坐下来说："李哥，我可是爬不动了。"李明鑫也坐下来说："马上就要顶峰了，我也爬不动了，咱们就在这儿谈吧。"小金子好奇地问："谈什么？"李明鑫说："谈谈你和钱如意的事儿。"小金子说："我俩的事，你掺和什么？"

李明鑫说："事关我的利益。小金子，我劝你，不要和钱如意较劲儿，没好果子吃。"小金子说："他欠我的，关你屁事儿？哪凉快哪待着去！"李明鑫阴阴地说："还真是敢拉硬的主。"他站起，"噌"地亮出刀子问："你是要钱啊，还是要命啊？说！"

小金子吓得也站起来，向后退着："我……你要干什么？"李明鑫恶狠狠地说："实话告诉你吧，钱如意让我要了你的命！妹子，这儿风光不错，你就在这儿吧！"小金子面如土色，节节后退。这时，一块石头绊了她一下，她"啊"了一声，从山顶掉了下去……

刘尔贵看到这一幕，吓得趴在了地上，气儿也不敢喘，想跑，腿已不听使唤。

李明鑫明显也吓得半死，他扔了刀子，向山下跑去。他抱起满脸是血的小金子，一脸惊惶。他哭丧着脸说："小金子，小金子啊，你说你咋那么贪心呢？你贪心也行，还不经吓唬，你怎么就掉下来了呢？你这不是坑我吗？"

刘尔贵站在树后，愣愣地在旁边看着眼前突然发生的一切，不敢妄动。

过了一会儿，李明鑫扔了刀子，扛起小金子就要下山。

刘尔贵在树林里说："李老板，光天化日，致人死命，我看你多时了！"李明鑫吓了一跳，放下小金子，眼睛四处搜寻着："谁？出来！出来啊！"

四周一片寂静，远处响起了声炸山的轰隆声，他哆嗦了一下，声音颤抖地问："哪路好汉……哥们儿……爷们儿，出来吧，你既然什么都看见了，将来事发，就去公安给我作个证吧，小金子可不是我害的！"

刘尔贵见他已无杀心，便从树丛里走出来。他看着眼前这个曾经不可一世的李明鑫，心中暗自得意。

李明鑫惊诧地问："你是刘尔贵？"刘尔贵点了点头："今天的事我都看见了，小金子是自己坠的崖。可是，我不会给你做证的。"李明鑫问："为什么？"

刘尔贵恨恨地说："夺妻之恨尚未报，我要报警拿你，就说你把小金子推下了山！"

李明鑫"扑通"一下跪在刘尔贵面前的石头上："兄弟，我错了，我给你下跪还不行吗？只要不报警，你想要什么都成。"

刘尔贵斜睨了他一眼说："掏掏兜。回去后，给我准备十万元钱，放在我家门口的鞋柜里。等将来有钱了，我还你。"

李明鑫把兜里的钱掏出来交给了刘尔贵说："好吧。"刘尔贵说："没人看见你和小金子上山。"说完，消失在密林中。李明鑫嘟囔道："比我还狠……"他抱起小金子，向山沟走去……

第五十章　情谊受考，各奔西东

1

龙城的雾到了初冬就有了霾的成分，熙熙攘攘的人流、车流在这淡淡的雾霾里穿行，就像走在了"仙境"。

李明鑫"处理"完小金子，灰头土脸地去找钱如意。他左寻右访，终于在伏龙区工商局门前找到了。他发现钱如意和吴寄瑶在一起，便问："二位这是再续前缘？"没想到钱如意一脸不高兴："续什么续？来这儿办点儿事。"李明鑫悄悄地说："钱老板，小金子到外地打工了，我收购张半仙娱乐场所可是等着交定金呢？答应我的事儿……"钱如意不太高兴地说："一会儿办。"李明鑫一看钱如意老大地不愿意，便嘟囔道："那边等我签合同呢。"

钱如意没有搭腔，李明鑫只好走了。钱如意跟着吴寄瑶向市工商局的大门里走去，沉着脸说："联合开矿，我是大股东，你当法定代表人，空前绝后，这回满意了吧？"吴寄瑶笑笑："好，钱总就是做大事的料。你帮我，我也会帮你收购天创公司和石头城的。"钱如意说："按你们的要求，三分之一的价款一会儿打过去，能不能让我接手啊？"

吴寄瑶想了想，提醒道："老钱，看在我们过去的分上，这个交易不会有什么问题吧？"钱如意说："哪怕是个浑水，我也要趟一下了。"吴寄瑶突然想起什么，问："对了，小金子怎么没跟你来啊？"

钱如意迟疑了一下说："说是外出打工去了。"吴寄瑶疑惑地说："外出？她好端端的金饭碗端着，会出去打工？她能干什么啊？可别学坏啊，她妈还等她养老呢。"钱如意喃喃地说："谁知道呢？现在的女孩子……要不你给她打个电话问下？"

吴寄瑶拿出电话，拨了过去，电话响了半天，没有接。吴寄瑶放下电话说："这小妮子，还在和我较劲呢。"

过了一会儿，吴寄瑶接到一个短信："吴姐，老钱托人给了我一些钱，我去外地发展了，等我混好了，会来看你的。"

钱如意看完短信，满腹狐疑地回到宏运公司，在转椅上屁股还没坐热，李明鑫就推门进来了。钱如意示意李明鑫关上门，问："李老弟，你说的事儿刚才我没听明白。"

李明鑫压低声音说："妥了，你答应给我的钱得到位了吧，等着用呢。"钱如意说："先别说你的钱，小金子的事儿怎么妥的？"李明鑫说："用钱堆呗！我连哄带吓唬的，她上外地打工去了。"

钱如意狐疑地问："不对劲儿吧，我这今天可是心惊肉跳的。你吓唬吓唬她可以，可不能胡来啊！"李明鑫眼睛骨碌一转说："那是……咱们说好的事儿呢？"钱如意问："这么着急拿钱啊？"

李明鑫说："等着收购帝豪呢！大哥，这是个好机会，我可等了十几年了。"钱如意说："你也知道，我准备拿下天创公司和石头城，也需要钱。原定给你的钱只能先给你五十万元了。"李明鑫一听，老大的不愿意："老钱，五十万元？你可是太不讲究了吧。"

钱如意两手一摊说："我现在资金紧张，没办法。"李明鑫说："可别逗了，谁不知道你的房地产噌噌涨了好几倍啊。"钱如意阴郁地问："就五十万元，要不？"

李明鑫见今天碰上个赖子，多说也没用，便没好气地说："要，要，要！"

钱如意是怀着忐忑的心情回到家的，他不知小金子是真出去打工了还是有别的举动。他知道，往事一旦败露，等待他的是什么。

进门后，他发现钱夫人拿着一个活页夹子坐在沙发上，取出一张表给郝子强看："子强，你的情况我都知道，你念书时数学好，因为家穷没参加高考。可是，办接应班有经验吗？"

郝子强说："嫂子，实事求是地说，还没经验。但是，我做事情有恒心、有毅力。现在社会上不是崇尚狼性教育吗？我不会那样教育孩子的，我要把孩子教育成德才兼备的人。"

钱如意接过话茬儿："你了解我们家的无迪吗？他的数学成绩很少有两位数的时候。"钱夫人说："还有脸说呢？还不是兔子没尾巴随根儿。这孩子，我们两口子是管不了了……"

"啪！"钱无迪把一个茶杯摔在了地上，屋内顿时鸦雀无声了。郝子强打破沉默："你们别埋怨了，孩子我替你们管，我会让孩子提高的。否则，按协议，我分文不取。"

钱如意说："兄弟，看在我们乡里乡亲的分上，无迪就拜托给你了，你不仅是儿子的家教，还是他的标杆儿。"

郝子强点了下头，领着钱无迪出去了。

一个小屋、几张桌椅组成了一个简陋的接应班。墙上挂着郝子强自书的一幅字画："我们都是好样的。"坐在这里的只有两个学生——钱无迪和刘尔贵的儿子，一大一小显得很不协调。钱无迪奇怪地看着对方，手就伸了过去，在刘尔贵儿子腿上拧了一把。

郝子强看在眼里，耐心地说："无迪，你这名字起得很好，各方面谁也赶不上。可是，心思要用在正地方。"钱无迪看郝子强正盯着他，扮了个鬼脸："老师，我名字的意思是钱好使，你不一定好使。"郝子强说："从今天开始我给你辅导功课，也就好使了。"

钱无迪坏笑着说："听着靠谱。老师，你不自称炒股高手吗？"郝子强心想，这小子是哪壶不开提哪壶，便说："惭愧，我也像你一样走了学习和生活的弯路。"钱无迪讪笑着说："你教我炒股得了。"

郝子强说："无迪，咱不说股票。我给你辅导的是功课，你告诉我你以前学习情况，比如说初中期末考试，各科考了多少分啊？"

钱无迪说："你是问我初中毕业考试行情啊？"郝子强无奈地说："嗯？好，行情就行情吧。"钱无迪一脸认真地说："郝老师，盘口不爽，指数低迷。"郝子强问："盘口？指数？为什么总用股票术语？"钱无迪说："就是各科分数和总分，你不股师嘛，这样交流着方便。"

郝子强看他认真的样子，就说："我明白了。你报一下各科收盘价位。"钱无迪说："数学8，语文59，英语32，物理12，化学28，品德15。"郝子强说："怎么搞的？不仅绿肥红瘦，还有点儿偏科啊！"

钱无迪一脸严肃："从基本面分析，过去底子薄、学得杂；从技术面分析，考试时想起了股市行情和麻将技巧走了神儿；从政策面分析，这次监考太严，各种作弊措施不敢使用。"

郝子强长叹一声："无迪，数学不好，怎能掌控盘口呢？价值观偏离害死人啊！"

一番看似调侃的交流，郝子强明白了钱无迪的现状及思想动态。原来，钱无迪并不像钱如意夫妇想象得那样不成器，他把父母给的零花钱攒了起来，都投入了股市，他立志要做一名资本大佬。

这样，他们的交流就找到了契合点。两人正在探讨数学对风险投资的影响时，钱无迪突然发现他那刘同学不见了。郝子强转脸一看，刘尔贵的儿子不知何时溜出去了。这一下，着实着急不小，上课第一天，两个学生就丢了一个，这还了得。

看着郝子强着急的样子，钱无迪说："郝老师，不用着急，他肯定到前边社区看节目了，我们也去看看？"说完，不等郝子强表态，开门向外跑去。

郝子强追着钱无迪向社区活动室跑，来到会议室，文艺演出正在进行。

朱丽雅一身靓装主持："下面让我们欣赏金池子社区警民共建演出的节目——滑稽歌舞小品《警民联手抓小偷》。"

舞台灯光暗了下来，白小艺饰演的小偷蹑手蹑脚地偷了装扮成老太太的姜美祺的钱包，边跑边唱："随风奔跑自由是方向。""失主"姜美祺一边追，一边指着小艺唱道："看见我流泪，你头也不回。"扮演警察的龙大章边追小偷边唱："一定是我不够好，所以你才想要逃。"追了一圈儿，他一记飞脚把小偷"踹"倒，警民联合擒住了"小偷"。警察龙大章唱道："还有什么话要说？还有多少泪要流？""小偷"白小艺跪在地上唱："求求你给我个机会。""失主"姜美祺指着小偷唱道："这是对冲动最好的惩罚。"

台下一片掌声，郝子强正陪着钱无迪哈哈大笑，却看见门口处刘尔贵的儿子正和一个人说话。那个人把一包东西塞到刘尔贵儿子怀里，拍拍他的肩转身走了。

郝子强一愣，自语道："刘尔贵？"他赶紧跑过去，却没有看见刘尔贵的踪影。

龙大章在台上与观众挥手谢幕。这时，他突然发现窗外走过的一个人很像刘尔贵。他一个箭步跳下演出台，向门外追去。

在小区门口，刘尔贵像受惊的兔子一样跳上一辆出租车而去……

2

草木葱茏的龙山脚下，有两个人时隐时现。那是龙大章的父母背着筐捡着落地的榛子。每年初冬，农忙完了的河西村民都会走进深山，捡一些榛子卖钱。可是，今天寒风萧瑟，榛子稀少。老龙头抬头看了一眼云淡风轻的天空，望一下空空如也的篮子，无奈地叹了口气。

前面是一个杂草丛生的山洞。老龙头说："她娘，到洞里歇一会儿吧。"他们钻进洞里，发现了一些干树枝子。大章妈说："榛子没采着，捡点儿树枝回家吧。"老龙头说："也好。"

他们去扯那些干树枝，一片粉色的布片像旗帜一样映入了他们的眼帘。老龙头又扯了几下树枝，小金子的尸体露了出来。大章妈和老龙头吓得叫喊着往外跑："杀人了——杀人了——"他们一溜烟儿地跑下山去，任凭荆棘把脸和衣服刮破……

龙大章得到消息赶到龙山的山洞时，刑警、记者也赶到了。他们迅速跳下车，法医打开了检验箱，朱丽雅、姜美祺各拿一个相机从不同角度拍照。小金子头上的血已凝结，一个手上都是满血，手边的石头上写着一个未完的"金"字。

龙大章从洞里走出来，看着外面被脚踩的杂草，顺着脚印向山崖下走去。在悬崖底下，龙大章找到了几滴干涸的血迹。他拍完照片，又用随身带的镊子小心地把血迹提取到塑料袋里。他绕过山脚，向山上走去，在山上发现几枚深浅不一的脚印。

回到刑警大队办公室，龙大章皱着眉头盯着小金子案发现场的照片，以前那个单纯又有点儿世故的小姑娘的音容笑貌浮现在眼前。这个苦命的女孩子曾经承受过许多大人不能承受的生活压力，如今死于非命，这让龙大章有点儿喘不过气来。

朱丽雅拿一份材料进来了："大章，小金子的检验结果已经出来了。她死于后脑撞击伤，身上有多处划伤，死亡时间在两天前。死者怀有两个月的身孕，DNA样本已采集。"

龙大章表情凝重地点了下头："从目前情况看，小金子怀有身孕，山崖下是她的死亡现场，山洞为抛尸现场。若是自杀或意外，就不会有人特意移尸。"

朱丽雅拿着那张写有"金"的照片问："小金子为什么要写个'金'呢？是说名字有'金'的人害了她？这个'金'是不是指金疤瘌呢？"

龙大章说："这个'金'字给人感觉是小金子生命垂危时蘸着自己的血写上去的，未写完就断了气。可仔细观察，这个'金'字和平时小金子的书写习惯一点儿也不一样，也就是说，这个字不是小金子写的。那就是说，是犯罪嫌疑人抓着她的手写的。如果害她的人姓'金'，会把自己的姓写上吗？"

朱丽雅点了点头："有道理。"龙大章说："丽雅，我们要立即寻找目击证人，一天前出入龙山方向的监控筛选得怎样了？"

鲁运正好进来，说："龙队，查看案发时段进出龙山的监控视频看，有两个人很可疑。"龙大章问："谁？"鲁运说："一个是我们找了多时的刘尔贵，另一个是时猴子，他们都曾在重点时间段从那个方向进出过龙山。"

龙大章点了点头："今天在社区演出现场，郝子强看见刘尔贵给了他儿子不少钱。他的钱从何而来？这值得我们怀疑。另外，博物馆盗窃《辽域地志》现场的那个'女人'，经足迹专家鉴定，很像时猴子。我们不能无限度地耗费人力跟踪下去了，找这两个人，立即抓捕！"

就在警方发出抓捕令时，时猴子把吴寄瑶带到了一个私人会所，说要在这儿练练手，教她麻将弊技巧。他抓着吴寄瑶的手，手把手地教了几招，问："我教你的都会了吗？"吴寄瑶说："还行吧。不过，你的技术和张先生相比还差远了。"

时猴子心不在焉地说："我教你这些已经是瘦驴拉糠屎——硬撑了。寄瑶，晚会儿吧。我带来了法国上好的葡萄酒，我们喝一杯，庆祝你的成绩？"

吴寄瑶说："好吧，正好感谢你一路教我。"

服务生摆上餐具，上了几个菜，上了一瓶白酒。时猴子开启了一瓶红葡萄酒，倒了一杯。趁吴寄瑶沏茶的工夫，他把一小包东西倒在了红酒杯里。

一红一白两只高脚杯碰在了一起，发出清脆的响声。杯酒落肚，只几分钟，吴寄瑶看眼前的东西晃动起来，一直到模糊……时猴子淫笑着把不省人事的吴寄瑶抱到了里间的床上……

吴寄瑶是被一阵电话铃声吵醒的。她努力睁开蒙眬的眼睛，浑身无力地坐起来，才发现自己衣衫不整、头发散乱。她下意识地用被子裹上身体，惊奇地发现时猴子正在穿衣服。此刻，她什么都明白了。

她默默地穿好衣服，拿起手机看了看，有两个龙大章的未接电话，还有一条短信："寄瑶，我们在找时猴子。有人看见你们一起走了，请告诉我位置。"吴寄瑶意味深长地看了时猴子一眼，时猴子吓得借故想溜。吴寄瑶一个媚眼儿抛过去："猴哥，别走啊，我们的酒宴还没结束呢！"

时猴子一惊一喜，马上叫人重新上了酒菜，和吴寄瑶对坐在餐室里。他色眼迷离地抓住吴寄瑶的手，猥琐地说："寄瑶，老天爷开眼了，你居然能请我，就是毒药，我也喝！"

吴寄瑶眼睛盯着时猴子问："猴子，刚才你给我下药了？"时猴子不敢正视吴寄瑶："没……没有啊！"吴寄瑶脸一沉："你喝吧，我喝不动了，老娘跟你这种不敢担当的下三烂喝酒有点儿委屈！"

看见吴寄瑶没有告发他的意思，时猴子醉眼通红地耍起了痞子："我下三滥？你可别装了，谁比谁高尚啊？陪老钱那会儿……现在让小金子把你顶了。唉！女人如衣服啊，盛年不再来。"说着，又去摸吴寄瑶的手。

吴寄瑶把他的手打到一边，站起来，拿出一个小镜子，轻蔑地在时猴子面前晃了两下："就算女人如衣服，有些女人也是你穿不起的牌子。给你一面镜子，没事儿时照照自己。"

时猴子说："寄瑶，别不识好歹啊，这两年，我少捧你的场了吗？"吴寄瑶轻蔑地说："有些男人啊，连衣服都不如，帮别人一丁点儿忙，总要加倍地赚回去。"

时猴子蛮横地、流着口水说："吴寄瑶，你别吃几顿饱饭就不知道自己是谁了，给脸不要脸！我可告诉你，别走小金子的道！"

吴寄瑶一惊："小金子？小金子怎么了？"时猴子醉醺醺地说："我听说，让人做啦……"吴寄瑶惊得半天没合上嘴："做了？谁说的？"

时猴子拍了拍自己的大腿说："你坐这儿，陪我喝酒，我就告诉你。"

吴寄瑶看了他半天，说："好，我去趟洗手间，你接着喝。"她一闪身，走进洗手间，拿出手机快速地发了一条短信："怡情会所二〇五。"

时猴子像饿了一样，边喝边眼巴巴地等着吴寄瑶回来。当吴寄瑶坐在他身边时，他已经酒不醉人人自醉了。他多年梦寐以求的好事儿终于来了。他两眼直勾勾地看着吴寄瑶说："本人现在单身……主要是伯乐不常有，资产无数……主要是时有时无的没法儿数，住过房子无数……租的，开过豪车的……门子无数。我不是征婚，也不是炫富……再给我两瓶酒，我会吹得让你怀疑人生……"

吴寄瑶边躲边轻蔑地说："猴子，你是看老娘落庙了。回去照照镜子，找个像样的馆子，再找老娘谈人生！"说完，拎起包要走了。

时猴子想阻挡，无奈不胜酒力，一屁股坐在椅子上，对着吴寄瑶的背影嘟囔："属鸭子的——嘴硬……"

他自己又把一杯酒灌在嘴里，还没咽下去，肩膀被人拍了一下。时猴子扭头一看，鲁运笑眯眯地看着他，手里拿着一副手铐，在他面前晃着，那手铐发出叮当的声音……

审讯时猴子并不顺利。他是坐过刑警大队审讯室铁椅子的人，他知道该怎么与警察周旋。当龙大章、鲁运和朱丽雅坐在时猴子对面审视他的时候，他也在审视这三个人。

鲁运说："我们已经盯了你一个多月了，不要心存侥幸，说吧。"时猴子说："我没什么好说的，就是有小偷小摸的瘾，我正在戒。"

龙大章拿起一些资料说："时子厚，外号时猴子，因偷自行车被村民赶出河西村，以卖麻将机为生，但从未改掉小偷小摸的毛病。因贪图钱财，通过武玉鹏结识金疤癞，加入金疤癞的涉黑组织。上个月，通过贿选的方式成为河西村村委会主任。你涉嫌多项犯罪行为，你要不想掉脑袋，就要争取给自己机会。"

时猴子不再像先前那么无所谓了，他眨巴着眼问："我把知道的说出来算立功吗？"龙大章点了点头。时猴子接着说："我知道小金子的事儿……"鲁运示意他接着说下去。他继续说道："我前天上龙山见到刘尔贵了，他慌慌张张地从龙山下来，说小金子让人做了。"朱丽雅问："刘尔贵？在哪？他和你说谁害死小金子了吗？"时猴子说："那没说。他问我公安和金疤癞一些情况，就和我匆匆分手了。"

龙大章说："接着说。"时猴子狡黠地转了一下眼珠："还有两个月前，我帮助金疤癞上龙山寺取过一次货，我估计是毒品……"

回到办公室，三人对时猴子案进行了分析。

朱丽雅说："从审讯情况看，小金子案应该和时猴子没有关系。时猴子交代金疤癞是他们的老大，刘尔贵也加入了那个组织。最近见到金疤癞是在一品香快餐店，金疤癞让他去取财物，被蹲守的鲁运错拿了人。"

龙大章说："这个猴子油滑得很，《辽域地志》的事儿他拒不交代，他猜测咱们没有证据。我们在审他，他也在探我们的底，要注意审讯技巧。"

朱丽雅说："他交代的两个月前跟金疤瘌去龙山寺取货一事,无法核实。龙山寺会藏有毒品?"

龙大章说："我感觉这个事儿是他编的,因为我们提到了龙山寺,他就顺着杆儿往上爬,可能是为了混淆追查视线,或是在避重就轻、东拉西扯地'挤牙膏',或者是给什么人传递信息。我们要加大外围走访,寻找和他有来往的人。"

3

晨光从条筒万形的建筑上斜射下来,形成一道奇异的光晕。龙城大桥下,张半仙的黄牙子测字旗又打了起来。

黑老三慢悠悠地走过来,看四下无人,说:"大哥,你倒是心静得很。我们只差半副麻将就可以开启契丹宝藏了,你却在这里悠闲地测字。"

张半仙抬眼看了看黑老三:"这话是大黑猫和你说的?"黑老三一愣:"大哥真是神人啊,还真是黑猫说的。"张半仙说:"你告诉他,我感觉这是公安给咱们下的一个套儿。你想,契丹博物馆的东西就那么容易到手吗?可是,咱们轻易到手了。"

黑老三说:"大哥怕是多虑了。契丹博物馆丢失宝图,全龙城的人都知道了。而且于伟绩、龙小晴等相关责任人现在都在取保候审中。"

张半仙说:"越是这样,我越觉得有诈。告诉黑猫,在山里老实待着。龙大章能把时猴子不动声色地弄进去,也会把他弄进去的。"

黑老三说:"大哥,时猴子进去三天了,不会把你供出来吧?"

张半仙说:"老三,你放心,时猴子跟公安打交道不是一天半天了。即使公安掌握了一些情况,他也会推到金疤瘌那里的。因为他在等我救他。即使他供出我来,对我也知之甚少,不能奈我何。倒是金疤瘌得离开这个世界了。"

黑老三说:"哈达街一品香一带我们没有发现金疤瘌,却发现一些疑似公安的人在转悠。"

张半仙说:"那我们就跟在公安的身后。"

当满世界都在寻找金疤癞的时候，金疤癞的日子并不好过。满脸胡须、一身疲惫的他打开墙上的保险柜，里面的金条晃得他睁不开眼。他又来到厨房，打开冰柜，里面只有一袋过期的榨菜。打开橱柜，拿出米袋，倒个干净，只有半把米。他把米放在电饭煲里熬粥。这样的日子，他已坚持十多天了。

走到这步田地，他很懊悔，如果不上张半仙这条船，他是一个能做满汉全席的厨师。他很后悔。既然上了张半仙的这条船，就该和他风雨同舟，因为他确实不是他的对手。

就这么痛苦地思索了一天，终于忍无可忍，一咬牙拿起了电话，犹豫地拨打过去："大哥……我想你……"传回来的是张半仙似很惊喜的声音："疤癞，为什么想我？"金疤癞说："是你让我从一个穷厨子到衣食无忧，又到腰缠万贯。可是，我现在活在地狱里，守着成堆的金银财宝，却不敢到楼下买一棵葱……"

对面沉默了一分钟，张半仙的声音再次响起："告诉我，你在哪儿，我让老三去接你。"

金疤癞说："我在金钰华府。大哥，有时间我去找你吧……"对面的电话挂断了。

北山的废弃木工厂里，张半仙对大黑猫说："疤癞的日子不好过啊！让兄弟们注意金钰华府小区，上次时猴子就是在那附近遇见的金疤癞，他的藏身之处应该就在那一带。"

大黑猫问："大哥，金疤癞不会诳你吧？"张半仙说："不会，我了解他，他已经离不开我了。"

金钰华府小区，龙大章和朱丽雅与物业人员翻着住户花名册，不时地记录着。他们从物业出来，向着成片的楼房望去，有一种大海捞针的感觉。

朱丽雅说："大章，那两个组的重点户也都传过来了。"龙大章说："联系派出所配合，马上对重点户进行排查，逼着金疤癞出来。"朱丽雅说："好吧。"

龙大章说："我想，我们离核心不远了。刘尔贵、金疤癞，找到任意一个人就会有突破性进展。"朱丽雅说："他们或许正在某栋楼里看着我们。"龙大章说："可能吧。但是，我们抛出《辽域地志》这一大诱饵，不能只钓出一只'毛猴'。告诉鲁运，加大审讯力度，打开一个缺口。"

审讯现场，时猴子和鲁运对视着。他们都想摸透对方的心思，可谁也没有必胜的把握。

鲁运问："时猴子，你准备就这么和我们耗着了？"时猴子说："该说的我可全都说了。"鲁运说："有句话叫作'不见棺材不落泪'，你现在是见了棺材也不落泪。摆在你面前的有两条道，一是主动坦白，我给你写上认罪态度较好；二是争取立功，为自己的量刑创造一些条件。看来，你准备都放弃了。"

时猴子眼睛转了几下，终于叹了一口气说："我说。博物馆《辽域地志》被盗案我参与了。"随着时猴子的陈述，那晚的情景再现出来。

博物馆地下室的门被悄悄地打开了，时猴子蒙着面、穿着女人的衣服、戴着手套脚套来到监控室，把监控的主线剪断了。他又闪进了配电室，用钢丝打开配电箱的锁，用螺丝刀拧开配电器，把一根线拔了出来。灯火通明的博物馆突然陷入一片黑暗之中。然后，他轻轻地来到一号展厅，正要拨弄锁，保安打着手电筒冲了过来。他撒腿向墙上蹿去，仓皇逃回老窝……

鲁运问："这么说，你没有得到那半张《辽域地志》？"时猴子说："没得手就让保安撵得屁滚尿流，这个追我的保安可做证。"

朱丽雅问："你知道谁盗了那半张图吗？"时猴子说："我怀疑是金疤瘌利用我们引开了保安，他才下了手。"朱丽雅问："金疤瘌有那身手吗？"时猴子说："那我就不知道了。"

审了半天，追查博物馆《辽域地志》又进入了死胡同。朱丽雅只好换了一个角度，突然问："说说从郝子强手里买图的钱哪来的？图送给了谁？"

时猴子眨着眼睛，想起了张半仙叮嘱的一幕。张半仙说："猴子，我待你不薄吧？若买图一事败露，你将要怎么应对公安啊？"时猴子拍着胸脯说："师傅，我是给你磕过头的，你就是我亲爹了。我就说，金疤瘌给的钱，图也交给了他。"张半仙满意地点了点头说："算你聪明。若公安从你嘴里透出我来，你也就活够了，我在公安的人会告诉我的……"

想到这儿，时猴子哆嗦了一下。朱丽雅问："时子厚，你在想什么？"时猴子说："我在想金疤瘌是怎么取走的那幅图。"朱丽雅说："请你正面回答，你把那半幅地图交给了谁？"时猴子说："金疤瘌让我买了那幅图，叫我放在他原来的办公室的壁橱里，我就放在那儿了。他怎么取走的呢？大概是从暗道取走的吧。"朱丽雅问："你把图放那儿有谁看见了？"时猴子说："当时吴寄瑶在场，可是，她应该没看见。"

鲁运说："还有呢，比如说龙山寺案。"时猴子连连摆手："你怀疑龙山寺案是我做的？那可冤枉我了……"

审讯进行了大半夜，鲁运和朱丽雅来到刑警大队副队长室时，龙大章正等着他们吃盒饭。朱丽雅打开盒饭说："呀，今天盒饭还不错！"龙大章说："师兄、师妹辛苦了，来盒豪华盒饭，有多样荤菜。"鲁运狼吞虎咽，边吃边说："人饿了，吃啥都香。师弟，今天我们总算审清了。"

龙大章问："师兄，时猴子又交代什么了？"

鲁运说："他承认参与了第一次《辽域地志》盗窃案，他说他没得到宝图。他还承认从郝子强手里买过《辽域地志》和《〈辽域地志〉解密》，交给了金疤瘌。"

龙大章说："对第一次盗图，他说了真话，这一点和我们掌握的情况一样。对第二次盗图，他说了假话，他的图没有送给金疤瘌，因为我核实了他到吴寄瑶办公室的时间，那期间金疤瘌从未在帝豪出现过。"

朱丽雅问："他为什么说谎呢？"龙大章说："说谎和偷窃是时猴子的两个习惯，他不想把那个真正让他买图的人说出来，是有别的顾虑。"

鲁运说："他在买到图后，我曾跟踪过他，他只去了吴寄瑶的办公室，而那个办公室过去是金疤瘌的，确实有个暗道。"

龙大章说："金疤瘌在那个暗道失过手，在我们严密监视下，他再去那里取图，那是自投罗网。经过我进一步调查，帝豪会馆的主人是赫顺的把兄弟张百年，张百年还有一个身份证叫张博文，而这个张博文居然是龙山寺那个张居士，也就是那个测字先生张半仙。"

朱丽雅说："这么多的名号？"

龙大章说："还有，或许张百年就是死了的赫顺，也叫赫老大。"

鲁运听得直皱眉头："听得我头疼。如果是这样，他可是一只隐藏得很深的百足之虫，从未进入过警方的视线。"

朱丽雅说："如果他和时猴子有关联，听到消息也早跑了。"

龙大章说："他并非那些蟊贼，听见风吹草动，便躲到柴火垛后。除非我们故意惊动他一下，打草惊蛇、敲山震虎，他若有事儿，必然主动暴露出来。"

朱丽雅说："时猴子还交代，他到敖拉倚家偷地图时，发现她家地下室有机关。"

龙大章说："这个所谓的机关，可能是敖拉倚制作假鸡血石的工厂，我们只有分头行动了。丽雅，你负责小金子被害案，顺着小金子怀孕那条线追下去，同时负责对金疤癞的藏身地搜索。鲁师兄，你继续加大对时猴子的审讯，并设法利用时猴子钓出刘尔贵。至于敖拉倚嘛，我们还不知道她和'东北新干线'及鸡血麻神案间有什么瓜葛，要再放一线。我明早带人上山，去会会那个所谓的张居士。"

香烟缭绕，晨钟声声。阳光扫过龙山寺的金顶，停留在藏经阁一楼的大厅里。居士们围成一个"口"字形，期待着五年一次的居士大会。整个场面严肃而神秘。

文住持深施一礼说："有幸给大家主持龙山寺第十七届居士大会，本住持很高兴。下面，请大家就修行的感悟，自由发言。"

姜长庚躬身微礼，说："我，姜长庚，从我的半生经历来看，我羡慕过繁华，崇尚过权力，梦想过发财……总之，别人想过的美好的事物，我都想过。可是，现实和我开了一个很大的玩笑。我现在想的是，在短暂的人生旅程中，我能不能顺利地到达终点……"

张半仙颔首微笑道："姜居士太悲观了。你能把茶悟出禅来，我只能把茶捂出水来，这就是境界。境界不同，结果不同……"

　　文住持等人认真地听着，发言的声音被晨钟声盖过。又一名居士正在发言，一个小和尚走过来，在文住持的耳边低语了几句，文住持出去了。

　　姜长庚看了看，跟了出去，张半仙也跟了出去。

　　龙大章带人站在寺门外，见文住持和姜长庚、张半仙等人向门口迎了过来，马上拱手施礼："对不起，文住持，有人举报寺中藏有违禁品，不得不搜。"

　　文住持拱手道："既有公务，本住持理当配合。"龙大章看了张半仙和姜长庚一眼，一挥手："居士住所和藏书阁，分头仔细搜。"

　　朱丽雅和李明乔各答应一声，带着民警们便分头搜了起来。

　　张半仙走向前，微笑着说："龙大队带人荷枪实弹进入佛门圣地，扰了佛门清修，一看就是好斗之人。"

　　龙大章笑道："据我所知，您是张百年居士？使命所在，不敢懈怠。"

　　张半仙拱手道："老朽正是张百年。君不闻，人生三不斗——不与君子斗名，不与小人斗利，不与天地斗巧。龙大队什么都想斗斗？"

　　龙大章正色道："我也闻人生有三大陷阱——大意、轻信、贪婪。不知张居士会掉进哪个陷阱啊？"

　　姜长庚笑笑："二位，要我看呢，人要看得透、想得开，拿得起、放得下，立得正、行得稳，无私不怕搜。"

　　张半仙冷笑道："人生有三件事不能硬撑——花钱、喝酒、婚姻。"他拍拍龙大章的肩说，"到抱孩子的年龄了吧？"龙大章微笑道："是的，等挖出龙城的社会毒瘤就结婚生子。"

　　几个人站在大殿门前，看着刑警们搜查。李明乔跑回来报告："龙队，居士住所没有找到违禁品。"朱丽雅也回来报告："龙队，藏书阁找遍了，没有发现可疑物品。"龙大章手一挥："收队！"

　　他带着警员向外走时，意味深长地看了张半仙一眼。张半仙皮笑肉不笑地说："慢走，我们就不送了。大门未到开启时，侧门框矮易碰头。龙大队要是不想撞到矮门上，请低下你那高贵的头。"龙大章回头笑道："没事儿，走习惯了就好了。张居士，我们还会来的，你可要有耐心啊！"

张半仙用冷冷的眼光目送着龙大章他们走远，心想："打草惊蛇，敲山震虎？哼，爷们儿走过的桥比你走过的路都多，跟我来这套！"

警车在山路上行驶着，朱丽雅把一件外衣悄悄地披在了龙大章身上说："大章，对不起，我们没有搜到你说的那半副鸡血麻神。"龙大章紧锁着眉头注视着前方说："我们的第一个目的没有达到，可第二个目的达到了。"

朱丽雅问："大章，我们这样敲山震虎管用吗？"

龙大章说："丽雅，我们不仅是敲山震虎，还是在保护师傅。有人屡次对龙山寺下手，说明他们怀疑鸡血麻神就藏在龙山寺。如果我们找到了鸡血麻神，师傅就能脱离险境；我们没有搜到它，他们就不会注意龙山寺了。"

朱丽雅惊讶地问："你怀疑鸡血麻神在师傅手里？为什么不和师傅直接说？"

龙大章说："师傅大概要用自己的方式解决问题吧。"朱丽雅感叹道："这事儿太难以想象了。"

这错综复杂的关系一时确实难以理清思路，龙大章的撒网计划目前收效甚微。他百思不得其解的是凤城运往龙城的毒品都哪去了呢？嫌疑人得到《辽域地志》却没有进一步行动，他们在等待什么？

这时，龙大章的电话响了，里面传来鲁运的声音："龙队，时猴子供述金疤瘌曾对白小艺下过毒……还说金疤瘌正在计划绑架白小艺。"龙大章说："他的供述真实成分已经很少了……尽管这样，我们宁可信其有。我和朱丽雅去一趟龙山大学，你继续审问《辽域地志》的情况。"

4

龙山大学校外，白小艺的男同学低头坐在外边花坛上，白小艺站在他对面指着他鼻子训话："就你这德行，有人追你就不错了，我看你那个女同学挺好的。"男同学喃喃地说："不好，小鼻子小眼儿、歪瓜裂枣的……"

白小艺撇嘴道："在你说女孩子不漂亮的时候，请先照照镜子看看自己。"她拿出一个小化妆镜给男同学："照啊，你倒是照啊！趁着这美好的时光，照照你那标准的猪腰子脸。"

男同学接过小镜子照，喃喃道："我照了，人家都说我是高富帅哩！"

白小艺撇着嘴："什么叫高富帅？高在学识，富在精神，帅在行动。这些，你占哪条？要你那么说，我还白富美呢。但是，要白在品质，富在内涵，美在心灵。别以为有个有钱有地位的老子、有个傻大个子就自称高富帅，不是你的菜，不要揭锅盖……"

朱丽雅拍着巴掌来到白小艺跟前："精彩，太精彩了！小艺，我们有点儿事要和你谈。"

白小艺看了朱丽雅一眼说："朱警官，你那罗密欧大章哥呢？"朱丽雅说："他在忙公务。"白小艺说："我可能让你失望了，他不来，我不配合。"

龙大章走过来说："谁说我呢？小艺，我们到车里谈？"

三人进了警车，龙大章侧过脸来说："小艺，最近一段时间有逃犯出没，请你注意安全。"白小艺从车窗探出头去，对男同学说："我想和大章哥一起回市里，去敖拉姨家，你别等我了。"男同学走过来说："小艺，一会儿我送你。"龙大章说："小艺，我们还要执行别的任务，你要听我的话，哪儿也不要去，就在学校吃住。"

白小艺气愤地下了车，龙大章、朱丽雅跟她说"再见"，她也不理。

时猴子这次说的是实话。树荫里，金疤癞的人正盯着白小艺，穷途末路的他要做最后一搏了。他想绑架白小艺，可以跟两个人谈条件：一个是姜长庚，让他交出鸡血麻神；另一个是张半仙，逼他交出《辽域地志》和半生的所有。

男同学来拉白小艺的手，她使劲抽了出来，自己向校门外走，男同学跟了过来。白小艺喊："从现在起，不要跟着我！"男同学细声细气地说："我这辈子就选择你了……"

白小艺一跺脚："唉！我怎么这么倒霉啊，让你看上了。我跟你说，人生三大遗憾——不会选择，不坚持选择，不断地选择。你倒是不遗憾，一根筋。可是，我明确告诉你吧，我心里有人啦！"

男同学战战兢兢地问："谁？不会是那个龙大章吧？"白小艺说："是他又怎么样啊？"男同学说："他？你缺少父爱啊？"说完，"哇"的一声哭出声来。

白小艺边给男同学擦眼泪边说："我就看中了他是个真正的男子汉，不像你那么娘娘腔。"她转身看见龙大章的警车还在不远处，边向车跑去边喊："龙大章，你不带我去，我就自己走着回城里！"

金疤瘌的人和男同学眼睁睁地看着白小艺上了龙大章的车，各自遗憾地退去。

龙城大街上，昏黄的路灯下，警车在慢慢地行驶着。

朱丽雅说："这一晚白忙活。我们过去只听说过人耍猴，没听说过猴耍人的，今天就让时猴子给耍了两回，这时猴子张口就说谎说习惯了。"

龙大章说："即使时猴子说了谎，我们也不要掉以轻心。我们的判断有些失误啊。原以为，凤城运来的毒品一定会在龙城销售。现在看来，这些毒品早已转移到了外地。"

朱丽雅问："小艺，敖拉教授家到了，你下车吧？"龙大章说："小艺，这些日子就谨慎些。再见！"白小艺没有吱声，噘着嘴下了车。

望着失望而去的白小艺，朱丽雅调侃道："龙大公子，命里桃花开得旺呀！"龙大章说："每个人都有被情所困的时候，何况小艺还小。"朱丽雅说："是啊，人有时就在从一种困境向另一种困境跋涉，比如说你我。"

龙大章望着茫茫的夜色说："丽雅，从情迷里解放出来吧，还有很多给我们设迷局的人没有找到，还顾不上谈情说爱。"

朱丽雅说："这辈子如果注定要跟谜一样的人打交道，就不能踏实地爱一次吗？"

龙大章说："每天早晨我从睡梦中醒来，看见煦暖的阳光，感觉这才是最真实的。回去休息吧。"

朱丽雅说："大章，我不想睡，我怕一闭眼就看见小金子的惨象。"

龙大章问："小金子案还没有进展吗？"

朱丽雅沉重地说："惭愧啊，钱如意虽然承认和小金子有染，但不承认杀害小金子。没找到目击证人，也没找到有力证据，小金子被害案一点儿也没有突破。"她看了看前边的龙山大桥说，"我们到大桥上走走？"龙大章说："好吧。"

龙大章把车停了下来，他们向桥上走去。凭栏而望，灯火阑珊。这里曾经是他和姜美祺常约的地方，现有的心境里早没了那份浪漫。

望着天上的银河，龙大章说："案件的侦破不仅要靠努力，还要靠方向。对小金子案，我们的主攻方向还有些问题，除了走外围，还要奔核心。这个核心，就是和小金子交往过密的人。一个人为什么要杀人？可能是威胁到了他的核心利益。"

朱丽雅说："有道理。钱如意或许不是作案人，可他一定知道些什么。"

龙大章感慨道："藏毒案，制假案，被盗案，杀人案……叫醒我们的不是闹钟，是这些纷繁的案子。"

朱丽雅仰脸看着他说："大章，在这个迷人的夜晚，除了案子就不能说点别的吗？"

龙大章歉意地笑了笑："云开日未出，停不下来啊！"朱丽雅看了看沉思着的龙大章，心痛地随他的眼光向远方望去，那是敖拉倚家的二层小楼，在高耸入云的城市中，孤独地生存着。

敖拉倚和白小艺躺在床上，不停地翻着身，眼睛在黑夜中放着光。

敖拉倚看着屋顶问："小艺，你怎么也失眠了？"

白小艺忽闪着两只大眼睛说："敖拉姨，我那男同学拼命地追我，我刚才回绝了他，他哭成了泪人，而我心爱的大章哥却和他的女同事走了，怎么办啊？"

敖拉倚说："小艺，你长得太漂亮了，像我年轻时一样，太漂亮的女人最后总是孤单一人。"白小艺问："为什么呢？"敖拉倚说："因为不肯放低心气。"

白小艺问："那太帅气的男人呢？比如说大章哥。"

敖拉倚说："太帅气的男人一般会落在不太漂亮的女人手上。因为男人重事业，会向生活妥协。龙大章过早地遇见了美祺这样漂亮的花，但没能折下来，他不会轻易地去折跟前另一朵，哪怕更美丽的花。你是含苞的花，龙大章是成熟的果……"

白小艺扳过敖拉倚的肩问："敖拉姨，你意思是我和大章哥正好相配？"

敖拉倚说："没戏，别浪费感情了。"

白小艺长叹一声："唉，我要是早点儿长大就好了，让龙哥哥第一个遇见我……"

敖拉倚说："小时候，我也希望自己快点儿长大。我长大后，却发现遗失了童年。单身时，开始羡慕恋人的甜蜜。结婚了，怀念单身时的自由。很多事物，没有得到时总觉得美好，得到之后才开始明白，我们得到的同时也在失去。"

白小艺说："敖拉姨，为什么总那么伤感啊？"

敖拉倚说："人最难的是解脱。睡吧，不如做个好梦……"

这一晚，夜不能寐的还有两个人：姜美祺站在阳台上向龙城大桥上望着，那七彩虹桥并没有给她带来一丝高兴；赵直帆看了看手腕上戴的名表，时针指向半夜十一时整。

屋内的气氛紧张得能听见时钟走动的"嘀嗒"声和人的呼吸声。赵直帆向阳台走去，站在姜美祺背后，默默地看着龙城大桥七色的彩虹。

赵直帆打破沉默："美祺，睡吧，不会有人在原处等你。"姜美祺失望地说："直帆，你既然这么固执，我没什么好说的了。"赵直帆说："美祺，念我们的曾经，不要把我的事当作打击我的炮弹。"姜美祺说："我也不想打击你，可是你竟然发展到包庇犯罪、贪污受贿的程度。"赵直帆头一低说："别说了，你要是坚持认为我有罪，就到检察院检举我吧。"

姜美祺回过头来严肃地说："我不检举你，是过不了亲情这道槛儿。"赵直帆说："你还知道咱们什么关系啊？我以为你就信大章那一套呢？美祺，我们本来是好好的，不就是多了个龙大章吗？小人，命里该着犯小人！"姜美祺说："错，直帆，就是没有大章，我们也一样……"

气氛又冷了下来，姜美祺和赵直帆背对着，谁也不再吱声。外面是无尽的夜色。窗外是被冻死的小虫，屋内是被冻死的爱情……

5

龙城的早晨一片清寒。熙熙攘攘的人流、车流也没有增加它的热度。

姜美祺开着红色小车停在敖拉倚家楼下。白小艺从楼上跑下来，钻进了姜美祺的车里。她看了姜美祺一眼，问："大姐，你没睡好？"姜美祺说："嗯，累。"白小艺说："大姐，那你别送我了，我坐公交车去。"姜美祺说："没什么，我正好要出去透透气。"

车里，白小艺拿着那个翡翠挂件摆弄着。姜美祺伤神地看了白小艺一眼。白小艺问："大姐，脸怎么那么难看？"姜美祺平静地说："小艺，我送你去学校。今后，你可以天天回自己家住了，姐陪你。"白小艺高兴地说："那太好了！我那赵姐夫呢？"姜美祺没有回答，她打开音响，《爱一个人好难》流淌开来："你说你还是喜欢孤单，其实你怕被我看穿。你怕属于我们的船，漂漂荡荡靠不了岸。事到如今没有答案，我的真心为你牵绊。不管相见的夜多么难堪……"

敖拉倚站在阳台上，怅然若失地看着大街上的车流，看着姜美祺的车汇入了城市的车流。一辆出租车由远驶来，停在敖拉倚家二层楼前。

龙大章打开车门准备下车，便问司机："老同学，多少钱？"龙大章的男同学说："十七元。"朱丽雅翻包找钱，龙大章把一张五十元的钱递给他的同学，说："不用找了。"男同学说："那谢谢了！当队长就是觉悟高！将来还用我车。再见！"

出租车一溜烟儿地开走了。朱丽雅瞅着龙大章笑："你这男同学倒是很实在。"龙大章也笑了："他从小就实在。"二人向楼上张望着，看见敖拉倚——一个白色的背影正向屋里"飘"去。

敖拉倚回到书房，手里捧着一本书来回踱着步，她夸张地朗读着，物我两忘："轻吟一句情话，执笔一幅情画。绽放一地情花，覆盖一片青瓦……"

龙大章敲门喊："敖拉老师！敖拉老师！"

从窗户飘来敖拉倚那夸张的朗读声："共饮一杯清茶，同研一碗青砂。挽起一面轻纱，看清天边月牙。爱像水墨青花，何惧刹那芳华……"

朱丽雅敲门喊："敖拉教授！敖拉教授！"

朗读的声音停了。短暂的寂静后，"砰"的一声，一只茶杯砸在门上，又掉在地上，摔得粉碎。

龙大章说："敖拉老师，我是龙大章，你开下门啊。"

门开了一个缝，敖拉倚露出半张贴着白色美容贴的脸来，眼睛冷冷地、呆呆地盯着龙大章。龙大章站在门口说："徐志摩的《水墨青花》，敖拉老师，可是它不太合你的心境呀！"敖拉倚放下书，冷着脸说："你们坏了我的心境，我不欢迎不速之客！"龙大章向屋里看了一眼，笑了笑："其实很多人都不欢迎我，没办法呀！每个人都有自己的烦恼。敖拉老师，让我们进门吧？"

敖拉倚仍旧呆呆地没有一丝反应。龙大章和朱丽雅尴尬地进门，坐在了客厅的沙发上。龙大章说："敖拉姨，能不能请您揭下美容贴，跟我们说说鸡血麻神？"

敖拉倚揭下美容贴说："你是想让我露出真面目吧？鸡血麻神是我敖拉家的传家宝，我爸爸最大的心愿就是让这一传家宝回到我家。你们如果真是正义的化身，就应当让敖拉家族的宝贝回到敖拉家。可是，你们身为警察，鸡血麻神丢了一年多了，连它在哪儿都不知道。"

龙大章说："敖拉教授，我们会让鸡血麻神完璧归赵的，但需要你的帮助。"敖拉倚说："你这样打官腔我们之间就没什么可谈的了。"龙大章说："敖拉姨，能斗胆地问一下，你这么好的生活，主要经济来源是什么呢？"

敖拉倚明显颤抖了一下，问："你是在调查我吗？"龙大章说："这是你的理解。"敖拉倚说："作为私人谈话我告诉你，祖传。我家本来就是契丹贵族的后裔，我的先人在完成了藏宝任务后，留给我们的不仅有一种宁死不屈的契丹精神，还有一笔财富。我父母去世后，一个有钱的外国人资助了我。"

龙大章问："有钱人？他给了你什么？"敖拉倚激动地站起来说："他能给我钱，给我这栋金色的笼子……怎么，我的日子过得好犯法吗？"龙大章说："我听说，财以净为贵，物以稀为贵，穷以志为贵，富以劳为贵。每一个有正当收入的人的财产都应该得到保护。"

敖拉倚低沉地说："我累了。二十年前的今天，我那负心的男人没了消息……不知你们会给我带来什么坏消息。"说完，她满眼是泪，直直地躺在躺椅上，闭上了眼睛。

龙大章站起身来说："敖拉老师，我们来是想告诉你一个消息，我们正在抓金疤癞。我们怕他对小艺和你不利。如果发现他，请你及时报告。"

敖拉倚没有回答，可她心里多了一层阴云。

龙大章和朱丽雅走到楼下，看到了地下室那扇油黑的门。他们走到跟前，发现那是一个小祠堂。透过门缝，他们看见敖拉先人的画像前，一炷香正在燃烧。

敖拉倚站在窗前，看着龙大章和朱丽雅离去，然后失落地向书房走去。里面响起凌乱的琴声。楼下，一阵旋风刮过来，吹起片片黄叶。

龙大章和朱丽雅来到大街上，回头望去，敖拉倚还像一尊白色的塑像一样立在书房的窗前。朱丽雅说："这个敖拉倚让人理解不了。"龙大章说："这跟她的过去有关。年轻时的她心高气盛，与师傅分手后，一个自称有钱的外国教员拼命追求她，并答应她出国定居。可是，她还未踏出过国门，就发现那个外教只是一个日本浪人，到处拈花惹草、骗财骗色。从那时起，敖拉倚心理受到了极大的伤害，她不再相信任何男人，独身至今。"

朱丽雅问："那个日本外教给她很多钱吗？"龙大章说："敖拉倚只不过是为她的钱安个合理的名堂而已，他们没在一起生活过一天。否则，一个工薪族，连这个房子也养不起。"朱丽雅问："他不是给留了处别墅吗？"

龙大章说："我查过了，别墅是敖拉倚的父亲敖拉维国租他一个世交的。二十年前，房租本来很低，再加上关系，敖拉维国交了二十年的房租，现在快到期了。"

朱丽雅惊问："敖拉倚知道这些吗？"龙大章说："从谈话上看，她似乎不知道。"朱丽雅问："大章，你怎么知道得这么清楚？"

龙大章说："周至祥让我赋闲两个月，我才有时间查清这些关系。另外，我还知道刚才说的那个日本人就是我女同学邱思雨的名义丈夫小山银次郎。而这个小山银次郎就是龙山化工厂的大股东。"

朱丽雅感叹道："可悲的女人，虽住着豪宅，但一无所有。"龙大章说："错，她很有钱，只是来路有问题。她为什么不怕犯罪去赚钱，很值得思考。"朱丽雅问："你的意思是她的地下室可能是制假点？"

龙大章说："嗯。她会在最近把货全出了的。你盯紧了，但不要动她。"

6

赵直帆和姜美祺都低着头对坐在方桌旁，两人沉默着，显得屋里更静。

赵直帆做着最后一丝努力："进一家门，出一家门，就那么容易吗？"

姜美祺没有吱声，把离婚协议书递了过去。赵直帆看着协议书发呆，拿笔的手在哆嗦。姜美祺平静地说："该来的总会来的，我等不了半年的婚姻考验期了。"

赵直帆放下协议书说："美祺，你对我就那么失望吗？"姜美祺说："不是失望，是绝望。"赵直帆放下笔，站起来说："想我赵公子也是一人物，当今社会崇尚的高富帅，多少人想和我家结亲，可我根本不理睬……没想到啊！"

姜美祺说："高富帅、官二代，以后还会一样的，美丽的光环会让一些人趋之若鹜，算我没福吧。"

赵直帆看着协议书说："家产这儿，我不同意！"姜美祺惊讶地问："为什么？"赵直帆说："全归你。实在不行，我们一人一半儿总可以吧？"姜美祺说："本来都是你的，我不要。"

寒风卷起了一簇残叶，圈着旋风。姜美祺拎着大包小包，拉着拉杆箱走在小区的甬道上。几片黄叶落在她的头上，她也没有理会，拂面而过的瑟瑟冷风打在她的脸上，她理了一下凌乱的头发，向小区外走去。

一滴清泪掉在阳台的栏杆上，赵直帆站在阳台上，望着美祺的背影，失望地叹了口气。他拿出电话打了出去："大章……我想见你……龙城休闲娱乐城……"

薄暮时分，龙大章在服务员的引导下向龙城休闲娱乐城三〇九豪华小餐室走去。服务员说："你好，这就是钱总让留的餐室。"龙大章点了点头，服务员出去了，他把一个窃听器贴在了桌子底下后出去了。

他从侧楼梯来到了二〇九餐室，他不知道赵直帆约他干什么。一进门，一记老拳直冲面门而来。龙大章一个闪转，把打拳的人胳膊一背，按在地上，他惊讶地喊道："直帆？你疯了！"他赶紧撒手，扶赵直帆起来。

赵直帆甩开他的手，恨恨地说："这回你满意了吧？美祺离开我了！"

龙大章惊问："美祺离开你？你认为美祺离开你是因为我？"赵直帆恨恨地说："你个伪君子，你不装会死吗？"龙大章说："直帆，我不知你和美祺间发生了什么，可我和美祺的事已经过去了，你们离婚是因为过去？"

赵直帆沮丧地坐在椅子上说："我知道美祺听你的。你比我有学历、有能力……可是，我不求你！"龙大章说："我的学历代表我过去学习好，你的财力代表你现在实力强，关键是能力，它代表将来我们的走向，这和美祺有什么关系呢？"赵直帆倒一杯酒喝了下去说："别说得那么深奥，我烦。"

龙大章也喝了一杯酒，痛苦地说："你和美祺的事情我很内疚，我错了。"赵直帆疑惑地说："你……终于承认错了？"龙大章呼地站起来说："是。我明知道你俩不合适，可是在你们的结婚典礼上，我没有全力阻止，我们都太要面子了……我们对于美祺来说，都是罪人！"

赵直帆放下酒杯："你是罪人，我不是。我爱美祺……"龙大章说："错，你是喜欢美祺，不是爱美祺。"赵直帆问："这有什么区别啊？"

龙大章说："爱和喜欢的区别很简单，如果你爱花，你会给它浇水，喜欢则会摘下它。"赵直帆似乎明白了："你是说我毁了美祺？"龙大章说："可以这么说吧。如果你爱美祺，你就会悉心呵护她；你喜欢她，只会不择手段占有她。对花，对人，对单位，对国家，皆同此理。直帆，改变吧，脱胎换骨。"

赵直帆把酒杯蹾在桌上说："还重新做人呢，美祺现在就和你一个论调，瞎扯！"

龙大章的电话响了，他小声地接起电话："噢……开通……那继续……"

龙城休闲娱乐城309餐室，钱如意和李明鑫在昏暗的灯光下对坐着，气氛很沉闷。

钱如意满脸的不高兴："老李，那个女刑警又找我了，我在龙城也是有头有脸的人呢，小金子的事儿已使我走到山穷水尽的地步了。"

李明鑫说："对你来说，只算是'山重水复疑无路'，他们奈何不了你。"

钱如意说："你小子，太鲁莽了。到处都是警惕的眼睛，我真不知该怎么办了。你说你呀，这事儿办的……"

李明鑫压低嗓音："我可是说明白啊，小金子的事儿和我无关，她和我说是出去打工了。"

钱如意指着李明鑫的脑门儿说："你……你要是不使坏，她能那么听你话？现在倒好，她不明不白地死了，你好自为之吧。等寄瑶来，完成收购，我希望离你这样的人远点儿。"

鲁运和李明乔站在龙城休闲娱乐城树荫里，警惕地盯着龙城饭店的大门。

吴寄瑶浓妆艳抹地进了龙城休闲娱乐城，她的高跟鞋有节奏地敲着地砖，向钱如意他们喝酒的餐室走去。

录音指示灯在闪烁，朱丽雅正在监听着钱如意他们的谈话。李明鑫的声音："寄瑶，你可来了？"吴寄瑶的声音："看你们做的好事儿！小金子怎么死的？"钱如意的声音："问那位爷吧。"李明鑫的声音："怎么的？小金子跟你有一毛钱关系啊？寄瑶，收购的事儿我明天再找你吧，这饭吃得堵心，我走了，你们聊……"

"啪"的一声，门关上了，李明鑫走了。龙城休闲娱乐城三〇九餐室里只剩下钱如意和吴寄瑶。吴寄瑶厉声问："小金子是你害的？"钱如意大惊失色："这事儿可不能乱讲，我绝对没有杀小金子，我是喜欢小金子的。"吴寄瑶似笑非笑地说："你蒙谁呢？肯定是小金子抓住了你的什么把柄，你怕败露，杀了她。"

朱丽雅的监听仍在进行。钱如意的声音："公安要是像你这么想，我不完了吗？"吴寄瑶的声音："我知道，你和小金子没有爱，其实她一开始就不爱你，和我们一样，只是一种交易。"钱如意的声音："那就从交易的角度说吧，咱们现在是一根绳上的俩蚂蚱，我要是有了麻烦，你的矿能开起来吗？"吴寄瑶的声音："世界上所有男人都是骗子。不过，你没骗我，是我自己入了你的套儿，因为你姓钱，看在钱的分上，我帮你……"

　　龙城休闲娱乐城二〇九餐室，赵直帆已经有了醉意。龙大章说："直帆，我先走一步，还有点儿事没办完。你和美祺的事儿，我不会再劝她了，我想她是对的。"赵直帆说："白眼儿狼！"

　　"啪！"一个茶杯在龙大章的脚下摔碎了，赵直帆嘴里嘟囔着："白眼儿狼……白眼儿狼……"

第五十一章　善恶有报，大网微收

1

凄冷的月光照进龙城休闲娱乐城后的树林里，使这里更显得幽静。

螳螂捕蝉，黄雀在后。当螳螂与蝉都要消亡的时候，黄雀该怎样呢？想到这儿，张半仙为小金子的死掉了几滴浑浊的眼泪。这不仅因为失去了准备砸在钱如意那里的一根钉子，重要的是，小金子让他想起了自己那丢失的女儿莲莲。如果莲莲还活着，应该和小金子同岁。

一个月前，他费尽心机在一次测字中为小金子指点了"迷津"，让她过上了有钱人的生活。可是，还没等展开翅膀，就折了羽翼。小金子本来是个苦命而单纯的小姑娘，本没有那么大的心机和胃口，只因听了他的几次"教诲"，才走上了敲诈钱如意这条道。从某种意义上说，他也是杀害小金子的凶手。想起来，张半仙心里就有一种莫名的痛。

就在警方密切注视着龙城两大实力集团一举一动的时候，张半仙也在注视着警方的动作和相关人等的动向。他小声地对黑老三说："老三，警方的注意力在钱李二人那儿，这是我们最后的机会，各处的资产抓紧处理，我想龙城的风雨很快就会刮起来了。告诉寄瑶，抓紧变现。"

黑老三悄声说："大哥，据我们的人说，金疤瘌也在打白小艺和赵公子的主意。”

张半仙说：“弄准他的行踪，先做了他。赵公子那儿，我亲自来。我想，他快出来了。”

过了一会儿，赵直帆摇摇晃晃地从龙城休闲娱乐城走出来。在酒店胡同里，他的肩被人重重地拍了一下。他吓了一跳，却发现张半仙笑眯眯地看着他。赵直帆恼怒道：“你……你谁啊？测字的？这是活腻歪了。”张半仙向街心公园指了指说：“是我，我们那边谈？”赵直帆两眼一瞪：“我凭什么跟你谈啊？”张半仙拿出一张银行卡一晃说：“这个可是你丢的？”赵直帆惊得酒醒了一半，疑惑地说：“我们公园里谈。”

在街心公园的长椅上，赵直帆和张半仙并肩坐着，气氛很紧张。

赵直帆说：“老爷子，你捡了我的卡，我理应谢你。你说个数，我这几天心情不好。”

张半仙说：“我知道你心情不好，不就是离个婚吗？别跟自己过不去了，我知道过去你和金疤痢合作得很好。”

赵直帆一愣：“和离不离婚没关系。再说，我不认识什么金疤痢。”

张半仙拿出一个小U盘说：“这是你和金疤痢交往的全部录音，回去自己慢慢听吧。我来只是告诉你，他成不了事儿了，这个胖得溜圆的小角色正像丧家之犬一样逃窜呢。”

赵直帆问：“你的意是思你能成事儿？”张半仙点了点头：“能。”赵直帆问：“你能成啥事儿？”张半仙说：“鸡血麻神啊！”赵直帆一惊：“鸡血麻神？在你手上？那可是大案啊！”

张半仙说：“做大事的人，太小了值得吗？”赵直帆说：“我可不想沾那红色石头的边儿。”张半仙说：“你不想沾边儿？三个小时之内，公检法会同时接到一封信，举报你和金疤痢的一些犯罪行为。”

赵直帆说：“你就不怕我报案抓你吗？”张半仙笑了：“抓我？凭什么抓我？凭我检举揭发犯罪吗？要不要我把你做的事儿从头捋一捋？”听到这儿，赵直帆的头低了下去：“你要我做什么？”

张半仙拍了拍他的肩膀说：“赵公子，我们不会难为你。鸡血麻神的事儿，麻烦你通过小山银次郎找到买主。一周后，我们一手交钱一手交货，中介费少不了你的。"

赵直帆说："我可跟你说，违法犯罪的事儿我不做！"

张半仙说："怎么能说是犯罪的事儿呢？只要你牵个线儿，不犯法。"

赵直帆无奈地说："好吧，我明天就联系。不过，你别到时拿不出货来。"

张半仙说："放心吧。走，我领你到那边散散心，别憋屈坏了。"

一片霓虹在前边闪耀，赵直帆跟着张半仙向那片霓虹走去。

那片霓虹的对面是龙城大桥。姜美祺和龙小晴正漫步在龙城大桥上。她们望着对面的霓虹，谁也不说话，气氛很沉闷。

在姜美祺的脑海中，同时响着两个男人的声音。龙大章说："以后我们在龙城大桥上见面，在曼丽酒吧里浪漫……"赵直帆说："没有人在原处等你……"

龙小晴的话打断了她的思绪："美祺，你跟直帆就真过不下去了吗？"姜美祺说："这事能开玩笑吗？"龙小晴一脸不解："看着你俩挺般配的。"

姜美祺望着正走入那片霓虹的赵直帆说："唉！有些人，于我们来说，是尘埃，风一吹，也就散了。也有些人，是不小心扎进指尖的木刺，忍着痛用针往外一挑，再揉一揉，也就不痛了。可有些人，对于我们来说，是卡在喉间的鱼刺，一扎就是好久，以后每咽一下口水，那根刺就会刺痛我，赵直帆就是这样的人。"

龙小晴说："有多少人都羡慕你俩这当今社会最完美的结合呢。"姜美祺说："一句老话：'鞋子合不合适，只有脚知道。'"龙小晴问："离婚这么大的事儿，你和姜叔商量了吗？"

姜美祺幽幽地说："商量不商量都一个结果，我不想让爸爸再为我操心。"龙小晴说："我们出去走走吧。你这状态，我真怕你闷出毛病来。"姜美祺说："不，我要回自己的家，我还要让爸爸和小艺回来住，我要让我的家庭复原到过去那简单而快乐的时光。"

她转身向桥下走去。龙小晴望着她的背影，滴下了一滴清泪……

2

晨光照在姜长庚家的餐桌上，却照不到姜美祺的心里。她用抹布擦着桌子，收拾着屋子，想着自己的父亲。以前，这活儿都是他一个人全包的，今天才感觉到，没有他多么麻烦。

白小艺猛地开门进来了。姜美祺吃惊地问："小艺，这么早就回来了？"白小艺站在她面前，眼睛盯着她说："大姐，你昨天早晨和我说的话，我今早才明白，你是不和赵直帆过了？为什么？我不要你陪，我要你幸福！"

姜美祺像是自言自语："小艺，知道什么叫幸福吗？我改变不了他，也改变不了自己，只有改变生活的现状了。"

白小艺喃喃地说："我不懂什么叫幸福，可是……"姜美祺说："别可是了，姐也不懂，绝大多数人都不懂。"白小艺哭丧着脸说："我只知道我过去很幸福……"

姜美祺停止收拾椅子，过来抹去白小艺的眼泪："小艺，过去有你姜爸在，我们虽然什么都不宽裕，什么也不管，但咱俩生活得很快乐。现在，爸爸上寺里了，我们的快乐哪去了呢？让谁弄丢了呢？"

白小艺说："大姐，我们要找回失去的快乐，我们去见姜爸吧。"姜美祺说："小艺，我的事，先不要和你姜爸说。"白小艺点了点头："大姐，我要去恋爱了。有人说，恋爱中的女人是最幸福的……"

姜美祺问："恋爱？和谁？"白小艺说："人家还没答应了呢。"姜美祺严肃地说："小艺，你姜爸不在家，我又管不了你，你可要自律啊，不能耽误学业。"

白小艺调皮地说："大姐，放心吧。我同学给我一评介，说我'特别能吃苦'五个字做到了百分之八十——前四个字都做到了。"

姜美祺刮了一下她的鼻子说："就知道贫。我们先吃饭，然后去接你姜爸，一定要让他回来。"

姐俩无滋无味地吃着饭。白小艺吃了两口就放下碗筷说："这叫早餐啊？"

3

十一月初的龙山素淡而不萧条，这样的景色恰好衬托了姜长庚和姜美祺的心境。只有白小艺是带着野游的心态上山的。姜长庚坐在石头上，望望天上淡淡的云，再看看两姐妹捡起的红叶，表情凝重地望着天上飞过的一只孤雁。那是一只掉队的雁，它能不能飞到南方已是未知数。

白小艺在树缝里找到一只没被冻死的蝴蝶。她一扑，蝴蝶飞走了。白小艺兴奋地嚷着："大姐，帮我捉住那只蝴蝶吧。"姜美祺感伤地说："小艺，让蝴蝶飞吧，它或许看不到明天的太阳了，为什么要捉住它呢？"白小艺说："我从小就幻想能捉住一只蝴蝶，那种感觉一定会很幸福。你说要想捉到一只蝴蝶和得到幸福咋都那么难呢？"姜美祺说："有个外国人说，幸福就像那只蝴蝶，当你追它时永远都追不到；但是如果你安静地坐下来，它说不定就会飞到你身上了。"

姜美祺和白小艺坐到了姜长庚身边的石头上，向天空望去，那里有一片橙红的云。姜长庚心想："美祺，你走到今天，是爸爸的错，可你为什么不责备爸爸呢？"

那只蝴蝶飞到了白小艺的手上，她幸福地笑着。原来，幸福有时就是那么简单。

欢聚的时光短暂而快乐。没等姜美祺和白小艺说什么，姜长庚却主动说，他要跟她们下山住几天。

姜美祺那辆红色的小车慢慢向山下驶去。车内，姜长庚默默无语，姜美祺和白小艺显得很高兴。

白小艺说："大姐，把车开到大学门口吧，我要到学校给姜爸拿个东西。"

到了学校门口，姜美祺说："好，用不用我帮你？"白小艺说："不用了，你们在学校外面等我就成。"说完，向学校走去。

姜长庚望着白小艺的背影说："唉！小艺现在走路也不一蹦一蹦的了，我还是愿意看她一蹦一蹦走路的样子。"

姜美祺说："爸爸，我们一家三口永远不分开就好了。我们长大了，烦恼也来了，还是我们在一起的日子好。"

姜长庚突然问："美祺，你和直帆真就无法挽回了吗？"

姜美祺一愣："爸爸，你怎么知道我们分开了？"

姜长庚说："你忘了，我曾是一名优秀的侦察排长。"

姜美祺说："爸爸，你是一名人民警察，你会心安理得地和一名犯罪嫌疑人同床共枕吗？"

姜长庚愣了一下："情与法是两回事儿。假如我犯了罪，我就不是你爸爸了吗？"

姜美祺说："爸爸，你怎么可能犯罪呢？你永远是和犯罪分子做斗争的正面人物。"

姜长庚没有吱声，他沉重地望着车窗外。姜美祺望着姜长庚说："爸爸，你别做什么居士了，我们回到从前……"姜长庚望了望远方："美祺，党的十八大要召开了吧？爸爸这段时间一直在迷惘，等我把一件事处理完，我就回来住。我还给你们做饭，还看《新闻联播》……"

姜美祺伏在方向盘上，眼泪流了出来……

4

龙城大学校园，白小艺的男同学坐在女生宿舍楼前的花坛边失魂落魄地玩着石子，他看见白小艺过来，像见了久别的亲人一样跑了过来。

白小艺问："你在这干什么呢？"男同学喃喃地说："我在这儿等你啊……我想和你说点儿事，好吗？"白小艺说："你想说什么就说吧，怎么越大越熊了呢？以前帮我打架的胆儿呢？"男同学说："我不知该说什么。"白小艺说："你不就是想说'我爱你'吗？一句所有女人都爱听的废话。可是，你最好不要说给我听。"

男同学扭捏地说："讨厌！你怎么知道我爱你呀？"白小艺说："你爱我？好啊，你给我当一辈子长工，稍有歪心就死无葬身之地。你自己掂量着点儿，别拿自己的生命和自由开玩笑啦。"男同学惊喜地问："这么说你同意了？"

白小艺指着他脑门儿说："我同意你个头啊？咱俩从小在一起，不能谈恋爱。没见我大姐吗？离了，就是因为太熟了，没有吸引力啦！"

男同学一听，蹲在地上嘟囔："唉！你心里还是有那个警官……你要是喜欢警官，我也可以让我爸给我弄个警官当当。"

白小艺说："我也不骗你，告诉你吧，我心里是有了龙大章……我不和你闲扯了，我得去宿舍给我姜爸拿礼物了。"

说完，白小艺向宿舍跑去。男同学欲言又止，失望地蹲在了地上，面对女生宿舍楼无语地落下了泪……

流光溢彩的城市夜晚来临了。姜长庚和姜美祺、白小艺一起进了屋。

白小艺拿着给姜长庚买的礼物，异常兴奋地说："姜爸，你就不想知道我给你买的什么礼物吗？"

姜长庚说："小艺，姜爸太想知道了。"白小艺把两件礼物往后一藏说："姜爸，你猜是什么礼物？"姜长庚说："我想，应该是一套休闲服或是羽绒服吧。"白小艺说："错！"

姜美祺从白小艺手里把两件礼物抢过去，把包装打开。一套雪白的婚纱和一套白色的厨师服呈现在姜长庚面前。

白小艺拿起服装说："姜爸，这是我从网上买的。这套婚纱借你之手送给我敖拉姨。这套厨师服你自己留着，你还得当我们的无薪保姆。"

姜长庚默默地把婚纱放在了一边，穿上厨师服向厨房走去。姜美祺洗着菜说："爸爸，我们可愿吃你做的饭了。"姜长庚看了姜美祺一眼说："撒谎，你爸我给你们做了二十多年的饭，从未听你们说过好。还是小艺用心良苦啊……"

姜美祺和白小艺高兴地往桌上端着菜，白小艺说："姜爸，我们三口人好久没在一起吃饭了。"姜长庚擦着手说："是啊，我过去上寺里，是因为美祺出嫁，你上学。现在不同了，有你们两个，我能安心在山上吗？"姜美祺端饭上来说："爸爸，我以后再也不嫁人了，就照顾你。你要是'嫁'人了，我一个人过，你不用担心我。"

姜长庚喝了一口酒说："都是虚话。不过，爸爸爱听。爸爸这么多年，总算听到了几句贴心的话……"酒喝得呛了一下，他的眼泪在眼眶里打着转儿。

白小艺说："姜爸，你也太容易被感动了。姐，你想永远自己支配自己？我可不干，我不会像你或是敖拉姨一样生活。我得找一个我喜欢的工作，白天高兴；找一个喜欢的人，比如像大章哥那样的男子汉，晚上开心。这才是生活……"

姜美祺刮了一下她的鼻子："真不知羞！"

姐俩笑成一团，姜长庚依旧表情凝重，他彷徨地望着窗外，仿佛听见了敖拉倚的诵诗声。

龙城笼罩在一片美丽的夜色中，敖拉倚穿着雪白的时装，在阳台上朗诵诗歌："深夜，我彷徨在十字街中。身后，拖着斜长的阴影。远处，是闪烁的霓虹。夜色朦胧，我心朦胧……"

远处，两双邪恶的眼睛正在盯着敖拉倚的一举一动。金疤癞和他的同伙从一辆破旧的越野车里走下来，张望了一会儿，鬼鬼祟祟地向敖拉倚的别墅走来。他今天要做最后的一搏了——绑架敖拉倚和白小艺，然后和官与匪谈条件。

殊不知，楼下监视敖拉倚的汽车里，鲁运正在漫不经心地听着歌。敖拉倚发现了金疤癞，似乎也发现了停在对面的那辆车。她突然停止了朗诵，把那盆盛开的月季花从阳台上恶狠狠地扔了下去。她恶狠狠地说："所有的日子，都去吧！"

鲁运愣了一下，金疤癞也愣了一下。鲁运看见金疤癞的身影，他跳下车，悄悄地跟了过去。金疤癞发现有人跟踪，快步跑进胡同里，躲到一户开着门的人家门后。看着鲁运跑过去，他向附近一个小区里跑去。

金疤癞仓皇地逃进了金池子小区，他想找个空房子躲起来，却发现要躲的房子是郝子强的接应班。

郝子强给钱无迪辅导完功课出来，钱无迪说："郝老师，你不用送我，这个小区治安好着呢，到处都是摄像头，坏人不敢上这来作案。"

经过几天的交往，郝子强已经和钱无迪成了朋友。他说："那不行，你妈指示，我必须把你护送到家门口，才算完成今天的一对一补课任务。"

钱无迪调皮地说："什么护送啊？你是监视我行踪的，怕我中途跑出去。郝老师，我今天往女同学书包里塞蜥蜴的事儿你可不能告诉我妈啊。"

郝子强严肃地说："我这次可以不告诉，不过，你必须认识到错误的严重性。万一把女同学吓坏了，她的一生就完了。所以，你必须改正。否则，长大了就是社会一祸害，会吃枪子儿的。"

钱无迪说："知道啦！我到家啦！"

这时，钱如意家正面临着一场血雨腥风。刘尔贵的刀子架在了钱如意的脖子上，吓得钱如意汗流满面。他手拿一沓钞票颤抖着递给了刘尔贵，说："家里……再也没现钱了。"刘尔贵把刀子动了一下，钱如意的脖子便渗出血来。他阴沉地说："没钱用命抵也可以，有些人关键时刻总是分不清钱重要还是命重要。"

钱如意颤抖着又从抽屉里拿出一沓钱来，要交给刘尔贵，被刘尔贵一把抢了过去。这时，响起了敲门声。刘尔贵把钱揣进衣服里，示意钱如意不要出声。

钱无迪在门外喊："干什么呢，不开门？我没带钥匙。"钱如意小声说："二棍，是我儿子补课回来了，开门吧！我放你走。"

刘尔贵脸色阴沉，猛地打开了门，向外逃去，险些把一同上来的郝子强撞倒。郝子强惊讶地问："你？刘尔贵……"刘尔贵没有吱声，向楼下跑去。

郝子强追了出去，可是眼镜掉在了地上，他开始满地找眼镜。

小区里，刘尔贵拼命跑着，竟和金疤瘌撞了个满怀，两个穷途末路的人都愣了一下，各说了声"你"便分头向不同的出口跑去。后边传来郝子强声嘶力竭的喊声："抓坏人啊！抓刘尔贵啊！"

鲁运闻声跑了过来，东张西望地问："坏人在哪儿？刘尔贵在哪儿？金疤瘌在哪儿？"

郝子强指了指："他们出了这个门，好像向博物馆方向跑了。"

鲁运边打电话边向外追去，郝子强也跟了出去……

5

契丹王府博物馆广场上，变幻的灯光照在一群试演出服的群众演员身上。这是一场几百人参与的大型户外剧，演员都是现找来的，不懂规矩。

龙小晴站在台上用扩音器喊："大家不要乱，《麻神之夜》虽是《麻神之光》的姊妹篇，但是晚景演出和白天不同，大家不要忙着试演出服，先听我说说要求……"

这时，郝子强气喘吁吁地跑了过来，向龙小晴摆手。龙小晴从台上走下来问："子强，你干什么呢？"郝子强用手抹了一把汗说："我追刘尔贵呢，他跑到人群里找不见了。"龙小晴听罢，也来到人群中和他一起找。

演员们还在乱哄哄地试着衣服，人群中多了一个熟悉的身影——金疤痫。他笨拙地拿了一件衣服，却怎么也穿不进去。龙小晴看了看他说："这位大哥，瘦了。"金疤痫小声说："我还瘦啊？"龙小晴说："我是说衣服瘦啦！你是……"金疤痫平静地说："我是新来的。"龙小晴喊："这谁找的群众演员啊，对观众也太不负责任了。"

金疤痫又找了一件肥大的衣服，穿着那身衣服向外溜。这时，鲁运也东张西望地寻找着什么。龙小晴问："你找什么？"鲁运出示了一下警官证问："看见一个五十多岁的胖子过来了吗？"

龙小晴愣了一下，向穿着演出服、正在走远的金疤痫一指。可是，人已经转过街角，不见了。

逃进了黑暗中的金、刘二人，并没有挣脱龙大章布下的天网。

龙大章手持电话，对鲁运和面前的民警们下着命令："对金疤痫和刘尔贵，我们要像猎人一样围堵他们，不能让他们再逍遥法外了。但是，对这两个穷途末路的人策略要不同，对金疤痫要围而不抓，摸清去向；对刘尔贵，要当即拿下。"

大批民警布防在博物馆周围，龙大章赶紧和朱丽雅坐上了指挥车，向博物馆方向而来。朱丽雅不解地问："为什么对金疤瘌跟而不抓？"龙大章说："因为他在走投无路的情况下，会去找他的主子的，所以要网开一面。"

两个多月的努力终于没有白费，朱丽雅兴奋地问："大章，很多嫌疑人都浮出了水面，我们是不是该收网了？"龙大章说："群鱼乱蹦，对渔民来说，既是欣喜又是劳累。不过，我们还不到收大网的时候。对重要嫌疑人，一要监视，防止外逃；二要暗中查访，收集证据。在条件成熟的情况下再收大网，把嫌犯一网打尽。"

这时，手机里传来鲁运的声音："刘尔贵和金疤瘌没有脱离我们的包围圈。我们要不要压缩包围圈？"龙大章说："给金疤瘌留个缺口，让他跳出我们的网。"

刚放下电话，又接到了李明乔来电："龙队，正如你所料，刘尔贵还不知道时猴子落网。他刚跟时猴子联系，晚上要在帝豪会馆见面。"龙大章说："好，继续围堵，有消息及时报告。"

朱丽雅问："这会儿，刘尔贵找时猴子干什么呢？"龙大章说："一为逃，他想让时猴子设法让他脱身。二为钱，时猴子骗他说《辽域地志》在自己手上。刘尔贵一旦落网，小金子案或有进展。"朱丽雅说："从我们掌握的情况看，钱如意杀小金子的可能性不大。"

龙大章说："但是，钱如意应该知道小金子是被谁害的。我们要顺着这两棵瓜秧找到瓜蛋儿，这个瓜蛋儿或许就李明鑫。"

锁定了金疤瘌后，龙大章要把刘尔贵引出来。回到伏龙区公安局宿舍，他换了一身洋气的便装，把自己打扮得很帅气。

朱丽雅调侃道："龙公子，夜生活开始了？"龙大章问："金疤瘌的情况怎么样？"鲁运说："一切尽在掌握中，他已经进了一个居民楼，并没有出来。"

龙大章说："叫我们的人表面撤出，暗中加强跟踪。"朱丽雅问："龙公子，你说刘尔贵真会去帝豪吗？"龙大章说："我想他会去的。刘尔贵是一个擅耍小聪明的人，他一定在确认没有风险的时候才会露面。时猴子还算配合吧？"

朱丽雅说："时猴子这样的人，现在我们叫他干什么他就干什么。"龙大章说："那就好。"他拿过一件休闲服说："把这个给时猴子换上。我们这就分头出发，直达帝豪。"

帝豪会馆的霓虹灯格外醒目。会馆大厅里一派灯红酒绿、声色撩人的场面。龙大章穿着便装向二楼走去。在走廊朦胧的灯光下，赵直帆穿着睡衣、穿着拖鞋，醉醺醺、无精打采地走在走廊上，险些撞在龙大章身上。

赵直帆醉醺醺地说："龙……警官！你们警察也来这种地方？走……我们去喝一杯。"龙大章笑了笑，没有拒绝："自然，我们每一个人都可以来，只是目的不同。"

他们来到了个包厢内，赵直帆打开了一瓶洋酒，边往两个杯子里倒酒边说："没……什么不同，都和小姐有关。我是来找小姐的……你是来抓小姐的？"龙大章喝了一口酒问："直帆，你真的要堕落？"赵直帆讥笑道："堕……落，咋啦？你比我高尚，你是嫌小姐肮脏……"

龙大章看着那个洋酒瓶子问："得一千好几吧？直帆，小姐这个职业我确实瞧不起，可是，小姐出卖的是自己的青春，贪官出卖的是国家的利益。小姐或许能给无聊的人们带来小家庭的不幸，而贪官必然给国家带来长远的灾难！"

赵直帆眼睛红红地说："你……是在说我？狐狸哲学……有些人想贪，可是能贪得到吗？就这洋酒，有些人听说过吗？危言耸听，一派愤青……"

帝豪会馆大厅，时猴子穿着得体地坐在一个显眼的位置上，悠闲地喝着茶。他时不时地向外望着，没有任何异样。鲁运梳着大背头、戴着墨镜，朱丽雅浓妆艳抹，俩人像一对情人，坐在旁边的桌边，要了四盘干果、五瓶啤酒，喝着茶水。

扮成老头的刘尔贵进来了。他抬起压得很低的帽檐儿，东张西望地搜寻着。看见一切正常，便警觉地向时猴子走来。突然，他看见了朱丽雅的侧影和鲁运的大背头，迟疑了一下，向外疾走。

二楼包间，龙大章的电话响了："目标出现在会馆？……好，那是想逃……跟上，我马上就到。"他放下电话说："直帆，别喝了，醒醒吧！"他撇下赵直帆向外跑去。赵直帆看着龙大章的背影，恨恨地喝下了一大杯酒……

龙城大街上，刘尔贵用力地向出租车招手。一辆出租车停了下来，刘尔贵急急忙忙地上了车说："快，龙城东。"出租车撒着欢儿地向城外驶去，后面鲁运和朱丽雅的车跟了上去。

龙大章从帝豪会馆的楼上下来，向一辆黑色的车跑去。这时，他的电话响了，他赶紧接起："丽雅……跟着……注意群众安全，在市区不要动他……城外？好……叫前边的交警配合……在收费站截停……抓捕。"

在龙城东收费站前，出租车被交警拦了下来。司机出示证件，被带去做酒精检测。鲁运和朱丽雅的车别在出租车前，鲁运下车把刘尔贵从车里扯了出来。龙大章赶到，他盯着刘尔贵看，摘下了刘尔贵的鸭舌帽，刘尔贵低下了头。

刑警把刘尔贵押上警车，几辆车掉头，闪着警灯向城里驶去。

刘尔贵哆嗦着说："大章，看在我妈的分上，你放我一马吧，我可什么都没做。"

龙大章看了刘尔贵一眼，从车座后拿出一个布包说："看看这个吧。"他替刘尔贵打开布包，里面有一套小孩衣服和一封发黄的信。刘尔贵用戴着手铐的手拿起信读了起来："尔贵，妈妈怕是没机会见你最后一面了。临去之前，我要告诉你一个秘密，你不是我亲生儿子，你是我当姑娘时在上班的路上捡到的。我顶着社会的种种流言和你的误解，用了毕生的精力，也没有把你培养成材。我对不起你的亲生妈妈敖拉倚……"

龙大章说："刘尔贵，你知道吗，为了你，你妈顶着社会上的风言风语，一辈子没嫁人。"

刘尔贵的手开始哆嗦了，他泪流满面……

警车闪着红蓝警灯静静地行驶在回城的路上。龙山静园墓地的指示牌出现在警车的灯光里。刘尔贵突然喊道："停车！停车！"

车子"吱"的一声停了下来。刘尔贵问："大章，能让我再去看看我妈妈吗？"鲁运吼道："你还有脸去见你妈妈？"刘尔贵用渴望的表情看着龙大章。

龙大章看了看他说："好吧，难得你还有这份孝心，给你个特许。"刘尔贵又说："大章，我还有一请求，我想给我妈买瓶好酒。可是，我没钱。"龙大章从衣兜里掏出一叠钱，对两个警察说："带他去买。"

来到龙山静园墓地，看着墓碑上"刘国珍之墓——学生敬立"几个字，刘尔贵"扑通"一下跪在地上，眼泪纵流："妈，你是我亲妈啊，我对不起你啊！别人劝你嫁人的时候，你说：'我有儿子呢，儿子大了再嫁。'我长大了，你说：'等儿子找到工作再嫁。'你用前半生的积蓄为我找到了一份轻松的工作，你说：'等儿子找到媳妇妈就嫁人了。'我结婚了，你举债为我从城里买了房子……我什么都有了，可什么又都没了。妈，你的福就是静静地睡在这冰冷的墓地里吗？妈妈，你能听得到吗？"

沙沙的冷风，回荡着沙哑的号哭声。刘尔贵打开一瓶好酒说："妈，我知道你爱喝酒，想喝好酒，可是你没喝过。今天，我来了，给你带来了最好的酒。"他的头"当当"地磕在墓碑上，额头渗出血来。

龙大章和刑警们都肃穆地站着，没有人去拉他。

警灯闪烁，路过敖拉倚家，刘尔贵又大叫着："停车！"车停了下来，刘尔贵走下车，向阳台上的敖拉倚和姜长庚恨恨地看着，然后猛地回头上了车。

姜长庚和敖拉倚回到客厅，对坐在方桌旁。敖拉倚低沉地说："这就是我们的儿子……"姜长庚一惊："我们有儿子？"敖拉倚点了点头，痛苦地回忆那过去的一幕。

三十二年前，与姜长庚偷食禁果的敖拉倚把一个裹着婴儿的包放在了"再生洞"前，然后向龙山寺走去。年轻的刘国珍骑着自行车在山道上轻快地跑着，洞口一个布包引起了她的注意。她走到跟前，打开布包，露出一张婴儿的脸……从龙山寺回来，敖拉倚到处寻找那个包未果，只得泪满衣襟、一步三回头地向山下走去……

姜长庚低沉地说："你为什么不告诉我？"

敖拉倚悲怆地说："按照传统，作为契丹人的后代，有个私生子是要被沉湖的。现在想起来，我太自私了，还害了刘国珍老师一辈子……"

姜长庚问："你是怎么知道刘尔贵是我们儿子的？"

敖拉倚低沉地诉说着："去年夏天，我上龙山寻找先人说的'再生洞'时迷了路。天黑了下来，我在山里疲惫地奔波着，远处传来鸟兽的叫声，我只好惊恐地乱窜。后来，我发现前方有一丝灯光，便拼命向那处灯光奔去，那是珍真野菜馆。刘国珍给我端来水和饭菜，我狼狈地吃着时，正赶上刘尔贵回家拿东西。他出去后，我们唠了起来。刘国珍说：'敖拉教授，这是我儿子刘尔贵。'我：'噢，在哪儿上班啊？'刘国珍说：'在博物馆呢。敖拉教授，你的孩子多大了？'我放下碗筷，沉重地说：'我儿子要是活着，也有这么大了。'刘国珍说：'怎么，你儿子……'我说：'唉！说来话长啊……'当我和她说起我在龙山把儿子弄丢了的情况后，她非常惊讶，并且告诉我刘尔贵就是她在龙山捡的那个孩子，时间、地点都能对上。而且，她还很开明地说，随时可以让刘尔贵认亲。"

姜长庚问："为什么没认？"敖拉倚说："是我没同意。一是我觉得我不配当这个母亲，二是怕影响了你的前程，三是我不想从刘老师身边夺走他。所以，我们约定共同保守这个秘密，一直到死。没想到，刘尔贵……"

敖拉倚的眼泪流了下来，她说不下去了。姜长庚悔恨地跺着脚："都是我种下的毒苗……"

敖拉倚含泪回到书房，音响里响起《别说有缘无分》的对唱："我看见你哭红了双眼，对我说你不甘心，你的泪湿了天空湿了我心。我听到你嘶哑的喉咙，说一切都是命运，你的体温还留在我手心……"

6

夜已经很深了，龙大章毫无睡意。他坐在伏龙区公安刑警大队副大队长室，皱着眉头看着小金子案的案卷。

朱丽雅拿着审讯记录进来说："龙大队，刘尔贵很配合。据他说，金疤癞和大黑猫都在给一个神秘的人打工。"龙大章说："这个和我们推测的一样。

小金子的事儿，他说了吗？"朱丽雅说："他说是被李明鑫吓唬得失足掉下悬崖的。"

龙大章说："李明鑫为什么吓唬她？"朱丽雅说："这些，他也没闹明白。"龙大章说："一定是小金子掌握了他们的核心秘密。告诉监控李明鑫的人提高警惕，注意他的动向，但是暂时不要动他。"

朱丽雅说："他还说金疤癞在很多城市都有销售假鸡血石人员。"龙大章问："哪些城市？"朱丽雅说："据刘尔贵交代，凤城、通城、滨海都有金疤癞领导的假鸡血石销售及黑恶势力，而这些石头都出自龙城金疤癞之手。"

龙大章说："线索已经明了了，在那个南方制假者入狱前后，有一个人一直在做着制假生意。这个人可能就是敖拉倚。而金疤癞和大黑猫是敖拉倚的假石头的销售者。"

朱丽雅问："你认为他们是一伙的？"龙大章说："不，他们只为各自的利益。"朱丽雅问："要不要马上拘捕敖拉倚？"

龙大章说："暂时不能，我们还没有弄明白她与鸡血麻神及'东北新干线'的关系，这期间要严密监视她的一举一动。我要再去争取一下，让她投案。"

鲁运进来了，问："龙大队，请示两件事儿：一是已查明几宗工程招投标时李明鑫涉嫌敲诈勒索，要不要让他归案；二是金疤癞随时有溜掉的可能，要不要收网。"

龙大章说："李明鑫这个人，社会反响很强烈，他可能领导着一个涉黑组织，要调查清他的所有成员，一旦外逃，就地抓捕。对于金疤癞，仍要观察他的动向。"

初冬的龙城，天空飘着一层薄云，地面上熙熙攘攘的人流穿行雾霾中。

敖拉倚面带憔悴地拿起几粒药，还没等吃下去，楼下的敲门声让她愣了一下。她把门打开一条缝，吃惊道："我以为是小艺呢，怎么又是你？"

龙大章站在门口说："敖拉姨，不打算让我进门吗？"

敖拉倚说："你是我最不欢迎的人。知道美国有句话吗？贫民的小草屋，风可以进，雨可以进，总统不能进。"

龙大章说："敖拉姨，这是在中国。"敖拉倚挡在门口说："大章，你不要费事了，我说过的，你从我这儿什么也得不到。"龙大章笑笑："敖拉姨，我只是路过你这里，感谢你去年帮我破获假鸡血石案。有些事，你最清楚……"

敖拉倚怒道："龙大章，我是你敖拉姨，你却把我当犯罪嫌疑人来对待。我给你一分钟时间，说完话走人！"

龙大章走进客厅，坐在沙发上说："敖拉姨，就一分钟？"敖拉倚看着表说："就一分钟，现在过十秒了。"龙大章说："一分钟能讲个故事。一只老鼠掉进了装满米的米缸，这意外使老鼠喜出望外，它在米缸里吃了睡、睡了吃，虽然担惊受怕，但日子一天天很富足地过去了。它也曾想过跳出米缸，但终究未能摆脱白花花大米的诱惑。直到有一天米缸见底了，它才发现想跳出去已无能为力了。"

他说完，向外走。敖拉倚说："你给我站住！你意思是说我是那只老鼠？"龙大章看了看表说："敖拉姨，你给我的时间到了——别等米缸见底儿。"

龙大章走到楼下的时候，得到吴寄瑶的消息，说找到了小金子的又一住处。他匆忙地上了车，发现敖拉倚站在阳台上，失神地看着他。

两辆警车在一处居民楼下停了下来。这是一处很陈旧的居民楼，不会有什么有钱的人在这儿住。

吴寄瑶跳下车，领着龙大章和朱丽雅向楼里走去。走到了一单元五楼东侧，吴寄瑶说："大章，这就是小金子不为人知的住处，我查访了十来天才找到。你们可要为小金子做主啊！小金子的妈有病，全家就靠她呢，她死得冤啊！我是拿她当妹妹看待的。"

龙大章点了点头："寄瑶，你放心吧，我们会为小金子讨回公道的。"

看着眼前锈迹斑斑的锁，朱丽雅问："龙队，门怎么打开？"龙大章拿出三根钢丝，三下五除二地打开了门，屋里一股霉味扑鼻而来。

　　吴寄瑶说："邻居说，小金子没怎么在这儿住过。"龙大章问："屋里的东西没有人动过吧？"朱丽雅查看了一下说："应该没有。"龙大章站在门口说："好，先勘察，再仔细搜查。"

　　屋里的陈设简陋而邋遢。龙大章和朱丽雅戴上手套，在屋内仔细搜寻起来。在一个小化妆柜里，龙大章找到了一个记事本。里面除了记录日常琐事和开销，有两段话引起了龙大章的注意："今天大仙儿的话启发了我，我要投其所好，投怀送抱，我的鸿运才能到来……""我的鸿运果然来了，大仙儿就是大仙儿，让我吃定他，一定吃定他……"

　　在一张单人床床板底下，朱丽雅摸到了一个小纸包，纸包被用胶带粘在床底。龙大章取下来，打开，一个小U盘呈现在面前——那个粉红色的小U盘。

　　回到伏龙区公安刑警大队，龙大章看完那个小本儿，又用电脑打开了那个U盘，电脑出现了钱如意送礼的画面和录音。

　　这时，电话响了，他接起来问："鲁运，金疤瘌的情况怎么样？……没和任何人接触？……让别人继续监视，确保不能让他脱网，你回来有新的任务。"他放下电话，自语道："大仙儿是谁呢？"

　　龙大章看完U盘中的材料，震惊之余突然感到网该收一收了。不然，大鱼太多，凭他们几个"船工"，收不起那么大的网。想到这儿，他拿起了电话，拨了出去……

　　平静的一天又要过去了。在刑警大队门口，鲁运匆匆忙忙地进了门，险些和朱丽雅撞了个正着。他忙问："师妹，这是干啥去？"朱丽雅说："下班啊，去吃饭。"鲁运问："才下班啊？"朱丽雅说："早该下班了，可是活还没干完，痛苦啊！"龙大章从屋里走到二人跟前说："这算啥呀？最痛苦的是我，上班时一天没活儿，快下班时来活了，上峰有旨！"鲁运说："你们这都不算个啥。我上班时没活，下班时没活，下班刚到酒店端起酒杯，龙队打电话，来活了！"朱丽雅恍然大悟："有活啊？那我也不回去了。"龙大章说："走吧，你们二人到契丹广场设伏，我带人去'捕鱼'。"说完，小声地对二人叮嘱了一番。

傍晚的龙城契丹文化广场，晚风吹来阵阵凉意。朱丽雅穿着便装很闲散地坐在长椅上。鲁运把脚丫子晾在长椅上，斜歪着身子，像个醉汉。

朱丽雅提醒道："大师兄，我现在知道你三十好几为什么孤身一人了。"鲁运问："为什么？"朱丽雅说："平足，追不上姑娘。"

鲁运说："错。姑娘们像树上的鸟，我追一个时，把其他的也吓跑了。"朱丽雅笑道："说来说去，还是跑得慢嘛。师兄，这冷的天为什么要把脚丫子晾出来呢？"鲁运说："外行了吧，只有这样，才不至于让坏人看出我们是机智勇敢的公安人员，我这叫敬业。"朱丽雅显然被鲁运这种敬业精神打动了，心疼地给他穿着鞋。

这时，白小艺和她的女同学说笑着从他们面前走过。

鲁运又忍不住贫起嘴来："看了吗？多靓啊！师傅的养女，丹凤眼，瓜子脸儿……听说追咱龙队呢，也奇了怪了，姐俩相中一个人儿了……"

朱丽雅脸色严肃起来："你个醉鬼，嚼什么舌头呢？"鲁运辩解道："谁嚼舌头了？周支队就说过……"朱丽雅厉声道："他说你就当真啊，还有没有自己的判断啊！"

鲁运吓一激灵，坐起来，穿上了袜子和鞋："这不开玩笑呢吗，怎么认起真来了？"

朱丽雅脸一沉："以后这样的玩笑少开！注意盯着点儿那边。告诉你，哪个方向走脱了人，谁回去受罚。"

鲁运对自己的八婆嘴也自感没趣儿，他向四周望去，并没有他们要找的人的身影。

龙大章的几声口哨传来，朱丽雅警觉地向广场对面的一个饭店望去。远远地见钱如意和吴寄瑶从饭店里出来，正穿过广场向这边走来。鲁运和朱丽雅眼神一碰，一起冲了上来，直奔钱如意，把他的手一背，戴上了手铐。

吴寄瑶吓了一跳，想要阻拦，被朱丽雅拉开了。钱如意回过头来镇静地说："寄瑶，他们这是滥抓无辜。你去找找直帆和他爹，我要告他们！"

鲁运嘲讽地说："钱老板，这个时候，人走茶凉，能好使吗？"

　　钱如意挑战的眼神儿看了他一眼："鲁警官，放心吧，这个时候更好使！"

　　鲁运说："钱老板，有话上局里说去，走！"看着鲁运他们押着钱如意走远了，吴寄瑶疑惑地摇摇头："这个时候能好使？"

　　就在吴寄瑶到处找赵直帆的时候，赵直帆正在汤局长家看《新闻联播》。电视里正播着党的十八大召开的盛况。赵直帆看得心烦意乱，汤局长看得津津有味。

　　这对赵直帆来说，他是"陪太子读书"。汤局长要他陪的，他纵有一百八十个不愿意也不敢说半个"不"字。

　　看完党的十八大新闻，又看完《焦点访谈》，汤局长才开口："直帆，这个时候你来找我，有事吗？"赵直帆说："汤叔，我小的时候你最喜欢我了，我要是三天不上你家去，你就到我家去抱我。现在，我来看你老人家，你好像不大欢迎啊！"汤局长说："你能来看我，说明你心中还有我这个汤叔。"赵直帆说："汤叔，我小的时候，你领着我抓蚂蚱险些摔着，那时你对我多好啊！"

　　汤局长诚恳地说："我现在对你也一样。只不过，在你小的时候，我说哪危险，你会止步的。现在，我管不了你了。党的十八大提出'完善基层民主制度，建立健全权力运行制约和监督体系'，这是一个信号……唉！我要是给你讲政治，你烦。我还是给你讲麻将吧。你天天在麻将场上混，肯定混明白了。"

　　赵直帆一听"麻将"两个字就兴奋："汤叔，不谦虚地说，我打麻将还是十赌九赢的。"

　　汤局长说："知道为什么吗？不是你技术多高，而是和你打麻将的人让着你。这麻场和官场规则有许多相似之处。以你为例吧，麻场上求速和，官场上求快升，你都做到了，挺好，早起的鸟有虫吃嘛！可是，你要想想做官是为了什么。如果我们做官就为了贪图一些私利，怎么能把为官这张牌做大呢？"

　　赵直帆说："汤叔，背心改乳罩，位置很重要。你今天把我该管的业务都调给了孙绍辉，我这个科长成了'闲腊肉'，我就想'做成大牌'也不现实啊！再说，我堂堂一个正科长，还不如一个副科长有权，你叫我怎么开展工作啊？"

汤局长说："这就是我爱护你的具体表现。你觉得我把你管的规划审批调出来是削弱了你的权力。但是，你想过没有，权力是双刃剑，弄不好会伤了自己的。"

赵直帆说："那我这个规划科科长不是名存实亡了吗？"

汤局长说："直帆，我已经给你机会了，可是你的胆子比我想象的大百倍。知道你的前任不？他是怎么落马的？你的'剑术'比他高明？直帆，把你送来那石头拿回去，今天就谈到这儿，有时间，我得和你好好谈谈！"

面对汤局长的决绝，赵直帆难堪地拿着鸡血石对章出来了。他最近有点儿烦，美祺抛弃了他，他始终想不明白自己差在哪儿。过去只听说有弃妇，今天他成了华丽的弃夫。老汤对他的态度越来越不好，还美其名曰爱护他。他一点儿也没感觉出来。

他正在恨两个人的"无情无义"，又一个坏消息传来："噢？寄瑶……什么？老钱进去了？……这时候找我有什么用啊……好，一起去找找大章试试吧。"他匆忙拨打着电话，电话里传来："您拨打的电话已关机……"

赵直帆只好和吴寄瑶风风火火地走进刑警队。鲁运正在值班，见着二人到来，却也十分客气，又是上烟又是倒水。赵直帆说："我找龙大章。"鲁运说："太不巧了，他去上海出差了。"赵直帆问："什么时候回来？"鲁运说："刚走，估计得一两周吧。"

吴寄瑶在旁边说："刚才我好像还看见龙大章了呢。"鲁运就是不搭腔。

赵直帆碰了个软钉子，只好从刑警大队出来。在僻静处，他硬着头皮给他那"老僵牙不对齿"的老爸打了个电话，赵连起在电话里没留"活口"："那是我下的指令，你不要干扰警察办案。"赵直帆气得险些把电话摔了。

7

龙城政府广场的大屏幕早已播完了党的十八大会议消息和相关访谈，可观看的群众迟迟不肯散去。他们在议论着未来的中国会有哪些变化，新的领导人能给他们带来哪些福祉。

龙城的雾逐渐散去，天上出现了少有的星星。大街上的人和车逐渐稀少起来，路灯照着龙大章和姜美祺那沉默的脸。

龙大章问："怎么不说话？"姜美祺说："我怕一说话你又会劝我和赵直帆和好。"龙大章说："现在我不会劝你了，或许你的选择是对的。以后有什么打算？"

姜美祺望着茫茫星空说："大脑一片空白，没情绪，没思路……"龙大章说："电脑有个复原系统，可以恢复到某年某月的某一天，我希望自己是一台电脑。"姜美祺说："人生没有一键恢复，过去的总会留下痕迹，不会重来……"

走到姜长庚家楼下，二人停了下来。龙大章说："就送你到这儿吧，你自己上楼，点亮了卧室的灯后我就走。"姜美祺说："大章，谢谢你送我！"龙大章没有吱声，他的微信来了一条语音，打开来，是白小艺的琴声伴着歌声，《爱一个人好难》的旋律在夜色中那么让人神伤："曾经说过的话风吹云散，站在天平的两端，一样的为难，唯一的答案爱一个人好难。想要把你忘记真的好难，失恋的痛在我心里纠缠，朝朝暮暮的期盼，永远没有答案……"

听见开门声，白小艺的琴声戛然而止，她伸了伸懒腰，打个哈欠，惺忪着眼睛看了看手机说："大姐，你才回来，睡觉吧。电视里说，女人半夜还不睡，就等于不要脸了；四点还不睡，就是不要命了。"

姜美祺说："哪来的逻辑？睡吧，我得要脸。"

白小艺合上琴盖儿，打个哈欠向卧室走去。

姜美祺打开了书房的灯，她从窗帘后向楼下望去。她发现龙大章还在楼下向楼上望着，依如从前，等她卧室的灯亮起，他才离去。此时，她的脑海中闪过几个场景：她从悬崖上掉下来，砸在龙大章身上……他们在楼下相拥旋转……在婚礼现场，龙大章失望地看着她……

白小艺悄悄站在她身后，也向楼下望去，她惊讶地问："龙大章？大姐，你要吃回头草啊？"

姜美祺吓了一跳，瞪了白小艺一眼，向卧室走去，打开了卧室的灯……

第五十二章　风卷残叶，舍卒保车

1

一场霜冻，消灭了残存的蝼蚁；一阵清风，卷走了地上的残叶。天快亮时，干旱的龙乡沃野被一场瑞雪覆盖了。清晨的龙城，雾霾消散，空气清新，银装素裹下，车水马龙，忙碌的人们匆匆而过。

龙大章来到办公室，看完党的十八大会议消息，便拿起十八年前凤城"东北新干线"涉黑组织案卷。在他的脑海中反复地闪现着钱如意、李明鑫、金疤瘌、神秘人……这些人，像一张大网里的游鱼，他不知道该怎样收网。

正想着，朱丽雅一脸疲惫地进来报告："龙大队，审了半宿，老钱只承认一些鸡毛蒜皮的小事儿，怎么办？"

龙大章问："对小金子提供的录像内容也不承认吗？"

朱丽雅说："他说那是剪切拼凑、后期制作的，不认。现在他提出，他是市人大代表，说没经过人大，咱们不能逮捕他。"

龙大章说："他说这话还算靠谱。市局早已请示人大了。我想，他是在等待援兵。马上与检察机关联系，让他们介入钱如意的行贿案，同时给市人大写详细报告。"

朱丽雅刚出去，鲁运进来说："龙队，金疤瘌终于在那个地下室待不下去了，他想逃出来，抓不抓？"龙大章思忖一下说："他既然想逃，就给他放开个口子。"

正说着，周至祥进来了。龙大章赶紧打招呼："哟，周支队，不是封闭训练去了吗？"周至祥说："市局让我终止训练，回来组织指挥麻神大会的安保工作。大章，我这段时间不在，你这利剑出鞘了。"

龙大章笑道："周支队，都是你远程理论教导有方，我们只是你伟大理论的实践者。"

周至祥走过来拍拍龙大章的肩膀说："年轻人，有魄力。钱如意之流，就要给他来点儿厉害的，否则，他不会承认鸡血石被盗之类的大案的。"

龙大章说："我也是这样想的。根据专家研讨的结论，契丹宝藏在河西村一带，市里要在河西设置契丹文化保护区了。而在这之前，钱如意和李明鑫进行了大规模的圈地活动。这说明什么？说明他们对契丹宝藏垂涎三尺。"

周至祥点了点头："愿龙队早日扫清'东北新干线'，建功立业。"

龙大章说："不求有功，但求无过，不敢遮过周支队的光环。"

周至祥扫视了一下案卷，说："光顾唠嗑，忘说正事儿了。首届麻神节大会安保工作，你得给我抽几个得力的警员配合。"

龙大章把周至祥送到门口，心想，抽调几个人周至祥只需打个电话就成了，为何亲自跑一趟呢？这说明他很关注最近这几起案子。那么，刘尔贵说的"神秘人"是谁呢？小金子所说的"大仙儿"又是谁呢？

2

公安把注意力转移到钱如意和李明鑫身上，这正是张半仙追求的效果。他已经有了《辽域地志》和《〈辽域地志〉解密》，可是他迟迟未去寻宝，是在等待，等待处理了金疤瘌这块心病，等待抓起钱、李两个动力火车头，等待风平浪静。

现在，这两个机会都来了——金疤瘌在走投无路时要"重返阵营"，钱如意已经身陷囹圄，河西寻宝就提到了议事日程，要在市里宣布成立保护区前完成。

他站在一个宾馆的窗前，等着金疤痢来。这时，他腰间的电子显示屏亮了，他拿起来看了下，上写着"金钩钓鱼"。他吃了一惊，手持望远镜向远处眺望着，焦急地想着对策。

龙城大街上，戴着假发和墨镜的金疤痢向一辆出租车招手。他上车后，车向张半仙那开去。不远处，姜长庚开了一辆黑色的越野车跟了过去。金疤痢慌慌张张地回头张望着，并没有发现危险。他掏出手机："大哥，我马上就到了……我想开了，还是跟着你干踏实……我有重要的事儿跟你说……"

张半仙从楼上看见一辆出租车驶来停在了宾馆对面，金疤痢手持手机从出租车里出来，而出租车后跟着的两辆车也停了下来。他赶紧打电话："疤痢，你后边有尾巴，上车继续走，想法甩掉，然后绕道、换车去九号地等我。"

说完，他狠狠地按了电话，拔出手机卡，捏断了扔到楼下，恶狠狠地自语道："这只癞皮狗，穷途末路才想起我！"

大街上，金疤痢又进了出租车，他拿出一沓钱塞到出租司机手里说："兄弟，有黑社会的人跟踪我，想法甩掉他。"那辆出租车飞快地向南拐去，黑色车紧随其后，但在一个十字路口，出租车闯过红灯，把那辆黑色车甩在了后边。

龙城大街上，鲁运的车超过那辆黑色车向前追去。余光中，鲁运似乎看到了姜长庚。他吃了一惊，拿起电话报告："龙队，我跟丢了……师傅的车挡在前边……金疤痢一定是找同伙有事商量，发现有人跟踪，才逃的。"

龙大章说："我马上联系视频组，一定要找到他！"他马上拨通了几个电话。

过了一会儿，朱丽雅进来报告："龙队，根据各处监控情况，金疤痢在龙溪园附近换乘了另一辆出租车，往北山方向逃窜。"

龙大章说："我们的寓攻于守法已经奏效，通过攻心，旁敲侧击，金疤痢等人终于出来了，这次不能再放虎归山了。"

朱丽雅说："北山一带地形复杂，我们人生地不熟的，抓捕起来困难啊！"

这时，龙大章的电话响了，赶紧接起说："子强……和你上北山？……不行啊，我们有任务呢……到楼下了？"突然，龙大章话锋一转说："噢，好，你在楼下等我，我这就下去。"说完，向楼下跑去。

这一举动，弄得朱丽雅一头雾水，边跟着往下跑边问："龙队，你不去北山了？"龙大章说："去，我同学可以给咱们带路，那里他熟。"

阳光照在北山木工厂那漆片剥落的牌子上。这里已经很久没有人来过了，地上的积雪上只有几只兔子的脚印。

金疤瘌气喘吁吁地跑了进去，他紧张地看了看周围的环境，静悄悄的，一个人影也没有。他向楼上一处废弃车间走去。在那处废弃车间，金疤瘌惶恐不安地向上走着，在四楼电梯井边，金疤瘌听到了一个异样的声音，他转过头来，发现张半仙的枪口正对着他。金疤瘌惊问："大哥，你已经到了？"张半仙说："疤瘌，你要告诉我什么？说吧。"金疤瘌故作镇静地说："大哥，能不能把枪放下呀？"

张半仙用枪口点了点，眼露凶光："疤瘌，公安已经盯了你有些时日了，你要是像老鼠那样活着，还不如到那边去，陪着我弟弟，也不寂寞。"

金疤瘌惊恐地瞪大了眼睛说："老大，你不能这样……"

去北山那个废弃木工厂的山路上，一辆黑色越野车飞驰着。路上的积雪只有几辆车碾过，两边的沙蒿已经干枯。前边是一个三岔口，车"吱"的一声停了下来。

郝子强仔细地分辨着路："大章，从这直行是去右旗，左转是左旗，右转的小路是山上的一个废弃木工厂。我们走哪条？"

龙大章拿起步话机喊道："在三岔口，一组直行追击，二组左转追击，我向右转。"

郝子强说："再往前约五公里有家废弃木工厂，过去是生产家具的，老板去了国外，经营日渐亏损，已经停业五年了。我和主人说了，承包费先给免一年，开业资金就有了。"

龙大章说："我说你对这里那么熟悉呢，原来事业在这里啊。"

郝子强不好意思地说："实话跟你说吧，小晴为了我，做了一回贼——把你父母要给你买房的卡偷出来了。用你的生日一试，还真是密码。不过，我和小晴说了，不到万不得已，不会动用这个钱的。"

龙大章说："这个龙小晴，把心眼儿都给自家人用上了。"

郝子强憨笑着说："大章，也得感谢你，我办装潢公司的事儿多亏你的鼓励。"

龙大章说："应该的，我佩服你那种自强不息的精神。你是经过失败的人，拿出过去的精神，干什么都能干好。"

郝子强说："惭愧啊，我的人生像在原地画了一个圈，转了八年，从起点又回到了起点。我是一个干啥啥不行、吃啥啥没够的人。"

龙大章说："不能这么说，卧底时猴子不是做得很好吗？没有水的浸泡，茶只能蜷缩一隅；没有命运的冲刷，人生只能索然无味。哎，子强，你炒股时是喜欢黑马股还是喜欢白马股呢？"

郝子强说："从心里说，我过去特别喜欢黑马股，特别希望能一夜暴富，改变我们家的苦日子。可是，事与愿违啊！"

龙大章说："我也是农村孩子出身，可是我更喜欢白马股。"郝子强问："为什么？"龙大章说："看见两种马的结果了吗？白马，从容凯旋；黑马，一时雄起，最后一落千丈。"

北山那个废弃木工厂四楼，张半仙的枪口指着金疤瘌的头，金疤瘌一点点儿地退着。张半仙说："兄弟，你不能怨我，为了我，也为了你自己，我只好如此了。"

金疤瘌哀求道："老大，我从十八岁就给你当保镖，牺牲了自我和家庭，这半辈子我可是对得起你啊！"

张半仙阴沉地说："对得起我？你利用我的网络，发了多少黑财？巴彦花草原度假村是你的，龙山度假村是你的，你还盗了我的《辽域地志》。你有无数的房产、金银财富，而我只剩下两处名号很大的空壳子娱乐场所，还有一个濒临破产的天创公司和天天亏损的宏运奇石城。过去，我以为你是在为我打工，现在，我才知道，我是在为你打工。"

金疤癞说："大哥，我再也不敢了。"张半仙说："你有什么不敢的？你最近想另立门户，打起了我的藏宝图的主意，你当我不知道啊？"金疤癞说："大哥，我辛辛苦苦跟了你几十年，一夜回到了解放前，咱们还是弟兄吗？"

张半仙说："疤癞，你行事不密，撞到了龙大章的枪口上。因为你一次失手，我在全国的十处加盟者在刀尖上跳舞，让我失去了苦心经营半辈子，用生命和鲜血换来的'东北新干线'。你，不冤啦！"

金疤癞又磕了一个响头："老大，你要是放我一马，我可以告诉你一个重大秘密……"

张半仙赶紧问："什么秘密？你不能骗我！"

金疤癞已经退到了废弃的电梯口旁边，他利用张半仙分神的空儿转身就逃。张半仙发现了那个废弃的电梯井，惊愕地喊："疤癞……"话没说完，金疤癞一脚踏空，"啊"的一声，从电梯井口掉了下去……

龙大章的车停在废弃木工厂门口时，他隐约听到"啊"的一声，随后，"咚"的一声闷响。他愣了一下说："不好，有情况。"他跳下车向工厂内跑去，郝子强也跟着向里跑去。在一楼电梯井口，他们发现嘴里吐着血的金疤癞摔在地上。龙大章上前扶起金疤癞，喊："金贵，你怎么了？"

金疤癞的手似乎无力地向上指了一下，嘴角嚅动着，没有声音，头一歪，死了。

龙大章抬头向楼上看着，楼上什么声音也没有。郝子强惊慌失措地看着龙大章，龙大章拿起了电话边拨号边向上跑去。

废弃木工厂外楼梯，张半仙偷偷摸摸地急匆匆向外跑去，迅速消失在前边的密林里……

3

伏龙区公安刑警大队，龙大章在埋头看着金疤癞案现场图和照片，仔细回忆着当时的场景，生怕有一丝遗漏。

鲁运说：“现场足迹有序，没有任何打斗的痕迹，金疤痢会不会是自杀呢？”

龙大章摇了摇头：“金疤痢不可能是畏罪自杀，因为一个要自杀的人不可能化着装逃命。另外，现场的足迹虽然很多，但是仔细看，只有两个人的脚印是新的，另一个人一定是害金疤痢的凶手。”

朱丽雅问：“当时你在现场不是没发现其他人吗？”

龙大章说：“我听见响声到屋内时，忙着救人。那个人一定是从外楼梯下去，从后门儿溜走的。我们从后门找到了他的脚印。他穿过一片密林，坐上等在那里的越野车逃走了。”

鲁运沉思道：“谁会杀金疤痢呢？”

龙大章说：“师兄，你把今天跟踪的过程好好回忆一下，看看有哪些漏洞。”

鲁运仔细地回忆着今天的每一个细节：小区的灯亮了，化装后的金疤痢下楼向小区外走去，远处鲁运和李明乔悄悄地跟了上去。金疤痢上了一辆出租车，鲁运和李明乔上车，发现一辆黑色越野车紧紧地跟在了金疤痢上的出租车后。那辆出租车停在了路边，黑车也停在了路边。金疤痢接了个电话，上车，出租车加速离开，在路口闯红灯后消失。鲁运在超过黑车时，发现姜长庚坐在黑车驾驶室里……

龙大章问：“师傅坐的什么牌子的车？”鲁运说：“丰田。”龙大章说：“今天在树林边接应嫌疑人的车，从轮迹上看，就是一辆丰田越野。”

鲁运恍然大悟：“难道是师傅？”龙大章说：“不，杀害金疤痢的动机很有可能是杀人灭口，那就只能是他的同伙，也就是我们正在找的金疤痢背后的人物。可是，师傅为什么出现在现场呢？金疤痢到底要见什么人呢？”

外面的茫茫白雪，没有给出答案。

张半仙趁着夜色回到那处豪华住所。他急匆匆地进了屋，擦了擦额头上的汗，脱掉被汗浸湿的上衣，失神地看着屋里的一切，他的且战且退计划已经形成了。

他掏出电话，手颤抖地拨着号："老三，李秃子和钱胖子的钱都到位了吗……李秃子的已经到位一半儿，钱胖子的到位三分之一……李秃子现在就要接管……那不行……全款到位再给他。天创公司和宏运奇石城也要抓紧时间催款，我等着用。"

张半仙放下电话开始往皮箱里收拾东西。在抽屉里，他拿出护照，上写着："姓名：张志文……"他又从抽屉里拿出了几张照片，对着一张儿童的照片认真地看着。那是一个不到一岁的女童照片。他的耳边响起金疤瘌的声音："你要是放我一马，我可以告诉你一个大秘密……"

他自语道："会是什么秘密呢？"他把女童照片放进皮箱里，又开始收拾东西。

姜长庚是一脸失意地回到家的，他责怪自己："宝刀是老了，这要是年轻时，两个金疤瘌也不会跟丢的。"

白小艺和他打声招呼后又埋头发微信。他一边拿起抹布收拾屋子，一边说："小艺，你的卧室也该好好收拾收拾了。"白小艺头也不抬："姜爸，这么晚了，我大姐怎么还没回来？"

姜长庚说："你大姐刚才打电话来，和同学在一起呢。"

白小艺敏感地停下笔，沉思道："同学？龙大章？"她拿起电话，拨着电话号："大章哥哥……我找你有事……电话里说？说不清，我要见你……没时间？会女同学咋有时间呢……讨厌！"她气呼呼地把电话扔在桌上，狠狠地踹了钢琴一脚。

钢琴撞在了墙上，响声吓了姜长庚一跳。白小艺不理姜长庚，没好气地打开琴盖去弹琴，却有几个琴键已经发不出声来。

姜长庚走过来问："小艺，又跟谁较劲呢？"

白小艺没好气地说："这个破钢琴……"说着，又踹了一脚，打开琴盖，检查起钢琴来。这时，她发现钢琴的发声器被一包东西卡住了。白小艺奇怪地扯出那包东西，小心地把那个塑料包打开看着。灯光照亮了包里面的一张半照片：一张是一个婴儿的照片；半张是一个女人和一个儿童的合照，但明显被撕掉了一个人。另外，还有一封信。她疑惑地自语："这是什么人的照片呢？"
她打开封信，看了起来：

老大：

　　你或许永远看不到这封信了，因为我马上就不在人世了。你十三
岁就接受日本右翼忍者的超人训练，二十四岁就为你们所谓的"东北
新干线"奋斗。我试图用爱情改变你，让你放下屠刀、立地成佛。可是，
我错了。我们三十大几岁，求神问佛地得了个女儿莲莲，又让你不小
心地丢了。很多无辜的人毁在了你的手里，我只有以死替你为那些被
你害了的人谢罪了。我的这架心爱的钢琴不能留给金疤瘌的烂女人，
听见她弹我的琴，我的灵魂会不得安宁的。我要把它寄卖在琴行，让
与我有缘的人得到它……

雅安绝笔

"嘭！"窗户被风吹得关上了。白小艺疑惑地看着照片和信，她拿起电
话，找出龙大章的名字和姜美祺的名字，一时竟不知拨给谁……

　　龙大章、鲁运和朱丽雅顶着夜风向宿舍走去。天上又飘起了零星的雪花，
在路灯的光影里翻飞。三人的心情也在翻飞，想着下一步的工作。

　　龙大章问："时猴子、刘尔贵、钱如意那儿有啥进展？"

　　鲁运说："三个人都多次审讯过了。案情越来越明了了。时猴子为了钱，
多次为金疤瘌集团从事跟踪、搜集信息活动。刘尔贵多次盗卖国家珍贵文物
和书籍，还在无意中帮助武玉鹏盗窃了鸡血麻神，还跟随武玉鹏去过龙山寺寻
宝。至于钱如意嘛，死不认罪，说他是赵副市长树立的典型、人大代表，我们
不能动他。"

　　龙大章说："他们几个都是难挤的牙膏，慢慢来，重点放在他们几个涉黑
的人和事上。"

　　朱丽雅说："对了，时猴子刚刚还交代了一起他在十二岁时盗卖过一个女
婴的事儿，据说那个女婴被卖到了凤城……"

　　这时，龙大章的电话响了，他迟疑了半天才接起来："小艺……这晚了，

明天不行吗？……嗯？真有情况？那我去接你。"鲁运和朱丽雅疑惑地看着龙大章，龙大章解释道："白小艺又来电话了，她说有重要案情向我们汇报。"朱丽雅盯着龙大章问："不是又找你起腻吧？龙大队，眼睛不要盯着下一代了。"龙大章说："丽雅，这回像是真有事儿。"朱丽雅说："真有事儿啊，我去？"龙大章说："好吧。"

4

新的一天，总给人带来新的希望。明朗的天空下，面带笑容的人们，在谈论党的十八大盛况。用敖拉倚调侃姜长庚的话来说，那叫"自己日子没过好，还操着忧国忧民的心"。

此时，契丹文化广场上热闹非凡。姜长庚和敖拉倚在跳交谊舞，步伐很乱。姜长庚的眼前闪着白小艺从钢琴里踢出的那封信和照片、逃跑的金疤瘌、"东北新干线"会标和张半仙那神秘的笑……

敖拉倚终于忍不住了："老姜，你怎么了，又踩我的脚了。"

姜长庚不好意思地笑笑说："小倚，我的心很乱，我不知道再过几天，你、小艺和美祺的生活会发生哪些变化。"

敖拉倚松开他的手说："你才想起来关心我们，晚了……"

姜长庚回到家里，他发现白小艺满脸倦态地从床上坐了起来，头也没梳、脸也不洗。他拎着早餐抖了抖，叫姜美祺和白小艺吃早餐。

可是，白小艺却说："我不想吃，那封信和照片，你看不明白，朱姐姐也看不明白，我要去刑警大队找龙大章，看他弄明白那封遗书没有。"

姜美祺拿起碗筷说："遗书跟你有什么关系呢？那是公安的事儿。你快吃饭吧。"

白小艺倔强地说："从我的琴里发现的，就跟我有关系。"说完，她蓬头垢面地向外跑去。姜长庚和姜美祺对视了一下，愣住了。

"当当"的敲门声惊醒了龙大章。龙大章穿上衣服打开了门，看到朱丽雅和白小艺站在门口。朱丽雅说："龙队，你那小艺妹来找你了。"龙大章伸着懒腰说："这么早？"白小艺噘着嘴说："怎么，我给你发微信你也不回，不欢迎啊？"

龙大章问："小艺，今天不上学吗？"白小艺说："今天是周日，上什么学？"龙大章说："可不是嘛，我都过糊涂了。"

白小艺拿出那张照片嘟囔："大章哥哥，我这一宿没睡好，我越想越觉得这张照片上的小孩儿就是我。"

龙大章拿过照片仔细看着说："瞎想什么？你的身世你姜爸不是都告诉你了吗？"

白小艺说："我不相信。你仔细看看照片，照片上那个女人是不是和我长得特像？"

龙大章心里虽然觉得挺像的，但没说："别胡思乱想了，天底下像的人多了。你既然把这些交给了我们，我们一定会查清的。你快回去吧，我还有工作呢！"

白小艺嘴一噘："就不！你若没时间，我帮你调查这件事。"

龙大章扔过一条毛巾和一个梳子说："添乱！你先去捯饬一下，我们去吃饭。"

白小艺笑了，她接了毛巾和梳子向洗漱间走去。

龙大章向朱丽雅使眼色，小声地说："小艺过不去这个坎儿了，你得帮我。"

朱丽雅撇了一下嘴，点点头，赶紧出门向办公区走去。

不大一会儿，白小艺从洗漱间很光鲜地走了出来。龙大章站在宿舍门口说："小艺，我们去吃饭吧？"白小艺说："不，我要先知道你们查的结果，然后再吃饭。"龙大章说："那可不行，这关系公安侦查秘密。"白小艺说："我只想知道那个小女孩儿是谁，别的我不问，这不算秘密吧？"龙大章说："那也不行，我们是有纪律的。"

白小艺进了宿舍，放下毛巾，坚定地说："你的纪律在我这儿不好使。你要是不告诉我，我就不走了。"说完，往龙大章床上一躺。

鲁运从宿舍门前走过，看着白小艺跟龙大章耍赖，就扮着鬼脸笑。龙大章无奈地看了看白小艺说："好吧，我领你去见你朱姐姐，她已经连夜查了。"

办公室里，朱丽雅正在埋头写材料，龙大章领着白小艺进来了。龙大章向朱丽雅使了个眼色说："丽雅，昨晚小艺发现的案件可有进展？你只能说有关那个小女孩儿身世的内容。"朱丽雅面带难色："龙队，这不妥吧？"龙大章说："就破一次规矩吧。"

朱丽雅假装看着案卷说："龙队，据我们昨天调查，那个小女孩名叫张洋洋，就读于南北大学一年级。其父张瑞，因涉黑现在龙城监狱服刑……"

龙大章摆摆手说："好了，小艺，还有什么问题吗？"白小艺说："我想看案卷。"朱丽雅"啪"地合上案卷说："那不行，小艺，你是在让我犯错误。"龙大章劝道："小艺，别闹了，我们已经破例了。"白小艺说："你们要敢骗我，我和你们没完！"

死说活说送走白小艺，龙大章认真地看起了那封信和照片。他意识到，信里所说的"老大"应该就是"东北新干线"的掌门人，看来事情要比想象得复杂。

他来到刑警大队副队长室，在纸上画着三大势力关系图，锁定的涉黑组织已逐步清晰起来，到考虑如何收网的时候了。他希望这一大网下去，能网住"东北新干线"的所有成员。

鲁运欣喜地进来报告："龙大队，钱如意案有新进展，他已交代小金子案和李明鑫有关。另外，我们传唤了钱如意的妻子钱夫人，她承认U盘中的资料是她派人录制的，情况都属实。钱如意却狡辩说，那是妻子为控制他采取的手段。不过，他已经不如刚进来时那么嚣张，开始坦白一些犯罪事实。"

朱丽雅也进来报告："龙队，目前有刘尔贵证实小金子掉下悬崖是李明鑫吓唬所致，还有现场勘察记录和证言吻合，我们要不要抓获李明鑫？"

龙大章说："李明鑫在龙城经营多年，他和他的手下靠打砸抢起家，垄断煤炭销售渠道，强买强卖，多次伤害他人。自涉足房地产业后，与钱如意集团串通，控制招投标，已发展成为有组织的带黑社会性质的犯罪集团。据侦查，他正在忙于收购张百年名下的两处娱乐场所，他的骨干成员大都汇聚于此，我们正好先收一网。"

鲁运恍然大悟："我提议说抓李明鑫，师弟不同意，原来师弟是在放线钓鱼啊！"

龙大章点了点头说："各位，我们这个周日又不能休了。丽雅，马上召集全体刑警开会。师兄，带人密切注视李明鑫的动向，随时收网。"

5

龙城的冬天雾霾渐退，夜晚的霓虹依然那么流光溢彩。张半仙站在那处豪华住所阳台上，眼前帝豪会馆那闪烁的彩灯正如他半世的繁华。他留恋着在这个城市曾经拥有的一切，可他知进知止知退，他要加快进退的步伐，早日离开这个城市。

对急匆匆来报告消息的黑老三，他平静地问："怎么，李明鑫来硬的了？"黑老三说："按合同约定，还差一部分转让费，可李秃子非要接手后再给齐转让款，吴寄瑶已经挡不住了。"张半仙阴阴地一笑："连你都挡不住，她能挡住吗？放他一马，虚晃一枪，且战且退。"

黑老三一脸不愿意："大哥，我们就这样便宜李秃子了？这不是你的风格啊！"

张半仙笑道："人人都看得见的馅饼，底下是陷阱，他是掩护我们全身而退、把自己推向风口浪尖上的最佳人选。在他吸引公安火力的时候，我们要加紧完成自己的任务。"

黑老三半懂不懂地退了出去，张半仙眼望着帝豪方向，阴阴地笑了。

多彩变幻的灯光显示着帝豪会馆的豪华。会馆内，李明鑫带着二十几个身穿白衬衣的人和黑老三带领的二十几名黑衣人各持器具对峙着，大战一触即发。

李明鑫自幼信奉一句话——擒贼先擒王。他瞅准时机，"刷"地从怀里掏出一把手枪指向了黑老三的脑袋："老三，你出道晚，还不知道你李爷的风格，今天爷我就给你的黑猪头凿个洞，你都没处喊冤去。"

黑老三吓得两腿发颤倒退着，李明鑫前进着。终于，黑老三转身就跑，黑衣人一哄而散。

李明鑫收起枪，望着眼前的繁华，得意地对吴寄瑶笑道："寄瑶，别大姑娘要饭——死心眼子了，交接吧？"吴寄瑶惶恐地点了点头，去办理交接手续。

这豪华的会所，昨天还在张百年名下，今天它被李明鑫只出了一半的价款强行"收购"了，难道不值得祝贺一下吗？众人的酒杯"吭"地碰在了一起，李明鑫激情满怀地宣布："今天，弟兄们隆重集会，庆祝我们收购帝豪圆满成功！"

下面传来如雷的欢呼声："李老大英明！""李老大豪迈！""李老大威武！"

纷乱中，自以为得计的李明鑫端着一杯酒走到了正在窃窃私语的吴寄瑶和赵直帆面前，兴奋地举起了酒杯说："二位，这从今以后，你们就是这个店的金牌会员，就可劲儿消费吧。"

被逼迫交接手续的吴寄瑶正在和赵直帆诉苦，看了西装革履的李明鑫一眼，气就不打一处来："秃哥，你这个黑豆豆包别乐颠馅儿啊！"

李明鑫说："寄瑶，帝豪能低价收购，还得益于你做了不少工作，你不要那么不开面儿，我敬你一杯。赵公子，没有你在银行运作，收购工作也不能进行得这么快，我也敬你一杯！"

"吭！"李明鑫和赵直帆、吴寄瑶三只酒杯碰了一下。下面一片喝酒欢庆声掀起了新的浪潮……

伏龙区公安刑警大队会议室的气氛也一样热烈。龙大章坚定地说："同志们，党的十八大精神和市局会议精神就传达完了。接下来告诉大家一个好消息，上级公安局对我们近期的工作十分满意，决定奖励我们。鲁运，快把大奖拿上来啊！"

朱丽雅问："什么大奖？"鲁运一本正经地说："苹果牌笔记本。"朱丽雅兴奋地说：“好，奖品归我，荣誉归你们！”

鲁运缓缓地从包里往外拿一个苹果、一副牌、一个笔记本。朱丽雅失望地问：“就这个啊？”鲁运调侃道：“苹果，是龙队自己买的。牌，是我们宿舍的。笔记本最正宗，开会时发的。”

龙大章说：“鲁运，别开玩笑了。市局已决定对我们大队鲁运、朱丽雅申报三等功。”李明乔喊：“龙大队，那得庆贺一下啊！”龙大章大声说：“庆贺！今晚我请客，帝豪会馆，脱掉警服，暴撮暴唱，一个不能少！”

众人欢呼：“好——”

帝豪会馆宴会厅，酒酣耳热。时事的变迁，让他们多了一分感慨。赵直帆和吴寄瑶又碰了一杯，二人都有些醉了。

吴寄瑶说：“让人理解不了……你和美祺，多好的日子啊……怎么就不过了呢？让人心痛啊！”赵直帆说：“我离婚……你……心痛个啥？”吴寄瑶说：“我是替美祺……心痛，一个女人……最擅长的多项选择题……答错了。”赵直帆说：“你……心痛，你就知道美祺也心痛？她……前脚跟我这个官二代离了……后脚不知被哪个高富帅接走呢……不是她心痛，是我心痛……连你也笑话我？”

赵直帆说完，跌跌撞撞地向卫生间走去。吴寄瑶望着他的背影，自斟自饮了一杯：“量小非君子，无肚不丈夫，才喝多少就那熊色……”

今晚帝豪会馆的歌厅格外热闹。穿着便衣的刑警们就像一群无业青年，土匪般的喝着啤酒，野狼嚎一样唱着歌。李明乔正在唱着《一无所有》：“我曾经问个不休，你何时跟我走……”

朱丽雅带头鼓掌，民警们跟着起哄：“朱丽雅，来一个！”“朱丽雅，来一个！”朱丽雅羞答答地走到众人面前，接过麦克说：“我给大家唱个《羞答答的玫瑰静悄悄地开》吧……”

龙大章悄悄地走出歌厅，向楼上走去。服务生挡在了前边说：“先生，小店刚刚易主，那个大厅尚未对外开放。”龙大章问：“没开放怎么乱哄哄的呢？”服务生说：“那是内部管理层聚餐，没请外人。”龙大章见服务生盯得紧，转身向洗手间走去。过了一会儿，看服务生没在意又转了回来。

帝豪会馆宴会厅里，酒宴已进行到了尾声，人们仨一堆俩一伙地找酒喝。

赵直帆回来了，端起一杯酒，歪歪斜斜地要和吴寄瑶碰，吴寄瑶躲开道："直帆，别喝了……喝多了会伤肾的。"赵直帆眼睛直直地说："伤肾？喝酒伤肾，不喝酒我伤心啊……我就不明白，美祺要什么我给她什么，她嫁给了我……她怎么就离开我了呢？寄瑶……我对你不错吧，你说句公道话。"

吴寄瑶说："我也蒙圈呢……在资本时代，一个不缺钱……不缺前途的男人是最抢手的男人啊，怎么就……"

赵直帆说："缺钱？……谁不缺钱？就是缺多少的问题……小时候缺五元钱……上中学缺五百元钱……结婚时缺五万元钱……我现在缺五百万元……今天五百万能带来的快乐和小时候五毛钱买根冰棍差不多。"

吴寄瑶感慨道："理解不了……物质越来越多，烦恼越来越多……幸福却越来越难找……人，都在想什么呢？"

一声"安静"打断了他们的谈话，李明鑫端着酒杯走上了前台，人们立即静了下来。二十几名白衣人举起酒杯，目光朝向台上。

李明鑫威严地说："弟兄们，十五年来，你们跟着我打江山，顶风冒雪。除了大裤裆，都到齐了。人心齐，泰山移，我们现在收购了帝豪会馆，龙城的娱乐场所我们就是龙头老大。有人说，我们能拼过龙城休闲娱乐城吗？我可以明确地告诉大家，别说钱胖子进去了，就是不进去，也要马上搞垮他！"

一白衣人说："大哥，听说钱夫人要和我们争忘情夜总会呢。"李明鑫说："她争？宏运公司欠我们上千万呢，他们不还钱，想去搞什么收购，我们能让她成功吗？"

白衣人们一片声喊："不能！""听李老大指挥！""明天拿下忘情夜总会！"

龙大章站在门外的角落里，在外听着群情沸腾的声音，皱了下眉头。看到一个服务生端茶进来，他赶紧躲了起来，快速地发着手机短信……

龙城大街上，鲁运坐在一辆车副驾驶的位置上，看着短信："师兄，菜已上齐，分头行动，秘密围猎。"

几辆车飞一样向帝豪会馆这边驶来。在一个岔路口，几辆车分开了。鲁运放下手机，把一串像炸药一样的东西绑在了腰上，他又拿出一个假头套和假胡子戴了起来……

帝豪会馆歌厅，便衣刑警们唱得正起劲儿，龙大章进来了。他向朱丽雅耳语了几句，朱丽雅向洗漱间走去。一会儿，她换了一身很暴露的"小姐服"出来了。她在会馆的走廊上招摇着，像喝醉了一样，见人就搭讪，很多客人露出轻浮的目光……

朱丽雅正在大厅闲搭讪，鲁运进了帝豪会馆大厅。他醉醺醺地一把抓住朱丽雅的衣领，大声咆哮起来："里边的人都给我听着，这个帝豪会馆竟敢让我媳妇当坐台小姐，我今天要炸平这个楼，不想死的赶紧给我滚出去！"说完，"噌"地亮出腰上绑着的"炸药"和引爆器。大厅里一下子乱了，客人叫嚷着纷纷向外跑，服务生赶紧向楼上跑去报告李明鑫。

鲁运正扯着朱丽雅叫喊着，李明鑫带着十几个白衣人从楼上冲了下来，围了过来。一个白衣人大喊："大胆狂徒，敢到这儿闹事儿，给我灭了他！"一群人扬起了手中的铁棍。

这时，李明鑫从上面走了下来，一摆手，白衣人都停了下来。李明鑫走到鲁运跟前说："哥们儿，有话好好说，千万别干傻事！我第一天接管，有些事没整明白。你们有什么要求，跟我说。"

鲁运问："跟你说？跟你说好使，是吧？"李明鑫点了点头："你说。"鲁运声色俱厉地喊："叫你的人把客人和服务人员全给我撵出去，我们单挑！"

李明鑫为难地说："这……有些过分吧？"鲁运的手移向"起爆器"，恶狠狠地说："你想听个响吗？"李明鑫一愣，心想：软的怕硬的，硬的怕横的，横的怕不要命的。我李明鑫纵横社会三十载，这是碰上不要命的了。他急切地向手下的人一挥手："还愣着干什么？按他说的做！你们都是死人啊！"

手下白衣人纷纷去各包房驱赶客人，客人纷纷惊慌地跑出帝豪会馆。

鲁运对白衣人的头喊："看看还有吗？要是不按我说的做，你知道啥后果。"他手搭在"起爆器"上。白衣人赶紧对李明鑫说："大哥，歌厅还有一伙客人，餐厅里有一男一女，他们愣是不走。"

李明鑫随手甩了白衣人一巴掌："你是死人啊！拖！"

吴寄瑶扶着赵直帆从餐室里蹒跚地走出来。鲁运和朱丽雅看见了他们，吃了一惊，故意转过身去。赵直帆醉眼蒙眬地向鲁运走来，嘴里嘟囔着："哪……哪路英雄……喝个酒……也不让痛快……人家刚接手就……就闹事儿……不是不讲究……是太不讲究！"

吴寄瑶拉着赵直帆说："直帆，快走吧，少管闲事儿。"赵直帆挣脱了吴寄瑶，跑到鲁运和朱丽雅跟前说："你……们……"突然，他眼睛一亮："朱丽雅！公安演习呢？……演戏呢？"

李明鑫一愣，鲁运和朱丽雅也一愣。这时，龙大章带着唱歌的便衣民警从楼上冲下来，外面的民警已把门堵得严严实实。龙大章大喝一声："都不许动，我们是伏龙区公安分局的，你们已经被包围了。"

李明鑫知道这是朝自己来的，他一把扯过赵直帆，把刀子架在赵直帆的脖子上……

会馆外，几名记者向这边跑来。姜美祺拿着照相机要往里冲，被民警挡在了外边。

会馆内，便衣民警们把李明鑫的白衣人统统按在地上，纷纷戴上了手铐。

李明鑫抓住赵直帆在和警察对峙着向外挪，赵直帆脸吓得煞白，酒也醒了几分："李秃子……你敢这样对我……"李明鑫低沉地说："赵公子，没办法，你得委屈一下，配合着点儿，快叫你的大章同学撤出，否则，咱俩都没命了。"

赵直帆的脖子上已经流出了血，他用乞求的目光看着龙大章，龙大章焦急地看着赵直帆。李明鑫喊："你们都给我退后一百米。否则，你们就给他收尸吧！"龙大章无奈地摆了摆手，民警们向后退去。

李明鑫押着赵直帆上了一辆越野车，车子一个强启动，扬长而去。几辆车在后面紧跟不舍……

龙山收费站前警灯闪烁，民警与武警严阵以待。警察们放过了一辆辆汽车，有两个民警抬着扎胎器跑过来。

　　龙大章坐在追击的警车里，他用步话机命令道："前边卡口注意，嫌犯的黑色越野车正在向你们靠近。注意，嫌疑人有枪。"

　　远处车灯闪闪，收费站前民警们迅速地在路上铺着排钉。李明鑫驾驶的黑色越野车驶了过来，"噗"的一声，车胎被扎漏了气，车停了下来。李明鑫从车上跳下来，趁着夜色仓皇地向野外的树林逃去。龙大章和鲁运、朱丽雅跳下车向李明鑫追去。

　　月亮被云彩遮了起来，龙山野外树林里流动着闪动的手电光。李明鑫在树林里像没头的苍蝇一样乱窜着，龙大章他们穷追不舍。李明鑫一不留神，掉进一个墓坑里。他刚想骂娘，转眼一看，笑了。他躲在墓坑里，喘着粗气。他惶恐地向外望着，似乎有团鬼火飘在头上。他脸上的笑容马上变成了绝望的自语："作恶多端，鬼也不容？"

　　天似乎更黑了，有团鬼火飘来飘去。朱丽雅颤抖着靠向龙大章，龙大章小声地说："就是那里了，小心包抄，注意有枪！"

　　龙大章、鲁运、朱丽雅从三面向那团鬼火围了过去。龙大章拿一块石头向一棵松树奋力扔去，石头打在树上引起了响动，李明鑫朝那棵树开了两枪。龙大章也朝李明鑫开了两枪，压制得李明鑫不敢抬头。

　　鬼火下的李明鑫见他们越来越近，突然打了两枪从树坑里蹿了出来。那团鬼火也跟了过去，向鲁运这边飘去。鲁运一脚踢掉李明鑫手里的枪，扑向李明鑫，李明鑫挥刀便刺，鲁运"啊"的一声倒在地上。

　　龙大章赶过来，飞起一脚，踢飞了李明鑫的刀子，和朱丽雅一起把李明鑫按倒在地——那团鬼火神秘地消失了……

6

　　龙城市区，晴朗的早晨，面带微笑的人们。广场舞结束了，人们还在议论着党的十八大会带来什么，使这个塞外冬天多了一分暖意。

　　敖拉倚把姜长庚拉到场外，悄悄地问："老姜，刘尔贵的情况怎么样了？"姜长庚说："据说他认罪态度很好，还有立功表现，有机会重新做人。"敖拉倚说："老姜，假如有一天，我在你面前消失了，你会想我吗？"

姜长庚惊问："何出此言？党的十八大后，我们的生活都会有所改变。你看看龙城的天多蓝啊！龙城的美好生活多么美好啊！"

敖拉倚低沉地说："可是，我总觉得我什么都输光了。"姜长庚说："苦海无边，回头是岸。小倚，大章说得有道理。有时，我们过多相信自己的能力了。"敖拉倚说："过两天，我想去趟凤城，你能陪我去看看医生吗？"

姜长庚说："我处理完一件事后就陪你去，我们都该看医生了。"

敖拉倚眼睛无神地向前边望着，看着全市最高最大的楼——龙城医院，喃喃地说："难道我们都有病？"

住在龙城医院外科病房的鲁运大腿上缠着绷带，在病床上睡得正香。龙大章和朱丽雅进来了，静静地在椅子上坐了下来，看见桌上放着一纸条，上写着："光棍的好处：一人消费，没有拖累，独立自主，拍板干脆，偶尔受伤，没人心碎……"

朱丽雅心疼地说："为什么受伤的总是大师兄呢？他大腿受了伤，嘴也忘不了贫。"

鲁运翻了下身，睁开了眼，坐了起来："龙队，丽雅，又有啥任务啊？"龙大章说："就是有任务你也执行不了了，好好养伤吧。"鲁运说："我没事儿。这要是再往上一点儿，我可就结不了婚了。"

朱丽雅掩面道："你的心可真大。"鲁运说："师弟，对付李明鑫一伙的痞子，我还是富富有余的。"

龙大章说："李明鑫是多次跟公安打交道的人，嘴硬得很，他现在还没有交代任何问题。要想李明鑫全军覆没，我们必须把他的核心人员全部绳之以法，诸如他的把兄弟大裤裆。"

朱丽雅说："大裤裆因龙山煤矿盗采案正在外逃，经侦一直在抓他，他手下还有一大批小弟为他卖命。"

龙大章说："与经侦商量，把他的案子先撤了，并放出风去。"朱丽雅问："让他自己回来？"龙大章点了点头："龙城的黑恶势力由来已久、根深蒂固，他们习惯了往日的横行，靠抓一两个头目解决不了根本问题，我们必须把他们连根扫除。"

鲁运摸了摸自己的腿说："看你们说得这么热闹，我现在就成了没用的人了呗？"

龙大章说："师兄，你的用途大着呢。我市假鸡血石最大的销售市场是凤城，种种迹象表明，敖拉倚的最后一批假鸡血石将通过凤城流入市场。你在凤城不是有你的旧爱嘛，等你伤好了，配合凤城警方将那里的假鸡血石网络摧毁。"

鲁运低头说："我还哪有什么旧爱啊？"朱丽雅说："你那个凤城女同学啊。"鲁运难过地说："师妹呀，你还有没有点儿同情心啊，师兄我已过而立之年了，连个妇女朋友都没有，你还取笑我。上次抓金疤瘌枪摆乌龙后，我那女同学就不理我了。人家是当地土豪的女儿，我的爱情之火就像昨晚跟定李秃子那鬼火一样飘忽不定……"

朱丽雅说："大师兄，别贫了。我问医生了，你就是皮外伤。我扶你出去晒晒太阳？"

林荫下的长椅上，鲁运假装生气地把他写的那个纸条从朱丽雅手里扯了回去。朱丽雅问："大师兄，生气了？这多年真就没有一个女孩子为你动心吗？"

鲁运望着地上的残叶，一本正经地说："有啊，太有了。十八岁时，我的同桌愿意为我失去生命。她坚定地对我说：'你再缠着我，我就去死！'二十二岁时，我的同乡愿意和我共赴黄泉。她流着泪说：'再不还我那一千块钱，我就与你同归于尽！'"

朱丽雅笑得弯下了腰。龙大章说："真是光棍乐子多。丽雅，你给师兄介绍的那个女孩儿呢？"朱丽雅说："他还没跟我汇报呢，就约人家吃了好几次饭了。"鲁运："别听她瞎说，连面还没见过呢。人家捎过话来了，得看我祖宗八代是不是过日子人，得看我家有没有犯罪史，得看我将来的走势……"

龙大章说："比组织考察还严格呢。"鲁运说："那是。"龙大章说："师兄，钱如意又交代了一些问题，其中有的事儿可能涉及赵副市长，等你好了我们去调查一下。"鲁运说："没事儿，我随时能去。"

龙大章和朱丽雅从医院走出来，在门口碰见了白小艺。白小艺噘着嘴问："为什么电话不接，微信也不回？我找了你快一天了。"龙大章说："噢？小艺，找我有急事儿？"

白小艺说："我不来不行啊，有些人打着为人民服务的旗号却故意躲着人民。我作为一个公民，交代的事儿也不给办，还编个瞎话骗公民，我来找你算账！"

龙大章说："小艺，那个小孩儿的身世你朱姐姐不是告诉你了吗？"

白小艺气愤地一跺脚："你们都是大骗子！我和南北大学联系了，根本就没你说的人！"她指着照片上的女人喃喃地说："她就是我妈妈……你们连一点儿同情心都没有了！"说着，捂着脸哭了起来。

龙大章束手无策，走过去安慰，白小艺顺势趴在龙大章的怀里哽咽："龙哥哥，你和我说实话好吗？我有权知道真相……我要知道我亲妈到底是谁……你倒是说呀……说呀！"

朱丽雅瞪大眼睛看着他们，竟不知如何是好。龙大章的电话响了，他推开了白小艺接电话："明乔……我说的地方你们去了？……好，等着，我们马上就到。"他放下电话说："丽雅，跟我去，又发现了金疤癞的一处房产。"朱丽雅仿佛没有听见，转头向车上走去……

一户住宅的门打开了，龙大章和朱丽雅、李明乔的眼睛在屋里扫描着。

龙大章在搜索墙壁时发现了一个暗门，打开了暗门，里面全是金银和各色珠宝。李明乔惊喜地说："龙队，我们发财啦！"朱丽雅拿起照相机边拍照边说："金疤癞也是像你这么想的。可是，他的钱在密室，人在天堂了。"龙大章纠正说："不，应该说是地狱。"

突然，一个信封引起了龙大章的注意，他把那个信封拿出来，撕开，抽出了里面的信，念道："老大，我金疤癞半辈子为你默默效力，可是你对不起我。你霸占了我的妻子，迫使她自杀，我要报复你。所以，我唆使时猴子偷了你的女儿莲莲，把她卖给了王彪，让你一生都生活在痛苦中。我还转移了你的大部分财产，因为这些都是我卖命赚来的。不过，你的女儿在王彪夫妇走后，成了姜长庚的女儿，这是她的福音。我知道你要除掉我，我早已给自己安排了后路……"

龙大章沉重地说："金疤痫这封没有发出的书信，就是白小艺寻求的答案。那么，这个'老大'是谁呢？丽雅，抓紧调查帝豪会馆的投资人赫顺。我想，他真没有死。"

第五十三章　放水养鱼，霸主争端

1

从喧嚣的城市到宁静的龙山寺，张半仙的心并没有变得宁静。冬季的阳光照在龙山寺院内，便有了小阳春的味道。居士们在悠闲地晒着太阳，张半仙来回走动着，显得焦躁不安。他回到居士宿舍，发现姜长庚正坐在桌前有滋有味地品着茶，便更加烦躁地收拾起自己的东西来。

姜长庚主动搭讪道："张居士，还是没有跳出三界外啊！这样的良辰美景不静心品茶，却在这暗恋红尘，可惜啊！"

张半仙略带讥讽地说："你我都是俗人，不要以为刚进寺院几天，就成了大觉悟者。莫愁前路无知己，想想退路为后人。"

姜长庚说："人心向善，运气才佳。佛说，人有贪、嗔、痴、慢、疑五毒，不知张居士又为何毒所困？"

张半仙说："我已千毒在身，所以百毒不侵。"姜长庚喝了口茶说："这是实话。"

二人正在逗闷子，不知何时文住持已立在屋内。张半仙一愣："竟不知文住持来了。我想下山几天，朋友病了，我去陪护。"文住持说："好啊，心有朋友，也是善念。"张半仙说："都说佛能让人觉悟，可修行以来，我更加迷惘。我交了大半辈子的朋友，最后他们都离我而去。文住持，您能给我个答案吗？"

文住持双手合十："佛能度人，却难止滔滔私欲。人心多变，佛亦无力。朋且不论，友亦四分。一如花，艳时盈怀，萎时丢弃；二如秤，与物重则头低，与物轻则头仰；三如山，可借之登高望远，送翠成荫；四如地，一粒种百粒收，默默承担。不知你交的是哪类？"

张半仙惭愧地说："明白了，这么多年，我一直在和花和秤打交道。文住持，姜居士，多日厚爱，定当回报，过几天我再回拜。"说完，张半仙上车后一抱拳，和文住持、姜长庚告别，扬尘而去。

望着张半仙若有所失地匆匆向山下而去的背影，文住持和姜长庚对视了一下，沉思不语。

走到龙山半山腰的"再生洞"附近，张半仙下车把两半张地图对在一起，仔细扫描着外面的景色。他沿着龙山矮坡上十几米宽的盘山路，向上走去。走过一段上山的台阶，他来到山上的契丹广场，登上广场的观景台，环视四周，眼前是苍莽的龙山风光。

扫视半晌，他放下望远镜自语道："看这规模，符合传说中的可汗南庙和可敦北庙的寺庙规律，其他的怎么就碰不上呢？"

正当他失望地要走下观景台时，在他的视野中出现一个白色的身影——敖拉倚。

敖拉倚静静地坐在一块山石上，像一尊菩萨。祖辈留传下来的寻宝方式都成了记忆的碎片。她手中没有地图，也没有鸡血麻神，可是，她不想让自己祖辈的东西落入他人之手。

此时的敖拉倚从龙大章的谈话里知道公安已盯上了自己，她从《龙城晚报》上知道金疤痫死了，她买回鸡血麻神没有希望了。她想到了远走他乡或移居海外，她有的是钱。可是她停不下来，她在最后的一刻也不放弃三件事：一是出完最后一批货，二是想法从姜长庚那儿拿到鸡血麻神，三是找到契丹宝藏。

看着茫茫的龙山，她想起了三十二年前。在风光秀丽的龙山夏野，情窦初开的敖拉倚和少年姜长庚嬉闹着。突然，一个旋风刮来，把他俩吹散了，两个人找啊找，却越走越远……

张半仙知道敖拉倚想干什么，他没有惊动她。他希望敖拉倚找到契丹宝藏，那样自己就会顺手摘桃。他不会像其他人那样钻头不顾腚，他做事情历来有理有节、有板有眼。他掏出手机，打了个电话："裤裆，李秃子败了，该你回来收拾烂摊子了。"

安排完理在李明鑫身边的一颗钉子，张半仙心急火燎地下山了。

来到龙城公安局外事管理处，张半仙前后左右地看了一下，慢慢地走到工作台前，递上身份证说："麻烦查一下我的签证回来了吗？"

工作人员查了一下，递过一张表，让张半仙签上字，把签证给了他。他看了看签证，向外走去，却碰见敖拉倚也进来，两个人谁也没有说话，心照不宣地各办各的事儿。

出了外管局，张半仙向中国银行龙城支行走去。他一边四下张望一边低声打着电话："黑猫……都到账了……太好了，可以交给他们了，你马上撤回来。"说着，进了银行。

进了银行，老龙头正站在柜台前办业务："麻烦你给我好好看看，怎么说没就没了呢？"女柜员耐心地问："大爷，这卡是你的吗？我们仔细查了，这卡里面只有六十八元钱。"

老龙头急得手都哆嗦了，颤抖着说："完了，完了！我去问问我儿子大章去……"话没说完，便觉得一阵眩晕……

身后排队的张半仙一把扶住了他。龙老头清醒了不少，赶紧说："谢谢……对……对不起。"张半仙盯着他问道："你是龙大章的父亲？"老龙头点了点头，羞愧地向外走去。柜台前，张半仙回头看了看老龙头，掏出了身份证和银行卡等证件说："麻烦办理一下境外汇款……"

不远处，警员李明乔穿着便衣、戴着墨镜在翻阅着银行的理财产品，眼睛却向张半仙瞟着……

2

敲山震虎、打草惊蛇都起了作用，这让龙大章很兴奋。指示完鲁运和李明乔继续监视，龙大章进了刑警大队副大队长室。他把钱如意的案卷拿过来，仔细研究着。今晚他要针对两大黑恶势力再来一次行动。他要去碰一个硬钉子，不能没有充分准备。

老龙头慌慌张张地进来说："大……大章，不好了，我的卡被人调包了。"龙大章说："爸，别着急，慢慢说。"老龙头说："那不是啥……钱如意进去了吗，他的房子降价团购呢，听说马上又要涨价了。我就想支钱给你订房子，可到银行后，银行说里面就有六十八元钱。我当时就急晕了，要不是测字的张半仙扶了我一把，今天就丢大人了。"龙大章一惊："张半仙？你怎么知道他是张半仙？他也去银行办业务？"

老龙头说："对啊，那老头常在龙山一带溜达，还问过我鹿神庙的事儿呢。你问这个干什么，快帮我破案啊！"

龙大章说："爸，你别着急，这个案子我给你破。银行没告诉你这张卡是谁的名吗？"

老龙头想了想说："告诉了，龙小晴。对了，我明白了，小晴。家贼难防啊！人们说一个姑娘半个贼，我还不信呢，我找她算账去！"

龙大章赶紧制止道："爸，调包计是我出的，钱是你准备给我的，你老人家就睁一只眼闭一只眼算了。团购的事儿，我想法儿。"

老龙头一听，气不打一处来："你们这是合起伙来算计我啊！"龙大章赶紧赔笑："爸，别生气了，过几天我就给你要回来。"老龙头无计可施，一跺脚说："到那时黄花菜都凉了，团购的事……黄了！"

父亲走了，他的话又传递了一条信息，即张半仙对河西仍很感兴趣。那么，他感兴趣的是什么呢？一定是契丹宝藏。

为房子和媳妇着急的还有鲁运。他从监视张半仙的夜班撤下来，一脸疲惫。他躺在宿舍床上，用筷子串起三个包子，边吃边懒洋洋地看书。

朱丽雅风风火火地进来了，扬了扬手里的一张纸说："大师兄，都几点了，还在这儿当快乐光棍儿汉呢？团购的房子你买不买啊？再不买，宏运地产要联合龙城各大房企集体涨价呢！"

鲁运坐起来说："就那价，还团购呢？买不起。"朱丽雅问："那你结婚后哪儿住去？"鲁运说："结婚？你跟我结啊？要是你跟我结，哪怕头天结了，第二天就跟我离婚我都感谢你一辈子。看书了吗？肠道总面积有二百平方米，我们住房还没有屎住的地方大，还不如去当屎，真是生不如屎啊！"

朱丽雅说："花子打鼓——穷欢乐。说正经的，你几点去见女孩啊？"鲁运吃惊地说："十一点……哎呀，妈呀，马上十一点了！"说完，急忙放下包子，下床穿上鞋就往外跑。朱丽雅望着他的背影说："是够没心的了，不怨人家才答应见他。"

大辽绿都某餐室，一个浓妆艳抹、穿着暴露的女人在餐室里不停地看表。鲁运跑得气喘吁吁地进了餐室，嘴角上挂着包子渣："对……对不起，我来晚了。"那女人直视着鲁运说："没什么。"

鲁运偷眼看那女人，看得那女人很不好意思地问："你叫鲁运？家里都有什么人啊？一个月工资多少啊？有房有车吗……"鲁运吭哧了半天，冒出几个不连贯的词语："嗯……有……有事儿，我还有点事儿，先拜拜了……"

他扮个鬼脸跑出去了，险些把刚进来的一个俊俏的姑娘撞倒。他连忙说："对不起，对不起……"然后一溜烟儿地没影了。

那女人望着鲁运的背影，对那个姑娘说："唉，这个人可能有病吧？以后得告诉介绍人，精神有问题的不能介绍。"

鲁运低着头往刑警队走，撞上了龙大章和朱丽雅。朱丽雅问："哎，怎么这么快就回来了？印象怎么样啊？"鲁运表情复杂地说："她嘛，穿得很危险，但是人长得很安全。"龙大章问："大师兄，说正经的，到底行不行啊？"

朱丽雅的电话响了，她接起："嗯……小姨，是我……什么？没相就走了……他有个屁事儿啊……以后有病的不要给介绍……他没病，真没病。"她放下电话问："大师兄，你活得也太明白了，把我小姨当成给你介绍的了吧？人家可是两个孩子的妈了。"

鲁运不好意思地说："是吗？这事儿办的，那……我再去？"

龙大章看了看表，笑道："师兄，我听那意思好像今天没机会了，跟我去见大领导。"

鲁运一听，抱怨道："师弟，你要使唤死我呀？大周日的也不让人休息。晚上看着张老头，白天你还拉上我办案。"龙大章说："没办法，人手实在不够，而且赵副市长只有周日有时间。"鲁运像泄气的皮球一样，无奈地跟着龙大章向赵连起家走去。

3

赵连起正端坐在沙发上看文件，赵夫人去给赵直帆收拾屋子了。赵连起一边看"东北新干线"的报告，一边皱眉头。

这时，桌上的电话响了，他顺手接起电话："龙大章……够快的，你们进来吧。"他放下电话，皱着眉头想了一下，去给龙大章和鲁运开门。

迎进二人，赵连起直了直身子问："龙大章，鲁运，你们找我的事儿不能到单位再说吗？"龙大章说："赵副市长，一是事急，二是不方便。我们有些事要向您核实一下。"

赵连起笑了："我明白了，你是怕给我造成不良影响。你是刑警队代理大队长，我一般是要直接和你们局长对话的。不过，你既然来了，往前来坐。你离我那么远，这么谈话很累。"

龙大章说："既然赵副市长不拒人千里，我就斗胆往前坐了。"赵连起问："你是不是觉得我们是站在山顶和站在山脚下的两个人啊？"龙大章说："不，赵副市长，我们没有那么远的距离。我们知道您很忙，又是我们的大领导，但公务在身，不得不打扰。"

赵连起起身给大章二人倒了水，慢慢地说："从公家角度，你叫我赵副市长、赵局长都是对的。从私家角度，你和直帆是同学，应该叫我赵叔。"龙大章说："从今天的角度来说，我应该叫您赵副市长叔叔。"赵连起坐在龙大章旁边的沙发上说："好吧，随你意吧。大章，会玩象棋吗？"

龙大章不知赵连起葫芦里卖的什么药，喝了一口茶说："会点儿。象棋，中国政治的象征，一切为了保帅，我不大喜欢。"

赵连起问："假如我这个帅不需要保呢？"龙大章说："棋到残局，谁也保不了谁。"赵连起也喝了一口茶问："会玩麻将吗？"

龙大章说："麻将，重利人的象征，互相算计，只为自己成功，我很少玩的。"

赵连起又说："有道理。那围棋呢？"龙大章说："这个我喜欢。"赵连起说："按你的逻辑，围棋，你围追我，我堵截你，也不能玩？"

龙大章说："没办法，我是警察，职业决定我必须在这种黑与白的较量中生活。"

赵连起说："我们来一局围棋吧，你要是赢了我，我接受你的一切提问。要是你输了，从进来的门退出去。"

龙大章说："一言为定，鲁警官做证。"

他们摆上棋盘杀了起来，鲁运在旁边观战。龙大章心想，不就是想拖延时间吗？黑的白不了，白的黑不了，正义可以来迟，但不会不到。这样想着，棋盘上已经有了很多黑白之子。

龙大章一个白子断了赵连起的后路，心想已经胜利在望了。没想到，赵连起在边角的一个绝杀扳回了败局。

赵连起边收拾棋子边说："龙大章，知道我为什么要跟你杀棋吗？你一定以为我在拖延时间，可是，我明确告诉你，你的急功近利一定会失败。"

龙大章不解地问："请赵副市长叔叔明示。"

赵连起站起来说："你以为抓了李明鑫的那二十几个骨干就胜利了吗？龙城还有一大批黑恶势力在后边蠢蠢欲动。在没有充分证据的情况下，你这样做，只能像割韭菜一样，割了一茬又长出新一茬。我们撒下的是大网，而你处处设防，叫大鱼怎么入网？"

龙大章明白了，赵副市长这是告诉他一要大胆放水，二要除恶务尽。他边收拾着棋子边说："赵副市长提醒得对，我马上取消今晚的行动，蓄水养鱼。"

赵连起点了点头："其实，我最擅长的是军棋，从五岁就玩，官大一品压死人的感觉真好。现在老了，什么也玩不好了，只有去听京剧的份儿了。"

龙大章尴尬地问："赵副市长，按照约定，我输了，还能问吗？"

赵连起起身搬了一个小板凳坐到龙大章对面说："问吧，我知无不言。鲁运，你做好记录。"

这样一来，倒使龙大章很尴尬，但他不得不问："这涉及六年前的一个古墓盗窃案。据嫌疑人时猴子交代，有一块红山古玉卖给了钱如意。钱如意说，他把古玉送到了您的手里……可有这回事？"

赵连起想了想说："钱如意是给我送过，我让秘书给他送了回去，要不要我这叫秘书来？"

龙大章说："不用了，我们已经核实过了。还有一件事……"

就这样，调查过了中午，龙大章的调查比想象要顺利得多。赵连起送龙大章和鲁运出来，外面是明媚的阳光。他拍着龙大章的肩膀说："大章，你知道钱如意为什么供述这些子虚乌有的事吗？"龙大章说："我想他是在避重就轻、转移视线吧。"赵连起说："这只是一方面。"龙大章说："请赵局指教。"

赵连起严肃地说："大章，我是被调查人，没资格指教。钱如意的案子，不管什么人说情，不管涉及什么人，哪怕是涉及我或我的家人，都要一查到底。"

龙大章"啪"地敬了一个礼："有赵局指示，我们勇往直前！"

赵连起接着说："你既然让我指示，我就接着指示，你的网光撒得大不行，还要密、结实，防止有些人脱网。党的十八大已经召开了，很多人一点儿也不收敛，比如宏运集团正在联合各大房企集体涨价，我们的社会再也容不得各种形式的黑恶势力干扰我们的经济生活和运行体制，我们的网撒晚了！"

龙大章和鲁运走了，赵连起目送他们很远。他明白，钱如意这招是对着赵直帆去的，他希望自己能干涉这个案子，救赵直帆也就救了钱如意。想到这儿，他痛苦地低下了头。

赵连起回到书桌前，痛苦地思索着。他拿起一张《龙城晚报》，上面有姜美祺写的有关钱如意和李明鑫被抓的报道。他仔细看着看着，皱了一下眉头，拿起电话："直帆，你马上回家一趟。"把报纸扔在一边，脑海里浮现出一个场景。

那天，赵连起正在批阅文件，汤局长进来说："老领导，我来看看你，顺便请教点儿事儿。"赵连起说："小汤，是不是直帆又给你找什么麻烦了？"汤局长说："那倒没有。不过，老领导把孩子托付给我，我也得负责任，咱们要一起把直帆培养成对国家有用的人。"赵连起说："小汤，你就直说吧，我知道直帆啥样。"汤局长说："那我就说了。直帆嘛，人很率性……"赵连起说："你说问题。"汤局长说："问题有些，比如和钱如意、李明鑫等实业人士走得太近。太近了就会磨不开面子，磨不开面子就会丧失原则，丧失原则就会违章、违法、犯罪……"

一阵敲门声打断了他的回忆，是赵直帆来了。赵连起把报纸放在赵直帆面前说："直帆，钱如意、李明鑫进去了，怕是出不来了。"赵直帆说："他们出来出不来跟我有啥关系？"赵连起说："钱如意检举我受贿了。"

赵直帆一脸怒色："这头蠢猪！"他接下来问："爸，你不是没受贿吗？"

赵连起站起来来回走着："直帆，你爸我为官这么多年，别人可以说我能力不够，可以说我专横跋扈，但是，到哪儿我都敢挺起腰杆说，我可能是个庸官，但不是贪官。不过，我感觉钱如意是冲着你去的。他是在提醒我，我不为他说话，他就会把你咬出来。你敢说你和钱如意、李明鑫没有瓜葛吗？"

赵直帆吞吞吐吐地说："没……没有，我们就是麻友……"赵连起说："直帆，知子莫如父。要是有，你赶快投案，争取宽大。"赵直帆有点恼了："爸，你说啥呢？"

赵连起看了他半天说："但愿如此吧，你回去好好想想吧。"

赵直帆走了。赵连起站在窗前，望着赵直帆的背影出神。说实话，他不相信赵直帆的话，但是到了这一步，没有悔棋的机会了。

赵连起真是个清官？他真不是钱如意的保护伞？这是社会上很多人的疑问。

龙大章觉得有必须要弄清楚，这样既是对党负责，又是对赵连起负责。所以，对赵连起的调查绝不是单一的。他和鲁运去会赵连起之前，早已让朱丽雅与检察机关通了气。他们刚到刑警大队不一会儿，朱丽雅回来了。

据朱丽雅带回的反馈信息，经检察机关调查，钱如意说给赵副市长送东西的事充分进行了核实。送是送了，可赵副市长确实没收过钱如意的一针一线。

鲁运对这个结果首先质疑："赵副市长不是巨贪？他那么帮助钱如意，难道是为了伏龙区经济的发展？"

朱丽雅说："恰恰相反，检察机关这两天的调查结论是他是少有的清官。"

鲁运仍然不解："既然赵副市长对钱如意宏大公司的发展那么支持，钱如意为什么恩将仇报呢？"

龙大章沉思道："这正是我们应该思考的问题。"

想起赵局长的话，龙大章明白了。钱如意是醉翁之意不在酒，他没有检举赵直帆，是在敲山震虎，在给赵连起传递一种信息，希望赵连起能出面救他。想到这儿，他心里一阵难受，作为最好的同学，该怎样不让他下油锅呢？

4

赵直帆承受的压力要比赵连起和龙大章的预料严重得多。虽然目前钱如意和李明鑫还没把他供出来，但是他知道"受贿"这颗"手雷"随时会爆炸。更让他烦恼的是张半仙一再催他联系鸡血麻神买家的事儿，他不知前面是一道深渊还是一座金山。

想着想着，赵直帆突然释然了。天下本无忧，庸人自扰之，有多少大贪、巨贪仍然在花天酒地辞旧岁。何况，他还有个当副市长的老子，怕个什么？

这时，小山银次郎来电话了。赵直帆听完小山的唠叨，信心满满地说："小山，你放心吧，只要钱到位，嫦娥都能睡。鸡血麻神可是国之瑰宝，你要是能买到手，是你祖宗八辈烧了高香了，就按说好的价钱来。不过，你们交易，我不参与。"

赵直帆放下电话，情绪略有好转。他走进一栋刚刚装修好的别墅，望着精美的装潢、时尚的家具、超凡的电器，陶醉得恍惚起来，在他的眼前，闪着红绿相间的票子，还有豪饮狂赌的场景……他莫名地笑了，集"官二代"与"富二代"于一身的人，有几个孤独惨淡的？

突然，他的眼睛定在了他和姜美祺的结婚照上，姜美祺那幸福的笑慢慢地变成了失望的眼神儿，他忽然又有了一种悲喜交加的迷茫。他感觉自己不仅和姜美祺远了，还和所有的同学、亲友都远了。他们在忙什么呢？

姜美祺和吴寄瑶正坐在龙小晴家的餐桌旁，她们正谈着天气，谈着服装和生活。两个女人总有说不完的话题。

龙小晴边往上端菜边说："我哥说忙于办案，赵直帆说有事，咱们不等他们了。"她举起酒杯，满面笑容地说："谢谢你们！美祺、寄瑶，子强开个小公司，你们给他那么大的支持，是你们给了他生活的勇气。"

吴寄瑶说："谢什么，咱们是好同学。过去，我们六人组就像亲姐妹。社会上很多人瞧不起我吴寄瑶，就你们对我不离不弃的，我心里有数。我羡慕你和子强的爱情，经历了那么多的风雨，还能坚守着。"

龙小晴说："我只是死心眼罢了。寄瑶，你有合适的也找个吧。"

吴寄瑶说："像你这么死心眼太难能可贵了。我还能找谁去？很多人看着像白马王子，实际上是毛驴一个。"

龙小晴说："还有，美祺，或复或找，也得有说法了。"

姜美祺说："我从网上看过一句话：'没有合适的伞，我宁愿淋雨。'我认为，无论婚姻还是赚钱，踏踏实实的最长久。"

吴寄瑶说："这是智障哲学。我的哲学里，快乐最重要。我们快乐地干一杯吧？"

三只酒杯碰到了一起，三个女人忘掉了无数的烦恼。龙小晴高兴地说："感谢你俩在我乔迁的时候为我温锅，干杯！"吴寄瑶说："小晴，祝你以后的小日子过得红红火火！"姜美祺说："祝小晴的爱情红红火火！"

酒至半酣，感慨袭来。姜美祺喝了一口酒说："唉，我们三个姐妹，走到现在，小晴最幸福了。"龙小晴问："我有什么好啊？有工作，没生活；有职业，没事业；有加班，没加薪……一个悄悄老去的'八〇后'。"吴寄瑶说："美祺，不是我说你，那么好的婚姻怎么就闹没了呢？"

听到此话，姜美祺放下酒杯，拿起小包里的一块十字绣说："这是我当姑娘时一针一线绣的十字绣，它就像我的爱情，准备新婚之夜送给心爱的人。可是，我没有可送之人。我现在要拆了它，只需这行轻轻地一拉……"说着，她的手找到了线头，拉了起来。

吴寄瑶按住她的手说："美祺，算我嘴欠，我们不用对失败的婚姻过分难过。我的奋斗目标是让以前的男人遗憾，让现在的男人流汗，让未来的男人稀罕。"

姜美祺喝了一大杯酒说："我的奋斗目标是我自己可以一无所有，我要让我的爱人所有都归我！"

龙小晴羞涩地笑笑："你们说的，我都做不到，只有寄瑶这当代狐狸精还有戏。"

吴寄瑶掐了龙小晴一把："你们两个挤对我，是不是你俩要成亲戚啊？"

姜美祺的电话响了，她迟疑地接起："噢？……直帆，你要见我？……你想明白了？晚了。我现在很好……你要走出别墅，去看看外面的世界？……我想是对的，可是跟你去的不该是我……"她默默地挂了电话，眼睛望向窗外，眼泪流了下来。

吴寄瑶醉醺醺地叨念："别墅……还不住呢，你想住……寺院啊？"

姜美祺低沉地说："赵直帆要出国了……"说到这儿，她突然跑了出去，弄得吴寄瑶和龙小晴一头雾水……

在龙城大桥上，姜美祺风风火火地见到了一脸愁容的赵直帆。此时的赵直帆望着眼前清冷的城市，无限惆怅。

姜美祺焦急地说："直帆，我知道你想一走了之。可是，你能想到的逃脱方式办案人员想不到吗？就算你侥幸逃脱，你要当一个终生被追捕的逃犯吗？"

赵直帆说："我就想和你度个假，逃什么？"

姜美祺说："你和钱如意、李明鑫的关系你自己很清楚，最明智的办法就是主动去交代问题，争取宽大处理……"

赵直帆不耐烦地打断她的话："你直接把我送进去得了！"

姜美祺说："直帆，每个人都要对自己的过失承担责任，党的十八大后，反腐的呼声日高，没有法外之地。"

两人的谈话最终不欢而散。望着越走越远的赵直帆，姜美祺想起了还在龙山寺的父亲和在学校住校的白小艺。因为，自己家今晚没有灯光……

5

两场雪后，气候又回暖了。龙山寺山门外，在冬日暖阳下，姜长庚坐在板凳上看书，那是敖拉倚的新作《木叶山，你在哪里？》。

张半仙风尘仆仆地来到山门前，他把姜长庚的书拿过来翻了翻说："姜居士，你可太有耐力了！我就不知道我们这把年纪还看什么书？"

姜长庚看了张半仙一眼，站了起来说："有个相声演员说得好：'万事不如书在手，一年几见月光明。装三分痴呆防死，留七分正经谋生。风前看月，雾后观灯……'"

张半仙讥讽道："我俩这辈子没有机会说相声了。"姜长庚讥笑道："可我们有可能成为说相声人的素材，个人的表演有时比相声还可笑，包括一些看似有身份的人。"

一名居士从寺里走出来说："二位，文住持有请。"

姜长庚和张半仙向僧院内走去，几名穿着奇装异服、留着长发的香客说笑着从张半仙面前走过。张半仙把书还给姜长庚说："人越来越不男不女了，钱越来越不干不净了，友越来越不好不坏了，情越来越不咸不淡了……这书嘛，连句真话也不敢写了。"姜长庚说："正因为这样，才需要我们净心。"张半仙说：“风扫落叶沙沙响，我能心静吗？”

来到客厅，见文住持端坐在椅子上，姜长庚和张半仙打过招呼，分坐在了两边客座上。

文住持和蔼地说：“二位，你们在寺里的时日不多了，有需要老衲办的事情吗？”

张半仙惊问：“文住持，为什么说我们时日不多？”

文住持望着窗外翻滚的残叶说：“严冬就要来了，你们不会在这儿和我度过这个寒冷的冬天的。”

姜长庚和张半仙回到居士宿舍，默默地对坐着，各自思忖着文住持话中的禅意。姜长庚沏了一杯茶，喝了一口问：“张居士，你说刚才文住持说的话是什么意思？”张半仙说：“我想是在说你吧。你是有家的人，和我耗不起。”姜长庚说：“其实，我们都做不到在寒冷的冬天独守青灯。张居士，我们打开天窗说亮话吧，你为什么要来龙山寺？”张半仙说：“你知道我为什么而来，可你硬撑着不给。”姜长庚说：“你要下山了，我们最后较量一盘？”

张半仙点了点头，二人在外面的石桌上摆上了围棋盘。张半仙这几天很忙，想好的退路已经铺就，他要做最后一搏，不拿到他日思夜想的鸡血麻神绝不罢休。

佛教音乐响彻龙山寺，一阵阵香风吹向虔诚的香客。

姜长庚和张半仙的棋局已近收官。张半仙落下一子说：“姜居士，我始终不明白，在这个疯狂的世界，佛教究竟还能净化多少人的心灵？”姜长庚补了一手棋说：“张居士这棋有点儿急功近利啊！佛教博大精深，只是我们领悟得不够。比如我们，有时看啥都不顺眼，那是自己的修养不够。”

张半仙摆弄着棋子，意味深长地说：“所谓修养，绝大多数是在忍耐。一个人的忍耐力是有限的，所以人们能忍则忍，忍无可忍则不忍。”

姜长庚问：“张居士有所指？”张半仙说：“我们都是明白人，到了那个时候，玉也碎了，瓦也残了，学什么也没用了。”姜长庚提下张半仙一片黑子说：“血腥，那不是我们人类的追求。佛曰：‘一花一世界，一草一天堂，一叶一如来，一砂一极乐，一方一净土，一笑一尘缘，一念一清静。’谁打破了这里的清静，谁就是千古罪人。"

张半仙也提下姜长庚几个白子说："看来，我们是很难通融了。战，也是求和的一种方式。姜居士，你决定和我血战到底了？"

姜长庚坚定地说："其实，输赢已定，只是张居士还不觉醒。"

张半仙仔细查看了下棋盘，垂头丧气地往草篓里装着棋子。

姜长庚问："张居士，知道为什么输吗？"张半仙说："技不如人，甘拜下风。"姜长庚说："错！你输在心不在焉、急于求成、心浮气躁上。一个心里有事的人，尤其是心里有见不得人的事的人，是不会赢的。"

张半仙说："你能说你一辈子都无愧于心吗？"姜长庚说："我正在努力做到无愧于心。"张半仙讪笑道："姜老弟，我张百年此生可谓五福临门，享尽了荣华。可你，除了浪得了一个侦察英雄之名，还有什么呢？"

姜长庚望着远方说："近日读书，得知'五福'为长寿、富贵、康宁、好德、善终，我不知张先生究竟居何福？"

张半仙说："我不和你练口舌之功了。每个人都可能会冠冕堂皇地说自己无愧于心，像钱如意那样的大地产商一样，像李明鑫那样的倒煤大亨一样，人前背后的也说'为了龙城的繁荣做贡献'。可是，他们一个个地进去了，留给人们的是无限的争斗……"

姜长庚说："所以，他们尽管嚣张一时，终究遗臭万年。"

张半仙说："我不想再和你论口舌之功。我送你的茶又快喝完了吧？"

姜长庚笑问："你在茶里掺了令人昏睡的黑色曼陀罗？"

张半仙玩笑道："不愧为侦查英雄。可是，就怕你只看出曼陀罗，却看不出里面的断肠草。"姜长庚一惊："断肠草？"张半仙说："我是说假如。断肠草会使人慢性中毒、集中发作。发作时人愁肠寸断、生不如死，若三天内不得解药，会七窍出血而亡。那玩意儿，可不好找解药啊！"

一场口舌较量，二人只可意会。张半仙走了，姜长庚迷惘地望着寺外的远山，那里似乎有一阵呐喊声传来……

6

两场冬雪，令天地间萧杀了不少。可几日的暖阳，使一些东西又蓬勃起来。

龙大章得到赵连起"放水养鱼"的暗示后，没有对两方势力穷追不舍，而是放出风去，让他们充分表演。

宏运公司和平原公司的两个"带头大哥"进了局子，群"龙"无首的两公司正酝酿着更换新的霸主。在权与利面前，从来都后继有人。

宏运公司里，清一色黑亮的皮鞋，"咔咔"地踏过走廊，钱夫人领着一伙人气势汹汹地杀进了宏运公司，员工们被吓得贴着边儿站着。

钱夫人一撸背头吼道："于海平呢？给我滚出来！"

于海平战战兢兢地从办公室里走出来，问："大姐，你来了？"

钱夫人大咧咧地说："嗯，这次怎么没把我设计进去呀？你姐夫进去了，你竟敢不听我的指挥，还活得很滋润啊！你给我设的这个替死鬼的总经理位子我得坐坐啦！"

于海平谦恭地说："大姐，不妥吧？钱总的事儿还没定论呢。"

钱夫人说："有什么不妥的？我是钱夫人，我和丈夫创立的公司，咋也不能让外人坐享其成吧？去年，你弄个吴寄瑶过来；今年，你弄个小金子过来。你还要把哪个丧门星弄来啊？"

于海平一听这个就蔫了："大姐，你代管可以。可是，你让他们与平原公司争忘情夜总会，还要联合涨价，这个时候不妥吧？"

钱夫人两只牛眼一瞪："这儿我说了算。你，带着你的人，给我哪儿凉快哪儿待着去！"说完，她向总经理室走去，这时她才发现，门是上了锁的。她喊道："办公室钥匙呢？办公室的人都死哪去了？"

连喊三声，没人答应，钱夫人穿着大皮鞋的脚踹在门上，那门便出了一个大窟窿。她倒退一步，一个前冲，整个身子撞上去，门"咣"的一声倒了，她和门板倒在了地上。她趴在地上，向身后的人一努嘴："送于大律出去！"

一会儿，于海平、吴寄山等人被几个大汉架着胳膊推出了公司大门。随后，于海平的办公用品也被扔了出来。于海平无奈地看了看，然后捡起地上的东西，垂头丧气地走了。

平原公司院内更加热闹，一群各色打扮的地痞正在摩拳擦掌地嚷嚷。一个说："弟兄们，李大哥不在，下三烂都敢骑在咱们脖子上拉屎了！"另一个说："就是啊，李大哥交代过，宏运欠咱们五百万元和合作分红款五百万元呢，得把忘情夜总会夺回来顶账！"又一个说："就是啊！可是，谁能出这个头呢？"

"我！"随着一声破锣一样的叫声，大裤裆从阴影走进来，"光嚷嚷有个屁用？我们得拉起杆子，和宏运斗斗法！"

有人悄声问："裆哥，你……你不是在逃吗？"大裤裆叫道："逃什么逃？我找人问了，我的案子销了。"另一个人握着大裤裆的手说："裆哥，你可是弟兄们的大救星啊，你得给我们出头啊！宏运公司欠着我们一千万元不给，却和我们争夺忘情夜总会，这不公平啊！"

大裤裆雄赳赳地走到众人前头，大手一挥："弟兄们，冤有头，债有主，等会儿我们去'收秋'，李大哥的事业不能就这么没了。"

众地痞群情激奋地喊："好！好！好！"

宏运公司里，钱夫人坐在钱如意的办公椅上摇着。她看着木工换了门，向后仰了仰，露出得意的笑："刘秘书，倒茶！"

一个年轻的小姑娘跑步进来，给钱夫人上茶，完事儿后恭敬地立在旁边。钱夫人问："老钱的人都打发了吗？"小姑娘说："你的名单里就剩个财务科科长。打发了他，账可就找不上头儿去了。"钱夫人想了一下说："嗯，有道理，你出去吧。"小姑娘优雅地出去了。

钱夫人边在大转椅上转，边自语道："当总经理就是惬意啊，不怨后面哄哄的。"

大裤裆进来了，大咧咧地往沙发上一坐。钱夫人看了看大裤裆，问："你谁呀？找谁呀？"大裤裆说："先生，我还想问你是谁呢？"钱夫人傲慢地说：
"眼珠子没长全吧，男女都不分了？我是宏运公司总经理，是你姑奶奶。"大
裤裆站了起来说："噢，看我这眼神儿，原来以为是扫厕所的呢。钱夫人，我
正好找你，你们公司欠我们的一千万元也该还了。"

钱夫人一听，问："什么时候欠的，我咋不知道呢？"大裤裆说："听钱
夫人这意思，是想打赖呗？"他拿出欠据复印件说："这白纸黑字地写着呢，
你看看？这是借款五百万元，这是合作分红款五百万元的协议。"钱夫人看了
看两张单据，拿起电话："财务科，叫你们科长来一下。"

财务科科长进来了。钱夫人说："看一下这欠据，账上有钱吗，还他。"
财务科长为难地说："欠据或许是真的，可是这笔钱没进咱们公司账，分红款
嘛……"

钱夫人一摆手，对大裤裆说："听见了吗？听见了吗？要是钱如意借的
钱，你找他上看守所要去，我公司没钱给他垫付。"

大裤裆不乐意了："这欠据上盖着你公司通红的大印，你让我和钱如意要
去，要是他死了，这钱就成烧纸了呗？"

钱夫人脸一沉："怎么说话呢？我管不着，也不想管！你，出去，我还
有正经事儿呢。刘秘书，倒茶！"刘秘书进来了，钱夫人对刘秘书大声吼道，
"倒茶，懂不，就是送客的意思，傻啦吧唧，任嘛不懂！"

刘秘书做了一个"请"的姿势，大裤裆转身边向外走边吼："猪婆，你给
老子等着！"他把刚修好的门又踹了一脚，把脚踝崴了一下。他一瘸一拐地边
向外走边打电话，后面传来钱夫人狂浪的笑声……

7

在张半仙的精心策划和支持下，龙山煤矿顺利到了吴寄瑶手中。吴寄瑶
到底也没弄明白她的这个舅舅为什么对这样一个濒临破产的矿感兴趣。"乱世
英雄起四方，有枪就是草头王。"矿长室里，吴寄瑶边拂拭营业执照边唱。反
正不用自己投资，自己又占着股份，就有一种"空手套白狼"的成就感和一种

"翻身农奴得解放"的快乐感。

装潢公司的人来了，正挂着"点化成金"的字画时，于海平夹着包垂头丧气地进来了。

吴寄瑶玩笑道："于副总，你这是咋了？以前都是拎着包，这次怎么夹着包呢？"

于海平一脸难堪："让钱夫人那刁婆给开了。"吴寄瑶说："开了？你这个宏运公司的红人让人给开了，打算怎么着啊？"于海平说："这不是投奔你来了嘛！"

吴寄瑶看于海平的表情不像开玩笑，便说："我这个矿刚接过来还没出煤呢，能容得你这大律师？"她向搞装潢的两个年轻人喊，"打铁烤煳裤子——也不看个火色，挂高了，连个位置也摆不正。啥破字画啊，还'点化成金'，拿着当《圣经》挂，撤了！"

一阵狼烟，两个年轻人灰溜溜地出去了。于海平说："吴小妹，脾气见长啊！我有句话不知你听不听。"吴寄瑶往转椅上一仰，讥笑道："于大律，你说吧，我倒是想见识一下你把死的说成活的本事。"

于海平正了正衣襟说："吴小妹，据我所知，你转兑煤矿的钱是钱如意给你的。"吴寄瑶斜了于海平一眼："这跟你有关系吗？"于海平说："你知道钱如意的钱哪来的吗？"

吴寄瑶坐直直了身子："我管他哪来的呢，现在这钱在我账上。"

于海平笑了："错，这钱是借平原公司的，平原公司是借银行的。钱如意以宏运公司的名义向李明鑫借了五百万元，这钱却没有进入宏运公司的账户。不仅如此，他还把应给平原公司合伙分红的利润据为己有。这两笔款直接给了你，你知道这是一种什么行为吗？"

吴寄瑶说："这跟我无关。"于海平说："这是一种侵占行为，这钱是要被追回的。"吴寄瑶从转椅上弹了起来："你的意思是我这老板要做不成了？"

于海平得意地点了点头，他一抬腿坐在桌子上说："你不是想见识一下把死的说成活的本事吗？别以为当了大股东，你就能稳稳当当坐上经理的位子。你知道这个矿以前是谁的吗？你知道他们为什么这么低的价钱就让你接手吗？"

吴寄瑶越听越觉得不踏实，便和蔼地问："为什么？"

于海平卖了个关子："你要想听详细，就不要给我装大。"

吴寄瑶马上收起了傲慢，露出了妩媚的笑，她看了看表说："快中午了，我们换个地儿说？"

二人来到大辽绿都二〇三餐室，坐在沙发上，脸离得很近，鼻子就要挨到一起了。

于海平煞有介事，娓娓道来："这个矿开始是张百年的，也就是张半仙的资产。在矿产资源即将开采完的时候，张半仙与钱如意的宏运奇石城进行了置换。钱如意接手后，发现根本无煤可采，便承包给了李明鑫。李明鑫发现上当后，只好让大裤裆带人打通国有龙城煤矿的采煤区进行盗采。"

吴寄瑶惊讶道："你意思是我花了上千万元只买了个空壳？"于海平点了点头："不仅如此，还有诸多的劳资纠纷和外债等着你处理。"吴寄瑶沮丧地说："看来，后天开工投产没戏了？"

于海平说："大妹子，开什么工啊？这是个坑，你投多少都填不满的坑。"

吴寄瑶失望地望着窗外："心寒啊！老钱给我开的不是空头支票，是应付账款啊！我吴寄瑶的矿不仅开不了业，钱如意的投资还可能被追回，合着我不仅一无所有，还有可能背上不知多少债务。于大律，你得救我。"

于海平正等着吴寄瑶求他呢，他脸一绷说："我也没办法。"

吴寄瑶抛了个媚眼儿说："凭你的坏劲儿，一定有办法。"于海平一拍脑袋说："有是有，只怕你不听我的。"吴寄瑶说："那得看啥法儿。"

于海平站起来慢条斯理地说："现有的一千万元一分也不要往矿上投。而且，你就说这笔钱是钱如意个人欠你的，让钱如意去背侵占公司财物的罪名，你就可以享受这笔钱带来的收益了。"

吴寄瑶一撇嘴："他欠我一千万元？鬼才会相信！"

于海平说："那倒是，说欠你的确实没人信，你祖上八代贫雇农。可以说是欠我的啊，我姨夫在香港开着一家资产几个亿的大公司，说借给我一千万元投资还是能做得天衣无缝的。"

吴寄瑶笑了："那也得有其他证据，不能我俩说啥是啥啊！"

于海平从包里掏出一张纸说："那自然，我这儿有钱如意一年前打的一张条。"吴寄瑶把头探过去，只见条上写着：

欠据

今欠人民币壹仟万圆整。

欠款人：钱如意

二〇一一年八月八

吴寄瑶不解地问："他会给你打欠条？你有先见之明？不是自己造的吧？"于海平得意地说："我还没愚蠢到自己造条的程度。条早就打好了，只是原来欠足疗城的一千元，钱如意喝高了，后面多写了个'万'字，我也是替他还款时才发现的。"吴寄瑶说："看着像真的。"

于海平说："这就是真的。"吴寄瑶想了想："说了半天，我这公司又成了你的了？"于海平说："寄瑶，咱俩……其实一年前让你去公司，我就想和你好了，没想到让钱如意那老王八上了手。"

吴寄瑶嘲弄地说："哈哈哈，你意思是早就爱我了呗？如果是这样，那你追我同学龙小晴，又和孟显姿非法同居就是假的。"于海平点了点头。吴寄瑶说："你要是真爱我，别尽玩虚的，你先给我写上欠我一千万元，让我心有寄托；再奉上一幢房子，让我身有着落……"

于海平为难了："那我得想想。"吴寄瑶讥讽地说："于公子，我就知道，一说到钱，这嗑就唠到头了。"于海平说："寄瑶，还有一事我要提醒你。张半仙让你卖的资产大部分已抵押出去了，钱夫人和大裤裆还蒙在鼓里，在拼命地抢。"

吴寄瑶问："你为什么不告诉他们？"于海平说："那不男不女的玩意儿已经把我开了，我巴不得她上当呢。"

就在吴寄瑶和于海平打着自己算盘的时候，龙山沟底有两个人也在密谋。

张半仙望着跟前的龙山煤矿说："裤裆，让你跟在李秃子身边有些年了吧？"大裤裆低眉顺眼地说："大哥，十年了。"张半仙阴阴地说："让你杀了他，你下不了手，还成了铁哥们儿。现在他已经进去了，你该为组织出把力了吧？"

大裤裆吓得"扑通"一下跪在地上："老大，我可是一直在按你的指示行事啊！"

张半仙扶起他说："嗯，不错，这多年李秃子是在给我们赚钱。现在，我们要全面向龙山河西进军了，你要抓住机会，把李秃子的产业夺过来，把钱胖子彻底打垮。"

大裤裆赶紧点头，二人又耳语了一番之后，大裤裆摩拳擦掌而去。

刚刚执掌宏运公司的钱夫人屁股还没坐热，就受到了大裤裆等人的挑衅。这不，她正要端起比碗还要大的茶杯喝茶，就听见外边一片嚷嚷声。

秘书小刘慌张地进来报告："夫人，不好了，平原公司的人来拉设备了。"钱夫人从转椅上站起来说："还没王法了呢！打电话叫人，谁敢动我公司东西，就给我往死里打！"小刘出去了。

钱夫人把大茶杯往桌上一蹾，寻了一根铁棍，冲出了办公室。

院内，大裤裆双手叉着腰，几个地痞个个像凶神恶煞，站在大裤裆身后。大裤裆挥着手："你们给我快点儿装，得啥装啥，不信欠债的还成奶奶了呢！"

钱夫人大喝一声："要钱还是要命？"那铁棍便舞动起来。

大裤裆一瘸一拐地连连后退，后边那几个凶神恶煞也吓得后队变成了前队。大裤裆边跑边恶狠狠地说："猪婆，你有种，我们晚上找个地儿决斗！"

钱夫人"呸"了一口："怕你个甚，等晚上干啥，老娘这就奉陪！"大裤裆哪敢迎战，他且战且退："有种的，晚上东郊见。"

几辆大卡车一溜烟儿地没影了。后面传来钱夫人的狂笑声……

一轮明月被乌云遮住半边，傍晚说来就来。东郊树林边，黑黢黢的树林里走出两列手持棍棒和铁锹的人，立在空场上。

铁锹与棍棒对峙着，钱夫人和大裤裆像斗架的公鸡一样走到了中间。大裤裆铁锹一举："猪婆，欠我们一千万凭什么不还？我们公司几百名职工等着开支养家糊口呢，明天你们的工地就归我们了！"钱夫人扬了扬手中的铁棍："那得看我的铁棍答不答应！"

大裤裆说："君子决斗，如果我们赢了，归还我们的一千万，不准影响我们收购忘情夜总会！"

钱夫人问："如果你们输了呢？"大裤裆说："一千万不要，夜总会归你！"钱夫人说："我同意！"

大裤裆手持铁锹，大声喊道："平原公司的弟兄们听着，一会儿决斗，谁后退我劈了他！"

钱夫人手持铁棍，命令道："宏运公司的人听着，要是我们输了，我要了你们的肾！"

大裤裆喊："弟兄们，给我打！"钱夫人喊："弟兄们，给我往死里打！"

只见煤场子里火星子闪闪，叮当乱响。

远处，几辆警车开了过来。坐在车里的朱丽雅问："龙队，要不要调集警员围捕？"龙大章说："不可，今天他们的成员只是一小部分，我们的取证工作还不充分。"他取出步话机命令道："所有车辆鸣警笛，驱散即可。"

几辆警车闪着警灯、鸣着警笛开了过来。有人喊："打死人了！"有人喊："警察来啦！"

鲁运第一个跳下车，李明乔也跳下车。警察们喊着："都不许动！"两伙人一哄散去，地上躺着十几个喊着"哎哟"的人……

第五十四章　群雄逐鹿，黑恶杂烩

1

　　一场械斗，警方并没有大规模抓人。这让大裤裆和钱夫人颇感意外，他们坚信，这个冬天寒流已过。

　　对现场带回的几名斗殴人员做完详细的询问笔录，龙大章从龙城医院回到了刑警大队。此时，天已大亮，东方燃着一片鱼鳞般的红霞。

　　他坐在办公桌前，冥思苦想：在双方老大都涉嫌犯罪的情况下，两伙人为什么还这么嚣张？答案只有一个，他们在龙城横行惯了，认为大不了花点儿钱平事儿。他们藐视规则，藐视法律，把自己的势力夸大了。

　　黑恶不除，何以安宁？龙大章不顾疲劳，伏在桌子上在画着龙城涉黑势力构建图。他想起赵连起的话，要把网张强张大、严密和结实

　　这时，朱丽雅气冲冲地进来了："龙队，对斗殴双方的调查就这么算了？让人想不通。"龙大章说："丽雅，调查不是算了，只是方式要由公开转为秘密。"朱丽雅说："在我们抓了两家公司的老大后，他们还敢如此猖獗不是太藐视法律了吗？"

　　龙大章耐心地解释："丽雅，宏运公司和平原公司的头子虽然抓起来了，但他们的经济基础还没有动摇，还会产生新的企业霸主。他们内部有些人认为

展示的时机到来了，会纷纷跳出来。另外，这不是冲动，这似乎是有组织的动作，他们或许是为了吸引我们的注意力，以便于从事其他活动。"

朱丽雅不解地问："会有其他活动？"

龙大章点了点头说："外围调查组要外松内紧，收集证据，扎紧网眼儿。同时，要注意其他势力的动向。"

朱丽雅看了看龙大章画的龙城涉黑势力构建图下面的文字，念道："宏运公司和平原公司外部争地盘、内部争权力，犹如箭在弦上。奇怪的是，天创集团却在抓紧低价出售资产……是啊，为什么呢？"

龙大章说："看来，天创集团是要全身而退了。我让你注意的张百年资金有什么动向？"

朱丽雅说："他已经办理了向日本投资性汇款。"

龙大章说："这就对路了。他想转移财产。我们不能让他得逞，马上联系汇款行，借故拖延。"

朱丽雅说："好的。我们在调查中还发现，吴寄瑶入股了钱如意的龙山煤矿，股份由百分之十扩展到百分之五十一，成了大股东。"

龙大章问："吴寄瑶突然有钱了？"

朱丽雅说："斗殴双方争斗的导火索或许跟吴寄瑶的钱有关。平原公司李明鑫曾借给钱如意的宏运公司五百万元，他们共同开发河西平原公司应分利润五百万元，因这一千万元打得不可开交。"

龙大章问："这一千万元现在哪里？"朱丽雅说："平原公司说在宏运公司，宏运公司说在钱如意手中，钱如意说交给吴寄瑶投资了龙山煤矿，吴寄瑶和于海平说没见到那一千万。"龙大章说："有两个问题解释不清，一是吴寄瑶为什么要收购资源匮乏的龙山矿，二是她的股份是怎样取得的。"

朱丽雅说："据他们说，投资资金是于海平的姨夫的。"龙大章说："在这个罗圈儿仗中，几股势力交叉往复，得布一张大网了。派人调查吴寄瑶。"

在警方寻找吴寄瑶的时候，吴寄瑶和于海平在床上缠绵着。寒风吹得窗户"呜呜"响，吴寄瑶的心也在怦怦乱跳："海平，我还有一事想不明白。张百年明知道龙山煤矿已经没有煤源，为什么还要让我入股收购呢？"于海平说："确实难以理解。"

吴寄瑶起床把旧乳罩扔出很远，穿上了新的，嘴里叨念着："我们都从旧的公司出来了，不知是新生活的开端还是好日子的结束。我的心怎么还不如原来受穷时踏实了呢？"

于海平的手从吴寄瑶的身上滑过："风流总被雨打风吹去。老房子倒了，留下几只癞皮狗，让他们掐吧，狗咬狗——两嘴毛吧。"

吴寄瑶指着于海平的脑门儿说："坏种！"于海平开玩笑道："再坏也坏不过你这蹚过男人河的女人。"吴寄瑶脸一沉说："你管得着吗？你是当律师的，最讲公平，你说这个世界公平吗？"

于海平问："怎么不公平了？"吴寄瑶说："钱如意那么风流，你天天像狗一样跟在他屁股后，当老爷子一样敬着。你对你的亲爹敬着了吗？"于海平被说得满脸通红："寄瑶，人在社会，身不由己……"

吴寄瑶又问："为什么像你这样的男人有许多女人会被人羡慕，女人有很多男友会被人鄙视？"于海平说："给你举个例子吧，一把钥匙开很多锁，叫万能钥匙；一把锁什么钥匙都能开，那锁就是把坏锁。"吴寄瑶指着于海平的脑门骂道："你就不是人……"

2

党的十八大后不到两个月，二〇一三年新年的钟声敲响了。悠扬的钟声祈祷着人民的幸福生活，也透着一些威严的警示，只是龙城的一部分人没听出来。

根据外围调查的刑警们带回的信息，一张以围猎"三大势力"为主的大网形成了。

入夜，龙大章和朱丽雅正在研究重点人员的基本情况，鲁运兴奋地进来了，他看了看图说："好大的一张网。我也要告诉二位一个消息，李明鑫开始交代了，他不仅承认小金子是他吓唬失足摔下悬崖的，还举报了那个叫小山银次郎的日本人开厂制毒、与赵直帆之间存在着文物交易，并供出了曾经为他打砸抢的几个小弟所犯的罪恶。要不要马上动他们？"

龙大章高兴地一摆手说："我们的网还要放一放、补一补。现在，我们要对这些线索严格保密，密切关注龙城平原、宏运和天创三大势力的动向，注意收集证据，防止恶性事件发生，随时准备收网。"

朱丽雅问："怎么个收法？"

龙大章说："不动声色，请求协助，一网打尽。否则，就会有一部分人听到风声外逃，为我们增加不必要的成本。现在要外松内紧，最后把他们一锅端掉。此外，还要注意一个地方，即河西；两个人物，即张半仙和敖拉倚，防止他们外逃。"

冬日的阳光斜射进敖拉倚家那古老的别墅，使这里有了一些现代气息。敖拉倚从地下室走了出来，开始收拾东西。她把那个捐献鸡血麻神的证书放在了拉杆箱里，又拿出来，撕得粉碎。她拉起箱子，向外走，又停了下来，向窗外望着。她把拉杆箱的东西又掏出来，扬在了床上，拿起姜长庚的照片跳起了舞。她走上阳台，看见白小艺郁郁寡欢地走过。她呆呆地望着、望着，眼前是她年轻时的影子：她在龙山的"再生洞"前和姜长庚追逐着、嬉笑着、打闹着，那时能把阳光看出七彩的颜色，彩虹能看出七个层次……

楼下一阵敲门声打断了敖拉倚的遐思，她下去开门。门开了，文住持站在敖拉倚面前。敖拉倚疑惑地说："文住持……文叔。"文住持双手合十："小倚，我是来收房子的。"敖拉倚说："听我父亲说，你把这房子赠给了我，你变卦了？"文住持说："我把房子交给你父亲是有条件的。"敖拉倚奇怪地问："什么条件？"

文住持拿出一份合同递给敖拉倚。敖拉倚看完合同惊愕地问："我父亲租你的房子，不是赠予？"文住持点了点头。

敖拉倚随口念着合同："文仲仁身为敖拉家族管家的后代，出家前愿把房子交给敖拉维国及后人管理。若敖拉家人有作奸犯科行为或二十年后，文仲仁及后人有权将房子收回……"

　　文住持平静地说："房子已经过期了。龙城市委、市政府已经决定要将龙山的河西一带建成契丹文物保护区，龙山寺也要恢复原来的规模建制。我和装潢公司签订了装潢合同，我要把这个房子好好地装潢一下，卖出去，所得善款，用于修缮龙山寺的东配房。"

　　敖拉倚翻过来掉过去地看着合同，仿佛要从字缝里看出其他字来，她发了一下呆，突然笑了："哈哈哈，你的房子……你的房子……"她翘起兰花指唱道，"天上掉下个林妹妹……"

　　她笑得那么瘆人，唱得那么专注，仿佛跟前没有文住持。文住持不解而惊愕地看了看她，拿回合同，转身走了。

3

　　龙山河西要建成契丹文物保护区的消息不胫而走，以钱夫人为首的宏运集团又打了个提前量。对于老钱进去一事，钱夫人并没放在心上，她要抓紧支付原来商定的征地款，跑马圈地，准备和政府谈条件。这样，城郊乡河西村又沸腾了。

　　一群村民等在村委会门外，准备领拆迁补偿款，议论着谁家得多少。村会计在屋里喊："老龙头，进来。"老龙头"哎"了一声进了办公室。村会计说："老龙，你可发了大财了，钱夫人决定给你补偿二十八万元，比原来多不少呢！"

　　老龙头正要领钱，被一声"且慢"喝断，原村主任领着几个人进来说："这钱不能领。根据市政府文件，我们这里要开辟成契丹文物保护区了。这里的土地属于村民集体所有，个人无权买卖，市里已经决定按标准补偿。"他翻下补偿表说："老龙头，你的院子出土过羊皮地图，现在要开辟成契丹文化展馆了，要补偿给你八十八万元。你捐献羊皮地图有功，市里奖励你二十万元。"

　　老龙头一听，血就往脑袋上涌，被原村主任一把扶住。老龙头说："我什么时候捐献羊皮地图了？那是大章和小晴擅自做主给我捐的。"原村主任问：

"怎么，你不愿意捐啊，那我帮你把那二十万退回去吧。"老龙头赶紧说："我是说他们做主做对了。"

众村民喜气洋洋地赞誉着市委、市政府的举措，对宏运公司给的钱一分未领。

原村主任正在和大伙讲着市里政策，不知何时，钱夫人像凶神恶煞一样拎着铁棍出现在村委会。她大喊一声："我看谁敢擅自撕毁合同？土地我们要定了！"

她的后面跟着四五个打手，各执木棍，横眉立目。原村主任义正词严："违反法律和政策的合同我们可以撕毁。"

钱夫人两眼一瞪："反了你了，老亲旧邻地住着，你竟敢坏我好事。弟兄们，把他给我拿下！"

身后那几个人如狼似虎地冲上去，把原村主任摁倒在地，拳头巴掌窝心脚都上来了。直到老龙头报了警，那伙人才骂骂咧咧地拎棍而去。

政府征地占地的消息很快传到了市里，龙小晴正为郝子强办厂的资金发愁，接到了老龙头的电话，她兴奋地告诉正在看书的子强："政府占地了，我家得了八十多万元，听我爸说你家能得七十多万元呢。我们结婚，傻子？"郝子强说："不，我要办好厂子再成家。"龙小晴伏在郝子强肩上说："终于务点儿实了，我等你一辈子也值……"

郝子强说："有你支持，我要是不努力，还叫人吗？我想独创一个品牌。"

龙小晴问："那得不少钱吧？你父母的养老钱倒是交给我了，可他们现在居无定所，总不能让他们老来一无所有吧？"

郝子强说："这次是投资办厂，又不是去搞传销。"龙小晴说："我知道你要强，可是你让我怎么信任你呢？投资是有风险的，弄不好，你今天流的口水就是明天流不尽的眼泪。"郝子强说："小晴，通过八年的失败，我明白了，要投资未来，就要定好未来的投资方向，我不会再胡来了。"

龙小晴点了点头："子强，我支持你。"

　　郝子强知道，经过这么多年的失败，要想取得别人的信任只有从实业做起，从现在做起了。

　　老龙头给小晴和大章打完电话，便兴冲冲地回到了城市出租屋。

　　大章妈看他脸上的褶子都笑开了，忙问："傻笑什么呢？"老龙头说："他娘，我们发了。"大章妈问："占地补偿领回来了？"

　　老龙头摇摇头说："还没领，但是数额是原来的五倍。"大章妈兴奋地说："老头子，我们买个小点儿的房子吧？这么租房也不是办法。"老龙头说："那不行，这钱我们一分也不能动。"

　　龙大章推门进来了："爸、妈，这么高兴？"老龙头脸一沉问："是你背着我，以我的名义捐献了羊皮地图？"龙大章说："爸……我错了。"

　　老龙头咧嘴笑了："错什么错？你也太低估你爹的觉悟了。国家给奖励了。"龙大章惊喜地问："真的？"老龙头说："那还有假？二十万呢！征地补偿款也快下来了。"

　　龙大章说："太好了！爸，你想怎么花这笔钱？"老龙头说："大章，我想先给你在城里买个房。"龙大章说："爸，先不要给我买房，先给子强办厂子用吧。"

　　老龙头脸一沉："我就知道你一回来准没好事儿。"

　　龙大章说："爸，我来不仅是为了给小晴说情，还有一事要你配合。因为政府征地遇到了钱夫人带人阻挠，把原村主任打伤，可人人不敢做证，想请你……"

　　老龙头这次很慷慨："她打伤了原村主任，还带着人逼着签合同的人搬家，人都打伤好几个了，我敢做证！"

　　龙大章为有这样英雄的父亲而自豪。他和父亲再次来到河西村的时候，两大阵营正在剑拔弩张地对垒着。一伙是以钱夫人为首的宏运集团，另一伙是被征占地的村民们。宏运集团要求村民履行合同，村民让宏运集团依法行事，两伙各不相让，就在那儿乱哄哄地对峙着。

　　周至祥派来的治安大队民警们在跟前维持秩序，准备录像取证拿人，可现场的都是些老弱病残孕，竟一时无法下手。

总有人游离于纷繁之外。在龙山的一条羊肠小道上，两个黑点汇合到了一起。

敖拉倚惊讶地说："张先生，你对龙山很感兴趣啊！"

张半仙说："我们不都一样吗？我每次来都能遇到你，说明我们有缘分啊！以我多年测字的经验看，我知道你在找什么？"

敖拉倚一愣："张先生，你就说说看？"张半仙一字一板地说："契丹宝藏。"敖拉倚吃了一惊："张先生，你……"

张半仙说："不要紧张，我们或许是殊途同归。可是，这里马上要成为契丹文物保护区了，将来你再想踏入这里一步，都会有人监视着你。"

敖拉倚说："没看他们正在闹着吗？等他们闹完，我的任务也就完成了。"

张半仙笑道："敖拉教授，光凭你，光凭先人的记忆，是找不到宝藏的，我们合作吧。"

敖拉倚奇怪地问："你？你拿什么和我合作？"

张半仙掏出两半张地图，一抖："凭这个。上面的文字我不认识。你是契丹的后代，你的先人对契丹文字代代相传，我想你一定认识它——完整的《辽域地志》。"

敖拉倚迟疑地拿过地图，仔细看着，说："张先生，你为什么给我看这个？你不怕我看完后取了这个财宝吗？"

张半仙笑了："我想，只有我们合作才会共赢。至于想私吞财宝的人嘛，都变成了地下的堆堆白骨。"

此时的龙山山道上，还有两个人向上走来。

龙大章指着前面的山说："这就是锅撑子山主峰。据古书记载，锅撑子山北坡有一条盘山古道，用石头铺成，能走勒勒车。虽然年代久远，但是仔细看也能够辨认出那条古道。走过那条古道，再往南走，就是桦木沟边的龙山煤矿"。

朱丽雅问："这跟契丹宝藏有关系吗？"

龙大章说："清代作家曹雪芹在其名著《红楼梦》里写了一座大石牌坊，

上面刻有'太虚幻境'四个字，两侧有一副对联：'假作真时真亦假，无为有处有还无。'我想，契丹宝藏的传说用这副对联形容最合适。"

朱丽雅向远处一指："看，那可能就是寻宝人。"

张半仙和敖拉倚并没有看见有人上来，仍在交流着宝藏信息。他们走在锅撑子山东坡，依稀看到了在山石上修的十米宽的台阶路，台阶中长有一棵古树，路基边有明显的人工修整的痕迹。登上十余米台阶后，北面是自然形成的半圆形石壁，西侧有一米五宽登顶的山道。

张半仙看了看地图说："敖拉教授，你看，这里有五个明显台阶，下去好像是已被风蚀脱落的古道，按地图标识，山腰部有个平台，平台边的一条古道越过山梁，山北侧是悬崖峭壁，这里的地形地貌特征非常符合。"

敖拉倚笑了："说来说去，你认为契丹宝藏在哪呢？"

张半仙说："地图上并没有标明宝藏在哪，我们只有找到地图上所有的地名、解读所有的诗句，才能推测出宝藏在哪。我一直感觉，宝藏就在龙山煤矿附近。"

敖拉倚一惊："龙山煤矿？张先生，天要黑了，我们下山吧。"

张半仙和敖拉倚踏着夕阳向山下走去，两个不该有交集的人为了共同的利益走上了同一条道。让敖拉倚吃惊的是，这个干瘦的小老头居然认为宝藏在龙城煤矿附近。

傍晚的阳光淡而纯净，一辆黑色越野车行驶在龙山山道上。龙大章和朱丽雅坐在车里，欣赏着龙山的晚霞。晚霞中，张半仙和敖拉倚并排而走的背景出现在他们的视野中。

朱丽雅问："两个不同道路上的人会走到一起？"

龙大章答："利益能使人疯狂。这个龙城煤矿或许有着不为人知的秘密，他们这么急于出让给吴寄瑶，就很说明问题。"

朱丽雅说："听看门人说，这个煤矿资源已耗尽，却突然有人接手，着实让人费解。"

龙大章说："我们得找一些煤矿的人员了解一下情况。"

朱丽雅说："听说原有人员都是李明鑫的人，失业后都跟着大裤裆混呢。"

龙大章说："收网渐近，龙鱼虾蟹，各找门路，有的要溜之大吉，有的要鱼翔浅底，我们的责任是让他们露出原形。"

4

宏运集团与村民和政府的对抗终于土崩瓦解，钱夫人和她的打手们一无所得，灰溜溜地退出了河西村，留下了涉黑的证据。村民们顺利地领到了土地补偿款，设立契丹文物保护区在紧锣密鼓地筹备。

老龙头在龙大章的劝说下教会了郝子强卯榫技术。郝子强租下了北山那个废旧的木工厂，他和小晴一起找到龙大章、姜美祺等人，商量拓业办法。他告诉大章："我发明的实用新型专利已经试用成功，批量生产仍需要一些资金。"

龙大章说："小晴，父母那儿我是说不通了，你想想办法？"龙小晴说："爸妈从小就向着你，你是他们的儿子，你都说不通，我一个姑娘更是白费劲。"龙大章说："此路不通，你不会转弯儿吗？"龙小晴问："怎么转弯儿？难道你让我去偷？"龙大章说："你又不是没偷过。"

二人对视了一下，狡黠地笑了……

龙小晴来到老龙头租住屋时，她的父母正准备睡觉，见龙小晴拎些水果进来了，老龙头问："小晴，这么晚了，有事儿？"龙小晴把水果放在桌子上说："来看看你们，顺便问点儿事儿。"

老龙头说："你就说事儿吧，我知道你回来肯定有事儿。"龙小晴说："爸，我把你给我的银行卡弄丢了。"老龙头说："那快去银行挂失啊！"

龙小晴说："我忘了是哪家银行了，也不知道密码，怎么挂失？"

老龙头说："给你那二十万和给房屋征收款是一家银行，哪家……我给你找找看。密码嘛，你的是你生日，那张你知道不知道也没用。"他一边说，一边打开抽屉锁拿出银行卡，递到龙小晴手里。

龙小晴看了一眼，顺势把另一张卡交给了老龙头，老龙头小心地锁了起来。

从父母的租住屋回来，龙小晴心里很不是滋味，这"贼"做到家了，让她觉得对不起父母。回到家的时候，几个人正在等她，看她不高兴的样子，以为失手了，便都劝她。她掏出银行卡，默默地放在桌子上。

龙大章笑道："真是家贼难防啊！"龙小晴叹口气说："没办法，反正出了事儿由你兜着。"

郝子强拿起那张卡，激动得眼泪都下来了："我郝子强如果办不好这个厂子，如果不让父辈住上好房子，我誓不为人！明天正式开业！"

冬日的暖阳照在桥北思晴家具装潢公司的新牌匾上。郝子强带着几名同学正在北山废弃木工厂搞卫生，龙小晴带人挂彩旗、贴横幅，那废弃的木工厂很快被整饰一新。来到经理室，郝子强双手像捧着宝贝一样欣赏着营业执照。他兴奋地说："小晴，我们的梦想实现了，以后就可以大干一场了。"

龙小晴望着执照说："思晴家具装潢公司。好，以后咱们家就指望着你了。"

郝子强深情地说："小晴，这么多年全靠你给我支持和力量了，你这样的白领嫁给我这样的'黑领'，不觉得亏吗？"

龙小晴娇嗔道："我'亏'大发了。我是'白领'，今天发了工资，还了房贷，交了煤水电费和手机费，买了柴米油盐酱醋茶，摸摸口袋，这个月的工资又白领了。"

郝子强抱住龙小晴，傻笑道："小晴，你等着吧，会好起来的。"龙小晴推开郝子强说："庆典时辰要到了，我们出去吧。"郝子强在龙小晴的脸上吻了一下，龙小晴幸福的眼泪流了下来，两人手拉着手向门外走去。

过去废弃的家具厂已经焕然一新，门口的思晴家具装潢公司牌子上挂着大红的绸缎。一阵鞭炮响过，主持人走到观众面前："各位领导、各位来宾，今天是二〇一三年一月八日，思晴家具装潢公司将以崭新的面貌、超前的理念出现在龙城人面前。下面，请公司设立人郝子强先生讲话！"

郝子强走上前台，深情地环视了一下来宾："各位来宾、朋友们，我能有今天，要感谢多年来一直关注、支持我的同学们，尤其感谢对我不离不弃的女朋友龙小晴，还要感谢思晴公司的大股东——我未来的岳父，更要感谢我的同学龙大章、姜美祺……"

龙大章、姜美祺等同学在下面看着他，龙小晴眼里噙着泪水，老龙头激动地看着郝子强……

赵直帆在台下喊："思晴公司，我决定请你们装潢我的别墅，算是贺礼。"郝子强感激地看着赵直帆，两人的手紧紧地握在了一起。

典礼过后，姜美祺等几名同学就在公司食堂聚在一起。酒过三巡、菜过五味，吴寄瑶满脸醉态、风尘仆仆地从外面进来了。

龙小晴站起来说："寄瑶，快请入席，就差你和大章了。人家大章不吃饭还随了礼，老姐你可好，庆典不到位，吃饭了，人和钱全不到位。"

吴寄瑶说："不好意思啊，被龙山煤矿过户的事儿绊住了。祝贺你和子强艰苦创业成功！"

郝子强深情地看着龙小晴。赵直帆调侃道："哎，哎，口水要流到盘子里了，看馋的。说句不好听的话，男人不怕穷，就怕越穷越有志气。"他又看了一眼吴寄瑶说："女人嘛，不怕丑，就怕越丑越自信。"

吴寄瑶自从当了老板，说话也不再惯着谁："你算说对了。我嘛，男人成群围着转，好着呢！"

姜美祺说："寄瑶，围着转就幸福吗？幸福就像桌上这馒头，吃一个正好，吃半个不足，吃两个撑着。所以不是越多的男人围着你转就好，那是负担。"

吴寄瑶说："酸葡萄哲学。哎，直帆，你啥时乔迁别墅啊？"

赵直帆看了看姜美祺说："没人和我住啊！"

姜美祺拿出手机，没有接他们的话茬儿。赵直帆酸酸地看着她，他感到只有同学聚会，才是最轻松的时刻。

接了姜美祺电话的龙大章还是没来参加这场聚会，他正忙着一场大战。他知道，今日暖阳过后，风霜即将到来，同学们再欢聚的机会已经不多了。他和朱丽雅走在街上，想着他的"网"，他最怕的是"网"住自己的亲人和同学，可是似乎一切都不可避免了。

朱丽雅理解他的心情，忧心忡忡地说："从外围调查情况看，宏运公司和平原公司的矛盾正在深化，平原公司借给宏运公司五百万元、合作应分红利五百万元，可是这两个五百万元均在账面儿上体现不出来，说明钱如意还涉嫌侵占行为。另外，钱如意案涉及你两个同学——赵直帆和吴寄瑶……"

这种结果在龙大章意料之中，他沉思了半天说："把钱如意相关案件交给市局去办吧。我们要把注意力放在那个所谓的张居士和集团涉黑案上，我们有点儿吃不消了……"

这时，他的手机又响了，他接起说："不好意思啊，真顾不过来了……你们喝吧，别等我了。"

朱丽雅问："男的？"龙大章心不在焉地答："不是。"朱丽雅问："女的？"龙大章答："不是。"朱丽雅调侃道："我明白了，是泰国红艺人。"

二人大笑，但龙大章的笑是苦涩的，眼看着自己跟前的人要"进去"了，却无能为力……

5

初升的太阳照在敖拉倚家书房里，敖拉倚在桌子上凭着记忆画着《辽域地志》。画完后，她把那本《木叶山，你在哪里？》拿出来，与地图核对着。突然，她兴奋地向楼下走去。她跪在先人的画像前，点起了香火："先人们，告诉你们一个好消息，我已经离你们埋藏的宝藏很近了，愿先人保佑我！"

她兴冲冲地走到楼上靠在床上，直勾勾地看着鸡血麻神的图片发呆。她拿起电话，快速地拨打了一个号码："老姜……我想你了，你回来吧……我们重新开始……两天？好，我等你两天。"

门外响起汽车喇叭声，敖拉倚向楼下望去，两辆挂有"陆陆顺搬家公司"牌子的货车停在那里。敖拉倚站在阳台上，向下看着。两辆车上的几个人走下车来敲门，敖拉倚打开门，失神地看着搬家人。

搬家人说："你好，是您订的搬家车？"敖拉倚说："是，可是我又改主意了，不搬了。"搬家人说："这不是玩呢吗？我们人都来了，这工钱……"

敖拉倚拿出一沓钞票，塞到搬家人手里，搬家人开车走了。她回到阳台上，眼前交替出现着姜长庚、被刑警押解的刘尔贵……耳畔响起汪国真的诗歌《送别》："送你的时候，正是深秋。我的心像那秋树，无奈飘洒一地，只把寂寞挂在枝头。你的身影是帆，我的目光是河流……"

眼前一片汪洋，她慢慢地倒在了阳台上……似乎是在沙漠上跋涉，快要渴死的时候，前面出现一汪泉水。

她醒来时，白小艺正在给她喂水："敖拉姨，你可吓死我了。"敖拉倚眼神迷离地说："小艺，你会离开我吗？"白小艺摇了摇头。敖拉倚说："去……上阳台把我的那部诗集拿来。"

白小艺走上阳台，她发现龙大章和朱丽雅有说有笑地从楼下走过，便赶紧拨打电话："龙大队，我的事儿你不着心办，有闲心压马路啊？"

龙大章在电话里说："对不起，小艺，有关你的情况，你大姐会和你说的……我还有任务。"白小艺说："我想听你亲自说……真是的，挂了？"她气愤得险些把电话摔了，一阵跺脚后，她拿着诗集向屋里走去。

在龙城市公安局外事管理处，龙大章和朱丽雅拿出警官证，坐在查询台上说："请帮我们查阅一下近期办理的签证情况。"外事处的人员提供了近期办证人的照片和资料。龙大章和朱丽雅把张半仙、敖拉倚等几个人的资料挑了出来，仔细地看着、思索着。

出来后，二人来到中国银行龙城分行行长室。银行王行长站起来握手："二位来是查询有关张志文和敖拉倚向境外汇款的事吧。"龙大章客气地说："让你们费心了。"王行长说："配合公安机关打击犯罪行为是我们的责任。一接到你们的电话，我们已经找理由把款全部冻结了。"龙大章说："太感谢你们了！只是对二人的汇款问题一定要找合理理由拖延，不要让对方察觉出异样。"王行长说："这个你放心，我们有经验。"龙大章说："我们要上龙山寺，还有些事情，就告辞了。"

二人和王行长握手告辞后，驱车向龙山寺而来。

张半仙又一次来到龙山寺山门前，看见姜长庚和文住持正在谈话。这次他来是想弄清姜长庚到底把鸡血麻神藏在哪里，可是姜长庚竟对放置地点一点儿也没露出踪影。

他停下车，从车上下来问："二位智者，又在探讨什么呢？"姜长庚说："人生。"张半仙轻蔑地笑道："大课题啊！"

姜长庚说："是啊，张居士，一个不想自己人生的人会像浮萍一样飘摇，不管他看似多么强大。张居士，你想过你的人生吗？"

张半仙说："我嘛，不能说没想过，可有时想了又有什么用呢？身不由己啊！文住持，你说什么样的人生才算完美？"

文住持说："印度一位哲学家说，如果将人生一分为二，前半生的人生哲学是'不犹豫'，后半生的人生哲学是'不后悔'。你们能做到了吗？"

姜长庚叹口气："唉！我哪一条也没有做到。"

张半仙得意地说："我嘛，比你强些，做到了前者……"

话没说完，一辆黑色的越野车轻轻地停在了龙山寺前。龙大章和朱丽雅跳下车，直奔张半仙而来。张半仙吃了一惊，转身要走。

龙大章问："张居士，见了我们怎么要走啊？"张半仙回过身来，挤出一丝冷笑："龙大队，又来了？"龙大章说："嗯，这次我们是专门找你的。"张半仙镇静地问："找我？我可什么都不知道啊。"龙大章说："有些事儿你知道。"

张半仙不知所措地站在那里，二人对视了半天。

朱丽雅说："十八年前，你是不是丢了一个叫莲莲的女儿？"

张半仙惊讶地说："莲莲？"这个名字马上引出了过去那刻骨难忘的一幕。

十七年前，张半仙正在家里吸着烟、点着赢来的钱，得意扬扬地走进屋里。突然，他的眼睛睁大了："莲莲，我的莲莲呢？"他屋里屋外、床空儿旮旯地找，什么也没有。妻子回来了问："怎么了，莲莲不见了？"张半仙说："她刚睡着，我出去就打了两圈麻将，怎么就不见了呢？"妻子眼睛瞪得溜圆："今天可是莲莲的生日，就让你看这一会儿，你打麻将，你要是把莲莲丢了，我也不活了！"说完，"咣"地撞在了墙上……

朱丽雅问："张居士，想什么呢？我们帮你找到女儿了。"

张半仙愣了一下，他这才回过神儿来："噢？找什么？我没丢过什么叫莲莲的女儿……"

龙大章拿出照片和那封绝命书说："照片上这个小孩儿，经我们调查，她就是白小艺。"

张半仙眼睛瞪得大大的，喃喃地说："白小艺？白小艺？我不认识！"

龙大章和朱丽雅走了。张半仙痛苦地回到居士宿舍，脑海里反复出现妻子写的那封绝命书和白小艺的照片。他泪流满面地边撞墙边自语："我要见我女儿！白小艺，我自己的女儿，我连认也不敢认，我还是人吗？我对不起她啊！"他擦干了泪，恶狠狠地说，"这个金疤痢、时猴子，我要扒他们的皮！"

张半仙找到了失散了十七年的女儿，可是他矢口否认。为什么？他怕秋后算账。但是，刚才龙大章和朱丽雅的话语和眼神在他脑海中再也挥之不去。

龙大章轻蔑地说："张居士，你再仔细看看，这是个机会。"张半仙背过脸去说："你们走吧，我没丢过什么女儿！"龙大章说："一个一生没有爱的人是可怜的、卑鄙的、痛苦的……"张半仙说："你是在指责我吗？"龙大章说："张居士，你身在佛门也有几个月了吧？心存善则与佛同在，心存恶则与魔同行。想明白了告诉我们，我们走了。"看见龙大章和朱丽雅向外走去，张半仙用一本《风水学》遮住脸，痛苦地流着眼泪。

远处传来姜长庚的读书声："存心不善，风水无益。行止不端，读书无益。妄取人财，布施无益……"

暮鼓响过，龙山寺的夜色来临了。张半仙没有开灯，他和衣卧在了床上，拿起电话："黑猫，得出手了。"他又拨打了一个电话，低声说："敖拉教授，我们的时间不多了，得行动了。"

龙大章和朱丽雅回到灯火辉煌的龙城市区，身边是疾驶而过的汽车。

走到姜长庚家楼下的时候，朱丽雅说："大章，为什么不把那个所谓的张居士捉拿归案？"龙大章说："见证他犯罪的人除了大黑猫，其他人都死了，我们仅凭一封遗书抓人，证据不足。况且，他否认遗书是写给他的。如果我们抓了他，他手的人就会一哄而散。"朱丽雅："太没人味儿了……苦了那么阳光的白小艺。"

此时的白小艺趴在床上，眼睛红肿。

姜美祺扳过白小艺说："小艺，别难过了，我们都没有选择父母的权利，乐观地面对现实吧。"白小艺哭道："你说的都是真的吗？"姜美祺说："现在还都是推测。我本来是不想告诉你的，怕你接受不了这个事实。可是，你总缠着大章问，我也没办法。"

白小艺痛苦地说："姐，老天爷为什么给了我一个黑社会的父母？太不公平了，太不公平了！"姜美祺开导说："我说了，现在只是推测。"白小艺问："我那黑社会的父亲在哪儿？我要找他算账去！"

姜美祺沉重地说："二十年前，他已经在凤城出车祸死了。"白小艺说："又骗人。"说完，向外跑去，姜美祺跟了出去。

姜美祺追着白小艺，终于在街口挽住了她的胳膊："小艺，回去吧，再过两天你姜爸就回来了，他不想看到你失魂落魄的样子。"白小艺说："大姐……"

这时，一股强光照在姜美祺和白小艺脸上，一辆车向她们冲来。驾驶室里，是大黑猫那阴森而充满杀气的眼睛。姜美祺和白小艺奋力一躲，倒在地上，那辆车擦身而过。惊魂未定之时，那辆车又折了回来，向姜美祺冲去……

龙大章和朱丽雅正走着，听见前面有人喊"救命"，他们向前跑去，看见一辆汽车正向倒地的姜美祺冲去。龙大章和朱丽雅掏出手枪，"砰砰"两声枪响，子弹击穿前轮胎，那辆车拐了一个弯，向朱丽雅冲来。朱丽雅一躲，撞在了树上，倒了下去……

龙城医院，姜长庚、姜美祺和白小艺守在朱丽雅床前。

姜美祺内疚地说："丽雅，为了救我们……多危险啊！"朱丽雅说："没什么，我不是好好的吗？"白小艺说："朱姐姐，还好好的呢，险些破了相……都怪我不听话……"朱丽雅摸着她的脸说："小艺，别说了，我们是人民警察，保护你们是我们的职责。"

姜长庚若有所思地说："大章，我知道他们为什么来了，他们这是要鱼死网破了。美祺、小艺，你们最近要注意安全，这样的日子快结束了。"

白小艺点了点头问："朱姐姐，疼吗？"朱丽雅笑了笑："不疼。小艺，姐姐骗了你，你不恨我吧？"白小艺忧郁地摇了摇头。这时，龙大章把一张字条塞到了朱丽雅手里，朱丽雅偷偷地看了一眼，上面写着："装病，多住两天，注意四〇六和四〇九病房。"

龙大章回到刑警大队副队长室，他把最近收集到的信息仔细地浏览了一遍，焦急地来回踱步，等着消息。

这时，鲁运回来报告："对那辆车我们调查了，是一个人用假身份证买的二手车，卖车人对买车人印象不深，只听跟来的人管那人叫什么'裆哥'。"

龙大章一惊："裆哥？大裤裆？"这时，李明乔进来报告："宏运与平原的又一场械斗在东郊进行。"龙大章望了望铅一样灰暗的窗外说："他们已经沉不住气了。他们如此猖獗，我们提前收网！"

6

龙山被一场清雪装扮得银装素裹，这是二〇一三年的第一场雪。

张半仙和敖拉倚站在一块石头上眺望着，但眼前的景色与他们无关。敖拉倚看了看图说："从图上看，确实在龙城煤矿附近，但具体地点还得通过其他资料确定。"张半仙说："你就用心找吧，我不会亏待你的。"敖拉倚说："张先生，你这么明目张胆地寻宝，不怕公安注意你吗？"张半仙用手向山下最高的楼一指："龙城的公安正在忙着打黑除恶呢，我想，他们的注意力在那儿。"

张半仙说的"那儿"是龙城医院。外二科四〇九病房内外，闹哄哄的有很多人。大裤裆在病房里，头上缠着纱布，躺在病床上。病房里进进出出，有很多人来看他。医院监控室，李明乔观看着电脑屏幕，记录着每个进出病房的人的情况。

刑警大队里，龙大章看着录像分析每个嫌疑人的特征。鲁运拿着一叠资料进来说："龙队，这是所有嫌疑人的资料。"龙大章说："我们到收网的时候了。你马上向上级机关发请示报告，并请求协助。"鲁运说："好，我这就去办。"

龙城市医院外二科四〇六病房里，钱夫人躺在床上，几个手下人立在床前。钱夫人摸摸头上的纱布，疼得咧了一下嘴说："我从小就没受过这窝囊气。晚上把河西的人都叫回来，把大裤裆他们给我从医院轰出去。看着他们在我面前晃来晃去的，我就心烦。"

四〇九病房里，大裤裆揉揉受伤的肩，喝了一口酒。他对来看他的人瞪起了眼："你们不用总来看我，看我能看出花来呀？把龙城休闲娱乐城趁热占了，不给他们喘息的机会。另外，把忘情夜总会给我夺过来顶账。他欠咱们的，你们怕啥啊？"一个胖下属说："裆哥，人无头不立，鸟无头不飞，你什么时候出院啊？"大裤裆指着下属们骂道："你们这些个有娘养没爹教的熊种，你们将来蹲着尿尿得了。晚上，老子带你们去，我豁出这个膀子不要了……哎哟——"

有雪的夜色很浪漫。龙城市公安局院内警车成排，会议室内二百名警察及武警严阵以待。赵连起等市局领导坐在前排，周至祥偷偷地发了一个信号。

赵连起威严地说："同志们，为了肃清龙城涉黑组织，不再出现更大的流血事件，市局决定对龙城市伏龙区涉黑的两个团伙提前收网。参加此次行动的人员上交手机、注意保密，各区增援公安人员均由伏龙区刑警大队代理大队长龙大章统一指挥，他的指令就是我的指令。现在请龙大章布置抓捕任务。"

龙大章说："各位干警及武警官兵们，我们这次要彻底消灭龙城的两股黑恶势力，我们近几个月已经掌握了主要犯罪嫌疑人的活动规律和体貌特征，各组要密切配合，同时收网，一网打尽。下面，我布置一下各组具体任务……"

散会后，民警和武警们向警车奔去，警车出发了。周至祥阴阴地笑了……

夜晚，一阵风雪袭击了龙城市医院。警察们像旋风一样冲了进来，控制了外二科四〇六病房。钱夫人刚要持械反抗，就被朱丽雅摁在地上……同样，在龙城休闲娱乐城，正在准备械斗的两伙人被一片强光照得迷了眼，大裤裆一瘸一拐地捂着膀子被民警推上了警车，两伙剑拔弩张的"斗士"全部束手就擒……在帝豪会馆和忘情夜总会，很多白衣人被带上了警车，街上响起了急促的警笛声。

各抓捕组纷纷凯旋，龙大章"啪"的一个敬礼："报告赵局长，此次行动抓获嫌疑人二百四十八名，尚有天创团伙的三十几名嫌疑人脱网。"赵连起问："为什么脱网？"龙大章说："我想问题还是出在保密上，我们不能保证我们队伍的每一个成员都是纯洁的。"赵连起脸沉："告诉各组继续搜捕，不能给嫌疑人喘息的机会！同时，查下谁泄的密！"龙大章答应一声"是"后向外跑去。

在刑警大队，大裤裆和钱夫人都戴上了手铐，他们一个龇着牙，一个瞪着眼，就像斗败的公鸡。

龙大章走过来说："还不服气吗？据我所知，你们花费几千万收购的三家娱乐场所早已抵押给了银行，卖给你们的是几百万的外债，你们让人家耍了，还在那儿你死我活地斗。可悲啊！"

大裤裆说："你在诳我？"龙大章说："你看是在诳你吗？我们是在给你提醒，还不觉醒，就等着严惩吧！"

钱夫人头昂着说："我知道过不了你们这一关，爱咋咋地！"

龙大章义正词严地说："钱夫人，你屡次犯事儿，几进几出，竟然能逍遥法外十七年，你帮助钱如意侵吞国有资产没败露，也算高手啊！"

钱夫人说："老娘我最终不还是败在了你手上吗？你才是真正的高手。"

龙大章说："不，我们都不是高手，真正的高手姓正，名义，叫正义！"

那处豪华住所里，张半仙站在阳台上向外望着。他对站在身后的大黑猫和黑老三说："我们的人都及时撤出了吧？"黑老三说："大哥太英明果断了，我们的人完好无损。"张半仙说："要下雪了，以后的日子不好过了。"大黑猫问："大哥，我们找地儿避避风吧？"

张半仙回过头来，恶狠狠地说："避风？你们啥时见我赫老大当过缩头乌龟？我们不仅不能退，还要主动进攻。我们是龙大章网中的鱼，现在只有鱼死网破了！"

大黑猫问："大哥，你就说怎么办吧。"张半仙说："抓了二三百人，够龙大章忙活一阵子了。在公安无暇顾及我们的时候，尽快完成我们的工作。你们过来……"

在昏暗的灯光下，三个人嘀咕着……

7

冬晨的太阳照在一片残叶上。张半仙和敖拉倚穿过一片枫树林，来到一座巍峨的大山前。

敖拉倚仰望着大山，就像见到了先祖。她喃喃地说："这里应该就是木叶山了。"她望着眼前的峭壁对张半仙说："听父亲讲，木叶山上面过去有用石板搭建的石屋，有一条古石道，还有一段的石墙，现在都不明显了。我们上山吧。"

二人气喘吁吁地爬到了山顶，站在山上，展开了地图。敖拉倚接着说："据先人讲，从木叶山的最高峰向西看是永州，向北看是通往上京过西拉沐沧河的古道，而向南锅撑子山冬至日下午四点山尖的阴影处就是藏宝地穴的一个出口。"

张半仙听得直点头："我们还得下山？"敖拉倚说："对，我们得下山，在四点前到达锅撑子山山尖的阴影处。"说完，二人急忙向山下走去。

在刑警大队，龙大章正在对着涉案人员名单勾画着。

朱丽雅进来了，她拿过一组案卷说："连夜突击，都差不多了。大章，一宿没睡，你该休息一下了。"

龙大章说："有人不让我休息啊。"朱丽雅问："谁？钱如意和李明鑫等人的涉黑势力不都扫除了吗？"龙大章站起来，走到题板前说："丽雅，你看，涉及我们伏龙区的主要有三大势力，钱如意和李明鑫只能算作三大势力中浮在表面的，金疤痢后面这只幕后黑手还没有斩断，他才是我们的劲敌。可奇怪的是，昨天行动，涉及这方面势力毫发未损，说明什么？"

朱丽雅说："说明他们提前得到了消息。"龙大章点头说："对，这伙势力比我们想象得要难对付得多。或许打掉他，'东北新干线'、鸡血麻神及藏宝图被盗案也彻底告破了。最残酷的战役刚刚开始打响，我哪能睡着呢？"

朱丽雅失望地说："我今年的休假计划又要泡汤了——龙山的残叶都快没了。"

龙山的寒风没有吹灭寻宝人的热情，龙山的残叶没有败了寻宝人的兴致。走到龙山煤矿废弃的矿井边，张半仙和敖拉倚都有了一丝兴奋。

敖拉倚认真地说："应该就在这一带了。"

张半仙笑了："敖拉教授，有没有搞错啊？这是我的龙山煤矿过去废弃的一个巷道，随时有塌陷的危险。"

敖拉倚说："据我父亲讲，在木叶山脚下，通向藏宝地穴的通道有三条，第一条东西方向约有十米长，第二条南北方向约有六米长，第三条西南方向约有六米长。第一、二条通道在修建完工前已被填充死，只有第三条通'再生洞'，就是你过去挖煤的地方。也就是说，你的人再多挖一锹，可能就得到了价值连城的宝藏。"

张半仙的眼睛险些鼓出来："是这样啊，太好了。我们何时动工？"

敖拉倚说："张先生，你太心急了。公安局的龙大章正在盯着你我，就是现在找到藏宝的地方，也无法取出财宝。我的先人是藏宝的设计者和唯一幸存者，他告诉后代人，取出宝藏有两大难关，一是要找到开启大门的钥匙，二要掌握内部石器的卯榫节点，有一点操作不对，宝藏或被大水所灭，或被上面的巨石所毁。"

张半仙眼睛骨碌碌地转着，他不知道敖拉倚和他说的话哪句是真、哪句是假。但是，他必须得给她吃定心丸儿："开启的钥匙，这我知道，鸡血麻神中的四张牌。"

敖拉倚点了点头问："卯榫节点你也懂？"

张半仙摇了摇头，突然他眼睛一亮："我知道有一个人懂。我们下山吧，天要黑了。"

　　龙城市公安局局长室的灯亮了一个小时了，这里的气氛比外面的天气还在冷。

　　赵连起正在发着脾气："大章，我叫你来不是让你检讨的，行动中出现一些问题，恰恰能检验我们这支队伍的纯洁性。实践证明，我们的队伍中确实有个别人已经投入了敌人的阵营，我已让技侦部门详查昨晚的通信情况，很快就会有结论。你不能张大网捕小鱼，我现在想听听你对'东北新干线'的分析。"

　　龙大章说："从我们掌握的情况看，钱如意集团和李明鑫集团还都只停留在一般涉黑犯罪行为中，他们都与'东北新干线'无关。"

　　赵连起点了点头："嗯，你接着说。"

　　龙大章说："十八年前，被你和我师傅消灭掉的'东北新干线'只是这个组织的一个分支机构……赵局，我这样说，你不会生气吧？"

　　赵连起说："我的心眼儿还没小到那种程度，你说。"

　　龙大章说："我推测，这个组织的大老板就是二十多年前在凤城'死'于车祸的赫顺，涉黑组织的人管他叫赫老大。赫老大没死，他就是张百年，那个所谓的张居士。他带领他的保镖金疤癞、大黑猫等人，一直在全国范围内从事着毒品、假石头制作、买卖枪支等犯罪活动，并且在龙城废弃木工厂生产毒品原料。风声紧后，他们准备变卖资产后逃脱，或者还有更大的举动。"

　　赵连起惊讶地问："他就敢在我的眼皮底下活动？"

　　龙大章点了点头："龙城的繁荣掩盖了很多罪恶。我觉得赫老大是在下一盘很大的棋，他们要得到的决不仅是几个毒资而已，他们或许还要整个龙山。"

　　赵连起惊问："这么严重？"

　　龙大章说："是的，通过侦查，我们发现，这个组织在政治、经济和文化上都想插一手，这个'东北新干线'有着很深的背景……"

　　赵连起沉思道："大章，你的分析提醒了我。想当年，我急功近利，没有深挖犯罪，致使'东北新干线'只打掉了皮毛。这次，你们不能再犯我的错误，一定要挖尽毒根。"

　　龙大章一个立正："赵局，我会不惜一切代价完成你交给的任务的。目前，他一定会认为，我们在大搞麻神艺术节、打击钱、李团伙，顾不过他来。他会有所行动，正好让他充分暴露在我们的眼皮底下。"

　　赵连起拍了拍他的肩膀："好，我全力从人力物力上支持你。有关'东北新干线'的情况，你只向我一个人汇报。"

第五十五章 龙山寻宝，孤注一掷

1

天空阴了起来，天气预报说，西伯利亚寒流将引来新一轮的降水。那处豪华住所，窗帘拉着，屋内更加阴暗。

张半仙背对着大黑猫，阴沉地说："兄弟，老天给我们的时间和机会不多了。我们要在有限的时间内找到鸡血麻神，挖出龙山宝藏。然后，你跟我去日本，过一下逍遥自在翁的日子。我们打拼了大半辈子，就等这一天了。"

大黑猫低首道："我听大哥的。"

张半仙叮嘱说："鸡血麻神的事儿我亲自办，起出龙山宝藏的事就交给你了。到时，老三会配合你的。"

大黑猫为难地说："大哥，我对龙山宝藏一无所知啊！"

张半仙拿出两半张羊皮地图小心地对在一起，构成了一个完整的地图。他指点道："龙山宝藏的埋藏点就在这里。"

大黑猫用心地看着地图，使劲地眨着眼睛，一脸懵圈："大……大哥，这是天书啊！"

张半仙说："什么天书？这叫契丹文，大辽国的国语。"

大黑猫敬佩地问："大哥，你认识？"

张半仙斜了他一眼："大辽战败后，它的一切随着这个民族消失成一个千古之谜。就是文字，传下来的也是少之又少。全国能准确翻译契丹文字的不会超过十人，而在我们龙城有两人。"

大黑猫问："大哥，你是其中之一？"

张半仙说："不要疯狂地迷信你大哥，你大哥连传说都没有，就是一个混食度日的测字先生。真正的学问家有两人，一个是博物馆的于伟绩，另一个是龙城大学的敖拉倚。藏宝地点和开启宝藏之门的方法他们会告诉你的。"

大黑猫问："他们和我们是一伙的？"

张半仙没有回答，他认为对这个笨蛋没必要说得那么清，就去收拾自己的行囊。他仔细地看了看装进皮箱里的东西，又把一些东西扔在火里。大黑猫坐在旁边惶恐不安地看着张半仙。这时，张半仙腰间的电子显示屏亮了："冬雪来了，北海道避风！！！"

张半仙一惊，他拿起电话，拨打着一个号码："赵公子，我们说的事儿……两天后的十时交割，货款两清，不能有变啊……那就好……"他又发了一条微信："老三，找机会下手吧。过去，他追着我的影子走；现在，你要追着他的影子走。"

他把装好的皮箱看了一下，满意地放在了一边说："黑猫，说实话，对那个敖拉倚我并不相信她真能找到宝藏埋藏地。有一个人你得请去，他手里有本书。"

大黑猫问："谁？"张半仙说："于伟绩。"大黑猫问："怎么能让于伟绩听咱们的？"张半仙说："他在乡下一个山坳里考古，老三已经把他'请'来了，明天一早你就带着他到山里寻宝。至于敖拉倚嘛，她明早会主动送到你手里的。"

豪华住所对面的龙城大桥上，龙大章手扶桥栏向远望去。有阵阵的寒风吹来，他感到一丝冷意，打了个寒战，一件大衣披在了他身上。

龙大章问："丽雅，你怎么知道我在这儿？"朱丽雅说："我知道你犯难的时候或遇上决定大事的时候就会来到这里。赵局又给你压力了吧？"龙大章说："是我自己给自己压力了。"

朱丽雅很轻松地说："大章，我请求马上对张半仙、敖拉倚等人采取行动。"

龙大章望着远处说："不，我们的网要疏而不漏，过早行动就会使部分坏人漏网，'东北新干线'还会死灰复燃。"

朱丽雅说："这样的等待让人难受。"龙大章说："一个好的猎人首先要学会等待。你没发现吗，敌人比我们还难受。龙、凤两地款项被冻结后，赫老大会警觉，他也会指使下属全面出击，制造混乱，为他出逃准备。到那时，我们的任务更加艰巨。"

电话响了，里面传来姜美祺的声音："大章，小艺有个麻神精神表演赛，她指名要你我现在帮忙对台词把一下关，可以吗？"

龙大章看了看身边的朱丽雅，朱丽雅使劲点了两下头。

夜晚的龙城，行人寥寥，红灯焕彩。"以实际行动迎接龙城市首届麻神艺术节""赛出成绩、赛出风格"等标语格外显眼。龙大章和朱丽雅来到龙城大学礼堂，"龙城麻神精神表演赛"的横幅映入眼帘。

伴着一阵掌声，主持人姜美祺盛装出场："各位观众，龙城市首届麻神文化节就要召开了，我们的麻神精神表演赛就是要通过麻神精神体现龙城精神。下面表演的主题是麻神精神中的狼性与羊性，让我们拭目以待！"

白小艺戴着狼面具上场，后面跟着一群穿"狼皮"的男同学。一个男同学戴着羊面具上场，后面跟着一群穿羊皮的女同学。两方拉开了架势，劲舞上场。

男同学一派娘娘腔地表演道："各位观众，我们的观点是麻神精神要以羊性为主，通俗地说，就是友谊第一、比赛第二。纵观中华民族几千年，'中庸'永远是一个中心词，在创建和谐社会的今天，这一精神不会损人利己，难道不值得推崇吗？"台下掌声响起来。

白小艺一派女侠的气概："各位观众，不要为他的观点所左右。大浪淘沙，方显英雄本色。麻神精神的实质就是取得胜利。因为崇尚'羊性'，我们的民族一度因羊群效应、做麻木的看客而屡遭侵略，真正的强者就应该像狼那样独立生存、直达目标！"掌声更响。

趁着双方表演"狼羊对打"的舞蹈时，姜美祺在旁边客串道："各位，在'狼'方咄咄逼人的攻势下，'羊'方略显吃亏。我以为，做人要做喜羊羊，做事要做灰太狼。一味地强调狼性肯定不行，那样，就会有人为了成功而不择手段，麻神精神就变成了强盗精神，狼子野心、狼心狗肺、狼狈为奸的人就会成为社会的主宰，使国人陷入另一种危机……"

龙大章和朱丽雅带头鼓掌。可是，电话里传来鲁运的声音："龙队，于海平报案，于伟绩失联，怀疑又被绑架了。"

这就是羊与狼的较量。今天，他不能给小艺提表演建议了，他和朱丽雅来不及和姜美祺等人告别，便匆匆向刑警大队而去。

2

龙山的早晨，雾霾渐浓。一辆越野车停在了山道旁。敖拉倚一身运动装，慢慢地从车里出来，向山上走去。草丛里蹿出两个人，一前一后地立在敖拉倚身边。

敖拉倚惊恐地问："你们……你们要干什么？"

黑老三冷冷地说："敖拉教授，契丹后裔，我们想让你帮我们一个忙。你是文化人，我们不想跟你动粗，跟我们走吧。"

龙山煤矿一个废弃的矿井内，于伟绩被绑在椅子上，大黑猫阴郁地看着他说："于馆长，三个时辰了，你老人家对藏宝准确地点可是只字未提啊！我们的耐心是有限的。"

于伟绩挣扎着，想说话却说不出来，看着敖拉倚，只有"呜——呜——"地叫着。

敖拉倚说："嘴捂着呢。"大黑猫给他揭下嘴上的胶带。于伟绩大口地喘着粗气："我……还要仔细研究一下……那两张图……"

大黑猫说："还用图吗？我们知道你已经研究了《契丹宝藏》的解密

本。"于伟绩解释说："那本书只写了开启宝藏的方法。"大黑猫说："好吧。"他把两张图放在于伟绩面前说："敖拉教授，你俩一起研究下，不要说图是假的，也不要说你们不认识契丹文，更不要说你们看不懂，语言里有一个'不'字，我们就割一刀，你们掂量着来！"

于伟绩惶恐地点点头，拿起放大镜，和敖拉倚仔细地研究地图。

地图上，鸭鸡山、锅撑子山、大青山、大黑山等地名一一地闪现出来。那首古诗也在他们脑海中萦绕。最后，于伟绩和敖拉倚的目光同时落在"木叶山"三个字上。

于伟绩说："黑猫，藏宝地点……我想不在龙山，而是在锅撑子山里的老虎崖东的木叶山山环处。"

大黑猫用怀疑的眼光盯着于伟绩，"噌"地掏出刀子架在于伟绩的脖子上说："你敢耍我？我们老大说了，宝藏应该在龙山煤矿附近。龙山宝藏不在龙山，那在哪？你懂吗？"

敖拉倚说："说龙山宝藏必定在龙山，那是外行的说法。龙山在清朝才得以被皇家命名，而辽代契丹民族的始祖的坟在木叶山。"

大黑猫说："你说这些我听不懂。总之，我不管是龙山还是木叶山，今天的事儿你给我找到宝藏还则罢了，找不到，你就身首两处，家人无存，明白吗？"边说，边照脖子上比画了一下。

于伟绩脑门子上的汗像黄豆一样大，赶紧点头称"是"。大黑猫对五个黑衣人说："走，带他们去寻宝！"

大黑猫和几个打手押着于伟绩和敖拉倚穿过秋季冷硬的树枝，不知走了多少沟沟坎坎，终于在一个山坡上停了下来。

于伟绩喘着粗气说："我们这么转没有用，只有等到下午四点才能找到准确的位置。"大黑猫望了望西边的太阳，看了看表："时间也快到了。"敖拉倚请求道："黑猫，我们往那边歇会儿吧？"

在一个山环处，于伟绩和敖拉倚停了下来。于伟绩说："我需要准确的时间和时差表。"大黑猫把手表递给了敖拉倚。于伟绩往前走了两步，看了看木叶山的阴影说："应该就在这里，你们向下挖，或是找到地下巷道经过这里的位置。"大黑猫一挥手："挖!"

木叶山的枫树林里，龙大章和朱丽雅在里面穿梭。

龙大章说："丽雅，这回你看枫叶的愿望终于实现了。"

朱丽雅说："你去年就答应陪我看龙山红叶，今天要不是来龙山侦查于伟绩的行踪，又失去了一次机会。一年年的失去，直到我像这些红叶一样老了，再也没有看枫叶的激情了。"

龙大章说："其实，人年龄越大，越喜欢看枫叶，你的机会多得是。"

朱丽雅说："同样是看枫叶，分跟谁看。我要是稍一松手，你从我旁边溜了，我跟谁看枫叶去？"

一行杂沓的脚印吸引了龙大章，他小声说："丽雅，你看，这些脚印好像是往山上去了。"朱丽雅说："我怎么看不见？"龙大章说："你看这些残叶，被踩过才会这么新鲜。我们往上去找找。"

大黑猫一行押着敖拉倚在山上挖着，在树上望风的一个人发出了布谷鸟的叫声。大黑猫一挥手，小声说："马上停下来，有人上山来了。"几个人匆匆忙忙地向山后转去，在一片密林里趴了下来。

龙大章和朱丽雅走过来，仔细地搜寻着。这时，一个小型龙卷风吹过来，再也找不到行走的痕迹了。龙大章说："我们顺着这条线上去看看。"朱丽雅说："我什么也看不出来，天要黑了，我们得赶紧下山，要不会迷路的。"龙大章看了看天色说："你自然看不出来，因为你没在林区生活过。"

二人又向上搜寻了半天，印迹消失了。龙大章看了看西边红红的太阳，无奈地说："我们下山吧。"

看着龙大章和朱丽雅下山了，大黑猫长出了一口气，他扯下敖拉倚和于伟绩嘴里塞着的布，又让手下人挖了起来。

下山的路上，龙大章接到了龙小晴的微信："哥，今天爸爸过生日，全家人就等你了。"

来到思晴家具公司，一进院就听见了一阵欢歌笑语。龙大章姗姗来迟，人们便要罚他三杯酒。龙大章举起酒杯说："来，我接受大家建议，全家人共同喝三杯酒。第一杯祝贺老爸生日快乐！第二杯祝贺思晴家具公司事业发展！第三杯祝贺家人们、朋友们幸福快乐！"

老龙头高兴地一饮而尽，兴奋地说："孩子们，从二十几岁就有人管我叫老龙头，直到五十好几，才真正像回事儿地站在人面前，有人称我为龙董事长了，大概是说我懂事儿了吧！"他的话又引来一阵哄笑。

郝子强端起酒杯说："龙叔……"老龙头说："不，叫爸。"郝子强红着脸说："爸……我郝子强能有今天，全凭您和大章、小晴的支持，你永远是思晴公司的大股东、大当家。哪天，你看我郝子强不像那么回事儿，你就把我换掉，我绝对毫无怨言。"

龙大章说："子强，好好干吧，古老的技术和现代工艺有机结合，再加上你刻苦耐劳的精神，一定能成功的。"

郝子强说："跟家人们通报一下，我们现在已经接到三批订单了！"

龙大章刚要庆贺，来电话了："小艺……敖拉倚失联？……我马上回刑警大队。"他放下酒杯，向外跑去。

老龙头望着龙大章的背影说："唉，吃顿饭也吃不消停。"

3

漆黑的夜色笼罩着龙山煤矿废弃的矿井。大黑猫等人的脸黑一道、白一道的。他们狼吞虎咽地吃熟食、喝啤酒的姿势，就像地狱的饿鬼。于伟绩和敖拉倚坐在旁边静静地看着巷道里的一切。

大黑猫拿着一个鸡腿过来说："二位，吃一点儿吧，时间长着呢。"

敖拉倚说："你们的算盘打错了，寻宝，我根本不用你们绑架。你们这一绑，小艺发现我不在，就会报警的，你们就会被抓获的。别以为公安都是吃素的，在你们吆五喝六地喝酒时，没准儿公安已经在拿你们的路上了。"

大黑猫一愣，他放下鸡腿说："你说得有点儿道啊。"

敖拉倚说："给我解开绳子，我给小艺打个电话。"

大黑猫一努嘴，一个黑衣人给敖拉倚解开了绳子，把电话给了她。大黑猫恶狠狠地说："该说什么，不该说什么，你比我清楚，谁都不想死。"

敖拉倚瞪了他一眼，拨打电话："小艺……着急了？……我去凤城有点儿急事，没来得及告诉你……公安那儿……你告诉他们一声，我没失踪。"

其实，这是明显的报警电话，可大黑猫听不出来。他盯着敖拉倚说："算你识时务。"

敖拉倚说："其实，你们犯不上从山上挖，我步测了，那个入口就在五十步前龙山煤矿巷道左侧。你们从里面挖，神不知、鬼不觉，省工又省力。"

大黑猫疑惑地问于伟绩："她没说谎吧？"于伟绩说："她说得有道理。"大黑猫低声命令着手人："去，按他们说的挖！"

敖拉倚和于伟绩的绳子都松开了，他们坐在地上，不管三七二十一，啃起了烧鸡。

匆匆赶到刑警大队副队长室的龙大章见到了白小艺。

白小艺说："对不起，大章哥。没事儿了，敖拉姨突然去凤城了。"

龙大章说问过白小艺通话的详情，说："问题不会那么简单吧？小艺，你再给你敖拉姨拨回去，问她走到哪儿了、什么时候回来。不要说你在公安局，自然点儿。"他向朱丽雅一使眼色，朱丽雅便向技术室跑去。

白小艺边拨打电话边说："这你放心，忘了我是学表演的了？"

龙山煤矿废弃矿井里，敖拉倚的电话响了。她用征询的眼神儿看着大黑猫，大黑猫说："用免提接。"敖拉倚打开免提："小艺啊，怎么又来电话了？"白小艺说："敖拉姨，我想问问你走到哪儿了，我后天也要去凤城演出呢。"敖拉倚说："是吗？我才出来十多公里。你睡吧，我在凤城等你。公安那儿咋说了？"白小艺："我都告诉派出所了，说你没失踪，他们还训我了呢。敖拉姨，啥时回来？"敖拉倚说："等你演出完事就回来。"白小艺问："敖拉姨，你去凤城准备住在哪儿啊，我好去找你。"敖拉倚见大黑猫一个劲给她打手势，便说："还是上次住的天涯宾馆……我要上餐车吃饭了，不和你说了。"说完，按了电话。

送走白小艺，龙大章来到技术室，问朱丽雅："怎么样？"朱丽雅说："从手机信号看，那里信号不是很好，说明没在火车上，因为在二十公里范围内，不存在信号不好问题。同时，也没有火车上特有的声音。另外，方向不对，凤城在西边，从我们所测位置看，她手机信号是在西南十五公里处发出的。"

龙大章一惊："敖拉姨有危险了，刚才通话中说'还住天涯宾馆'就有问题，小艺说她们上次住的是凤城宾馆，而且敖拉倚从不去火车的餐车吃饭。于伟绩的手机还不通，他们是不是在一起呢？鲁师兄，集合队伍，向西南十五公里龙山煤矿附近搜寻。"

龙山煤矿废弃矿井，一场狼狈的晚宴草草收场。大黑猫看看于伟绩和敖拉倚还在啃没肉的鸡腿，就焦急地想发脾气。一个黑衣人跑过来喊："胡哥，找到了，找到了！"大黑猫说："你是说找到财富的入口了？"黑衣人说："是，挖到了石头墙。"大黑猫很兴奋："我们去看看。"

在几个黑衣人挖过的地方，发现了石头墙。大黑猫问："敖拉教授，怎么办呀？"敖拉倚说："慢慢挖，找到财富之门。"大黑猫说："慢慢挖？等我挖出来时，公安早注意我们了。小二子，马上定向爆破。"黑衣人答应一声："是。"去找炸药了。

这时，大黑猫的电话响了："大……哥……你说啥……我听不清啊！"他一边向外走一边接电话："还是听不清……"

见大黑猫拿着电话向外走，敖拉倚悄悄地给于伟绩解开绳子，他们偷偷地向外走着。快到巷道口时，敖拉倚和于伟绩拼命地向外跑去。大黑猫发现敖拉倚在跑，他赶紧追了出去："你们给我站住！再不站住就开枪了！"

"轰"的一声响，石墙被炸开了。大水像喷泉一样涌了出来。黑衣人眼睛睁得比牛眼还大，大喊："透水啦，透水啦……"他还没有喊完，大水瞬间把那个放炮的黑衣人吞没了。

大黑猫连滚带爬地逃出了巷道，另外四个黑衣人向敖拉倚和于伟绩追去。敖拉倚和于伟绩拼命地跑出巷道。于伟绩身体肥胖，本来就跑不动，又被树根绊了个跟头，被四个黑衣人按在地上，捆了个结实。

敖拉倚躲在树窠里，躲过大黑猫搜寻，向山下跑去。

在寒夜里搜山的龙大章和朱丽雅、鲁运等人，隐约听见了"轰"的一声响。

龙大章喊："那边有爆炸声，快，向那边，龙山煤矿方向。"三个人带人飞快地向龙山煤矿跑去，任荆棘划破衣服。

大黑猫和四个黑衣人在山坡上搜寻着敖拉倚。一个黑衣人说："胡哥，没有啊。"另一个黑衣人望了望悬崖说："胡哥，是不是掉到悬崖下去了？"大黑猫说："可能吧。顾不过她来了。"他转身对于伟绩说："你要是再敢像敖拉倚那样耍我们，小心你的老命。走，天亮前找不到宝藏地儿，你将与这座山同在！"

于伟绩向桦木沟边的鸭鸡山指了指，大黑猫和四个黑衣人押着于伟绩向桦木沟东南的鸭鸡山走去。悬崖壁上，敖拉倚听听上边没了动静，慢慢地爬了上来，悄悄地跟在了大黑猫等人的后边。

龙大章带人来到龙山煤矿废弃矿井外，发现大水漫出了井口，冲出了两具黑衣人的尸体。龙大章说："丽雅，快，报告给相关部门，请求救援。"

鲁运问："这么大的安全生产事故，怎么不见煤矿来人呢？"龙大章说："这不是安全生产事故。据我所知，这个井早已废弃不开采了。你们看，这个人的衣服也不是矿工穿的衣服。我想，是有人把这里当成了藏宝的通道才爆破的。"

朱丽雅说："下午发现的足迹是盗墓贼的？"龙大章说："不是盗墓那么简单。马上通知技术部门的人到场，我们抓紧搜索附近，说不定敖拉倚他们就在这一带。"

4

敖拉倚且伏且行在草丛中，脑海里浮现着龙山煤矿废弃矿井里涌出的水和黑衣人的狼狈样，她的眼睛竟流露出一丝瘆人的冷笑。她对所有觊觎契丹宝藏的人都有一种刻骨仇恨，她希望他们全部死光。

龙山树林里，大黑猫和四个黑衣人推搡着于伟绩狼狈地向鸭鸡山方向走着。于伟绩走走停停，喘着粗气，手和脸让树枝刮出了血印。大黑猫心生疑惑地问："于老头，你到底要把我们引到哪里？"于伟绩有气无力地说："鸭鸡山。"大黑猫说："你要是敢像那个娘们一样耍我们，我随时要了你的命！"于伟绩请求道："给我松绑吧，这种情况，我能跑到哪儿去？"大黑猫使了个眼色，一个黑衣人给于伟绩松了绑。几个人推搡着于伟绩向鸭鸡山走去。

消防车和警车打破了龙山煤矿的宁静，龙大章和朱丽雅、鲁运带领民警们搜山，可他们一无所获。

龙山在静谧的夜色中掩盖着罪恶。月光下，大黑猫等几个人斜斜的黑影印在鸭鸡山的山洞前。几个人累得通身是汗，大黑猫用怀疑的眼光看着于伟绩。于伟绩上气不接下气地说："按《契丹宝藏》的记述，应该是这里。"大黑猫恶狠狠地说："我说过了，天亮前找不到契丹宝藏入口，这个山洞就是你的葬身之处。"他向后一挥手："我们进去！"

几个人打着手电警惕地进了山洞，手电光照在奇形怪状的岩石上，看着让人心惊胆战。于伟绩等一行人蜿蜒而入，寻找着路径。这时，一堆乱石头挡在了前面，出现了两个洞口，他们只好停了下来。于伟绩说："应该向左边。"大黑猫说："左边？这么窄，一点儿也不像啊。"于伟绩说："不像才像。"大黑猫虽然听不懂，但还是听了于伟绩的话。他挥手对几个黑衣人："搬石头，抄家伙，打通洞口。"

这时，从山洞深处传来一个奇怪的声音："各位不速之客，我是再生洞主。半夜入我洞府，就听听我故事吧。千年前的此时，一个穷人为避雨迷了路，无意中进了女阴洞……"

黑衣人个个吓得趴在地上。大黑猫问："什么鬼？出来！"

那个声音接着说："突然，他发现一个像麻雀蛋大小的金蛋，他捡了回去。从此，这个穷人每月都能捡到这样一个金蛋。一个财主知道了，就赶在穷人之前捡到了金蛋。但是，他怎么也爬不出山洞，于是就把'蛋门'凿大了一些。这时，山崩地裂，那个财主葬身在乱石中、乱石中……"

大黑猫吼道："半夜三更，我们可不是听你讲鬼故事的，有能耐就出来！"洞里传出回声："出来、出来、出来……"

于伟绩说道："猫爷，你们如果不想像那个财主一样葬身在乱石中，就按她说的去做。"

大黑猫问："你也想让我们出去？"

于伟绩说："这堆石头看似很少，只有找到节点，才能顺利进入。否则，这里的石头就像流沙一样，永远搬不完，除非你能搬走一座山。"

大黑猫的电话响了，他跑到一边去接电话，里面传来张半仙的声音："于伟绩说的或许是真的，按他说的做。有一个人会找到节点，一会儿老三给你送过去。"大黑猫放下电话，一挥手，众人停了下来。

北山思晴木工厂，昨晚的生日宴早已让疲劳一天的人们进入了梦乡。

埋伏在门外树丛里的黑老三活动了一下筋骨，悄悄地向门口摸去。老龙头昨晚多喝了几杯酒，前列腺的毛病又犯了，便不停地上厕所。这次回来后熄了灯刚想睡觉，突然听得外面有响声。他从床上爬起来，拎根棍子走到外面巡视起来。

黑老三向树边扔了一个石子，老龙头用手电照着走过来。他一边走一边照着树，什么也没发现。突然，一个黑布套在他头上，两个黑衣人把他按在地上，捆了个结实，又往他的嘴里塞进一只袜子。一辆山地越野车开过来，两个黑衣人把老龙头塞进车里，车子扬起一片尘土，扬长而去……

那辆越野车疾驰到鸭鸡山山洞边。老龙头被绑在山洞的一块石头上，大黑猫把他嘴里的袜子扯了出来："老龙头，仔细看好了，找到石头的节点，你就能活；找不到，你就会被滚下的石头压死。"老龙头问："你绑我就为了这个？我老龙头几十代相传的绝门手艺不是为你们挖坟掘墓服务的，你们找错人了。"大黑猫说："老家伙，嘴比共产党员还硬，给我打，给我往死里打！"

几个黑衣人上来，对着老龙头就是一顿打。大黑猫走上前来，抬起老龙头的下巴："说吧，你扛不过去的。"老龙头怒目而视："你们这些贪心之人，契丹宝藏是国家的，你们竟想独吞，除非打死我！"

于伟绩说："别打了，打死他，谁也起不出宝藏。"大黑猫恼羞成怒："你们给他挠痒痒呢？"他夺过黑衣人的一个铁手电，奋力向老龙头的头上砸去。老龙头的额头上瞬间流下血来，他的眼一闭，头耷拉下去。一杯冷水泼在老龙头的脸上，老龙头醒了过来。大黑猫说："老龙头，你啥时帮我开启了宝藏的大门，我啥时放你去见你的儿女。否则，哼！"

老龙头看着大黑猫等人，一组过去的画面在他脑海中闪过。

二十七年前的龙山，龙大章的父亲背着接生婆跑过茅荆坝的一道道山沟，大口大口地喘着粗气，嘴里说："孩儿他娘，你可要挺住。""哇"的一声，一个胖小子出生在龙山的树林里。"哇"的又一声，接生婆兴奋地喊着："龙凤胎！"昔日的河西村老龙家，大章妈一边脱裤子一边说："大章、小晴他爹，今天出去，你穿这条裤子吧，别让人笑话，干活时小心点儿……"龙山的盘山路上，老龙头和同村的男人们像铁道游击队一样爬上了一个上坡的卡车，往下扔着东西。突然，老龙头的脚被什么绊了一下，从车上滚落下去……晚上，村里突然来了百十号警察，队长姜长庚大喊："挨家搜，把所有的男人全带走！"大章妈喊："老龙，你不是说给人当装卸工吗，怎么能去偷呢？别抓人了，我们这儿成了'寡妇村'了……"年幼的龙大章和龙小晴惊恐地看着老龙头被两个警察抬上了警车。龙大章说："我长大后要当一名警察！"

大黑猫再次抬起老龙头的下巴问："老家伙，你在想什么？"老龙头昂起头，坚定地说："我儿子是党员、是警察，我不能给他丢脸！"一口带血的痰吐在大黑猫脸上……

5

刑警大队一夜未关的灯告诉人们，这又是一个不眠的夜晚。龙大章和鲁运用熬红的眼睛反复地查看着各街口的视频资料。鲁运说："过了半夜，有一辆越野车上山，有一辆越野车下山。"龙大章说："下山的或许是龙山煤矿透水知情人。"鲁运问："师弟，你认为现场知情人一定会下山吗？"龙大章说：

"从车的牌子看，那是敖拉倚的车，她或许是知情人。"鲁运问："他们是为了什么呢？"龙大章说："契丹宝藏。"

朱丽雅拎早点进来说："二位，一宿没睡了，吃点儿早点吧。"龙大章看着视频，兴奋地说："你们看，这确实是敖拉倚，她正从这个路口向家走去。她下车了，很狼狈的样子。她或许是被人绑架，侥幸逃生，我们马上去见敖拉倚。"

满身泥土的敖拉倚换好衣服，洗把脸，疲惫地向一楼走去。一楼香火点点，气氛诡异。她在先人的像前磕了三个头："先人啊，我知道是你在保佑我，否则，我这与虎谋皮的举动是回不来的。他们已经找到了契丹宝藏，可是属于我们的东西我却无力保护，我该怎么办啊……"

敲门声响起，敖拉倚一惊，很不情愿地去开门。

龙大章带着朱丽雅站和鲁运在门口："敖拉姨，你不是去凤城了吗？"敖拉倚说："又是你。我去不去凤城得向你报告吗？"龙大章说："那倒不必，可是，如果你有生命危险，我们当公安的有责任保护你的安全。"

敖拉倚说："我没有什么危险，用不着保护。"龙大章说："已经被人绑架了，还说没危险吗？"敖拉倚问："你怎么知道我被绑架了？"龙大章说："我不仅知道你被绑架，还知道你为什么被绑架。"敖拉倚说："噢？那你倒说说看，你要说对了，我全力配合你。"

龙大章说："为了契丹宝藏。"敖拉倚点了点头："你答对了。契丹宝藏是我们契丹先祖留给后代的财富，只有我们契丹人才配拥有它。而大黑猫这些坏人已找到了藏宝地儿，他们只能像过去那些盗墓贼一样去见阎王了。"龙大章问："大黑猫？他在哪儿？"

敖拉倚说："我不告诉你，因为他们得不到宝藏。"龙大章说："据我们判断，于伟绩也在他手上，于伟绩会有办法让他们得到宝藏的。即使他们得不到宝藏，也会破坏了宝藏。敖拉姨，你的狭隘民族主义会害了你，中国在封建社会时就倡导民族大融合，而你还在开历史的倒车。"

敖拉倚沉思道："我不想听你什么大道理，我只希望宝藏完好无损。"

这时，龙大章的电话响了："子强……什么……我爸不知去向……知道了。"他按了电话，严厉地说："敖拉姨，告诉我，大黑猫在哪儿？"敖拉倚说："鸭鸡山。"龙大章对朱丽雅说："快，告诉他们马上赶到那里！"

龙山山道上，几辆警车在疾驶。一辆越野车超过警车向前飞驰而去。

龙大章对鲁运说："师兄，再加速。"鲁运说："师弟，再加速就起飞了。"朱丽雅用手把着把手，车子仍然把她颠了起来。车窗外的景物飞快地向后退去……

越野车远远地把警车落在了后边，鸭鸡山已隐约在眼前。龙大章说："师兄，快到了，把车停在隐蔽处，我们悄悄地过去。"鲁运说："好，就放在那沟里吧。"鲁运把车开进沟里，三个人跳下山石，向鸭鸡山的山洞摸来。

在洞外树丛中望风的黑老三看见龙大章他们上来，赶紧把藏宝图往怀里一揣，悄悄地向山下溜去……

鸭鸡山山洞里，大黑猫又拿起手电筒向老龙头走来，于伟绩挡在了前头："兄弟，你要的是财宝，要的不是人命！"大黑猫刚想发作，电话响了："老大……是吗？我们马上撤！"他放下电话，踢了于伟绩一脚，和几个黑衣人仓皇地向洞外跑。这时，几个黑衣人发现龙大章、鲁运和朱丽雅黑洞洞的枪口正对着他们，几个黑衣人争相逃命。

龙大章大喊："都给我站住！"他向天上鸣了一枪，大黑猫带着人举枪还击，顿时枪声大作。几个黑衣人想冲出洞口，被龙大章等三人的枪给压了回去，洞口留下几具尸体。大黑猫吓得折了回来，又向山洞里跑去……

警察迅速包围了鸭鸡山山洞，在龙大章指挥下，他们冲进各个洞口，把几个黑衣人全抓了出来。大黑猫向洞里跑着，就见于伟绩架着老龙头出来，他把于伟绩一推，把刀架在了老龙头的脖子上："谁也不要过来，过来我就要了他的命！龙大章，让他们后退，我要和你单独谈谈！"

警察后退并拉起了警戒线，龙大章坚定地走过来。鲁运说："师弟，都是我手脚不快，才让大黑猫逃进了洞里。"龙大章说："现在不是揽责任的时候，准备营救。师兄，你的枪法还好吧？"鲁运说："师弟，大黑猫劫持的可是你父亲。"龙大章说："师兄，你心理素质不好，吸引大黑猫的注意力。朱丽雅，上！"朱丽雅满眼疑问："大章，强攻？"龙大章威严地点了点头，向大黑猫走去。

大黑猫躲在老龙头身后，满脸杀气，向龙大章大声喝道："把外衣脱掉，让其他人退后一百米！"龙大章脱下外衣，喊："你们退后一百米！"大黑猫说："龙大章，我们是老对头了，没有你，我们已经完成'东北新干线'的使命了，你阻止了我们的发展，你就得付出代价。"

龙大章说："那你就冲我来吧，放了我父亲。你也自称是个人物呢，不要对老弱病残下手。"大黑猫咧着嘴说："不行，我大黑猫是黑道中人，不讲人性。我如果放了你爹，你能保证我平安地下山吗？"龙大章说："我不能保证，因为你是人民的罪人，我无权私放你。"

大黑猫吼道："那还啰唆什么？"老龙头说："大章，不要管我，抓坏人要紧！"大黑猫对老龙头冷笑道："呵呵，英雄的父亲啊，今天，不是你死就是你死，你还在较什么劲啊？"刀子划在老龙头的脖子上，血流了下来。

"砰"的一声枪响，大黑猫愣了一下，瞬间，龙大章的脚已经踢向大黑猫的面部。大黑猫一闪，龙大章把老龙头向旁边一推，此时，大黑猫的刀子向龙大章扎来。龙大章一闪身，顺势一拧，把大黑猫拿刀的手背了过去。

龙大章说："大黑猫，投降吧！"大黑猫冷笑道："哈哈，投降？在我的词典里没有这两个字。来吧，杀了我，死在你手里，也是前世修来的。可是，我死了，你永远不知道老大是谁！我只能告诉你们，老大还活得好好的……"

"砰！"又一声枪响，大黑猫被一枪爆头。

龙大章、鲁运和朱丽雅都愣了一下。周至祥提着冒烟儿的枪幽幽地说："龙大队，我来增援你们。"

又一条线索断了，周至祥的美其名的"增援"让龙大章顿生怀疑……

6

龙山的木叶山上，两个黑点移动到了一起，在这个白雪皑皑的山林中有点儿显眼儿。

张半仙对敖拉倚冷眼相视："敖拉教授，你还会带着我在这个偌大的龙山兜圈子吗？"

敖拉倚说："不是我想兜圈子，我若是能顺利地找到宝藏，我干吗要带着你啊？"

张半仙说："我明白，你是相中了我手中的图，我是看中了你懂契丹文。我们的关系是剪不断、理还乱，你对于我或我对于你都还有用。"

敖拉倚问："你为什么不找于伟绩呢？"张半仙说："那个老滑头，他带去的路必是死路。"

敖拉倚笑了："明白人啊。遇到了明白人就好办多了，不像昨天那帮蠢货。张居士，没有我敖拉倚，就没有龙山宝藏。"

张半仙说："所以，你就用水淹了他们？"

敖拉倚说："不，只能怪他们急于求成。是你的一个电话，让我有了一次逃生的机会，我得谢谢你。你不要试图和我来阴的，我死了，龙山宝藏也会'死'，那个于伟绩是找不到契丹宝藏的。我们真诚地合作吧，宝藏一人一半儿。"

张半仙阴阴地点了点头。他发现，敖拉倚又把他带到了龙山煤矿那个废弃的矿井附近，便阴冷地问："你还在耍我？"

敖拉倚向那边一指，示意张半仙别出声。

龙山煤矿那个废弃的矿井边，龙大章和朱丽雅几人正在进一步勘查现场。朱丽雅说："龙队，这个煤矿爆炸透水案的现场已经勘察两遍了，被炸开的是一个地下堰塞湖，现在水已经被抽得差不多了，并没有新的发现。"龙大章带着满腹的疑问："敖拉倚为什么会把他们引向这里？这里会是宝藏埋藏点吗？"此时，他突然打了一个盹儿，多亏朱丽雅扶住了他。他被人们扶到车上，下山去了。

一切安静下来，龙山煤矿废弃矿井又成了张半仙的希望。他们踏着泥泞的煤灰，向巷道深处走去。

张半仙问："大黑猫为什么没有找到藏宝的地点？"

敖拉倚说："不，他已经找到了。先人们告诉我，必须要把藏宝地上游的水放掉，才能起出宝藏。大黑猫让人炸开了它，消防部门替我们抽出了水，第一步工作完成了。"

张半仙一惊："没想到啊，你真是巾帼英雄啊！"

敖拉倚说："让你的人来挖吧，挖到地穴的门便不能乱动，开启宝藏的口诀是'三六九，二五八，找到宫眼再用发'。"

张半仙问："什么意思？"

敖拉倚解释说："探到洞门时，先用鸡血麻神中的三六九条和二五八筒六张牌同时开启。见到二门时用'发'开启，见到三门时用古建筑中的卯榫技术找到'宫眼'才能打开大门。否则，宝藏会瞬间被强酸毁灭。"

张半仙说："这么复杂。谁能用卯榫技术找到'宫眼'？"

敖拉倚说："老龙头被你的人打伤了，在医院里，只有找其他人了。"

北山思晴木工厂，一片繁忙的景象，没有人说话，只听见车床的转动声。郝子强穿着一身工人的服装忙里忙外的，几个木工在锯着木头。

电话响了，郝子强接电话："小晴……爸爸受伤了……我马上去。"他放下电话，边脱工作服边对工人说："你们先锯木头，我去医院一趟，马上就回来。"一工人说："好吧，这些粗活我们行。"郝子强换上衣服，匆匆向外跑去。

郝子强正在木工厂外的班车站牌下站着，一辆黑色越野车开了过来。黑老三探出头来问："你是郝子强吧？你亲戚说你岳父受伤了，正在医院抢救，让我把你捎回去。"郝子强看了看空空的大道问："刚打电话说不重啊，怎么抢救了呢？"

黑老三说："可能是怕你着急吧，快上车吧。"郝子强上了车，车门一下子锁死了。郝子强发现车上还有两个人，谁也没有说话，车子开走了。郝子强问："在哪家医院啊？"黑老三说："别问了，到地方你就知道了。"

龙山煤矿废弃矿井里，张半仙和敖拉倚看着黑衣人挖着巷道边上的泥土。一会儿，里面露出一扇石门。敖拉倚激动地跪在地上，双手合十："先人啊，你埋藏的宝藏我找到了，保佑我吧！"张半仙不解地看着敖拉倚："敖拉教授，下一步怎么办？"敖拉倚说："拿出你的钥匙吧。"

张半仙把半副鸡血麻神拿出来，敖拉倚仔细地挑着牌说："三六条、二五八筒和'发'都有了，就缺一张九条。"张半仙问："少一张也不行吗？"

敖拉倚说："少一张也不行，仿造一张也不行，必须六张牌同时开启，否则宝藏就会自我毁灭。"张半仙向黑衣人："好好地守护着洞口，我去找那张牌。"

张半仙向外走，在巷道内碰见黑老三等人押着郝子强进来了，便说："郝子强，龙大章的同学，我这里有点儿麻烦，需要你的帮助。老三，好生招待着！"

黑老三说："老大，有必要那么麻烦吗？"张半仙说："大黑猫也没想那么麻烦，所以就死了。我告诉你，这里谁也不要乱说乱动，等我回来。至于郝子强，等我们打开财富大门之后，他要为我们找到外椁的'官眼'。"黑老三说："好吧，老大，这里就交给我吧。"

张半仙叮嘱完向外走去。黑老三看了他一眼，又看了敖拉倚一眼，轻蔑地笑了。

黑老三和几个黑衣人疲倦地坐在地上，敖拉倚和郝子强对坐着。郝子强挣扎着，黑老三上去端了他一脚。

敖拉倚说："给他解开绳子。"黑老三问："他要跑了怎么办？"敖拉倚说："跑不了，跑了拿我是问。"

黑老三对黑衣人说："给他解开。敖拉教授，别故弄玄虚了，你那一套只能蒙我们老大，在我这儿不好使。"

敖拉倚轻蔑地说："老三，你意思是你比老大聪明？"

黑老三说："那倒不是，只是我觉得老大太小心了。到明天下午他还不回来，我就打破这铁门，取出财宝。到时，你，还有这死书呆子，都得去死！"

敖拉倚鄙夷地说："无知者无畏！"

7

伏龙区刑警大队的灯又亮起来了。龙大章经过短暂的休息后，让朱丽雅把近期的案卷全部调了出来。他在看有关"东北新干线"的案卷，电话响了："小晴……什么，子强不知哪去了……他没去医院……电话不通？你别着急，我这就想办法。"

龙大章放下电话，眉头紧皱，他对刚进来的朱丽雅说："丽雅，通知全体警员，随时待命，全体不得休假！"朱丽雅问："为什么？"龙大章说："跟踪张半仙失败，敖拉倚联系不上，郝子强又离奇失踪，'东北新干线'要做最后一搏了。马上让技侦部门配合，查找他们的下落。"

朱丽雅答应一声出去了，龙大章又拨通了一个电话："师傅，根据种种现象，他们要做最后的挣扎了，你和你的家人一定要注意安全……敖拉姨？我们也在找她。"

姜长庚接到龙大章的电话后，匆匆回到了家里。他看见姜美祺和白小艺都在安静地做着自己的事情，脸上有了一丝安慰。他搬出一叠厚厚的荣誉证书，姜美祺和白小艺瞪大眼睛不解地看着。

姜长庚沉重地说："孩子们，我愧对这些用生命和汗水换来的荣誉啊！我现在才知道，离开了组织，我就像被捆绑了手脚的人一样，无所作为。美祺、小艺，明早儿我最后上寺里去一趟，处理完一件事情，我就回来。你们要注意安全。"

白小艺问："姜爸，我们真要团聚了？"姜长庚摇了摇头说："孩子们，将来不论发生了什么，你们要相信你爸爸是一个好人，是最爱你们的人……小艺，你苦苦寻找的亲生父亲，他就是和我同住的所谓张居士，实名叫赫顺，一个十恶不赦的坏人，你从他的阴影中走出来吧，向前看。"白小艺吃了一惊："姜爸，这是真的吗？"

姜长庚点了点头。姜美祺说："小艺，无论如何，你都是我亲妹妹。"白小艺说："这个世界加速了我的成熟，我想明白了，姜爸和大姐才是我最亲的人。"

她流着眼泪抱住姜长庚，姜美祺在旁边心痛地看着："爸爸，明天你到寺里告别一下，就回来吧。"姜长庚看着窗外说："赫老大一定会去龙山寺的，到结账的时候了。"他掏出一张纸说："美祺，把这个名单交给大章……到收网的时候了。"

8

　　枝叶飘零的龙山寂静起来，镶嵌在龙山脚下的龙山寺便显得动起来。阳光给佛殿镀了一层金，清晨的钟声传出寺院，在整个龙山回荡。藏经阁里，张半仙闪转腾挪地在一楼佛像里穿梭，既像一个小偷，又像一个文物专家。他找到了那尊辽观音，用手指敲了敲，手伸向观音像里，脸上露出了得意的笑容……

　　龙山寺大殿里，文住持端坐在佛堂西侧，念着佛经，旁边一个年轻僧人敲着木鱼。姜长庚拿着装鸡血麻神的盒子，像木头一样出现在佛堂，他把那盒子双手举过头，跪着给大佛磕了三个响头。文住持双手合十，并不看他，敲了三下小钟，那钟声清脆地在大殿里回荡。

　　姜长庚站起来，走到文住持面前，把那盒子放到文住持桌上说："文住持，对不起，您是大觉悟者，能再给我讲讲人生吗？"

　　文住持打开盒子，随意地看了看，点燃一根蜡烛，拿了一块鸡血麻将放到蜡烛上烧了起来。姜长庚赶紧制止："文住持，不能烧啊，这可是国宝啊，你代我交给国家吧！"文住持不理会姜长庚，继续烧，那麻将竟冒出了蓝色的火苗。他慢吞吞地说："你看见这根蜡烛了吗？它有亮光吗？"姜长庚说："看见了，它的光不明显。"文住持手执蜡烛，向大佛后边走去："你跟我来。"

　　一个木制的佛手轻轻一转，一道小门打开了，一个台阶向下的暗道出现在他们面前。姜长庚跟着文住持走进一个漆黑的密室，黑暗中，密室亮了。文住持问："你现在看蜡烛有亮光吗？"姜长庚说："很亮。"文住持说："这是同一支蜡烛，为什么现在很亮？我赞同共产党员的一句话：'越是黑暗的时候越要点亮人生的光芒，这光芒就是理想、信念和希望。'"姜长庚看着文住持说："文住持，你为什么出家？"文住持痛苦地说："我曾经是一个犯过错误的协警，用大半生在这里忏悔。我曾是通城公安特聘的一名画像专家，因为我的画像造成了一桩冤案，我是来赎罪的……"

　　藏经阁里，张半仙从那尊辽观音里拿出一个盒子，打开盒子，里面是半副普通的麻将牌，他拿起上面的一张纸来，念道："放下屠刀，立地成佛。"张半仙咬牙切齿地把那纸条撕得粉碎。他灰头土脸地从一尊佛像后钻了出来，来到大殿里，他左顾右盼地看了看，悄悄地向那条暗道走去。

姜长庚跟着文住持向密室里走去。在一个角落，文住持把蜡烛交给姜长庚，他从角落的一个小洞中拿出一个塑料包，慢慢地打开来，一道红光充满了这个小屋。姜长庚惊讶道："鸡血麻神，怎么会在这里？"

文住持平静地说："如果不在这里，恐怕早已让人卖到国外去了。"姜长庚疑惑地问："文住持，你……"文住持说："那晚不是我在藏经阁打坐，装鬼吓跑盗贼，你的宝贝早没了。"

姜长庚惊讶地说："原来文住持一直在保护鸡血麻神！"文住持问："姜居士，你知道鸡血麻神是谁制作出来的吗？"姜长庚说："只知是契丹时代制作的，详细还真说不上来。"

文住持说："是我的祖先，一个石匠，他手工打磨这副鸡血麻神后，献给了契丹南院大王府的主人，也就是敖拉倚的祖先，当上了她家的管家。所以，两家世代交好。按辈分说，敖拉倚得管我叫叔叔。我虽然不是共产党员，可我还是市政协委员，我有责任保护好它。"他把鸡血麻神包了起来，向姜长庚递了过来说："姜施主，还是你自己把它交给国家吧，这也是一个赎罪的机会。"

姜长庚没有接那个包，他惭愧地说："我……我无颜面对。"

张半仙突然出现在他们面前，一把抢过那个包笑道："哈哈哈——文住持，人家不要你偏给，把它交给我不得了吗？我这儿还有半副，一起把它交给国家。"

文住持说："你？"

姜长庚气愤地说："张半仙，赫老大，你终于露出了狐狸尾巴。我追寻了你二十多年，你这个瘟神，作恶多端，你会把它交给国家？"

张半仙把那个包塞到自己的挎包里，得意地说："姜长庚，你终于明白了。文住持说得好啊，我们都错了。我，错在把它交给你；你，错在没有坚持你的信仰。"

　　姜长庚要往回抢那个包，张半仙掏出枪来，枪口对准了姜长庚。他把包斜挎上，恶狠狠地说："别乱动！你要是不想佛门喋血的话，就老实在这儿待着，等我把这宝贝出了手，你们再出来。"姜长庚和文住持对视着，无可奈何地摇摇头。

　　张半仙去关密室的门，却怎么也关不上……

　　伏龙区刑警大队会议室里坐满了警察，龙大章神情严肃地发布收网命令："战友们，'东北新干线'的残余已经孤注一掷了。今天是我们收网的日子，有一条'大鱼'还逍遥法网之外，他就是十七年前凤城黑社会案的真正老大——赫顺，如今改名叫张百年，也就是张半仙，鸡血麻神案、《辽域地志》案的幕后指挥者。他在做好了外逃准备的同时，还在觊觎契丹宝藏。根据我们多日侦查的结果和姜长庚副局长给出的名单，我布置一下抓捕任务：一组，由鲁运带队，到龙山煤矿解救人质、抓捕黑老三。二组，朱丽雅带队，捣毁制假窝点，找到敖拉倚。三组，跟我来，直取龙山寺，捉拿张半仙！"

　　院子里，警灯闪烁。警员们快速地上车，警车飞驰而去。在龙城大街岔路口，车队像三支利箭射向不同方向。

　　去龙山煤矿的山道上，几辆警车在疾驰。鲁运坐在车上，后面是几个荷枪实弹的武警。鲁运拿着步话机说："后面的车要跟紧了，在距离龙山煤矿一公里的地方下车，然后匍匐前进。距离五百米时，迅速分散隐蔽起来……"

　　朱丽雅带着警员冲到了敖拉倚家楼下。楼上静悄悄地，阳台上那盆月季还在盛开，钢琴曲《雨一直下》从楼上飘了下来。朱丽雅疑惑地向上望着，警员们痴迷地听着钢琴曲。

　　龙城通往龙山寺的山道上及车内，龙大章端坐在警车里，神色凝重，车窗外是快速退去的山林。他命令道："再开快点儿！"警车在山道疾行，两边的景物飞快地闪过。

　　在龙山寺密室里，张半仙用枪指挥着："你们都给我退后！"文住持双手合十："罪过。张居士，你在这里修佛也有些时日，难道就没有一点儿佛心吗？"姜长庚说："什么张居士，他就是杀人不眨眼的赫老大，我追查了近三十年的黑社会头子。"

张半仙狞笑道："哈哈哈——姜长庚，你终于明白了。其实，你早就怀疑我是赫老大，为什么不向公安报告？因为你放不下儿女情长和荣辱得失，你想用你的方式让我们早早暴露出来。结果，你高估了自己的能力。"

姜长庚说："赫老大，我承认我为了女儿胆怯了、退缩了。可是，只有这样，才能把你们一网打尽。"

张半仙眼露凶光："十八年前，你逼死了我弟弟赫老二，摧毁了我的贩毒组织，这笔账该算了！你喝了我几个月的茶，我给你下的断肠草为什么没发作呢？"

姜长庚说："赫老大，你送我的茶我根本就没喝。我早已化验出你给我的茶含有毒素，已经完璧归赵地掺入了你的茶中。"

张半仙一听，立马捂着肚子，汗也出来了。姜长庚的眼神儿由惭愧转向愤怒，他冷静地站着，盯着张半仙，寻找着机会……

第五十六章　麻神回归，新路启程

1

在龙山煤矿废弃矿井的人们，个个度日如年。寒冷与饥饿考验着他们的耐心。

黑老三焦急地不停地走动着。他看了看表，瞪了敖拉倚一眼："敖拉教授，怎么一有你，事情就复杂了呢？"

敖拉倚说："那是因为你四肢发达、头脑简单。"

黑老三说："今天我就简单一回。"他向一个黑衣人说，"把石门直接砸开，我倒要看看古人究竟有多少花花肠子。"

郝子强挡在了石门前说："不能砸，你们这是破坏文物！"黑老三怒道："嗯？你敢挡横？把他拖出去绑在树上，我在没看到财宝之前，不想看到这个'死人'。"两个黑衣人把郝子强拖了出去。

敖拉倚说："真的不能砸，如果你不想死的话。我们的先人能与大宋对峙二百多年，他们的智慧不比你差。"

黑老三冷笑道："今天我要让你这个所谓的契丹后人眼睁睁地看着我把你祖宗的石门砸开，取出宝藏，看你还有什么话说。"他转身向黑衣人吼道，"砸！"

几大锤下去，石门被砸开了一个洞。似乎有一股雾气从洞口流了出来，再看黑老三及几个黑衣人，像喝醉了酒一样，东倒西歪地倒在了地上……

敖拉倚惊恐地看着眼前这一切，"扑通"一下跪在地上磕起头来："先人啊，不是我要害他们，是他们不听我的话，总想得到不该得的东西。"她站了起来，再看倒地的那几个人，脸扭曲得像鬼一样可怕。敖拉倚吓得"啊"的一声向外跑去。

敖拉倚跑出巷道外，把郝子强嘴里塞的袜子扯了出来，给他解开了绳子说："你快下山，告诉警察带生化专家来，告诉他们这里有毒气。"

郝子强说："敖拉姨，你怎么办？"敖拉倚说："我没事儿，我有祖传的防毒药。我在这儿守着，免得有人误吸。"郝子强赶紧向山下跑去。

鲁运和李明乔听了郝子强的诉说，迅速接近了龙山煤矿废弃矿井。敖拉倚向他走来，鲁运问："敖拉教授？你没事吧？"

敖拉倚说："我没事，他们都被毒气熏死了。"鲁运惊奇地问："你为什么没事儿？"敖拉倚拿出几粒药丸说："凭这个，祖传的。我走了。这里交给你了，在生化专家到来之前，不能让任何人进入洞里。"说完，她向山下走去。

鲁运命令道："李明乔，马上封锁现场，报告局里派生化专家来。你在这儿带人守着，我去接应龙大队。"说完，驾车向山下走去。

朱丽雅来到敖拉倚家门前敲门，没有人应。她抬头向上望着，只听见二楼的弹琴声。朱丽雅和警员们听着那首忧伤的曲子，听得很入迷。朱丽雅突然眉头一皱："不对，我们赶紧上！"

警员们踹开门，冲到屋里，一部高级音响循环地播放着敖拉倚自己录制的参赛曲子《雨一直下》，地面一片狼藉。

朱丽雅跑到阳台上，搬起那盆盛开的月季花说："假花？"她又跑到楼下小祠堂，一楼敖拉氏祖先牌位前的香灰余温尚在。朱丽雅又来到厨房里，按了一下按钮，灶台移开了，地下室的门露出来。她和几名警员小心地进了地下室。

地下室里，满地的碎石和制假石头的机器、水盆。她捡起一块石头，看了看，气愤地扔在地上。她焦急地给龙大章打电话，电话里传来："该用户已不在服务区……"她转身对刑警们说："你们在这里勘查现场，我去龙山寺。"说完，向楼下跑去。

2

龙山寺密室里，张半仙一边退后，一边要把密室的门锁上："二位佛爷，委屈一下吧，会有人救你们出去的。"

龙大章突然出现在张半仙身后，用枪顶在了张半仙的后脑上说："你说对了，赫顺，赫老大，黑老大！把枪放下！"

张半仙慢慢转过头来，笑道："龙大章，你终于知道我是谁了！"

龙大章说："你，日本遗孤，原名赫顺，回日本省亲被亲人像对待狗一样踢了出来，一气之下，参加了右翼势力的忍者培训班。回中国后，发现养父母被认定成汉奸致死，便组织'东北新干线'，发誓要赚大钱买下东北三省，给你那日本兄妹看看。所以，从龙城移居凤城，伙同大黑猫将一流浪汉撞死，让他冒了你的名。别人都以为你死了，其实，你一直在做着贩毒涉黄、绑架勒索、杀人越货、倒卖文物的勾当。你罪恶累累，你的末日到了，快放下武器，跟我们走！"

张半仙冷笑着："哈哈哈哈——我们都错了。姜长庚，你错在没有坚持你的信仰；我，张半仙，错在我太执着我的信仰了。龙大章，你也错了！你知道得太晚了！"他猛地拉开上衣，里面露出缠在腰上的炸药。

龙大章愣了一下："赫老大，日本军国主义已随全世界人民反法西斯的炮火而灰飞烟灭，中日邦交已经正常化，你的行径不仅让中国人民愤怒，还让有良心与正义感的日本人民所不齿。放下吧！"

张半仙说："年轻人，你太高估自己了，你钓鱼的线儿放得太长了，收不回来了。你想让这座千年的佛寺陪葬吗？那就开枪吧！"

这一情况显然出乎龙大章的意料，他无法强攻，只好缓和地说："张先生，一个人一生没有爱是可怜的、卑鄙的、痛苦的，看在你亲生女儿小艺的分上，我们可以放你出去。"

张半仙的脸抽动了一下，吼道："我没有白小艺这样的女儿！"他和三人对峙着向密室外挪，到了佛堂大殿，他厉声道，"龙大章，你要是不想和我同归于尽，你要是不想让这千年古寺毁于一旦，你要是不想让这鸡血麻神从此消失，赵快放下武器！"

龙大章没有动，张半仙用枪一点说："以前都是你们当警察的叫我们放下武器，今天怎么了，不习惯啊？"龙大章说："我可以放下武器，但你得告诉我为什么要这样？"

张半仙说："你跟我这个黑老大谈条件？年轻的小警官，我可以告诉你。我是二战时日本遗孤、当代忍者，我要用鸡血麻神为钥匙，开启契丹宝藏。那样，我就可以买下整个龙山，完成我先辈未完成的经济侵略大业。"

姜长庚说："赫老大，你这个喝中国人血、毒害中国人的败类，日本军国主义的阴魂早已烟消云散，你还在做着以经济手段侵略中国的梦，你的下场会和你的先辈一样，被钉在历史耻辱柱上。"

赫老大笑了："不，中日一旦开战，如果我有儿子，我让他效忠天皇；如果我有女儿，我可以让她随军为妓。你们行吗？你们只会口头抵制日货，搞内耗、打内战。"

龙大章打断他的话："赫老大，不要拿那些没有脊梁的民族败类以偏概全，绝大多数中国人会团结一心，和你们斗争到底的！"

这时，龙大章的电话响了，里面传来朱丽雅焦急的声音："龙队，你的电话终于通了。我没有完成任务，敖拉倚跑了……"龙大章说："你马上去麻神艺术节会场！"他刚放下电话，鲁运的电话又打了进来，龙大章听完鲁运的汇报后说："师兄，走不开，等着吧……"

硕大的观音在向剑拔弩张的四个人微笑着。龙大章放下电话，看了张半仙一眼说："赫老大，说说你的条件。"

龙山寺大殿外，警员们叫嚷着，纷纷向大殿里冲。姜美祺斜挎着包，背着照相机，焦急地往里冲。民警们想阻止她，姜美祺硬挤了进去。

赵连起的车驶进了龙山寺，后面跟着大队的防暴警察。车还没停稳，赵连起就跳下车，神色凝重地向大殿里望着。几名警员冲进了大殿，迅速形成了一个半包围圈儿。姜美祺的相机闪着镁光，不顾危险地抢着镜头。

赫老大把手按在起爆器上说："哈哈哈，又多了几个陪葬的。"龙大章回头大声喝道："你们都给我退出去！"

几名警员迟疑地退了出去，姜美祺瞪大眼睛怔怔地看着赫老大、龙大章、姜长庚和文住持。张半仙说："姜美祺，小艺的姐姐。看在我女儿白小艺的面子上，我不伤害你，你快出去吧。"姜美祺说："你这样的人也配有女儿？"赫老大痛苦得扭曲了脸，说："我是不配有白小艺那么好的女儿，可是她真的是我的女儿！"

姜长庚说："赫老大，这样吧，你把我扣作人质，放文住持、龙大章出去。"赫老大说："嗯，不愧为孤胆英雄，做事就是有情有义，你的这个意见我可以考虑。你不是一直在准备和我单打独斗吗？我给你这个机会！"

龙大章说："放他们出去，我做人质。"赫老大略讽刺地说："别争了，天到这般光景还争什么呀？有点儿乱……"

龙山寺外，一片嘈杂声。人们焦急地等待着里面的人出来，可是一点儿动静也没有。一会儿，姜美祺被两名民警从大殿里拖了出来。赵连起命令道："大家向后撤，向后撤！"姜美祺对赵连起说："放我进去吧！"赵连起厉声道："谁也不许进去！把她带离现场！"两名警员把姜美祺架了出去。

龙山寺大殿里，赫老大一手贴在爆炸开关附近，一手拿着枪，用枪指这个一下，指那个一下。他幸灾乐祸般地笑道："哈哈哈，我想好了，同意你的请求。"他用枪一指："龙大章，文住持，你俩出去！给我准备一辆车和一个司机，送我去军用机场，让他们准备一架能飞抵日本的直升机。你，姜长庚，过来！你不是抓了我三十年吗？我就在你面前，过来抓啊！"

姜长庚走过来，张半仙枪顶在姜长庚的头上，一只手按在爆炸开关上。姜长庚一脸坚毅，示意二人出去，龙大章和文住持只好走了出去。

走出大殿，龙大章内疚地说："赵局长，我没办好。"赵连起阴沉着脸说："答应他提出的一切条件,确保人质和财产安全。"龙大章对李明乔说:"快,把那辆勘探用的面包车开过来。"李明乔答应一声去了。龙大章和赵连起耳语了半天,赵连起点点头,龙大章迅速用手机偷偷地发着微信。

龙山寺大殿门口,赫老大押着姜长庚走了出来。姜长庚看着外面的阳光,露出了笑脸。张半仙见到外面的阳光,眯缝起眼睛。姜长庚惭愧地看了赵连起一眼,心里想:"我自小信奉革命家萧楚女的一句话:'人生应该如蜡烛一样,从顶燃到底,一直都是光明的。'可是,我没有做到……"

赫老大枪口一点姜长庚的脑袋:"发什么愣呢,走啊!噢,看你们赵副市长、市公安局局长呢。我的'东北新干线'成就了你的双重职位,你怎么感谢我啊?"

赵连起略显尴尬地说:"赫老大,我会送你回老家的。"这时,周至祥来电话了:"周支队……好,我马上就到会场。"他说完,向车上走去。赫老大看着赵连起远去的车,不无讽刺地说:"失败的官僚主义者。"

赫老大背着鸡血麻神包,一手执枪,一手按在爆炸物的开关上,押着姜长庚向车走去。姜长庚的脚步很沉很沉,一步一步地往前挪。姜美祺站在警戒线后,惊愕地看着他们。龙大章坐在驾驶室里,向二人招手。

张半仙喊道:"龙大章,你给我听着。从群众中找名女司机,在机场给我准备架直升机!"

龙大章从驾驶室里探出头来说:"直升机已经准备,可这女司机不好找啊!"

张半仙说:"我说的话不能打折扣,(喊)你们想死啊?"

姜美祺挣脱看她的民警,向车边跑去,喊道:"我来!我送你去机场。"姜长庚说:"美祺,你?不行啊!"龙大章把姜美祺推出很远,严厉地说:"美祺,不要来捣乱!"他向旁边的李明乔说:"把她带下去!"李明乔和另一名警员架住了姜美祺的胳膊往外推。

张半仙瞅瞅姜美祺说:"慢!美祺,姜长庚的乖乖女,白小艺的好姐姐。好了,就你啦!"姜长庚呆了,龙大章怔了:"不行!"张半仙嘲讽道:"龙大队,这儿,现在我说了算,让开!"姜美祺看也不看龙大章,从容地坐在驾驶室里。

龙大章无奈地拨打电话："丽雅，我们这就下山了。你赶紧联系军用机场，让直升机带上足够的钱和生活用品，半小时后登机。听明白了吗？……那就快去办啊！"

在赫老大推开姜长庚上车的一刹那，龙大章飞身上了车顶，伏在上边的勘探架上。这辆勘探车启动后，稳稳地向山下机场开去。成排的警车远远地跟在勘探车的后边。

勘探车在龙山寺去机场的道上颠簸。龙大章像蜥蜴一样伏在勘探架上。姜美祺神色凝重地开着车。赫老大警觉地看着前后，不时看一眼姜美祺，手里的枪握得很紧。他阴沉地说："打电话，让他们离远点儿，这么跟着我心烦。"

姜美祺说："赫老大，为了小艺，你自首吧。"赫老大说："小艺有小艺的生活，就是我现在自首，她还能认我这个爹吗？"姜美祺说："只要你能认罪伏法，我想她会认的。"

赫老大哈哈大笑："你可太天真啊！美祺，别说了，你以为我是三岁孩子吗？枪声一响，七魂出窍，就是认了，又有何用？打电话吧。"姜美祺掏出电话，打了出去。

勘探车走在下山的路上，远处闪着警灯的警车越来越远了。

一辆装满树枝的农用三轮车坏在了路上，一对蓬头垢面的农民夫妇手拿工具在卸轮胎，零件扔得满地都是。

车内，赫老大扫视着前边的道路和姜美祺，美祺也在扫视赫老大的两只手。车顶上，龙大章抓住勘探架，两眼目视前方，探听着车内的动静。

车内，赫老大向后看了看，发现警车离得很远，满意地笑了笑："美祺，你要听话，我不会难为你的，因为你是小艺的姐姐。可是，你要是有什么不利于我的举动，也别怪我无情。死在我手里的人，远的不说，就说这一年多吧，比如我的'影子'金疤瘌……"姜美祺说："赫老大，我劝你还是自首吧。你就是今天跑了，你能跑出九百六十万平方公里的中国吗？"赫老大说："唉，晚了！在十七年前，白小艺咿呀学语时，我就知道，我走的是一条不归路……"他突然惊讶地问："前边那是什么？"

那辆满载着树枝的农用三轮车挡在了路中间，姜美祺只好减速停车。

勘探车上，龙大章把绳子系在勘探架上，又打了几个活套儿。他在车顶探出头去，向鲁运和朱丽雅打着手势。鲁运和朱丽雅像没看见一样，鲁运继续拧着螺丝。

朱丽雅像泼妇一样在旁边唠叨："跟你说多少回了，你就是不听，又扔道上了吧？真是吃啥啥没够，干啥啥不行，开个三马子，玩什么速度与激情啊？开车不喝酒，亲人才放心。开个破三马子，你是当火车还是当飞机了？大钱儿挣不来，小钱儿不想挣，一边买醉一边开胃，全世界不要脸的药都让你吃了。人要脸，树要皮，树要没皮必死无疑，人要没脸天下无敌……"

姜美祺疑惑地听着道上的人唠叨，她向前面的三轮车望去，顿时眼睛亮了一下。赫老大从车窗探出头去喊："喂，挡着道干什么呢？"

朱丽雅回头看了看，凑了过来："噢，大哥呀，不好意思啊，车坏了，我那傻男人也不太会修。你能不能下来帮忙看看，这怎么多出仨螺丝来呢？"

赫老大说："修不了就推沟里去，让我给你们修车，你以为你是谁啊？"

鲁运站起来，拎着扳手走了过来："嗯？挺大个岁数，怎么说话呢？噢，警车啊，你觉得坐个警车了不起啊？小心我告你！"

赫老大把枪指向窗外的鲁运："再磨叽，老子崩了你！把车推开！"

朱丽雅一副害怕状："大……大哥、大哥啊，别生气啊，我们推……推还不行吗？下来帮个忙吧，小心你那玩意儿，别走了火啊！"

赫老大用枪点点他们二人："这就叫明智。"

这时，趁赫老大一心看着窗外之机，姜美祺猛地一下子把赫老大按起爆器开关的那只手背了过去。龙大章手一抖，赫老大窗外拿枪的手便被套进了绳套儿，龙大章用力一拉，把赫老大的手吊在了行李架上，他扯着绳索从车顶一跃而下，踹碎了玻璃，进入车内，和姜美祺一起死死地抓住了赫老大要按按钮的手。

赫老大的一只手使劲向起爆开关探去，另一只手扣动了扳机，几声清脆的枪声惊起了树上的小鸟，扑棱棱飞去……就在龙大章和姜美祺死死地拉住赫老大的一只手，朱丽雅在车窗外把赫老大的手枪夺了下来。他们打开车门，把赫老大铐了起来。

赫老大恶狠狠地挣脱着："你们……我要你们和我一起死！"

龙大章死死地抓住赫老大的手说："赫老大，你没有机会了！你的日本军国梦，该醒醒了！"

几辆警车鸣叫着，飞驰而来，姜长庚焦急地跳下车："大章，你们成功了！美祺……"姜美祺一下子扑到了姜长庚怀里。

龙大章看了看赫老大身上的爆炸物，焦急地问："引爆专家来了吗？"鲁运说："正在路上。"朱丽雅仔细地察看着赫老大身上的爆炸装置，那里的红灯已经一闪一闪地报警，她焦急地说："龙队，这个爆炸物除装有人工按钮，还有定时装置，如果不能及时调整时间的话，还有三分钟就爆炸了。"

赫老大哈哈大笑："我还有三分钟……哈哈哈哈，三分钟可以回忆人间美好……我要见白小艺！"朱丽雅说："你还有什么脸面见她？我马上卸下来调整时间。"

龙大章说："来不及了。小心地卸下来，我找个空地引爆！"赫老大笑道："年轻人，你想当英雄吗？英雄坟冢无人问，流言蜚语天下知。别天真了……哈哈哈……"

朱丽雅快速地把爆炸物卸了下来。龙大章从朱丽雅手里把爆炸物抢过来，向一片开阔地飞快地跑去。朱丽雅愣了一下，也跟了上去。

赫老大被押上了警车，他回头向姜美祺看了看，又向龙大章和朱丽雅跑去的方向似笑非笑地看着，眼里透出一种无奈的目光……

3

"砰——砰——"礼炮从龙城市体育场麻神节开幕式现场腾空而起，这里人山人海，彩球飘扬，鼓乐喧天。主席台上挂着大红横幅"龙城市首届麻神艺术节"。几个硕大的氢气球上挂着竖幅："一色二顺三元四喜五门六连七星八番九莲宝灯十分不易；十摸九宜八花七对六听五带四杠三凤二龙会师一样能和。"

　　主席台下，电视台的现场直播车在工作，记者们的摄像头从主席台移到了会场。全市各族群众组成的方阵花团锦簇、人海沸腾。一阵暴风骤雨般的礼炮响过，几千只信鸽飞上了天空，几万只气球遮住了太阳。

　　赵连起满脸是汗，健步走上主席台，向台下的观众点头致意："龙城各民族、各界朋友们，我宣布龙城市首届麻神艺术节开幕！"

　　台下响起雷鸣般的掌声。白小艺站在表演人员的队伍里，等待着演出。周至祥走到主席台下，边维持秩序边蹲了下来，不时心神不宁地向外焦急地张望着，似乎麻神艺术节开幕式现场一派激情洋溢欢乐的气氛与他无关。

　　赵连起接着说："这个艺术节的确立，将被龙城人民写入龙城史册……"

　　他的声音，在龙山脚下的开阔地里回响，直冲龙大章和朱丽雅的耳膜。龙大章抱着爆炸物满头大汗地在开阔地上跑着，把朱丽雅落得很远。他奋力将爆炸物向一个大沟里投去，回身拉起朱丽雅扑到了一块巨大山石的后面……

　　"轰——"爆炸声淹没了赵连起的激昂的声音，他和周至祥惊愕地向龙山方向望去。周至祥看了看周围，发现主席台后是等待演出的人们，一个白影向主席台后飘去。他管不了这些，起身向会场外走去……

　　龙大章和朱丽雅满身是土地从树林里走出来，向一脸惊愕的鲁运和赫老大走来。他们一起押送赫老大上了警车。赫老大说："小警官，你胜利了。"龙大章说："准确地说，是我们胜利了。赫老大，有关鸡血麻神和《辽域地志》的事儿你要配合我们的调查。"

　　赫老大低头看了一眼腰带扣上的电子显示仪，上写着两个字"挺住！"他眼神迷离地看着前方弯弯曲曲的山路。突然，赫老大眼睛瞪得大大的，紧接着，他的肚子"噗"的一声爆炸了，他哼了一声，倒在血泊中。

　　路旁的山林里，一个人不慌不忙地收起遥控器，消失在密林中……

4

　　一栋西式的郊外别墅里，赵直帆在踱来踱去，电视里正在直播着龙城市首届麻神艺术节时况，赵连起正在讲话。他关心的不是这个艺术节，而是关心鸡血麻神会不会真的成交。他一边看电视直播，一边焦躁地走动着。

电话终于响了："噢……小山你个日本鬼子，催什么催，说好了的今天上午十点前送来，我现在和张百年也联系不上，等着吧！我想马上就到了……（敲门声）可能来了吧……"

他打开门，朱丽雅和鲁运站在门口。鲁运一举警察证说："赵直帆，你涉嫌倒卖国家珍贵文物和其他犯罪，跟我们走吧！"赵直帆惊愕地说："倒卖？我可没倒卖啊！"鲁运说："有理到局里说去。"赵直帆说："我想和龙大章单独谈谈！"

龙大章从门外走进来，一摆手，朱丽雅和鲁运退出了门外。赵直帆关了电视，给龙大章倒了一杯水。龙大章走过去打开了电视说："开着吧，我要看。"

赵直帆说："龙大章，你是故意摧残我？你的人说我犯了什么罪？"龙大章说："至于是否构成犯罪，他们会调查清楚的。只是，我俩以这样的方式谈话，我很痛心……"赵直帆说："其实，我是可以让你们抓不到的，是美祺劝我要直面惩罚。"

龙大章说："美祺是对的，你想外逃也是不可能成功的，我们的人早就把你盯上了。"

赵直帆低沉地说："大章，或许你是对的，我太高估自己了。这些年，有我老爸罩着，我的道路直而平坦。"

龙大章喝了口水说："容易走的都是下坡路，你这些年是太顺了。"

赵直帆感叹地说："祸福相倚，人生无常，一切都是命啊！"

龙大章放下茶杯说："直帆，命是失败者的借口，不要信那个，还是要有信仰。你知道，我今年最心痛的两件事是什么吗？失去美祺，失去了你这个学生时代的死党。我真不该自己请命来抓你！"

赵直帆眼泪下来了："收摊儿收晚了……大章，感谢你给我这两分钟的自由。我还要求你两件事，我的事儿先不要告诉我的父母，美祺那儿你要好好待她……"

龙大章沉痛地看着电视画面说："走吧，我还要去麻神艺术节现场……"

走廊上，赵直帆走在前边，朱丽雅和鲁运一左一右地跟着他。龙大章看着赵直帆被押走，再想想同学十载的情景，他想不明白，他的同学、同龄人究竟是怎么了，他心里有一种莫名的痛……

5

龙城市体育场，人山人海，热闹非凡，赵连起脸上不时露出焦虑的神色。

主持人说："各位领导、来宾，龙城市首届麻神艺术节进入第二个阶段，有请各位领导、来宾有序地到前排就座，观看我们今天的盛大演出——《麻神之光》。"

白小艺脸上洋溢着幸福的微笑，她和其他演出人员站好了队形，跳着欢快的契丹舞蹈上了场。电视里直播着麻神艺术节的盛况，白小艺领舞，不断有特写展现在观众面前。掌声雷动，演出渐入佳境。

主持人说："各位观众，我们现在欣赏的大型歌舞剧《麻神之光》已近尾声，让我们期待这古老神光的闪耀！"

音乐响起来，场景变幻起来，大型歌舞剧《麻神之光》把人们的掌声推向了高潮。赵连起坐在台下第一排，高兴地看着演出，他时不时地带头鼓掌，下面就有掌声一片。于伟绩笑眯眯地走过来，和赵连起耳语着，赵连起脸上露出了更加灿烂的笑容。

《麻神之光》来了一个和谐、漂亮、生动的集体亮相。白小艺站在几个人搭起的人梯上向观众招手致意；龙小晴以"麻神"的形象向观众招着手，台下是雷鸣般的掌声。一个漂亮的空翻，白小艺跳下来，龙小晴带领全体退场了。

两名民警跟着姜长庚，在方阵最后看着演出。姜长庚看到白小艺出色的表演，他流下了眼泪……

赵连起再次笑容可掬地健步走上主席台，神采飞扬地说："各位领导、来宾、朋友们，我们刚刚得到一个振奋人心的消息，我市丢失一年之久的国家一级文物——国宝鸡血麻神回来了！它将和我们的契丹宝藏的传说一样带着神秘的色彩流传下来。下面，我们以热烈的掌声有请找回这件国宝的伏龙区刑警大队代理大队长龙大章向大家展示这件宝贝！"

龙大章健步上台，一个标准礼后，向观众展示鸡血麻神。掌声、欢呼声、口哨声响成一片。赵连起说："龙山首届麻神艺术节和鸡血麻神必将和全市一千万各族人民的心愿一起载入史册。祝艺术节圆满成功！"

台下掌声雷动，演出继续进行。朱丽雅来到前排，她似乎看见了敖拉倚的影子"飘"向后台，便急忙跟了过去。

方阵后排，姜长庚目视着前方，他好像在搜寻着什么。赵连起走到姜长庚身边说："老姜，我已经满足你看女儿演出的心愿了，该回去了。"姜长庚说："好，谢谢首长！我答应小艺的事办到了，没有让小艺失望……"

两名民警站在了他身后，他转身向会场外走。白小艺和姜美祺出现在他面前，小艺惊愕地扑到姜长庚怀里问："姜爸，你怎么了？"姜长庚痛苦地摇了摇头……

主席台上，白小艺的男同学穿得花枝招展，正用标准的女声卖力地唱着《嗨歌》。敖拉倚突然出现在主席台上，她走到主席台的话筒前，向全场频频致意："各位，今天我要当着全市人民的面，宣布一个重要的事儿。"她拿起放在桌上的鸡血麻神，突然大声地喊道："我宣布，鸡血麻神是我家的。作为鸡血麻神的第四十一代传人，我今天正式收回我家的东西！"

白小艺的男同学吓了一跳，唱出的歌也突然变成了男声，他马上停止了演出，乐队也停止了演奏。赵连起站起来，向周至祥喊："快把她弄下去，拿回鸡血麻神！"

周至祥去架敖拉倚，另一名警员去抢她的鸡血麻神。敖拉倚突然站在主席台的前沿上，疯狂地喊："谁敢来抢，我就跳下去！"周至祥和那名警员愣住了。台下的龙大章、赵连起、姜长庚都愣住了。演出的白小艺的男同学愣在台上，不知该不该接着表演，整个会场一片混乱……

敖拉倚冷笑一声，做出要跳的动作。姜长庚突然挣脱两名押解他的警员的手，健步如飞地向主席台下奔去，他大声喊："小倚！不要啊，不要跳啊，我来了！"他拼命向前冲去，两名警员紧随其后，身边的人们表情模糊，一切都像静止一样……

敖拉倚听到姜长庚的喊声，愣了一下。她眼神迷离地看着混乱的会场，她看到龙大章、姜美祺、白小艺都向台下奔来，电视直播人员忘了停止直播……赵连起在挥着手喊："她疯了！公安呢？公安呢？"

龙大章跑到台下喊："敖拉老师，冷静一下，我去给你找市领导商量。"

敖拉倚冷笑一声："你骗我！我知道你也在骗我，你们男人都是骗子，尤其是那个姜长庚。姜长庚，你死哪去了，你倒是来骗我啊！你有能耐就骗我一辈子啊！"

姜长庚跑到主席台前："小倚，我来了。"

敖拉倚露出幸福的微笑："你来了，你终于来了。你来得不晚，我这辈子就是你的了。"她把鸡血麻神的盒子一扬，块块麻将闪着红光飞向天空。她张开双臂，纵身一跳，像一只翱翔的燕子一样自由落体式向台下的姜长庚飞去……

龙大章和姜长庚跑过去用四臂接她，敖拉倚砸在了姜长庚身上，三人倒在台下。

6

龙山医院，姜长庚躺在病床上，姜美祺给他倒水，白小艺给他剥香蕉。

姜长庚问："美祺，你敖拉姨情况怎么样？"姜美祺说："听大章说她伤得并不重。可是，她患上了精神分裂症，已转到安定医院了，需要住一些日子。"

白小艺问："姜爸，我想管你叫爸爸，行吗？"姜长庚眼泪下来了："孩子，过去我没和你说实话，你能原谅我吗？"白小艺搂住姜长庚的脖子："爸爸，你是爱我的。我从小就是你的女儿，永远是你的女儿，我从不是什么赫老大的女儿……"

龙大章进来了，静静地看着他们一家三口。姜长庚抬头看了看说："大章，我知道你来干什么，我一会儿就和你走。"龙大章为难地说："师傅……"

姜长庚坐了起来说："党的十八大后，一切都不能无底线地耍了。我打击了大半辈子犯罪，为了亲人自己成了人民的罪人。大章啊，你一定要借鉴啊！"

龙大章深深地点了点头。姜长庚接着哽咽道："大章，美祺的事儿，我对不起你，是我错了……我不能再给美祺和小艺做饭了，你能帮我照顾她们吗？"龙大章看了看美祺，美祺看了看龙大章，谁也没有说话。

姜长庚走到门外，周至祥带着两名警员跟在姜长庚的后面，他们在走廊上默默地走着，姜美祺和白小艺紧紧地跟了出去，痛苦地望着……

龙大章看着姜长庚被刑警押走的背影，表情凝重。

将姜长庚送到看守所，周至祥回到龙城市公安局治安支队，他把办公室里值钱的东西收拾起来，郑重地穿上警服，系好扣子。这时，响起了敲门声。周至祥打开门，看见龙大章和鲁运、朱丽雅威严地站在门口，周至祥的嘴角抽动了一下，面部僵硬。

龙大章说："周支队，这是准备拍拍屁股走人啊？"周至祥问："你们要干什么？"鲁运说："装！你不装能死吗？"

周至祥问："我装什么？大章，你要公报私仇？"

龙大章说："周支队，脱下你这身虚伪的外衣吧。下面我就告诉你，我们为什么来找你。周至祥，军人出身，退伍后进入龙城市公安局工作，曾数立战功。后来，被涉黑组织'东北新干线'组织威胁利诱，幕后单线与赫老大联系。十八年前，得知姜长庚夫妇系在凤城涉黑组织卧底的公安人员，便告知赫老大除掉他们，因凤城王彪改邪归正，未能得逞……"

周至祥声嘶力竭地吼道："你们这是凭空捏造，血口喷人！"

龙大章说："别冲动，我接着给你说。去年，赫老大策划，由武玉鹏盗窃了鸡血麻神。昨天，你灭口了大黑猫。今天，在赫老大被抓、你有可能暴露的情况下，你用你送给赫老大的电子显示仪——其实还有遥控炸弹功能，将赫老大炸死。你以为死无对证了，遗憾的是，你仓皇离开现场树林时被刮落胸牌。还有，这是你丢弃的遥控器。"龙大章把那枚写着"麻神艺术节保卫部总指挥"的牌子和遥控器扔给了周至祥。

周至祥看了看胸牌和遥控器，问："就凭这个？"

龙大章说："自然，还有你和赫老大交往的全部录音，这是赫老大控制你的一个手段。我们从那些录音中得知，你的每次大型活动不仅是为了表功，还为了掩护你们的犯罪组织行动。"

周至祥僵在那里，说："龙大章，从你一出现，我就知道你是我的敌人。"他的眼泪流了出来，低下了头，"我后悔啊！"

龙大章说："我们还知道你多次试图脱离赫老大的控制，回到人民中来。但是，你不想失去既得的利益，直到走上一条不归路。"

周至祥脱下了警服，被两名公安人员押走了。

雪后的龙城，天晴了，风清了。

龙大章正在梳理案卷，朱丽雅喊："大章，有人找你。"龙大章出来看时，发现姜美祺带着忧郁的眼神儿正在门外等他。

二人来到龙城大桥上，这个他们初恋约会的地方。但是此刻，只有默默。

龙大章说："美祺，对不起，我没能及时地帮助师傅脱离苦海……"

姜美祺说："这不能怨你，爸爸是为了我和小艺不受伤害和引蛇出洞才那么做的。在我心中，爸爸永远是公安英雄。"

龙大章说："是啊，师傅为了家人的安全采取了孤军奋战的方式去和犯罪做斗争。但是，和谐是需要共同创造的，打击犯罪也是全社会的责任。"

姜美祺说："我是个新闻人，但是我越来越做不了新闻了。尤其是最近，龙城出了这么多事，还涉及我至亲的人，我实在不知道怎样去报道……"

龙大章说："龙城大局是和谐的，不能因为有点儿争斗就把我们美丽的城市涂上灰色调。美祺，党的十八大的东风吹来了，释重前行吧。"

姜美祺望着大桥上翘首而待的朱丽雅，又看了看桥面上的麻神大赛宣传标语，她感到，自己正像龙城麻将大赛的一个选手，也曾饱含热情地参赛，最终成了一个没入决赛的输家……

7

进入决赛就是赢家吗？有两个人自认为是赢家，他们在一个赛场。

吴寄瑶把自己的牌推倒在桌上得意地说："我和了。"裁判员宣布："第二六八组二〇五八号选手吴寄瑶胜出，准备参加同等级别的比赛，现在去检录抽签。"

在另一组，于海平正在看着清一色一条龙卡二万，他的手一哆嗦，一张二万被攥出了汗："我……我……二……和……"他趴在了桌子上……裁判员宣布："前十六半决赛，三七二八号选手于海平胜出，准备参加争夺前八名的决赛，现在去检录抽签。"但是，于海平依然一动不动，慌得吴寄瑶赶紧喊："有人晕倒了，快来人啊——"

这一晚，于海平家，灯光摇曳，气氛诡异。于海平穿一身藏蓝衣服躺在床上，未婚妻孟显姿焦急地守在床边为他"护神儿"。刘尔贵前妻头扎鸡毛翎，腰系长把铜铃，手持罗盘一样的单鼓，在那儿舞着"冲煞"。她口中胡言一通之后，把鼓敲得山响："击鼓摇铃咚咚咚，各路神灵仔细听。谁来助我降妖孽，我给他点长明灯……啊呀呀，啊呀呀——"

只见她往后一张，牙齿咬得"嘎嘎"响，口吐白沫晕了过去。孟显姿慌得上前去扶，大神助理忙摆手："神灵已附体，不可乱动！"刘尔贵前妻突然两眼一睁，忽然坐起，骨节"咯嘣咯嘣"乱响，一把鼻涕一把泪地哭唱："于海平啊于海平，半个时辰没人声。看你两眼像二饼，看你鼻子像红中，老脸黄得像白板，大嘴张得像一筒；你全身穿得清一色，亲友排成一条龙，你若黄泉路上断桥会，今生再也不能与你夫人喜相逢。你丢下她的日子怎么过？你让她求人金鸡独立喝西风啊？"一股凉水喷在脸上，于海平猛地睁开眼，忽地坐了起来："谁打西风？我碰！"

他这"诈尸"不要紧，吓得刘尔贵前妻"啊呀"一声，倒在地上。全场的人都傻了，众人赶紧来急救——掐人中。

于海平气愤地说："眯瞪（小睡）一会儿也不让人消停！"这时，吴寄瑶急匆匆地跑进来说："你们这闹啥呢？不是跟你们说了吗，自麻神艺术节开幕，这三天，他就没睡着过，累的。你休息好了吗？麻神大赛被市委叫停了！"

　　龙城的夜风夹着雪花，打在于海平、吴寄瑶和赵连起的脸上。叫停大赛让他们很失望，走过龙城书场，红色的窗帘透出微弱的灯光，里面传出说书声："开始赢的是暴糠，后来小米也搭上。丈夫输忘了回家的路，媳妇输得上了别人床。奉劝朋友们快戒掉，再也不准进麻场。牌桌自古无父子，管你姓李还是姓张？不如龙山去野游，悠闲自在好风光……"

　　于海平、吴寄瑶走进了说书场，站在那儿驻足听着。吴寄瑶说："老于，说你呢。"于海平说："寄瑶，说我俩呢，我们的事儿要犯了……"

　　"是在说我呢。"赵连起不知何时进来了。他走上说书台："各位，我是龙城市主管文化的副市长兼市公安局局长赵连起，市委已叫停麻神大赛，这是对我错误决定的及时纠正，为了净化社会，我将接受组织的批评和处分。"

　　台下愣了一下，接着响起了掌声。于海平和吴寄瑶的手还没落稳，就见鲁运和朱丽雅站在他们身后。朱丽雅说："二位，请吧。"于海平嘟囔道："我就知道这场风暴来了……"

　　龙大章和姜美祺从龙城大桥上走下来，看着押送吴寄瑶和于海平的警车从身边驶过。

　　姜美祺感慨道："人生真如一场梦啊！在我的梦里，爸爸、赵直帆都淡去了，感到那么短暂，就连好好想想都来不及。"

　　龙大章说："师傅为了保护你和小艺，想用自己的方式引诱赫老大现身，他是一个伟大的父亲。我把一个个熟悉的人送进了监狱，我心里有抹不去的伤痕啊！"

　　姜美祺说："那是我们自己走错了路，就像我和直帆的婚姻，不能怪你。"

　　此时，在龙大章的脑海中，他和姜美祺的过往像电影一样闪现，最后从美祺和直帆签订的《君子协定》，落到姜长庚的叮嘱上。

　　龙大章说："美祺，他们'进去'前，都把你托付给了我，你说我该怎么办啊？"

姜美祺说："我们结束了，我不能让你生活在旁观者的闲话中和有情人的等待中。"

龙大章痛苦地说："错过了一天就错过了一生。"

姜美祺摘下鸡血凤凰挂坠说："是的。这是你送我的，碎了，又粘上，裂痕抹不去了，现在还给你。明天我就要走了，走出龙城，走出这王爷的荫庇……"

龙大章伤感地说："你？郝子强回来了，你又走了……"

姜美祺把鸡血凤凰挂在龙大章的脖子上，转身向远处走去，龙大章长久地伫立着。霓虹深处，一曲《爱一个人好难》响起："曾经说过的话风吹云散，站在天平的两端，一样的为难，唯一的答案爱一个人好难……"

8

黄色的灯光照在赵连起家客厅的茶几上，茶几上放着两张《龙城晚报》，头版有两篇文章，显得特别刺眼，一篇是《麻神大赛，给龙城带来了什么》，另一篇是《契丹宝藏，要毁在谁的手里？》。

赵连起拿起报纸又放下，在暗淡的灯光下来回地踱着步。

赵夫人不耐烦地说："来回走什么啊？这个美祺是越乱越添乱，你倒是想办法啊！直帆不是你亲生的啊？你那些亲朋故旧呢？"

赵连起说："我倒是觉得美祺的文章说得有些意思。我半世清廉，竟然生出这么个儿子！"

敲门声响起来，赵夫人去开门。汤局长，现在是纪委副书记、监察局局长威严地站在门口，还有两个年轻人。赵夫人赶紧打招呼："噢，小汤……汤局，不对，汤书记，请进。"

赵连起自嘲地说："刚才你嫂子还说呢，没人顾得过我们来，我就知道，这个时候，也只有你能顾得过我来了。"

汤局长难过地说："唉！赵副市长，老领导，对不起。党的十八大精神我们都学习过，我来有两个目的：一来向你检讨，没替你看好直帆；二来我也是公务在身，不得不来啊！走吧。"

赵夫人疑惑地问："刚来，不坐坐？你年轻那会儿可不这样，来了就不愿意走。你们这是要上哪儿去？"

汤局长说："对不起，嫂子，上边来人等着呢。赵副市长将去我们规定的场所、在规定的时间内完成任务，得住些日子。嫂子，你就在家安心等待吧。"

赵连起把茶杯一放，坦荡地说："别和你嫂子绕了，就是'双规'了。"

赵夫人一听："我的妈呀！"她一屁股坐在沙发上。

一间寂静的办公室里，一桌一椅一茶。赵连起眉头紧皱，他痛苦地伏案写道："我，赵连起，为官三十载，走到今天，在别人"忽悠"的时候，我靠的是踏实地工作。我不是贪官，我没有在腐败中讲着反腐。但是，我没教育好孩子……这两天认真学习了党的十八大精神，我已经认识到，我精心组织的麻神艺术节，本身就是对我的一大讽刺。……如果组织还让我主持工作，我会决定，契丹宝藏永不发掘……"

汤局长进来了，高兴地说："老领导，别自责了。组织对你的审查通过了，结论为，你为官几十年，不贪不占，勇于进取，虽有过失，仍无愧于人民公仆的称号。你可以回家了，等着组织对你的最终决定。"

赵连起惭愧地说："我不是一个好官，我还要反省一下自己，我一是家门不清，二是好大喜功……我决定先辞去所有党政职务，听凭上级对我的处分。"

9

龙城的雾霾彻底散去了，一场大雪净化了这里的空气。晴朗的天空飘着淡淡的白云，新的春天又要到来了。姜美祺拉着拉杆箱走在龙城的大街上，脚下是遍地残叶纷飞，耳边是她写给龙大章但还没有送出的歌曲《神马》，这首还不成熟的歌词总在她心头萦绕：

> 朋友你策马前程，
> 我祝你马到成功。
> 走过车水马龙的大街，
> 莫忘青梅竹马的眼睛。
> 马上时别指鹿为马，
> 马下时莫狗马声声。
> 抵住位子票子孩子和裙子的诱惑，
> 跳出房子圈子架子和面子的樊笼。
> 清纯地走过青青的草地，
> 给心灵留一片白云的天空。
>
> 莫道神马都是浮云，
> 追逐阳光就有灿烂人生。
> 莫道神马都是浮云，
> 平凡中纯净的灵魂也会升腾。

伏龙区刑警大队楼下，龙大章站在国旗下，坚定地望着远方和渐行渐远的姜美祺。他听到这首发自内心的歌了吗？

刑警大队楼上，朱丽雅站在窗前，默默地看着龙大章的背影。姜长庚家，白小艺站在阳台上，看着姜美祺化作城市的一个白点……

在龙城市中级人民法院，龙城市三大犯罪团伙全部成员分别被押在候审大厅。周至祥与时猴子、刘尔贵等人穿着黄色的、印有"龙城看守所"字样的衣服，默默地坐着，等待他们的是法律的严惩。

钱如意、于海平、吴寄瑶、大裤裆、钱夫人等人被押在另一候审庭，他们的目光变得不再那么明亮。

　　在另一个候审厅里，有一个熟悉的身影——赵直帆，还有几名干部模样的人，他们的表情很沉重……

　　契丹宝藏和公主墓随葬的传说仍在继续，可是谁也没找到开启它的大门。二〇一三年三月三十一日，三个犯罪团伙的一百八十二名成员中，有四名被判处死刑，五名被判处无期徒刑，其他被判处两年至二十年不等的有期徒刑。

后 记

　　长篇小说《雾色边城》原稿为电视连续剧《神麻》脚本。初创于2008年1月至2009年9月，反映了2011年7月至2013年1月地产经济初始时代的社会生活和矛盾冲突，歌颂了北疆公安英雄，诠释了打黑除恶的现实意义。

　　2009年10月，经国家一级演员，辽宁人民艺术剧院、辽宁儿童艺术剧院原院长宋国峰指导，扩展为五十集电视剧脚本。2012年再次修改后，请时任河北电影电视剧制作中心著名导演阚卫平等人指导，但因工作太忙，无暇修改，终于搁置。此后几年，去粗取精，留华去糟，几易其稿，思想脉络更加清晰，终成今日之作。

　　十年磨一剑，笨鸟早归林。2018年1月，将其改编为长篇小说，将故事背景修改为党的十八大前后社会的发展变化，加强了讴歌英雄、扫黑除恶的氛围，使作品更加具有时代感。

　　《雾色边城》旨在全方位、多角度、客观真实地再现地产经济时代的社会生活，所以构架庞大、故事曲折、字数较多。本人力求使之成为一部反映21世纪初期内蒙古中东部地区经济社会的优秀作品。

　　因这部作品系电视文学剧本改编，所以全篇彰显激烈的矛盾冲突和曲折的故事情节，同时以人物对话推动故事情节、展现人物性格，也是本人的一种尝试和为下一步将其改编为电视剧脚本提供便利。

　　笔者原意为打造的是"雾城三部曲"，即《雾色边城》《雾漫红城》《雾散龙城》，为满足读者之念，现合并为《雾色边城》上、中、下部。当读者读完这个故事，或意犹未尽、有所期待，或心如止水、弃之度外，毁与誉都不影响笔者后续更多精彩作品推出。大主题、大思路、大框架是笔者行文的方向，主题鲜明、矛盾激烈、故事精彩是笔者的努力方向。

　　《雾色边城》在修改过程及出版过程中得到赤峰市文联主席、党组书记李文智，内蒙古作家协会副主席、百柳杂志社执行主编王樵夫，著名作家肖龙先生的指导与支持。远方出版社的领导、编辑们给予本书以厚爱，著名书法家刘晓林先生题写了书名，立方传媒公司经理卢芳和同事黄丽香、于松波、卢扬为此书付出了辛苦，在此一并致谢！

　　拙作尚有诸多不足之处，笔者将认真听取读者意见进行修订。

2019年仲夏　高子民